CB129056

AMANTE LIBERTO

J.R. WARD

São Paulo
2011

UNIVERSO DOS LIVROS

Copyright © Jessica Bird, 2007
Todos os direitos reservados, incluindo os direitos de reprodução integral ou em qualquer forma. Esta edição foi publicada em parceria com **NAL Signet**, membro do Penguin Group (USA) Inc.

Título original
Lover Unbound

© 2011 by Universo dos Livros
Todos os direitos reservados e protegidos pela Lei 9.610 de 19/02/1998.

Nenhuma parte deste livro, sem autorização prévia por escrito da editora, poderá ser reproduzida ou transmitida, sejam quais forem os meios empregados: eletrônicos, mecânicos, fotográficos, gravação ou quaisquer outros.

Diretor-Editorial
Luis Matos

Tradução
Carolina Caires Coelho

Preparação
Felipe C. F. Vieira

Revisão
Fernanda Duarte

Assistente-Editorial
Noele Rossi
Talita Camargo
Talita Gnidarchichi

Arte
Stephanie Lin

Diagramação
Sérgio Bergocce

Capa
Zuleika Iamashita

Dados Internacionais de Catalogação na Publicação (CIP)
(Câmara Brasileira do Livro, SP, Brasil)

W259a Ward, J. R.

Amante Liberto / J. R. Ward ; [tradução de Caroline C. Coelho]. – São Paulo : Universo dos Livros, 2011.
528 p. – (Irmandade da Adaga Negra)

Tradução de: Lover Unbound

ISBN 978-85-7930-210-7

1. Vampiros. 2. Ficção. I. Título. II. Série

CDD 813.6

Universo dos Livros Editora Ltda.
Rua Haddock Lobo, 347 • 12º andar • Cerqueira César
CEP: 01414-001 • São Paulo • SP
Telefone: (11) 3217-2603 • Fax: (11) 3217-2616
www.universodoslivros.com.br
e-mail: editor@universodoslivros.com.br
Siga-nos no Twitter: @univdoslivros

Dedicado a *você*.

Você errou no começo, mas está perdoado.
E assim como você caminhou perdido, e salvou não somente a ele, mas todo o empreendimento.

Agradecimentos

Agradeço imensamente aos leitores da Irmandade da Adaga Negra, e, especialmente, a Cellies!

Muito obrigada a: Karem Solem, Kara Cesare, Claire Zion, Kara Welsh.

Agradeço a Dorine e Angie por tomarem conta de mim, e também a S-Byte e Ventrue por tudo o que fizeram.

Como sempre, ofereço minha gratidão ao meu comitê executivo: Sue Grafton, Dra. Jessica Andersen, Betsey Vaughan e ao meu Companheiro.
E muito respeito a incomparável Suzanne Brockmann.

A DLB – adivinha? – Continuo amando vocês.
Para NTM – como sempre, com amor e gratidão.
Como você sabe bem.

E eu tenho que dizer, nada disso seria possível sem: o meu adorável marido, que fica comigo sempre; minha maravilhosa mãe, que está comigo desde... bem, desde o início; a minha família (de sangue e por escolha); e aos meus sombrios amigos.

Glossário de termos e nomes próprios

As Escolhidas: Vampiras educadas para servirem à Virgem Escriba. São consideradas membros da aristocracia, embora sejam voltadas mais para as coisas espirituais do que temporais. Têm pouca, ou nenhuma, interação com os machos, mas podem acasalar com guerreiros a fim de reproduzir sua espécie, segundo a orientação da Virgem Escriba. Têm a capacidade de predizer o futuro. No passado, eram utilizadas para satisfazer a necessidade de sangue de membros solteiros da Irmandade, mas tal prática foi abandonada pelos Irmãos.

Auxhiliar: Escolhida que serve a Virgem Escriba de modo muito próximo.

Cio: Período fértil das vampiras. Em geral, dura dois dias e é acompanhado por intenso desejo sexual. Ocorre pela primeira vez aproximadamente cinco anos após a transição da fêmea e, a partir daí, uma vez a cada dez anos. Todos os machos respondem em certa medida se estiverem por perto de uma fêmea no cio. Pode ser uma época perigosa, com conflitos e lutas entre os machos, especialmente se a fêmea não tiver companheiro.

Conthendha: Conflito entre dois machos que competem pelo direito de ser o companheiro de uma fêmea.

Dhono: Um termo de respeito usado por uma fêmea submissa sexualmente ao se referir a seu dominador.

Dhunhd: Inferno

Doggen: Membro da classe servil no mundo dos vampiros. Os *doggens* seguem antigas e conservadoras tradições de servir aos seus superiores, obedecendo a códigos formais no comportamento e no vestir. Podem sair durante o dia, mas envelhecem relativamente rápido. Sua expectativa de vida é de, aproximadamente, quinhentos anos.

Ehnclausuramento: *Status* conferido pelo rei a uma fêmea da aristocracia em resposta a uma petição de seus familiares. Subjuga uma fêmea à autoridade de um responsável único, o *tuhtor*, geralmente o macho mais velho da casa. O *tuhtor*, então, tem o direito legal de determinar todos os aspectos de sua vida, restringindo, segundo sua vontade, toda e qualquer interação dela com o mundo.

Escravo de sangue: Vampiro macho ou fêmea que foi subjugado para satisfazer a necessidade de sangue de outros vampiros. A prática de manter escravos de sangue caiu em desuso, mas não é ilegal.

Ehros: uma Escolhida treinada nas artes sexuais.

Fade: Reino atemporal onde os mortos se reúnem com seus entes queridos por toda a eternidade.

Ghia: Equivalente a um padrinho ou madrinha para um indivíduo.

Glymera: A nata da aristocracia.

Hellren: Vampiro macho que tem uma companheira. Os machos podem ter mais de uma fêmea.

Intocada: Uma virgem.

Irmandade da Adaga Negra: Guerreiros vampiros altamente treinados para proteger a sua espécie contra a Sociedade Redutora. Resultado de cruzamentos seletivos dentro da raça, os membros da Irmandade possuem imensa força física e mental, assim como a capacidade de se recuperar de ferimentos rapidamente. Não é constituída majoritariamente por irmãos de sangue. São iniciados na Irmandade por indicação de seus membros. Agressivos, autossuficientes e reservados por natureza, vivem apartados dos vampiros civis e têm pouco contato com membros das outras classes, a não ser quando precisam se alimentar. Tema para lendas, são reverenciados no mundo dos vampiros. Só podem ser mortos por ferimentos muito graves como tiros ou uma punhalada no coração.

Leelan: Termo carinhoso, que pode ser traduzido aproximadamente por "muito amada".

Lewlhen: Presente.

Lidher: Uma pessoa de poder e influência.

Mahmen: Mãe. Usado afetuosamente e também como designativo.

Mhis: O disfarce de um determinado ambiente físico; a criação de um campo de ilusão.

Nalla: Um termo carinhoso que significa "amada".

Ômega: Figura mística e maligna que almeja a extinção dos vampiros devido a um ressentimento contra a Virgem Escriba. Existe em um reino atemporal e possui grandes poderes, entre os quais, no entanto, não se encontra a capacidade de criar.

Perdição: Refere-se a uma fraqueza crítica em um indivíduo. Tal fraqueza pode ser interna, como um vício, ou externa, como uma paixão.

Primeira Família: O rei e a rainha dos vampiros, e os seus filhos.

Princeps: O nível mais elevado da aristocracia dos vampiros, só suplantado pelos membros da Primeira Família ou pelas Escolhidas da Virgem Escriba. O título é hereditário, não pode ser outorgado.

Redutor: Membro da Sociedade Redutora. Humano sem alma empenhado na exterminação dos vampiros. Os redutores só morrem se forem apunhalados no peito; do contrário, vivem eternamente, sem envelhecer. Não comem nem bebem e são impotentes. Com o tempo, seus cabelos, a pele e os olhos perdem a pigmentação. Cheiram a talco de bebê. Depois de iniciados na sociedade por Ômega, conservam uma urna de cerâmica onde seu coração foi depositado após ter sido removido.

Ríhgido: Termo que se refere à potência do órgão sexual masculino. A tradução literal seria algo aproximado de "digno de penetrar uma fêmea".

Rytho: Forma ritual de lavar a honra, oferecida pelo ofensor ao ofendido. Se aceito, o ofendido escolhe uma arma e ataca o ofensor, que se apresenta perante a ele desprotegido.

Shellan: Vampira que tem um companheiro. Em geral, as fêmeas não têm mais de um macho devido à natureza fortemente territorial dos machos.

Sympatho: Espécie dentro da raça vampírica, caracterizada pela capacidade e desejo de manipular emoções nos outros (com o propósito de troca de energia), entre outras peculiaridades. Historicamente, foram discriminados e, em certas épocas, caçados pelos vampiros. Estão quase extintos.

Sociedade Redutora: Ordem de assassinos constituída por Ômega com o propósito de erradicar a espécie dos vampiros.

Tahlly: Termo carinhoso que pode ser livremente traduzido como "querida".

Transição: Momento crítico na vida dos vampiros, quando ele ou ela se transformam em adultos. A partir daí, precisam beber sangue do sexo oposto para sobreviver e não suportam a luz do dia. Geralmente, ocorre por volta dos vinte e cinco anos. Alguns vampiros não sobrevivem à transição, sobretudo os machos. Antes da mudança, os vampiros são fisicamente frágeis, inaptos ou indiferentes para o sexo, e incapazes de se desmaterializar.

Tuhtor: Guardião de um indivíduo. Há vários graus de *tuhtores*, sendo que o mais poderoso é aquele responsável por uma fêmea *ehnclausurada.*

Tumba: Cripta sagrada da Irmandade da Adaga Negra. Usada como local de cerimônias e como depósito das urnas dos redutores. Entre as cerimônias ali realizadas, estão as iniciações, funerais e ações disciplinadoras contra os Irmãos. O acesso a ela é vedado, exceto aos membros da Irmandade, à Virgem Escriba ou aos candidatos à iniciação.

Vampiro: Membro de uma espécie à parte do *Homo sapiens*. Os vampiros precisam beber sangue do sexo oposto para sobreviver. O sangue humano os mantêm vivos, mas sua força não dura muito tempo. Após sua transição, que geralmente ocorre aos vinte e cinco anos, são incapazes de sair à luz do dia e devem se alimentar na veia regularmente. Os vampiros não podem "converter" os humanos por meio de uma mordida ou transferência de sangue, embora, ainda que raramente, sejam capazes de procriar com a outra espécie. Podem se desmaterializar por meio da vontade, mas precisam estar calmos e concentrados para consegui-lo, e não podem levar consigo nada pesado. São capazes de apagar as lembranças das pessoas, desde que recentes. Alguns vampiros são capazes de ler a mente. Sua expectativa de vida ultrapassa os mil anos, sendo que, em certos casos, vai além disso.

Viajante: Um indivíduo que morreu e voltou vivo do Fade. Inspiram grande respeito e são reverenciados por sua façanha.

Vihngador: Agente de uma retaliação mortal executada tipicamente por um macho que tenha algum laço amoroso com a vítima.

Virgem Escriba: Força mística conselheira do rei, guardiã dos registros vampíricos e dispensadora de privilégios. Existe em um reino atemporal e possui grandes poderes. Capaz de um único ato de criação, que usou para trazer os vampiros à existência.

Prólogo

Colégio Greenwich Country Day
Greenwich, Connecticut
Vinte anos atrás

– Pegue isto, Jane.

Jane Whitcomb pegou sua mochila.

– Você vem, certo?

– Já *disse* hoje de manhã. *Sim.*

– Certo – Jane observou sua amiga descer pela calçada até ouvir uma buzina. Ajeitando a jaqueta, ela endireitou os ombros e se virou na direção do Mercedes-Benz. Sua mãe olhava pela janela do motorista, com a testa franzida.

Jane atravessou a rua, levando a mochila velha com a mercadoria ilegal fazendo barulho demais para o seu gosto. Entrou no banco de trás e colocou o objeto a seus pés. O carro partiu antes mesmo de ela fechar a porta.

– Seu pai virá para casa hoje à noite.

– O quê? – Jane ajeitou os óculos com o dedo. – A que horas?

– À noite. Acho que...

– Não! Você prometeu!

A mãe olhou para trás.

– Como é que é, mocinha?

Jane começou a chorar.

– Você prometeu para o meu aniversário de treze anos. Katie e Lucy deveriam...

– Já telefonei para a mãe dela.

Jane jogou o corpo contra o encosto do assento.

A mãe olhou pelo espelho retrovisor.

– Desfaça essa cara, por favor. Você se acha mais importante do que seu pai, é isso?

– Claro que não. Ele é *Deus*.

O Mercedes embicou abruptamente para o canto da rua, com os pneus cantando na freada. A mãe virou-se para trás, com a mão erguida, e ficou parada, seu braço estava tremendo.

Jane se calou, horrorizada.

Um instante depois, a mãe virou para frente, ajeitando o cabelo perfeitamente liso com a palma da mão trêmula.

– Você... você não jantará conosco hoje à noite. E seu bolo irá para o lixo.

O carro voltou a mover-se.

Jane secou o rosto e olhou para a mochila. Nunca tinha dormido fora de casa. E vinha implorando por permissão havia meses.

Arruinado. Tudo estava arruinado agora.

Elas permaneceram em silêncio durante todo o trajeto para casa, e quando o Mercedes foi estacionado, a mãe de Jane saiu do carro e entrou sem olhar para trás.

– Você sabe o caminho – foi o que ela disse.

Jane ficou dentro do carro, tentando se controlar. Então, pegou a mochila e os livros e se arrastou pela cozinha.

Richard, o cozinheiro, estava inclinado diante do cesto de lixo, jogando ali um bolo com cobertura branca e flores vermelhas e amarelas.

Ela não disse nada a Richard, porque sentia um nó na garganta. Richard não disse nada porque não gostava dela – a única pessoa de quem gostava era Hannah.

Quando Jane entrou na sala de jantar não queria topar com a irmã mais nova e torceu para que ela estivesse dormindo. Ela havia passado mal de manhã. Provavelmente porque tivera de fazer o relatório de um livro.

A caminho da escada, Jane viu a mãe na sala de estar.

As almofadas do sofá. De novo.

Sua mãe continuava usando o casaco de lã azul-claro, segurando sua echarpe de seda, e, sem dúvida, permaneceria vestida daquela maneira até ficar satisfeita com a posição das almofadas. O que podia demorar um tempo. Gostava de ver todas as coisas exatamente como mantinha seus cabelos: impecáveis.

Jane foi para o quarto. Sua única esperança naquele momento era de que seu pai chegasse depois do jantar. Assim, ainda que ele descobrisse que ela estava de castigo, pelo menos não teria de olhar para a cadeira dela vazia. Assim como sua mãe, ele detestava qualquer coisa fora de ordem, e o fato de Jane não estar sentada à mesa seria um grande caos.

A duração do sermão que ela receberia dele seria mais longa se aquilo ocorresse, porque incluiria o fato de ela ter decepcionado a família e não ter participado da refeição e também de ter sido malcriada com a mãe.

No andar de cima, o quarto em tom amarelo de Jane estava como tudo na casa: totalmente no lugar, como os cabelos, as almofadas e a maneira com que as pessoas conversavam. Nada destoava. Tudo na maior perfeição congelada que se via em revistas de decoração.

A única coisa que não combinava ali era Hannah.

A mochila velha foi colocada dento do armário, em cima das fileiras de mocassins e sapatos-boneca; então, Jane tirou o uniforme da escola e vestiu uma camisola de flanela. Não havia motivos para vestir outra roupa. Ela não ia a lugar algum.

Levou a pilha de livros para sua mesa branca. Ela tinha lição de casa de inglês para fazer. E de álgebra. E francês.

Olhou para o criado-mudo. *As mil e uma noites* esperava por ela.

Não conseguiu pensar em maneira melhor de cumprir seu castigo, mas primeiro precisava fazer a lição de casa. Tinha de fazer. Caso contrário, sentiria-se culpada demais.

Duas horas depois, estava na cama com *As mil e uma noites* no colo quando a porta se abriu e Hannah espiou. Seus cabelos ruivos e encaracolados eram outra transgressão. Os cabelos de todos os outros eram louros.

– Trouxe comida.

Jane se sentou, preocupada com sua irmã mais nova.

– Você vai se meter em problemas.

– Não vou, não – Hannah entregou uma cestinha com um guardanapo quadriculado, um sanduíche, uma maçã e um biscoito. – Richard me deu isto para eu ceiar à noite.

– Mas o que vai comer, então?

– Estou sem fome. Tome.

– Obrigada, Han – Jane pegou a cesta que estava aos pés da cama.

– O que você fez?

Jane balançou a cabeça e mordeu o sanduíche de rosbife.

– Eu irritei a mamãe.

– Por que não ia mais ter sua festa?

– Aham.

– Bom... tenho algo para alegrar você – Hannah escorregou um pedaço de cartolina embaixo do cobertor. – Feliz aniversário!

Jane olhou para o cartão e precisou de um tempo para compreender.

– Obrigada... Han.

– Não fique triste, estou aqui. Veja seu cartão! Fiz para você.

Na parte da frente, o desenho torto da irmã mostrava dois bonequinhos feitos com traços simples. Um deles tinha cabelos louros e o nome *Jane* escrito embaixo. O outro tinha cabelos ruivos e cacheados, com o nome *Hannah* embaixo. Estavam de mãos dadas e tinham sorrisos amplos no rosto redondo.

Quando Jane estava abrindo o cartão, dois faróis se acenderam na frente da casa e começaram a se aproximar da entrada.

– O papai chegou – Jane disse. – É melhor você sair daqui.

Hannah não parecia tão preocupada como costumava ficar, provavelmente porque não estava sentindo-se bem. Ou talvez se tenha distraído por... bem, o que quer que tenha sido. Ela passava grande parte do dia divagando, por isso, provavelmente, estava sempre feliz.

– Vá, Han, é sério.

– Tudo bem. Mas sinto muito por saber que sua festa foi cancelada – Hannah disse, caminhando em direção à porta.

– Ei, Han. Gostei do cartão.

– Você não olhou dentro.

– Não preciso. Gostei porque você o fez para mim.

Hannah deu um de seus sorrisos largos, fazendo Jane se lembrar de dias de verão.

– Tem a ver com você e comigo.

Enquanto a porta se fechava, Jane escutou a voz dos pais no vestíbulo. Rapidamente, ela comeu o lanche de Hannah, colocou a cestinha entre as dobras da cortina perto da cama e se dirigiu à pilha de livros da escola. Pegou *Os documentos póstumos do Clube Pickwick* e voltou para a cama. Pensou que se estivesse estudando quando seu pai entrasse, ganharia pontos.

Seus pais subiram uma hora depois e ela ficou tensa, esperando que o pai batesse à porta. Não bateu.

Aquilo era estranho. Com seu jeito controlador, ele era previsível como um relógio, e existia um certo conforto em sua previsibilidade, apesar de ela não gostar de lidar com ele.

Ela deixou de lado *Os documentos póstumos do Clube Pickwick*, apagou a luz e cobriu-se com a colcha de babado. Aconchegada, não conseguiu dormir e escutou as doze badaladas do relógio de seu avô, que ficava ao final da escada.

Meia-noite.

Saindo da cama, ela foi até o armário, pegou a mochila e abriu o zíper. O tabuleiro ouija caiu, abrindo-se virado para cima. Ela o pegou fazendo uma careta, como se ele pudesse estar quebrado ou danificado, e então mexeu no ponteiro.

Ela e suas amigas estavam ansiosas para usar o tabuleiro, porque queriam muito saber com quem se casariam. Jane gostava de um menino chamado Victor Browne, com quem fazia aula de matemática. Os dois vinham conversando um pouco ultimamente, e ela acreditava que podiam formar um casal. O problema era que ela não sabia ao certo o que ele sentia. Talvez ele só gostasse dela porque era ela quem lhe passava as respostas.

Jane abriu o tabuleiro na cama, colocou a mão sobre o ponteiro e respirou profundamente.

– Como se chama o menino com quem vou me casar?

Ela não esperava que o ponteiro fosse se mover. E não se moveu.

Depois de mais algumas tentativas, ela se recostou, frustrada. Um minuto depois, ela bateu na parede da cabeceira da cama. Sua irmã bateu em resposta e logo depois Hannah entrou no quarto. Quando viu o jogo, ficou animada e pulou na cama, fazendo o ponteiro pular.

– Você joga isso!

– Shh! – caramba, se elas fossem flagradas, ficariam de castigo, sem dúvida. Eternamente.

– Foi mal – Hannah flexionou as pernas e as segurou para evitar mais movimentos. – Como se...

– Você faz perguntas e ele dá as respostas.

– O que podemos perguntar?

– Com quem vamos nos casar – de repente, Jane ficou nervosa. E se a resposta não fosse Victor? – Vamos começar com você. Encoste o dedo no ponteiro, mas não aperte para baixo, nada disso. Apenas... isso, assim. Certo. Com quem Hannah vai se casar?

O ponteiro não se moveu. Nem mesmo depois de Jane repetir a pergunta.

– Está quebrado – Hannah disse, afastando-se.

– Vou tentar com outra pergunta. Coloque as mãos para trás – Jane deu um profundo suspiro. – Com quem vou me casar?

Um barulho foi ouvido, vindo do tabuleiro, quando o ponteiro começou a se mexer. Quando parou sobre a letra *V*, Jane estremeceu. Com o coração na boca, ela observou o ponteiro ir na direção da letra *I*.

– É Victor! – Hannah disse. – Victor! Você vai se casar com o Victor!

Jane não se preocupou em pedir silêncio. Aquilo era bom demais para ser...

O ponteiro parou na letra *S*. *S*?

– Isso está errado – Jane disse. – Só pode estar errado...

– Não pare. Vamos descobrir quem é.

Mas se não era Victor, ela não sabia. E que menino teria um nome que começasse com Vis...

Jane tentou redirecionar o ponteiro, que insistiu em continuar, encaminhando-se para a letra *H*. Depois, *O*, *U* e, mais uma vez, o *S*.

VISHOUS.

Jane sentiu o medo comprimir-lhe o peito.

– Eu bem que disse que isto estava quebrado – Hannah murmurou. – Quem se chama Vishous?

Jane desviou o olhar do tabuleiro, mas se deixou cair em cima dos travesseiros. Aquele era o pior aniversário de toda sua vida.

– Talvez devêssemos tentar de novo – Hannah disse. Quando Jane hesitou, ela franziu a testa. – Vamos, eu também quero uma resposta. É justo.

Elas colocaram os dedos de novo no ponteiro.

– O que vou ganhar de Natal? – Hannah perguntou.

O ponteiro não se moveu.

– Tente uma pergunta que exija um *sim* ou um *não* como resposta, só para começar – Jane disse, ainda assustada com o nome que se formara. Talvez o tabuleiro não soubesse soletrar.

– Vou ganhar um presente de Natal? – Hannah perguntou.

O ponteiro começou a tremer.

– Espero que seja um cavalo – Hannah murmurou ao ver o ponteiro girar. – Eu deveria ter pedido isso.

O ponteiro parou no *não*.

As duas olharam surpresas para o tabuleiro.

Hannah moveu os braços, numa indicação de indignação.

– Também quero alguns presentes.

– É só um jogo – Jane disse, fechando o tabuleiro. – Além disso, está quebrado. Eu o derrubei no chão.

– Eu quero presentes.

Jane esticou os braços e abraçou a irmã.

– Não fique pensando nesse tabuleiro bobo, Han. Eu vou dar a você um presente de Natal.

Quando Hannah saiu um pouco mais tarde, Jane voltou para a cama.

Tabuleiro idiota. Aniversário idiota. Tudo idiota.

Ao fechar os olhos, ela se deu conta de que ainda não havia lido o cartão da irmã. Acendeu a luz e pegou o cartão do criado-mudo. Dentro dele, estava escrito: "Sempre ficaremos de mãos dadas! Amo você! Hannah!".

Aquela resposta que haviam recebido sobre o Natal estava muito errada.

Todos gostavam de Hannah e lhe davam presentes. Caramba, ela conseguia dobrar até mesmo o pai delas, uma coisa que ninguém mais era capaz de fazer. Então, era óbvio que ela ganharia presentes.

Tabuleiro idiota...

Depois de um tempo, Jane adormeceu. Deve tê-lo feito, porque Hannah a acordou.

– Você está bem? – Jane perguntou, sentando-se. A irmã estava em pé diante da cama, com uma camisola de flanela e uma expressão esquisita.

– Preciso ir – a voz de Hannah estava triste.

– Ao banheiro? Quer vomitar? – Jane afastou os cobertores. – Vou com vo...

– Não pode – Hannah suspirou. – Preciso ir.

– Está bem, então quando terminar o que for fazer, pode voltar e dormir comigo, se quiser.

Hannah olhou para a porta.

– Estou com medo.

– Dá medo se sentir mal. Mas sempre estarei aqui para lhe ajudar.

– Preciso ir – quando Hannah olhou para trás, ela parecia... crescida, de alguma maneira. Nem um pouco parecida com a menininha de dez anos que era. – Vou tentar e voltarei. Darei o melhor de mim.

– Hum... está bem – talvez sua irmã estivesse com febre. – Quer acordar a mamãe?

Hannah negou com um movimento de cabeça.

– Só queria ver você. Volte a dormir.

Quando Hannah saiu, Jane se deitou. Pensou em ir até o banheiro para ver se a irmã estava bem, mas o sono acabou sendo mais forte e ela dormiu.

Na manhã seguinte, Jane acordou com o som de passos fortes no corredor. A princípio, pensou que alguma coisa tinha sido derrubada e estivesse manchando o carpete, a cadeira ou a colcha. Mas então escutou as sirenes de uma ambulância.

Jane saiu da cama, olhou pelas janelas da frente, espiou o corredor. Seu pai conversava com alguém no andar de baixo, e a porta do quarto de Hannah estava aberta.

Na ponta dos pés, Jane desceu pisando no tapete oriental, pensando que sua irmã não costumava acordar tão cedo num sábado. Devia mesmo estar doente.

Ela parou na porta do quarto. Hannah estava imóvel na cama, com os olhos abertos e voltados para o teto, sua pele tão branca quanto os lençóis alvos sobre os quais estava deitada.

Não piscava.

Do outro lado do quarto, o mais distante possível de Hannah, sua mãe estava sentada na cadeira ao lado da janela, com seu robe de seda cor de marfim arrastando no chão.

– Volte para a cama. *Agora.*

Jane correu para seu quarto. Enquanto fechava a porta, viu seu pai subindo a escada com dois homens trajando uniformes azul-escuros. Ele falava de modo firme e ela pôde escutar as palavras *cardiopatia congênita* alguma coisa.

Jane pulou na cama e cobriu a cabeça. Tremendo no escuro, sentiu-se muito pequena e muito assustada.

O tabuleiro estava certo. Hannah não recebeu presentes de Natal nem se casou.

Mas sua irmãzinha cumpriu a promessa. De fato, ela retornou.

Capítulo 1

– Eu *realmente* não estou gostando destas coisas de couro.

Vishous desviou o olhar dos computadores. Butch O'Neal estava na sala de estar do Buraco com uma peça de couro nas coxas e no traseiro.

– Não servem em você? – V. perguntou ao colega de quarto.

– Não é isso. Sem querer ofender, mas estou parecendo um daqueles esquisitos do Village People.

Butch levantou os braços grandes e girou, com o peito nu refletindo a luz.

– Sabe... olha só.

– Servem pra luta, não precisam estar na moda.

– Os *kilts* também, mas você não me vê por aí usando aquilo.

– E ainda bem, né? Você tem as pernas tortas demais para usar saia.

Butch mostrou-se entediado.

– Pega aqui ó.

Bem que eu gostaria, V. pensou.

Fazendo uma careta, ele apanhou seu saco de tabaco turco. Enquanto pegava um papel para enrolar o fumo, organizava o tabaco e produzia uma cigarrilha, fez o que passava muito tempo fazendo: lembrou-se de que Butch estava num bom relacionamento com o amor de sua vida e que, mesmo que não estivesse, o cara não jogava naquele time.

Quando V. acendeu a cigarrilha, tentou não olhar para o tira, mas não conseguiu.

Maldita visão periférica. Não tinha como escapar.

Cara, ele era um maluco pervertido. Principalmente levando em conta a situação em que estavam.

Nos últimos nove meses, ele havia se aproximado mais de Butch do que de qualquer outra pessoa que conhecera naqueles trezentos anos de vida. Morava com o cara, embebedava-se e malhava com ele. Havia passado pela morte, pela vida, por sorte e azar com ele. Mudara as leis da natureza para fazer o cara deixar de ser humano e se transformar em vampiro, e depois o curou quando ele se meteu com os inimigos da raça. Também havia proposto a ele que se tornasse membro da Irmandade... e o apoiou quando ele se envolveu com sua *shellan*.

Enquanto Butch caminhava, tentando se acostumar com as peças de couro, V. viu as sete letras que estavam tatuadas em suas costas em estilo anglo-saxônico: MARISSA. V. havia feito os dois *As*, que ficaram muito bem, apesar de ele estar, naquele momento, tremendo feito louco.

– É – Butch disse. – Não sei se vou conseguir usar isto.

Depois da cerimônia de união, V. deixou o Buraco naquele dia para que o casal feliz pudesse ter um pouco de privacidade. Atravessou o quintal e se trancou em um quarto de hóspedes da casa principal com três garrafas de vodca Grey Goose. Ficou bastante alterado, bem fora da realidade, mas não conseguiu atingir seu objetivo de embebedar-se até desmaiar. A verdade o havia deixado consciente, infelizmente: V. estava ligado a seu amigo de um modo que complicava as coisas e que, apesar disso, não mudava coisa alguma.

Butch sabia o que estava acontecendo. Afinal, eles eram melhores amigos, e o cara o conhecia melhor do que ninguém. E Marissa sabia disso porque não era boba. E a Irmandade também sabia, porque aqueles centenários bocós não deixavam seus membros guardarem segredos.

Todos aceitavam bem a situação.

Mas não ele. Não conseguia tolerar as emoções. Nem a si mesmo.

– Você vai experimentar o resto? – Perguntou com um suspiro. – Ou vai reclamar mais um pouco da calça?

– Não me enche a paciência.

– Mas é meu passatempo favorito.

– Pode parar – Butch caminhou até um dos sofás e pegou uma das peças peitorais. Ao acertar as alças nos ombros largos, o couro se ajustou perfeitamente a seu corpo. – Caramba, como você fez para que isso servisse tão bem?

– Eu tirei suas medidas, está lembrado?

Butch afivelou os cintos, inclinou-se e deslizou o dedo pela tampa de uma caixa preta. Prolongou o toque sobre o brasão dourado da Irmandade da Adaga Negra, passando os dedos sobre os caracteres no Antigo Idioma que formavam a frase *Dhestroyer, descendente de Wrath, filho de Wrath.*

O novo nome de Butch. A antiga e nobre linhagem de Butch.

– Oh, por favor, abra isso – V. livrou-se da cigarrilha, preparou outro fumo e o acendeu novamente. Era bom saber que vampiros não desenvolviam câncer. Ultimamente ele vinha fumando como uma chaminé. – *Vá em frente*.

– Ainda não consigo acreditar.

– Abra essa droga.

– Não consigo mesmo...

– Abre. Logo – a essa altura, estava quase pulando da cadeira, de tão ansioso.

O tira acionou o mecanismo de tranca dourado e levantou a tampa. Sobre a almofada de cetim vermelho havia quatro adagas de lâminas negras, letais.

– Meu Deus do céu... são lindas.

– Obrigado – V. disse com um suspiro. – Sei cozinhar também.

Os olhos castanhos do tira atravessaram a sala.

– Você fez isto para mim?

– Foi, mas não é nada demais. Eu faço para todos nós – V. ergueu a mão direita, coberta por uma luva. – Sou bom na forja, você sabe.

– V... obrigado.

– Tudo bem. Como eu disse, sou o cara das lâminas. Faço isso o tempo todo.

É... só que talvez não com tanto afinco. Por Butch, ele havia passado os últimos quatro dias preparando aquilo. As maratonas de dezesseis horas diárias com o aço fizeram suas costas doerem e os olhos arderem, mas estava determinado a terminar cada uma das peças, deixando-as à altura do homem que as usaria.

Mas ainda não estavam boas o suficiente.

O tira pegou uma das adagas e, enquanto as analisava, desviou o olhar.

– Jesus, veja isto – ele começou a manusear a arma de um lado a outro diante do peito. – Nunca tinha segurado nada tão leve. E o cabo. Deus... perfeito.

Aquele elogio deixou V. mais honrado do que qualquer outro.

E isso o fez se irritar muito.

– É, bom, precisam ser assim, não é? – Ele apagou a cigarrilha em um cinzeiro, amassando a ponta brilhante. – Não faz sentido você sair por aí com um conjunto de facas Ginsu.

– Obrigado.

– Não por isso.

– V., é sério...

– Vá se danar – ao perceber que não haveria reação, ele olhou para a frente.

Droga. Butch estava em pé bem na frente dele, com os olhos castanhos intensos, mostrando que sabia de algo que V. gostaria que ele não soubesse.

V. olhou para seu isqueiro.

– Deixa quieto, tira, são só facas.

A ponta preta da adaga subiu sob o queixo de V. e ele ergueu a cabeça.

Ao ser forçado a olhar para Butch, V. ficou tenso. E tremeu.

Com a arma unindo os dois, Butch disse:

– São lindas.

V. fechou os olhos, repreendendo-se. Depois, inclinou-se sobre a lâmina, de modo a atingir seu pescoço. Controlando-se na reação pela dor, ele a manteve ali, usando aquilo para se lembrar de que era uma maldita aberração, e que aberrações merecem se ferir.

– Vishous, olhe para mim.

– Me deixe em paz.

– Vem me fazer lhe deixar em paz.

Por um momento, V. quase partiu para cima do cara, preparado para acertar-lhe um murro bem na cara. Mas, então, Butch disse:

– Só estou agradecendo a você por ter feito algo legal. Nada de mais.

Nada de mais? V. abriu os olhos e sentiu que eles brilhavam.

– Isso é bobagem. Por motivos que você *bem* conhece.

Butch retirou a lâmina e, ao afastar o braço, V. sentiu o sangue escorrer pelo pescoço. Era quente... e suave como um beijo.

– Não diga que sente muito – V. sussurrou baixinho. – Posso me tornar violento.

– Mas eu sinto.

– Não há motivos para isso – cara, ele não conseguiria mais viver com Butch. Com Butch e Marissa. Lembrar-se o tempo todo do que não podia ter e do que não devia querer o deixava arrasado. E só Deus sabia como ele já estava mal. Quando tinha sido a última vez em que dormira o dia todo? Há semanas e semanas..

Butch colocou a adaga com a lâmina para baixo na bainha que estava em seu peito.

– Não quero que você sofra...

– *Chega* desse assunto – levando o dedo indicador até a garganta, V. limpou o sangue escorrido que a adaga produzira. Enquanto lambia o sangue, a porta secreta para o túnel abriu-se e o aroma do oceano invadiu o Buraco.

Marissa entrou, elegante como sempre. Com os cabelos louros e compridos e o rosto perfeitamente desenhado, ela era conhecida como a bela da espécie, e até V., que não se sentia atraído, demonstrava sua admiração.

– Olá, meninos... – Marissa parou e olhou para Butch. – Caramba... meu Deus... olhe só essa calça.

Butch fez uma careta.

– Pois é, eu sei. É...

– Pode vir aqui? – Ela começou a descer o corredor que levava ao quarto deles. – Preciso de você aqui um minuto. Ou dez.

O odor de acasalamento de Butch foi sentido, e V. sabia muito bem que o corpo do cara estava se enrijecendo para o sexo.

– Linda, pode ficar comigo pelo tempo que quiser.

Enquanto o tira saía da sala de estar, olhou para trás.

– *Adorei* essa calça de couro. Pode dizer ao Fritz que quero cinquenta delas.

Sozinho, Vishous inclinou-se sobre o rádio e o ajustou à faixa *Music is My Savior*, do MIMS. Enquanto o *rap* tocava, pensou sobre como já usara aquele mesmo artifício para afastar os pensamentos das pessoas. Agora que suas visões haviam desaparecido e que toda aquela história de ler mentes havia acabado? Usou as batidas para não escutar seu colega de quarto fazendo amor.

V. esfregou o rosto. Precisava *mesmo* sair dali. Durante um tempo, tentou fazer o casal sair, mas Marissa insistia em dizer que o Buraco era "confortável" e que gostava de viver ali. Mas só podia ser mentira. Metade da sala de estar era ocupada pela mesa de pebolim. A televisão ficava ligada na ESPN, sem som, o dia inteiro, e o *rap* pesado não parava de tocar. A geladeira era uma zona de guerra, com restos de comida em decomposição, de Taco Bell a Arby's. Vodca e uísque eram as únicas bebidas na casa. Para ler, só *Sports Illustrated* e... Bem, edições antigas da *Sports Illustrated*.

Pois é, não havia muito o que fazer.

O local era meio sala de reunião, meio vestiário. Com decoração de Derek Jeter.*

E quanto a Butch? Quando V. sugeriu a mudança, o tira lançou um olhar para o sofá, balançou a cabeça uma vez e foi para a cozinha para pegar mais Lagavulin.

V. se recusava a pensar que eles tinham permanecido porque se preocupavam com ele ou qualquer coisa assim. Só imaginar aquilo o deixava maluco.

---

* Jogador estadunidense de beisebol, atualmente capitão do New York Yankees.

Pôs-se de pé. Se uma separação precisava ocorrer, ele daria o primeiro passo. O problema era que não ter Butch por perto o tempo todo era... Inimaginável. Melhor a tortura que sofria agora a um exílio.

Conferiu o relógio e pensou que deveria entrar no túnel e se dirigir para a casa principal. Apesar de o restante da Irmandade da Adaga Negra viver naquela mansão enorme ao lado, havia muitos quartos extras. Talvez ele devesse simplesmente checar um deles. E ficar ali alguns dias.

Aquela ideia o deixou enjoado.

Ao sair, sentiu o odor que exalava do quarto de Butch e Marissa. Pensando no que estava acontecendo ali dentro, sentiu o sangue ferver e ficou vermelho de vergonha.

Praguejando, aproximou-se de sua jaqueta de couro e pegou o celular. Enquanto discava, sentiu o peito quente, mas pelo menos estava fazendo algo contra aquela obsessão que sentia.

Quando uma mulher respondeu, V. disse:

– Ao pôr do sol. Esta noite. Você sabe o que deve vestir e precisa estar com os cabelos presos. O que me diz?

A resposta foi um ronronado submisso:

– Sim, meu *dhono*.

V. desligou e jogou o telefone em cima da mesa, observando-o bater em um de seus quatro teclados. A submissa que ele havia escolhido para aquela noite gostava de coisas mais pesadas. E ele daria o que ela queria.

Caramba, era mesmo um pervertido. Totalmente. Um tarado sem jeito... que era conhecido na raça pelo que era.

Cara, era um absurdo, no entanto, os gostos e vontades das mulheres sempre foram bizarros. E a reputação dele não era mais importante para ele do que para as submissas. Só importava o fato de ele ter voluntárias para o que precisava sexualmente. O que era dito sobre ele, o que as fêmeas precisavam acreditar a respeito dele, era bobagem.

Ao descer para o túnel, na direção da mansão, ficou irritado. Graças ao esquema de rotação idiota que a Irmandade havia adotado, ele não podia ir a campo naquela noite, e odiava isso. Preferia estar caçando e matando os mortos-vivos assassinos que perseguiam a raça a ficar à toa.

Mas havia maneiras de mudar as coisas.

Era para isso que restrições e pessoas dispostas existiam.

Phury entrou na cozinha ampla da mansão e parou de repente, como se deparasse com uma cena grotesca. Seus pés paralisaram, a respiração parou e o coração disparou.

Foi pego antes que pudesse dar meia-volta.

Bella, a *shellan* de seu irmão gêmeo, olhou para frente e, sorrindo, disse:

– Oi.

– Olá – *vá embora. Agora.*

Deus, ela tinha um cheiro bom.

Ela balançou a faca que estava em sua mão acima do peru assado no qual trabalhava.

– Quer que eu faça um sanduíche também?

– O quê? – Ele respondeu como se fosse um tolo.

– Um sanduíche – ela direcionou a lâmina para o pão e para o frasco quase vazio de maionese e também para a alface e os tomates. – Você deve estar com fome. Não comeu muito na última refeição.

– É... não, não estou com fome... – seu estômago o desmentiu, roncando como se houvesse uma fera ali dentro. *Desgraçado.*

Bella balançou a cabeça e voltou sua atenção para o peito de peru.

– Pegue um prato e sente-se.

Certo, aquilo era a última coisa de que ele precisava. Seria melhor ser enterrado vivo que se sentar sozinho na cozinha com Bella enquanto ela lhe preparava os alimentos com suas belas mãos.

– Phury... – ela disse sem olhar para cima. – Prato. Cadeira. Agora.

Ele obedeceu porque, apesar de ser descendente de uma linhagem de guerreiros, um membro da Irmandade e de ter cem quilos a mais do que ela, era fraco quando tinha de enfrentá-la. A *shellan* de seu irmão. A *shellan* grávida de seu irmão... não era alguém a quem Phury pudesse desobedecer.

Depois de colocar um prato ao lado do dela, ele se sentou do outro lado da bancada de granito e disse a si mesmo que não devia olhar para as mãos dela. Ficaria bem desde que não olhasse para os dedos compridos e elegantes que ela tinha, com unhas curtas e a forma como...

Droga.

– Eu juro – ela disse enquanto fatiava mais carne. – Zsadist quer que eu fique grande como um balão. Se ele passar mais treze meses me dizendo para comer, não vou mais caber na piscina. Mal consigo colocar minha calça.

– Você está muito bem – caramba, ela era perfeita, com o cabelo escuro e comprido, os olhos azuis e o corpo esguio e alto. O bebê que ela carregava não ficava evidente por baixo da camiseta larga, mas a gravidez estava óbvia em sua pele brilhante e na maneira com que ela sempre levava a mão ao baixo ventre.

Sua gravidez também se evidenciava pela ansiedade nos olhos de Z. sempre que ele estava perto dela. Como a gravidez das vampiras traziam alto risco de morte para o bebê ou para a mãe, estar grávida podia tanto ser uma bênção como uma maldição para o *hellren* que se relacionava com sua companheira.

– Você está bem? – Phury perguntou. Afinal, Z. não era o único a se preocupar com ela.

– Sim, muito bem. Fico cansada, mas não é tão ruim – ela lambeu as pontas dos dedos e então pegou o frasco de maionese. A faca fez um barulho enquanto ela raspava o interior do frasco, como se uma moeda estivesse sendo chacoalhada ali dentro. – Z. está me deixando maluca. Ele tem se recusado a se alimentar.

Phury se lembrou do gosto do sangue dela e olhou em outra direção quando suas presas se alongaram. O sentimento dele por ela não era nobre, nem um pouco, e como um macho que sempre se orgulhou de sua natureza honrável, não conseguia equilibrar as emoções e seus princípios.

E o que ele sentia não era recíproco. Ela o havia alimentado uma única vez porque ele necessitara desesperadamente e porque ela era uma fêmea de valor. Não porque ela desejava alimentá-lo ou porque o desejava.

Não, tudo aquilo era de seu irmão. Desde a noite em que ela conhecera Z., ele a havia cativado, e o destino fez que ela fosse a única a salvá-lo do inferno no qual ele havia sido trancado. Phury podia ter salvado o corpo de Z. daquele século de escravidão de sangue, mas Bella havia ressuscitado seu espírito. E aquele era, logicamente, apenas mais um motivo para amá-la.

Droga, desejou ter um pouco de fumaça vermelha em seu corpo. Deixara suas coisas no andar de cima.

– Como você está? – Ela perguntou ao entregar-lhe fatias finas de peito de peru, entremeadas com folhas de alface. – Aquela nova prótese ainda está incomodando?

– Está um pouco melhor, obrigado – a tecnologia naquela época era anos-luz mais avançada do que havia sido um século antes, mas pensando em todas as lutas pelas quais já passara, a parte inferior perdida de sua perna era uma questão constante de gerenciamento.

Perna perdida... sim, ele a havia perdido, isso mesmo. Precisou abrir mão dela para tirar Z. daquela maldita Ama. O sacrifício tinha valido a pena. Assim como o sacrifício de sua felicidade valia por Z. estar com a fêmea que os dois amavam.

Bella cobriu os sanduíches com pão e escorregou o prato pelo granito.

– Aqui está.

– É bem do que preciso – ele se deliciou naquele momento, afundando os dentes da frente no sanduíche, com o pão macio cedendo como se fosse carne. Enquanto se alimentava, sentiu uma leve mistura de tristeza e alegria por ela ter preparado aquele alimento para seu estômago, por ter feito aquilo com amor.

– Ótimo. Fico feliz – ela deu uma mordida em seu próprio sanduíche. – Então... quero perguntar algo a você desde ontem.

– É mesmo? O que é?

– Tenho trabalhado no Abrigo com Marissa, como você sabe. É uma ótima organização, repleta de pessoas maravilhosas... – ele fez uma longa pausa, como se estivesse se preparando. – Então, uma nova assistente social chegou para aconselhar as fêmeas e seus bebês – ela pigarreou. Limpou a boca com um guardanapo de papel. – Ela é ótima. Atenciosa, engraçada. Eu estava pensando que talvez...

Oh, Deus.

– Obrigado, mas não...

– Ela é muito gentil.

– Não, obrigado – arrepiado, ele começou a comer com pressa.

– Phury... eu sei que não é da minha conta, mas por que você decidiu se tornar celibatário?

Droga. Vamos logo com esse sanduíche.

– Podemos mudar de assunto?

– É por causa de Z., certo? Por isso nunca esteve com uma fêmea. É seu sacrifício a ele e ao passado dele.

– Bella... por favor...

– Você tem mais de duzentos anos, já está na hora de começar a pensar em você. Z. nunca será totalmente normal, e ninguém sabe disso melhor do que nós dois. Mas ele está mais estável agora. E vai melhorar cada vez mais.

Verdade, desde que Bella não morresse em decorrência da gravidez. Ela precisava passar bem pelo parto, e por enquanto seu irmão gêmeo não estava livre. E, consequentemente, Phury também não estava.

– Por favor, permita que eu apresente você...

– Não – Phury ficou em pé e ruminava como uma vaca. As boas maneiras à mesa eram muito importantes, mas aquela conversa precisava terminar antes que a cabeça dele estourasse.

– Phury...

– Não quero uma fêmea em minha vida.

– Você seria um ótimo *hellren*. Phury...

Ele limpou a boca com um pano de prato e disse no Antigo Idioma:

– *Obrigado por esta refeição feita por mãos boas. Tenha uma noite abençoada, Bella, amada parceira de meu irmão gêmeo, Zsadist.*

Sentindo-se mal por não ter ajudado a limpar a mesa, mas acreditando ser melhor sair do que ter um aneurisma, ele atravessou a porta para a sala de estar. Ao passar por mais da metade da longa mesa, ficou sem energia, puxou uma cadeira vazia e se sentou.

Cara, seu coração saltava.

Ao olhar para frente, viu Vishous em pé do outro lado da mesa, olhando para ele.

– *Meu Deus!*

– Está um pouco tenso, meu Irmão – com um metro e oitenta de altura e descendente do grande guerreiro conhecido apenas como Bloodletter, V. era um macho maciço.

Com as íris brancas cor de gelo de contornos azuis, o cabelo negro azeviche e rosto bem desenhado, ele podia ser considerado belo. Mas o cavanhaque e as tatuagens em suas têmporas faziam ele parecer malvado.

– Não estou tenso. Nem um pouco – Phury passou as mãos na mesa lustrosa, pensando na fumaça que ia acender assim que entrasse em seu quarto. – Na verdade, ia procurar você.

– É mesmo?

– Wrath não gostou do clima na reunião de hoje de manhã – dizer aquilo era pouco. V. e o rei acabaram discutido em algumas questões e não era só esse o ponto. – Ele nos tirou de campo hoje. Disse que precisamos de um tempo.

V. arqueou as sobrancelhas, ficando com a expressão mais inteligente do que uma série de Einsteins. O ar de gênio não estava apenas na aparência. Ele falava dezesseis idiomas, criava jogos de computador e conseguia recitar os vinte volumes das Crônicas. O Irmão deixava Stephen Hawking no chinelo – Todos nós? – V. perguntou.

– Sim. Eu estava indo para o ZeroSum. Quer ir comigo?

– Tenho um compromisso particular.

Ah, sim. A vida sexual nada convencional de V. Cara, ele e Vishous eram muito diferentes no que dizia respeito a sexo: ele não conhecia nada, mas Vishous havia explorado tudo e, na maioria dos casos, de modo extremo... o caminho não trilhado e a rodovia. E essa não era a única diferença entre eles. Pensando bem, os dois não tinham coisa alguma em comum.

– Phury?

Ele meneou a cabeça, prestando atenção.

– Desculpe... o que foi?

– Eu disse que sonhei com você certa vez. Muitos anos atrás.

Oh, Deus. Por que ele não tinha ido diretamente para seu quarto? Podia estar fumando agora.

– Como assim?

V. alisou o cavanhaque.

– Vi você em pé em uma estrada em um campo nevado. Era um dia de tempestade... sim, muitos raios e trovões. Mas quando você pegou uma nuvem do céu e a envolveu bem num poço, a chuva parou de cair.

– Que poético – e que alívio. A maior parte das visões de V. era muito assustadora. – Mas não faz sentido.

– Tudo o que vejo tem sentido e você sabe.

– É bem alegórico, então. Como se envolve um poço? – Phury franziu a testa. – E por que me contou isso agora?

V. baixou as sobrancelhas escuras sobre os olhos que pareciam espelhos.

– Deus... eu... não sei. Só precisava dizer isso – com um terrível palavrão, ele foi para a cozinha. – Bella ainda está lá?

– Como você sabia que ela estava...

– Você sempre fica arrasado quando a vê.

CAPÍTULO 2

Meia hora e um sanduíche de peru depois, V. materializou-se na varanda de sua cobertura no centro da cidade. A noite estava feia, com o frio de março e a umidade de abril, e o vento fazia barulho como um bêbado inquieto. Em pé diante da paisagem de cartão postal das pontes gêmeas de Caldwell, as luzes da cidade o entediaram.

E a possibilidade de divertir-se e jogar naquela noite perdeu a graça.

Ele pensou ser parecido com um viciado em cocaína inveterado. O ápice já tinha passado, mas agora ele só mantinha o vício, sem entusiasmo. Era só necessidade, não havia mais a emoção.

Apoiando as mãos na mureta, inclinou-se para frente e sentiu uma rajada de vento gelado no rosto, e seus cabelos voaram para trás como naqueles comerciais de xampu com modelos exuberantes. Ou talvez... como nos gibis de super-heróis. É, seria uma metáfora melhor.

Mas ele não podia ser um vilão, certo?

Ele percebeu que acariciava a pedra lisa na qual se apoiava. A mureta tinha um metro e vinte de altura e circundava a construção como o rebordo de uma bandeja. A borda era uma estante de um metro de largura, implorando para se jogar dos nove metros de vazio do outro lado, a brisa perfeita para o prelúdio da morte.

Aquela, sim, era uma vista que lhe interessava.

Ele conhecia por experiência própria a suavidade de uma queda livre. Como a força do vento contra seu peito dificultava a respiração.

Como os olhos lacrimejavam e as lágrimas escorriam pelas têmporas, e não pelas bochechas. Como o chão se apressava a saudá-lo, um anfitrião pronto para recebê-lo para a festa.

Não tinha certeza se havia tomado a decisão certa ao se salvar na primeira vez em que pulara. Mas, no último instante, desmaterializou-se de volta para a varanda. De volta... para os braços de Butch.

Maldito Butch. Ele sempre voltava para aquele filho da mãe, não é?

V. procurou afastar a vontade de saltar de novo e destrancou uma das travas com a mente. As três paredes de vidro da varanda eram à prova de balas, mas não filtravam a luz do sol. Não que ele ficasse ali durante o dia, mesmo que eles sim.

Aquilo não era um lar.

Quando entrou, o local e o motivo pelo qual ele usava aquele lugar comprimiram seu peito como se a força da gravidade fosse diferente ali. As paredes, o teto e o piso de mármore do espaçoso *loft* eram negros. Bem como as centenas de velas que ele poderia acender a um comando. A única coisa que poderia ser classificada como móvel era uma cama *king-size* que nunca usara. O resto era equipamento: a mesa com as proteções. As correntes presas à parede. As máscaras e as bolas, os chicotes, as chibatas e as correntes. O armário repleto de argolas para mamilos, clipes de aço e ferramentas de aço forjado.

Tudo para as fêmeas.

Ele retirou a jaqueta de couro e a jogou na cama e então tirou a camisa. Sempre ficava de calça durante as sessões. Os outros nunca o viam completamente nu. Ninguém o via, além de seus Irmãos nas cerimônias na Tumba, e apenas porque não havia outra escolha durante os rituais.

A aparência de seu corpo da cintura para baixo não era da conta de ninguém.

As velas se acenderam quando ele ordenou, com as luzes brilhando no chão antes de serem sugadas pelo domo escuro do teto. Não havia nada de romântico no ar. O local era uma caverna onde as coisas profanas eram feitas à vontade, e a luz só servia para que fossem distinguidos couro, metal, mãos e presas.

Além disso, as velas podiam ser usadas para outras coisas, além de iluminar.

Aproximou-se do bar, encheu um copo com alguns centímetros de Grey Goose e recostou-se no curto balcão. Havia aquelas entre a espécie que acreditavam que manter relações sexuais com ele naquele lugar era um rito de passagem. E também as que só conseguiam se satisfazer com ele. E algumas outras, ainda, que queriam explorar a combinação de dor com sexo.

As do tipo Lewis-e-Clark* eram as que menos despertavam seu interesse. Geralmente, não aguentavam o tranco e tinham de usar durante o ato um código ou o sinal de mão que ele lhes ensinava. Ele sempre permitia que fossem embora assim que quisessem, mas tinham de parar de chorar sozinhas, não com a ajuda dele. Nove a cada dez vezes, elas queriam tentar de novo, apesar de lhe ser broxante. Se desistiam tão facilmente uma vez, provavelmente o fariam de novo, e ele não tinha interesse algum em dar palestra sobre o assunto.

As que suportavam chamavam-no de *dhono* e o adoravam, ainda que não desse a mínima para aquela atitude. Ele precisava aparar suas arestas internas, e o corpo delas servia como pedra que ele usava para se amolar. Fim de papo.

Ele caminhou até a parede, pegou uma das correntes de aço e permitiu que ela escorregasse pela palma da mão, elo por elo. Apesar de ser um sádico por natureza, não sentia prazer algum em ferir suas subordinadas. Seu lado sádico era satisfeito matando *redutores*.

Para ele, ter o controle da mente e do corpo delas era o mais importante. As coisas que ele fazia com elas, sexualmente ou não, aquilo que dizia, o que pedia que elas vestissem... tudo era cuidadosamente calculado. Sim, havia dor presente, e sim, talvez elas chorassem por vulnerabilidade e medo. Mas imploravam por mais.

E ele lhes dava mais, se sentisse vontade.

Olhou para as máscaras. Ele sempre cobria o rosto delas com máscaras, e elas só podiam tocá-lo onde, como e com o que ele mandasse. Era incomum que tivesse orgasmos ao longo de uma sessão, o que

---

*Meriwether Lewis e William Clark formaram uma dupla de exploradores que lideraram a primeira grande expedição exploratória do continente norte-americano. [N. T.].

seria motivo de grande orgulho para elas. E se ele se alimentava, era porque tinha de fazer isso.

Nunca humilhava quem quer que estivesse ali, jamais as submetia às coisas terríveis que sabia muito bem que alguns Dominadores preferiam. Mas também não as confortava no começo, no meio ou no fim, e as sessões aconteciam conforme seus termos. Ele lhes dava as ordens, dizia onde e quando, e, se tentassem ser dominadoras, eram expulsas. Para sempre.

Ele olhou para seu relógio e ergueu o *mhis* que cercava a cobertura. A fêmea que estaria ali naquela noite conseguiria rastreá-lo porque ele havia sugado de sua veia alguns meses antes. Quando terminasse, ele daria um jeito para que ela não se lembrasse de onde estivera.

Mas, ela saberia o que tinha acontecido. Os sinais do sexo ficariam marcados por todo seu corpo.

Quando a fêmea se materializou na varanda, ele se virou. Pelas cortinas, ela era uma sombra enorme de curvas vestindo um top preto de couro e uma saia larga, igualmente preta. Seus cabelos escuros estavam enrolados no topo da cabeça, como ele havia exigido.

Ela sabia que tinha de esperar. Sabia que não podia bater.

Ele abriu a porta com a mente, mas ela também sabia que não devia entrar sem ser convocada.

Ele olhou para ela e sentiu seu cheiro. Estava totalmente excitada.

As presas dele se alongaram, mas não porque ele estava interessado no sexo úmido dela. Precisava se alimentar, e ela era uma fêmea, com todo tipo de veia aguardando uma presa sedenta. Simples biologia, nada de encanto.

V. estendeu o braço e fez um sinal com o dedo para chamá-la. Ela deu um passo à frente, tremendo, da melhor maneira que conseguiu. Ele estava num humor especialmente afiado naquela noite.

– Afrouxe essa saia – ele disse. – Não estou gostando.

Imediatamente ela desceu o zíper e permitiu que a saia caísse ao chão, formando um monte de cetim. Por baixo, ela vestia um espartilho de renda. Nada de calcinha.

Hum... é. Ele ia arrancar aquela *lingerie* de seu quadril com uma adaga. Em algum momento.

V. se aproximou da parede e pegou uma máscara com apenas uma abertura. Ela teria de respirar pela boca se quisesse ar.

Jogando-a para ela, ele disse:

– Use-a. Agora.

Ela cobriu o rosto sem nada dizer.

– Suba na minha mesa.

Ele não a ajudou enquanto se arrumava, apenas observou, sabendo que encontraria uma modo de se virar. Elas sempre encontravam. Fêmeas como ela sempre davam um jeito.

Para passar o tempo, ele pegou uma cigarrilha de seu bolso de trás, colocou-a entre os lábios e apanhou uma vela preta de um dos castiçais. Ao acender o fumo, olhou para o amontoado de cera líquida aos pés da chama.

Verificou como a fêmea estava se saindo. Pronto. Ela havia se posicionado de barriga para cima, com os braços erguidos e as pernas abertas.

Depois de prendê-la, sabia exatamente por onde começar.

Mantinha a vela na mão conforme se aproximava.

Sob a luz da academia da Irmandade, John Matthew assumiu a posição e concentrou-se em seu oponente de treino. Os dois combinavam como um par de *hashis*, ambos magros e sem muita carne, frágeis. Como eram todos os pré-transição.

Zsadist, o Irmão que ensinaria o mano a mano naquela noite, assoviou entre dentes, e John e seu colega trocaram reverências. Seu oponente disse o agradecimento adequado no Idioma Antigo, e John traduziu tudo para a Língua de Sinais Americana. E então eles começaram. Mãos pequenas e braços ossudos se encontravam, sem grandes consequências; chutes eram lançados ao ar como aviões de papel; esquivavam-se de modo grosseiro. Todos os movimentos e posições eram sombras do que deveriam ter sido, ecos de trovão, não o estrondo em si.

O trovão veio de outro canto na academia.

No meio do *round*, ouviu-se um forte TUMP!, como se um corpo sólido atingisse os tatames azuis feito um saco de areia. John e seu oponente se viraram para olhar... e então abandonaram suas tentativas ruins de artes marciais mistas.

Zsadist estava trabalhando com Blaylock, um dos dois melhores amigos de John. O ruivo era o único aprendiz que tinha passado pela transformação até aquele momento, portanto tinha o dobro do tamanho de todas as outras pessoas da sala. E Z. havia acabado de derrubar o cara.

Blaylock ficou em pé e mais uma vez encarou a situação, mas estava claro que seria derrubado de novo. Por maior que fosse, Z. era tão gigantesco quanto ele, além de ser membro da Irmandade da Adaga Negra. Então, Blay estava encarando um tanque de guerra com muita experiência em briga.

Cara, Qhuinn tinha de estar ali para ver aquilo. Onde estaria ele?

Os onze aprendizes exclamaram com um "Uau!" quando Z. calmamente fez Blay perder o equilíbrio e o lançou de lado em cima dos tatames, colocando-o em posição de submissão. Assim que Blay caiu, Z. saiu de cima dele.

Em pé diante do garoto, Zsadist disse-lhe de modo caloroso:

– A cinco dias da transição, você está se saindo bem.

Blay sorriu, apesar de seu rosto estar amassado no tatame como se houvesse sido grudado ali.

– Obrigado... – ele disse de modo ofegante. – Obrigado, senhor.

Z. estendeu o braço e puxou Blay do chão, quando o som de uma porta sendo aberta ecoou pela academia.

John arregalou os olhos ao ver o que estava ali. Bem... *caramba*... aquilo explicava onde Qhuinn estivera toda a tarde.

O macho que atravessou os tatames lentamente tinha um metro e noventa e uns cento e trinta quilos, o tipo de cara que dificilmente estaria pesando no dia anterior pouco mais de um saco de ração para cachorro. Qhuinn havia passado pela transição. Caramba, não era de surpreender por que ele não havia enviado mensagens durante o dia. Estava ocupado criando um corpo novo.

Quando John ergueu a mão, Qhuinn fez um meneio de cabeça como se estivesse com torcicolo ou, talvez, com a cabeça latejando de dor. O cara parecia estar detonado e se movia com muita dificuldade, como se o corpo inteiro doesse. Também remexia na gola de sua nova blusa extra-extra-extra grande como se a sensação dela contra sua pele o incomodasse, e não parava de arrumar a calça, fazendo careta. Seu olho roxo foi uma surpresa, teria se chocado contra alguma coisa no meio da transição? Diziam que você se debate pra caramba durante a transição.

– Que bom que você apareceu – Zsadist disse.

A voz de Qhuinn soou profunda quando ele respondeu, uma cadência totalmente diferente da anterior. – Eu quis vir, apesar de não poder malhar.

– Fez bem. Pode relaxar ali.

Enquanto Qhuinn ia para as laterais, seus olhos se cruzaram com os de Blay e os dois sorriram lentamente. E então direcionaram-se para John.

Usando a Língua de Sinais Americana, as mãos de Qhuinn disseram: *Depois da aula, vamos à casa do Blay. Tenho muito a contar a vocês.*

Quando John assentiu, a voz de Z. ressoou na academia.

– O recreio terminou, meninas. Não me obriguem a dar um tapinha no bumbum de vocês, ok?

John olhou para seu pequeno parceiro e se colocou em posição de ataque.

Apesar de um dos aprendizes ter morrido na transição, John mal podia esperar pela dele. Sim, estava morrendo de medo, mas era melhor morrer do que ficar preso em um mundo como um ser assexuado à mercê dos outros.

Ele estava mais do que pronto para se tornar macho.

Tinha assuntos de família a tratar com os *redutores*.

Duas horas depois, V. estava mais do que satisfeito. Não era de surpreender que a fêmea não estivesse em condições de se materializar em sua casa, por isso, ele fez ela vestir um robe, hipnotizou-a para que entrasse em transe e desceu com ela pelo elevador de carga do prédio. Fritz esperava perto da calçada no carro, e o velho *doggen* não fez perguntas depois que o endereço foi dado.

Como sempre, aquele mordomo era um enviado dos céus.

Sozinho novamente na varanda, V. se serviu de um pouco de Goose e se sentou na cama. O local ficara coberto de cera endurecida, sangue, as secreções dela e o resultado dos orgasmos dele. Foi uma sessão que deixou bastante sujeira. Mas era assim que terminavam as sessões satisfatórias.

Ele deu um gole demorado. No silêncio profundo, depois de suas perversões, no frio de sua realidade nua e crua, uma série de imagens sensuais lhe ocorria. O que ele vira semanas atrás e de que agora se lembrava tinha sido absorvido por engano, mas apanhou a cena como um batedor de carteiras, inserindo-a no lobo frontal apesar de não lhe pertencer.

Semanas atrás, ele havia flagrado Butch e Marissa... juntos na cama. Ocorrera no período de quarentena do tira, na clínica de Havers. Uma câmera de vídeo estava instalada no canto do quarto do hospital, e V. vira os dois pelo monitor do computador: ela de camisola laranja-vibrante, ele com o avental do hospital. Os dois se beijavam longa e ardentemente; com o corpo ansiando por sexo.

V. acompanhara com o coração na boca Butch virando-se e subindo em cima dela, com o avental abrindo e revelando seus ombros, costas e quadril. Enquanto ele começava a entrar no ritmo, suas costas se flexionavam e relaxavam à medida que as mãos dela percorriam suas nádegas e ela fincava as unhas nelas.

Vê-los juntos... havia sido bonito. Não tinha nada do sexo selvagem que V. praticara na sua vida toda. Amor, intimidade e... gentileza estavam presentes.

Vishous soltou o corpo no colchão, o copo quase entornando o líquido ao se deitar. Caramba, queria saber como era fazer sexo daquele jeito. Será que gostaria daquilo? Talvez se sentisse preso. Não se lembrava de ter sentido as mãos de alguém sobre seu corpo daquela maneira, e não conseguia se imaginar totalmente nu.

Mas ele pensou em Butch e decidiu que provavelmente isso apenas dependeria da pessoa com quem estivesse.

V. cobriu o rosto com a mão boa, desejando ardentemente que aqueles sentimentos desaparecessem. Odiava-se por possuir tais pensamentos, por ter essa fixação, e a vergonha contínua, tão familiar, trouxe-lhe uma onda de fadiga. Sentindo-se exausto da cabeça aos pés, lutou contra aquela sensação, sabendo que ela era perigosa.

Dessa vez, não deu certo. Passou longe de conseguir. Fechou os olhos quando o medo começou a percorrer suas costas, transformando sua pele num acolchoado de calafrios.

Oh... droga. Ele estava adormecendo...

Em pânico, tentou abrir os olhos, mas era tarde demais. Estavam pesados. Por mais que tentasse se libertar, já estava envolvido e era levado.

Ele soltou o copo e escutou ao longe quando o vidro se espatifou no chão. A última coisa em que pensou foi em como era igual àquele copo de vodca, estilhaçada e esparramada, incapaz de se conter.

Capítulo 3

Alguns quarteirões a oeste, Phury pegou seu martini e sentou-se em um sofá de couro no ZeroSum. Ele e Butch estavam calados desde que tinham chegado ao clube meia hora antes, apenas observavam as pessoas, sentados à mesa da Irmandade.

Havia muito o que ver ali.

Do outro lado de uma parede com uma cascata, a pista de dança da boate fervia com música *techno* enquanto humanos curtiam o barato causado pelo *ecstasy* e pela cocaína, agindo de modo promíscuo com suas roupas de grife. Mas a Irmandade nunca se misturava com o público mais popular. Eles ocupavam a seção VIP, uma mesa mais ao fundo, perto da saída de emergência. A boate era um bom lugar para eles. Ninguém os incomodava, a bebida era de primeira e ficava bem no centro da cidade, onde a Irmandade concentrava a maioria de suas buscas.

Além disso, o local era propriedade de um parente, agora que Bella e Z. estavam juntos. Rehvenge, o macho que gerenciava o clube, era irmão dela.

Por sinal, era também o traficante de Phury.

Ele tirou dinheiro do bolso. Sem dúvida alguma faria outra compra naquela noite. Seu estoque estava acabando de novo.

Uma mulher loura passou pela mesa com os seios balançando como maçãs dentro do top de lantejoulas, sua saia curta deixava à mostra a polpa de suas nádegas e a calcinha barata. Aquela produção fazia ela parecer mais que apenas seminua.

Vulgar talvez fosse a palavra mais adequada.

Ela era uma moça comum. A maioria das humanas da seção VIP estava a um passo de ser presa por atentado ao pudor, mas elas geralmente eram profissionais ou cidadãs comuns equivalentes a prostitutas. Quando uma delas ocupou o sofá ao lado, por um segundo ele tentou imaginar como seria comprar um pouco de tempo com alguém como ela.

Era celibato havia tanto tempo que parecia totalmente descabido sequer pensar daquela maneira, muito menos colocar a ideia em prática. Mas talvez ajudasse a tirar Bella da cabeça.

– Gostou de alguma? – Butch quis saber.

– Não sei do que está falando.

– É mesmo? Está querendo dizer que não notou aquela loura que acabou de passar? Ou que não viu como ela está de olho em você?

– Ela não faz meu tipo.

– Então procure por uma morena de cabelos longos.

– Não enche – quando Phury terminou de beber seu martini, sentiu vontade de jogar o copo na parede. Droga, mal conseguia acreditar que tinha pensado em pagar para ter sexo.

Desesperado. Fracassado.

Deus, desejou um baseado.

– Vamos, Phury, deve saber que todas as mulheres ficam olhando para você quando entra aqui. Deveria experimentar uma delas.

Certo, pessoas *demais* o estavam pressionando naquela noite.

– Não, obrigado.

– Só estou dizendo...

– Vá se danar e cale a boca.

Butch praguejou baixo e não disse mais coisa alguma. E isso fez Phury se sentir um idiota. Bem feito.

– Sinto muito.

– Não, tudo bem.

Phury fez sinal para uma garçonete, que veio depressa. Quando seu copo vazio foi retirado, ele disse:

– Ela tentou me arranjar alguém esta noite.

– O que disse?

– Bella – Phury pegou um guardanapo e começou a dobrá-lo em quadrados. – Disse que tinha uma assistente-social no Abrigo.

– Rhym? Oh, ela é muito legal...

– Mas eu...

– Não está interessado? – Butch balançou a cabeça. – Phury, cara, provavelmente você vai querer arrancar minha cabeça fora, mas está na hora de se interessar. Essa besteira que você tem com as fêmeas precisa terminar.

Phury teve de rir.

– Seja direto, está bem?

– Olha, você precisa viver um pouco.

Phury fez um meneio de cabeça na direção da loura biônica.

– E você acha que pagar para ter sexo é viver um pouco?

– Da forma como ela está olhando pra você, não ia precisar nem pagar – Butch disse.

Phury se forçou a imaginar a cena. Pensou em si mesmo levantando-se e aproximando-se da mulher. Pegando-a pelo braço e levando-a para dentro de um dos quartos privativos. Talvez ela não quisesse. Talvez ele a apoiasse na pia, abrisse suas pernas e a penetrasse até atingir um orgasmo. Tempo total? Quinze minutos, no máximo. Afinal, ele podia ser virgem, mas a dinâmica do sexo era bem simples. Seu corpo só precisaria de um local apertado e de um pouco de fricção, que ele chegaria lá.

Bem, em teoria. Ele não estava excitado naquele momento. Mesmo que quisesse fazer sexo, não ia acontecer. Pelo menos, não com aquela mulher.

– Estou bem – ele disse quando seu novo martini chegou. Depois de remexer a azeitona com o dedo, ele a colocou dentro da boca. – Sério, estou bem mesmo.

Os dois voltaram a se calar, nada entre eles além do batucar da música vindo do outro lado da parede com cascata. Phury estava prestes a falar de esportes porque não conseguia mais suportar o silêncio constrangedor de Butch.

Uma fêmea da área VIP os encarava. Era a chefe de segurança, aquela que se comportava como homem e tinha um corte de cabelo masculino. Durona. Phury já a tinha visto algemar homens bêbados como se estivesse repreendendo cachorros com golpes de jornal.

Mas ela não estava olhando para Phury. Seu foco era Butch.

– Olha só, você já pegou aquela – Phury disse. – Não é?

Butch deu de ombros e virou sua bebida.

– Só uma vez. E foi antes de Marissa.

Phury olhou de novo para a fêmea e ficou imaginando como tinha sido o sexo. Ela era do tipo que parecia ser capaz de fazer um macho ver estrelas. E não necessariamente com prazer.

– Fazer sexo com desconhecidos é bom? – Ele perguntou, sentindo-se um menino de doze anos.

Butch sorriu de modo discreto.

– Eu achava que era. Mas quando não conhecemos nada, qualquer coisa serve.

Phury bebeu um gole de seu martini. Qualquer coisa, hein? Então era isso que lhe aguardava. Que inspirador.

– Droga, minha intenção não é ser estraga-prazeres. Mas é melhor com a pessoa certa – Butch virou seu copo. Quando uma garçonete se aproximou para servir mais, ele disse: – Não, agora só tomo duas. Obrigado.

– Espere! – Phury disse, antes de a mulher se afastar. – Quero mais um trago. Obrigado.

Vishous sabia que o sonho tinha acontecido, porque estava feliz nele. O pesadelo sempre começava com ele em um estado de sublime felicidade. No início, sentia-se feliz, completo, como um cubo mágico resolvido.

Então, a arma foi acionada. E uma mancha vermelha apareceu em sua camisa. E um grito cortou o ar, que parecia sólido de tão denso.

A dor o atingiu como se ele tivesse sido estraçalhado por uma bomba, como se tivesse sido banhado em gasolina e lhe tivessem tacado fogo, como se a pele houvesse sido arrancada em fatias.

Oh, Deus, estava morrendo. Ninguém conseguia sobreviver àquele tipo de sofrimento.

Ele caiu de joelhos e...

V. saltou da cama como se tivesse levado um chute na cabeça.

Na cobertura de paredes pretas e vidros escuros, sua respiração mais parecia um serrote cortando madeira dura. Droga, seu coração batia com tanta força que pensou que talvez devesse segurá-lo com as mãos para mantê-lo no lugar.

Precisava de uma bebida... *imediatamente.*

Com as pernas bambas, ele foi até o bar, pegou um copo limpo e se serviu de Grey Goose. Estava prestes a entornar quando percebeu que tinha companhia.

Tirou uma adaga negra da bainha da cintura e se virou.

– Sou eu, guerreiro.

Jesus Cristo. A Virgem Escriba estava diante dele, envolvida em um manto negro que ia da cabeça aos pés, o rosto estava coberto e seu corpo pequeno dominando a cobertura. Por baixo de sua roupa, escapava-lhe um brilho pelo chão de mármore, ofuscante como o sol do meio-dia.

Oh, aquilo era exatamente do que precisava naquele momento. *Pode crer.*

Ele fez uma reverência e ficou parado. Tentou imaginar como conseguiria continuar bebendo naquela posição.

– Sinto-me honrado.

– Você mente – ela disse de modo seco. – Endireite-se, guerreiro. Quero ver seu rosto.

V. fez o que pôde para estampar na cara um ar receptivo, na esperança de disfarçar a careta que mostrava. *Caramba.* Wrath havia ameaçado denunciá-lo à Virgem Escriba se ele não tomasse jeito. E a ficha caiu.

Quando se endireitou, imaginou que beber seria um insulto.

– Sim, seria – ela disse. – Mas faça o que tem de fazer.

Ele engoliu a vodca como se fosse água e colocou o copo no balcão. Queria mais, mas esperava que ela não ficasse por muito tempo.

– Minha visita nada tem que ver com seu rei – a Virgem Escriba disse, caminhando, e parou a trinta centímetros de distância. V. lutou contra o desejo de se afastar, principalmente quando ela esticou o braço e tocou o rosto dele com a mão brilhante. Ela tinha a força de um raio: precisa e mortal. Ninguém desejaria ser alvo dela. – É chegada a hora.

De quê? Mas ele se calou. Não se fazia muitas perguntas à Virgem Escriba. Não se não desejasse virar purê de batatas em sua mão.

– Seu aniversário se aproxima.

Sim, logo completaria trezentos e três anos, mas não entendia por que aquilo motivara sua visita. Se ela queria lhe dar um cartão de aniversário, poderia ter usado o correio. Seria muito mais simples.

– E tenho um presente pra você.

– Sinto-me honrado – *e confuso.*

– Sua fêmea está pronta.

Vishous se remexeu todo, como se alguém tivesse cutucado seu traseiro com uma faca.

– Desculpe, o que... – *sem perguntas, imbecil.* – Hã... com todo o respeito, não tenho fêmea.

– Você tem – ela abaixou o braço que brilhava. – Eu a escolhi entre as Escolhidas para ser sua primeira companheira. Ela é a de sangue mais puro, de maior beleza – quando Vishous abriu a boca, a Virgem Escriba o interrompeu. – Você terá uma parceira, acasalar-se-á com ela e também com as outras. Suas filhas preencherão as classes das Escolhidas. Seus filhos se tornarão membros da Irmandade. Este é seu destino: formar o Primaz dos Escolhidos.

A palavra *Primaz* caiu como uma bomba atômica.

– Perdoe-me, Virgem Escriba... hã... – ele pigarreou e se lembrou de que, irritando a Vossa Santidade, poderia virar churrasco. – Não quero ofendê-la, mas não terei parceira...

– Sim, terá. E se deitará com ela no ritual adequado e ela carregará seus filhos. Assim como as outras o farão.

A ideia de ficar preso do Outro Lado, cercado por fêmeas, incapaz de lutar, incapaz de ver seus Irmãos... ou... meu Deus, Butch... trouxe-lhe um gosto amargo à boca.

– Meu destino é como guerreiro. Com meus Irmãos. Estou onde devo estar.

Além disso, com o que havia feito a si mesmo, como teria filhos?

Ele esperava que ela fosse se irritar com sua insubordinação. Ao invés disso, ela disse:

– Você é muito corajoso negando sua posição. É muito parecido com seu pai.

Errado. Ele e Bloodletter não tinham *coisa alguma* em comum.

– Sua Santidade...

– Você deve fazer isso. E deve se submeter por vontade própria.

Sua resposta foi rápida, dura e seca:

– Preciso de um motivo muito bom para isso.

– Você é meu filho.

V. parou de respirar, seu peito estava virando concreto. Certamente ela estava dizendo aquilo num sentido mais amplo.

– Há trezentos e três anos você nasceu de meu corpo – o capuz da Virgem Escriba ergueu-se por conta própria de seu rosto, revelando uma beleza fantasmagórica e etérea. – Erga sua mão amaldiçoada e conheça a verdade.

Com o coração aos saltos, V. ergueu a mão e tirou a luva com puxões desajeitados. Horrorizado, olhou para o que havia por trás de sua pele tatuada: o brilho de sua mão era como o brilho da mão dela.

Jesus Cristo... por que diabos não se dera conta disso antes?

– Sua ignorância – ela disse – contribuiu com sua negação. Você não queria ver.

V. afastou-se dela. Mas quando chocou-se com o colchão, sentou-se e disse a si mesmo que aquele não era o momento de perder a cabeça.

Oh, espere... já tinha perdido. Sábia decisão, ou teria pirado a uma hora dessas.

– Como... é possível? – Sim, era uma pergunta, mas, àquela altura, dane-se.

– Sim, acredito que devo perdoar sua pergunta desta vez – a Virgem Escriba flutuou pela sala, deslocando-se sem caminhar, tendo seu manto imóvel com o movimento, como se fosse feito de pedra. No silêncio, ela o fez pensar em uma peça de xadrez: a rainha, aquela entre os outros no tabuleiro que tem liberdade para se mover em todas as direções.

Quando ela finalmente falou, sua voz estava grave. Exigente.

– Eu queria saber como era conceber e parir fisicamente, por isso assumi forma suficiente para realizar o ato sexual e parti fértil para o Antigo País – ela parou diante das portas de vidro na frente da varanda. – Eu escolhi o macho de acordo com os atributos masculinos mais desejáveis para a sobrevivência da espécie: força e astúcia, poder, agressividade.

V. pensou em seu pai e tentou imaginar a Virgem Escriba fazendo sexo com ele. Caramba, deve ter sido uma experiência brutal.

– Sim, foi – ela disse. – Recebi exatamente o que busquei. Não tive como voltar atrás depois de começar, e ele era exatamente como parecia ser. Mas, no final, ele se afastou de mim. De alguma forma, sabia o que eu pretendia e quem eu era.

Sim, seu pai era excelente em descobrir e explorar a motivação dos outros.

– Talvez tenha sido tolo de minha parte pensar que poderia me passar por alguém que não era com um macho como ele. Astuto, de fato – ela olhou para o outro lado da sala, para V. – Ele me disse que me daria seu sêmen se pudesse gerar um homem. Ele ainda não havia conseguido gerar um filho, e seu instinto de guerreiro precisava ser satisfeito.

– Eu, no entanto, queria meu filho para As Escolhidas. Seu pai podia entender de táticas, mas não era o único. Eu também conhecia bem suas fraquezas e podia escolher o sexo do bebê. Concordamos que, três anos depois de seu nascimento, ele ficaria com você por três séculos, e que poderia usá-lo para lutar a seu lado. Depois disso, você serviria a meus propósitos.

Os propósitos dela? Os do pai dele? Caramba, ele não tinha voz ativa?

A Virgem Escriba começou a falar mais baixo.

– Depois de nosso acordo, ele ficou em cima de mim por horas, até que quase morri. Ele estava possuído pela necessidade de conceber, e eu suportei porque também queria.

Suportar era o termo certo. V., assim como os outros machos do acampamento de guerreiros, tinha sido forçado a assistir seu pai fazendo sexo. Bloodletter não fazia distinção entre brigar e transar e não se importava com o tamanho ou a fragilidade da fêmea.

A Virgem Escriba começou a se mover pela sala novamente.

– Eu entreguei você no acampamento no dia de seu terceiro aniversário.

V. percebeu, distraidamente, um zunir na mente, como um trem que aumenta a velocidade. Graças ao acordo de seus pais, ele havia passado a vida em ruínas, lidando com o resultado da crueldade de seu pai e com as lições terríveis aprendidas no campo de batalha.

Ele resmungou.

– Sabe o que ele fez comigo? O que fizeram comigo lá?

– Sim.

Deixando todas as regras de etiqueta de lado, ele perguntou:

– Então, por que *diabos* me deixou ficar ali?

– Eu lhe dei minha palavra.

V. ficou em pé de repente, levando a mão às partes íntimas.

– Fico feliz por sua honra ter permanecido intacta, apesar de a minha, não. Pois é, uma troca muito justa.

– Consigo compreender sua raiva...

– Consegue, *mamãe*? Isso faz eu me sentir *muito* melhor. Passei vinte anos de minha vida lutando para permanecer vivo naquele inferno. O que ganhei? Uma cabeça louca e um corpo fora dos eixos. E agora quer que eu me reproduza por você? – Ele sorriu de modo frio. – E se eu não puder engravidá-las? Já pensou nisso, sabendo o que aconteceu comigo?

– Você é capaz.

– Como sabe?

– Você acha que existe alguma parte de meu filho que eu não conheço?

– Sua... *vaca* – ele sussurrou.

Uma explosão de calor saiu do corpo dela, quente o suficiente para fazer arder as sobrancelhas dele, e sua voz soou pela cobertura:

– *Não* se esqueça de quem sou, guerreiro. Eu escolhi seu pai sem pensar, e ambos sofremos pelo erro. Você acha que eu não senti nada vendo o caminho que sua vida tomava? Acredita que observei de longe sem me afetar? *Eu morri todos os dias por você.*

– Ah, agora você é uma maldita Madre Teresa – ele gritou, percebendo que seu corpo começava a esquentar. – Você deveria ser a toda-poderosa. Se tivesse se importado, poderia ter se metido...

– Os destinos não são escolhidos, eles são cumpridos...

– Por quem? Você? Então é você a quem devo odiar por toda a desgraça que me aconteceu? – Agora ele brilhava totalmente; não precisou nem mesmo olhar para os braços para saber que o que havia dentro de sua mão havia se espalhado pelo corpo. Assim. Como. Ela. – Deus... vá se *danar*.

– Meu filho...

Ele mostrou as presas.

– Não me chame assim. *Nunca*. Mãe e filho... não somos isso. Minha mãe teria feito alguma coisa. Se eu não pudesse me proteger, minha mãe deveria estar lá...

– Eu queria estar...

– Quando eu estava sangrando, arrasado e com medo, minha mãe teria me ajudado. Por isso não me venha com essa *baboseira* de filho.

Fez-se longo silêncio. E então a voz dela soou clara e forte.

– Você vai se apresentar para mim depois de meu retiro, que começa esta noite. Será introduzido a sua parceira como uma formalidade. Voltará quando ela estiver adequadamente preparada para seu uso, e vai fazer o que nasceu para fazer. E o fará por vontade própria.

– Não vou, de jeito nenhum. E *vá se ferrar*.

– Vishous, filho de Bloodletter, vai fazer isso porque, se não fizer, a raça não sobreviverá. Se existe esperança de nos salvarmos dos ataques da Sociedade Redutora, precisamos de mais Irmãos. A Irmandade conta com poucos agora. Em outras épocas, havia vinte, trinta entre vocês. De onde mais conseguiremos Irmãos senão do acasalamento seletivo?

– Você permitiu a entrada de Butch na Irmandade e ele não era...

– Dispensa especial por uma profecia cumprida. Não é a mesma coisa, e você bem sabe. O corpo dele nunca será tão forte quanto o seu. Se não fosse por sua força, ele nunca poderia atuar como um Irmão.

V. desviou o olhar.

Sobrevivência da espécie. Sobrevivência da Irmandade.

Droga.

Ele caminhou e terminou perto de sua estante e de sua série de "brinquedos".

– Sou o cara errado para esse tipo de coisa. Não faço o tipo herói. Não estou interessado em salvar o mundo.

– A lógica está na biologia e não pode ser desfeita.

Vishous ergueu a mão brilhante, pensando no número de vezes que a havia usado para incendiar coisas. Casas. Carros.

– O que acha disto? Quer uma geração toda amaldiçoada como eu? E se eu passar isso a meus filhos?

– É uma excelente arma.

– Assim como uma adaga, mas não queima os amigos.

– Você é abençoado, não amaldiçoado.

– É mesmo? Experimente viver assim.

– Poder exige sacrifício.

Ele riu.

– Bem, então eu desistiria desta droga num piscar de olhos se pudesse ser normal.

– Mesmo assim, você tem uma obrigação com sua espécie.

– Ah, sim, claro. Assim como você tinha com o filho a quem deu à luz. É melhor torcer para que eu seja mais consciente de minha responsabilidade.

Ele olhou para a cidade, pensando nos civis que vira derrotados e mortos nas mãos dos *redutores* de Ômega. Foram séculos de massacres de inocentes cometidos por aqueles filhos da mãe, e a vida já era difícil o bastante sem que houvesse aquela caçada. Ele deveria saber disso.

Cara, odiou que ela tivesse razão quanto à lógica. Havia apenas cinco Irmãos na Irmandade, contando com a chegada de Butch: Wrath não podia lutar, pela lei, porque era o rei. Tohrment havia desaparecido. Darius havia morrido no verão anterior. Assim, eram cinco contra o inimigo que não se deixava derrotar. Para piorar, os *redutores* tinham um número infinito de humanos para colocar nas suas classes de mortos-vivos, enquanto os Irmãos tinham de nascer, ser criados e, ainda por cima, sobreviver às transições.

Sim, os membros que estavam sendo treinados na parte de trás do complexo se tornariam soldados, mais dia, menos dia. Mas aqueles caras nunca teriam a força, a resistência ou a capacidade de cura que os machos da linhagem da Irmandade tinham.

E quanto a criar mais Irmãos... havia poucas opções dentre as quais escolher. Pela lei, Wrath, como rei, podia se deitar com qualquer fêmea da espécie, mas ele era parceiro exclusivo de Beth. Assim como Rhage e Z. com suas fêmeas. Tohr, se ainda estivesse vivo e se voltasse, não estaria com cabeça para engravidar fêmeas entre as Escolhidas.

Phury era a única possibilidade, mas ele era um celibatário de coração partido. Não era exatamente uma opção de reprodutor.

– Droga – enquanto pensava na situação, a Virgem Escriba ficou calada. Como se soubesse que se disesse qualquer coisa que fosse, ele desistiria de tudo e mandaria a raça às favas.

Ele se virou para ela.

– Tudo bem, mas com uma condição.

– Qual?

– Fico aqui, com meus Irmãos. Luto com meus Irmãos. Vou para o Outro Lado e... – *Droga. Oh, Deus* – me deito com quem for. Mas minha casa é aqui.

– O Primaz vive...

– Este não vai viver, por isso, é pegar ou largar – ele olhou para ela. – E saiba disso. Sou bem egoísta e, se não concordar, vou embora e aí? Afinal, você não pode me obrigar a transar com fêmeas pelo resto de minha vida, não a menos que queira fazer o trabalho manualmente – ele sorriu de modo frio. – E isso serve pra biologia?

Foi a vez de ela caminhar pela sala. Enquanto a observava e esperava, detestou perceber que eles pareciam pensar da mesma maneira: com movimento.

Ela parou perto da estante e esticou a mão brilhante, pairando-a sobre o parapeito de madeira. Os resquícios do sexo desapareceram no ar, a bagunça se organizou, como se ela não aprovasse.

– Pensei que talvez você quisesse uma vida tranquila. Uma vida na qual fosse protegido e não tivesse de lutar.

– E perder todo o treinamento cuidadoso que meu pai aplicou com pulso firme? Puxa, seria um *grande* desperdício. Quanto à proteção, ela teria servido trezentos anos atrás. Não agora.

– Pensei que talvez... você quisesse uma parceira. A que eu escolhi para você, ela é a melhor de todas as linhagens. Uma de sangue puro, com graça e beleza.

– E você escolheu meu pai, certo? Então me desculpe se eu não me animar muito.

O olhar dela percorreu os equipamentos dele.

– Você é muito... difícil.

– Sou filho de quem sou. Você mesma disse.

– Você pode não participar... do ato sexual com sua parceira. Seria vergonhoso e assustador para ela. E você não pode estar com ninguém que não seja uma das Escolhidas. Seria uma desgraça.

V. tentou imaginar abrir mão de suas possibilidades.

– Meu monstro precisa ser liberto. Ainda mais agora.

– Agora?

– Vamos, *mamãe*. Você sabe tudo sobre mim, não é? Então você sabe que minhas visões sumiram e que eu sou meio psicótico por falta de sono. Deve saber que saltei deste prédio semana passada. Quanto mais isso durar, pior vou ficar, principalmente se eu não fizer... exercícios.

Ela balançou a mão, como se o ignorasse.

– Você não vê nada porque está em um momento de dificuldade em seu caminho. O livre-arbítrio não pode ser exercitado se você tem consciência de seu resultado, assim a sua essência se reprime. Vai voltar.

Por algum motivo maluco, aquilo o acalmou, apesar de ter lutado contra as intrusões do destino de outras pessoas desde que elas começaram a aparecer para ele séculos antes.

E então, algo lhe ocorreu.

– Você não sabe o que vai acontecer comigo, não é? Não sabe o que eu vou fazer.

– Quero a sua palavra de que vai cumprir suas obrigações do Outro Lado. De que vai dar conta do que deve ser feito lá. E quero agora.

– Diga. Diga que não sabe o que vê. Se quer que eu prometa, tem de me dar isso.

– Por quê?

– Quero saber que você é impotente em algum aspecto – ele disse. – Para que saiba como *eu* me sinto.

O calor dentro dela aumentou até a cobertura se tornar uma sauna. Mas, então, ela disse:

– Seu destino é meu. Não conheço seu caminho.

V. cruzou os braços, sentindo-se como se estivesse com uma corda no pescoço na beira da cadeira. Que. Se. Dane.

– Você tem minha palavra.

– Aceite isso e aceite sua nomeação para o Primaz – ela estendeu a mão com um pesado pingente de ouro preso a um cordão negro de seda. Quando ele pegou o objeto, ela assentiu uma vez, como se selassem um pacto. – Vou informar às Escolhidas. Minha reclusão termina daqui a vários dias. Você virá a mim quando ela terminar e então será empossado Primaz.

O capuz preto dela foi erguido sem as mãos. Pouco antes de esconder o rosto brilhante da Virgem Escriba, ela disse:

– Até nosso próximo encontro. Fique bem.

Ela desapareceu sem som nem movimento algum, em uma luz extinta.

V. caminhou até a cama antes de seus joelhos fraquejarem. Quando se sentou no colchão, olhou para o pingente comprido e fino. O ouro era antigo e marcado com caracteres do Antigo Idioma.

Ele não queria filhos. Nunca quisera. Mas acreditava que, naquela situação, não passava de um doador de esperma. Não teria de ser um pai para nenhum deles, o que era um alívio. Não seria bom naquilo.

Colocando o pingente no bolso de trás de sua calça, ele segurou a cabeça com as mãos. Visões dele crescendo no campo de batalha vieram-lhe à mente, memórias claras como água e afiadas como vidro. Xingando no Antigo Idioma, ele esticou a mão para pegar a jaqueta, tirou dali seu telefone e apertou a tecla de discagem rápida. Quando Wrath atendeu, havia um zumbido do outro lado.

– Tem um minuto? – V. disse.

– Sim, o que foi? – Quando V. não respondeu, Wrath perguntou num tom de voz mais grave: – Vishous? Você está bem?

– Não.

Escutou-se um ruído, então a voz de Wrath soou ao longe.

– Fritz, pode entrar para limpar um pouco mais tarde? Obrigado, meu amigo – o ruído cessou quando a porta foi fechada. – Pode falar.

– Você... hã, você se lembra da última vez em que ficou bêbado? Bem bêbado?

– Hum... ah... – naquela pausa, V. imaginou as sobrancelhas escuras do rei franzindo. – Caramba, acho que eu estava com você. Foi no início do século passado, não? Sete garrafas de uísque divididas entre nós dois.

– Na verdade, foram nove.

Wrath riu.

– Começamos às quatro da tarde e levamos o quê? Quatorze horas? Fiquei mal um dia inteiro depois daquilo. Centenas de anos depois e eu ainda acho que estou de ressaca.

V. fechou os olhos.

– Lembra que o amanhecer estava se aproximando... eu... hã... disse que nunca tinha conhecido minha mãe? Que não fazia ideia de quem ela era ou do que tinha acontecido com ela?

– A maior parte não lembro, mas sim, disso sim...

Caramba, eles tinham bebido tanto aquela noite. Ficaram acabados. E aquela tinha sido a única motivação para V. ter dito, mesmo que pouco, sobre o que lhe corría a mente todos os dias, o tempo todo.

– V.? O que foi? Isso tem que ver com sua *mahmen*?

V. deixou-se cair na cama. No encontro com o colchão, o pingente em seu bolso cutucou seu traseiro.

– Pois é... acabei de conhecê-la.

Capítulo 4

No Outro Lado, no santuário das Escolhidas, Cormia estava sentada em uma cadeira, em seu quarto branco, com uma pequena vela branca acesa ao seu lado. Ela vestia a túnica branca tradicional das Escolhidas, estava com os pés descalços sobre o mármore branco e as mãos dobradas sobre o colo.

Aguardando.

Estava acostumada a esperar. Era assim a vida de uma Escolhida. Esperava-se que o calendário de rituais oferecesse atividade. Esperava-se pela aparição da Virgem Escriba. Esperava-se pela Directrix para que ela delegasse deveres. E esperava-se com graça, paciência e compreensão, ou toda a tradição era arruinada. Assim, nenhuma irmã era mais importante do que outra. Como uma Escolhida, todas eram parte de um todo, uma única molécula entre muitas que formavam um corpo espiritual funcional... Vitais e, ao mesmo tempo, totalmente sem importância.

Era mal vista a fêmea que não realizava seus deveres, pois contaminava o restante.

Mas, naquele dia, a espera trazia uma responsabilidade da qual não se podia escapar. Cormia havia pecado, e estava esperando por seu castigo.

Por muito tempo quisera que sua transição fosse realizada, ansiara secretamente por isso, embora não pelo bem das Escolhidas. Desejara sentir-se totalmente satisfeita consigo mesma. Experimentar um sentido em sua respiração e em seu coração, que ambos se relacionassem ao fato de ela ser um indivíduo no universo, não apenas um parafuso numa engrenagem. Sua transição havia sido a chave para aquela liberdade particular.

Sua transição ocorrera recentemente, quando fora convidada para beber do copo no templo. A princípio, sentiu-se feliz, acreditando que seu desejo proibido não havia sido percebido, porém estava sendo realizado. Mas, então, veio a punição.

Olhando para o corpo, ela culpou os seios e o quadril pelo que estava prestes a acontecer. Culpou-se por querer ser um alguém específico. Devia ter permanecido como era...

A cortina fina de seda da porta esvoaçou para o lado, e a Escolhida Amalya, uma das *auxhiliares* pessoais da Virgem Escriba, entrou.

– Está feito – Cormia disse, apertando os dedos até que as articulações doessem.

Amalya sorriu com doçura.

– Sim.

– Quanto tempo?

– Ele vem quando terminar o retiro de Vossa Santidade.

O desespero fez Cormia perguntar o inimaginável:

– Outra de nós não pode ser chamada no lugar? Há outras que querem isso.

– Você foi escolhida – ao ver lágrimas nos olhos de Cormia, Amalya deu um passo adiante, com os pés descalços sem fazer qualquer barulho. – Ele será delicado com seu corpo. Ele fará...

– Não irá fazer isso. É o filho do guerreiro Bloodletter.

Amalya se assustou.

– *O quê?*

– A Virgem Escriba não lhe contou?

– Vossa Santidade disse apenas que conseguiu um dos guerreiros da Irmandade, um homem de valor.

Cormia balançou a cabeça.

– Fiquei sabendo mais cedo, quando ela veio conversar comigo. Pensei que todos soubessem.

Amalya ficou preocupada. Sem nada dizer, sentou-se na cama e chamou Cormia.

– Não quero isso – Cormia sussurrou. – Perdoe-me, irmã. Mas não quero.

Amalya não demonstrou muita convicção ao dizer:

– Tudo vai ficar bem... de verdade.

– O que está acontecendo aqui? – A voz alta fez as duas se separarem no mesmo instante.

A Directrix estava na porta, com uma expressão de suspeita. Segurando um livro em uma das mãos e um tipo de rosário de pérolas pretas na outra, ela era a perfeita representação do propósito e da vocação das Escolhidas.

Amalya ficou em pé rapidamente, mas não teve como ignorar aquele momento. Por ser uma Escolhida, era preciso ocupar seu posto o tempo todo; uma atitude diferente era considerada um desvio pelo qual tinha de pagar penitência. E elas haviam sido flagradas.

– Conversarei com a Escolhida Cormia agora – disse a Directrix. – A sós.

– Sim, claro – Amalya foi até a porta com a cabeça baixa. – Peço licença, minhas irmãs.

– Vocês devem ir ao Templo de Reparação, de acordo?

– Sim, Directrix.

– Fiquem ali pelo resto do ciclo. Se eu as vir fora dali, ficarei muito desapontada.

– Sim, Directrix.

Cormia apertou os olhos e rezou para sua amiga enquanto ela saía. Um ciclo inteiro naquele templo? Era possível enlouquecer com a privação dos sentidos.

As palavras da Directrix foram pungentes:

– Eu a enviaria para lá também, se você não tivesse um dever a cumprir.

Cormia secou as lágrimas.

– Sim, Directrix.

– Pode começar a se preparar agora lendo isto – o livro de capa de couro aterrissou sobre a cama. – Os detalhes dos direitos do Primaz e suas obrigações. Quando terminar, começará seu tutorial sexual.

Oh, santa Virgem, por favor, não a Directrix... por favor, não a Directrix...

– Layla irá instruí-la – ao ver que Cormia se mostrava aliviada, a Directrix perguntou: – devo me ofender ao vê-la aliviada por eu não ser sua instrutora?

– De jeito nenhum, minha irmã.

– E agora me ofende com uma mentira. Olhe para mim. *Olhe para mim.*

Cormia ergueu o olhar e sentiu medo ao ver a Directrix encarando-a com frieza.

– Você deve cumprir seu dever direito, ou posso expulsá-la. Está entendendo? Posso expulsá-la.

Cormia ficou tão surpresa que não conseguiu responder. Expulsar? Expulsar... ser banida?

– *Responda.* Estamos entendidas?

– S-sim, Directrix.

– Não se engane. A sobrevivência das Escolhidas e a ordem que estabeleci aqui são importantes. Qualquer pessoa que intervir será eliminada. Lembre-se disso quando sentir vontade de ter pena de si mesma. Esta é uma honra e pode ser retirada com graves consequências por mim. Estamos entendidas? *Estamos entendidas?*

Cormia não conseguiu falar, por isso apenas assentiu.

A Directrix balançou a cabeça, uma luz estranha brilhou em seu olho.

– Se não fosse por sua linhagem, você seria totalmente inaceitável. Na verdade, tudo isso é totalmente inaceitável.

A Directrix se virou e se afastou, e sua capa de seda branca esvoaçou atrás de seu corpo com o movimento.

Cormia levou a cabeça às mãos e mordeu o lábio inferior ao analisar sua situação: seu corpo havia sido prometido a um guerreiro que ela nunca tinha visto... filho de um ser cruel e bruto... e ela carregava a nobre tradição das Escolhidas.

Honra? Não, aquilo era um castigo – pela audácia de desejar algo para si.

Quando outro martini chegou, Phury tentou lembrar-se de que já estava tomando a quinta dose. Ou a sexta? Não tinha certeza.

– Cara, que bom que não vamos lutar esta noite – Butch disse. – Você está bebendo essa porcaria como se fosse água.

– Estou com sede.

– Deu pra perceber – o tira se esticou na cadeira. – Por quanto tempo mais pretende ficar se reidratando aí, Lawrence da Arábia?

– Você não precisa ficar...

– Chega pra lá, tira.

Phury e Butch olharam para cima. V. havia aparecido diante da mesa, do nada, e alguma coisa tinha acontecido. Com os olhos arregalados e o rosto pálido, ele parecia ter se envolvido em um acidente, apesar de não estar sangrando.

– Ei, meu amigo – Butch foi para a direita para abrir espaço. – Não pensei que fôssemos nos ver esta noite.

V. se sentou, com sua jaqueta de couro de motoqueiro comprimindo-se e fazendo seus ombros largos parecerem ainda maiores. Num movimento incomum, ele começou a tamborilar os dedos em cima da mesa.

Butch franziu a testa para seu amigo.

– Você parece bem inquieto. O que está rolando?

Vishous uniu as mãos.

– Aqui não é lugar.

– Então vamos para casa.

– De jeito nenhum. Não vou ficar preso lá o dia todo – V. levantou a mão. Quando a garçonete se aproximou, ele colocou cem dólares sobre sua bandeja. – Não pare de servir Goose, tudo bem? E isso é apenas a gorjeta.

Ela sorriu.

– Com prazer.

Quando ela se retirou em direção ao bar como se estivesse de patins, V. olhou para a seção VIP, com atenção. Caramba, ele não estava observando as pessoas. Estava procurando briga. E o Irmão não estava... brilhando levemente?

Phury olhou para a esquerda e tocou na orelha duas vezes, enviando um pedido a um dos seguranças que guardavam uma porta privada. O segurança assentiu e disse algo em seu relógio de pulso.

Momentos depois, saiu um macho enorme, com um moicano. Rehvenge estava usando um terno preto feito sob medida e segurava uma bengala negra na mão direita. Quando se aproximou lentamente da mesa da Irmandade, os clientes abriram espaço para ele, parte em respeito por seu tamanho, parte por medo de sua fama. Todos sabiam quem ele era e do que era capaz: Rehv era um tipo de lorde das drogas que apreciava muito seu estilo de vida. Quem cruzava seu caminho terminava moído como ingrediente do canal de culinária.

O cunhado de Zsadist mostrava ser um grande aliado da Irmandade, ainda que a natureza de Rehv colocasse tudo a perder. Não era muito inteligente ir para a cama com um *sympatho*. No sentido literal e no figurado. Por isso, ele era um incômodo amigo e parente.

Seu sorriso contido mal exibiu suas presas.

– Boa noite, cavalheiros.

– Você se importa se usarmos seu escritório para assuntos particulares? – Phury perguntou.

– Não quero conversar – V. disse quando sua bebida chegou. Rapidamente, ele virou o conteúdo do copo como se precisasse apagar um incêndio na garganta e o líquido fosse água. – Não. Não quero.

Phury e Butch se entreolharam, e um acordo perfeito se fez: Vishous falaria, sim.

– Seu escritório? – Phury perguntou a Rehvenge.

Rehv ergueu a sobrancelha de modo elegante, com os olhos ametistas astutos.

– Não estou certo de que queiram utilizá-lo. O lugar é à prova de som e cada sílaba é gravada. A menos... é claro... que eu esteja lá.

Não era o ideal, mas tudo que tivesse a ver com a Irmandade atingia a irmã de Rehv, como parceira de Z. Então, apesar de ele ser parte *sympatho*, tinha uma motivação de ser discreto a respeito do que quer que acontecesse.

Phury deslizou pelo assento e olhou para V.

– Traga sua bebida.

– Não.

Butch ficou em pé.

– Então não vai beber. Porque se não for para casa, conversaremos aqui.

Os olhos de V. brilharam. E não foram a única coisa a brilhar.

– Droga...

Butch se inclinou na mesa.

– Neste momento, você está irradiando uma aura como se seu traseiro estivesse ligado na tomada. Sendo assim, recomendo que deixe de lado essa pose de "eu sou uma ilha" e entre no escritório de Rehv antes que a coisa fique feia. Sacou?

Fez-se um longo silêncio e enquanto isso V. e Butch se encararam. Então, V. ficou em pé e foi para o escritório de Rehv. No caminho, ele exalou um odor característico de sua raiva, do tipo que irrita o nariz.

Caramba, o tira era o único a ter chance com V. quando o macho ficava desse jeito.

Graças a Deus existiam os irlandeses.

O grupo passou pela porta protegida pelos dois seguranças e entraram no escritório de Rehvenge, que mais parecia uma caverna. Quando a porta foi fechada, Rehv foi para trás de sua mesa, tateou embaixo dela e desligou o alarme.

– Estamos seguros – ele disse, sentando-se em uma poltrona de couro preta. Todos olharam para V... que, imediatamente, começou a agir como um animal de zoológico, caminhando de um lado a outro, parecendo que queria devorar alguém. O Irmão finalmente se afastou de Butch. A luz acima dele não era tão brilhante quanto o brilho de sua pele.

– Converse comigo – Butch disse.

Sem nada dizer, V. tirou algo do bolso de trás. Ao esticar o braço, surgiu um pingente pesado de ouro, pendurado por um cordão.

– Parece que tenho um trabalho novo.

– Oh... droga – Phury sussurrou.

O esquema no quarto de Blay era o mesmo de sempre para John e seus amigos: John ficava aos pés da cama. E Blay, sentado com as pernas cruzadas no chão. Qhuinn, relaxado, com seu novo corpo meio dentro, meio fora do pufe. Cervejas Corona eram abertas e embalagens de Doritos e Ruffles, passadas de um lado a outro.

– Certo, pode falar – Blay disse. – Como foi sua transição?

– Dane-se a transformação, o importante é que fiz sexo – quando Blay e John arregalaram os olhos, Qhuinn riu. – Sim. Isso mesmo. O lacre foi aberto, por assim dizer.

– Você. Tá. De. Zoeira – Blay disse.

– É verdade – Qhuinn jogou a cabeça para trás e engoliu metade de sua cerveja.

– Mas posso dizer que a transição... cara... – ele olhou para John, estreitando os olhos estrábicos. – Pode se preparar, grande John. É pesado. Você sente vontade de morrer. Reza pra morrer. E é aí que a coisa fica preta.

Blay assentiu.

– É terrível.

Qhuinn terminou de beber a cerveja e jogou a lata vazia no cesto de papel.

– A minha foi testemunhada. A sua também, né? – Quando Blay assentiu, Qhuinn abriu o frigobar para pegar outra cerveja Corona. – Quero dizer... foi esquisito. Meu pai estava junto. O pai dela também. E meu corpo ali, transformando-se. Eu teria sentido vergonha se não estivesse ocupado me sentindo muito, muito mal.

– Quem você usou? – Blay perguntou.

– Marna.

– Bacaaaaana.

Qhuinn semicerrou os olhos.

– É, ela é *bem* bacana.

Blay ficou boquiaberto.

– Ela? Foi com ela que você...

– Pois é – Qhuinn riu quando Blay deitou no chão como se tivesse levado um tiro no peito. – Marna. Eu sei. Mal consigo acreditar.

Blay levantou a cabeça.

– Como isso aconteceu? E eu juro que acabo com você se deixar de me contar alguma coisa.

– Ah, sim, como se você fosse muito sincero com as coisas que conta.

– Não tente me enrolar. Pode começar a contar os podres, parceiro.

Qhuinn se inclinou para frente, John percebeu e também se moveu para a beirada da cama.

– Bom, tudo tinha terminado, certo? Bem... havíamos parado de beber, a transição tinha acabado, eu estava deitado na cama só porque... bem, estava arrasado. Ela estava por perto para o caso de eu precisar mais de sua veia, sentada em uma cadeira no canto, ou algo assim. Bom, o pai dela e o meu estavam conversando e eu meio que perdi a consciência. Só sei que fiquei sozinho no quarto. As portas se abrem e vejo Marna. Ela diz que esqueceu a blusa, ou algo do gênero. Olhei para ela e... bem, Blay, você sabe como ela é, né? Fiquei duro na hora. Não tinha como ser diferente.

– Não mesmo.

John piscou e se curvou ainda mais.

– Bom, havia um lençol sobre meu corpo, mas, de alguma forma, ela viu. Cara, ela estava olhando pra mim sem parar e sorrindo e eu pensei "Meu Deus...". Mas então o pai dela a chamou do corredor. Os dois tiveram de dormir lá porque já tinha amanhecido quando melhorei, mas ele claramente não queria que ela ficasse comigo. Por isso, quando estava saindo, ela disse que voltaria mais tarde. Eu não acreditei muito nela, mas fiquei esperançoso. Horas se passaram, fiquei esperando... imaginando. Mais uma hora. E então, cheguei à conclusão de que ela não viria. Liguei para meu pai pelo telefone da casa e disse que ia dormir lá. Então, me levantei, me arrastei até o chuveiro, voltei... e ela estava dentro do quarto. *Nua. Na cama.* Cristo, tudo que consegui fazer foi ficar olhando. Mas logo me recuperei – os olhos de Qhuinn fixaram-se no chão e ele balançou a cabeça de um lado para o outro. – Eu a possui três vezes. Uma após a outra.

– Oh... caramba – Blay sussurrou. – Você gostou?

– O que acha? Que pergunta! – quando Blay assentiu e levou a cerveja à boca, Qhuinn disse: – Quando terminei, eu a coloquei no chuveiro, limpei e cuidei dela por mais meia hora.

Blay engasgou com a cerveja, espalhando-a por cima de si mesmo.

– Oh, meu Deus...

– Ela tinha gosto de ameixa madura. Doce e suculenta – John arregalou os olhos. Qhuinn sorriu. – Espalhei-a no meu rosto inteiro. Foi fantástico.

O rapaz sorveu um longo gole e não se esforçou para esconder a reação de seu corpo ao que, sem dúvida, estava revivendo em sua mente. Quando sua calça ficou mais justa na frente, Blay cobriu seu quadril com um cobertor.

Sem nada para esconder, John olhou para sua garrafa.

– Você vai se unir a ela? – Blay perguntou.

– Pelo amor de Deus, claro que não! – Qhuinn levantou a mão e tocou com delicadeza seu olho roxo. – Foi só... algo que aconteceu. Digo, *não*. Ela e eu? Nunca.

– Mas ela não era...

– Não, não era virgem. Claro que não. Por isso, nada de união. Ela também nunca ia me aceitar.

Blay olhou para John.

– As fêmeas da aristocracia precisam ser virgens antes de se unirem a machos.

– Mas as coisas mudaram – Qhuinn franziu a testa. – Mesmo assim, não diga nada a ninguém, ok? Nós nos divertimos, e não teve nada de mais. Ela é legal.

– Meus lábios estão selados – Blay respirou profundamente e pigarreou. – Ah... é melhor fazer com alguém, né?

– Sexo? Muito melhor, cara. Fazer sozinho tira a tensão, mas não tem nada a ver com a coisa real. Caramba, ela era tão macia... principalmente no meio das pernas. Adorei ficar por cima dela, enfiando meu pênis bem fundo, escutando seus gemidos. Queria que vocês estivessem lá. Iam adorar.

Blay revirou os olhos.

– Você, fazendo sexo? Ah, claro, é uma coisa que eu adoraria ver.

O sorriso de Qhuinn apareceu lentamente, um pouco maquiavélico.

– Você gosta de me ver lutar, não?

– Claro, você é bom nisso.

– E por que seria diferente com sexo? É algo que você faz com seu corpo.

Blay mostrou-se confuso.

– Mas... e a privacidade?

– Privacidade é uma questão de contexto – Qhuinn pegou uma terceira cerveja. – E, quer saber?

– O quê?

– Também sou muito bom no sexo – ele abriu a garrafa e deu um gole. – Olha o que precisamos fazer. Vou esperar alguns dias para me fortalecer e então irei para os clubes no centro da cidade. Quero fazer de novo, mas não pode ser com ela – Qhuinn olhou para John. – John, cara, você vem com a gente para o ZeroSum. Não me importa se você é um pré-transição. Vamos juntos.

Blay assentiu.

– Nós três temos uma boa vibração. Além disso, John, você logo estará na mesma situação que a gente.

Assim que os dois começaram a traçar planos, John ficou quieto. Aquele papo de pegar fêmea era ruim, e não apenas por causa da transição pela qual ele ainda tinha de passar. Mas por sua história triste com as coisas de natureza sexual. O pior possível.

Por um segundo, ele teve uma lembrança clara de uma escada suja, onde tudo havia ocorrido. Ele sentiu a arma em sua têmpora. Sentiu sua calça jeans sendo abaixada. Sentiu o impensável enquanto aquilo estava sendo feito com ele. Lembrou-se de sua respiração ofegante, dos olhos marejados e de como, quando fez xixi, molhou a ponta dos tênis baratos do cara.

– Este fim de semana – Qhuinn disse – vamos cuidar de você, Blay.

Quando Blay enrubesceu, John colocou a cerveja sobre a mesa e esfregou o rosto.

– Sim, Qhuinn... eu não sei...

– Pode acreditar. Vou fazer acontecer. E depois, é a vez de John.

O primeiro ímpeto de John foi negar com a cabeça, mas ele se conteve para não parecer um tolo. Já estava se sentindo péssimo, pequeno e sem dignidade. Recusar uma oferta para transar iria lhe conferir um atestado de perdedor.

– Então, temos um plano? – Qhuinn quis saber.

Enquanto Blay remexia no botão de sua camisa, John teve a impressão de que ele ia dizer não. O que o fez sentir-se bem melhor...

– Sim – Blay pigarreou. – Eu... sim. Eu estou bem a fim, sabe? E é doloroso de verdade.

– Sei bem do que está falando – os olhos estrábicos de Qhuinn brilharam. – E vamos nos divertir. Caramba, John, dá um jeito no seu corpo!

John apenas deu de ombros, querendo escapar dali.

– Então, que tal jogarmos um pouco de sKillerz? – Blay perguntou, indicando o Xbox no chão. – John vai nos derrotar de novo, mas podemos competir pelo segundo lugar.

Era um grande alívio concentrar-se em outra coisa, e os três ficaram entretidos com o jogo, gritando para a TV, atirando embalagens de doces e tampas de cerveja uns nos outros. Caramba, John adorava isso. Na tela, eles competiam como se fossem iguais. Ele não era pequeno e deixado de lado; era melhor do que eles. No jogo, podia ser o guerreiro que quisesse ser.

Enquanto analisava a situação, olhou para Blay e percebeu que o cara havia escolhido o jogo especialmente para fazer John se sentir melhor. Blay era bom em analisar as pessoas e sabia ser gentil sem envergonhar ninguém. Era um ótimo amigo.

Depois de quatro engradados de cerveja, três idas à cozinha, duas rodadas completas de sKillerz e de assistir ao filme *Godzilla*, John olhou para o relógio e levantou-se da cama. Fritz o procuraria logo, porque ele tinha de fazer uma consulta às quatro da manhã todos os dias, para não ser expulso do programa de treinamento.

Vejo vocês na aula amanhã?, ele gesticulou.

– Combinado – Blay respondeu.

Qhuinn sorriu.

– Mande mensagem depois, tá?

Pode deixar. Ele parou na porta. *Oh, ei, eu ia perguntar.*

Ele tocou seu olho e apontou para Qhuinn. *O que aconteceu com o seu olho?*

Qhuinn não desviou o olhar, sorrindo como sempre.

– Ah, não foi nada. Só escorreguei e caí dentro do banheiro. Bem idiota, não?

John franziu a testa e olhou para Blay, que desviou o olhar, voltando-o para o chão. Certo, alguma coisa estava...

– John – Qhuinn disse de modo firme –, acidentes acontecem.

John não acreditou, ainda mais porque Blay estava agindo de modo esquisito, mas por ser ele próprio alguém com segredos, não queria forçar nada.

Ah sim, ele fez um sinal. Assoviou para se despedir e partiu.

Ao fechar a porta, escutou vozes graves e colocou a mão na madeira. Queria muito estar na mesma situação que eles, mas quanto ao sexo... Não, a transição era importante para que ele se tornasse um macho e pudesse vingar seus mortos. Não tinha nada a ver com transar com fêmeas. Na verdade, quem sabe talvez ele devesse aprender com Phury.

O celibato era algo bom. Phury vinha se abstendo de sexo desde sempre e era só olhar para ele. Era um cara totalmente controlado, com a cabeça no lugar.

Não era um mau exemplo a ser seguido.

Capítulo 5

– Você vai ser o quê? – Butch perguntou.

Quando olhou para seu amigo, Vishous mal conseguiu dizer a maldita palavra:

– O Primeiro. Das Escolhidas.

– Que diabos é isso?

– Basicamente, serei um doador de esperma.

– Espere, espere... então você vai fazer um tipo de inseminação artificial?

V. passou a mão pelos cabelos e pensou que adoraria dar um murro na parede.

– É um pouco mais interativo do que isso.

Por falar em interação, fazia muito tempo que ele não fazia sexo com uma fêmea. Seria capaz de ejacular durante o sexo ritualístico das Escolhidas?

– Por que você?

– Precisa ser um membro da Irmandade – V. caminhou pela sala escura, decidindo que manteria a identidade de sua mãe em segredo por mais um tempo. – É pequeno o leque de opções, e ele está diminuindo.

– Você vai viver lá? – Phury perguntou.

– Viver onde? – Butch interrompeu. – Quer dizer que não vai mais poder lutar com a gente? Nem se divertir?

– Não, eu estabeleci um acordo de continuar morando com vocês.

Quando Butch mostrou-se aliviado, V. tentou não ficar feliz com o fato de que seu companheiro de quarto se importava tanto em estar perto dele quanto ele se importava em estar por perto.

– Quando isso vai acontecer?

– Em poucos dias.

Phury perguntou:

– Wrath sabe?

– Sabe.

Enquanto V. pensava no que havia se metido, seu coração começou a acelerar no peito, como uma ave batendo as asas para sair da gaiola. O fato de dois de seus Irmãos e Rehvenge estarem surpresos fez seu pânico piorar.

– Olha, vocês me dão licença um pouco? Preciso... droga, preciso sair um pouco.

– Vou com você – Butch disse.

– Não – V. estava desesperado. Se havia uma noite em que estivesse inclinado a cometer algo altamente inapropriado, era aquela. Já era bem ruim o que ele sentia por seu companheiro de quarto, apesar de não dar indícios disso; expressar aquele sentimento seria uma catástrofe que nem ele, nem Butch nem Marissa conseguiriam enfrentar. – Preciso ficar sozinho.

V. enfiou o medalhão de volta no bolso de trás e deixou o silêncio tenebroso do escritório. Ao sair pela porta lateral que dava para uma ruela, desejou encontrar um *redutor*. Precisava encontrar um deles. Rezou para a Virgem Escr...

V. parou de repente. *Caramba.* Ele com certeza não ia mais rezar para sua mãe. Sequer pensaria nessa possibilidade.

Mas que... droga.

V. recostou-se na parede fria do prédio do ZeroSum e, por mais doloroso que fosse, não deixou de pensar em sua vida no acampamento de guerreiros.

O acampamento se localizava no centro da Europa, dentro de uma caverna. Cerca de trinta soldados usavam o local como moradia, mas havia outros residentes ali. Uma dúzia de machos pré-transição tinha sido enviada para lá para ser treinada, e aproximadamente mais uma dúzia de prostitutas alimentava e atendia os machos.

Bloodletter havia comandado o local por anos e criado alguns dos melhores guerreiros da espécie. Quatro membros da Irmandade haviam começado ali sob a supervisão do pai de V. Muitos outros, entretanto, de todos os níveis, não tinham sobrevivido.

As lembranças mais antigas de V. eram de quando ele sentia fome e frio, observando os outros comer enquanto seu estômago roncava. Nos primeiros anos de sua vida, a fome foi uma constante, e assim como os outros pré-transição, sua única preocupação era se alimentar, independentemente de como fizesse isso.

Vishous aguardou nas sombras da caverna, mantendo-se longe da luz lançada pela fogueira do acampamento. Sete veados recém-abatidos estavam sendo consumidos de modo voraz, e os soldados arrancavam a carne dos ossos e a mastigavam como animais, lambuzando o rosto e as mãos com o sangue. Antes da refeição, todos os pré-transição tremiam de ansiedade.

Como os outros, V. sentia fome, não se alimentava havia muito tempo. Mas ele não ficou com seus colegas. Esperou na escuridão distante, mantendo os olhos sobre sua presa.

O soldado de que estava atrás era gordo como um porco, com dobras de gordura saindo da calça de couro, seus traços faciais não distinguíveis por causa da gordura; o glutão andava sem túnica a maior parte do tempo, com o peito grande e a barriga redonda balançando ao caminhar, enquanto chutava os cachorros que viviam no acampamento ou perseguia as prostitutas. Apesar disso, era um grande matador, pois o que não possuía em velocidade era compensado pela força. Com as mãos grandes como a cabeça de um homem adulto, diziam que ele quebrava os ossos de redutores *e os comia.*

Em todas as refeições, ele estava entre os primeiros a conseguir carne e comia com rapidez, mas não era muito atento. Não prestava atenção ao que enfiava na boca: pedaços de carne de veado, sangue e restos de ossos sujavam seu peito e barriga, uma túnica feita com seu descuido.

Naquela noite, o macho terminou cedo e ficou por ali, segurando um osso de veado. Apesar de ter terminado de comer, permaneceu perto da carcaça, empurrando os outros soldados só por diversão.

Quando chegava a hora de distribuir as punições, os soldados se afastavam da fogueira e iam até a plataforma de Bloodletter. À luz das to-

chas, os soldados derrotados durante o treinamento se curvavam aos pés de Bloodletter e eram violentados por aqueles que os haviam derrotado, ao som das risadas dos outros. Enquanto isso, os pré-transição se alimentavam com o que havia sobrado dos veados, e as fêmeas os observavam com atenção, esperando sua vez de se alimentar.

A presa de V. não se interessava muito pelas humilhações. O soldado gordo observava por um tempo, depois se afastava com o osso na mão. Seu colchão imundo ficava distante de onde os soldados dormiam, porque, mesmo para eles, o mau cheiro dele era ofensivo.

Deitado, ele parecia um campo ondulado, e o corpo uma série de montes e vales. A perna descarnada de veado em cima de sua barriga era o prêmio no topo da montanha.

V. ficou afastado até que o soldado adormecera, e seu peito subisse e descesse num ritmo tranquilo. Logo, ele abriu a boca, e um ronco escapou, e outro. Foi então que V. ficou em pé, sem fazer barulho algum ao caminhar no chão de terra.

O cheiro ruim do macho não deteve V., e ele não se importou com a gordura no músculo fresco do veado. Esticou o braço, com a mão pequena aberta, procurando pegar o osso.

Quando estava prestes a agarrá-lo, uma adaga negra foi fincada próxima à orelha do soldado e o impacto de sua penetração no chão da caverna fez o macho acordar.

O pai de V. parecia uma arma pronta a ser acionada, pernas rígidas, olhos fixos. Ele era o maior de todo o acampamento, rumores diziam que era o maior macho de toda a espécie, e sua presença causava medo por dois motivos: seu tamanho e sua imprevisibilidade. Seu humor não se alterava, sua maneira de ser era violenta, mas V. conhecia a verdade por trás daquele temperamento: não havia nada que não fosse feito de modo premeditado. A maldade do pai era tão grande quanto seus músculos.

– Acorde – Bloodletter disse. – Seu preguiçoso nojento, você foi enganado por um fracote.

V. se afastou do pai, mas começou a comer, cravando os dentes na carne e mastigando o mais rápido que pôde. Seria castigado por aquilo, provavelmente pelos dois, por isso precisava ingerir o máximo possível antes que lhe descessem o cacete.

O gordo pediu desculpas até Bloodletter chutá-lo na planta do pé com uma bota de espinhos. O macho ficou pálido, mas sabia que era melhor não reclamar.

– As razões disso me irritam – Bloodletter olhou para o soldado. – Pergunto o que você deve fazer em relação a isso.

Sem pestanejar, o soldado preparou um soco, inclinou-se e acertou o rosto de V., que perdeu o alimento da boca e o fôlego com o golpe. Tossindo, ele pegou a perna do veado da terra e a levou de volta à boca. Sentiu o gosto salgado do chão da caverna.

Quando começou a apanhar, continuou mastigando enquanto era golpeado, até sentir o osso de sua perna ser entortado a ponto de quebrar. Gritou e largou o osso. Outra pessoa o pegou e fugiu.

Enquanto isso, Bloodletter ria sem sorrir, com o som rosnado saindo dos lábios, que eram retos e finos como facas. Então deu fim àquilo. Sem esforço algum, ele agarrou o soldado gordo pelo pescoço e o jogou contra a parede de pedra.

As botas com espinhos de Bloodletter pararam diante do rosto de V.

– Pegue minha adaga.

V. piscou e tentou se mover.

Ouviu-se um ruído do couro, e Bloodletter ficou cara a cara com V.

– Pegue minha adaga, menino. Ou farei com que tome o lugar das prostitutas esta noite.

Os soldados que se reuniam atrás de seu pai riam, e alguém lançou uma pedra que atingiu V. exatamente onde sua perna tinha sido machucada.

– Minha adaga, menino.

Vishous enfiou os pequenos dedos na terra e se arrastou até a arma. Apesar de estar a menos de sessenta centímetros dele, a arma parecia a quilômetros de distância. Quando finalmente conseguiu tocá-la, precisou das duas mãos para retirá-la da terra, pois estava muito fraco. Seu estômago revirava de dor, e quando puxou a arma, vomitou a carne que havia roubado.

Depois de o mal-estar passar, ele esticou o braço para seu pai, que estava em pé de novo.

– Levante-se – Bloodletter disse. – Ou acha que me curvarei a quem não tem valor?

V. esforçou-se para se sentar e não sabia como faria para se erguer, pois mal conseguia levantar os ombros. Passou a adaga para a mão esquerda, apoiando a direita na terra, e fez pressão. A dor foi tão forte que sua visão escureceu... E então algo milagroso aconteceu. Um tipo de luz radiante o tomou de dentro para fora, como se o brilho do sol tivesse entrado em suas veias e lhe tirado totalmente a dor. Sua visão retornou... E ele viu que sua mão brilhava.

Aquele não era o momento para pensar. Ergueu-se do chão, levantando-se sem colocar peso na perna. Com a mão trêmula, ele esticou o braço com a adaga na direção do pai.

Bloodletter olhou para ele por um instante, como se não esperasse que V. conseguisse se erguer. Apanhou a arma e se virou.

– Alguém deve derrubá-lo de novo. Sua coragem me ofende.

Quando a ordem foi obedecida, V. caiu, e, de uma vez, a luz fugiu de seu corpo e a agonia retornou. Esperou que novos golpes fossem-lhe desferidos, mas quando ouviu os soldados gritando, percebeu que as punições aos perdedores seriam a diversão do dia, não ele.

Deitado e arrasado, enquanto tentava respirar com o corpo agredido, vislumbrou uma fêmea com roupas brancas seguindo em sua direção, abraçando-o. Com palavras suaves, ela o aconchegou e acariciou seus cabelos, acalmando-o.

Ele abraçou a visão. Era sua mãe imaginária. Aquela que o amava e desejava que ele ficasse seguro e alimentado. Sua imagem era o que o mantinha vivo, dando-lhe a única paz que conhecia.

O soldado gordo se curvou, com seu hálito fétido e úmido invadindo o nariz de Vishous.

– Roube-me de novo e não vai se recuperar de meus golpes.

O soldado cuspiu no rosto de V. e o agarrou, arrastando-lhe como se fosse um monte de lixo de perto de seu colchão sujo.

Antes de V. desmaiar, viu os outros pré-transição, que terminavam de devorar com vontade a perna do veado.

Capítulo 6

Praguejando, V. afastou suas lembranças, passando os olhos pela rua na qual estava, como folhas velhas de jornal arrastadas pelo vento. Cara, ele estava péssimo. Era como se fosse um *tupperware* aberto, com as sobras se espalhando por toda parte.

Destruído. E muito.

O bom é que não conhecera o amor de mãe. Isso o teria machucado mais do que qualquer agressão sofrida.

Ele pegou do bolso de trás o medalhão do Primaz e olhou para ele. Minutos depois, continuava observando o objeto, quando este caiu no chão e quicou como uma moeda. Ele franziu a testa... até perceber que sua mão "normal" brilhava e deixara marcada a corrente.

Caramba, sua mãe era uma baita egoísta. Criara a espécie, mas isso não bastava para ela. Não. Ela queria se meter no meio.

Que se dane. Ele não ia lhe proporcionar a satisfação de ter centenas de netos. Tinha sido uma péssima mãe. Então, por que dar a ela mais uma geração para estragar? E, além disso, havia outro motivo pelo qual ele não deveria ser o Primaz. Afinal, era filho de seu pai, portanto, a crueldade estava em seu DNA. Como saberia se não descontaria tudo nas Escolhidas? Aquelas fêmeas não tinham culpa e não mereciam o que entraria entre suas pernas se fossem parceiras dele. Não faria aquilo.

V. acendeu uma cigarrilha, pegou o medalhão e saiu da rua, entrando à direita na Rua Trade. Precisava desesperadamente de uma briga antes do amanhecer.

E tinha certeza de que encontraria alguns *redutores* no centro da cidade.

Era certo. A guerra entre a Sociedade Redutora e os vampiros tinha apenas uma regra: não podiam brigar na presença de humanos. A última coisa que os dois lados queriam era que os humanos testemunhassem aquilo, por isso as lutas ocultas eram a melhor opção, e o centro de Caldwell era um bom palco para um combate de baixa escala. Graças ao êxodo nos anos 1970 para o subúrbio da cidade, havia muitas ruas escuras e prédios desocupados. Além disso, os poucos humanos que ficavam na rua àquela hora preocupavam-se apenas em alimentar seus vícios. Assim, eles estavam ocupados, dando muito trabalho à polícia.

Enquanto caminhava, mantinha-se longe da luz advinda dos postes de rua e dos carros. Graças à noite antipática, havia poucos pedestres por ali, então, estava sozinho quando passou pelo Mcgrider's, pelo Screamer's e por uma nova boate que havia acabado de abrir. Mais adiante, passou por um restaurante Tex-Mex e um outro, chinês, entre os quais havia dois estúdios de tatuagem concorrentes. Alguns quarteirões depois, passou pelo prédio na avenida Redd, onde Beth vivia antes de conhecer Wrath.

Estava prestes a se virar e voltar em direção ao centro da cidade, mas parou. Empinou o nariz. Farejou. O cheiro de talco de bebê foi trazido com a brisa, e como não havia bebê algum ali naquele horário, ele sabia que seu inimigo estava por perto.

Mas havia outra coisa no ar, algo que fez seu sangue gelar.

V. abriu a jaqueta para poder pegar suas adagas e começou a correr, prestando atenção aos odores da Rua Vinte. A Vinte era uma rua de mão única que começava na Trade, com prédios comerciais fechados àquela hora da noite, e enquanto se apressava pela calçada acidentada, os cheiros ficavam mais fortes.

Teve a sensação de estar atrasado.

Cinco quarteirões depois, viu que estava certo.

O outro odor foi o sangue derramado de um vampiro, e quando as nuvens se abriram, a luz da lua revelou o horrendo espetáculo: um macho pós-transição, vestido com roupas modernas e rasgadas, estava mais do que morto, com o peito retorcido e o rosto desfigurado de tanto apanhar. O *redutor* que o havia matado estava remexendo em seus bolsos, certamente esperando encontrar um endereço como pista para continuar a matança.

O assassino percebeu a presença de V. e olhou para trás. Era pálido como uma parede, cabelos, pele e olhos claros como talco. Grande, com o corpo avantajado de um jogador de rúgbi, ele já não era mais um novato, e V. sabia disso não apenas porque a pigmentação do desgraçado havia desaparecido. O *redutor* botou-se em posição de combate ao ficar em pé, com as mãos na altura do peito, e o corpo em movimento para frente.

Os dois correram em direção um ao outro e se encontraram como carros se chocando: de frente, peso contra peso, força contra força. E naquele encontro, V. levou um soco na mandíbula, o tipo de golpe de chacoalhar o crânio dentro da cabeça. Por um momento, ficou aturdido, mas conseguiu devolver o favor com força suficiente para fazer o *redutor* rodar como um pião. E partiu para cima de seu adversário, agarrando-o pela gola da jaqueta e fazendo cair para trás.

V. gostava de bater. Era bom na briga de rua.

Mas o assassino era rápido, levantando-se da calçada molhada e desferindo um chute em V. que fez seus órgãos internos distribuírem-se dentro do corpo como cartas de um baralho. Quando V. titubeou para trás, tropeçou em uma garrafa de Coca-cola, torceu o tornozelo e caiu no asfalto. Soltando o corpo, ele olhou para o assassino, que se movia com rapidez. O desgraçado investiu contra o tornozelo de V., segurando-lhe a bota e torcendo-o com toda a força de seu peito e braços.

V. urrou quando caiu de cara no chão, mas controlou a reação. Usando o tornozelo machucado e os braços como apoio, empurrou-se para erguer-se do asfalto, levantando o joelho até o peito, e chutou, acertando o filho da mãe no joelho e arrebentando seus ossos. O *redutor* gritou, com a perna curvada de modo esquisito ao cair nas costas de V.

Os dois se atracaram, com braços e bíceps em luta enquanto rolavam no chão e paravam perto do civil assassinado. Quando V. recebeu uma mordida na orelha, ficou furioso de verdade. Livrando-se dos dentes do *redutor*, ele deu um soco no lóbulo frontal do desgraçado, acertando-lhe um golpe que o derrubou por tempo suficiente para conseguir se livrar.

Mais ou menos.

A faca perfurou-lhe na lateral exatamente quando ele estava tirando as pernas debaixo do corpo do assassino. A dor aguda fez com que percebesse que a lâmina havia rasgado sua pele e entrado no músculo logo abaixo da caixa torácica, à esquerda.

Cara, um intestino tinha sido atingido, as coisas estavam piorando depressa. Por isso, estava na hora de acabar com aquilo.

Incentivado pelo ferimento, V. agarrou o *redutor* pelo queixo e pela nuca e torceu o filho da mãe como se fosse uma tampa de garrafa de cerveja. O barulho do crânio soltando-se da espinha parecia um galho sendo partido ao meio e o corpo caiu instantaneamente, com os braços soltos e as pernas na mesma situação.

V. tocou a lateral de seu corpo quando suas pernas vacilaram. Droga, suava frio e as mãos tremiam, mas tinha de terminar o trabalho. Rapidamente vasculhou o *redutor*, procurando por uma identificação antes de eliminar o maldito.

O assassino olhou para ele, a boca movimentava-se lentamente.

– Meu nome... já foi Michael. Oitenta e... três... anos atrás. Michael Klosnick.

Abrindo a carteira, V. encontrou uma carteira de motorista atual.

– Bem, Michael, faça uma boa viagem ao inferno.

– Que bom... Que terminou.

– Não terminou. Não sabia? – caramba, a dor era forte. – Sua nova casa é o corpo de Ômega, meu amigo. Você vai viver lá sem pagar aluguel para todo o maldito sempre.

Os olhos pálidos se arregalaram.

– Mentiroso.

– Ah, para com isso. Acha que eu me importaria em mentir? – V. balançou a cabeça. – Seu chefe nunca contou? Pelo visto, não.

V. tirou uma de suas adagas da bainha, levantou o braço e enfiou a lâmina naquele peito grande. Houve um clarão suficiente para mostrar a rua toda e então... *droga*, a luz capturou o civil, incinerando-o também graças a uma rajada de vento. Enquanto os dois corpos eram consumidos, restou apenas o vento frio com o forte cheiro de talco de bebê.

Droga. Como avisariam à família do civil agora?

Vishous vasculhou a área e quando não encontrou outra carteira, recostou-se contra um cesto de lixo e ficou ali, respirando de modo ofegante. A cada inspiração, sentia como se estivesse sendo esfaqueado de novo, mas não podia ficar sem oxigênio, por isso continuou.

Antes de pegar seu celular para pedir ajuda, olhou para sua adaga. A lâmina preta estava coberta com o sangue escuro do *redutor*. Relembrou a briga com o assassino e imaginou outro vampiro em seu lugar, um que não fosse tão forte quanto ele era. Que não tivesse a linhagem que ele tinha.

Ergueu a mão coberta pela luva. Se sua maldição o definia, a Irmandade e seu nobre propósito haviam moldado sua vida. E se tivesse sido morto naquela noite? E se a lâmina tivesse acertado seu coração? Sobrariam apenas quatro guerreiros.

Droga.

No tabuleiro de xadrez de sua miserável vida, as peças estavam alinhadas, a partida havia sido reorganizada. Cara, quantas vezes na vida não conseguimos definir nosso caminho porque ele é decidido sem que possamos escolher?

O livre-arbítrio *realmente* era história para boi dormir.

Era melhor esquecer a mãe e seu drama... ele precisava se tornar o Primaz pela Irmandade. Devia o legado a que servia.

Após limpar a lâmina na calça, ele embainhou a arma, esforçou-se para ficar em pé e vasculhou em sua jaqueta. Porcaria... seu telefone. Onde estava? Na cobertura. Provavelmente caíra quando jogou seu casaco na cama...

Ouviu-se um tiro.

Uma bala o acertou bem no meio do peito.

O impacto o fez ele se desequilibrar e o mandou em câmera lenta para trás. Ao cair de costas no chão, ficou deitado ali sentindo uma pressão no peito, que aumentou os batimentos cardíacos e confundiu a cabeça. Tudo que pôde fazer foi engasgar, rápidas e curtas respirações escapando para cima e para baixo no corredor de sua garganta.

Com o resto de força que conseguiu reunir, levantou a cabeça e olhou para o corpo. Um tiro. Sangue em sua camisa. A dor latejante no peito. O pesadelo concretizado.

Antes que pudesse entrar em pânico, veio a escuridão e o engoliu por inteiro... um prato a ser digerido no banho ácido da agonia.

– Que *diabos* acha que está fazendo, Whitcomb?

A Dra. Jane Whitcomb desviou o olhar da ficha do paciente que estava preenchendo e fez uma careta. Manuel Manello, cirurgião-chefe do Centro Médico St. Francis, estava caminhando na direção dela como um touro. E ela sabia bem por quê.

A coisa ia ficar preta.

Jane assinou rapidamente no fim do receituário, entregou a ficha para a enfermeira e observou enquanto a mulher saía. Uma boa tática de defesa, e nada incomum ali. Quando o chefe ficava daquele jeito, os funcionários se escondiam... o que era o mais lógico a se fazer quando uma bomba estava prestes a ser lançada e não se tinha muito cérebro. Jane o encarou.

– Então você ficou sabendo.

– Aqui dentro. *Agora* – ele empurrou com violência a porta para a sala dos cirurgiões.

Quando ela entrou com ele, Priest e Dubois, dois dos melhores cirurgiões do St. Francis, olharam para o chefe, pegaram o que tinham de pegar na máquina de salgadinhos e deixaram correndo a sala. Ao saírem, a porta se fechou sem qualquer ruído. Como se também não quisesse chamar a atenção de Manello.

– Quando pretendia me contar, Whitcomb? Ou pensou que Columbia ficasse em outro planeta e eu nunca descobriria?

Jane cruzou os braços. Era uma mulher alta, mas Manello era maior do que ela alguns centímetros, e ele tinha o mesmo corpo dos atletas profissionais que operava: ombros largos, peito largo, mãos grandes. Aos quarenta e cinco anos, estava em excelentes condições físicas e era um dos melhores cirurgiões ortopedistas do país.

Além de um filho da mãe assustador quando ficava irritado.

O lado bom é que ela se sentia confortável em situações tensas.

– Sei que você tem contatos aqui, mas pensei que eles seriam discretos o bastante até que eu decidisse se queria ou não o emprego...

– É claro que quer, ou não perderia tempo indo até lá. É pelo dinheiro?

– Certo, em primeiro lugar, não me interrompa. Em segundo lugar, baixe a voz – quando Manello passou a mão pelos cabelos escuros e grossos e respirou profundamente, ela se sentiu mal. – Olha, eu devia ter contado. Deve ter sido muito embaraçoso não saber de nada.

Ele balançou a cabeça.

– Não foi a melhor coisa do mundo receber um telefonema de Manhattan para ficar sabendo que uma de minhas melhores cirurgiãs está fazendo entrevista em outro hospital com meu mentor.

– Foi o Falcheck quem lhe contou?

– Não, um de seus subordinados.

– Sinto muito, Manny. Ainda não sei como vai ser, e não queria falar nada antes de saber.

– Por que está pensando em deixar o departamento?

– Você sabe que eu quero mais do que posso ter aqui. Você vai ser chefe até os 65 anos, a menos que decida sair. Lá em Columbia, o Falcheck tem 58 anos. Tenho mais chances de me tornar chefe do departamento lá.

– Já promovi você a chefe da Ala de Traumas.

– E eu mereço.

Ele esboçou um sorriso.

– Seja mais modesta, por favor.

– Por que se importar? Nós dois sabemos a verdade. E quanto a Columbia? Você desejaria ser subordinado de alguém por vinte anos?

Ele semicerrou os olhos castanhos. Por um momento, ela pensou ter visto um brilho em seu olhar, mas então ele levou as mãos ao quadril, tendo o avental repuxado com o movimento dos ombros.

– Não quero perder você, Whitcomb. Você é a melhor cirurgiã que tenho.

– E preciso olhar para o futuro – ela caminhou até o armário. – Quero meu próprio negócio, Manello. Sou assim.

– Quando é a maldita entrevista?

– Amanhã à tarde. Depois tenho o fim de semana livre e não estarei disponível, então vou continuar na cidade.

– Droga.

Alguém bateu à porta.

– Entre – os dois disseram.

Uma enfermeira enfiou a cabeça pelo vão da porta.

– Emergência, chegou há dois minutos. Homem na faixa dos trinta anos. Ferido a bala com provável perfuração da aorta. Teve duas paradas cardíacas enquanto era transportado. A senhora cuida do paciente, Dra. Whitcomb, ou quer que eu chame o Dr. Goldberg?

– Não, eu cuido dele. Preparem a área quatro e diga a Ellen e Jim que estou indo.

– Certo.

– Obrigada, Nan.

A porta se fechou e ela olhou para Manello.

– Voltando a Columbia. Você faria a mesma coisa se estivesse no meu lugar. Por isso, não pode dizer que está surpreso.

Fez-se um silêncio e, então, ele se inclinou um pouco para frente.

– E não vou abrir mão de você sem lutar. E isso também não deve ser surpresa para você.

Ele saiu da sala, levando a maioria do oxigênio do lugar com ele.

Jane recostou-se no armário e olhou para o espelho na parede da copa. Seu reflexo estava claro como cristal, desde seu avental branco de médica, passando pela camisa verde até os cabelos louros e curtos.

– Ele aceitou bem isso – ela disse a si mesma. – Considerando tudo.

A porta se abriu e Dubois espiou.

– Tudo bem?

– Sim, e estou indo para a emergência.

Dubois empurrou a porta e entrou, sem fazer qualquer barulho no piso de linóleo.

– Não sei como você faz isso. É a única que não se sente mal depois de falar com ele.

– Ele não é problema algum.

Dubois não concordou.

– Não me leve a mal. Eu respeito ele, de verdade. Mas não gosto de vê-lo irritado.

Ela colocou a mão no ombro do colega.

– A pressão acaba com as pessoas. Você perdeu as estribeiras semana passada, lembra?

– Sim, tem razão – Dubois sorriu. – E pelo menos ele não está mais atirando coisas.

CAPÍTULO 7

O Departamento de Emergência T. Wibble Jones do Centro Médico St. Francis era extremamente moderno graças a uma generosa doação do homem que dava nome ao lugar. Inaugurado há apenas um ano e meio, o complexo de quatro mil e seiscentos metros quadrados era dividido em duas partes, cada uma com dezesseis leitos. Os pacientes de emergência eram levados alternadamente para as alas A ou B, e ficavam com a equipe responsável até que fossem liberados, internados ou enviados ao necrotério.

A caminho do centro do complexo ficava o que a equipe médica chamava de "calha". A calha era apenas para casos de trauma, e havia dois tipos deles: "terrestres", que eram trazidos de ambulância, e os "aéreos", que chegavam pela pista de pouso onze andares acima. Os aéreos costumavam ser pacientes mais graves e eram trazidos por helicóptero a partir de qualquer ponto num raio de cerca de duzentos e quarenta quilômetros por Caldwell. Para esses pacientes, havia um elevador, grande o suficiente para caberem duas macas e dez médicos de uma vez, que os levava direto para a calha.

A unidade de trauma tinha seis leitos abertos, cada um com raio-X e equipamento de ultrassom, bombas de oxigênio, suprimentos médicos e muito espaço para se locomover. O centro operacional, ou torre de controle, ficava no meio, um conclave de computadores e funcionários que, infelizmente, tinham muito trabalho a fazer. A qualquer hora do dia sempre havia disponíveis pelo menos um médico, quatro residentes e seis enfermeiras na equipe, com normalmente dois a três pacientes internados.

Caldwell não era tão grande como Manhattan, mas havia ali muita violência entre gangues, troca de tiros entre traficantes e acidentes de carro. Além disso, com quase três milhões de habitantes, era possível encontrar todo o tipo de erro humano: alguém dava um tiro no próprio estômago porque tentou subir o zíper da calça com o revolver na mão; alguém aparecia com uma flecha no crânio porque outra pessoa quis provar que era boa de mira; maridos que decidiam consertar sozinhos o chuveiro e tomavam uma descarga de duzentos volts porque não tinham desligado antes os disjuntores da caixa de luz.

Jane vivia na calha, era a dona da área. Como chefe do Departamento de Traumas, era administrativamente responsável por tudo o que ocorria naqueles seis leitos, mas também treinada para atender pacientes comuns, além de ser cirurgiã, por isso estava sempre ocupada. Fazia parte de sua rotina fazer telefonemas para avisar quem precisava ser mandado para cima, para as salas de emergência, e muitas vezes era ela mesma a médica a comandar a operação.

Enquanto esperava pelo paciente ferido a bala, ela analisou as fichas dos dois pacientes que estavam sendo tratados e espiou por cima dos ombros dos residentes e enfermeiras enquanto trabalhavam. Todos os membros da equipe de trauma eram escolhidos por Jane e, ao recrutar, ela não escolhia necessariamente os que tinham estudado nas melhores universidades, apesar de ela mesmo ter se formado na Harvard. O que procurava era pelas qualidades de um bom soldado, ou, como ela dizia, aqueles que não tentavam supor o que os pacientes tinham, mas os que tinham cabeça boa, resistência e distanciamento. Principalmente distanciamento. Era preciso ser capaz de manter-se bem em uma crise para trabalhar ali.

Mas isso não significava que compaixão não fosse essencial em tudo o que fizessem.

Geralmente, a maioria dos pacientes de emergência não precisava que alguém lhes segurasse a mão ou lhes desse apoio. Eles costumavam ficar sedados ou em estado de choque em decorrência de hemorragias, ou talvez com um órgão em um monte de gelo, ou com setenta e cinco por cento do corpo queimado. Os pacientes necessitavam de rapidez com pessoas bem treinadas e equilibradas para cuidar da situação.

As famílias e entes queridos, no entanto, sempre precisavam de gentileza e simpatia, e apoio quando possível. Vidas eram perdidas e ressuscitadas na calha todos os dias, e não apenas as que estavam nas macas, que paravam de respirar ou voltavam a respirar. As salas de espera ficavam repletas de pessoas que também eram afetadas: maridos, esposas, pais, filhos.

Jane sabia como era perder alguém que fosse parte de você e enquanto realizava seu trabalho clínico, tinha consciência do lado humano da medicina e da tecnologia. Cuidava para que as pessoas estivessem sempre com o mesmo estado mental que ela: para trabalhar na calha, era preciso realizar os dois lados do trabalho: ter mentalidade de campo de batalha *e* a sensibilidade de quem estava diante de um leito de morte. Como ela dizia a seus funcionários, sempre havia tempo para segurar a mão de alguém ou escutar suas preocupações ou oferecer um ombro amigo, porque em um piscar de olhos você poderia estar na situação do paciente. Afinal, as tragédias não escolhiam pessoas, e todos estavam sujeitos aos mesmos caprichos do destino. Independentemente da cor de sua pele ou de sua condição financeira, de você ser homossexual ou heterossexual, ateu ou crente, na opinião dela, todos eram iguais. E amados por alguém, em algum lugar.

Uma enfermeira aproximou-se dela:

– O Dr. Goldberg acabou de telefonar para avisar que está doente.

– Aquela gripe?

– Sim, mas ele chamou o Dr. Harris para cobri-lo.

Graças a Deus.

– Nosso amigo precisa de alguma coisa?

A enfermeira sorriu.

– Ele disse que a esposa dele ficou feliz em vê-lo quando acordou. Sarah está lhe preparando uma canja de galinha.

– Ótimo. Ele precisa de um tempo de descanso. Pena que não vai aproveitá-lo.

– Sim. Ele disse que ela o faria assistir a todos os filmes românticos que eles perderam nos últimos seis meses.

Jane riu.

– Isso vai deixá-lo mais doente. Ei, escute, quero analisar o caso Robinson. Não havia nada mais que pudéssemos fazer por ele, mas acredito que precisamos falar sobre a morte mesmo assim.

– Eu sabia que você ia querer isso. Marquei uma reunião um dia depois de seu retorno.

Jane apertou a mão da enfermeira.

– Você é um anjo.

– Que nada, só conheço nosso chefe, só isso – a enfermeira sorriu. – Você nunca deixa que as coisas passem sem avaliar e reavaliar a situação, para o caso de descobrirmos algo que poderia ter sido feito de modo diferente.

Era verdade. Jane se lembrava de todos os pacientes que morreram na calha, tendo sido ou não a médica deles, e arquivava os falecidos em sua mente. À noite, quando não conseguia dormir, os nomes e rostos passavam por sua cabeça como um antigo microfilme, até ela ter a sensação de que enlouqueceria.

Sua lista de óbitos era seu maior motivador, e ela não queria que aquele ferido a bala fizesse parte da lista.

Jane foi até o computador e puxou a ficha do paciente. Aquela seria uma batalha. Eles estavam analisando um ferimento de facada, bem como a bala na cavidade torácica, e pelo local onde havia sido encontrado, ela podia apostar que ele era um traficante no território de outra pessoa ou um grande consumidor que fora enganado. De qualquer maneira, era pouco provável que ele tivesse seguro-saúde, mas não importava. O St. Francis aceitava todos os pacientes, indiferentemente de sua possibilidade de pagar ou não pela internação.

Três minutos depois, as portas duplas se abriram e o caos se instalou a toda velocidade: o tal Sr. Michael Klosnick estava preso a uma maca, um homem caucasiano enorme com muitas tatuagens, calça de couro e cavanhaque. O paramédico que estava do lado da cabeça dele o contia, enquanto outro segurava o equipamento e empurrava.

– Leito quatro – Jane disse aos paramédicos. – Como está a situação?

O cara que segurava os equipamentos disse:

– Duas bolsas de sangue. A pressão está caindo, assim como os batimentos cardíacos. Tem 40% da capacidade respiratória. Está entubado. Aplicamos um choque de 200. Taquicardia sinusal em 140 bpm.

No leito quatro, os médicos pararam a maca e a prenderam enquanto os enfermeiros atuavam. Uma enfermeira sentou-se em uma pequena mesa para registrar tudo. Duas outras estavam à espera para trazer os equipamentos para Jane, e uma quarta enfermeira preparou-se para cortar a calça de couro do paciente. Dois residentes estavam por perto para observar e ajudar conforme fosse necessário.

– Peguei a carteira – o paramédico disse, entregando-a à enfermeira com a pinça.

– Michael Klosnick, 37 anos – ela leu. – A foto na identidade está borrada, mas... poderia ser ele, levando em consideração que ele tenha tingido o cabelo de preto e deixado o cavanhaque crescer depois de a foto ter sido tirada.

Ela entregou o documento à colega que estava fazendo anotações e começou a tirar a calça.

– Vou ver se consigo encontrá-lo no sistema – a outra mulher disse ao ligar o computador. – Encontrei... espere, é... deve haver um erro. Não, o endereço está correto, o ano está errado.

Jane praguejou em voz baixa.

– Deve ser problema com o novo sistema de registros eletrônico, por isso não quero ficar contando com as informações que estão aí. Vamos fazer uma tipagem sanguínea e fazer um raio X do peito agora mesmo.

Enquanto tiravam sangue dele, Jane fez um exame preliminar rápido. A ferida a bala era um buraquinho perto de um tipo de cicatriz em seu peito. Por fora, só se via o sangue, dando poucas pistas do que havia acontecido por dentro. O ferimento da facada era igual. Não havia muito estrago por fora. Ela torceu para que os intestinos não tivessem sido atingidos.

Ela olhou para o restante do corpo, vendo diversas tatuagens... *Opa.* Havia um baita ferimento antigo na região da virilha.

– Deixe-me ver o raio X e quero um ultrassom do coração dele...

Ouviu-se um grito.

Jane olhou para a esquerda. A enfermeira que estava tirando a calça do paciente estava deitada no chão, tendo um chilique, batendo os braços e pernas no chão. Segurava uma luva preta que o paciente estava usando.

Por um instante, todos ficaram sem ação.

– Ela tocou a mão dele e caiu – alguém disse.

– Voltem a trabalhar! – Jane disse. – Estevez, você cuida dela. Quero saber como ela está imediatamente. O restante volte a trabalhar. Agora!

Suas ordens colocaram a equipe em ação. Todos voltaram a se concentrar enquanto a enfermeira era levada para a sala ao lado, e Estevez, um dos residentes, começou a cuidar dela.

O resultado do raio X do peito foi relativamente normal, mas por algum motivo o ultrassom do coração era de má qualidade. Entretanto, ambos revelaram o que Jane já esperava: derrame pericárdico por um ferimento ventricular direito causado por uma bala: o sangue havia vazado para dentro do saco pericárdico e estava comprimindo o coração, comprometendo seu funcionamento e o fazendo bombear de modo insuficiente.

– Precisamos de um ultrassom do abdômen dele enquanto eu cuido de seu coração – com o ferimento mais controlado, Jane quis mais informações sobre a ferida da facada. – E assim que isso for feito, quero que chequem as duas máquinas. Algumas destas imagens do peito estão com eco.

Quando um residente foi cuidar da barriga do paciente com o aparelho de ultrassom, Jane pegou uma agulha calibrosa, tamanho vinte e um, e a inseriu em uma seringa de cinquenta mililitros. Depois de uma enfermeira aplicar Povidine no peito do homem, Jane perfurou a pele dele e passou pela anatomia dos ossos, chegando ao saco pericárdico e retirando quarenta mililitros de sangue para melhorar a hemorragia pericárdica. Enquanto fazia isso, dava ordens para que fosse preparada dois andares acima a sala de operações e pedia para a equipe se preparar.

Ela deu a seringa a uma enfermeira para que fosse descartada.

– Vamos ver o ultrassom abdominal.

A máquina estava realmente desregulada, porque as imagens não estavam tão claras quanto ela esperava. Mas mostravam boas notícias, que ela confirmou apalpando a região. Aparentemente, nenhum órgão importante havia sido afetado.

– Certo, o abdômen parece bom. Vamos levá-lo para cima.

Ao sair da calha, ela espiou a sala onde Estevez cuidava da enfermeira.

– Como ela está?

– Melhorando – Estevez balançou a cabela. – Seu coração se estabilizou depois que usamos o desfribilador.

– Meu Deus. Precisou disso?

– Exatamente como o cara que recebemos ontem. Como se ela realmente tivesse levado um choque pesado.

– Você chamou o Mike?

– Sim, o marido dela está vindo.

– Ótimo. Cuide da nossa garota.

Estevez assentiu e olhou para a colega.

– Sempre.

Jane analisou o paciente enquanto os funcionários o conduziam de maca para dentro do elevador que levava para o centro cirúrgico. Ela foi se lavar enquanto as enfermeiras o colocavam na mesa de cirurgia. Conforme ela havia pedido, um kit de cirurgia cardíaca e uma máquina de monitoramento tinham sido trazidos, e os ultrassons e raios X tirados no andar de baixo brilhavam em uma tela de computador.

Usando luvas nas duas mãos e sem encostá-las em seu corpo, ela reavaliou os raios X do peito. Para dizer a verdade, os dois exames estavam ruins, muito embaçados e com eco, mas foram suficientes para que ela se orientasse. A bala estava alojada nos músculos das costas, e ela a deixaria ali: o risco de retirá-la era maior do que o de deixá-la ali. De fato, a maioria das vítimas de tiros saía com seu troféu de aço, independentemente de onde estivesse alojado.

Ela franziu a testa e se aproximou da tela. Bala interessante. Redonda, não da forma alongada que ela estava acostumada a ver no corpo de seus pacientes. Ainda assim, parecia ser feita de aço.

Jane se aproximou da cama na qual o paciente estava ligado às máquinas de anestesia. Seu peito havia sido aberto, com as áreas ao redor envolvidas com tecido cirúrgico. A aplicação do Povidine por seu corpo fazia parecer que estava com um bronzeado feio e falso.

– Nada de cirurgia de derivação. Não quero perder tempo. Temos sangue para ele por perto?

Uma das enfermeiras começou a falar do lado esquerdo.

– Temos, mas não conseguimos descobrir o tipo sanguíneo dele.

Jane desviou o olhar do paciente.

– Não descobriram?

– O exame deu não identificável. Mas temos oito litros de sangue tipo O.

Jane franziu a testa.

– Está bem. Vamos lá.

Usando um bisturi a laser, ela fez uma incisão no peito do paciente, passou pelo esterno e usou um separador de costelas para chegar ao coração, expondo...

Jane perdeu o fôlego.

– Meu Deus...

– Do Céu – alguém completou.

– Sucção – quando se fez uma pausa, ela olhou para a enfermeira-assistente. – Sucção, Jacques. Não me importa como está, eu posso dar um jeito... desde que consiga ver direito.

Fez-se um barulho de zunido quando o sangue foi retirado e então ela olhou para a anomalia física que via pela primeira vez: um coração de seis câmaras no peito de um ser humano. O "eco" que ela tinha visto no ultrassom era, na verdade, um par a mais de câmaras.

– Fotos! – Ela disse. – Mas depressa, por favor.

Enquanto as fotos eram tiradas, ela pensou: *caramba, o departamento de cardiologia vai ficar maluco com isso*. Ela nunca tinha visto nada como aquilo antes – apesar de o buraco feito no ventrículo direito ser totalmente familiar. Já tinha visto muitos deles.

– Sutura – ela disse.

Jacques colocou uma pinça na palma dela, o instrumento de aço prendia uma agulha curvada com um fio preto preso na ponta. Com a mão esquerda, Jane alcançou atrás do coração, segurou a ponta do furo com o dedo e costurou a parte da frente. O movimento seguinte foi levantar o coração de seu espaço pericárdico e fazer a mesma coisa por baixo.

O tempo total foi de menos de seis minutos. Então, ela soltou o separador, colocou as costelas no lugar e usou o fio de aço para fechar as duas partes do esterno. Quando estava prestes a prendê-lo do diafragma ao osso do pescoço, o anestesista disse algo e as máquinas começaram a apitar.

– A pressão está caindo, seis por quatro.

Jane deu início ao protocolo de parada cardíaca e se inclinou sobre o paciente.

– Nem pense em fazer isso – ela disse. – Se morrer na minha mão, ficarei muito irritada.

Do nada, e contra tudo o que faria sentido naquele momento, o cara abriu os olhos e concentrou-se nela.

Jane deu um pulo para trás. Santo Deus... as íris tinham o esplendor em cor de diamantes, brilhando tanto que ela pensou na lua de inverno em uma noite sem nuvens. E pela primeira vez em sua vida, ela ficou imóvel de tão atordoada. Com os olhos fixos um no outro, era como se eles estivessem ligados corpo a corpo, entrelaçados, indivisíveis...

– Estamos perdendo ele novamente – o anestesista disse.

Jane voltou a se concentrar.

– Fique comigo – ela disse ao paciente. – Está ouvindo? *Fique comigo.*

Ela podia jurar que o cara assentiu antes de fechar os olhos. E ela voltou a salvar sua vida.

– Você está precisando esquecer daquele incidente com o atirador de batatas – Butch disse.

Phury revirou os olhos e se recostou na poltrona.

– Vocês quebraram minha janela.

– Claro que quebramos. V. e eu estávamos tentando acertar.

– Duas vezes.

– Assim, ficou provado que ele e eu temos excelente mira.

– Da próxima vez, vocês podem, por gentileza, escolher outra pessoa? – Phury franziu a testa e afastou o martini dos lábios. Sem motivo, ele de repente ficou em alerta, cheio de energia, totalmente aceso. Olhou ao redor da seção VIP, procurando por um pouco de problema. – Ei, tira, você...

– Tem alguma coisa errada – Butch disse ao esfregar o centro do peito, e então tirou a cruz dourada e pesada de trás de sua camisa. – O que está acontecendo?

– Não sei – Phury voltou a olhar para a seção VIP. Cara, era como se um fedor tivesse entrado na sala, poluindo o ar com um cheiro que fazia o nariz querer ter um novo emprego. Mas não havia nada de diferente.

Phury pegou seu celular e ligou para o irmão gêmeo. Quando Zsadist atendeu, a primeira coisa que seu irmão perguntou era se Phury estava bem.

– Estou legal, Z., mas você também está sentindo, né?

Do outro lado da mesa, Butch levou o telefone celular à orelha.

– Querida? Você está bem? É, não sei... Wrath quer falar comigo? Sim, claro, coloque-o na linha... Ei, chefia. É. Phury e eu. Sim. Não. Rhage está aí? Ótimo. Vou telefonar para o Vishous agora.

Quando o tira desligou, apertou algumas teclas e levou o telefone de volta à orelha. Ele franziu o cenho.

– V.? Liga pra mim. Assim que pegar esta mensagem.

Ele desligou o celular bem quando Phury terminou de falar com Z.

Os dois se sentaram. Phury começou a remexer sua bebida. Butch fiou brincando com sua cruz.

– Talvez ele tenha ido à cobertura pegar uma fêmea – Butch disse.

– Ele me disse que era a primeira coisa que faria esta noite.

– Certo. Então, talvez ele tenha se metido numa briga.

– É. Ele vai telefonar já, já.

Apesar de todos os telefones da Irmandade terem chips de GPS, o de V. não funcionava se estivesse junto a seu corpo, por isso, telefonar para o complexo e tentar localizá-lo não ia dar muito certo. V. falava que sua mão acabava com a funcionalidade, dizendo que o que fazia a palma de sua mão brilhar causava interferências elétricas ou magnéticas. Certamente afetava a qualidade da ligação. Sempre que alguém telefonava para V., escutava interferências na linha, ainda que fosse de um telefone fixo.

Phury e Butch esperaram cerca de um minuto e meio antes de se entreolharem e dizerem ao mesmo tempo:

– O que acha de irmos...

– Vamos...

Os dois ficaram em pé e seguiram para a porta de emergência lateral da boate.

Do lado de fora, Phury olhou para o céu noturno.

– Quer que eu me desmaterialize até a casa dele bem rápido?

– Sim. Faça isso.

– Preciso do endereço. Nunca estive lá.

– Na Commodore. Último andar, canto sudeste. Vou esperar aqui.

Para Phury, foi muito rápido surgir no terraço ventoso de uma cobertura a cerca de dez quarteirões próxima ao rio. Ele sequer se aproximou da parede de vidro. Sentiu que o Irmão não estava ali, e logo voltou para o lado de Butch.

– Não.

– Então ele está caçando... – o tira paralisou, tomado por uma expressão fixa, estranha. Ele virou a cabeça para a direita. – *Redutores.*

– Quantos? – Phury perguntou, abrindo a jaqueta. Desde que Butch tivera seu encontro com Ômega, tornou-se capaz de sentir a presença de assassinos como se fosse um detector de metal.

– Dois. Vamos acabar logo com isso.

– Isso mesmo.

Os *redutores* deram a volta na esquina, viram Phury e Butch e se colocaram em posição. A rua do lado de fora do ZeroSum não era o melhor lugar para uma briga, mas, por sorte, como a noite estava muito fria, não havia humanos por perto.

– Estou pronto – Butch disse.

– Entendido.

Os dois atacaram os inimigos.

Capítulo 8

Duas horas depois, Jane empurrou a porta para a Unidade de Tratamento Intensivo Cirúrgico. Estava arrumada e pronta para ir para casa, com a bolsa de couro pendurada no ombro, chaves do carro na mão, vestindo a jaqueta. Mas não iria embora sem antes ver seu paciente.

Ao se aproximar da sala das enfermeiras, a mulher do outro lado do balcão olhou para ela.

– Ei, Dra. Whitcomb. Veio checar seu paciente?

– Sim, Shalonda. Você me conhece... não consigo deixá-los em paz. Em qual leito você o colocou?

– Número seis. A Faye está lá com ele, cuidando para que fique confortável.

– Viu por que amo vocês? Vocês são a melhor equipe hospitalar da cidade. A propósito, alguém veio vê-lo? Localizamos algum parente?

– Telefonei para o número que encontrei em seu registro médico. O cara que atendeu disse que vive no apartamento há dez anos e que nunca ouviu falar de nenhum Michael Klosnick. Então, a identidade era falsa.

Quando Shalonda revirou os olhos, as duas disseram em uníssono:

– Problema com drogas.

Jane balançou a cabeça.

– Não estou surpresa.

– Nem eu. Aquelas tatuagens no rosto dele não são exatamente de um vendedor de seguros.

– A menos que esteja tentando vender seguros a um bando de lutadores profissionais.

Shalonda ria quando Jane despediu-se e desceu o corredor. O quarto seis ficava à direita, e enquanto se dirigia até lá, checou dois pacientes que tinham sido operados por ela, uma que havia sofrido perfuração no intestino durante uma lipoaspiração malsucedida e outro que havia se ferido em uma proteção de calçada em um acidente de moto.

As salas do centro de tratamento intensivo tinham vinte metros quadrados. Todas tinham paredes de vidro, com uma cortina que podia ser puxada para que o paciente tivesse privacidade, e não havia janelas ou quadros de Monet, tampouco televisão ligada. Se você estivesse bem o suficiente para se preocupar em assistir TV, aquele não era o lugar para você. As únicas telas e quadros eram aqueles que monitoravam os equipamentos ao redor da cama.

Quando Jane chegou ao leito seis, Faye Montgomery, uma veterana, desviou o olhar do soro do paciente.

– Boa noite, Dra. Whitcomb.

– Faye, como está? – Jane colocou a bolsa no chão e pegou a ficha médica que estava em um porta-prontuário anexado à porta.

– Estou bem e, antes que pergunte, ele está estável. O que é surpreendente.

Jane olhou as atualizações mais recentes.

– Jura?

Estava prestes a fechar a pasta, mas franziu a testa ao ver um número do lado esquerdo. A identidade de dez dígitos do paciente era milhares e milhares de números distante dos números dados aos novos internados, e ela conferiu a data em que o arquivo tinha sido aberto pela primeira vez: 1974. Folheando as páginas, ela viu duas internações: uma por ferimento a facada e a outra por overdose; os registros eram de 71 e 73.

Ah, droga, ela já tinha visto aquilo antes. Os números zero e sete podiam ser confundidos se escritos com rapidez. O hospital começou a informatizar os registros em 2003 e antes dessa data tudo havia sido escrito a mão. Aquele registro fora transcrito por processadores de dados que não conseguiram identificar o que havia ali: em vez de registrarem os dois últimos dígitos como 01 e 03, a pessoa havia transcrito a data para os anos 1970.

Mas... a data de nascimento não fazia sentido. De acordo com o registro, o paciente tinha trinta e sete anos três décadas atrás.

Jane fechou a pasta e pousou a palma da mão sobre ela.

– Precisamos ser mais exigentes com a precisão do serviço de transcrição.

– Eu sei. Percebi a mesma coisa. Ouça, quer passar um tempo sozinha com ele?

– Sim, seria bom.

Faye parou na porta.

– Fiquei sabendo que você foi ótima na sala de operações hoje.

Jane esboçou um sorriso.

– A equipe foi ótima. Só fiz minha parte. Ei, esqueci de dizer a Shalonda que escolhi o Reino Unido na festa da Primavera. Você...

– Sim. E antes que pergunte, sim, ela vai ser Duque de novo este ano.

– Ótimo, podemos abusar uma da outra por mais seis semanas.

– Foi por isso que ela os escolheu. Serviço público para que o restante de nós possa assistir vocês em ação. Vocês são bondosas.

Quando Faye saiu, Jane puxou a cortina e se aproximou do leito. A respiração do paciente estava sendo monitorada por uma máquina que o mantinha entubado, e seus níveis de oxigênio eram aceitáveis. A pressão estava controlada, embora baixa. A frequência cardíaca estava fraca e parecia esquisita no monitor, mas, até aí, ele tinha seis câmaras em funcionamento.

Deus, aquele coração.

Ela se inclinou sobre ele e observou seu rosto. Caucasiano, provavelmente da região central da Europa. Muito bonito, não que esse fato fosse relevante, mas a beleza era um pouco ofuscada por aquelas tatuagens em sua têmpora. Ela se aproximou um pouco mais para analisar o desenho em sua pele. Admitiu que tinha sido bem feita, com os desenhos cheios de detalhes como se fossem caracteres chineses e hieróglifos combinados. Imaginou que os símbolos provavelmente tivessem a ver com uma gangue, ainda que ele não parecesse um criminoso; tinha o rosto mais sério, como o de um soldado. Talvez as tatuagens fossem algo relacionado a artes marciais?

Quando ela olhou para o tubo inserido em sua boca, percebeu algo estranho. Com o polegar, ela afastou seu lábio superior. Seus caninos eram bem protuberantes. Surpreendentemente pontiagudos.

Uma questão estética, sem dúvida. As pessoas vinham fazendo todo o tipo de coisas esquisitas com o corpo nos dias atuais, e ele já havia tatuado o rosto.

Ela levantou o fino lençol que o cobria. O curativo no peito estava bom, por isso foi descendo pelo corpo, afastando o lençol do caminho. Inspecionou o ferimento a faca e em seguida apalpou a região abdominal. Enquanto pressionava com delicadeza para sentir os órgãos internos, analisou as tatuagens acima da região púbica e então se concentrou nas cicatrizes ao redor de sua genitália. Fora parcialmente castrado.

A cicatriz feia mostrava que não tinha sido uma remoção cirúrgica, mas o resultado de um acidente. Ou, no mínimo, ela esperava que tivesse sido um acidente, porque a única outra explicação seria tortura. Ela olhou para o rosto dele enquanto o cobria. Num ímpeto, levou a mão ao braço dele e o apertou.

– Você teve uma vida bem pesada, não é?

– Sim, mas me fez bem.

Jane se virou.

– Meu Deus, Manello, você me assustou.

– Sinto muito. Só queria ver como estavam as coisas – o chefe foi para o outro lado da cama, analisando o paciente. – Sabe, não acho que ele teria sobrevivido se outra pessoa o tivesse ferido com a faca.

– Você viu as fotos?

– Do coração dele? Sim. Quero mandá-las para os caras de Columbia para que analisem com calma. Pode perguntar o que eles acham quando estiver lá.

Ela deixou passar aquela provocação.

– Não conseguimos o tipo de sangue dele.

– É mesmo?

– Se ele permitir, acredito que devemos fazer-lhe um exame completo, desde os cromossomos.

– Ah, sim, sua segunda paixão. Os genes.

Era engraçado ele lembrar. Ela provavelmente deve ter-lhe comentado apenas uma vez que por pouco não se envolvera com pesquisas genéticas.

De repente, Jane imaginou o corpo do paciente por dentro, viu o coração dele em suas mãos, sentiu o órgão sob seu controle enquanto salvava sua vida.

– Ele pode ser uma bela oportunidade de estudo clínico. Eu adoraria estudá-lo. Ou pelo menos participar de um estudo com ele.

O leve som do equipamento de monitoramento parecia aumentar o silêncio entre eles até que ela percebeu, com um arrepio nas costas, que Manello a encarava. Ela olhou para ele. Estava sério, com o maxilar tenso e a testa franzida.

– Manello? Você está bem?

– Não vá.

Para evitar o olhar dele, ela baixou a vista para o lençol que estava dobrado e colocado embaixo do braço de seu paciente. Distraidamente, fitou o tecido, e aquilo a fez lembrar-se de algo que sua mãe sempre fazia.

Ela ergueu a mão.

– Você vai conseguir encontrar outra...

– Dane-se o departamento. Não quero que você vá porque... – Manello passou a mão pelos cabelos pretos e grossos. – Caramba, Jane. Não quero que vá porque eu sentiria muito a sua falta e porque eu... droga... porque preciso de você, está bem? Preciso de você aqui. Comigo.

Jane piscou como uma boba. Nos últimos quatro anos, jamais desconfiara que aquele homem tinha interesse por ela. Sim, eles eram próximos. E ela era a única pessoa que conseguia acalmá-lo quando ele se irritava. E sim, eles conversavam sobre o hospital o tempo todo, por horas. E jantavam juntos todas as noites quando estavam trabalhando... ele já tinha contado sobre sua família e ela sobre a dela.

Droga.

Sim, mas o cara era o homem mais bem apessoado de todo o hospital. E ela era tão feminina quanto... bem, quanto uma mesa de operação.

Certamente tinha tantas curvas quanto uma.

– Fale a verdade, Jane, você não imaginava? Se me desse uma chancezinha que fosse, eu me enfiaria dentro de seu avental num piscar de olhos.

– Ficou maluco? – Ela perguntou surpresa.

– Não – ele semicerrou os olhos. – Estou muito, muito lúcido.

Diante daquela expressão sensual, o cérebro de Jane parou de funcionar. Simplesmente viajou para longe.

– Não seria muito certo – ela disse.

– Seríamos discretos.

– Nós brigamos – o que diabos ela estava dizendo?

– Eu sei – ele esboçou um sorriso. – Gosto disso. Ninguém me enfrenta além de você.

Ela olhou para ele por cima do paciente, ainda tão surpresa que não sabia o que dizer. Caramba, fazia tanto tempo que ela não tinha um homem em sua vida. Em sua cama. Em sua mente. Tanto, tanto tempo. Havia muitos anos que voltava para seu apartamento, tomava banho sozinha, caía na cama sozinha, acordava sozinha e ia trabalhar sozinha. Com a morte de seus pais, ela não tinha família, e com os horários que cumpria no hospital, não tinha amigos fora dali. A única pessoa com quem realmente conversava era... bem, Manello.

Vendo-o agora, pensou que ele era realmente o motivo pelo qual ela estava indo embora, mas não apenas porque ele a atrapalhava no departamento. De alguma forma, ela sabia que essa revelação viria, e quis fugir antes de ser capturada.

– O silêncio – Manello disse – não é uma coisa muito boa neste momento. A menos que esteja tentando dizer algo do tipo: "Manny, amo você há anos. Vamos para o seu apartamento para passarmos os próximos quatro dias na cama".

– Você trabalha amanhã – ela disse de modo automático.

– Eu telefonaria dizendo que estou doente. Com gripe. E como seu superior, mandaria você fazer a mesma coisa – ele se inclinou sobre o paciente. – Não vá para Columbia amanhã. Não vá embora. Vamos ver até onde podemos levar tudo isso.

Jane olhou para baixo e percebeu que estava encarando as mãos de Manny... suas mãos fortes e grandes que haviam consertado tantos quadris, ombros e joelhos, salvando a carreira e a felicidade de tantos atletas, profissionais ou amadores. E ele não operava apenas os jovens em forma. Havia preservado a mobilidade de idosos, feridos e acometidos por câncer também, ajudando muitos a continuar usando suas pernas e braços.

Tentou imaginar aquelas mãos em sua pele.

– Manny... – ela sussurrou. – Isso é loucura.

Do outro lado da cidade, na rua do ZeroSum, Phury saiu de cima do corpo sem vida de um *redutor* branco como um fantasma. Com sua adaga, ele havia aberto um rasgo no pescoço da coisa, e o sangue grosso e escuro estava vazando no asfalto coberto por pedregulhos. Seu instinto lhe dizia para acertar aquela coisa no coração e mandá-la de volta a Ômega, mas essa seria a maneira antiga. A nova era melhor.

Mas era custoso para Butch. Bastante.

– Este está pronto para você – Phury disse e deu um passo para trás.

Butch se aproximou, com as botas fazendo barulho nas poças de água gelada. Seu rosto estava sério, as presas longas, seu cheiro carregado com o odor doce de talco de bebê de seus inimigos. Ele havia eliminado o assassino com o qual lutara, feito seu negócio especial, e agora o faria novamente.

O tira parecia motivado e com dor quando ficou de joelhos, apoiou uma mão de cada lado do rosto pálido do *redutor* e se inclinou. Abrindo a boca, ele se posicionou acima dos lábios do assassino e começou a inalar longa e lentamente.

Os olhos do *redutor* brilharam quando uma névoa preta saiu de seu corpo e foi sugada pelos pulmões de Butch. A inalação não foi interrompida, nem houve pausa no sugar, apenas uma corrente constante de maldade passando de um recipiente a outro. No fim, o inimigo ficou reduzido a cinzas, seu corpo desmoronando e se fragmentando em um pó fino que foi carregado pelo vento frio.

Butch hesitou, e então parou de repente, caindo de lado na rua suja. Phury se aproximou e tentou pegar sua mão.

– Não toque em mim – a voz de Butch era apenas um sussurro. – Vou deixá-lo doente.

– Deixe-me...

– Não! – Butch disse, forçando-se a levantar. – Quero só um minuto.

Phury ficou diante do tira, observando-o e mantendo os olhos na rua para o caso de mais alguma coisa aparecer.

– Quer ir para casa? Vou procurar por V.

– De jeito nenhum – o tira abriu os olhos castanhos. – Ele é meu. Vou encontrá-lo.

– Tem certeza?

Butch ficou em pé, e apesar de seu corpo balançar como uma bandeira ao vento, ele estava determinado.

– Vamos.

Phury não gostou da expressão no rosto de Butch quando o acompanhou descendo a Rua Trade. O tira estava com uma expressão de alguém prestes a sofrer um acesso, mas não ia desistir, a menos que morresse.

E quando os dois passaram pela área decadente de Caldwell e seguiram adiante, não ter notícias de V. claramente deixou Butch pior ainda.

Eles estavam quase no centro da cidade, acabavam de sair da avenida Redd quando Phury parou.

– Devíamos voltar. Duvido que ele esteja tão longe.

Butch parou. Olhou ao redor. Com a voz estranha, ele disse:

– Ei, olha só. O prédio onde Beth morava.

– Temos de voltar.

O tira balançou a cabeça e esfregou o peito.

– Precisamos continuar.

– Não estou dizendo que devemos parar de procurar. Mas por que ele estaria tão longe? Estamos saindo da área residencial. Tem gente demais aqui, por isso ele não teria vindo pra cá para procurar briga.

– Mas, Phury, e se ele foi levado? Não vimos nenhum outro *redutor* esta noite por aí. E se algo sério aconteceu, e se o derrotaram?

– Se ele estivesse consciente, isso seria muito improvável, por causa daquela mão dele. É uma arma poderosa, mesmo que ele não estivesse com as adagas.

– E se ele foi derrubado?

Antes que Phury pudesse responder, a van do líder em notícias, Canal Seis, apareceu correndo. Duas ruas antes de chegar onde eles estavam os faróis foram acesos e a sirene ligada.

Droga, foi tudo que Phury pôde pensar. Vans de notícias não surgiam assim do nada para cobrir o caso de um gatinho preso em uma árvore. Mas talvez fossem apenas problemas de humanos, como algum lance relacionado a quadrilhas de traficantes.

O problema era que uma sensação terrível e pesada dizia a Phury que não era o caso, por isso quando Butch começou a caminhar naquela direção, ele o acompanhou. Nada foi dito, o que significava que o tira estava provavelmente pensando: *por favor, Deus, que seja a tragédia de outra pessoa, não nossa.*

Quando se aproximaram de onde a van da emissora estava estacionada, viram a típica reunião em caso de crime, com duas viaturas do departamento de polícia de Caldwell paradas na entrada da rua sem saída da Vigésima avenida.

Enquanto um repórter segurava uma câmera ali, homens de uniforme caminhavam ao redor de um cercado de fita amarela, e curiosos se reuniam, aumentando o drama e a boataria.

A rajada de vento que desceu a rua levava o cheiro do sangue de V., além do odor de talco de bebê dos *redutores*.

– Oh, Deus... – Butch disse no vento da noite, aumentando o suspense.

O tira se aproximou da fita, e Phury segurou seu braço para detê-lo... mas foi afastado. A fúria em Butch era tão palpável que ele fez Phury acertar em si mesmo um soco no estômago, quando empurrou-lhe o braço, deixando-o desnorteado. Phury segurou-se ao amigo mesmo assim.

– Não se meta, caramba. Você provavelmente trabalhou com alguns desses caras – quando o tira pensou em dizer alguma coisa, Phury continuou: – arrume sua roupa, esconda o rosto e fique quieto.

Butch ajeitou o boné dos Sox e travou a mandíbula de raiva.

– Se ele estiver morto...

– Cale a boca e concentre-se em manter-se em pé – o que seria um desafio, porque Butch estava muito mal. Jesus... Se V. estivesse morto, isso não apenas mataria cada um dos Irmãos, mas o tira estaria com sérios problemas. Depois de aspirar os assassinos daquele jeito, V. era a única pessoa capaz de tirar o mal de dentro dele.

– Vamos, Butch. É muita exposição pra você. Vamos agora.

O tira se afastou alguns metros e se recostou em um carro estacionado nas sombras. Como parecia que o cara ficaria ali, Phury se aproximou das pessoas perto da faixa amarela. Analisando a cena, a primeira coisa que viu foram as evidências de que um *redutor* tinha sido eliminado. Felizmente, a polícia não estava prestando atenção naquilo. Eles provavelmente pensaram que a poça viscosa era apenas vazamento de óleo de um carro e o chamuscado no chão, resquícios de uma fogueira improvisada feita por um morador de rua. Não, os policiais estavam focados no centro da cena, onde Vishous claramente tinha deixado uma poça de sangue vermelho.

Oh... Deus.

Phury olhou para um humano qualquer a seu lado.

– O que houve?

O cara deu de ombros.

– Tiro. Alguma briga.

Um rapaz jovem, usando roupas de *rapper*, começou a falar, todo animado, como se aquela fosse a coisa mais legal do mundo:

– Foi no peito. Eu vi acontecer, e eu mesmo liguei para a polícia – ele sacudiu o celular como se fosse um prêmio. – A polícia quer que eu fique por aqui para poder me interrogar.

Phury olhou bem para ele.

– O que aconteceu?

– Cara, você não acreditaria. Foi como naquele programa *Os Vídeos Mais Incríveis do Mundo*. Sabe?

– Sei – Phury olhou para os prédios do outro lado da rua. Nenhuma janela. Aquela provavelmente era a única testemunha. – E aí, o que rolou?

– Bom, eu estava só descendo a Trade. Meus amigos me largaram no Screamer's e eu fiquei sem carona, entende? Pois é, eu estava andando e vi um clarão logo à frente. Parecia uma nave espacial saindo dessa rua. Caminhei um pouco mais rápido, porque queria ver o que estava acontecendo, e foi então que eu escutei o tiro. Foi estridente. Na verdade, eu nem sabia que tinha sido um tiro, só soube quando cheguei aqui. Pensei que um tiro fosse mais alto...

– Quando você ligou para a polícia?

– Bem, esperei um pouco, porque pensei que alguém podia sair correndo da rua e eu não queria levar tiro. Mas ninguém apareceu, então pensei que eles tivessem voltado de onde vieram, qualquer coisa assim. Então, quando desci, vi que não havia outra saída. Então, talvez ele tenha atirado nele mesmo, sacou?

– Como era esse cara?

– A vit? – o rapaz se aproximou. – Vit é como os policiais chamam a vítima. Escutei.

– Agradeço o esclarecimento – Phury disse. – E então, como ele era?

– Cabelo escuro. Cavanhaque. Roupas de couro. Fiquei perto dele enquanto telefonava para a polícia. Estava sangrando, mas vivo.

– Você não viu mais ninguém?

– Não. Só um. Cara, eu vou ser interrogado pela polícia. Tipo, de verdade. Eu disse isso?

– Disse, parabéns. Você deve estar animado – caramba, Phury teve de se controlar para não acertar a cara do rapaz.

– Ah, corta essa. É bem legal.

– Não para o cara que levou o tiro – Phury olhou para a cena de novo. Pelo menos V. não estava nas mãos de *redutores*, e não tinha sido morto na cena do crime. Era provável que o assassino houvesse atirado em V. primeiro, mas o Irmão ainda teve força suficiente para detonar o desgraçado antes de perder a consciência.

Do lado esquerdo, Phury escutou uma voz bonita:

– Sou Bethany Choi da equipe de notícias do Canal Seis ao vivo da cena de outro tiroteio no centro da cidade. De acordo com a polícia, a vítima, Michael Klosnick...

Michael Klosnick? Bom, era provável que V. tivesse pegado a identidade do *redutor* e encontraram-na com ele.

– ... foi levado ao Centro Médico St. Francis em condições criticas, com um tiro no peito...

Certo, aquela seria uma longa noite: Vishous ferido. Nas mãos de humanos. E só faltavam quatro horas para o amanhecer.

Hora de vazar.

Phury telefonou para o complexo enquanto se aproximava de Butch. Quando o celular tocava, ele disse ao tira:

– Ele está vivo no St. Francis com um ferimento a bala.

Butch titubeou e disse algo parecido com *Por favor, Deus.*

– Então, vamos tirá-lo de lá?

– Isso aí – por que Wrath não atendia? *Vamos, Wrath... atenda.* – Droga... aqueles malditos cirurgiões devem ter tido uma baita surpresa quando viram... Wrath? Temos um problema.

Vishous recobrou devagar a consciência, acordando lentamente, ainda que estivesse preso dentro de um corpo dolorido. Sem conseguir mexer os braços e as pernas e com as pálpebras pesadas, como se suas lágrimas fossem de cimento, parecia que sua audição era a única função corporal em pleno funcionamento: pessoas conversavam perto dele. Duas vozes. A de uma fêmea e a de um macho, e ele não reconheceu nenhuma delas.

Não, espere. Ele conhecia uma delas. Uma já havia lhe dado ordens. A fêmea. Mas, por quê?

E por que diabos ele havia permitido?

Ele escutou a conversa sem exatamente acompanhar as palavras. Ela falava no mesmo ritmo de um macho. Direto. Autoritário. Controlador.

Quem era ela? Quem...

De repente, ele se deu conta de quem ela era. A cirurgiã. A cirurgiã *humana.* Meu Deus, ele estava num hospital de humanos. Estava nas mãos de humanos depois de... *droga,* o que havia acontecido?

Ele foi tomado pelo pânico... e não conseguiu raciocinar. Seu corpo era um monte de carne e ele tinha a sensação de que o cano enfiado em sua garganta significava que havia uma máquina comandando seus pulmões. Estava claro que ele tinha sido sedado.

Oh, caramba. Estaria quase na hora de amanhecer? Precisava sair dali de qualquer jeito. Como ele ia...

Seu plano de fuga foi interrompido quando seus instintos dispararam e assumiram o controle da situação.

Mas não era o guerreiro que estava se mostrando. Eram todos aqueles impulsos possessivos de macho que sempre permaneceram adormecidos, aqueles sobre os quais ele havia lido, ouvido falar ou testemunhado nos outros, sem o qual acreditava ter nascido. O que acionou seus instintos foi um odor na sala, o cheiro de um macho que queria sexo... com a fêmea, com sua cirurgiã.

Minha.

A palavra surgiu do nada junto com a intensidade do desejo de matar. Ficou tão contrariado que arregalou os olhos.

Virando a cabeça, viu uma mulher alta com cabelos louros e curtos. Usava óculos sem armação, estava sem maquiagem e sem brincos. Em seu jaleco branco, estava escrito, em letras pretas e manuscritas, DRA. JANE WHITCOMB, CHEFE DA DIVISÃO DE TRAUMATOLOGIA.

– Manny – ela disse –, isto é maluquice.

V. olhou para um macho humano de cabelos negros. O cara também estava usando um jaleco branco, no qual lia-se, na aba direita da lapela, DR. MANUEL MANELLO, CHEFE DO DEPARTAMENTO DE CIRURGIA.

– Não há maluquice alguma nisso – a voz do homem era grave e forte, e ele olhava fixamente para a cirurgiã de V. – Sei o que quero. E quero você.

Minha, V. pensou. *Não sua, MINHA.*

– Não posso deixar de ir a Columbia amanhã – ela disse. – Mesmo que houvesse algo entre nós, ainda assim eu teria de partir se quisesse gerenciar um departamento.

– Algo entre nós – o idiota riu. – Quer dizer que você vai pensar nisso?

– Nisso o quê?

– Em nós.

As presas de V. apareceram no lábio superior. Quando ele começou a rosnar, aquela palavra pululou em sua mente, como uma granada com o pino de segurança retirado: *Minha.*

– Não sei – disse a cirurgiã de V.

– Isso não é um não, certo, Jane? Não é.

– Não... não é.

– Ótimo – o macho humano olhou para V. e pareceu surpreso. – Alguém acordou.

Pode acreditar que sim, V. pensou. *E se tocar nela, vou arrancar seu braço com os dentes.*

Capítulo 9

Faye Montgomery era uma mulher prática e por isso era uma grande enfermeira. Dotada de bom senso, tinha cabelos e olhos pretos, e era excelente em situações de crise. Com um marido na Marinha e dois filhos em casa, além de doze anos de experiência em unidades de terapia intensiva, não era uma pessoa que se abalava por pouco.

Mas, naquele momento, sentada à mesa da sala da enfermagem, ela estava impressionada.

Três homens enormes estavam em pé do outro lado da sala. Um deles tinha cabelos longos e multicoloridos, e olhos amarelos que não pareciam reais, pois brilhavam. O segundo era lindo de morrer e extremamente sensual, de modo que ela teve de lembrar a si mesma que era casada e feliz com um homem por quem ainda sentia desejo.

O terceiro estava mais atrás: nada mais do que um boné dos Red Sox, óculos de sol e um ar de maldade que não combinava com seu belo rosto.

Algum deles tinha feito uma pergunta? Ela acreditava que sim.

Como nenhuma das outras enfermeiras conseguia falar, Faye gaguejou:

– Desculpe... o que disse?

O cara de cabelo esquisito – Deus, aquilo era de verdade? – Sorriu um pouco.

– Estamos à procura de Michael Klosnick, que veio da emergência. Na recepção, soubemos que ele foi trazido para cá depois de ter sido operado.

Deus... aquelas íris eram douradas como a luz do sol, de um brilho muito intenso.

– Vocês são parentes?

– Somos irmãos dele.

– Certo, mas sinto muito. Ele acabou de sair da sala de operação e não... – por algum motivo, o cérebro de Faye mudou de direção, como um trem de brinquedo que havia sido retirado de um trilho e colocado em outro. Ela se viu dizendo: – ele está no fim do corredor, leito seis. Mas apenas um de vocês pode entrar e por pouco tempo. Ah, e precisam esperar até que os médicos...

Naquele momento, o Dr. Manello entrou e dirigiu-se à mesa. Olhou para os homens e perguntou:

– Está tudo bem aqui?

Faye assentiu, enquanto sua boca dizia:

– Sim, tudo bem.

O Dr. Manello franziu a testa ao olhar para cada homem. Fez uma careta e esfregou as têmporas como se estivesse com dor de cabeça.

– Estarei em meu escritório se precisar de mim, Faye.

– Sim, Dr. Manello – ela olhou para os homens. O que estava dizendo? *Ah, sim.* – Vocês terão de esperar até que a cirurgiã dele saia, tudo bem?

– Ele está lá agora?

– *Ela* está lá.

– Sim, obrigado.

Aqueles olhos amarelos fixaram-se nos de Faye... e de repente ela não conseguia mais lembrar se havia um paciente no leito seis. Havia? Espere...

– Diga-me – disse o homem – qual é seu nome de usuário e senha?

– Hã... perdão?

– Do computador.

Por que ele... ah claro, ele precisava da informação. Absolutamente. E ela precisava dar para ele.

– FMONT2 em letra maiúscula é o nome de usuário, e a senha é 11Eddie11. *E* em caixa alta.

– Obrigado.

Ela estava prestes a dizer *De nada* quando veio-lhe à mente que estava na hora de convocar uma reunião com os funcionários. Mas, para quê? Eles já tinham feito uma no começo do...

Não, com certeza era hora de fazer uma reunião com a equipe. Precisavam urgentemente de uma reunião com a equipe. Naquele momento.

Faye hesitou e percebeu que estava olhando para o nada do balcão da sala da enfermagem. Estranho, ela podia ter jurado que estava conversando com alguém. Um homem e...

Reunião com a equipe. Já.

Faye massageou as têmporas, com a sensação de que tinha algo prendendo sua testa. Não costumava ter dores de cabeça, mas aquele dia tinha sido agitado e havia tomado muito café e comido pouco.

Olhou para trás, para as outras três enfermeiras, e todas estavam um tanto confusas.

– Pessoal, vamos para a sala de reunião. Precisamos falar sobre um paciente.

Uma das colegas de Faye franziu a testa.

– Já não fizemos isso hoje à noite?

– Precisamos fazer novamente.

Todos se levantaram e entraram na sala de reuniões. Faye manteve as portas duplas abertas e sentou-se na ponta da mesa para que pudesse observar o corredor do lado de fora e também o monitor que mostrava o estado de todos os pacientes do andar...

De repente, Faye ficou tensa na cadeira. *Mas que diabos?* Havia um homem com cabelo multicolorido atrás do balcão do posto de enfermagem, inclinado sobre um teclado.

Faye começou a se levantar, pronta para chamar a segurança, mas, então, o cara olhou por sobre o ombro. Quando os olhos amarelos dele se encontraram com os dela, subitamente ela se esqueceu de por que seria errado que ele estivesse em um dos computadores. Ela também se deu conta de que precisava conversar imediatamente sobre o paciente do leito cinco.

– Vamos analisar a situação do Sr. Hauser – ela disse com um tom de voz que chamou a atenção de todos.

Depois que Manello partiu, Jane olhou para seu paciente sem acreditar no que via. Apesar de todos os sedativos que haviam sido administrados, os olhos dele estavam abertos e ele os mantinha arregalados, com aquela expressão séria no rosto repleto de tatuagens.

Meu Deus... aqueles olhos. Eram diferentes de tudo o que já tinha visto, com as íris estranhamente claras de contornos azul-marinho.

Aquilo não estava certo, ela pensou. A forma como ele a encarava não era certa. Aquele coração com seis câmaras batendo dentro de seu peito não estava certo. Aqueles dentes longos na frente da sua boca não estavam certos.

Ela concluiu, ao ver aquelas características, que não havia outra coisa a se pensar.

Ele não era humano.

Mas seria ridículo. Qual é a primeira regra da Medicina? Sempre comece a investigação pelo mais óbvio. Quais eram as chances que deitada bem ali estivesse uma espécie humanoide não descoberta? De labrador a um *Homo sapiens* golden retriever?

Ela pensou nos dentes do paciente. Bem, talvez com um toque de Doberman. Ele olhou para ela, conseguindo se comunicar apesar de estar deitado de costas, entubado e de ter saído de uma cirurgia há menos de duas horas.

Como aquele cara podia estar consciente?

– Você consegue me ouvir? – Ela perguntou. – Mexa a cabeça em caso afirmativo.

Ele levou a mão das tatuagens ao pescoço, então pegou o tubo que entrava por sua boca e começou a puxá-lo para fora.

– Não faça isso. Isso deve ficar onde está – quando ela se inclinou para detê-lo, ele deixou que ela segurasse o tubo, afastando-o o máximo que conseguiu de seu braço. – Isso mesmo. Por favor, não me obrigue a amarrá-lo.

Com aquela ameaça, ele arregalou os olhos, aterrorizado, e seu imenso corpo começou a tremer sobre o leito. Ele começou a mexer os lábios contra o tubo como se estivesse gritando, e seu medo fez ela sentir pena dele. Provavelmente porque havia algo de animalesco em seu desespero, da mesma forma que um lobo olharia para a própria perna se ela estivesse presa em uma armadilha. *Ajude-me, e talvez eu não a mate quando estiver livre.*

Ela colocou a mão sobre o ombro dele.

– Está tudo bem. Não temos de ir por esse caminho. Mas vamos precisar desse tubo...

A porta da sala se abriu e Jane congelou.

Os dois homens que entraram vestiam roupas de couro pretas e pareciam o tipo de pessoa que carrega armas ocultas. Um deles provavelmente era o maior e mais bonito homem que ela já tinha visto. O outro a assustou. Ele usava um boné dos Red Sox enterrado na altura dos olhos e carregava consigo uma terrível aura de maldade. Não pôde ver direito sua cara, mas a julgar por sua pele acinzentada, parecia estar doente.

Ao ver a dupla, a primeira coisa que Jane pensou era que eles estavam ali por causa de seu paciente, mas não apenas para uma visita.

A segunda coisa que pensou foi que precisaria de segurança.

– Saiam – ela disse. – Agora mesmo.

O cara do boné ignorou-a solenemente e caminhou até a lateral da cama. Quando os dois se entreolharam, o cara com o boné estendeu o braço e eles deram as mãos.

Com a voz rouca, o de boné disse:

– Pensei que tivesse perdido você, seu filho da mãe.

O paciente apertou os olhos, como se estivesse tentando se comunicar. Então, simplesmente balançou a cabeça de um lado a outro no travesseiro.

– Vamos levar você pra casa, está bem?

Quando o paciente assentiu, Jane não quis mais dar uma de boazinha, e ficar ouvindo toda aquela besteira de "levá-lo dali". Lançou-se em direção ao botão de emergência do posto de enfermagem, aquele que sinalizava um problema cardíaco e que atrairia para ela metade do andar.

Não conseguiu alcançá-lo.

O belo louro foi tão rápido que ela não pôde detê-lo. Em um momento, ele estava na porta; no outro, agarrando-a por trás e erguendo-a do chão. Quando ela começou a gritar, ele tampou sua boca com a mão e a conteve, como se ela fosse apenas uma criança esperneando.

Enquanto isso, bem diante dela, o cara de boné vermelho tirou tudo do paciente: a entubação, as agulhas, o cateter, os fios do aparelho do coração, o monitor de oxigênio.

Jane ficou descontrolada. Quando os alarmes começaram a soar nas máquinas, ela se debateu e chutou a perna do homem que a segurava. O gigante louro resmungou, mas apertou-lhe a caixa torácica, dificultando sua respiração, impedindo-a de continuar a chutá-lo.

Pelo menos os alarmes iriam...

Súbito, as máquinas ficaram em silêncio, apesar de ninguém tê-las tocado. E ela teve a péssima sensação de que ninguém a ajudaria.

Jane lutou com mais força, a ponto de seus olhos ficarem marejados.

– Calma – o louro sussurrou em seu ouvido. – Vamos deixá-la em paz já, já. Apenas relaxe.

É, tá bom então. Eles iam matar seu paciente...

O paciente respirou profundamente, por conta própria. De novo. E de novo. Então aqueles olhos diamantinos se voltaram para ela, que sorriu, como se ele tivesse motivado aquela reação.

Fez-se um momento de silêncio. E então, com a voz rouca, o homem cuja vida ela havia salvado disse três palavras que mudaram tudo... mudaram a vida dela e o seu destino:

– Ela. Vem. Comigo.

Dentro da sala de enfermagem, Phury fez um rápido trabalho de hacker no sistema de informações do hospital. Ele não era tão hábil com o teclado como V., mas também era bom. Localizou os arquivos que estavam no nome de Michael Klosnick e contaminou os registros e anotações a respeito do tratamento de Vishous: todos os resultados de exames, as ressonâncias, os raios X, as fotos digitais, os horários, anotações... tudo ficou ilegível. Depois, inseriu a informação de que Klosnick era indigente.

Caramba, ele adorava registros médicos computadorizados. Que facilidade.

Ele também havia apagado a memória da maioria dos funcionários do plantão. Enquanto subia até ali, passara pela sala de cirurgia e tivera um pequeno *tête-à-tête* com as enfermeiras em serviço. Tinha dado sorte. O turno não havia mudado, por isso os funcionários que viram V. estavam todos presentes e ele pôde "limpá-los". Nenhuma daquelas enfermeiras teria lembranças claras do que tinham visto enquanto o Irmão era operado.

Mas claro que não foi um trabalho perfeito. Havia pessoas que ele não tinha visto e talvez alguns registros auxiliares que tinham sido impressos. Mas esse não era o problema. Qualquer confusão que ocorresse com o desaparecimento de V. seria absorvida na correria de um hospital extremamente cheio. Claro, possivelmente haveria um ou dois estudos de caso do paciente, mas até lá ninguém seria capaz de encontrar V., e isso já bastava.

Quando Phury terminou de mexer no computador, correu pelo andar da UTI. Foi passando pelas câmeras de segurança e as neutralizando quando se fixavam no teto em intervalos regulares, para que só mostrassem imagens distorcidas.

Quando estava se aproximando do leito seis, a porta se abriu. Vishous estava no colo de Butch, pálido, trêmulo e com dor, com a cabeça apoiada no ombro do tira. Mas estava respirando e seus olhos estavam abertos.

– Deixe-me pegá-lo – Phury disse, pensando que Butch não estava com a aparência muito melhor que a de V.

– Eu levo ele. Você cuida das questões da administração e das câmeras de segurança.

– Que questões da administração?

– Espere e verá – Butch murmurou ao se aproximar da saída de incêndio no fim do corredor.

Um instante depois, Phury entendeu qual seria o problema: Rhage surgiu no corredor levando nos braços uma fêmea humana. Ela se debatia de todas as formas, e os gritos contidos pela mão dele indicavam que seu vocabulário não era exatamente o de uma moça educada.

– Você precisa botá-la para dormir, meu Irmão – Rhage disse. – Não quero feri-la, e V. disse que ela tinha de vir conosco.

– Essa não era para ser uma operação de sequestro.

– Tarde demais, cara. Agora dê um jeito nela, ok? – Rhage resmungou e mudou a posição com que segurava a mulher, tirando a mão da boca para segurar um dos braços que ela não parava de agitar.

Ela começou a falar em alto e bom tom.

– Que Deus me ajude, porque vou...

Phury segurou seu queixo e a forçou a levantar a cabeça.

– Relaxe – ele disse com delicadeza. – Apenas fique calma.

Ele olhou fixamente para ela e começou a induzi-la a se acalmar... induzi-la a se acalmar... induzi-la...

– Vá se danar! – Ela disse. – Não permitirei que matem meu paciente!

Certo, aquilo não estava funcionando. Por trás daqueles óculos de aro transparente e olhos verde-escuros, ela tinha uma mente formidável, por isso, praguejando, ele resolveu apelar, calando-a por completo com a mente. Ela ficou mole como uma boneca de pano.

Retirando os óculos dela, ele os fechou e os colocou no bolso de sua camisa.

– Vamos cair fora daqui antes que ela recobre a consciência.

Rhage mudou a mulher de posição, colocando-a sobre o ombro largo.

– Pegue a bolsa dela na sala.

Phury entrou, pegou uma bolsa de couro e a pasta na qual estava escrito o nome Klosnick, e então deixou rapidamente a sala. Quando ele voltou para o corredor, Butch estava falando com uma enfermeira que havia saído do quarto de um paciente.

– O que estão fazendo!? – A mulher perguntou.

Phury a agarrou como se fosse uma barraca, pulando na frente dela, colocando-a em um estado de estupor, plantando-lhe em seu lobo frontal a necessidade urgente de convocar uma reunião de equipe. Quando ele alcançou o grupo de evacuação, a mulher nos braços de Rhage já estava voltando a si, movendo a cabeça de um lado a outro. Quando chegaram à porta de incêndio da escada, Phury disse:

– Espere, Rhage.

O Irmão parou na hora; e Phury levou a mão à lateral do pescoço da mulher, aplicando-lhe pressão para deixá-la fora de combate.

– Ela capotou. Está tudo bem.

Eles chegaram às escadas dos fundos e debandaram. A respiração ofegante de Vishous deixava claro que aquela fuga maluca o estava deixando mal, mas ele continuava forte como sempre, aguentando firme, apesar de seu rosto estar da cor de uma sopa de ervilhas.

Sempre que paravam, Phury sabotava uma câmera de segurança, remexendo nos fios para desabilitá-las. Ele esperava que todos chegassem ao Escalade sem ter de enfrentar um monte de seguranças. Os humanos nunca foram alvo da Irmandade. Assim, se houvesse qualquer risco de a raça dos vampiros ser exposta, não haveria saída. E como hipnotizar grandes grupos de humanos agitados e agressivos tinha uma baixa taxa de sucesso, sobraria apenas a briga. E a morte para eles.

Cerca de oito lances de escada abaixo, Butch parou diante de uma porta de metal. O suor escorria por seu rosto e ele estava ofegante, mas mantinha a expressão firme de um soldado: conseguiria tirar seu parceiro dali, e nada o impediria, nem mesmo sua debilidade física.

– Eu cuido da porta – Phury disse, pulando na frente de todos. Depois de dar conta do alarme, ele segurou a porta de aço aberta para que os outros passassem. Do outro lado, diversos corredores se cruzavam.

– Oh, droga – ele murmurou. – Onde diabos estamos?

– No porão – o tira caminhou na frente. – Conheço bem. O necrotério fica neste andar. Passei muito tempo aqui em meu emprego antigo.

Cerca de cem metros adiante, Butch guiou todos eles por uma passagem que mais parecia um fosso cheio de canos do sistema de ar condicionado do que um corredor propriamente dito.

E ali estava a salvação em forma de saída de emergência.

– O Escalade está lá fora – o tira disse a V. – Apenas nos esperando.

– Graças... a Deus – V. pressionou os lábios, como se tentasse não vomitar.

Phury se adiantou de novo e soltou um palavrão. Aquele sistema de alarme era diferente dos outros, operando com um circuito mais complexo. Algo que ele deveria ter esperado. As portas externas geralmente tinham mais vigilância do que as de dentro. O problema era que seus truques mentais não funcionariam ali, e ele não tinha como desarmar aquilo. V. estava com a aparência péssima.

– Preparem-se para o barulho – Phury disse antes de empurrar a porta.

O alarme fez um escândalo.

Enquanto corriam noite adentro, Phury se virou e olhou para a saída do hospital. Localizou a câmera de segurança acima da porta e mexeu nela, mantendo-a parada com a luz vermelha piscante enquanto V. e a fêmea eram colocados dentro do Escalade e Rhage assumia sua posição ao volante.

Butch se apressou e Phury entrou na parte de trás com a carga. Olhou para seu relógio. O tempo total desde que estacionaram o veículo até aquela fuga cinematográfica havia sido de vinte e nove minutos. A operação tinha sido relativamente sossegada. Só era preciso agora levar todo mundo para o complexo em segurança e raspar o número da placa da caminhonete.

Havia apenas um complicador.

Phury deslocou seus olhos para a mulher humana.

Um tremendo complicador.

Capítulo 10

John ficou agitado enquanto esperava na sala de cores vivas da mansão. Ele e Zsadist sempre saíam por uma hora antes do amanhecer, e, até onde ele sabia, não houvera mudança nos planos. Mas o Irmão estava quase meia hora atrasado.

Para matar um pouco o tempo, John caminhou pelo piso de mosaico. Como sempre, ele sentia que não combinava com aquela grandeza, mas a adorava e a valorizava. O local possuía tamanha elegância que ele se sentia dentro de uma caixa de joias: colunas de mármore vermelho e um tipo de pedra verde e preta sustentavam paredes repletas de desenhos cheios de detalhes, além de lustres com cristais. A escada era forrada por um tapete vermelho, o tipo de coisa em que um ator faria sua pausa dramática no topo da escada para olhar os convidados de sua festa chique. E o carpete tinha o desenho de uma macieira florescendo, o sabor iluminado da primavera resplandecendo e brilhando graças a milhões de pedaços reluzentes de vidro colorido.

Sua parte favorita, no entanto, era o teto. Com uma altura equivalente a três andares, havia cenas pintadas, com guerreiros e cavalos lutando numa batalha com adagas negras. Pareciam tão reais que dava vontade de esticar o braço e tocá-los.

Tão reais que você sentia como se fosse eles.

Ele pensou na primeira vez em que havia visto tudo aquilo. Tohr o estava levando para conhecer Wrath.

John engoliu em seco. Tivera Tohrment por um tempo muito curto. Alguns meses. Depois de passar uma vida toda sentindo-se sem chão, depois de ter passado duas décadas sem uma família na qual se apoiar, recebeu um pouco do que sempre quisera. E então, com uma bala, seu pai adotivo e sua mãe morreram.

Ele gostaria de ser nobre o suficiente para dizer que se sentia grato por ter conhecido Tohr e Wellsie, mas era mentira. Desejava que nunca os tivesse conhecido. Tê-los perdido era muito mais doloroso do que sentia antes, quando era sozinho.

Ele não era exatamente um macho de valor, não é?

De repente, Z. saiu pela porta escondida embaixo da vistosa escada, e John ficou tenso. Não conseguia agir de outra forma. Independentemente de quantas vezes visse o Irmão, a aparência de Zsadist sempre fazia ele hesitar. Não era por causa da cicatriz no rosto ou pela cabeça raspada. Era a expressão mortal que não se desfazia, ainda que agora ele tivesse uma parceira e se preparasse para ser pai.

Além disso, naquela noite, o rosto de Z. estava sério, seu corpo ainda mais retesado.

– Podemos ir?

John apertou os olhos e fez um sinal, *O que está acontecendo?*

– Nada com que precise se preocupar. Você está pronto – aquilo não era uma pergunta, e sim, uma ordem.

Quando John assentiu e subiu o zíper da jaqueta, os dois saíram pelo vestíbulo.

A noite estava clara e as estrelas escondiam-se por uma camada fina de nuvens, iluminada pela lua cheia. De acordo com o calendário, a primavera se aproximava, mas apenas em teoria, observando-se a paisagem: a fonte na frente da mansão continuava vazia por causa do inverno, esperando ser preenchida novamente. As árvores eram como esqueletos pretos tentando alcançar o céu, implorando, com os braços ossudos, para que o sol ficasse mais forte. A neve insistia sobre o gramado, acima do chão que continuava congelado.

O vento estava frio quando ele e Zsadist caminharam pela direita, com as botas fazendo barulho sobre os pedregulhos do caminho. O muro de proteção do complexo podia ser visto a distância, um muro de sessenta metros de altura por um de espessura que cercava a propriedade da Irmandade.

Ele era todo tomado por câmeras de segurança e detectores de movimento, um bom soldado bem armado. Mas, na verdade, não era nada de mais. A verdadeira proteção era a cerca elétrica de cento e vinte volts que circundava a propriedade com seu arame farpado.

Segurança em primeiro lugar. Sempre.

John seguiu Zsadist pelo gramado cheio de neve, passando por canteiros de flores destruídos e pela piscina vazia no fundo. Depois de uma descida suave, eles chegaram à beira da floresta. Naquele local, o monstruoso muro fazia uma curva e descia pela encosta da montanha. Eles não prosseguiram, mas entraram na fileira de árvores.

Sob os pinheiros e os bordos, havia velhas folhas e galhos e pouca vegetação nova. Ali, a atmosfera tinha cheiro de terra e de ar frio, uma combinação que fazia o nariz arder.

Como sempre, Zsadist liderou. Os caminhos que eles percorriam todas as noites eram diferentes e pareciam sempre aleatórios, mas todos davam no mesmo local, uma queda d'água: o riacho que descia pela encosta da montanha se lançava por um penhasco abaixo, depois formava uma piscina rasa três metros adiante.

John caminhou e colocou as mãos na água. Quando as palmas foram submersas, seus dedos já estavam congelados.

Em silêncio, Zsadist atravessou o riacho, saltando de pedra a pedra. A graça do Irmão era como a da água, fluida e forte, e ele estava tão seguro que sabia exatamente como seu corpo reagiria a cada mudança muscular.

Do outro lado, ele caminhou até a queda d'água de modo a ficar de frente a John.

Eles se entreolharam. *Cara, Z. tinha algo a dizer aquela noite, certo?*

As caminhadas tinham começado depois de John atacar outro colega de aula e deixá-lo semimorto no chuveiro do vestiário. Wrath havia estabelecido uma condição para que John permanecesse no programa de treinamento, e ele os assustara a princípio, acreditando que Z. ficaria em cima dele. Até aquele momento, no entanto, todos tinham se mantido em silêncio.

Não seria o caso daquela noite.

John recolheu o braço, desceu um pouco o riacho e atravessou sem a confiança nem destreza de Zsadist.

Quando se aproximou do Irmão, Z. disse:

– Lash está voltando.

John cruzou os braços sobre o peito. Ótimo, o idiota que John havia derrotado. Sim, Lash estava pedindo por aquilo, pegando no pé de John, perturbando-o, colocando-o contra Blay. Que venha.

– E ele passou pela transição.

Perfeito. Melhor ainda. Agora o idiota viria atrás dele recheado de músculos.

Quando?, John gesticulou.

– Amanhã. Deixei claro que se ele aprontar alguma, vai ficar de fora para sempre. Se tiver problemas com ele, você precisa me procurar, tudo bem?

Droga. John queria cuidar dele sozinho. Não ser vigiado como se fosse uma criança.

– John? Venha até mim. Concorde com a maldita cabeça.

John obedeceu lentamente.

– Você não vai agredir o idiota. Não me importa o que ele disser ou o que fizer. Só porque ele o provoca, não significa que você tem de reagir.

John assentiu, porque tinha a sensação de que Z. pediria de novo se ele não o fizesse.

– Se eu pegar você dando uma de *Perseguidor Implacável*, não vai gostar do que vai acontecer.

John olhou para a água que corria. *Meu Deus...* Blay, Qhuinn, e agora Lash. Todos transformados.

A paranoia se instalou e ele olhou para Z. *E se a transição não ocorrer comigo?*

– Vai ocorrer.

Como pode ter certeza?

– Biologia – Z. indicou um carvalho com a cabeça. – Aquela coisa vai ficar com folhas quando o sol a alcançar. Não dá para evitar, e é a mesma coisa com você. Seus hormônios entrarão em ebulição e aí acontecerá. Já está conseguindo sentir, certo?

John deu de ombros.

– Sim, você sente. Seus padrões de alimentação e sono estão diferentes. Assim como seu comportamento. Você acha que há um ano teria derrubado Lash e batido nele até fazê-lo cuspir sangue?

Com certeza não.

– Você está faminto, mas não gosta de comer, certo? Inquieto e exausto. Impaciente.

Jesus, como o Irmão sabia de tudo isso?

– Já passei por isso, lembra?

Quanto tempo mais?, John perguntou.

– Até acontecer? Como macho, você tem a tendência de ser como seu pai. Darius passou por isso um pouco cedo. Mas nunca se sabe. Alguns de nós demoram anos para chegar aonde você chegou.

Anos? *Droga. Foi assim com você? Quando você acordou?*

No silêncio que se seguiu, uma estranha mudança ocorreu com o Irmão. Foi como se uma névoa surgisse e ele desaparecesse – apesar do fato de John ainda conseguir ver claro como nunca todos os detalhes de seu rosto marcado e seu corpo avantajado.

– Converse com Blay e Qhuinn sobre isso.

Sinto muito. John corou. *Não quis ser intrometido.*

– Tudo bem. Olha, não quero que se preocupe com isso. Temos Layla à disposição para alimentá-lo, e você vai estar em um ambiente seguro. Não deixarei que algo de ruim ocorra.

John olhou para o rosto arruinado do guerreiro e pensou nos colegas que havia perdido. *Mas o Hhurt morreu.*

– Sim, isso acontece, mas o sangue de Layla é muito puro. Ela é uma Escolhida. Isso vai ajudá-lo.

John pensou na bela loura. E de quando ela deixou sua túnica escorregar ao chão para mostrar a ele seu corpo, para que ele o aprovasse. Cara, ainda não acreditava que ela havia feito aquilo.

Como saberei o que fazer?

Z. jogou a cabeça para trás e olhou para o céu.

– Não precisa se preocupar com isso. Seu corpo assumirá o controle. Ele saberá o que quer e do que precisa – Z. endireitou a cabeça raspada e olhou para a frente, com seus olhos amarelos perfurando a escuridão, tão seguros quanto raios de sol atravessando as nuvens. – Seu corpo tomará o controle por um tempo.

Apesar de ter vergonha em admitir, ele sinalizou: *estou com medo.*

– Quer dizer que você é esperto. É um processo bem difícil. Mas como eu disse... não permitirei que algo de ruim aconteça a você.

Z. se virou como se estivesse sentindo-se mal, e John analisou o perfil do macho contra as árvores.

Quando John estava prestes a expressar sua gratidão, Z. o interrompeu antes que gesticulasse.

– É melhor irmos para casa.

Atravessando o rio e caminhando em direção ao complexo, John se pegou pensando em seu pai biológico, o homem que nunca conhecera. Evitava perguntar sobre Darius, porque ele havia sido o melhor amigo de Thor, e qualquer coisa ligada a Tohrment era difícil de os Irmãos discutirem.

Ele desejou saber onde tirar suas dúvidas.

Capítulo 11

Quando Jane acordou, seus nervos pareciam fios de luzes de Natal falhando, piscando de vez em quando, e parando: sons eram registrados, desintegrados e reapareciam. Seu corpo ficou relaxado, depois tenso, agora estava inquieto. Com a boca seca, ela sentia muito calor, apesar de estar tremendo.

Respirando profundamente, percebeu que estava meio sentada. E sua cabeça latejava.

Mas sentiu um cheiro bom. Deus, havia um odor incrível ao redor dela... era meio tabaco, como aquele que seu pai fumava, e meio pimenta escura, como se estivesse em uma loja de essências indianas.

Abriu um dos olhos. Não enxergava direito, provavelmente porque não estava usando os óculos, mas viu o suficiente para saber que estava em uma sala suja e fechada que tinha... Jesus, livros por todos os lados. Também descobriu que a cadeira na qual estava ficava bem ao lado de um aquecedor, o que provavelmente explicava as ondas de calor. Além disso, sua cabeça estava posicionada em um ângulo ruim, por isso doía.

O primeiro impulso foi o de fuçar sentada, mas ela não estava sozinha, então ficou parada: do outro lado da sala, o cara de cabelos multicoloridos estava ao lado de uma cama *king-size*, que tinha um corpo sobre ela. O cara estava muito ocupado fazendo algo... colocando uma luva na mão de...

Seu paciente. Seu paciente estava naquela cama, com os lençóis cobrindo seu corpo até a cintura, com o peito nu coberto apenas pelo curativo da cirurgia. Deus, o que havia acontecido? Ela se lembrava de ter realizado a operação... e de ter encontrado uma anomalia cardíaca incrível. Depois, houve uma conversa com Manello na UTI e aí... Droga, ela havia sido abduzida pelo homem perto da cama, um deus do sexo e alguém que usava um boné dos Red Sox.

O pânico a invadiu, juntamente com uma boa dose de raiva, mas suas emoções não pareciam se conectar a seu corpo, uma vaga sensação difusa na letargia que a dominava. Ela piscou e tentou se concentrar sem chamar atenção para si...

Então, arregalou os olhos.

O cara do boné dos Red Sox entrou com uma mulher loura estonteantemente bela ao seu lado. Ele permaneceu perto dela e, apesar de não estarem se tocando, estava claro que eram um casal. Simplesmente combinavam.

Seu paciente disse com a voz fraca:

– Não.

– Você precisa fazer isso – disse Red Sox.

– Você me disse... que me mataria se eu um dia...

– Circunstâncias extraordinárias.

– Layla...

– Alimentou Rhage esta tarde, e não podemos trazer outra Escolhida para cá sem falarmos com a Directrix. Perderíamos um tempo de que não dispomos.

A mulher loura se aproximou da cama do paciente e se sentou lentamente. Vestindo um terno preto de calça de alfaiataria, ela parecia uma advogada ou uma empresária, ainda assim, muito feminina, com cabelos compridos e exuberantes.

– Use-me – ela estendeu o pulso diante da boca do paciente, deixando-o logo acima de seus lábios. – Mesmo que seja apenas porque precisamos de você forte para cuidar dele.

Não havia dúvida sobre quem falavam. Red Sox parecia pior do que estava quando Jane o vira pela primeira vez, e seu lado médica imaginou o que significaria aquele "cuidar" .

Enquanto isso, Red Sox se afastou até se recostar na parede do outro lado. Envolvendo o peito com os braços, ele abraçou a si mesmo.

Com uma voz suave, a loura disse:

– Ele e eu falamos sobre isso. Você fez tanto por nós...

– Não... por você.

– Ele está vivo por sua causa. Então, isso é *tudo* – a loura esticou a mão como se fosse acariciar os cabelos do paciente, mas a recolheu quando ele se remexeu. – Deixe-nos cuidar de você. Apenas desta vez.

O paciente olhou para Red Sox do outro lado da sala. Quando Red Sox assentiu, o paciente disse um palavrão e fechou os olhos. E então abriu a boca...

Caramba. Seus caninos pronunciados estavam ainda mais longos. Já eram pontudos antes, mas agora eram totalmente parecidos com presas.

Certo, com certeza aquilo era um sonho. *Sim*. Porque aquilo não acontecia com dentes cosmeticamente alterados. De jeito nenhum.

Quando o paciente mostrou as "presas", o homem de cabelos multicoloridos colocou-se diante do Red Sex, apoiou as duas mãos na parede e se inclinou até que seus peitos quase se tocaram.

Mas então, o paciente balançou a cabeça e se afastou do pulso.

– Não posso.

– Preciso de você – murmurou Red Sox. – Estou cansado do que faço. Preciso de você.

O paciente se concentrou no Red Sox, com um brilho forte em seus olhos.

– Apenas... por você... não por mim.

– Por nós dois – a mulher loura interveio.

O paciente respirou profundamente e então – *Meu Deus!* – mordeu o pulso da loura. O ataque foi rápido e decisivo como o bote de uma serpente e quando ele se prendeu ao pulso, a mulher se assustou, e então suspirou como se parecesse estar aliviada.

Do outro lado da sala, Red Sox tremia por completo, parecendo incomodado e assustado, enquanto o cara de cabelos multicoloridos bloqueava seu caminho sem entrar em contato direto com ele.

A cabeça do paciente começou a se mover com ritmo, como se ele fosse um bebê sendo amamentado. Mas ele não podia estar bebendo dali, podia?

Pode crer que sim.

Sonho. Aquilo não passava de um sonho. Um sonho maluco. Certo? Oh, Deus, ela esperava que fosse só um sonho. Caso contrário, estava presa em um tipo de pesadelo gótico.

Quando tudo terminou, seu paciente se recostou nos travesseiros, e a mulher se lambeu onde ele havia colocado a boca.

– Descanse agora – ela disse antes de se virar para Red Sox. – Você está bem?

Ele movimentou a cabeça, assentindo.

– Quero tocar você, mas não posso. Quero possuí-la, mas... não posso.

O paciente disse:

– Deite-se comigo. Agora.

– Você não vai aguentar – disse Red Sox com a voz rouca.

– Você precisa disso agora. Estou pronto.

– Não está mesmo. E eu tenho de me deitar. Volto depois, quando tiver descansado...

A porta foi aberta de novo, com a luz penetrando do que parecia ser um corredor, e um homem enorme com cabelos negros até a cintura, dobrando na mão uns óculos escuros, entrou. Aquilo era problema. Seu rosto cruel sugeria que ele podia gostar de torturar pessoas, e o brilho de seus olhos fez com que ela se perguntasse se ele queria começar uma sessão de tortura naquele exato momento. Esperando não ser notada, ela fechou os olhos e tentou não respirar.

Sua voz grave combinava com ele.

– Se você já não estivesse todo encrencado, eu o castigaria agora. O que *diabos* estava pensando quando a trouxe aqui?

– Com licença – disse Red Sox. Ele remexeu os pés e a porta se abriu.

– Fiz uma pergunta.

– Ela precisou vir – o paciente disse.

– Precisou? *Precisou?* Você está completamente louco?

– Sim... mas não por causa dela.

Jane abriu um dos olhos e observou por entre os cílios enquanto o cara grande olhava para o de cabelos multicoloridos.

– Quero todo mundo em meu escritório em meia hora. Precisamos conversar e decidir o que fazer com ela.

– Não... sem mim... – o paciente disse, com o tom de voz ficando mais forte.

– Você não vai decidir coisa alguma.

O paciente apoiou as mãos no colchão e se sentou, apesar de seus braços tremerem.

– Eu decido *tudo* quando o assunto for ela.

O homem alto apontou um dedo ao paciente.

– Vá se danar.

Do nada, a adrenalina de Jane aumentou.

Sonho ou não, ela se sentia no direito de participar daquela alegre conversa. Endireitando-se na cadeira, pigarreou. Todos olharam para ela.

– Quero sair daqui – ela disse e torceu para que sua voz tivesse sido mais valente do que hesitante. – *Já*.

O homem grande passou a mão pelo nariz, colocou os óculos e esfregou os olhos.

– Graças a ele, não podemos fazer isso agora. Phury, cuide dela de novo, tudo bem?

– Vocês vão me matar? – Ela perguntou rapidamente.

– Não – o paciente disse. – Você ficará bem. Tem minha palavra.

Por um segundo, ela acreditou nele. O que era uma maluquice. Ela não sabia onde estava, e não havia dúvida de que aqueles caras eram barra pesada...

O homem de cabelo bonito pôs-se diante dela.

– Você só vai descansar um pouco mais.

Os olhos amarelos encontraram-se com os dela e, subitamente, ela se tornou uma TV desligada, com seu fio puxado da tomada e a tela preta.

Vishous olhou para sua cirurgiã quando ela se encolheu mais uma vez na poltrona do outro lado do quarto.

– Ela está bem? – ele perguntou a Phury. – Você não a fritou, né?

– Não, mas ela tem a mente forte. Queremos tirá-la daqui o mais rápido possível.

A voz de Wrath cortou o ar:

– Ela não devia ter sido *trazida* para cá.

Vishous se recostou na cama, sentindo-se mal como se tivesse levado um soco no peito. Não estava especialmente preocupado por Wrath estar irritado. Sua cirurgiã tinha de estar ali e pronto.

– Ela pode me ajudar a me recuperar. Havers é complicado por causa de Butch.

O olhar de Wrath estava acima das lentes escuras.

– Você acha que ela vai querer ajudá-lo depois de tê-la sequestrado? O juramento de Hipócrates não cobre essa parte.

– Eu sou dela – V. franziu o cenho. – Quero dizer, ela vai cuidar de mim porque me operou.

– Você está se apegando a coisas pequenas para se justificar...

– Estou mesmo? Acabei de passar por uma cirurgia porque levei um tiro no peito. Não me parece nada pequeno. Quer que eu tenha complicações?

Wrath olhou para a cirurgiã, e então esfregou os olhos um pouco mais.

– Droga. Por quanto tempo?

– Até eu melhorar.

O rei empurrou os óculos de volta ao nariz.

– Melhore logo, Irmão. Quero a mente dela apagada e *fora daqui*.

Wrath saiu da sala, fechando a porta com um estrondo.

– Até que não foi tão ruim – V. disse a Phury.

Phury, com sua maneira pacífica de ser, disse algo sobre todos estarem sob muito estresse, blá, blá, blá, e mudou de assunto. Voltou para perto da cama com um par de cigarrilhas, um dos isqueiros de V. e um cinzeiro.

– Bem, agora você me diz. Que tipo de equipamentos ela vai precisar para tratar você?

V. fez uma lista de cabeça. Com o sangue de Marissa em seu corpo, ele voltaria a ficar bem logo, pois sua linhagem era quase pura: havia acabado de abastecer o tanque com combustível de primeira.

Mas pegou-se desejando não se curar tão rápido.

– Ela também vai precisar de algumas roupas – ele disse. – E comida.

– Cuidarei disso – Phury seguiu para a porta. – Quer comer alguma coisa?

– Não – quando o Irmão foi para o corredor, V. perguntou: – pode conferir se Butch está bem?

– Claro.

Quando Phury saiu, V. olhou para a mulher humana. Concluiu que ela era mais interessante do que bonita. Seu rosto era quadrado, seus traços quase masculinos: não tinha lábios carnudos. Nem cílios compridos. Nem sobrancelhas arqueadas. E não tinha seios grandes que pudessem ser vistos por baixo do avental branco de médica que usava, não era uma mulher de curvas, até onde ele conseguia ver.

Ele a desejava como se ela fosse uma modelo implorando para ser servida.

Minha. V. remexeu o quadril, um calor percorria sua pele ainda que não tivesse energia para ficar excitado.

Caramba, a verdade é que ele não se arrependia nem um pouco de tê-la sequestrado. De fato, estava predestinado. Quando Butch e Rhage apareceram naquele quarto de hospital, ele tivera sua primeira visão em semanas. Havia visto sua cirurgiã na porta, envolta por uma linda luz branca. Ela falava com ele de modo amoroso, chamando-o pelo corredor. A gentileza que oferecera tinha sido quente e macia como a pele, tranquila como a água que corre num rio, forte como a luz do sol que ele não mais conhecia.

Mas apesar de ele não sentir remorso, culpava a si mesmo pelo medo e raiva que havia no rosto dela quando acordou. Graças à própria mãe, ele sabia como era ser forçado a fazer alguma coisa, e ele havia acabado de fazer o mesmo com a pessoa que salvara sua vida.

Droga. Imaginou o que teria feito se aquela visão não lhe surgisse, se não tivesse a maldição de ver o futuro se mostrar. Ele a teria deixado ali? Sim. É claro que sim. Mesmo com a palavra *minha* percorrendo sua mente, ele a teria deixado permanecer em seu mundo.

Mas a maldita visão havia selado o futuro dela.

Ele pensou em seu passado. Na primeira de suas visões...

Alfabetização não tinha valor no acampamento de guerra, pois não era possível matar com ela.

Vishous aprendeu a ler o Antigo Idioma apenas porque um dos soldados tinha estudado um pouco e era responsável por manter registros básicos do acampamento. Ele tinha preguiça nessa área e se sentia entediado com esse trabalho, por isso V. havia se oferecido para ajudar se o macho o ensinasse a ler e a escrever. Foi a troca perfeita. V. sempre se sentira atraído pela ideia de se poder reduzir um acontecimento a uma página e deixar de torná-lo transitório, mas fixo. Eterno.

Ele havia aprendido rápido e procurou por livros, encontrando alguns em cantos obscuros e esquecidos, sob armas velhas e quebradas ou em barracas abandonadas. Ele reuniu os velhos tesouros de capa de couro e os escondeu bem distante do acampamento, onde os esconderijos dos animais eram mantidos. Nenhum soldado ia até lá, pois se tratava do território de fêmeas, e quando elas iam era apenas para pegar um tecido ou outro para fazer panos ou roupas de cama. Além disso, não apenas era seguro para os livros, mas perfeito para leitura, pois o teto da caverna era baixo e o chão, de pedra. A aproximação de qualquer pessoa seria notada no mesmo instante, pois era necessário esgueirar-se pelas pedras para chegar perto dele.

Havia um livro, no entanto, para o qual nem mesmo seu local secreto era seguro.

O mais precioso de sua pequena coleção era um diário escrito por um macho que havia chegado ao local cerca de trinta anos antes. Era um aristocrata por nascimento, mas acabara indo parar no acampamento por causa de uma tragédia em família. O diário era escrito com belas letras e palavras longas, cujos significados V. só conseguia supor, e retratava três anos da vida do macho. O contraste entre as duas partes, aquela que descrevia em detalhes os eventos antes de sua chegada ali e a que cobria o que ocorrera depois, eram cruéis. No começo, a vida do macho havia sido marcada pela gloriosa passagem do calendário social da glymera, cheio de bailes, fêmeas adoráveis e modos cordiais. Então, tudo acabou. Desespero, exatamente a mesma coisa com que Vishous convivia, era o que preenchia as páginas depois que a vida do macho mudou para sempre, após sua transição.

Vishous leu e releu o diário, sentindo uma identificação com a tristeza do escritor. E depois de cada leitura, ele fechava a capa e passava os dedos por cima do nome gravado no couro.

DARIUS, FILHO DE MARKLON

V. queria saber o que havia acontecido com o macho. Os registros terminavam em um dia no qual nada de especialmente significante havia ocorrido, por isso era difícil saber se morrera em um acidente ou apenas deixara de escrever. V. esperava algum dia descobrir o destino daquele guerreiro, levando em consideração, claro, que ele próprio vivesse tempo suficiente para se livrar do acampamento.

Sabendo que ficaria triste se perdesse o diário, ele o manteve no único lugar onde ninguém ia. Antes de o acampamento ser estabelecido ali, a caverna havia sido habitada por um tipo de ancestral dos humanos, e os moradores anteriores haviam deixado desenhos rudimentares nas paredes. As representações de bisões, cavalos, marcas de mão e olhos eram consideradas maldições pelos soldados e eram evitadas por todos. Uma divisória havia sido erguida na frente daquela parte da parede, e ainda que os desenhos pudessem ter sido cobertos com tinta, Vishous sabia a razão de seu pai não os tirar dali. Bloodletter queria que o acampamento ficasse desequilibrado e acidentado, e ele assustava os soldados e as fêmeas com a ameaça de que os espíritos daqueles animais os possuiriam ou que as imagens de olhos e mãos ganhariam vida com fogo e fúria.

V. não sentia medo dos desenhos. Ele os adorava. A simplicidade dos traços tinha poder e graça, e ele gostava de colocar as mãos contra as palmas impressas nas paredes. De fato, era uma espécie de conforto saber que havia pessoas que viveram antes dele. Talvez tivessem uma vida melhor.

V. escondia o diário entre dois dos maiores desenhos de um bisão, em uma rachadura que oferecia acomodação larga e profunda o suficiente. Durante o dia, depois de cumprir suas tarefas, ele se enfiava atrás da divisória, iluminava o local e lia até que sua solidão diminuísse.

Apenas um ano depois de encontrá-los, os livros de Vishous foram todos destruídos. Suas únicas alegrias foram queimadas, como sempre temera que aconteceria. E não foi surpresa quando soube quem havia feito aquilo.

Ele vinha se sentindo mal por semanas, sua transição se aproximava, ainda que não soubesse disso naquela época. Incapaz de dormir, ele se levantou e caminhou até a pilha escondida, escolhendo um livro de contos de fadas. Adormeceu com o livro no colo.

Quando acordou, um pré-transição estava diante dele. O menino era um dos mais agressivos, de olhar duro e corpo rígido.

– Como você descansa enquanto o resto de nós trabalha? – O menino perguntou com desdém. – E isso na sua mão é um livro? Talvez ele devesse ser devolvido, porque tira a sua concentração das tarefas. Eu poderia encher mais o meu estômago fazendo isso.

Vishous empurrou a pilha de livros ainda mais para trás e ficou em pé, sem nada dizer. Ele lutaria por seus livros, assim o faria pelos pedaços de comida para encher sua barriga ou pelas roupas que cobriam sua pele. E o pré-transição diante dele brigaria pelo privilégio de expor os livros. Era sempre assim.

O menino se aproximou depressa, jogando V. contra a parede da caverna. Apesar de ter se chocado com força e ter perdido o fôlego, ele reagiu, batendo no rosto do oponente com o livro. Quando os outros pré-transição correram para ver, V. acertou seu oponente diversas vezes. Ele havia aprendido a usar qualquer arma que estivesse a seu alcance, mas enquanto forçava o outro macho no chão, queria chorar por estar usando seu objeto mais precioso para ferir outra pessoa. Mas tinha de continuar. Se perdesse a vantagem, podia apanhar e perder os livros antes que pudesse transferi-los a outro esconderijo.

Por fim, o outro menino ficou parado, com o rosto inchado e a respiração ofegante, enquanto V. o segurava pelo pescoço. O livro de contos de fadas estava coberto de sangue, com a capa de couro solta na lombada.

Foi então que aconteceu. Um estranho formigamento percorreu o braço de V. e foi para a mão que segurava seu oponente no chão da caverna. Então, uma sombra fantasmagórica de repente foi lançada, criada pelo brilho que saía da palma da mão de V. De uma vez, o pré-transição sob ele começou a se debater, arranhando seus braços e pernas contra a pedra como se seu corpo todo doesse.

V. o soltou e olhou horrorizado para a própria mão.

Quando voltou a olhar o macho, uma visão o acertou como um murro, deixando V. sem ação e sem visão. Numa miragem embaçada, ele viu o rosto do garoto em um vento forte, com os cabelos esvoaçando para trás, os olhos fixos em um ponto distante. Atrás dele havia pedras do tipo que eram encontradas na montanha e a luz do sol brilhava sobre os dois e sobre o corpo imóvel do pré-transição.

Morto. O garoto estava morto.

O pré-transição sussurrou de repente:

– Seu olho... seu olho... o que tem sido feito?

As palavras saíram da boca de V. antes que ele as pudesse parar.

– A morte encontrará você na montanha e, quando sentir o vento, você será levado.

Um suspiro fez V. levantar a cabeça. Uma das fêmeas estava ali perto, com o rosto tomado pelo horror, como se ele houvesse falado com ela.

– O que está havendo? – Uma voz ressonante surgiu.

V. saiu de cima do pré-transição de modo que pudesse se afastar de seu pai e manter o macho à vista. Bloodletter estava em pé com suas bombachas abertas, claramente havia acabado de possuir uma das fêmeas da cozinha. E isso explicava por que ele estava naquela parte do acampamento.

– O que você fez em sua mão? – Bloodletter exigiu saber, aproximando-se de V. – Deixe-me vê-la agora.

Diante da ira de seu pai, V. não teve escolha a não ser largar o livro. Ele o soltou dizendo um palavrão.

– Você usou isso com sabedoria apenas quando bateu no rapaz com ele – ele semicerrou os olhos escuros e olhou para o esconderijo no qual V. se recostava. – Então é aqui que você tem passado seu tempo vadiando, não é?

V. não respondeu, e seu pai se aproximou mais.

– O que faz aqui? Lê outros livros? Acho que sim, e acho que você deveria entregá-los a mim. Talvez eu aprecie ler ao invés de ficar às voltas com meus esforços úteis.

V. hesitou... e recebeu um tapa tão forte que caiu sobre o esconderijo. Ao escorregar para trás da pilha, ficou de joelhos em frente a três outros livros. O sangue de seu nariz pingou sobre uma das capas.

– Devo acertar você de novo? Ou vai me dar o que pedi? – O tom de voz de Bloodletter era de alguém entendiado, como se os dois resultados fossem aceitáveis, já que ambos feririam V. e, portanto, trariam satisfação a seu pai.

V. esticou o braço e passou a mão sobre uma capa de couro macio. Ao se despedir, seu peito chiou de dor, mas sentir emoção era uma perda de tempo, afinal. As coisas com as quais ele se importava estavam prestes a ser destruídas de alguma forma, e seria naquele momento, independentemente do que ele pudesse fazer. Não havia mais volta.

V. olhou por sobre o ombro para Bloodletter, e viu uma verdade que mudou sua vida: seu pai destruiria qualquer coisa e qualquer pessoa a quem V. se apegasse. O macho havia feito isso incontáveis vezes antes e assim continuaria rapidamente. Aqueles livros e aquele episódio eram apenas uma pegada ao longo de uma trilha sem fim que seria percorrida.

Essa percepção fez a dor de V. desaparecer. Do nada. Para ele, não havia utilidade na conexão emocional, apenas uma eventual agonia quando fosse o caso. Então, ele deixaria de sentir.

Vishous pegou os livros que vinha cuidando com suas mãos gentis por horas e horas e olhou para o pai. Como se não tivesse qualquer cuidado ou apego aos volumes, ele entregou o que havia sido sua salvação. Era como se nunca tivesse visto aqueles livros antes.

Bloodletter não apanhou o que foi colocado diante dele.

– Você dá estes livros para mim, meu filho?

– Dou.

– Sim... hum. Talvez eu não goste de ler. Talvez eu prefira lutar como faz um macho. Pela minha espécie e por minha honra – ele esticou o pesado braço e apontou para uma das fogueiras na cozinha. – Leve-os ali. Queime todos. Por ser inverno, o calor é bem-vindo.

Bloodletter apertou os olhos quando V. calmamente caminhou e atirou os livros nas chamas. Quando se voltou novamente para o pai, o macho o analisava com cuidado.

– O que o garoto disse a respeito de seu olho? – Bloodletter murmurou. – Acredito ter ouvido uma recomendação.

– Ele disse "Seu olho, seu olho... o que tem sido feito?" – V. respondeu sem se alterar.

No silêncio que se seguiu, o sangue escorreu do nariz de V., percorrendo quente e lentamente por seus lábios e queixo. Seu braço estava dolorido por causa dos golpes que havia dado, e sentia dor de cabeça. Porém, nada disso o incomodou. A força mais estranha tomava conta dele.

– Sabe por que o garoto diria uma coisa dessas?

– Não sei.

Ele e o pai se entreolharam enquanto uma plateia de curiosos se reunia.

Bloodletter dirigiu a voz a todos:

– Parece que meu filho gosta de ler. Como quero saber sobre os interesses de meu garoto, gostaria muito de ficar sabendo se alguém o vir lendo de novo. Eu consideraria isso um grande favor e daria muito valor – o pai de V. se virou, agarrou uma fêmea pela cintura e a levou na direção da principal fogueira. – E agora vamos nos divertir, meus soldados. Para o buraco!

Um grito de animação surgiu entre os machos e a multidão se dispersou.

Enquanto V. observava todos se afastando, percebeu que não sentia raiva. Geralmente, quando seu pai se virava, Vishous dava livre vazão a quanto desprezava o macho. Agora não havia coisa alguma. Era como quando havia segurado os livros antes de entregá-los. Não sentiu... nada.

V. olhou para o macho em quem havia batido.

– Se você chegar perto de mim de novo, quebrarei suas duas pernas e braços e farei com que nunca mais enxergue novamente. Estamos entendidos?

O macho sorriu apesar de sua boca estar inchando, como se tivesse sido picado por uma abelha.

– E se eu passar pela transição primeiro?

V. colocou as mãos nos joelhos e se abaixou.

– Sou filho de meu pai. Portanto, sou capaz de qualquer coisa. Não importa o meu tamanho.

O menino arregalou os olhos, percebendo a verdade: desapegado como Vishous estava agora, não havia nada que não conseguisse enfrentar, nada que não pudesse fazer, nenhum meio do qual não dispusesse para obter um fim.

Ele era como seu pai sempre havia sido, nada mais do que cálculo sem alma coberto por pele. O filho havia aprendido a lição.

Capítulo 12

Quando Jane recobrou a consciência de novo, era como ter saído de um sonho assustador, um no qual algo que não existia estava realmente vivo e bem e no mesmo quarto que ela: ela viu os caninos afiados de seu paciente e seus lábios sobre o pulso de uma mulher e ele bebendo de uma veia.

As imagens estranhas e sem sentido não desapareciam e ela entrou em pânico, porque havia algo por trás daquilo. Algo que podia ferir.

Algo que podia morder.

Vampiro.

Ela não sentia medo com frequência, mas estava assustada quando se sentou lentamente. Olhando ao redor para o quarto, percebeu horrorizada que a parte do sequestro não tinha sido um sonho. Talvez o restante? Não estava certa sobre o que era ou não real, pois sua memória estava falhando. Lembrava-se de ter operado o paciente. De tê-lo recebido na UTI. Dos homens a sequestrando. Mas, e depois daquilo? Tudo estava confuso.

Quando respirou fundo, sentiu cheiro de comida e viu que havia uma bandeja ao seu lado. Erguendo a tampa prateada da... Deus, aquela era uma excelente louça. Porcelana Imari, japonesa, como a de sua mãe. Franzindo o cenho, ela viu que o prato era requintado: cordeiro com batatinhas e abóbora. Uma fatia de bolo de chocolate, uma taça e um copo estavam ao lado.

Será que eles também tinham sequestrado um *chef*?

Ela olhou para seu paciente.

Sob o brilho de um abajur no criado-mudo, ele estava deitado sobre os lençóis negros, os olhos fechados, as costas recostadas no travesseiro, com os ombros grandes à mostra. Sua respiração estava lenta e regular, não estava pálido e não parecia ter febre. Apesar de suas sobrancelhas estarem franzidas e sua boca não passar de um risco, ele parecia... revitalizado.

O que era impossível, a menos que ela tivesse passado uma semana desacordada.

Jane ficou em pé de modo desajeitado, esticou os braços sobre a cabeça e arqueou as costas para estralar a espinha. Movendo-se em silêncio, ela se aproximou e checou o pulso do homem. Calmo. Forte.

Droga. Nada daquilo fazia sentido. Nada. Pacientes que levavam tiro e facada, tinham duas paradas cardíacas e passavam por uma cirurgia, não se recuperavam daquela maneira. De jeito nenhum.

Vampiro.

Oh, por favor.

Ela olhou para o relógio digital no criado-mudo e viu a data. Sexta-feira. *Sexta-feira*? Meu Deus, era sexta-feira e dez horas da manhã. Ela o operara apenas oito horas antes, e parecia que ele vinha se recuperando há semanas.

Talvez aquilo tudo fosse um sonho. Talvez ela tivesse adormecido no trem para Manhattan e acordaria quando chegassem na estação. Ela daria boas risadas, pegaria uma xícara de café e iria para sua entrevista em Columbia como havia planejado, botando a culpa por aquele pesadelo na máquina de salgadinhos.

Ela aguardou. Esperou que um solavanco a fizesse acordar.

Mas o relógio digital continuou marcando os minutos.

Certo. De volta à terrível noção de que aquilo era a realidade. Sentindo-se totalmente sozinha e com medo, Jane se aproximou da porta, colocou a mão na maçaneta e descobriu que estava trancada. *Que novidade.* Pensou em bater, mas para quê? Ninguém do outro lado permitiria que saísse e, além disso, ela não queria que algum deles soubesse que estava acordada.

Ela analisou o local: as janelas eram cobertas por um tipo de barreira do lado de fora do vidro, a persiana era tão grossa que nem um pouco de luz do dia conseguia atravessar. A porta estava fechada, claro. As paredes eram maciças. Nada de telefone. Nem de computador.

Dentro do armário só havia roupas pretas, coturnos e um armário à prova de fogo. Com tranca.

O banheiro não oferecia opção de fuga. Não havia janela nem passagem de ar pela qual ela pudesse se esgueirar.

Ela voltou. Cara, aquilo não era um quarto. Era uma célula com um colchão.

E aquilo não era um sonho.

Suas glândulas suprarrenais entraram em alerta, seu coração não parava de bater. Disse a si mesma que a polícia devia estar à sua procura. Tinha de estar. Com todas as câmeras de segurança e os funcionários no hospital, alguém devia ter visto quando ela foi levada com o paciente de lá. Além disso, se faltasse à entrevista, as pessoas começariam a se preocupar.

Tentando se acalmar, Jane se fechou no banheiro, mas a fechadura havia sido removida. Depois de usar o vaso, ela lavou o rosto e pegou uma toalha que estava pendurada atrás da porta. Ao enxugar o rosto, sentiu um aroma delicioso que a fez paralisar. Era o cheiro do paciente. Ele devia ter usado a toalha, provavelmente antes de sair e receber um tiro no peito.

Ela fechou os olhos e respirou profundamente. Sexo foi a primeira e única coisa que lhe ocorreu. Caramba, se pudessem inserir esse odor em frascos, aqueles caras podiam bancar legalmente seus hábitos com jogo e drogas.

Irritada consigo mesma, ela soltou a toalha como se fosse lixo e viu algo atrás do vaso sanitário. Abaixando-se no piso de mármore, encontrou uma navalha, de um tipo antigo, que a fez pensar em filmes de velho oeste. Quando a pegou, olhou para a lâmina reluzente.

Que bela arma, ela pensou. Uma arma belíssima.

Quando escutou a porta do quarto abrir, ela escorregou a arma para dentro do bolso de seu avental.

Saindo do banheiro, ela manteve a mão dentro do bolso e os olhos atentos. O homem do Red Sox estava de volta e trazia com ele duas sacolas de lona. Não pareciam muito carregadas, pelo menos não para alguém grande quanto ele, mas ele se esforçava para segurá-las.

– Isto deve dar para o começo – ele disse com a voz rouca e cansada, com um sotaque típico de Boston.

– Que começo?

– Para tratá-lo.

– Como é?

Red Sox abaixou-se e abriu uma das sacolas. Lá dentro havia caixas de bandagens e gazes. Luvas de borracha. Urinóis de plástico. Frascos de comprimidos.

– Ele nos disse do que você precisaria.

– Disse, é? – *Droga.* Ela não estava interessada em brincar de médica. Já era bem difícil fazer o papel da Vítima Sequestrada.

O cara se endireitou com cuidado, como se estivesse zonzo.

– Você vai cuidar dele.

– Vou, é?

– Sim, e antes que pergunte, sim, você vai sair daqui viva.

– Desde que eu cuide dele, certo?

– Com certeza. Mas não estou preocupado. Faria isso de qualquer forma, não é mesmo?

Jane olhou para o cara. Pouco de seu rosto aparecia sob o boné de beisebol, mas sua mandíbula tinha um formato que ela reconhecia. E aquele sotaque de Boston...

– Eu conheço você? – Ela perguntou.

– Não mais.

No silêncio, ela o analisou. A pele dele estava acinzentada, as faces fundas, as mãos, trêmulas. Ele parecia ter passado duas semanas na farra, cambaleando, com a respiração ofegante. E o que era aquele cheiro? Deus, fazia ela se lembrar de sua avó: perfume e pó facial. Ou... Talvez fosse outra coisa, algo que a levou de volta à escola de medicina. Sim, fazia mais sentido. Ele exalava o odor de formol das aulas de anatomia humana.

Ele certamente já tinha a aparência de um cadáver. E, doente como estava, ela tentou imaginar se conseguiria derrubá-lo.

Sentindo a navalha dentro do bolso, ela mediu a distância entre os dois e decidiu esperar. Apesar de ele estar fraco, a porta foi fechada e trancada novamente. Se ela o atacasse, correria o risco de ser ferida ou morta e não conseguiria sair. Sua melhor opção seria aguardar perto da porta até que um deles entrasse. Ela precisaria do elemento surpresa, porque, sem dúvida, eles eram mais fortes do que ela.

Mas o que faria quando estivesse do outro lado? Estaria em uma casa grande? Numa pequena? Ela teve a sensação de que todas as janelas da residência eram seladas daquela maneira.

– Quero sair – ela disse.

Red Sox suspirou como se estivessem exausto.

– Daqui a alguns dias você voltará para sua vida sem se lembrar de nada disto.

– Até parece. Ninguém esquece de ter sido sequestrado.

– Você vai ver. Ou não, na verdade – quando Red Sox foi para o lado da cama, ele usou a cômoda e depois a parede para se estabilizar. – Ele parece melhor.

Ela sentiu vontade de gritar para que ele se afastasse de seu paciente.

– V.? – Red Sox sentou-se com cuidado na cama. – V.?

O paciente abriu os olhos após um momento, e esboçou um sorriso.

– Tira.

Os dois homens deram-se as mãos exatamente ao mesmo tempo, e enquanto ela observava, decidiu que os dois só podiam ser irmãos – ainda que a cor da pele deles fossem tão diferente. Seriam apenas bons amigos? Ou amantes?

O paciente olhou para ela de cima a baixo, como se tentasse checar se ela não tinha sido ferida. Então, observou a comida que ela não tinha comido e franziu a testa em reprovação.

– Não acabamos de passar por isso? – Red Sox perguntou. – A diferença é que eu era o doente na cama. O que acha de ficarmos quites e pararmos com essa bobagem de ficar doente?

Aqueles olhos brilhantes e frios desviaram-se dela para seu amigo. Ele manteve a testa franzida.

– Você está um caco.

– Como se você estivesse muito bonito.

O paciente trouxe o outro braço para cima dos lençóis, como se tivesse o peso de um piano.

– Ajude-me a tirar minha luva...

– Esqueça. Você não está pronto.

– Você está piorando.

– Amanhã...

– Agora. Faremos isso agora – a voz do paciente tornou-se um sussurro. – Mais um dia e você não vai conseguir ficar em pé. Sabe o que acontece.

Red Sox abaixou a cabeça, como se ela pesasse demais para ser erguida. Praguejou baixinho e esticou o braço para segurar a mão com luva do paciente.

Jane afastou-se até chegar à cadeira na qual ficara desacordada. Aquela mão havia feito uma de suas enfermeiras entrar em choque, e, ainda assim, aqueles dois homens estavam mexendo nela como se não houvesse o que temer.

Red Sox cuidadosamente tirou a luva de couro, revelando uma mão coberta por tatuagens. Meu Deus, a pele parecia brilhar.

– Venha aqui – o paciente disse, abrindo bem os braços para o outro homem. – Deite-se comigo.

Jane prendeu a respiração.

Cormia caminhou pelos corredores do santuário com os pés descalços, silenciosos, e seu manto branco não produzia ruído algum, ela respirava e expirava discretamente. Movimentava-se, assim, como uma Escolhida devia se movimentar: invisível aos olhos e ouvidos dos outros.

Mas ela tinha um objetivo pessoal, o que era errado. Como uma Escolhida, ela tinha de servir à Virgem Escriba em tempo integral, com as intenções sempre voltadas a Ela.

Mas a necessidade de Cormia, no entanto, não podia ser negada.

O Templo dos Livros ficava no fim de uma longa colunata e suas portas duplas ficavam sempre abertas. De todas as construções do santuário, aquela guardava um tesouro ainda maior do que a que tinha as pedras preciosas: ali ficavam os registros da raça feitos pela Virgem Escriba, um diário de escopo incompreensível, cobrindo milhares de anos. Ditado por Sua Santidade para treinar especialmente as Escolhidas, aquela obra de amor era um testamento de história e de fé.

Dentro da parede de marfim, sob o brilho de velas brancas, Cormia pisava no chão de mármore, passando por diversas fileiras, caminhando cada vez mais rápido conforme sua ansiedade aumentava. Os volumes do diário eram organizados de modo cronológico, e dentro de cada ano por classe social, mas o que ela procurava não estaria naquela seção geral.

Olhando para trás para ter certeza de que não havia alguém por perto, ela enfiou-se em um corredor e viu uma lustrosa porta vermelha. No meio dos painéis havia a representação de duas adagas negras com as lâminas cruzadas, e os cabos para baixo. Ao redor dos cabos em folhas douradas havia o lema sagrado no Antigo Idioma:

A Irmandade da Adaga Negra
Para Defender e Proteger
Nossa Mãe, Nossa Raça, Nossos Irmãos

A mão dela tremia quando segurou o cabo dourado. Aquela área era restrita e, se fosse flagrada, seria castigada, mas ela não se importava. Apesar de temer a busca na qual estava, não aguentava mais sua falta de conhecimento.

A sala era enorme, com teto alto em folhas douradas, suas estantes não brancas, mas pretas e brilhantes. Os livros que preenchiam as paredes tinham capas de couro pretas, suas lombadas marcadas em ouro que refletia a luz de velas a cor de sombras. O tapete do chão era vermelho-sangue e macio como uma pétala.

Havia um cheiro no ar que não era comum e lembrava o aroma de certas pimentas. Teve a sensação de que aquele odor existia porque os Irmãos de vez em quando entravam naquela sala e demoravam-se entre a história, retirando livros, talvez sobre eles mesmos, talvez sobre seus antepassados. Ela tentou imaginá-los ali e não conseguiu, pois nunca tinha visto um deles. Nunca vira um macho pessoalmente, na verdade.

Cormia agiu com rapidez para descobrir a ordem dos livros. Parecia que estavam organizados por ano – *Oh, espere.* Havia também uma seção de biografias.

Ela se ajoelhou. Cada conjunto de livros estava marcado com um número e com o nome do Irmão, juntamente com sua linhagem paterna. O primeiro deles era um volume antigo com símbolos de uma variação arcaica do qual ela se lembrava como sendo de uma das partes mais antigas do diário da Virgem Escriba. Esse primeiro guerreiro tinha diversos livros em seu nome e número, e os outros dois Irmãos o tinham como seu pai.

Mais para baixo, ela pegou um livro e o abriu. A página de rosto era brilhante e tinha um retrato pintado do Irmão cercado por letras detalhando seu nome, data de nascimento e chegada à Irmandade, além de sua habilidade no campo das armas e das táticas. A página seguinte tinha várias gerações da linhagem do guerreiro, seguida por uma relação das fêmeas com quem ele havia se acasalado e seus filhos. Depois, capítulo por capítulo, sua vida foi sendo detalhada, dentro e fora do campo de batalha.

Esse Irmão, Tohrture, certamente havia vivido muito e lutado bem. Havia três livros sobre ele, e uma das últimas anotações foi sobre a alegria do macho quando seu filho sobrevivente, Rhage, entrara para a Irmandade.

Cormia devolveu o livro e prosseguiu, passando o dedo pelas capas, tocando os nomes. Aqueles machos haviam lutado para mantê-la em segurança; eles eram aqueles que vieram quando as Escolhidas foram atacadas décadas antes. Eram também aqueles que mantinham os civis protegidos dos *redutores*. Talvez esse acordo com o Primaz fosse uma boa ideia, afinal. Certamente uma missão que protegesse os inocentes não poderia prejudicá-la.

Como não fazia ideia de como era seu prometido ou de quando ele entraria para a Irmandade, ela analisou cada um dos livros. Havia tantos deles, estantes cheias...

Seu dedo parou na lombada de um volume grosso, o primeiro de quatro livros.

Bloodletter
356

O nome do antepassado do Primaz a fez sentir um arrepio. Ela havia lido sobre ele como parte da história da raça e, meu Deus, talvez estivesse enganada. Se as histórias a respeito daquele macho eram verdade, até mesmo aqueles que lutavam de modo nobre podiam ser cruéis.

O estranho era sua linha paterna não estar discriminada.
Ela continuou, buscando mais lombadas e mais nomes.

Vishous
Filho de Bloodletter
428

Havia apenas um volume, e era mais fino do que um dedo. Ao puxar o livro, ela passou a palma da mão sobre a capa, com o coração aos pulos. A capa resistiu um pouco quando ela o abriu, como se o livro raramente tivesse sido tocado. De fato, não tinha. Não havia retrato nem seus atributos cuidadosamente descritos, nem suas habilidades de luta, apenas uma data de nascimento que indicava que completaria trezentos e três anos em breve, e uma anotação de quando ele foi introduzido na Irmandade. Ela virou a página. Não havia menção a sua linhagem, apenas sobre Bloodletter, e o restante do livro estava em branco.

Devolvendo o livro, ela voltou aos volumes do pai e pegou o terceiro. Leu sobre ele na esperança de aprender algo sobre o filho que pudesse diminuir seus medos, mas o que encontrou foi um nível de crueldade que a fez torcer para que o Primaz tivesse puxado sua mãe, independentemente de quem fosse. Bloodletter realmente era o nome certo para o guerreiro, porque ele era igualmente bruto com vampiros e *redutores*.

Folheando até o fim do livro, ela encontrou, na última página, um registro de sua data de morte, mas não viu coisa alguma que indicasse como acontecera. Ela pegou o primeiro volume e o abriu para ver o retrato. O pai tinha cabelos pretos e barba cheia, além de olhos que a fizeram sentir vontade de afastar o livro de si e não voltar a abri-lo.

Depois de retornar o livro à prateleira, ela se sentou no chão. Concluído o retiro da Virgem Escriba, o filho de Bloodletter procuraria Cormia, e tomaria seu corpo como sua posse. Ela não conseguia imaginar o que esse ato envolvia ou o que o macho faria e temia as lições sexuais.

Pelo menos, como Primaz, ele se deitaria com outras, ela disse a si mesma. Muitas outras, algumas das quais haviam sido treinadas para satisfazer machos. Sem dúvida, seriam essas as preferidas. Com um pouco de sorte, ela raramente receberia visitas.

Capítulo 13

Enquanto Butch se espreguiçava na cama de Vishous, V. sentiu vergonha em admitir, mas havia passado muitos dias tentando imaginar *como* aquilo seria. As sensações. Os odores. Agora que havia se tornado realidade, ele estava feliz por ter de se concentrar em curar Butch. Caso contrário, tinha o pressentimento de que tudo poderia ser intenso demais e que teria de se afastar.

Enquanto seu peito roçava no de Butch, tentou dizer a si mesmo que não precisava daquilo. Tentou fingir que não precisava dessa sensação de ter alguém a seu lado, que não se sentia confortável deitando-se com outra pessoa, que não se importava com o calor e o peso contra seu corpo.

Que a cura do tira não o curava.

Mas tudo era uma grande mentira. Enquanto V. abraçava Butch e se abria para puxar o mal de Ômega, sentiu que precisava de tudo aquilo. Após a visita de sua mãe e do tiro que recebera, ele desejava estar perto de alguém, precisava sentir braços que retribuíssem seu abraço. Queria a batida de um coração contra o seu.

Passara tanto tempo afastado dos outros, fugindo dos outros. Baixar a guarda com a única pessoa em quem ele confiava verdadeiramente fez seus olhos arderem.

Ainda bem que ele nunca chorava, ou suas bochechas estariam mais molhadas do que as pedras de um rio.

Quando Butch respirou aliviado, Vishous sentiu o tremor nos ombros e no quadril do macho. Sabendo que não devia, mas sem conseguir se conter, V. ergueu a mão tatuada e a afundou nos cabelos fartos de Butch. Enquanto o tira gemia de novo e se aproximava, V. olhou para a cirurgiã. Ela estava na cadeira, observando os dois, com os olhos arregalados e os lábios levemente entreabertos.

O único motivo pelo qual V. não se sentiu esquisito foi porque sabia que quando ela partisse, não teria qualquer lembrança daquele momento íntimo. Caso contrário, não saberia como lidar com isso. Coisas daquele tipo não costumavam acontecer em sua vida – em grande parte porque ele não permitia. E ele detestaria que ela tivesse qualquer lembrança de seus assuntos particulares.

Só que... ela não parecia, de fato, uma desconhecida.

A cirurgiã levou a mão à garganta enquanto se recostava na cadeira. Conforme o tempo passava tranquilamente, desenrolando-se como um cão em uma noite quente de verão, ela não tirava os olhos deles, e ele também não desviou o olhar.

Aquela palavra ocorreu-lhe de novo: *minha.*

Vishous concluiu que era a fêmea do outro lado do quarto que o fazia pensar naquela palavra.

Butch se mexeu, passando as pernas contra as de V. pelos lençóis. Com uma pontada de culpa, V. lembrou-se de que fantasiara com Butch, que imaginara os dois deitados como estavam naquele momento, imaginara os dois... bem, a cura era apenas parte de tudo aquilo. Estranho, mesmo assim. Agora que tudo estava acontecendo, V. não estava pensando em nada que envolvesse sexo com Butch. Não... o desejo sexual e a palavra de ligação eram direcionados à mulher humana calada do outro lado do quarto, que claramente estava em choque.

Talvez ela não conseguisse ver dois homens juntos? Não que ele e Butch um dia fossem ficar juntos.

Por algum motivo ridículo, V. disse a ela:

– Ele é meu melhor amigo.

Ela se mostrou surpresa por ele ter dado uma explicação. Ele também.

Jane não conseguia tirar os olhos da cama. O paciente e Red Sox brilhavam juntos, uma luz suave emanava de seus corpos, e algo estava ocorrendo entre eles, um tipo de troca. *Deus*, aquele cheiro adocicado estava desaparecendo, não?

E melhores amigos? Ela observou a mão do paciente nos cabelos de Red Sox e a maneira com que aqueles braços grandes o envolviam. Com certeza eram amigos, mas até onde ia aquela amizade?

Depois de um tempo, Red Sox suspirou longamente e levantou a cabeça. Com o rosto deles separados por poucos centímetros, Jane se preparou. Ela não tinha problemas em ver dois homens juntos, mas por algum motivo maluco, não queria ver seu paciente beijar o amigo. Ou qualquer outra pessoa.

– Você está bem? – Red Sox perguntou.

A voz do paciente saiu baixa e suave.

– Sim. Cansado.

– Imaginei – Red Sox saiu da cama com um ágil movimento. Inferno, ele parecia ter passado um mês em um spa. Sua cor estava de volta ao normal e seus olhos abertos, em alerta. E aquela aura maligna havia desaparecido.

O paciente voltou a ficar deitado de costas. Em seguida, rolou para o lado fazendo uma careta. E então, tentou deitar-se de costas outra vez. Suas pernas se remexiam sob o lençol o tempo todo, como se ele tentasse deixar para trás qualquer sensação em seu corpo.

– Está com dor? – Red Sox perguntou. Sem obter resposta, o cara olhou para trás, para ela. – Pode ajudá-lo, doutora?

Ela quis dizer não. Queria dizer alguns palavrões e exigir ser solta de novo. E queria chutar aquele cara por fazer seu paciente se sentir pior pelo o que acontecera ali.

O juramento de Hipócrates a fez se levantar e caminhar na direção das sacolas de lona.

– Vai depender do que você trouxe para mim.

Ela revirou e encontrou praticamente uma farmácia portátil com todos os medicamentos analgésicos que podia imaginar. E tudo aquilo estava em embalagens lacradas, então eles claramente tinham recursos de um hospital: a forma como os remédios estavam fechados deixava claro que não passaram muito longe do mercado negro. Caramba, aqueles caras provavelmente eram o mercado negro.

Para ter certeza de que não havia perdido nenhuma opção, ela olhou na segunda sacola... e encontrou sua roupa favorita de ioga... e o restante das coisas que ela havia colocado na mala para Manhattan, para a entrevista no Columbia.

Eles haviam estado em sua casa. Aqueles desgraçados haviam entrado em sua casa.

– Tivemos de levar seu carro de volta – Red Sox explicou. – E pensamos que talvez você quisesse roupas limpas. Estas estavam fáceis.

Eles haviam dirigido seu Audi, entrado em sua casa, mexido em suas coisas.

Jane ficou em pé e deu um chute na bolsa. Quando suas roupas ficaram espalhadas pelo chão, ela enfiou a mão no bolso e segurou a navalha, pronta para pular no pescoço de Red Sox.

A voz do paciente saiu grave:

– Peça desculpas.

Ela se virou e olhou para a cama.

– Pelo *quê*? Vocês me pegaram contra a minha von...

– Não você. Ele.

Red Sox disse de modo contido:

– Sinto muito por termos invadido sua casa. Estávamos apenas tentando facilitar as coisas para você.

– Facilitar? Sem querer ofender, mas que se dane o seu pedido de desculpas. Sabe, as pessoas sentirão minha falta. A polícia vai procurar por mim.

– Cuidamos de tudo isso, até mesmo da consulta em Manhattan. Encontramos as passagens de trem e o itinerário da entrevista. Eles não estão mais esperando por você.

A ira a fez perder a voz por um momento.

– Como vocês *ousam*?

– Eles ficaram contentes em reagendar quando souberam que você estava doente – como se isso consertasse as coisas.

Jane abriu a boca, pronta para atacá-lo, quando percebeu que estava totalmente à mercê deles. Por isso, brigar com seus sequestradores provavelmente não seria uma atitude muito inteligente.

Praguejando, ela olhou para o paciente.

– Quando vou poder ir embora?

– Assim que eu estiver bem.

Ela analisou o rosto dele, desde o cavanhaque, passando pelos olhos até as tatuagens em seu rosto. Por impulso, disse:

– Quero a sua palavra. Jure pela vida que salvei. Diga que vai me deixar ir embora sem me ferir.

Ele não hesitou. Nem mesmo para tomar fôlego.

– Juro pela minha honra e pelo sangue em minhas veias, você será libertada assim que eu estiver bem.

Contendo-se, ela tirou a mão do bolso, inclinou-se para frente e pegou um frasco de Demerol da sacola maior.

– Não há seringas.

– Eu tenho algumas – Red Sox se aproximou com uma embalagem. Quando ela tentou pegá-la, ele continuou segurando e disse: – sei que você vai usar isto com sabedoria.

– Com sabedoria? – Ela apanhou as seringas da mão dele. – Não, vou furá-lo no olho. Porque não foi isso que aprendi a fazer na faculdade de medicina.

Inclinando-se novamente, ela procurou na bolsa e encontrou um par de luvas de látex, um pacote de lenços umedecidos em álcool, gaze e esparadrapo para o curativo no peito.

Apesar de ter dado ao paciente antibióticos profiláticos pela veia antes da cirurgia, de modo que o risco de infecção era baixo, ela perguntou:

– Você conseguiria antibióticos também?

– Qualquer coisa de que precisar.

Sim, eles com certeza tinham algum esquema com um hospital.

– Pode ser que eu precise de um pouco de Ciprofloxacina ou talvez Amoxicilina. Vai depender do que estiver acontecendo sob aquele curativo.

Ela colocou a seringa, o frasco e todos os outros materiais no criado-mudo, calçou as luvas e abriu a embalagem.

– Espere um minuto, doutora – Red Sox disse.

– Pois não?

Red Sox fixou seus olhos nela como miras de uma arma.

– Com todo o respeito, preciso enfatizar que se você machucá-lo intencionalmente, matarei-a com minhas próprias mãos. Apesar de você ser uma mulher.

Ela sentiu um arrepio percorrer sua espinha, um som de rosnado tomou conta do quarto, do tipo que um cão de guarda faz antes do ataque.

Os dois olharam assustados para o paciente.

Seu lábio superior estava retraído e aquelas dentes frontais pontudos estavam duas vezes maiores.

– Ninguém toca nela. Não me importa o que ela fizer e a quem fizer.

Red Sox franziu a testa como se seu amigo tivesse enlouquecido.

– Você conhece nosso acordo, amigo. Eu mantenho você em segurança até você poder fazer isso por si mesmo. Não gosta disso? Trate de melhorar e então pode se preocupar com ela.

– *Ninguém.*

Fez-se um momento de silêncio. Então, Red Sox olhou para Jane e o paciente como se estivesse repensando uma lei da física – e tendo problemas com os cálculos.

Jane interveio, sentindo necessidade de acalmar os ânimos:

– Certo, certo. Vamos acabar com essa pose de machões, ok? – Os dois olharam para ela surpresos e ficaram ainda mais boquiabertos quando ela afastou Red Sox com o cotovelo. – Se pretende ficar aqui, pare com essa agressividade. Não está ajudando ele – ela olhou para o paciente. – E você... apenas relaxe.

Depois de um momento de silêncio, o cara com o boné do Red Sox pigarreou, e o paciente botou a luva e fechou os olhos.

– Obrigada – ela disse. – Agora, por favor, permitam que eu faça meu trabalho para dar o fora daqui?

Ela aplicou uma dose de Demerol no paciente e, um instante depois, ele relaxou como se alguém lhe tivesse afrouxado os parafusos. Quando a tensão saiu de seu corpo, ela puxou a bandagem de seu peito, retirou a gaze e as descartou.

– Meu... Deus – ela se sobressaltou.

Red Sox olhou por cima do ombro dela.

– O que foi? Está perfeitamente curado.

Cuidadosamente, ela passou a mão sobre os pontos.

– Eu poderia removê-los agora.

– Precisa de ajuda?

– Isso é impossível.

Os olhos do paciente se abriram, e ficou óbvio que ele sabia o que ela estava pensando: *vampiro*.

Sem olhar para Red Sox, ela disse:

– Pode me dar a tesoura e a pinça que estão na bolsa? Oh, e traga o *spray* antibiótico tópico.

Ouvindo os ruídos do outro lado do quarto, ela sussurrou:

– O que é você?

– Vivo – o paciente respondeu. – Graças a você.

– Aqui está.

Jane se assustou. Red Sox estava segurando dois objetos de aço inoxidável, mas ela não conseguia se lembrar por que os havia pedido.

– Os pontos – ela disse.

– O quê? – Red Sox perguntou.

– Vou tirar os pontos – ela pegou a tesoura e a pinça e passou um líquido antibiótico no peito do paciente.

Apesar de seu cérebro estar se retorcendo em seu crânio, ela conseguiu cortar e remover os vinte e tantos pontos de metal, colocando-os em um cesto de lixo ao lado da cama. Quando terminou, limpou o sangue que saía de cada buraco de entrada e saída e aplicou mais *spray* antibacteriano.

Quando os olhos brilhantes dele se encontraram com os dela, teve a certeza de que ele não era humano. Já tinha visto o interior de muitos corpos e testemunhado a luta para a cura muitas vezes para pensar o contrário. Só não tinha certeza do que ele era.

Como seria possível? Existiria outra espécie com tantas características humanas? Provavelmente era por isso que se mantinham ocultos.

Jane cobriu o centro do peito dele com uma camada fina de gaze, que segurou no lugar. Quando terminou, o paciente fez uma careta, e levou a mão com a luva à barriga.

– Você está bem? – Jane perguntou, ao perceber que ele estava pálido.

– Enjoado – uma linha de suor brotou acima de seu lábio superior.

Ela olhou para Red Sox.

– Acho que você vai querer sair.

– Por quê?

– Ele está prestes a passar mal.

– Estou bem – o paciente disse, fechando os olhos.

Jane caminhou até as bolsas para pegar um recipiente de plástico e disse a Red Sox:

– Vamos. Deixe-me cuidar dele. Não precisamos de uma plateia para isso.

Maldito Demerol. Era ótimo para dor, mas às vezes os efeitos colaterais eram um verdadeiro problema para os pacientes.

Red Sox hesitou, até que o paciente gemeu e começou a engolir sem parar.

– Hum, certo. Escute, antes de eu ir, posso trazer alguma coisa para você comer? Quer algo em especial?

– Você só pode estar brincando, não é? Quer dizer que devo esquecer o sequestro e a ameaça de morte e fazer um pedido no *drive thru*?

– Não há motivo para não comer enquanto estiver aqui – ele pegou a bandeja.

Deus, aquela voz dele... aquela voz rouca e grave com sotaque de Boston.

– Eu conheço você. Com certeza conheço de algum lugar. Tire o boné, quero ver seu rosto.

O cara atravessou o quarto com a comida passada.

– Vou trazer outra coisa para você comer.

Quando a porta se fechou, ela sentiu o ímpeto infantil de se jogar contra ela e começar a bater.

Mas o paciente gemeu e ela olhou para ele.

– Você vai parar de tentar segurar o vômito?

– Que... droga... – curvando-se para o lado, o paciente começou a estimular o vômito. Não precisou de recipiente plástico algum, porque não havia nada em seu estômago, por isso, Jane entrou no banheiro, pegou uma toalha e a levou à boca do homem. Enquanto ele fazia força, colocava a mão no meio do peito como se não quisesse abrir o ferimento.

– Tudo bem – ela disse ao apoiar a mão nas costas macias dele. – Você já está bem curado. Não vai abrir a cicatriz.

– Parece... que... eu... *droga*...

Deus, ele estava sofrendo, com o rosto retorcido e vermelho, suando em bicas, o corpo tremia.

– Tudo bem, apenas espere passar. Quanto menos você tentar controlar, mas fácil será. Isso, isso mesmo... respire entre as ânsias. Certo, muito bem...

Ela acariciou-lhe as costas, segurou a toalha e tudo que fez foi continuar a sussurrar-lhe palavras de incentivo. Quando terminou, o paciente ficou deitado quieto, respirando pela boca, a mão com a luva segurando os lençóis.

– Isso não foi divertido – ele disse.

– Vou dar mais um analgésico a você – ela disse, acariciando os cabelos dele, afastando-os dos olhos. – Nada de Demerol para você. Ouça, quero checar seus ferimentos, tudo bem?

Ele assentiu e deitou-se de costas, a extensão de seu peito era tão grande quanto a maldita cama. Ela foi carinhosa com o esparadrapo, cuidadosa ao erguer a gaze. *Meu Deus... a pele que havia sido perfurada pelos pontos apenas quinze minutos antes estava totalmente cicatrizada. Restava apenas uma pequena linha rosada pelo esterno.*

– O que é você? – Ela começou.

O paciente se virou para ela.

– Cansado.

Sem pensar, ela começou a fazer carícias de novo, com o som de sua mão passando pela pele dele com delicadeza. Não demorou muito para que ela percebesse que os ombros dele eram formados por músculos rígidos... que o que ela estava tocando era um corpo quente e muito másculo.

Ela afastou a mão.

– Por favor – ele segurou o pulso dela com a mão sem luva... ainda que seus olhos estivessem fechados. – Toque-me ou... droga, fique perto de mim, estou... confuso. Como se estivesse flutuando para longe. Não consigo sentir nada. Nem a cama... nem meu corpo.

Ela olhou para baixo para onde ele segurava, então analisou os bíceps dele e a largura de seu peito. Ela pensou que ele conseguiria machucá-la, mas sabia que não faria aquilo. Ele estava disposto a acabar com um de seus mais queridos amigos meia hora antes apenas para protegê-la...

Pare.

Não *se sinta segura com ele. A síndrome de Estocolmo não é sua amiga.*

– Por favor – ele disse, tremendo, a vergonha tomava conta de sua voz.

Deus, ela nunca entendera como as vítimas de sequestro desenvolviam relacionamentos com seus captores. Era algo que ia contra a lógica, contra as leis da proteção: seu inimigo não pode ser seu amigo. Mas negar o calor que sentia perto dele era inimaginável.

– Preciso da minha mão.

– Você tem duas. Use a outra – ao dizer isso, ele girou em direção à mão que segurava, e os lençóis escorregaram de seu peito.

– Então, deixe-me mudar de posição – ela murmurou enquanto soltava sua mão da dele e a substituía pela outra, e colocava a que ficara livre em seu ombro.

A pele dele era dourada e macia... Deus, muito macia. Seguindo as curvas da espinha dele, ela levou a mão à nuca e, quando se deu conta, acariciava seus cabelos lustrosos. Curto atrás, mais comprido nas laterais... ela imaginou se ele mantinha aquele corte para esconder as tatuagens nas têmporas. Mas elas tinham de ser mostradas – por qual outro motivo ele as colocaria em um local tão fácil de ver?

Ele fez um ruído com o fundo de sua garganta, um ronronado que subiu pelo seu peito e pela parte superior das costas; em seguida, afastou-se, puxando o braço dela. Claramente, ele queria que ela se estendesse ao seu lado, mas não insistiu quando ela ofereceu resistência.

Olhando para seu braço perto do bíceps dele, ela pensou na última vez em que havia estado tão perto de um homem. Fazia tempo. E não tinha sido tão bom, na verdade.

Os olhos escuros de Manello vieram-lhe à mente...

– Não pense nele.

Jane deu um pulo.

– Como sabia em quem eu estava pensando?

O paciente soltou Jane e lentamente se virou para poder olhar em seus olhos.

– Sinto muito, não é da minha conta.

– Como você sabia?

– Vou tentar dormir agora, tudo bem?

– Tudo bem.

Jane se levantou e voltou para sua cadeira, pensando no coração de seis câmaras dele. Em seu sangue sem identificação. Suas presas no pulso da loura. Olhando para a janela, perguntou-se se aquilo que as revestia era apenas por segurança ou se também servia para manter a luz do dia afastada.

O que supor disso tudo? Ela estava presa dentro de um quarto com um... vampiro?

Seu lado racional rejeitou totalmente essa ideia, mas no fundo ela sabia a verdade. Balançando a cabeça, ela se lembrou de sua frase favorita de Sherlock Holmes, parafraseando-a: se você eliminar todas as explicações possíveis, então o impossível é a resposta. Lógica e biologia não mentiam, certo? Era um dos motivos pelos quais decidira tornar-se médica, afinal.

Ela olhou para o paciente, perdendo-se nas implicações. A mente continuava imaginando todas as possibilidades, mas ela também pensou em questões mais práticas. Pensou nos remédios na bolsa e no fato de que seu paciente estava em uma parte perigosa da cidade quando levou o tiro. E, sim, ela havia sido sequestrada.

Como podia confiar nele ou em sua palavra?

Jane enfiou a mão no bolso e sentiu a navalha. A resposta era fácil. Não podia.

Capítulo 14

Em seu quarto na mansão, Phury estava sentado com as costas apoiadas na cabeceira e o cobertor de veludo por cima das pernas. Estava sem a prótese, e uma cigarrilha queimava em um cinzeiro de vidro ao seu lado. Mozart tocava de caixas de som Bose escondidas.

O livro sobre armas de fogo diante dele estava sendo usado como um apoio, e não como material de leitura. Uma folha grossa de papel branco estava em cima do volume, mas não havia feito nenhuma marca nela com seu Ticonderoga nº. 2.* O retrato estava completo. Ele o havia terminado cerca de uma hora antes e estava reunindo coragem para jogá-lo fora.

Apesar de quase nunca se sentir satisfeito com seus desenhos, quase gostava daquele. Na brancura como neve do papel, um rosto de mulher, o pescoço e os cabelos tinham sido revelados com traços de grafite. Bella olhava para a esquerda, esboçando um sorriso, com uma mecha dos cabelos grossos e escuros no rosto. Ele havia capturado a pose na última refeição da noite anterior. Ela olhava para Zsadist, o que explicava misterioso sorriso em seus lábios.

---

*A Dixon Ticonderoga Company é uma fabricante de materiais de escritório e suprimentos de arte. Um de seus produtos mais populares é o lápis amarelo Ticonderoga nº. 2, conhecido por seu característico revestimento verde e amarelo. [N.T.].

Em todas as poses em que a desenhava, Phury sempre a traçava com o olhar para outra direção. Se ela estivesse olhando para frente, diretamente para ele, simplesmente parecia inadequado. Caramba, só de desenhá-la já era totalmente inadequado.

Ele tocou com a mão o rosto dela, preparado para amassar o papel.

No último instante, porém, ele pegou a cigarrilha, desejando acalmar-se à força enquanto seu coração batia com intensidade. Estava fumando muito ultimamente. Mais do que nunca. E apesar de se sentir sujo por depender de algo químico, nunca passou-lhe pela cabeça parar. Não conseguia imaginar como passaria o dia sem ajuda.

Ao tragar de novo e segurar a fumaça, pensou em seu lance com a heroína. Em dezembro, a viagem ao mundo da heroína havia sido impedida não por ele ter feito uma boa escolha, mas porque calhou de John Matthew escolher o momento certo de interromper.

Phury soltou a fumaça e olhou para a ponta da cigarrilha. A vontade de tentar algo mais pesado voltou. Sentia vontade de procurar Rehv e pedir a ele por outro papelote de cocaína. Talvez assim conseguisse ter um pouco de paz.

Ele escutou uma batida na porta e a voz de Z.

– Posso entrar?

Phury enfiou o desenho dentro do livro de armas.

– Sim.

Z. entrou e não disse nada. Com as mãos na cintura, ele caminhou de um lado para o outro, de lá para cá, aos pés da cama. Phury esperou, acendendo outra cigarrilha e observando seu irmão gêmeo enquanto Z. desgastava o carpete.

Era impossível fazer Z. falar, assim como era impossível convencer um peixe a pegar uma isca na ponta de um anzol. O silêncio era a única maneira de conseguir alguma coisa.

Finalmente, seu irmão parou.

– Ela está sangrando.

O coração de Phury bateu acelerado, e ele apoiou a mão na capa do livro.

– Quanto e por quanto tempo?

– Ela está escondendo de mim, por isso não sei.

– Como você descobriu?

– Encontrei um daqueles absorventes Always enfiado atrás do armário ao lado do vaso sanitário.

– Talvez seja velho.

– Da última vez que peguei meu aparelho de barbear, não estava ali.

Droga.

– Então, ela precisa ir até Havers.

– A próxima consulta é só daqui a uma semana – Z. voltou a caminhar de um lado para o outro. – Sei que ela não me disse nada porque está com medo que eu fique transtornado.

– Pode ser que o que você encontrou esteja sendo usado por outro motivo.

Z. parou.

– Ah, sim. Até parece. Como se essas coisas tivessem mil utilidades. Como se fossem cotonetes ou algo assim. Olha, você conversaria com ela?

– O quê? – Phury tragou longamente. – Esse assunto é particular. Entre você e ela.

Z. passou a mão no topo da cabeça raspada.

– Você se dá melhor com esses assuntos do que eu. A última coisa que ela precisa é que eu chore na frente dela ou, pior ainda, que eu grite com ela por estar com medo, sem conseguir raciocinar direito.

Phury tentou respirar profundamente, mas mal conseguiu fazer o ar passar por sua traqueia. Queria muito se envolver. Queria descer o corredor de estátuas até o quarto do casal, sentar-se com Bella e entender a história contada por ela. Ele queria ser um herói. Mas aquele não era seu lugar.

– Você é o *hellren* dela. Precisa conversar – Phury desprezou o centímetro de cigarrilha que restou, enrolou outra e abriu seu isqueiro. Ele girou o dispositivo, produzindo um ruído ao raspar a pedra, e uma chama surgiu. – Você consegue.

Zsadist praguejou, caminhou um pouco mais, e, por fim, partiu em direção à porta.

– Falar sobre toda essa coisa de gravidez me faz lembrar que se eu perdê-la, estou ferrado. Eu me sinto tão impotente.

Quando seu irmão gêmeo foi embora, Phury jogou a cabeça para trás. Enquanto tragava, observou a ponta acesa da cigarrilha e tentou imaginar se aquele fogo era como um orgasmo para ela.

Jesus. Se perdessem Bella, tanto Z. quanto ele entrariam em parafuso, de uma forma que machos não se recuperavam.

Quando pensou nisso, sentiu-se culpado. Não devia se preocupar tanto assim com a fêmea de seu irmão gêmeo.

A ansiedade o fez sentir como se tivesse engolido um enxame de gafanhotos, e ele fumou entregue à agitação até olhar para o relógio. *Droga*. Ele tinha de ministrar uma aula sobre armas de fogo dentro de uma hora. Era melhor tomar um banho e tentar ficar sóbrio.

John acordou confuso, vagamente consciente de que seu rosto doía e de que havia uma espécie de gritaria em seu quarto.

Ele desviou o olhar do caderno e passou a mão no nariz. A lombada de espiral havia deixado para trás um padrão denteado que o fizeram lembrar-se de Warf de *Jornada nas Estrelas, a Nova Geração*. E o barulho era o despertador.

Três e meia da tarde. As aulas começavam às quatro.

John se levantou da mesa, cambaleando até o banheiro e ficou diante do vaso sanitário. Quando sentiu que seria muito trabalhoso, virou-se e sentou-se.

Deus, estava exausto. Havia passado os últimos meses dormindo na cadeira de Tohr no escritório do centro de treinamento, mas depois de Wrath insistir e deslocar John para a mansão, ele havia voltado a ter uma cama de verdade. Seria de se pensar que ele estaria feliz com toda aquela comodidade, mas, na verdade, sentia-se péssimo.

Depois de dar a descarga, acendeu as luzes e torceu a cara por causa da luz forte. *Droga*. Tinha sido uma má ideia acabar com a escuridão, e não apenas porque seus olhos o estavam matando. Sob a luz fraca, seu corpo pequeno estava horrível, totalmente pálido, com os ossos à mostra. Fazendo uma careta, ele cobriu com a mão seu sexo do tamanho de um polegar de modo que não tivesse de olhá-lo e apagou a luz.

Não teria tempo para um banho. Escovou os dentes rapidamente, jogou um pouco de água no rosto e não se importou em arrumar o cabelo.

No quarto, ele só queria voltar para a cama, mas vestiu a calça jeans tamanho adolescente e franziu a testa ao subir o zíper. A peça estava larga em seu quadril, apesar de ele estar se esforçando para se alimentar melhor.

Ótimo. Em vez de passar pela transição, estava encolhendo.

Quando começou a pensar que talvez nunca passasse pela transição, franziu novamente a testa. *Droga*. Sentia como se houvesse um homenzinho com um martelo dentro de cada olho, golpeando seu nervo óptico.

Pegando os livros da mesa, ele os colocou dentro da mochila e partiu. Assim que apareceu no corredor, colocou o braço sobre o rosto. Dar de cara com a iluminação do saguão aumentou sua dor de cabeça e o obrigou a recuar, fazendo com que se chocasse com uma estátua grega. Foi quando percebeu que não tinha vestido uma camisa.

Soltando um palavrão, voltou para o quarto, vestiu uma camisa e desceu as escadas sem tropeçar nos próprios pés. Cara, tudo o estava irritando. O som de seus tênis Nike pisando o chão do saguão parecia um monte de camundongos guinchando atrás dele. O barulho da porta oculta que levava ao túnel pareceu-lhe alto como um tiro. Atravessar o caminho subterrâneo até o centro de treinamento demorou muito.

Aquele *não* seria um bom dia. Ele sentia sua paciência esgotar e, pelo que vinha reparando no último mês, sabia que quanto mais cedo estourasse, mais difícil seria suportar.

E logo que entrou na sala de aula, percebeu que era o que ia acontecer.

Sentando na fileira de trás, em uma mesa na qual John ficava antes de se aproximar dos caras, estava... Lash.

Que agora parecia uma embalagem exagerada de tamanho econômico. O cara estava grande e inchado, com a constituição física de um lutador. E havia passado por uma transformação do tipo G.I. Joe. Antes, ele usava roupas chamativas e finas e peças da Jacob e Co.; agora, vestia calça cargo preta e uma camisa de náilon, também preta. Seu cabelo louro, que antes era comprido o suficiente para ser preso por um rabo de cavalo, agora tinha um corte militar.

Era como se toda aquela pretensão tivesse desaparecido por ele saber que tinha substância dentro de si.

Uma coisa não havia mudado: os olhos continuavam acinzentados e se concentravam em John – que sabia, sem dúvida, que se ficasse a sós com o cara, tomaria uma bela de uma surra. Ele podia ter derrubado Lash da última vez, mas não aconteceria de novo, e mais do que isso, Lash iria pegá-lo. A promessa de vingança estava em seus ombros largos e no meio-sorriso que transmitia sua mensagem: *vá se danar*.

John se sentou ao lado de Blay, sentindo um certo receio.

– Ei, cara – seu amigo disse. – Não se preocupe com aquele idiota, ok?

John não queria parecer tão fraco quanto se sentia, então simplesmente deu de ombros e abriu a mochila. Deus, aquela dor de cabeça era de matar. Bem... a reação de fuga ou luta com um o estômago vazio e embrulhado não podia mesmo ter causado outro resultado.

Qhuinn se inclinou a deixou um bilhete na frente de John. *Cuidamos de você*, era tudo que dizia.

John piscou rapidamente como forma de agradecimento enquanto pegava o livro sobre armas de fogo e pensava no que seria ensinado em aula naquele dia. Que coincidência que fosse sobre armas. Sentia como se estivesse com uma apontada para a sua nuca.

Ele olhou para o fundo da sala. Como se Lash estivesse esperando pelo contato visual, ele se inclinou para frente e apoiou os braços na mesa.

As mãos lentamente se fecharam em punhos, que pareciam do tamanho da cabeça de John, e quando ele sorriu, suas novas presas estavam afiadas como facas e brancas como a vida após a morte.

Droga. John seria um cara morto se sua transição não ocorresse em breve.

CAPÍTULO 15

Vishous acordou e a primeira coisa que viu foi sua cirurgiã na cadeira do outro lado do quarto. Aparentemente, mesmo dormindo, ele continuava de olho nela.

Ela também o observava.

– Como você está? – Ela perguntou com a voz baixa e controlada. Profissionalmente articulada, ele pensou.

– Estou melhor – apesar de ser difícil imaginar como seria sentir-se pior do que se quando estava vomitando.

– Está com dor?

– Sim, mas ela não me atrapalha. É só um incomodo, na verdade.

Ela olhou para ele, mas de novo foi de modo profissional.

– Sua cor está boa.

Ele não soube o que responder. Pois quanto mais tempo aparentasse estar um lixo, mais tempo ela permaneceria ali. A saúde não era sua amiga.

– Você se lembra de alguma coisa a respeito do tiroteio? – Ela perguntou.

– Não.

O que, em parte, era uma mentira. Ele tinha *flashes* dos acontecimentos, apenas trechos dos artigos em vez de colunas inteiras. Ele se lembrava da rua. De uma briga com um *redutor*. De um tiro. E, então, de estar em uma maca e, depois, de ser retirado do hospital pelos Irmãos.

– Por que alguém desejaria atirar em você? – Ela quis saber.

– Estou com fome. Tem comida aqui?

– Você é um traficante? Ou um cafetão?

Ele esfregou o rosto.

– Por que acha que sou uma dessas coisas?

– Você levou um tiro em uma rua perto da Trade. Os paramédicos disseram que você estava armado.

– Não lhe ocorreu que eu poderia ser um policial à paisana?

– Os tiras de Caldwell não têm adagas de artes marciais. E a sua espécie não seguiria esse caminho.

V. semicerrou os olhos.

– Minha espécie?

– Exposição demais, certo? Além disso, você não se preocuparia muito em policiar outra raça.

Cara, ele não tinha energia para discutir sobre as espécies com ela. Além disso, havia uma parte dele que não queria que ela o visse como diferente.

– Comida – ele disse, olhando para a bandeja em cima da cômoda. – Posso comer um pouco?

Ela ficou em pé e colocou as mãos na cintura. Ele teve a sensação de que ela ia dizer algo do tipo *Pegue sozinho, seu idiota.*

Mas, em vez disso, ela atravessou o quarto.

– Se estiver com fome, pode comer. Eu não toquei no que o Red Sox trouxe para mim, e não há motivo para jogar essa comida fora.

Ele franziu a testa.

– Não vou pegar uma comida que era para você.

– Não vou comer. Ser sequestrada acabou com meu apetite.

V. disse um palavrão, detestando a situação em que a colocara.

– Sinto muito.

– Em vez de sentir muito, por que não me deixam partir?

– Ainda não – *nunca*, uma voz maluca sussurrou.

Oh, Deus, de novo não...

Minha.

Com aquela palavra, surgiu-lhe uma necessidade forte de marcá-la. Ele queria despi-la e colocá-la sob seu corpo, cobrindo-a com seu odor enquanto penetrava seu corpo. Ele viu tudo acontecendo, viu os dois roçando a pele sobre a cama, ele em cima dela, abrindo suas pernas para acomodar o quadril e seu pênis.

Quando ela se aproximou com a bandeja, ele sentiu o calor de seu corpo aumentar, e sua ereção pulsava sem parar. Discretamente, ele puxou os lençóis de modo que nada ficasse à mostra.

Ela colocou a bandeja sobre a cama e levantou a tampa de prata.

– Então, quanto você ainda precisa melhorar para me deixar partir? – Ela olhou para o peito dele, analisando-o como médica, como se estivesse avaliando o que havia por baixo daquele curativo.

Ah, droga. Ele queria que ela o visse como um macho. Queria que ela o olhasse não para checar um ferimento, mas porque estava pensando em agarrá-lo, tentando decidir por onde começar.

V. fechou os olhos e rolou para o lado, gemendo de dor no peito. Ele disse a si mesmo que a dor era pela cirurgia. Mas suspeitava de que era por causa da cirurgiã.

– Não quero sua comida. Da próxima vez que eles entrarem, peço que me tragam alguma coisa.

– Você precisa se alimentar mais do que eu. Estou preocupada com sua ingestão de líquidos.

Na verdade, ele estava bem, porque havia se alimentado. Com bastante sangue, os vampiros eram capazes de sobreviver por vários dias sem sustento.

O que era ótimo. Assim, iam menos ao banheiro.

– Quero que coma isto – ela disse, encarando-o de cima. – Como sua médica...

– Não aceitarei alimentos de seu prato – pelo amor de Deus, nenhum macho de valor roubaria comida de sua fêmea, mesmo que estivesse morrendo de fome, a ponto de desmaiar. As necessidades da fêmea sempre vinham em primeiro lugar...

V. sentiu vontade de bater a cabeça na parede. De onde diabos estava vindo aquele manual de comportamento de união? Era como se alguém tivesse instalado um novo software em seu cérebro.

– Tudo bem – ela disse, virando-se. – Ótimo.

Ele escutou um barulho. Ela estava batendo na porta.

V. sentou-se, surpreso.

– O que diabos está fazendo? – Butch entrou correndo no quarto, quase derrubando no chão a cirurgiã de V. – O que aconteceu?

V. cortou o drama dizendo:

– Nada...

Calma, porém com autoridade, a cirurgiã disse aos dois:

– Ele precisa de comida e não quer comer o que está na bandeja. Traga a ele algo simples e fácil de digerir. Arroz. Frango. Água. Bolacha de água e sal.

– Certo – Butch ficou de lado e olhou para V. Houve uma pausa. – Como você está?

Totalmente pirado, obrigado.

– Bem.

Mas pelo menos havia uma coisa boa acontecendo. O tira havia voltado ao normal, os olhos estavam atentos, a postura ereta, seu odor tinha uma combinação da fragrância oceânica de Marissa e do cheiro de acasalamento. Obviamente, ele havia estado "ocupado".

Interessante. Geralmente, quando V. pensava nos dois juntos, sentia um aperto no peito. Agora? Só estava feliz por seu amigo estar bem.

– Você me parece ótimo, tira.

Butch passou a mão por sua camisa de seda com listras.

– Gucci tem a capacidade de transformar qualquer pessoa em uma estrela do rock.

– Você sabe o que quero dizer.

Aqueles olhos castanhos ficaram sérios.

– Sim, obrigado... como sempre – naquele momento esquisito, as palavras pairaram no ar entre eles, coisas que não podiam ser ditas diante de outras pessoas. – Então... volto com comida.

Quando a porta se fechou, Jane olhou por sobre o ombro.

– Há quanto tempo vocês são amantes?

Os olhos dela encontraram os dele, e não havia como escapar daquela pergunta.

– Não somos.

– Tem certeza?

– Pode acreditar – sem qualquer motivo, ele olhou para o jaleco branco dela. – Dra. Jane Whitcomb – ele leu. – Trauma – fazia sentido. Ela tinha aquele tipo de confiança. – Então, eu estava mal quando cheguei?

– Sim, mas salvei sua vida, não?

Uma onda de assombro o envolveu. Ela era sua *libhertadora*, sua salvadora. Eles estavam ligados...

Certo, tanto faz. Naquele momento, sua salvadora estava se afastando dele aos poucos, andando para trás até esbarrar na parede. Ele fechou os olhos, pois sabia que estavam brilhando. O recuo, o pavor em seu rosto, feriu-o profundamente.

– Seus olhos – ela disse com um fiapo de voz.

– Não se preocupe com isso.

– O que diabos é você? – Seu tom de voz sugeria que a palavra *aberração* cabia facilmente na descrição, e pelo amor de Deus, não havia como dizer que ela estava errada.

– O que é você? – Ela repetiu.

Era tentador bater de frente com ela, mas de forma alguma ela se deixaria levar por isso. Além disso, mentir para ela o fazia se sentir sujo.

Olhando em seus olhos, ele disse em voz baixa:

– Você sabe o que eu sou. É esperta o suficiente para saber.

Um longo silêncio. E então:

– Não acredito.

– Você é inteligente demais para não acreditar. Ora, você até já insinuou.

– Vampiros *não* existem.

Ele se controlou, apesar de ela não merecer.

– Não existimos? Então explique por que está na minha maldita terra.

Sem hesitar, ela rebateu:

– Diga-me uma coisa: direitos humanos têm algum significado à sua espécie?

– A sobrevivência significa mais – ele disse. – Mas caçamos há gerações.

– E os fins justificam quaisquer meios para vocês. Que coisa nobre – sua voz estava tão firme quanto a dele. – Vocês sempre usam essa lógica para dominar humanos?

– Não, eu não gosto deles.

– Oh, mas precisa de mim, então vai me usar. Devo me sentir uma exceção de sorte?

Mas que droga. Aquilo era excitante. Quanto mais ela enfrentava a agressividade dele, mais rígido ele ficava. Mesmo naquele estado de fraqueza, a ereção entre as pernas exigia sua atenção, e ele já estava imaginando aquela mulher inclinada sobre a cama, vestindo nada além daquele avental branco... e ele a pegando por trás.

Talvez ele devesse se sentir grato por ela estar com repulsa. Como se precisasse se envolver com uma fêmea...

De repente, a noite em que levou o tiro surgiu em sua mente com total clareza. Ele se lembrou da visitinha de sua mãe e de seu maravilhoso presente de aniversário: o Primaz. Ele havia sido convocado a ser o Primaz.

V. fez uma careta e levou as mãos ao rosto.

– Oh... *droga.*

Ela perguntou:

– O que foi?

– Meu maldito destino.

– É mesmo? Estou trancada neste quarto. Pelo menos você pode ir aonde quiser.

– Até parece.

Ela fez um ruído que demonstrava sua incredulidade, e então nenhum dos dois disse mais nada até Butch trazer outra bandeja cerca de meia hora depois. O tira ainda teve a presença de espírito de não dizer muita coisa e foi rápido – e também manteve a porta trancada o tempo todo, enquanto fazia a entrega. Esperto de sua parte.

A cirurgiã de V. estava pensando em fugir. Ela analisou o tira como se estivesse observando um alvo e manteve a mão direita no bolso do avental.

Ela tinha algum tipo de arma ali. *Inferno.*

V. observou Jane atentamente enquanto Butch colocava a bandeja sobre o criado-mudo, torcendo para que ela não fizesse nada estúpido. Quando viu que ela estava com o corpo tenso e preparada para avançar, sentou-se, pronto para intervir, porque não queria que ninguém além dele cuidasse dela. Jamais.

Nada aconteceu, no entanto. Ela percebeu a movimentação dele pelo canto dos olhos, e a distração bastou para que Butch saísse do quarto e voltasse a trancar a porta.

V. se recostou nos travesseiros e analisou o contorno do queixo da cirurgiã.

– Tire seu avental.

– Como é?

– Tire-o.

– Não.

– Quero que tire.

– Então vai ficar querendo. Não irá me afetar, mas provavelmente será uma distração para você.

Sua ereção *latejou*. Oh, droga, ele precisava lhe ensinar que a desobediência tinha um preço, e que interessante sessão não seria. Ela lutaria com ele até o último suspiro antes de ceder. Se é que cederia.

V. arqueou as costas, com o quadril inquieto tentando disfarçar seu pênis ereto. *Deus*... a excitação era tamanha que estava prestes a ter um orgasmo.

Mas ele ainda precisava desarmá-la.

– Quero que você me alimente.

Ela ergueu as sobrancelhas.

– Você é totalmente capaz de...

– Alimente-me. Por favor.

Ao se aproximar da cama, ela estava séria e de mau humor. Desenrolou o guardanapo e...

V. entrou em ação. Pegou-a pelos braços e a arrastou sobre seu corpo, e o elemento surpresa a deixou chocada de uma maneira que a fez se entregar, uma rendição que ele sabia ser temporária... por isso, ele agiu depressa. Tirou o avental dela, tocando-a da maneira mais delicada que conseguiu, enquanto seu corpo lutava para se libertar.

Droga, não conseguia se controlar, o desejo de tomá-la era mais forte. De repente, ele a estava tocando não para impedir que ela pegasse o que estava dentro do bolso, mas porque queria deitá-la na cama e deixar que sentisse sua força. Ele segurou os dois pulsos com uma mão, esticou os braços dela acima da cabeça e prendeu suas coxas com seu quadril.

– Me. *Solta!* – os dentes dela estavam à mostra, uma fúria intensa em seus olhos verde-escuros.

Totalmente enrijecido, ele se esfregou nela e suspirou... e parou. O odor dela não tinha a doçura de uma fêmea que queria sexo. Ela não se sentia atraída por ele nem um pouco. Estava irada.

V. soltou-a imediatamente, rolando para o lado, mas levando o avental consigo. Assim que foi solta, ela se afastou do colchão como se estivesse em chamas e o encarou. Estava descabelada, sua camisa amassada e uma das pernas da calça erguida até o joelho. Respirava ofegante pelo esforço e fitava seu avental.

Quando ele revolveu o avental, encontrou uma de suas navalhas.

– Não posso permitir que fique armada – ele dobrou o objeto com cuidado e o colocou aos pés da cama, sabendo que ela não se aproximaria dele nem mesmo se fosse paga para isso. – Se você atacasse a mim ou a um de meus Irmãos com algo assim, poderia se machucar.

Ela soltou um palavrão ao expirar com força. E então, surpreendeu-o:

– Como percebeu?

– Você levou a mão ao bolso quando Butch trouxe a bandeja.

Ela envolveu o corpo com os braços.

– Droga. Pensei que tivesse sido mais discreta.

– Tenho um pouco de experiência com armas escondidas – ele esticou o braço e abriu a gaveta do criado-mudo. A navalha fez um barulho seco ao ser atirada ali dentro. Quando ele fechou a gaveta, trancou-a com a mente.

Ao virar para ela, viu que seus olhos estavam voltados para o chão, como se ela chorasse. Com um movimento rápido, ela ficou de costas para ele, de frente para um canto, com os ombros encolhidos. Não fez um barulho sequer. Seu corpo não se mexeu. Sua dignidade se manteve intacta.

Ele aproximou-se da borda da cama e encostou os pés no chão.

– Se você se aproximar de mim – ela disse com a voz rouca. – Vou encontrar uma maneira de machucar você. Provavelmente não farei um grande estrago, mas vou tentar acertá-lo de uma maneira ou de outra. Estamos entendidos? Deixe-me em paz.

Ele apoiou os braços na cama e abaixou a cabeça. Ficou surpreso ao ouvir os sons de suas lágrimas. Teria sido melhor levar uma martelada.

Ele havia feito aquilo com ela.

De repente, ela se virou para ele e respirou profundamente. Exceto pelas marcas vermelhas ao redor de seus olhos, ele não teria desconfiado de que ela estava chateada.

– Certo. Você consegue comer sozinho ou realmente precisa de ajuda para lidar com o garfo e a faca?

V. piscou.

Estou apaixonado, ele pensou ao olhar para ela. *Eu me apaixonei.*

Conforme a aula progredia, John foi se sentindo cada vez pior: dolorido, nauseado. Exausto e inquieto. E sua cabeça doía tanto que ele podia jurar que seus cabelos pegavam fogo.

Apertando os olhos como se estivesse diante de faróis acesos, e não de uma lousa, ele tentou engolir saliva, mas sua garganta estava seca. Não havia escrito nada em seu caderno e não sabia muito bem sobre o que Phury estava falando. Seria ainda sobre armas de fogo?

– Ei, John – Blay sussurrou. – Você está bem, cara?

John assentiu, imaginando que era mais uma resposta adequada, e ele queria apimentar as coisas. Não havia porque se acovardar.

Meu Deus, o que estava havendo com ele? Seu cérebro parecia algodão-doce, um emaranhado que ocupava espaço, mas que não era nada.

Na parte da frente da sala, Phury fechou o livro com o qual estava ensinando.

– E agora vocês poderão testar algumas armas de fogo de verdade. Zsadist estará na sala de tiro hoje, vejo vocês amanhã.

Conforme as conversas foram se espalhando como vento, John arrastou a mochila sobre a mesa. Pelo menos não haveria o treino físico. Do jeito que as coisas estavam, levantar-se da cadeira e ir para a aula prática já seria bem difícil.

A área para prática de tiro ficava atrás da academia, e caminhando até lá, ele viu que Qhuinn e Blay estavam em seu encalço como guarda-costas. Ele conseguia sentir o olhar de Lash sobre ele o tempo todo – era como ter uma banana de dinamite acesa no bolso de trás.

Zsadist estava esperando na porta de aço da sala de tiro e, ao abri-la, disse:

– Formem uma fila na parede, meninas.

John seguiu os outros e se recostou no concreto branco. O lugar tinha o formato de uma caixa de sapatos, era comprido e estreito, com mais de uma dúzia de cabines de tiro voltadas para o lado de fora. Os alvos tinham a forma de cabeça e corpo e ficavam pendurados em hastes que saíam do teto. A partir da estação principal, todos podiam ser manipulados para variar a distância ou oferecer movimento.

Lash foi o último a entrar, e caminhou até o fim da fila com a cabeça erguida, como se soubesse que daria um *show* atirando. Ele não olhou nos olhos de ninguém. Apenas nos de John.

Zsadist fechou a porta, franziu a testa e pegou o celular em seu quadril.

– Com licença – ele foi para um canto, conversou pelo aparelho e voltou, um tanto pálido. – Mudança de planos. Wrath vai assumir esta noite.

Um segundo depois, como se o rei tivesse se materializado na porta, Wrath entrou.

Ele era ainda maior do que Zsadist e usava roupas de couro pretas e a camisa estava com as mangas dobradas. Ele e Zsadist conversaram por um tempo; então, o rei pôs as mãos no ombro do Irmão e apertou como se quisesse oferecer conforto.

Bella, pensou John. Tinha de ser alguma coisa relacionada a Bella e à gravidez. Droga, torceu para que tudo estivesse bem.

Wrath fechou a porta quando Z. saiu, e então ficou em pé diante da classe, cruzando os braços tatuados sobre o peito, impondo respeito com sua postura. Ao analisar a classe de onze alunos, ele parecia impassível.

– A arma de hoje será a nove milímetros automática. O termo *semiautomática* para essas armas é errado. Vocês usarão Glocks – ele levou a mão às costas e retirou dali uma peça letal de metal preto. – Reparem que a trava destas armas está no gatilho.

Ele recapitulou as especificações da arma e das balas quando dois *doggens* entraram trazendo um carrinho daqueles de hospital. Havia onze armas de mesmo tamanho e modelo em cima e, ao lado de cada uma, munição.

– Hoje vamos aprender sobre postura e alvo.

John olhou para as armas. Acreditava que não se sairia bem no tiro, assim como em qualquer outro aspecto do treinamento. A raiva o invadiu, fazendo sua cabeça doer ainda mais.

Pelo menos uma vez gostaria de encontrar algo em que fosse bom. Só uma vez.

Capítulo 16

Ao ver que o paciente olhava para ela de um jeito estranho, Jane analisou as próprias roupas, pensando que alguma coisa podia estar fora de lugar.

– O que foi? – Ela murmurou, remexendo a perna até que a calça voltasse ao lugar.

Mas ela não precisava perguntar. Durões como ele geralmente não gostam de mulheres choronas, mas se esse fosse o caso, ele teria de aguentar. Qualquer pessoa teria problemas se estivesse na situação dela. Qualquer um.

Mas em vez de dizer alguma coisa a respeito da fraqueza dos sensíveis em geral ou dela em especial, ele pegou o prato de frango da bandeja e começou a comer.

Irritada com ele e com toda a situação, Jane voltou para sua cadeira. Perder a navalha a deixara muito irritada, e apesar do fato de ser uma lutadora por natureza, estava sendo forçada a esperar. Se pretendessem matá-la, eles já teriam feito isso; a questão agora era quando ela sairia dali. Torcia para que alguém viesse logo. E que não fosse um diretor de funerária e uma lata para guardar suas cinzas.

Quando o paciente se sentou, ela pensou distraidamente que ele tinha mãos bonitas.

Certo, agora ela estava irritada consigo mesma também. Droga, ele havia usado aquelas mãos para segurá-la e tirar o avental como se ela não passasse de uma boneca. E só porque havia dobrado a peça caprichosamente depois não fazia dele um herói.

O silêncio se estendeu, e o som dos talheres batendo de leve no prato fez com que ela se lembrasse dos terríveis jantares silenciosos com seus pais.

Deus, aquelas refeições feitas na sala de estar em estilo georgiano eram terríveis. Seu pai se sentava na cabeceira da mesa como se fosse um rei mal-humorado, monitorando a maneira com que os alimentos eram salgados e consumidos. Para o Dr. William Rosdale Whitcomb, apenas a carne tinha de ser salgada, nunca os legumes, e como aquela era a sua opinião, todos na casa tinham de seguir o exemplo. Em teoria. Jane sempre tinha violado a regra do sal, aprendendo a remexer o pulso de modo que fosse capaz de salpicar também os brócolis cozidos, feijões ou pepino grelhado.

Ela balançou a cabeça em negativa. Depois de todo esse tempo, e depois da morte do pai, ela não devia mais se sentir irritada, porque era um desperdício de emoção. Além disso, havia outras coisas com as quais deveria se preocupar no momento, certo?

– Pode perguntar – o paciente disse de repente.

– Perguntar o quê?

– Pergunte o que quiser saber. – Ele limpou os lábios, passando o guardanapo pelo cavanhaque. – Isso vai tornar meu trabalho mais difícil no fim, mas pelo menos não vamos ficar aqui escutando o som dos talheres.

– Qual será o seu trabalho no final? – *Por favor, espero que não seja comprar sacos pretos para colocar as partes do meu corpo.*

– Você não está interessada em saber o que sou?

– Olha só, vamos fazer assim: você me deixa ir embora e depois eu farei muitas perguntas a respeito da sua raça. Até lá, vou ficar mais preocupada em saber como essas férias felizes terminarão.

– Eu dou a minha palavra...

– Sim, sim. Mas você também acabou de me agarrar e prender. E se disser que foi para o meu bem, não vou me responsabilizar pela minha reação. – Jane olhou para as unhas e puxou as cutículas. Depois de cuidar da mão esquerda, ela olhou para cima. – Então, sobre esse seu "trabalho"... precisa de um machado para concluí-lo?

O paciente olhou para o prato, remexendo o arroz com os talheres de prata.

– Meu trabalho, por assim dizer, é cuidar para que você não se lembre de nada disto.

– Já é a segunda vez que escuto isso, e preciso ser honesta: vocês devem estar de brincadeira. É um pouco difícil imaginar que não vou lembrar de ter sido sequestrada, carregada por um homem, arrancada do hospital e trazida para ser sua médica particular. Como você acha que vou esquecer tudo isso?

Ele abriu os olhos claros e olhou para cima.

– Vou retirar essas lembranças de você. Limpar tudo. Vai ser como se isso nunca tivesse existido e como se você nunca tivesse estado aqui.

Ela rolou os olhos.

– Hum, certo...

A cabeça dela começou a doer, e com uma careta levou os dedos às têmporas. Quando abaixou as mãos, ela olhou para o paciente e franziu a testa. Que inferno. Ele estava com o prato no colo, não mais em cima da bandeja como antes. Quem havia trazido mais alimentos?

– Meu amigo com o boné dos Sox – o paciente disse ao limpar a boca. – Você se lembra?

De repente, tudo voltou: o cara com boné do Boston Red Sox entrando, o paciente pegando sua navalha, ela chorando.

– Meu... Deus – Jane sussurrou.

O paciente simplesmente continuou a comer, como se apagar lembranças fosse tão simples quanto o jantar em seu colo.

– Como você fez isso?

– Manipulação das vias neurais. É como se fosse um remendo no seu cérebro.

– Como assim?

– O que quer saber, exatamente?

– Como encontra as lembranças? Como você as diferencia? Você...

– Minha vontade. Seu cérebro. Já é bem específico.

Ela apertou os olhos.

– Pergunta rápida: essa falta de escrúpulos é normal na sua raça ou foi só você que nasceu sem uma consciência?

Ele abaixou os talheres.

– *Como assim*?

Ela não estava nem um pouco preocupada por ele estar ofendido.

– Primeiro vocês me sequestram, agora você vai apagar minhas lembranças, e não está nem um pouco preocupado. Estou parecendo um abajur que você pega emprestado quando quer...

– Estou tentando proteger você – ele disse. – Temos inimigos, Dra. Whitcomb. Inimigos que se descobrissem o que você sabe sobre nós, viriam atrás de você, que levariam você a um local escondido para matá-la... depois de te torturar. Não permitirei que isso ocorra.

Jane ficou em pé.

– Olha só, Príncipe Encantado, toda essa história de proteção é muito linda, mas só seria relevante se você *não* me tivesse sequestrado.

Ele soltou os talheres e ela se preparou para os gritos. Mas, em vez disso, ele disse, com calma:

– Olha... você precisava vir comigo, certo?

– Puxa. É mesmo? Então eu tinha um cartaz nas costas escrito "sequestre-me" e só eu não vi?

Ele colocou o prato no criado-mudo, deixando-o de lado como se sentisse nojo da comida.

– Eu tenho visões – ele disse.

– Visões? – Quando ele não respondeu nada, ela pensou em seu truque de apagar a memória. Se ele conseguia fazer aquilo... meu Deus, será que também podia enxergar o futuro?

Jane engoliu em seco.

– Essas visões não são alegres e bonitas, não é?

– Não.

– Droga.

Ele passou a mão pelo cavanhaque, como se tentasse decidir exatamente o que contar a ela.

– Antes, eu tinha visões o tempo todo, mas elas meio que secaram. Eu não tenho uma há... bem, tive uma de Butch há alguns meses, e por causa dela eu consegui salvá-lo. Depois, quando meus Irmãos entraram no hospital e eu tive uma visão com você, pedi a eles que te levassem junto. Você fala sobre consciência? Se eu não tivesse consciência, teria deixado você lá.

Ela pensou nele sendo agressivo com seu amigo por causa dela. E o fato de que mesmo quando ele tirou a navalha dela, havia agido com delicadeza. E ali estava ele enrolado ao seu lado, procurando conforto.

Era possível que ele tivesse pensado que estava fazendo a coisa certa. Não que ela o perdoaria por causa disso, mas... bem, era melhor do que não reconhecer nada de bom.

Depois de um momento sem saber o que fazer, ela disse:

– Você precisa acabar de comer.

– Já terminei.

– Não, não terminou. – Ela mostrou o prato com os olhos. – Continue.

– Não estou com fome.

– Não perguntei se você estava com fome. E não pense que eu não vou forçar você se for preciso.

Fez-se uma curta pausa e então... Jesus... ele sorriu para ela. Em meio ao seu cavanhaque, ele sorriu, com rugas se formando nos cantos dos olhos.

Jane prendeu a respiração. Ele era lindo daquela maneira, ela pensou, com a luz clara do abajur em seu queixo tenso e os cabelos pretos e lustrosos. Apesar de seus caninos continuarem sendo um pouco esquisitos, ele parecia bem mais... humano. Próximo. Desejável...

Oh, não. Não podia pensar nisso. De jeito nenhum.

Jane ignorou o fato de estar um pouco corada.

– Por que está com esse sorriso no rosto? Acha que estou brincando quando falo da comida?

– Não, mas é que ninguém fala comigo assim.

– Pois é, mas eu falo. Algum problema? Se tem, pode me soltar. Agora, coma ou vou alimentar você como um bebê, e não creio que seu ego gostaria disso.

O pequeno sorriso ainda estava em seu rosto quando voltou a colocar o prato no colo e continuou a se alimentar lentamente. Quando terminou, ela se aproximou e pegou o copo de água que ele havia bebido.

Ela o encheu de novo no banheiro e o levou de volta.

– Beba mais.

Ele obedeceu, tomando o copo inteiro. Quando colocou-o em cima do criado-mudo, ela observou sua boca, e a cientista dentro dela ficou fascinada.

Depois de um momento, ele levantou o lábio superior. Suas presas brilharam sob a luz do abajur. Afiadas e brancas.

– Elas crescem, certo? – Ela perguntou ao se aproximar dele. – Quando chega a hora de se alimentar, elas crescem.

– Sim. – Ele fechou a boca. – Ou quando eu fico agressivo.

– E elas se retraem quando passa. Abra de novo para mim.

Quando ele abriu, ela colocou o dedo na ponta de uma – e seu corpo todo tremeu.

– Sinto muito. – Ela franziu a testa e afastou a mão. – Estão doloridas por causa da intubação?

– Não. – Quando ele fechou os olhos, ela pensou que fosse por cansaço...

Deus, o que era aquele cheiro? Ela respirou profundamente e reconheceu a mistura apimentada que havia sentido na toalha em seu banheiro.

Pensou em sexo. Daquele que você tem quando perde qualquer inibição. Daquele que você sente mesmo dias depois.

Pare.

– A cada oito semanas, mais ou menos – ele disse.

– Como? Oh, está dizendo a frequência com que você...

– Me alimento. Depende do estresse. Do nível de atividade também.

Certo, aquilo acabou com qualquer erotismo. Ela pensou em cenas horríveis, nas quais ele atacava seres humanos, rasgando pescoços sob a lua cheia.

Claramente o seu desgosto ficou visível, porque a voz dele de repente ficou mais grave.

– É natural para nós. Não nojento.

– Você os mata? As pessoas que caça? – Ela se preparou para a resposta.

– Pessoas? Estou falando de vampiros. Nós nos alimentamos de membros do sexo oposto. De nossa raça, não da sua. E não há morte.

Ela ergueu as sobrancelhas.

– Oh.

– Aquela história do Drácula é uma grande bobagem.

A mente dela foi tomada por perguntas, "Como é?", "Qual é o gosto?".

Ele apertou os olhos, depois desviou o olhar do rosto dela para seu pescoço. Jane rapidamente levou a mão à garganta.

– Não se preocupe – ele disse. – Estou alimentado. E, além disso, o sangue humano não funciona muito comigo. Fraco demais para me interessar.

Certo. Tudo bem. Ótimo.

Mas, espere um pouco. Ele estava insinuando que ela não era boa o suficiente?

Droga, ela estava perdendo a concentração, e aquele assunto em particular não estava ajudando.

– Ah, olha só... quero checar seu curativo. Quero ver se podemos removê-lo totalmente agora.

– Fique à vontade.

O paciente se ajeitou nos travesseiros, com os grandes braços flexionados e cobertos por uma pele macia. Quando os cobertores escorregaram de seus ombros, ela hesitou. Ele parecia estar ficando cada vez maior conforme recuperava sua força. Maior... e mais sensual.

Sua mente se desviou da direção que estava tomando com aquele pensamento e voltou para as questões médicas como se elas fossem um bote salva-vidas. Com movimentos constantes e profissionais, ela tirou os cobertores totalmente do peito dele e soltou a fita adesiva da gaze entre suas costelas. Ela ergueu o curativo e balançou a cabeça. Surpreendente. A única coisa que marcava a pele era a cicatriz em forma de estrela que estava ali antes. As marcas da operação haviam sido reduzidas a uma leve descoloração, e, exagerando, era capaz de dizer que por dentro ele estava igualmente curado.

– Isso é comum? – Ela perguntou. – Essa rapidez de cura?

– Na Irmandade, sim.

Caramba. Se ela pudesse estudar a maneira com que as células dele se regeneravam, podia descobrir alguns dos segredos do processo de envelhecimento em seres humanos.

– Pode esquecer. – Ele ficou tenso quando se sentou com as pernas para fora da cama. – Não seremos usados como ratos de laboratório para a sua espécie. Agora, se não se importa, vou tomar um banho e fumar um cigarro. – Ela abriu a boca e ele a interrompeu. – Não temos câncer, então não venha com sermão, certo?

– Vocês não desenvolvem câncer? Por quê? Como isso...

– Mais tarde. Preciso de água quente e nicotina.

Ela franziu a testa.

– Não quero que você fume perto de mim.

– Por isso vou fumar no banheiro. Tem um exaustor lá.

Quando ele se levantou e o cobertor caiu de seu corpo, ela desviou o olhar rapidamente. Ver um homem pelado não era nenhuma novidade para ela, mas, por algum motivo, ver aquele paciente nu era diferente.

Mas é claro. Ele tinha quase dois metros e parecia um armário.

Quando ela voltou para a cadeira e se sentou, escutou um barulho abafado, como um soco. Olhou para frente, assustada. O paciente estava totalmente grogue, havia perdido o equilíbrio e batido na parede.

– Você precisa de ajuda? – *Por favor, diga não. Por favor, diga...*

– Não.

Obrigada, Deus.

Ele pegou um isqueiro e o que parecia uma cigarrilha enrolada à mão do criado-mudo e atravessou o quarto. De onde ela estava no canto, esperou e esperou, pronta para ajudá-lo se fosse preciso.

Sim, tudo bem, talvez ela o observasse por um motivo que ia além da vontade de impedir que ele ateasse fogo ao carpete e se queimasse junto: suas costas eram maravilhosas, os músculos grandes, mas ainda assim elegantes, espalhando-se pelos ombros e na extensão de sua coluna. E suas nádegas eram...

Jane cobriu os olhos e só abaixou a mão quando a porta se fechou. Depois de tantos anos de medicina e cirurgia, ela conhecia bem a parte do juramento de Hipócrates que diz "não vou flertar com os pacientes". Principalmente se o paciente em questão for seu sequestrador. *Deus*. Ela estava realmente vivendo aquilo?

Momentos depois, ela escutou a descarga, e esperou que o chuveiro fosse aberto. Mas não aconteceu, por isso pensou que ele provavelmente estivesse fumando antes...

A porta se abriu e o paciente saiu, sem conseguir caminhar direito. Ele segurou a maçaneta da porta com a mão, o braço tremia.

– Droga... estou tonto.

Jane passou a ser a médica de sempre e correu, deixando de lado o fato de ele estar nu e de ser duas vezes maior do que ela e de ter olhado suas nádegas com desejo dois minutos antes. Ela passou um braço ao redor de sua cintura e deu apoio ao seu corpo, pondo mais força no quadril. Quando ele se inclinou, seu peso era grande demais, uma carga que ela mal conseguiu levar para a cama.

Quando ele se alongou, dizendo um palavrão, ela passou por cima dele para pegar o lençol e viu as cicatrizes entre suas pernas. Uma vez que ele havia se curado sem deixar qualquer vestígio da operação, ela não conseguia entender por que aquelas marcas permaneciam em seu corpo.

Ele pegou os cobertores com um movimento rápido, e o véu preto o cobriu. Em seguida, colocou o braço sobre os olhos, com a ponta de seu cavanhaque aparecendo.

Ele estava com vergonha. No silêncio entre eles, ele estava... envergonhado.

– Quer que eu o lave?

Ele prendeu a respiração e, pelo silêncio, ela pensou que seria recusada. Mas então ele perguntou, quase sem mover os lábios.

– Você faria isso?

Por um momento, ela quase respondeu prontamente. Mas então percebeu que, assim, faria ele se sentir mais desconfortável.

– Sim, bem, sabe como é. Quero virar santa. É o novo objetivo da minha vida.

Ele sorriu.

– Você me faz lembrar de Bu... de meu melhor amigo.

– Está falando do cara do boné dos Red Sox?

– É, ele sempre tem uma resposta espertinha.

– Bom, você sabia que o humor é uma forma de inteligência?

O paciente abaixou o braço.

– Nunca duvidei da sua. Nem por um segundo.

Jane precisou se controlar. Havia muito respeito por ela nos olhos dele, e ela só conseguiu dizer um palavrão a si mesma. Não havia nada de mais atraente para ela do que quando um homem se interessava por mulheres inteligentes.

Droga.

Ela não parava de pensar na Síndrome de Estocolmo...

– Adoraria tomar um banho – ele disse. E completou: – por favor.

Jane pigarreou.

– Certo. Tudo bem.

Ela procurou nas bolsas de suprimentos médicos encontrou um grande recipiente de plástico e caminhou até o banheiro. Depois de encher a bacia com água quente e pegar uma toalha, ela voltou e posicionou-se diante do criado-mudo. Ao molhar a toalha pequena e torcê-la para tirar o excesso, o barulho de água tomou conta do quarto.

Ela hesitou. Mergulhou a toalha de novo. Apertou.

Vamos, você abriu o peito dele. Pode fazer isto sem problemas.

Pense nele como o capô de um carro, nada além da superfície.

– Certo. – Jane esticou o braço e colocou o tecido morno sobre seu antebraço. O paciente se remexeu. O corpo todo.

– Está muito quente?

– Não.

– Então por que fez essa careta?

– Por nada.

Em circunstâncias diferentes, ela teria insistido, mas já tinha os próprios problemas. Seus bíceps eram muito grandes, com a pele bronzeada revelando os músculos. A mesma coisa podia ser dita a respeito do ombro e da curva que levava ao seu peito. Ele estava em uma condição física perfeita, sem qualquer sinal de gordura, em forma, forte como um leão. Quando ela passou pelo peito, parou na cicatriz do lado esquerdo. A marca circular estava incorporada na carne, como se tivesse sido gravada.

– Por que esta não cicatrizou normalmente? – Ela perguntou.

– Sal. – Ele se remexeu como se a incentivasse a continuar com o banho. – Fecha a ferida.

– Então foi proposital?

– Foi.

Ela mergulhou o tecido na água, torceu e inclinou-se sem jeito sobre ele para alcançar o outro braço. Quando ela começou a descer a toalha, ele se afastou.

– Não quero que você chegue perto desta minha mão. Mesmo que esteja com a luva.

– Por que?...

– Não vou falar sobre isso. Por isso não pergunte.

Ceeerto.

– Ela quase matou uma de minhas enfermeiras, sabia?

– Não me surpreenderia. – Ele olhou para a luva. – Eu a cortaria fora se pudesse.

– Não aconselho isso.

– É claro que não. Você não sabe como é viver com este pesadelo na ponta do braço.

– Não, quero dizer que eu pediria a outra pessoa que cortasse, se eu fosse você. Assim fica mais fácil fazer o serviço.

Fez-se um instante de silêncio. Então, o paciente riu.

– Espertinha.

Jane disfarçou o sorriso mergulhando a toalha e passando no corpo dele de novo.

– Só estou dando minha opinião profissional.

Enquanto ela passava a toalha por sua barriga, ele começou a rir forte, contraindo os músculos do peito e da barriga. Ela conseguia sentir, mesmo por cima do pano, o calor do corpo dele e a força em seu sangue.

E, de repente, ele parou de rir. Ela escutou um som parecido com um assovio de sua boca, e seu corpo se remexeu.

– O ferimento feito com a faca está incomodando? – Ela perguntou.

Quando ele fez um som que parecia como um *sim* não muito convicto, ela se sentiu mal. Estava se preocupando com o peito dele, e não havia prestado muita atenção à facada. Erguendo o curativo na lateral do corpo, ela viu que ele estava completamente curado, com apenas uma linha rosada aparecendo onde ele havia sido ferido.

– Vou tirar isto. – Ela tirou a gaze branca, dobrou-a pela metade e a jogou dentro do cesto de lixo. – Você é impressionante, sabia? A cura que ocorre em seu corpo é... pois é.

Enquanto molhava a toalha de novo, analisou se queria continuar descendo. Descendo bastante. A última coisa de que precisava era conferir ainda mais a perfeição de seu corpo, mas queria terminar a tarefa... mesmo que fosse apenas para provar para si mesma que ele não era diferente de nenhum de seus outros pacientes.

Iria conseguir, disse a si mesma.

Mas quando foi abaixar o cobertor, ele o segurou.

– Não acho que você vai querer descer.

– Não tem nada aí que eu já não tenha visto antes. – Ele apertou os olhos e não respondeu, então ela continuou. – Eu fiz sua operação, por isso sei que você é parcialmente castrado. Não sou sua namorada. Sou uma médica. Juro que não tenho opinião a respeito do seu corpo além do que ele representa para mim clinicamente.

Ele fez uma careta e tentou esconder sua reação.

– Nenhuma opinião?

– Deixe-me limpar você. Não tem nada demais.

– Tudo bem. – Seus olhos brilharam. – Fique à vontade.

Ela afastou os lençóis.

– Não há nada a...

Caramba... O pênis do paciente estava completamente ereto. Muito ereto. Virado para cima, estendendo-se por sua virilha e terminando acima de seu umbigo, uma tremenda ereção.

– Não tem nada de mais, lembra-se? – ele disse.

– Ah... – ela pigarreou. – Bem... vou continuar.

– Por mim, tudo bem.

O problema era que ela não se lembrava muito bem do que tinha de fazer com a toalha. E estava olhando. Olhava sem parar.

O que era até normal para uma mulher que estava diante de um homem incrivelmente dotado.

Oh, Deus, ela realmente acabou de pensar isso?

– Já que você já viu o que fizeram comigo – ele disse de modo seco –, acredito que está apenas olhando para o meu umbigo por questões médicas.

Sim. Isso.

Jane voltou a fazer o que estava fazendo, passando a toalha por suas costelas.

– E então... como isso aconteceu?

Ele não respondeu e ela olhou para seu rosto. Ele estava olhando para o outro lado do quarto, com os olhos sem expressão. Ela já tinha visto aquele olhar antes em pacientes que tinham sido atacados, e sabia que ele estava se lembrando de algo terrível.

– Michael – ela murmurou –, quem machucou você?

Ele franziu a testa.

– Michael?... Esse não é seu nome? – Ela olhou para a toalha na bacia. – Bem, isso não me surpreende.

– V.

– Como?

– Pode me chamar de V. Por favor.

Ela passou a toalha na lateral do corpo.

– Certo, V.

Ela inclinou a cabeça e observou a mão limpar o tronco, e então voltar a deslizar. Ela não estava indo mais para baixo. Porque, apesar de sua distração com o passado terrível, o membro dele continuava ereto. Totalmente ereto.

Certo, estava na hora de descer mais. Calma. Ela era adulta. Médica. Já teve alguns namorados. O que estava vendo era apenas uma função biológica que resultava em um grande acúmulo de sangue naquele incrivelmente grande...

Seus pensamentos não podiam pegar esse caminho.

Quando Jane passou a toalha sobre seu quadril, ela tentou ignorar o fato de que ele se remexia enquanto ela continuava, arqueando as costas, com aquela ereção em sua barriga para cima, pulsando.

Na ponta dela, havia uma tentadora gota brilhante.

Jane olhou para V... e ficou paralisada. Ele olhava para o pescoço dela, e seus olhos ardiam de desejo que não era apenas sexual.

Qualquer atração que ela podia ter sentido por ele desapareceu. Aquele era um macho de outra espécie, não um simples homem. E era perigoso.

Ele desviou o olhar para a toalha que ela segurava.

– Não vou te morder.

– Ótimo, porque não quero que me morda. – Disso ela tinha certeza. Ela se sentiu feliz por ele ter olhado para ela daquela maneira, porque a trouxe de volta à realidade. – Olha, não que eu queira saber pessoalmente, mas dói?

– Não sei. Nunca fui mordido.

– Pensei que tivesse dito que...

– Eu me alimento de fêmeas. Mas ninguém nunca se alimentou de mim.

– Por quê? – Ele fechou a boca e ela deu de ombros. – Pode me dizer. Não vou lembrar mesmo, não é? Então não custa me contar.

O silêncio se estendeu, ela quis se distrair para não olhar para a região pélvica dele e, assim, começou a subir a partir dos pés. Na ponta da cama, ela passou a toalha pelas plantas dos pés, depois nos dedos e ele se remexeu um pouco, sentindo cócegas. Ela passou para os tornozelos.

– Meu pai não queria que eu me reproduzisse – o paciente disse de repente.

Ela olhou em seus olhos.

– O quê?

Ele levantou a mão com a luva e tocou a têmpora tatuada.

– Não sou muito certo. Não sou muito normal. Então meu pai tentou me castrar como se eu fosse um cachorro. É claro, também houve a correlação com um baita castigo. – Quando ela inspirou prestes a demonstrar pena, ele apontou para ela com o indicador. – Se sentir pena de mim, vou voltar atrás na promessa de não mordê-la.

– Não sentirei pena, eu prometo – ela mentiu. – Mas o que isso tem a ver com você beber...

– Apenas não gosto de compartilhar.

A si mesmo, ela pensou. Com mais ninguém... apenas, talvez, com o cara do boné dos Red Sox.

Ela pressionou a toalha sobre a canela dele.

– Pelo que você foi punido?

– Posso chamá-la de Jane?

– Sim. – Ela mergulhou a toalha na água e a passou embaixo da perna dele. Quando ele ficou em silêncio de novo, ela respeitou sua privacidade. Por enquanto.

Sob sua mão, com os joelhos flexionados, a coxa se contraía e se soltava de modo sensual. Ela olhou para a ereção dele e hesitou.

– O sistema reprodutivo de vocês funciona da mesma maneira que o nosso? – Ela perguntou mais.

– Sim.

– Você já transou com seres humanos?

– Não me interesso por seres humanos.

Ela sorriu sem graça.

– Então não vou perguntar em quem estava pensando agora.

– Ótimo. Não acho que você se sentiria bem com a resposta.

Ela pensou na maneira com que ele olhou para seu amigo dos Red Sox.

– Você é gay?

Ele apertou os olhos.

– Por que pergunta?

– Você me pareceu bem atraído pelo seu amigo, aquele de boné.

– Você o conhecia, não é? De antes?

– Sim, ele me parece familiar. Mas não lembro de onde.

– Isso a deixaria incomodada?

Ela passou a toalha pela coxa dele, até o quadril.

– Você ser gay? Nem um pouco.

– Porque, assim, você se sentiria mais segura, não é?

– E porque sou mente aberta. Como médica, sei perfeitamente que não importa as nossas preferências, somos todos iguais por dentro.

Bem, pelo menos os seres humanos. Ela se sentou na beira da cama e passou a mão pela coxa dele de novo. Ao se aproximar de sua ereção, ela prendeu a respiração e o pênis pulsou. Ele remexeu o quadril e ela olhou para seu rosto. Ele estava mordendo o lábio inferior, com as presas entrando na carne.

Certo, isso foi...

Não é da sua conta, ela pensou. Mas ele devia estar tendo uma fantasia ótima com seu amigo naquele momento.

Dizendo a si mesma que aquilo era apenas um banho de toalha, sem acreditar na mentira nem por um instante, passou a mão por cima do abdômen dele, depois pela cabeça do pênis e pela lateral. Conforme o canto da toalha raspava em seu sexo, ele gemia.

E ela fez de novo, subindo lentamente ao redor, fazendo o pênis ser acariciado um pouco.

Ele prendeu os lençóis com as mãos e sussurrou:

– Se você continuar fazendo isso, vai descobrir como eu sou parecido com um macho humano.

Deus, ela queria ver... não, não queria.

Sim, queria.

Ele perguntou mais baixo:

– Quer que eu tenha um orgasmo?

Ela pigarreou.

– É claro que não, isso seria...

– Inadequado? Ninguém saberia. Somos só nos dois aqui. E, sinceramente, eu adoraria sentir um pouco de prazer agora.

Ela fechou os olhos. Sabia que nada daquilo tinha a ver com ela. Além disso, ela não pretendia pular na cama e se aproveitar dele. Mas queria saber como ele ficava quando...

– Jane? Olhe pra mim. – Como se ele controlasse seus olhos, ela olhou para ele. – Não para o meu rosto, Jane. Você vai observar a minha mão. Agora.

Ela obedeceu, porque não pensou em não obedecer. E assim que fez isso, a mão com luva soltou os lençóis e segurou o membro grosso. Rapidamente, o paciente suspirou, e ele desceu e subiu a mão na extensão de seu pênis, com o couro preto em contraste com o tom rosado de seu sexo.

Oh... meu... Deus.

– Você quer fazer isso comigo, não quer? – Ele perguntou. – Não porque me deseja. Mas porque quer saber como é e como fico quando tenho um orgasmo.

Enquanto ele continuava se acariciando, ela perdeu o controle de si.

– Não é, Jane? – Ele começou a respirar de modo mais ofegante. – Quer me sentir. Os barulhos que faço. Quer conhecer o cheiro.

Ela não estava concordando, não é? *Droga.* Estava.

– Dê-me a sua mão, Jane. Deixe-me colocá-la em mim. Mesmo que sua curiosidade seja apenas médica, quero que me faça ter um orgasmo.

– Pensei... pensei que não gostasse de seres humanos.

– Não gosto.

– Então o que acha que eu sou?

– Quero sua mão, Jane. *Agora.*

Ela não gostava que ninguém lhe dissesse o que fazer. Homens, mulheres, não importava. Mas quando uma ordem daquelas era feita por um macho como ele... especialmente por estar deitado a sua frente, totalmente excitado... era muito difícil negar.

Ela se revoltaria mais tarde. Mas, naquele momento, precisava obedecer.

Jane colocou a toalha na bacia e não conseguiu acreditar em si mesma quando esticou a mão em direção a ele. V. aceitou o que ela oferecia, aceitou o que exigia que ela lhe desse, e a puxou para seus lábios. De modo lento e se deliciando a cada segundo, ele lambeu o centro da palma dela, com a língua quente e úmida. Em seguida, levou a mão até sua ereção.

Os dois prenderam a respiração. Ele estava quente como uma chama e era mais largo do que o pulso dela. Enquanto ele se deliciava, metade dela se perguntava o que estava fazendo, enquanto a outra, a parte sexual, ganhava vida. O que fez com que ela entrasse em pânico. Ela afastou os sentimentos, usando o distanciamento de anos de medicina... e manteve a mão direita onde estava.

Ela o acariciou, sentindo a pele macia e fina mover-se sobre sua carne firme. Ele abriu a boca enquanto se remexia na cama, e seu corpo arqueado a fez se excitar muito. *Droga...* ele era puro sexo, totalmente desprovido de inibições ou vergonha, nada além de uma tempestade prestes a acontecer.

Ela olhou para baixo, para onde o acariciava. A mão com luva era muito sensual, parada abaixo de onde ela o segurava, com os dedos tocando a base levemente e cobrindo suas cicatrizes.

– Como eu sou, Jane? – Ele perguntou com a voz rouca. – Sou diferente de um homem?

Sim. Melhor.

– Não, é apenas igual. – Ela olhou para as presas dele, que marcavam seu lábio inferior. Os dentes pareciam alongados, e ela teve a sensação de que sexo e alimentação estavam relacionados. – Bem, você não parece um humano, claro.

Algo em seu rosto mudou, como um tipo de sombra, e ele escorregou a mão ainda mais para baixo entre as pernas. A princípio, ela pensou que ele estava acariciando sua parte de baixo, mas então percebeu que ele estava se escondendo dela.

Ela sentiu uma pontada no peito, mas então ele gemeu baixo e jogou a cabeça para trás, com os cabelos escuros se espalhando pelo travesseiro preto. Quando ele ergueu o quadril, os músculos de seu estômago enrijeceram, com as tatuagens em sua virilha se esticando e voltando ao normal.

– Mais rápido, Jane, vai fazer isso mais rápido para mim agora.

Uma de suas pernas mudou de posição e suas costelas começaram a aparecer. Em sua pele lisa, foi possível ver uma camada de suor. Ele estava quase lá... E quanto mais perto ficava, mais ela percebia que estava fazendo aquilo porque queria. A história da curiosidade médica era uma mentira: ele a fascinava por motivos diferentes.

Ela continuou acariciando-o, concentrando a fricção em sua cabeça inchada.

– Não pare... não pare – ele disse, com os ombros e o pescoço em esforço, e com o abdômen contraído.

De repente, seus olhos se abriram e brilharam como estrelas. Então, ele mostrou as presas e gemeu alto.

Enquanto tinha o orgasmo, Jane olhou para seu pescoço, e as contrações duraram tanto tempo que ela pensou que ele tivesse tido dois. Ou mais. Deus... ele era espetacular, e em meio ao seu prazer, ela sentiu aquele cheiro apimentado no ar.

Quando ele ficou parado, ela o soltou e usou a toalha de mão para limpar sua barriga e peito. Ela não se demorou. Ficou em pé, desejando poder ficar um pouco sozinha.

Ele a observou pelos olhos apertados.

– Viu? É a mesma coisa.

Nem um pouco igual.

– Sim.

Ele colocou o cobertor em cima do quadril e fechou os olhos.

– Use o chuveiro, se quiser.

Com pressa, Jane levou o recipiente e a toalha para o banheiro. Apoiando as mãos na pia, ela pensou que um banho quente podia ajudá-la a se distrair... Porque naquele momento ela só conseguia lembrar do rosto dele enquanto tinha o orgasmo em cima de sua mão e da própria barriga.

Ainda atordoada, ela voltou para o quarto, pegou algumas de suas coisas da bolsa menor e lembrou que aquela situação não era real, não fazia parte de sua realidade.

Era um lapso, um erro no fio da vida, como se seu destino estivesse doente.

Não era real.

Depois de terminar a aula, Phury voltou para seu quarto e trocou de roupa, tirando a camisa de seda preta e a calça cor de creme, e vestindo as roupas de couro de luta. Teoricamente, ele estava de folga aquela noite, mas com V. impossibilitado, a Irmandade precisava de reforços.

E tudo bem por ele. Melhor estar nas ruas caçando do que se envolver naquela situação com Z., Bella e a gravidez.

Ele prendeu o coldre no peito, enfiou duas adagas nele, com os cabos para baixo, e prendeu uma pistola SIG Sauer em cada lado do quadril. Enquanto caminhava para a porta, vestiu a jaqueta de couro e levou a mão ao bolso interno, para ter certeza de que levava algumas cigarrilhas e um isqueiro.

Ao chegar à escadaria, ele torceu para que ninguém o visse... mas foi flagrado antes de sair da mansão. Bella chamou seu nome quando ele entrou no vestíbulo, e o som de seus sapatos atravessando o piso do saguão era sinal de que ele tinha de parar.

– Você não estava na primeira refeição – ela disse.

– Estava dando aula. – Ele olhou para trás e ficou aliviado ao ver que ela parecia bem, com a cor normal, e os olhos normais também.

– Você comeu?

– Sim – ele mentiu.

– Certo... bem... você não deveria esperar por Rhage?

– Vamos nos encontrar mais tarde.

– Phury, você está bem?

Ele disse a si mesmo que não devia dizer nada. Já tinha terminado aquela história depois de sua conversa com Z. Não era um problema dele...

Mas, como sempre, com ela, ele não tinha controle:

– Acho que você precisa falar com Z.

Bella inclinou a cabeça, deixando o cabelo cair em cima do ombro.

Deus, que coisa adorável. Tão escuro, mas não totalmente preto. Fazia ele se lembrar de uma madeira escura envernizada, brilhando com mechas vermelhas e marrons.

– Sobre o quê?

Droga, ele não devia estar fazendo aquilo.

– Se estiver escondendo alguma coisa de Zsadist, qualquer coisa... precisa contar a ele.

Ela apertou os olhos, e ajeitou-se, passando o peso do corpo de uma perna para a outra, cruzando os braços diante do peito.

– Eu... não vou perguntar como você sabe, mas deve ser porque ele sabe. Oh... droga. Eu ia conversar com ele depois de falar com Havers hoje. Marquei um horário.

– Está muito ruim? O sangramento?

– Não muito. É por isso que não ia dizer nada antes de falar com Havers. Sabe, Phury, você conhece Z. Ele já está muito preocupado comigo, tão preocupado que estou morrendo de medo de ele se distrair em campo e se ferir.

– Sim, mas agora está pior, porque ele não sabe o que está acontecendo. Converse com ele. Você precisa fazer isso. Ele vai se manter firme. Por você, ele vai ficar firme.

– Ele estava bravo?

– Acho que um pouco. Mas mais do que isso, está apenas preocupado. Ele não é bobo. Ele sabe por que você não quis dizer que havia alguma coisa errada. Olha, leve-o com você esta noite. Permita que ele esteja presente.

Seus olhos ficaram um pouco marejados.

– Você tem razão. Sei que está certo. Só quero protegê-lo.

– Ele se sente exatamente da mesma maneira em relação a você. Leve-o junto.

No silêncio que se fez, ele sabia que a indecisão em seus olhos precisava ser resolvida por si mesma. Ele já havia dado seu conselho.

– Fique bem, Bella.

Quando ele se virou, ela segurou sua mão.

– Obrigada. Por não ter ficado chateado comigo.

Por um momento, ele fingiu que aquele bebê era seu e que ele podia abraçá-la, acompanhá-la ao médico e cuidar dela.

Phury cuidadosamente segurou seu pulso e a afastou dele, correndo sua mão por sua pele.

– Você é a amada de meu irmão gêmeo. Eu nunca conseguiria ficar irritado com você.

Enquanto saía do vestíbulo para a noite fria, pensou que realmente era verdade que nunca conseguiria ficar irritado com ela.

Irritava-se consigo mesmo. Mas não era problema.

Desmaterializou-se e foi para o centro da cidade, e sabia que sofreria uma colisão de algum tipo. Não sabia onde estava a parede nem do que ela era feita, ou se ele bateria de frente ou se alguém ou alguma outra coisa entraria em choque com ele.

Mas a parede esperava na escuridão amarga. E parte dele se perguntou se não haveria um grande *H* pintado nela.

Capítulo 17

V. observou Jane entrar no banheiro. Quando ela se virou para colocar a troca de roupas sobre a pia, o perfil de seu corpo formou uma curva elegante na qual ele precisava por as mãos. A boca. O corpo.

A porta foi fechada, o chuveiro aberto e ele disse um palavrão... droga, o toque dela tinha sido tão bom, melhor do que qualquer tipo de sexo completo que tivera recentemente. Mas tinha sido apenas para ele. Para ela, foi apenas uma experiência médica, a exploração de uma função biológica. Nada mais.

Se fosse honesto consigo mesmo, teria pensado que talvez vê-lo ter um orgasmo a excitaria – o que era maluco, dado o que havia da cintura para baixo. Ninguém, em sã consciência, pensaria "*Puxa, olha só, ele só tem uma bola. Que delícia*".

Era esse o motivo pelo qual sempre ficava de calça quando fazia sexo.

Enquanto escutava a água correr, sua ereção foi se desfazendo e as presas voltaram ao normal. Tinha sido engraçado que ele havia se surpreendido enquanto ela o acariciava. Ele quis mordê-la – não para se alimentar porque estava faminto, mas porque queria sentir o gosto dela e ver a marca de seus dentes em seu pescoço. O que era bem maluco. Geralmente, ele mordia as fêmeas apenas porque tinha de fazer isso e, quando fazia, não gostava muito.

Com ela? Mal podia esperar para perfurar uma veia e sugar o que corresse do coração dela diretamente para seu corpo.

Quando Jane fechou o chuveiro, ele só conseguia pensar no quanto queria estar dentro do banheiro com ela. Só conseguia imaginá-la toda nua, molhada e corada por causa do calor. Cara, ele queria saber como era a nuca dela. E a pele entre os ombros. E a base de sua espinha. Queria passar a boca do ombro até o umbigo... e então ir entre suas coxas. Droga, estava ficando excitado de novo. E aquilo não servia para nada. Ela havia satisfeito sua curiosidade com o corpo dele, de modo que não faria tudo de novo. E mesmo que estivesse se sentindo atraída por ele, já tinha outra pessoa, certo? Com uma careta de raiva, ele pensou naquele médico de cabelos pretos que estava esperando por ela na vida real. O cara era de sua espécie e, sem dúvida, totalmente masculino também.

Só de pensar naquele idiota a tratando bem, não apenas durante o dia, mas entre os lençóis à noite, fez seu peito doer.

Droga.

V. levou o braço aos olhos e tentou se lembrar de quando havia sido submetido a um transplante de personalidade. Teoricamente, Jane havia operado seu coração, não sua cabeça, mas ele não estava bem desde que saíra da mesa de operação.

O problema era que ele não conseguia evitar desejar que ela o visse como um parceiro... ainda que fosse impossível por diversos motivos: ele era um vampiro esquisito... e se tornaria o Primaz em questão de dias.

Pensou no que estava esperando por ele do Outro Lado, e apesar de não querer voltar ao passado, não teve como. Voltou ao que havia sido feito a ele, lembrando-se do que havia ocorrido para que ele se tornasse um macho incompleto.

Foi talvez depois de uma semana após seu pai ter queimado seus livros quando Vishous foi pego saindo de trás da divisão que escondia as pinturas da caverna. Sua ruína foi o diário do guerreiro Darius. Havia evitado aquele objeto precioso por muitos dias, mas, por fim, não resistiu. Suas mãos desejavam segurar o livro, seus olhos desejavam ler as palavras, sua mente desejava formar as imagens, seu coração desejava sentir a ligação que tinha com o escritor.

Sentia-se solitário demais para resistir.

Uma moça da cozinha o viu, e ambos ficaram paralisados. Ele não sabia seu nome, mas ela tinha o mesmo rosto de todas as outras fêmeas do acampamento: olhos intensos, pele marcada e lábios contraídos. Havia marcas de presas em seu pescoço por causa de outros machos que haviam se alimentado dela e seu vestido estava sujo, com a barra puída. Segurava uma pá com uma das mãos e arrastava um carrinho de mão com apenas uma roda. Obviamente havia sido mandada para fazer os trabalhos mais árduos na caverna.

Ela olhou para a mão de V. como quem analisa uma arma.

V. a ameaçou sem pestanejar:

– Seria uma pena se você contasse para alguém, não é?

Ela empalideceu e saiu de perto, derrubando a pá enquanto corria.

As notícias do que havia ocorrido entre ele e os outros machos pré-transição haviam se espalhado pelo acampamento e se isso o fizesse ser temido, ótimo. Para proteger seu único livro, não deixaria de ameaçar ninguém, nem mesmo as fêmeas, e não tinha vergonha disso. Segundo as regras de seu pai, ninguém nunca estava protegido no acampamento: V. tinha certeza de que aquela fêmea usaria o que viu para o seu próprio bem se pudesse. As coisas eram assim.

V. saiu da caverna por um dos túneis que tinham sido abertos na montanha e saiu na mata densa. O inverno se aproximava com rapidez, com o frio tornando o ar mais denso. Acima, ele escutou o rio correndo e quis beber água, mas se manteve escondido enquanto subia. Sempre se mantinha afastado da água quando saía, não apenas por ter aprendido a fazer isso, correndo o risco de ser punido, mas porque em seu estado pré-transição, podia não conseguir encarar o que partisse para cima dele, fosse vampiro, homem ou animal.

No início de toda noite, os machos em pré-transição tentavam encher a barriga no riacho, e ele tentou escutar os sons de outros que estivessem pescando. Os rapazes tinham ido para a parte mais ampla do riacho, onde a água formava uma piscina. Ele evitou ficar perto deles, escolhendo um local mais distante, rio acima.

De dentro de um saco de couro, ele tirou um fio comprido que tinha um anzol e um peso de prata amarrados na ponta. Ele jogou sua vara improvisada na água corrente e sentiu o fio esticar-se. Ao se sentar em uma rocha, enrolou o fio em um pedaço de madeira e manteve o objeto entre as mãos.

A espera não era boa nem ruim, nem cansativa nem prazerosa, e quando ele escutou uma discussão rio abaixo, não se interessou. Confusões sempre ocorriam no acampamento, e ele sabia o motivo da briga entre os outros machos em pré-transição. O fato de você tirar um peixe da água não significava que iria comê-lo.

Ele estava olhando para a água corrente quando teve uma sensação muito esquisita, como se tivesse levado um tapa na nuca. Ele se levantou, jogando a linha no chão, mas não havia ninguém atrás dele. Farejou o ar e analisou as árvores atentamente.

Nada.

Quando se abaixou para pegar a linha, a madeira foi para longe de seu alcance, para a barranca do rio, pois um peixe havia pegado a isca. V. partiu atrás dele, mas viu o equipamento improvisado entrar no rio. Rapidamente, correu atrás dele, saltando de pedra a pedra, cada vez mais rio abaixo.

Onde encontrou alguém.

O macho que ele havia agredido com seu livro estava subindo o rio com uma truta na mão, e pela sua cara de satisfação, não havia dúvidas de que tinha sido roubada de outra pessoa. Ao ver V., sua vara de pesca passou e ele a deteve. Com um grito de triunfo, colocou o peixe que se debatia dentro do bolso e foi atrás do que era de V. – ainda que isso o levasse na direção dos outros que estavam atrás dele.

Talvez por causa da fama de V., os outros rapazes saíram do caminho quando ele foi atrás do macho, o grupo abandonou a busca e se tornou espectador.

O macho foi mais rápido que V., movendo-se desajeitadamente de rocha em rocha, enquanto V. foi mais cuidadoso. As solas de couro de suas botas estavam molhadas, e o bolor que crescia nas rochas era escorregadio como banha de porco. Apesar de sua presa estar mais adiante, ele se manteve para trás para manter o controle de seu corpo.

Quando o riacho aumentou e se tornou a piscina onde os outros estavam pescando, o macho saltou na superfície lisa de uma rocha e se aproximou do peixe de V. Mas quando se esticou para pegá-lo, perdeu o equilíbrio... e caiu

Com o gracioso e lento movimento de uma pena, ele caiu de cabeça no riacho. O barulho de sua cabeça em uma rocha centímetros abaixo da superfície foi alto como o de um machado cortando madeira, e quando seu corpo ficou mole, a madeira e a linha se afastaram.

Quando V. se aproximou do rapaz, lembrou da visão que teve. Claramente tinha sido errada. O macho não morreu no topo da montanha com o sol no rosto e os ventos nos cabelos. Morreu ali, nos braços do rio.

Foi um certo alívio.

Vishous observou enquanto o corpo era arrastado para dentro da piscina escura e parado ao lado da corrente. Um pouco antes de afundar, o corpo rolou de modo a ficar virado para cima.

Quando bolhas passaram pelos lábios imóveis e subiram à superfície para a luz da lua, V. pensou na morte. Tudo ficava tão calmo depois dela. Independentemente dos gritos ou ações que faziam a alma ser libertada no Fade, o que ocorria depois era como neve caindo em silêncio.

Sem pensar, ele enfiou a mão direita na água gelada.

De repente, um brilho saiu da piscina, emanando da palma de sua mão... e o rosto do macho se iluminou como se o sol estivesse sobre ele. V. se surpreendeu. Era a visão, exatamente como ele a tivera: a sombra que tirava a claridade era, na verdade, a água, e os cabelos do rapaz se movimentavam não por causa do vento, mas pelas correntes profundas do rio.

– O que você faz na água? – Alguém perguntou.

V. olhou para cima. Os outros rapazes se enfileiraram na barranca do rio, olhando para ele.

V. tirou a mão da água e a colocou nas costas, de modo que ninguém a visse. Ao retirá-la, o brilho na piscina desapareceu, e o macho morto caiu nas profundezas escuras como se estivesse sendo sepultado.

V. ficou em pé e olhou para aqueles rapazes que ele sabia não serem apenas competidores pelos escassos alimentos e confortos, mas, agora, seus inimigos. A coesão entre os garotos enquanto eles ficaram em pé ao redor de V. mostrou que apesar das discussões no acampamento, eles eram unidos como se fossem um só.

Vishous era um estranho ali.

V. hesitou e pensou no que havia ocorrido depois. É engraçado pensar que as coisas nunca acontecem como você imagina. Pensou que os outros machos em pré-transição o expulsariam do acampamento, que um por um eles passariam pela transição e o atacariam. Mas o destino reservava surpresas.

Ele rolou para o lado e estava determinado a dormir.

Mas, quando a porta do banheiro foi aberta, ele precisou abrir um dos olhos.

Jane estava vestindo uma camisa de botões branca e uma calça larga e preta de ioga. Seu rosto estava corado pelo calor do banho, com o cabelo úmido. Ela estava ótima.

Jane olhou para a cama rapidamente, de um jeito que V. percebeu que ela achava que ele estava dormindo, e se sentou em uma cadeira no canto. Ao encolher as pernas, envolveu os joelhos com os braços e apoiou o queixo neles. Ela parecia tão frágil daquela maneira, apenas carne e osso encolhida na cadeira.

Ele fechou os olhos e se sentiu arrasado. Sua consciência, que havia sido tudo menos ausente nesses últimos séculos, estava acordada e doendo: ele não podia fingir que não estaria totalmente curado dentro de seis horas. Com isso, ela deixava de ser útil e ele teria que deixá-la partir quando o sol se pusesse.

Mas e a visão que tivera dela? Na qual a via em pé na porta de luz? Ah, droga, talvez ele estivesse apenas tendo alucinações.

V. franziu a testa ao sentir um cheiro no quarto. *Mas que diabos?*

Inspirando profundamente, ele se enrijeceu rapidamente, com seu pênis engrossando, crescendo contra sua barriga. Ele olhou para Jane do outro lado do quarto. Seus olhos estavam fechados, a boca entreaberta, as sobrancelhas baixas... E ela estava excitada. Podia não estar se sentindo muito à vontade com aquilo, mas estava excitada. Estaria ela pensando nele? Ou no macho humano?

V. tentou entrar em sua mente sem realmente ter esperanças de conseguir. Quando suas visões secaram, também se foi sua capacidade de ler os pensamentos das pessoas, que, às vezes, simplesmente surgiam em sua mente ou eram lidos intencionalmente...

Havia uma visão de V. na mente de Jane.

Oh caramba. Era ele, sim. Ele estava arqueado na cama, com os músculos do abdômen mais repuxados, com o quadril elevado enquanto ela acariciava seu sexo com a mão. Foi um pouco antes de ele gozar, quando havia retirado a mão do que havia embaixo de seu pênis para segurar o cobertor.

Sua médica o desejava apesar de ele ser parcialmente castrado, de não ser de sua espécie e de mantê-la ali contra a sua vontade. Ela o queria. Ela o *desejava.*

V. sorriu e suas presas apareceram em sua boca. Bem, que ótimo momento para se tornar um humanitário e satisfazer aquela vontade...

Botas plantadas no chão, punhos em posição ao lado do corpo, Phury ficou diante do *redutor* que acabara de derrubar com um golpe na têmpora. O idiota estava deitado de cara na neve suja, com os braços e pernas estirados, a jaqueta de couro estava quase saindo do corpo em decorrência da briga.

Phury respirou profundamente. Existia uma maneira cavalheiresca de matar o inimigo. Em meio à guerra, existia uma maneira honrada de matar mesmo aqueles a quem se odiava.

Ele olhou para os dois lados da rua e farejou. Nenhum humano. Nenhum outro *redutor*. E nenhum de seus Irmãos.

Ele se inclinou sobre o assassino. Sim, ao derrotar os inimigos, havia um certo padrão de conduta a ser seguido.

Mas Phury não pretendia seguir.

Ele pegou o *redutor* pelo cinto de couro e cabelos claros e jogou a coisa de cabeça contra uma parede, como se fosse um saco. Um baque abafado foi ouvido quando a testa se abriu e a coluna apareceu pela parte de trás do crânio.

Mas a coisa não estava morta. Para matar um *redutor*, era preciso dar um golpe no peito. Se fosse deixado como estava naquele momento, o idiota ficaria em um estado perpétuo de apodrecimento até que o Ômega aparecesse para buscar o corpo.

Phury arrastou a coisa pelo braço para trás de um cesto de lixo e pegou uma adaga. Ele não usou a arma para mandar o assassino de volta a seu mestre. Sua raiva, aquela emoção que ele não gostava de sentir, aquela força que ele não permitia relacionar a pessoas ou acontecimentos, começara a aumentar. E seu impulso era inegável.

A crueldade de suas atitudes marcou sua consciência. Apesar de sua vítima ser um assassino frio que estava por ali prestes a matar dois vampiros vinte minutos antes, o que Phury estava fazendo ainda era errado. Os civis tinham sido salvos. O inimigo estava incapacitado.

O fim deveria ocorrer de modo limpo.

Mas ele não se conteve.

Enquanto o *redutor* gritava de dor, Phury continuou o que estava fazendo, com as mãos e a adaga movendo-se rapidamente pela pele e órgãos vitais que tinham cheiro de talco de bebê. O sangue preto e denso se espalhava pela calçada, cobria os braços de Phury, molhava suas botas e respingava na roupa de couro.

Conforme ele continuou, o assassino tornou-se alvo para sua fúria e ódio por si mesmo, um objeto com o qual podia cuidar de seus sentimentos. Naturalmente, suas ações não lhe davam orgulho, mas não parou. Não podia parar.

Seu sangue era gasolina e suas emoções eram a chama: a combustão seria inevitável, agora que a combinação estava feita.

Concentrado em seu terrível projeto, ele não escutou o outro *redutor* se aproximar por trás. Sentiu o cheiro de talco de bebê antes de ser atacado e apenas saiu da frente do taco de beisebol que estava mirado em seu crânio.

Sua raiva mudou de alvo, passando do assassino incapacitado para aquele que estava em pé, e com seu DNA de guerreiro correndo nas veias, ele atacou. Armado com sua adaga negra, ele se lançou em direção ao abdômen.

Ele errou. O *redutor* o acertou no ombro com o taco e mais um golpe na perna boa de Phury, acertando a lateral do joelho. Sentindo dor, concentrou-se em segurar sua adaga, mas o assassino saiu em vantagem. Com mais um golpe, a arma voou para longe, girando sem parar, dançando pela calçada molhada.

O *redutor* saltou no peito de Phury e o segurou no chão pela garganta, apertando com uma mão forte como um cabo de aço. Phury envolveu o pulso grosso da coisa quando sentiu seu pescoço ainda mais apertado, mas de repente tinha problemas maiores do que asfixia com os quais se preocupar. O assassino segurou o taco com mais firmeza, até segurá-lo pela metade. Com um foco letal, ele ergueu o braço e bateu com a ponta do taco no meio do rosto de Phury.

A dor foi uma bomba explodida em seu rosto e olhos, com o golpe doloroso ricocheteando por todo seu corpo.

E era... curiosamente bom. Abafou tudo. Ele só sentiu o impacto congelante e o choque que sentiu logo depois.

Ele gostou.

Pelo olho que ainda estava funcionando, ele viu o *redutor* erguer o taco de novo, como se segurasse uma pistola. Phury não tentou se proteger. Apenas observou os movimentos, sabendo que os músculos que estavam se coordenando para levantar aquela peça de metal polido iam se contrair e lançar aquela coisa no rosto dele de novo.

Hora do golpe mortal, pensou. Os ossos ao redor dos olhos já estavam provavelmente estraçalhados, ou pelo menos fraturados. Mais um golpe e seu cérebro não mais estaria protegido.

Ele pensou no desenho que havia feito de Bella, e viu o que havia colocado no papel: ela, sentada à mesa da sala de jantar, virada na direção de seu irmão gêmeo, o amor entre eles tão tangível e lindo como um tecido sedoso, tão forte e duradouro como aço temperado.

Ele disse uma oração antiga aos dois e ao filho deles no Antigo Idioma, desejando que ficassem bem até que se encontrassem no Fade em um momento distante do futuro. *Até vivermos de novo,* foi o fim da prece.

Phury soltou o pulso do assassino e repetiu a frase sem parar, pensando qual daquelas palavras seria a sua última.

Mas não houve golpe. O *redutor* desapareceu de cima dele, como uma marionete puxada para trás. Phury ficou deitado, quase sem conseguir respirar, com uma série de gemidos ecoando na rua, e então uma luz clara surgiu. Com a endorfina no máximo, ele sentiu um entorpecimento muito bom, mas era, na verdade, evidência de que estava com problemas.

Teria o golpe da morte ocorrido? Teria aquele primeiro golpe sido suficiente para deixar seu cérebro sangrando?

Não importava. A sensação era boa. Tudo era bom, e ele tentou imaginar se sexo era daquela forma. O depois. Nada além de relaxamento pacífico.

Ele pensou em Zsadist se aproximando dele no meio daquela festa meses antes, com uma bolsa na mão e a exigência nos olhos. Phury se sentiu mal com o pedido do gêmeo, mas mesmo assim havia ido para a academia com Z. e batido no macho sem parar.

Não tinha sido a primeira vez que Zsadist necessitou daquele tipo de libertação. Phury sempre detestou bater em seu irmão quando ele pedia, nunca compreendeu o motivo do desejo masoquista, mas agora conseguia entender. Aquilo era fantástico. Nada importava. Era como se a vida real fosse uma tempestade distante que nunca chegaria a ele porque ele havia saído do caminho.

A voz grave de Rhage soou distante.

– Phury? Chamei ajuda. Você precisa ir ao Havers.

Quando Phury tentou falar, sua mandíbula se recusou a obedecer, como se alguém a tivesse colado. Claramente, estava inchado demais e ele apenas balançou a cabeça, negando.

E viu o rosto de Rhage a sua frente.

– Havers vai...

Phury balançou a cabeça de novo. Bella estaria na clínica para falar sobre o bebê. Se ela estava prestes a ter um aborto, ele não queria terminar de estragar tudo aparecendo ali como um caso de emergência.

– Não... Havers... – ele disse com a voz rouca.

– Meu Irmão, o seu problema aqui é mais grave do que os primeiros socorros são capazes de sanar. – O rosto perfeito de Rhage era uma máscara de calma. Significava que estava realmente preocupado.

– Casa.

Rhage disse um palavrão, mas antes que pudesse insistir, um carro entrou na rua, com os faróis acesos.

– Droga. – Rhage entrou em ação, levantando Phury da calçada e o arrastando para trás de um cesto de lixo.

O que os colocou bem ao lado do *redutor* caído.

– O quê? – Rhage disse enquanto um Lexus com peças cromadas passou por eles, tocando *rap*.

Quando passou, Rhage apertou os olhos brilhantes.

– Você fez isso?

– Luta... Ruim, só isso – Phury disse. – Leve-me para casa.

Ao fechar os olhos, percebeu que havia aprendido algo naquela noite. A dor era boa e, se sentida nas circunstâncias certas, era menos vergonhosa do que a heroína. Mais fácil de conseguir, também, pois podia ser um subproduto de seu trabalho.

Perfeito.

Jane estava sentada na frente da cama do paciente, com a cabeça baixa e os olhos fechados. Não conseguia parar de pensar no que havia feito com ele... e o que ele havia feito. Ela o viu tendo um orgasmo, com a cabeça para trás, as presas brilhando, a ereção pulsando em sua mão, puxando o ar e gemendo.

Ela se remexeu, excitada.

Deus, ela não conseguia parar de pensar na cena várias vezes e ficou tão intenso, que ela precisou abrir a boca para puxar o ar. Em um determinado momento durante aquele pensamento, ela sentiu uma pontada na cabeça, como se seu pescoço estivesse em uma posição ruim, mas cochilou.

Naturalmente, seu subconsciente tomou as rédeas onde a memória falhou.

O sonho começou quando algo encostou em seu ombro, algo quente e pesado. Ela se sentiu confortada ao sentir aquilo, com a maneira com que lentamente descia por seu braço, acima de seu pulso e ia para a sua mão. Seus dedos seguraram e apertaram e ela sentiu um beijo no centro da palma. Ela sentiu os lábios macios, a respiração quente e o raspar aveludado de... um cavanhaque. Fez-se uma pausa, como se uma permissão tivesse sido pedida. Ela sabia exatamente com quem estava sonhando. E sabia exatamente o que ia acontecer na fantasia se deixasse as coisas continuarem.

– Sim – ela sussurrou dormindo.

As mãos de seu paciente acariciaram seus tornozelos e tiraram as pernas dela da cadeira, e então algo grande e quente se moveu, colocando-se entre suas coxas, abrindo-a. O quadril dele e... oh, Deus, ela sentiu seu pênis no centro do corpo, a extensão rígida pressionava a calça fina que ela vestia.

A gola de sua camisa foi colocada de lado e os lábios dele encontraram seu pescoço, resvalando em sua pele e sugando, enquanto ele começava um movimento rítmico de empurrar e se afastar. Uma mão passou por seu seio e desceu por sua barriga. Pelo quadril. Mais para baixo, substituindo o membro.

Quando Jane gemeu e se arqueou, duas pontas afiadas passaram por seu pescoço até a base do queixo. *Presas.*

O medo tomou conta de seu corpo. Assim como um desejo enorme por sexo.

Antes que pudesse entender os dois extremos, ele afastou os lábios de seu pescoço e encontrou seu seio pela camisa. Enquanto a sugava, ele levou a mão ao centro do corpo dela, esfregando o que já estava pronto para ele, faminto por ele. Ela abriu a boca para respirar e algo entrou ali... um polegar. Ela o segurou desesperadamente, sugando-o enquanto imaginava qual outra parte de seu corpo poderia estar entre seus lábios.

Ele era o mestre de tudo aquilo, o motivador, aquele que operava o maquinário. Sabia exatamente o que estava fazendo com ela enquanto seus dedos usavam a lubrificação de seu corpo para deixá-la maluca.

Ouviu uma voz em sua mente – a dele:

– Goze para mim, Jane...

De repente uma luz brilhante atingiu seu rosto, e ela se endireitou, esticando o braço para afastar o paciente.

Mas ele não estava perto dela. Ele estava na cama. Dormindo.

Quanto à luz, vinha do corredor. O cara do boné dos Red Sox abriu a porta do quarto.

– Sinto muito acordar vocês – ele disse. – Temos um problema.

Quando o paciente se sentou, ele olhou para Jane. Assim que seus olhos se encontraram, ela corou e desviou o olhar.

– Quem? – O paciente perguntou.

– Phury – o cara de boné fez um movimento de cabeça para a cadeira. – Precisamos de um médico, o mais rápido possível.

Jane pigarreou.

– Por que está olhando para mim...

– Precisamos de você.

A primeira coisa que pensou foi que não se envolveria mais com eles. Mas então a médica dentro dela falou mais alto.

– O que está acontecendo?

– Uma coisa bem feia. Uma briga com taco de beisebol. Pode me acompanhar?

A voz do paciente foi a primeira a ser ouvida, autoritária, chamando a atenção.

– Se ela vai para algum lugar, eu vou também. E como está a situação?

– Ele recebeu um golpe no rosto. Coisa feia. E está se recusando a ir ao Havers. Disse que Bella está lá para falar do bebê e não quer assustá-la chegando nesse estado.

– Droga, ele sempre quer dar uma de herói. – V. olhou para Jane. – Pode nos ajudar?

Depois de um momento, ela esfregou o rosto. *Inferno.*

– Sim, posso.

Quando John abaixou o cano da Glock que recebera, olhou para o alvo que estava a cerca de quinze metros de distância. Ajeitando a trava de segurança, não sabia o que dizer.

– Jesus – Blay disse.

Totalmente sem acreditar, John apertou um botão amarelo à sua esquerda e a placa de papelão apareceu como um cãozinho obediente no centro, e havia seis tiros perfeitos. *Caramba*. Depois de fracassar em tudo o que havia aprendido até então no que dizia respeito à luta, finalmente se tornara bom em alguma coisa.

Bem, aquilo não fez ele se esquecer de sua dor de cabeça.

Uma mão pesada pousou em seu ombro, e a voz de Wrath era de orgulho.

– Você se saiu bem, filho. Muito bem.

John esticou a mão e pegou o alvo.

– Bacana – Wrath disse. – Acabou por hoje. Peguem suas armas, rapazes.

– Ei, Qhuinn – Blay chamou. – Você viu isto?

Qhuinn entregou sua arma a um *doggen* e se aproximou.

– Caramba, que bela pontaria.

John dobrou o papel e o colocou na parte de trás da calça jeans. Ao devolver a arma no carrinho, tentou ver como a identificaria de novo para poder usá-la na próxima aula prática. Ah... Apesar de os números de série terem sido raspados, havia uma marca clara no cano, um risco. Conseguiria encontrar sua arma de novo.

– Vamos – Wrath disse ao parar o corpo enorme contra a porta. – O ônibus está esperando.

Quando John olhou para frente depois de entregar a arma, Lash estava em pé bem atrás dele, ameaçador. Em um movimento tranquilo, o cara se inclinou e colocou a Glock para baixo, com o cano no peito de John. Para deixar as coisas mais claras, demorou o dedo no gatilho.

Blay e Qhuinn se aproximaram, bloqueando o caminho. O movimento foi feito de modo casual, como se estivessem apenas caminhando juntos, mas a mensagem foi clara. Com um movimento de ombro, Lash ergueu a mão livre da Glock e acompanhou Blay lado a lado a caminho da porta.

– Idiota – Qhuinn murmurou.

Os três saíram em direção à porta do vestiário, onde pegaram seus livros e saíram juntos. Como John usaria o túnel para voltar para a mansão, eles pararam na porta do antigo escritório de Tohr.

Enquanto os outros alunos passavam, Qhuinn manteve a voz baixa.

– Precisamos sair esta noite. Mal posso esperar. – Ele fez uma careta e mudou o passo como se houvesse algo incômodo dentro da calça. – Estou doido por uma fêmea, sabe?

Blay corou levemente.

– Sim... Ah, eu podia ter um pouco de ação. John?

Feliz com seu sucesso no tiro, John assentiu.

– Legal – Blay ajeitou a calça. – Precisamos ir ao ZeroSum.

Qhuinn franziu a testa.

– O que acha do Screamer's?

– Não. Quero o ZeroSum.

– Tudo bem. E podemos ir com o meu carro. – Qhuinn olhou para frente. – John, por que não entra no ônibus e vai para a casa de Blay?

Não devo me trocar?

– Pode pegar algumas roupas dele. Precisa estar bonito no ZeroSum.

Lash apareceu de repente, como um soco.

– Então você vai para o centro da cidade, John? Talvez eu o encontre por lá, cara.

Com um olhar de raiva, ele se movimentou, com o corpo rígido e os ombros fortes preparando-se para uma briga, como se ela fosse acontecer. Ou como se ele quisesse que acontecesse.

– Parece que você quer um encontro, Lash – Qhuinn disse. – Olha só, se continuar com essa idiotice, vai se ferrar, amigo.

Lash parou e olhou para trás, com as luzes sobre ele.

– Ei, Qhuinn, manda um oi para o seu pai. Ele sempre gostou mais de mim do que de você. Afinal, nós combinamos.

Lash levou o dedo do meio ao canto do olho e continuou caminhando.

Qhuinn ficou irritado, fechando a cara.

Blay colocou a mão na nuca do amigo.

– Olha, vejo vocês lá em casa em quarenta e cinco minutos, certo? Passem para nos buscar.

Qhuinn não respondeu na hora, mas sua voz estava mais baixa na resposta.

– Está bem, sem problemas. Pode me dar um segundo?

Qhuinn deixou os livros no chão e voltou para o vestiário. Quando a porta se fechou, John fez um sinal, perguntando: *as famílias de Lash e de Qhuinn são próximas?*

– Os dois são primos de primeiro grau. Os pais deles são irmãos.

John franziu a testa. *Por que apontou para o olho dele?*

– Não se preocupe...

John segurou o braço do rapaz. *Quero saber.*

Blay passou a mão nos cabelos como se tentasse buscar uma resposta.

– Certo... é que... o pai do Qhuinn é importante na *glymera*, entende? Assim como a mãe. E a *glymera* não aceita defeitos.

Aquilo foi dito como se fosse óbvio. *Não entendi. O que tem o olho dele?*

– Um é azul. O outro, verde. Por não serem da mesma cor, Qhuinn nunca vai se reproduzir... e, sabe, o pai dele sentiu sempre muita vergonha disso. Não se dão muito bem e por isso sempre ficamos na minha casa. Ele precisa se afastar dos pais. – Blay olhou para a porta do vestiário, como se, através dela, conseguisse ver o amigo. – O único motivo pelo qual não o expulsaram ainda é porque esperavam que a transição pudesse consertar isso. É por isso que ele precisa usar alguém como Marna. Ela tem um sangue muito bom, e acreditavam que poderia ajudar.

Mas não ajudou.

– Não. Provavelmente vão mandar que ele vá embora em algum momento. Já tenho um quarto pronto para ele, mas duvido que usará. Muito orgulho. E com razão.

John pensou algo terrível. *Como ele ficou com a marca? Aquela no rosto depois da transição?*

Nesse momento, a porta do vestiário se abriu e Qhuinn apareceu com um sorriso firme.

– Vamos, rapazes? – Ao pegar os livros, sua atitude positiva estava de volta. – Vamos logo antes que as melhores sejam escolhidas.

Blay deu um tapa no ombro do cara.

– Pode comandar, maestro.

Enquanto caminhavam para o estacionamento subterrâneo, Qhuinn estava na frente, Blay atrás e John no meio.

Quando Qhuinn subiu as escadas do ônibus, John deu um tapinha no ombro de Blay.

Foi o pai dele, não foi?

Blay hesitou. E então assentiu uma vez.

Capítulo 18

Certo, ou aquilo era extremamente legal ou muito assustador. Enquanto Jane acompanhava os rapazes, era como se estivesse atravessando um túnel subterrâneo em um filme de terror. O local parecia mesmo a cenografia de uma produção hollywoodiana cara: mal iluminado por lâmpadas fluorescentes, infinitamente longo. A qualquer momento parecia que o Bruce Willis apareceria correndo descalço e sem camisa, com os músculos à mostra e empunhando uma metralhadora.

Ela olhou para os painéis fluorescentes no teto, e então para o chão de metal polido. Podia apostar que se analisasse as paredes de perto, veria que elas tinham meio metro de espessura. Deus, aqueles caras tinham dinheiro. Muito dinheiro. Mais do que uma pessoa teria se vendesse remédios controlados no mercado negro ou se vendessem cocaína, craque e outras drogas. Era dinheiro alto, sugerindo que os vampiros não eram apenas outra espécie: eram outra civilização.

Conforme os três foram caminhando, ela ficou surpresa por não terem amarrado seus braços. Mas o paciente e seu amigo estavam armados...

– Não. – O paciente balançou a cabeça negando. – Você não está presa porque não vai fugir.

Jane ficou boquiaberta.

– Não leia a minha mente.

– Desculpe, eu não quis fazer isso, apenas aconteceu.

Ela pigarreou, tentando não notar como ele ficava lindo em pé. Vestindo uma calça de pijama lisa e preta e uma camiseta justa também preta, ele se movimentava lentamente, mas com uma confiança de arrasar.

Sobre o que mesmo eles estavam falando?

– Como você sabe que eu não vou fugir?

– Não vai fazer isso com alguém que precisa de atenção médica. Não está em sua índole, certo?

Caramba... Ele a conhecia muito bem.

– Sim, conheço.

– Pode parar com isso.

O de boné olhou para o paciente.

– Está conseguindo ler mentes de novo?

– Com ela? Algumas vezes.

– Hum. Está conseguindo captar mais alguma coisa de mais alguém?

– Não.

Ele ajeitou o boné.

– Bem, ah... me avise se conseguir ler a minha mente, está bem? Algumas coisas eu gostaria que ficassem em segredo, sabe?

– Tudo bem. Apesar de não conseguir evitar às vezes.

– É por isso que vou tentar pensar só em beisebol quando você estiver por perto.

– Ainda bem que não é um torcedor dos Yankees.

– Não diga essa palavra. Estamos na presença de damas.

Nada mais foi dito enquanto eles continuavam atravessando o túnel, e Jane começou a se perguntar se estava ficando maluca. Ela devia estar aterrorizada por estar naquele local subterrâneo e escuro com dois enormes caras da espécie dos vampiros. Mas não estava. Era estranho, mas se sentia segura... Como se o paciente fosse protegê-la por causa do que havia prometido, e o cara de boné fosse fazer a mesma coisa por causa de seu elo com o paciente.

Nada daquilo fazia sentido.

Estocolmo. Só podia ser a maldita Síndrome de Estocolmo.

O paciente se inclinou para ela.

– Sabe, não acho que seja o caso. Mas você tem razão, nós dois somos perigosos, você deveria ter medo. – O paciente se endireitou de novo, másculo e forte.

Jane bateu em seu braço e fez um movimento com o dedo indicador para que ele se inclinasse. Quando ele se inclinou, ela sussurrou:

– Tenho medo de ratos e aranhas. Mas não precisa usar essa arma na sua cintura para abrir um buraco na parede se um desses bichos aparecer, certo? Ratoeiras e vassouras funcionam da mesma maneira. Além disso, não vai precisar de argamassa e cimento depois. Só estou avisando.

Ela deu um tapinha no braço dele, e voltou a olhar para o túnel a sua frente.

V. começou a rir, de um modo esquisito a princípio, e então mais profundo, e ela percebeu que o cara de boné olhava para ela. Jane respondeu olhando em seus olhos com hesitação, esperando ver um olhar de reprovação. Mas na verdade só havia alívio. Alívio e aprovação enquanto ele... o homem... o macho... o que quer que fosse... olhava para ela e para o amigo.

Jane corou e desviou o olhar. O fato de o cara não estar competindo com ela para ver quem era mais amigo de V. só podia ser visto como algo bom.

Cerca de cem metros depois, eles se depararam com um lance de escada de degraus estreitos que levavam a uma porta com um mecanismo de trava, uma trava grande. Quando o paciente deu um passo adiante e digitou um código, ela pensou que eles entrariam num local parecido com um filme do 007...

Mas não foi bem isso. Era um armário com estantes repletas de blocos de papel amarelos, cartuchos de impressora e caixas de clipes para documentos. Talvez do outro lado...

Não. Era apenas um escritório. Um tipo de escritório comum com mesa, cadeira de rodinhas, arquivo e computador. Nada no estilo *Duro de Matar*. Era mais parecido com um escritório de seguros. Ou com a sala de uma empresa de financiamento imobiliário.

– Por aqui – V. disse.

Eles passaram por uma porta de vidro e atravessaram um corredor branco e simples que levava a portas duplas de aço fundido. Depois delas havia uma academia de alta qualidade, grande o suficiente para ser palco de um jogo de basquete profissional, uma luta e um jogo de vôlei ao mesmo tempo. Havia colchonetes azuis espalhados pelo chão, e sacos de pancada pendurados no teto.

Muito dinheiro. Dinheiro demais. E como eles tinham construído tudo aquilo sem alguém do lado humano ajudando? Devia haver muitos vampiros. Era a única explicação. Trabalhadores, arquitetos e artesões... todos eles podendo se passar por humanos se precisassem.

A geneticista dentro dela falava mais alto. Se os chimpanzés tinham noventa e oito por cento do DNA de seres humanos, quão parecidos seriam os vampiros? E sob uma ótica evolucionária, quando foi que essa outra espécie se separou da linhagem dos macacos e do *homo sapiens*? Caramba, ela faria qualquer coisa para poder estudar o corpo deles. Se de fato limpariam sua mente antes de sua partida, a ciência da medicina perderia muito. Principalmente porque eles não tinham câncer e se curavam com muita rapidez.

Que bela oportunidade.

Do outro lado da academia, eles pararam na frente de uma porta de aço na qual se lia Sala de Equipamentos. Ali dentro, havia estantes e prateleiras de armas: um arsenal de espadas orientais e nunchakus. Adagas trancadas em armários. Muitas pistolas. Estrelas ninjas.

– Meu... Deus.

– Tudo isso é apenas para treinamento – V. disse de modo distraído.

– Então o que vocês usam na luta? – Ao pensar em diversas situações de luta, sentiu o familiar odor de sangue. Bem, quase familiar. Era um odor um pouco diferente, meio apimentado, e ela se lembrou de ter sentido a mesma fragrância parecida com vinho enquanto operava o paciente.

Do outro lado, uma porta na qual se lia fisioterapia se abriu. O belo vampiro louro que a arrancara do hospital espiou pela porta.

– Ainda bem que chegaram.

Todos os instintos de médica de Jane acordaram quando ela entrou em um quarto repleto de azulejos e viu as solas de um par de botas penduradas para fora da maca. Ela caminhou na frente dos homens, afastando-se deles de modo que pudesse chegar ao homem que estava deitado .

Era aquele que a havia hipnotizado, aquele com os olhos amarelos e cabelo diferente. E ele precisava mesmo de atenção. A região dos olhos do lado esquerdo estava afundada, com a pálpebra tão inchada que ele não conseguia abrir o olho, com aquela metade do rosto com o dobro do tamanho normal. Ela teve a sensação de que o osso sobre sua sobrancelha estava quebrado, assim como o de sua bochecha.

Ela colocou a mão no ombro dele e olhou dentro de seu olho que estava aberto.

– Você está mal.

Ele sorriu.

– Não diga.

– Mas vou dar um jeito.

– Você acha que consegue?

– Não. – Ela balançou a cabeça de um lado a outro. – Eu *sei* que consigo.

Ela não era cirurgiã plástica, mas graças às capacidades de cura que ele tinha, Jane tinha confiança de que poderia resolver o problema sem estragar sua aparência. Desde que tivesse os equipamentos certos.

A porta se abriu de novo e Jane ficou paralisada. Oh, Deus, era o gigante de cabelos pretos e óculos escuros. Havia pensado que o vira em um sonho, mas claramente ele era real. Totalmente real. E no comando. Ele caminhava como se fosse o dono de tudo e de todos na sala e pudesse se livrar de qualquer coisa num piscar de olhos.

Ele olhou para ela ao lado do cara na maca e disse:

– Diga-me que isto não está acontecendo.

Instintivamente, Jane deu um passo para trás na direção de V. e, ao fazer isso, sentiu que ele se colocou atrás dela. Apesar de não tê-la tocado, ela sabia que ele estava perto. E preparado para defendê-la.

O cara de cabelos pretos balançou a cabeça ao ver o ferido.

– Phury... pelo amor de Deus, precisamos levar você ao Havers.

Phury? Que diabos de nome era aquele?

– Não – foi a resposta fraca.

– Por que diabos não?

– A Bella está lá. Se ela me vir assim... vai ficar maluca... ela já está sangrando.

– Ah... droga.

– E já temos alguém aqui. – Ele olhou na direção de Jane com o olho bom. – Certo?

Quando todos olharam para ela, o cara de cabelos pretos ficou irritado. Por isso, foi uma surpresa ele perguntar:

– Vai cuidar de nosso Irmão?

O pedido não era ameaçador, mas respeitoso. Evidentemente ele estava irritado por seu amigo ter se ferido e por não ter sido tratado.

Ela pigarreou.

– Sim, vou. Mas o que tenho para trabalhar? Preciso anestesiá-lo.

– Não se preocupe com isso – Phury disse.

Jane olhou para ele.

– Quer que eu coloque seu rosto no lugar sem anestesia geral?

– Sim.

Talvez eles tivessem uma tolerância diferente à dor.

– Está maluco? – O cara de boné perguntou exaltado.

Certo, talvez não.

Mas já bastava de conversa. Se o cara com o rosto quebrado se curasse tão rapidamente quanto seu paciente, precisava começar a operar agora, antes que os ossos se unissem de modo errado e ela tivesse de quebrá-los de novo.

Olhando ao redor, ela viu os armários com portas de vidro repletos de equipamentos e esperava que pudesse encontrar um kit cirúrgico ali.

– Algum de vocês tem experiência médica?

V. começou a falar perto dela, quase tão perto quanto suas roupas.

– Sim, eu posso ajudar. Recebi treinamento de paramédico.

Jane olhou por sobre o ombro, sentindo uma onda de calor.

Volte para o jogo, Whitcomb.

– Ótimo. Vocês têm algum tipo de anestesia local?

– Lidocaína.

– E sedativos? E talvez um pouco de morfina. Se ele se mexer na hora errada, eu posso até cegá-lo.

– Sim. – Quando V. começou a procurar nos armários, ela percebeu que ele estava zonzo. Aquela caminhada no túnel tinha sido longa e, apesar de ele parecer curado por fora, tinha sido operado apenas dois dias antes.

Ela segurou seu braço e o puxou para trás.

– Você vai se sentar.

Olhou para o cara de boné.

– Pegue uma cadeira para ele, agora. – Quando o paciente abriu a boca para protestar, ela o ignorou atravessando a sala. – Não estou interessada nisso. Preciso de você acordado enquanto eu opero, e pode demorar um pouco. Você está melhor, mas não tão forte quanto pensa, então sente-se e me diga onde consigo o que preciso.

Fez-se um momento de silêncio, e então alguém riu enquanto o paciente dizia um palavrão. Aquele que parecia um rei começou a sorrir para ela.

O cara de boné pegou uma cadeira do banheiro e a colocou logo atrás de V.

– Pode estacionar, cara. Ordens de sua médica.

Quando o paciente se sentou, ela disse:

– Agora, escutem o que eu preciso.

Ela relacionou o bisturi, o fórceps e os equipamentos de sucção, depois pediu por fio cirúrgico, pela Betadina, solução salina para limpar, gazes e as luvas de borracha...

Ficou surpresa com a rapidez com que entregaram tudo, mas, afinal, ela e seu paciente estavam compartilhando pensamentos. Ele a direcionou pela sala de modo direto, adivinhando o que ela podia querer, e não desperdiçou palavras. O enfermeiro perfeito.

Jane suspirou aliviada ao ver que eles tinham a broca cirúrgica.

– Vocês teriam uma lupa de cabeça?

– No armário ao lado do carrinho – V. disse. – Gaveta de baixo. Lado esquerdo. Quer que eu me lave?

– Sim. – Ela encontrou o equipamento. – Temos raio X?

– Não.

– Droga. – Ela colocou as mãos no quadril. – Tudo bem, faço sem mesmo.

Enquanto ela colocava o equipamento, V. ficou em pé e foi lavar as mãos e braços na pia do lado mais distante. Quando terminou, ela pegou o lugar dele, e vestiram luvas.

Ela voltou a falar com Phury, olhando em seu olho bom.

– Isto provavelmente vai doer, mesmo com a anestesia local e com a morfina. Você provavelmente vai desmaiar, e espero que aconteça logo.

Ela pegou a seringa e sentiu a familiar sensação de poder que lhe tomava quando se empenhava em fazer o que tinha de ser feito...

– Espere – ele disse. – Quero que seja sem anestesia.

– O quê?

– Faça logo. – Havia uma certa ansiedade em seu olhar, que não era muito adequada em muitos níveis. Ele *queria* sentir dor.

Ela apertou os olhos. E tentou imaginar se ele havia permitido que aquilo acontecesse.

– Sinto muito – Jane perfurou o lacre de borracha do vidro de lidocaína com a agulha. Ao pegar o que precisava, ela disse. – De jeito nenhum vou mexer em você sem anestesia. Se quer sentir dor, procure outra cirurgiã.

Ela colocou o vidro em um carrinho de aço e se inclinou sobre seu rosto, com a seringa levantada.

– E aí? Como vai ser? Eu e a anestesia ou nada?

Aquele olhar brilhou de raiva, como se ela tivesse acabado com um grande prazer.

Mas então o cara autoritário falou:

– Phury, não seja tolo. Estamos falando de sua visão aqui. Fique quieto e deixe que ela faça seu trabalho.

O olho se fechou.

– Tudo bem – ele disse.

Cerca de duas horas depois, Vishous compreendeu que estava em apuros. Grandes apuros. Ao olhar para a linha preta dos pontos perfeitos no rosto de Phury, ficou surpreso a ponto de não ter o que dizer.

Sim, estava em grandes apuros.

Jane Whitcomb era um gênio da cirurgia. Uma artista. Suas mãos eram instrumentos elegantes, os olhos afiados como o bisturi que utilizava, a concentração firme como a de um guerreiro em batalha. Às vezes, ela trabalhava com muita rapidez, e, às vezes, parecia que não estava se movendo: o osso ao redor dos olhos de Phury havia sido quebrado em diversos pontos, e Jane o colocou de volta no lugar, passo a passo, removendo pedaços que eram brancos como conchas de ostra, sugando o crânio e passando o fio entre fragmentos, colocando uma pequena rosca em sua face.

V. percebeu que ela não estava totalmente contente com o resultado do trabalho pela sua expressão ao final. E quando ele perguntou qual era o problema, Jane respondeu que preferia ter implantado uma placa no rosto de Phury, mas como não tinham aquele tipo de kit à mão, simplesmente esperaria que o osso cicatrizasse depressa.

Do começo ao fim, ela havia se mantido no controle. A ponto de excitá-lo, o que era absurdo e vergonhoso. Era como se ele nunca tivesse visto uma fêmea – uma mulher – como ela. Jane havia cuidado muito bem de seu Irmão, com uma habilidade que V. nunca teria.

Oh, Deus... ele estava com um problema muito grande.

– Como está a pressão dele? – Ela perguntou.

– Estável – respondeu. Phury havia apagado cerca de dez minutos depois do começo, apesar de sua respiração e batimentos continuarem fortes.

Quando Jane limpou a área ao redor do olho e face e começou a cobrir com gaze, Wrath pigarreou na porta.

– E a visão dele?

– Não teremos como saber antes de ele nos contar – Jane disse. – Não tenho como saber se seu nervo óptico foi prejudicado ou se houve algum dano à retina. Se alguma dessas coisas aconteceu, ele terá de ir a uma clínica para arrumar, e não apenas por causa dos poucos recursos aqui. Não sou cirurgiã de olhos e não tentaria fazer uma cirurgia desse tipo de maneira nenhuma.

O rei empurrou os óculos um pouco mais para cima no nariz comprido, como se estivesse pensando em seus olhos fracos e esperando que Phury não tivesse que lidar com aquele tipo de problema.

Depois de Jane cobrir a lateral do rosto com gaze, ela passou uma faixa ao redor de sua cabeça como um turbante, e então colocou os instrumentos que havia usado no carrinho. Para não ficar observando-a de modo obsessivo, V. se ocupou jogando fora as seringas, gazes e agulhas usadas, juntamente com o tubo descartável da sucção.

Jane tirou as luvas cirúrgicas.

– Vamos falar sobre infecções. Sua espécie é suscetível a elas?

– Não muito – V. se sentou em sua poltrona. Detestava ter de admitir, mas estava cansado. Se ela não o tivesse ajudado a relaxar, ele estaria totalmente morto. – Nosso sistema imunológico é muito resistente.

– Seu médico prescreveria antibióticos?

– Não.

Ela se aproximou de Phury e olhou para ele como se estivesse analisando seus sinais vitais sem a ajuda de um estetoscópio ou medidor de pressão. Então, ela levantou o braço e arrumou os cabelos para trás. A autoridade em seus olhos e no gesto incomodaram V., ainda que não devessem incomodar. É claro que ela havia se interessado por seu Irmão. Havia acabado de arrumar o rosto dele.

Mas, *ainda assim*.

Droga. Machos vinculados eram mesmo uns babacas...

Jane se inclinou para o ouvido de Phury.

– Você se saiu bem, vai ficar tudo bem. Simplesmente descanse e deixe a sua capacidade de cura trabalhar, certo? – Depois de dar um tapinha em seu ombro, ela desligou a luz que ficava acima da maca. – Caramba, eu adoraria estudar sua espécie.

Uma onda de frieza veio do canto, e Wrath disse:

– Sem chance, doutora. Não seremos ratinhos de laboratório para os sabichões da raça humana.

– Eu não estava com esperanças – ela olhou a todos ao redor. – Não quero que ele fique sozinho, então ficarei aqui ou alguém fica. E se eu sair, quero voltar para vê-lo daqui a duas horas para saber como está reagindo.

– Vamos ficar aqui – V. disse.

– Parece que você vai desmaiar a qualquer minuto.

– Sem chance.

– Só porque está sentado.

Pensar que ele estava fraco diante da doutora fez com que V. falasse com a voz mais grave.

– Não se preocupe comigo, fêmea.

Ela franziu a testa.

– Tudo bem, estou apenas fazendo uma afirmação, não me preocupando. Faça o que quiser.

Droga.

– Tudo bem. Vou sair. – Ele ficou em pé e saiu depressa.

Na sala de equipamentos, V. pegou uma garrafa de água do frigobar e então se esticou em um dos bancos. Ao abrir a tampa, percebeu a presença de Wrath e Rhage dizendo algo a ele, mas não estava acompanhando.

O fato de querer que Jane gostasse dele estava deixando-o maluco. E o fato de Jane não demonstrar afeição estava acabando com seu ego.

Ele fechou os olhos e tentou ser lógico. Não dormia havia semanas. Havia sido tomado por aquele pesadelo. Quase morreu. Havia conhecido sua mãe.

V. bebeu a maior parte da água. Estava igual a um zumbi por causa da falta de sono e talvez por isso estava captando esses sentimentos. Não era realmente por causa de Jane. Aquilo era apenas circunstancial. Sua vida era uma confusão de tristezas e por isso ele se sentia sensível em relação a ela. Porque ela não lhe estava dando esperanças. Ela o tratava como um paciente e como uma curiosidade científica. E aquele orgasmo que ele quase causou nela? Ele tinha certeza de que se ela estivesse bem desperta, nunca teria ocorrido: as imagens que ela pensara dele eram apenas uma fantasia feminina de ser seduzida por um monstro. Não era porque ela o desejava na vida real.

– Oi.

V. abriu os olhos e olhou para Butch.

– Oi.

O tira afastou os pés de V. e se sentou no banco.

– Cara, ela fez um belo trabalho com o Phury, não é?

– Sim. – V. olhou para a porta aberta do quarto. – O que ela está fazendo ali dentro?

– Mexendo nos armários. Disse que queria ver o que havia ali para ser usado, mas na verdade acho que ela só quer ficar perto de Phury e está procurando uma desculpa para isso.

– Ela não precisa cuidar dele o tempo todo – V. disse.

Ao dizer aquilo, não conseguiu acreditar que estava com ciúmes de seu Irmão ferido.

– Quero dizer...

– Ah, não se preocupe. Eu saquei.

Quando Butch começou a estalar os dedos, V. disse um palavrão em voz baixa e pensou em ir embora. Aqueles estalos costumavam ser o prelúdio de "conversas importantes".

– O quê foi?

Butch flexionou os braços, com sua camisa Gucci esticando nos ombros.

– Nada. Bem... é só que quero que saiba que aprovo.

– O quê?

– Ela. Você e ela. – Butch olhou para o amigo e desviou o olhar. – Vocês combinam.

No silêncio que se fez, V. analisou o perfil de seu melhor amigo, desde o cabelo preto em sua testa até o nariz amassado, passando pelo queixo quadrado. Pela primeira vez em muito tempo ele não desejou Butch. E isso deveria ser classificado como um avanço. Mas se sentiu pior por outro motivo.

– Não estamos juntos, amigo.

– Besteira. Eu percebi logo depois que você me curou. E a conexão está ficando cada vez mais forte.

– Nada está acontecendo. Estou dizendo a mais pura verdade.

– Certo... bom, como está essa água?

– O quê?

– O Nilo é quente nessa época do ano?

V. ignorou a brincadeira e começou a observar os lábios de Butch. Com a voz baixa, ele disse:

– Sabe... eu realmente quis fazer sexo com você.

– Eu sei. – Butch virou a cabeça e olhou nos olhos do amigo. – Passado, né?

– Acho que sim.

Butch fez um movimento de cabeça na direção da porta do quarto aberta e disse:

– Por causa dela?

– Talvez. – V. olhou para o outro lado da sala de equipamentos e viu Jane enquanto ela olhava dentro de um armário. A reação de seu corpo ao vê-la inclinar-se para frente foi imediata, e ele teve de ajeitar-se para que sua ereção não o incomodasse. Enquanto o desconforto passava, ele pensou no que sentiu em relação ao amigo.

– Devo dizer que fiquei surpreso com a maneira tranquila com que você lidou com a situação. Pensei que fosse ficar irritado.

– Não tem como controlar os sentimentos – Butch olhou para as mãos, analisando as unhas. Seu relógio Piaget. Sua pulseira de platina. – Além disso...

– O quê?

O tira balançou a cabeça.

– Nada.

– Fala.

– Não. – Butch ficou em pé e se alongou, arqueando seu corpo grande. – Vou voltar para o Buraco...

– Você me desejava também. Mesmo que só um pouco.

Butch endireitou-se, abaixando os braços, voltando a cabeça para a posição normal. Franziu a testa, enrugando o rosto.

– Mas não sou gay.

V. segurou o queixo como se estivesse muito surpreso.

– Não! Sério? Pensei que essa pose de "sou-um-bom-rapaz-católico-irlandês" fosse só fachada.

Butch respondeu:

– Ah, não me importo. E eu não tenho problema nenhum com os homossexuais. Acho que as pessoas devem transar com quem quiserem, desde que todos os envolvidos tenham mais de dezoito anos e ninguém se machuque. Mas eu curto fêmeas.

– Relaxa, estou só brincando.

– Que bom. Porque sabe que não sou homofóbico.

– Sim, sei.

– Você é?

– Homofóbico?

– Não... Gay ou bi.

V. exalou desejando ter uma cigarrilha entre os lábios e por reflexo levou a mão ao bolso, consolado pelo fato de que havia trazido algumas consigo.

– Olha, V., eu sei que você pega fêmeas. Mas a maneira com que as pega é sempre a mesma história sadomasoquista. É diferente entre você e homens?

V. acariciou o cavanhaque com a mão da luva. Sempre pensou que não havia nada que não pudesse ser dito entre ele e Butch. Mas aquilo... aquilo era difícil. Principalmente porque ele não queria que nada mudasse entre eles e sempre teve medo de que se suas aventuras sexuais fossem discutidas de modo muito aberto, as coisas ficariam esquisitas. A verdade é que Butch era um heterossexual por natureza, não por educação. E se tivesse sentido uma coisinha ou outra por V.? Era uma aberração que provavelmente fazia com que se sentisse desconfortável.

V. rolou a garrafa de água entre as mãos.

– Quanto tempo faz que você quer me fazer essa pergunta? Sobre a minha sexualidade?

– Tem um tempo.

– Ficou com medo da resposta?

– Não, porque não importa para mim o que você é. Estou contigo independentemente de você gostar de macho, fêmea ou dos dois.

V. olhou nos olhos do melhor amigo e percebeu... sim, ele não o julgaria. Eles se entendiam independentemente de qualquer outra coisa.

Dizendo um palavrão, V. esfregou o centro do peito e piscou. Nunca chorava, mas sentiu vontade naquele momento.

Butch assentiu como se já tivesse entendido.

– Como eu disse, meu amigo, não importa. Você e eu, a mesma coisa de sempre independentemente do que me disser. Mas... se você curtir também uns animais, aí sim vai ser difícil. Não sei se consigo lidar com isso.

V. sorriu.

– Não curto animais de fazenda.

– Não curte uma lã no seu couro?

– Nem nos dentes.

– Ah... – Butch riu e voltou a olhar ao redor. – Então... qual é a resposta, V.?

– Qual você acha que é?

– Acho que você já pegou uns machos.

– Sim, já.

– Mas acho... – Butch mexeu o dedo. – Acho que você gosta tanto deles quanto de fêmeas. Os dois sexos são irrelevantes para você, no fim das contas, porque você nunca realmente gostou de alguém. Só de mim. E... sua cirurgiã.

V. desviou o olhar, detestando o fato de ele ser tão transparente, mas não muito surpreso com aquele papo. Ele e Butch eram daquela forma, sem segredos. E, por isso...

– Acho que preciso lhe dizer uma coisa, tira.

– O quê?

– Eu estuprei um macho, certa vez.

Cara, dava para escutar os grilos no silêncio.

Depois de um tempo, Butch se sentou de novo.

– Sério?

– No acampamento de guerreiros, se você derrotasse alguém lutando, tinha de pegá-lo na frente dos outros soldados. E eu ganhei a primeira luta na qual me envolvi depois da transição. O macho... acho que ele consentiu de certa forma. Ele se submeteu, mas não foi certo. Eu... bom, não queria fazer aquilo com ele, mas não me detive. – V. tirou uma cigarrilha do bolso e olhou para ela. – Foi logo antes de eu deixar o acampamento. Bem antes de... outras coisas acontecerem comigo.

– Foi a sua primeira vez?

V. pegou o isqueiro, mas não acendeu a cigarrilha.

– Que bela maneira de começar, não é?

– Jesus...

– De qualquer maneira, depois que saí para o mundo, experimentei muitas coisas. Eu estava muito bravo e... é, totalmente irritado. – Ele olhou para Butch. – Não tem muita coisa que eu não tenha feito, tira. E a maioria foi coisa pesada, se é que me entende. Sempre houve consentimento da outra parte, mas era... ainda é... estranho. – V. riu. – Além de curiosamente esquecível.

Butch ficou em silêncio por um momento. E então disse:

– Acho que é por isso que gosto de Jane.

– Como?

– Quando a gente olha para ela, dá para ver quem ela *realmente* é. Quando foi a última vez que isso aconteceu com você?

V. se endireitou e então olhou nos olhos de Butch.

– Foi com você. Apesar de ser errado, eu vi quem você *realmente* é.

Caramba, ele parecia triste. Triste e... solitário. E isso o fez querer mudar de assunto.

Butch deu um tapinha na coxa de V., então ficou em pé, como se soubesse exatamente o que V. estava pensando.

– Olha, não quero que você se sinta mal. É meu magnetismo animal. Sou irresistível.

– Espertinho. – O sorriso de V. não durou muito. – Não anime seu lado romântico a respeito de mim e de Jane, amigo. Ela é humana.

Butch abriu a boca e brincou:

– Não! Sério? Que choque! E eu pensava que ela era uma ovelha.

V. olhou para o amigo.

– Ela não gosta de mim desse jeito. Não mesmo.

– Tem certeza disso?

– Sim.

– Bom, se eu fosse você, testaria essa teoria antes de deixá-la partir. – Butch passou a mão pelos cabelos. – Olha, eu... droga.

– O quê foi?

– Fico feliz por ter me contado. O lance do sexo.

– Nada foi novidade.

– Sim, mas acho que você contou porque confia em mim.

– Confio. E agora volte ao Buraco. Marissa deve estar voltando para casa.

– Está, sim. – Butch caminhou na direção da porta, mas parou e olhou para trás. – V.?

Vishous olhou para ele.

– Sim?

– Acho que você deve saber, depois de toda essa conversa profunda – Butch balançou a cabeça de modo sério –, que eu e você não vamos nos casar.

Os dois começaram a rir, e o tira continuou rindo até sair da academia.

– O que é tão engraçado? – Jane perguntou.

V. se preparou antes de olhar para ela, esperando que não percebesse como era difícil para ele olhar em seus olhos.

– Meu amigo disse uma palhaçada. É o que ele faz de melhor.

– Todo mundo tem um propósito na vida.

– Verdade.

Ela se sentou no banco e ele a comeu com os olhos como se Jane fosse a luz numa caverna escura há anos.

– Você vai precisar se alimentar de novo? – Ela perguntou.

– Duvido, por quê?

– Você está meio pálido.

Bem, ter aquele peso no peito faz isso.

– Estou bem.

Fez-se longo silêncio e então ela disse:

– Eu estava preocupada lá dentro.

A exaustão em sua voz o fez se esquecer da atração que sentia por ela e perceber o fato de que seus ombros estavam caídos e de que havia olheiras escuras sob seus olhos. Ela estava claramente esgotada.

Você precisa soltá-la, ele pensou. *Logo.*

– Por que estava preocupada? – Ele perguntou.

– Era um local muito difícil de consertar sem recursos. – Ela esfregou o rosto. – E você foi ótimo, a propósito.

Ele ergueu as sobrancelhas.

– Obrigado.

Com um gemido, ela encolheu os pés e segurou os joelhos, como havia feito no quarto, naquela cadeira.

– Estou preocupada com a visão dele.

Cara, ele queria fazer uma massagem nela.

– Pois é, ele não precisa de mais um problema.

– Ele já tem um?

– Uma prótese de perna.

– V.? Pode conversar comigo por um segundo?

V. levantou a cabeça. Rhage estava de volta, ainda vestindo sua roupa de couro de luta.

– Ei, Hollywood, como você está?

Jane se endireitou.

– Posso ir para outro...

– Fique – V. disse. Nada daquilo seria permanente para ela, então não importava o que escutaria. Além disso... havia uma parte dele... uma parte que fazia com que se irritasse – mas queria aproveitar cada segundo ao seu lado.

Quando ela se acomodou de novo, V. assentiu para o Irmão.

– Pode falar.

Rhage olhou para os dois, com o olhar firme demais para o gosto de V. E então deu de ombros.

– Encontrei um *redutor* incapacitado hoje à noite.

– Como assim, incapacitado?

– Sem entranhas.

– Ele foi atacado por um de sua espécie?

Rhage olhou para a porta do quarto.

– Não.

V. olhou naquela direção e franziu a testa.

– Phury? Ah, pare com isso, ele nunca faria uma coisa assim. Deve ter sido uma baita briga.

– Estamos falando de coisa bem feita, V. Cortes cirúrgicos. E a coisa não tinha engolido as chaves do carro do Irmão para que ele tentasse pegá-las de volta. Acho que ele fez isso sem motivo.

Ah... droga. Na Irmandade, Phury era o cavalheiro, o lutador nobre, o escoteiro... correto em relação a tudo. Ele tinha muitos valores e a honra na área de combate era um deles, mesmo que seus inimigos não merecessem o cuidado.

– Não acredito – V. disse. – Que droga.

Rhage pegou um chocolate do bolso, abriu a embalagem e comeu.

– Não estou nem aí se ele quer abrir aqueles caras. O que não gosto é de pensar no que pode estar motivando esse comportamento. Se ele está usando a adaga desse jeito, deve existir um nível alto de frustração ali. Além disso, se a razão de ele ter se machucado todo foi porque estava brincando de fazer cirurgia, temos um problema de segurança.

– Você contou ao Wrath?

– Ainda não. Eu ia conversar com o Z. primeiro. Se tudo der certo com Bella no Havers hoje.

– Ah... então *esse* é o motivo de Phury, certo? Se alguma coisa acontecer com aquela fêmea ou com o bebê dentro dela, teremos de cuidar dos dois – V. disse um palavrão em voz baixa, pensando repentinamente em todas aquelas fêmeas que teria que engravidar no futuro. *Droga.* Aquela coisa de Primaz ia acabar com ele.

Rhage mordeu o chocolate, mexendo o rosto perfeito.

– Phury precisa acabar com essa obsessão que sente em relação a ela.

V. olhou para o chão.

– Sem dúvida ele faria isso se conseguisse.

– Olha, vou encontrar Z. – Rhage tirou o doce da boca e o devolveu à embalagem roxa. – Vocês dois precisam de alguma coisa?

V. olhou para Jane. Ela olhava para Rhage e o analisava com atenção, como faria um médico, analisando sua estrutura corporal, fazendo cálculos em sua mente. Ou, pelo menos, era o que V. esperava que estivesse ocorrendo. Hollywood era um bastardo bonitão.

Quando as presas de V. surgiram em alerta, pensou se algum dia conseguiria voltar a se acalmar. Parecia que ele sentia ciúme de qualquer homem perto de Jane.

– Não, estamos bem – ele disse ao Irmão. – Obrigado, cara.

Quando Rhage saiu e fechou a porta, Jane se remexeu no banco, esticando as pernas. Com satisfação ridícula, ele percebeu que os dois estavam sentados exatamente na mesma posição.

– O que é um *redutor*? – Ela perguntou.

Ele se considerou um perdedor ao olhar para ela.

– Um assassino morto-vivo que tenta extinguir minha espécie.

– Morto-vivo? – Ela franziu a testa, como se seu cérebro se recusasse a aceitar o que tinha ouvido. Como um equipamento que não tivesse passado pelo controle de qualidade. – Como assim, morto-vivo?

– É uma longa história.

– Temos tempo.

– Não muito. Não muito mesmo.

– Foi um *redutor* que atacou você?

– Sim.

– E que atacou Phury?

– Sim.

Fez-se longo silêncio.

– Fico contente que ele tenha esfaqueado um deles, então.

V. ficou surpreso.

– Sério?

– Meu lado geneticista detesta extinções. O genocídio é... totalmente imperdoável. – Ela se levantou e foi até a porta para olhar Phury.

– Vocês os matam? Esses *redutores?*

– É para isso que existimos. Meus Irmãos e eu fomos criados para lutar.

– Criados? – Ela olhou para ele. – Como assim?

– Seu lado geneticista sabe muito bem o que estou dizendo. – Quando pensou na palavra *Primaz,* ele pigarreou. Cara, ele não estava nem um pouco a fim de falar sobre seu futuro como reprodutor das Escolhidas com a mulher com quem queria estar. E que estava indo embora. Logo, logo.

– E este local é um centro de treinamento para outros de vocês?

– Na verdade, treinamos soldados para nos apoiar. Meus Irmãos e eu somos um pouco diferentes.

– Como assim?

– Como eu disse, somos especificamente criados para força, resistência e cura.

– Por quem?

– Outra longa história.

– Manda ver. – Ele não respondeu e ela pressionou: – vamos, podemos conversar, e estou muito interessada em sua espécie.

Não *nele*. Na espécie.

V. conteve um palavrão. Cara, será que ela não o via como um macho?

Ele queria acender a cigarrilha que segurava, mas não faria isso perto dela.

– Coisa normal. Os machos mais fortes acasalavam com as fêmeas de maior qualidade. Assim, nasceram caras como eu, que são a melhor opção para a proteção da raça.

– E as fêmeas nascidas?

– Eram a base da vida espiritual da espécie.

– Eram? Então esse tipo de criação seletiva não ocorre mais?

– Na verdade, está começando de novo. – Droga, ele precisava muito de uma cigarrilha.

– Pode me dar licença?

– Aonde vai?

– Vou fumar. – Ele colocou a cigarrilha entre os lábios, ficou em pé e saiu pela porta.

Recostando-se na parede de concreto da academia, ele colocou a garrafa de água no chão, ao lado de seus pés, e usou o isqueiro. Ao pensar em sua mãe, inspirou com raiva.

– A bala era estranha.

V. virou a cabeça. Jane estava na porta, com os braços cruzados, os cabelos louros como se tivesse passado a mão por eles.

– Como?

– A bala que acertou você. Eles usam armas diferentes?

Ele soltou a fumaça na posição contrária, longe dela.

– Como assim "estranha"?

– Geralmente, as balas têm um formato de cone, com as pontas mais afiadas, como as de um rifle, ou mais achatadas, como as de uma pistola. A sua era redonda.

V. fumou de novo.

– Você viu isso no raio X?

– Sim, parecia chumbo normal, até onde vi. A bala era um pouco desigual nos lados, mas isso provavelmente foi causado por ter batido em suas costelas.

– Bem... só Deus sabe que tipo de tecnologia nova os *redutores* estão criando. Eles têm brinquedos assim como nós. – V. olhou para a ponta da cigarrilha. – Por falar nisso, devo lhe agradecer.

– Pelo quê?

– Por ter me salvado.

– De nada. – Ela riu. – Fiquei muito surpresa quando vi seu coração.

– Ficou?

– Nunca tinha visto nada parecido antes. – Ela fez um movimento de cabeça para o quarto. – Quero ficar aqui com vocês até que seu Irmão fique curado, tudo bem? Estou com uma sensação ruim em relação a ele. Não sei direito o que é... ele parece bem, mas minha intuição está falando mais alto e quando me sinto assim, preciso ouvir meu sexto sentido. Além disso, só preciso voltar para a vida real na segunda-feira.

V. ficou parado com a cigarrilha entre os lábios.

– O que foi? Algum problema?

– Ah... não. Nenhum.

Ela ficaria ali. Mais um pouco.

V. sorriu. A sensação de ganhar na loteria devia ser parecida com o que estava sentindo.

Capítulo 19

Enquanto John estava na fila diante do ZeroSum com Blay e Qhuinn, não se sentia contente nem à vontade. Estavam esperando para entrar no clube havia uma hora e meia, e a única coisa boa era que a noite não estava tão fria a ponto de congelá-los.

– Caramba, que demora – Qhuinn disse. – Eu não me arrumei todo para ficar mofando nessa fila.

John tinha de admitir que o cara estava bem vestido: camisa preta com a gola aberta, calça preta, botas pretas e jaqueta de couro preta. Com os cabelos pretos e olhos de cores diferentes, chamava muito a atenção das fêmeas. Por exemplo, naquele momento, duas morenas e uma ruiva estavam passando pela fila e, adivinha só, as três se viraram para olhar Qhuinn. Ele retribui os olhares sem o menor pudor, como sempre.

Blay resmungou e disse:

– Este cara aqui vai pegar todas, não é?

– Pode acreditar. – Qhuinn ajeitou a calça. – Estou faminto.

Blay balançou a cabeça e analisou a rua. Já tinha feito aquilo algumas vezes, com os olhos atentos, e a mão direita no bolso da jaqueta. John sabia o que havia em sua mão: uma pistola nove milímetros. Blay estava armado.

Disse que havia pegado a arma de um primo escondido. Só assim mesmo. Uma das regras do programa de treinamento era que não se podia andar armado por aí nas horas de folga. Era uma boa regra, com base na teoria de que pouco conhecimento era perigoso, e os aprendizes não deveriam pensar que já estavam prontos para a briga. Mesmo assim, Blay disse que não iria para o centro da cidade sem uma arma, e John decidiu fingir que não sabia o que era aquele volume em sua jaqueta.

E também havia uma parte dele que dizia que se eles encontrassem Lash, seria melhor que estivessem preparados.

– Ei, garotas – Qhuinn disse. – Aonde vão?

John olhou na direção dele. Duas louras estavam na frente de Qhuinn, olhando para ele como se fosse uma loja de doces e elas tentassem decidir qual guloseima pegar primeiro.

A da direita, que tinha os cabelos compridos até o traseiro e vestia uma saia do tamanho de um guardanapo de papel, sorriu. Seus dentes eram tão brancos que brilharam como pérolas.

– Íamos ao Screamer's, mas se você vai ficar aqui, podemos mudar de ideia.

– Facilitem as coisas e fiquem aqui na fila com a gente. – Ele fez uma reverência, passando o braço diante do corpo.

A loura olhou para a amiga e fez um gesto ao estilo Betty Boop, mexendo o quadril e os cabelos. Parecia tudo muito ensaiado.

– Adoro cavalheiros.

– Sou cavalheiro até na alma – Qhuinn estendeu a mão, e quando Betty a segurou, ele a puxou para a fila. Alguns caras franziram o testa, mas bastou um olhar de Qhuinn para que eles parassem de reclamar, o que era compreensível. Qhuinn era mais alto e maior do que eles, muito mais imponente.

– Estes são Blay e John.

As moças sorriram para Blay, que ficou corado, e então as duas passaram os olhos sobre John. Assentiram rapidamente e voltaram a olhar para seus amigos.

Segurando a jaqueta que havia pegado emprestada, ele se afastou para que a amiga de Betty pudesse ficar perto de Blay.

– John? Tudo bem aí? – Blay perguntou.

John assentiu e olhou para o amigo, fazendo um sinal. *Só observando o ambiente.*

– Oh, meu Deus – Betty disse.

John colocou as mãos no bolso. Droga, com certeza ela havia percebido que ele usou a língua dos sinais. E o que podia acontecer era ela achar bonitinho ou sentir pena dele.

– Seu relógio é tão lindo!

– Obrigado – Qhuinn disse. – Comprei há pouco tempo.

Certo, ela não havia notado nada em John.

Vinte minutos depois, eles finalmente chegaram à porta do estabelecimento e foi um milagre John entrar. Dois seguranças ficaram observando a identidade dele com muita atenção, e quando estavam prestes a impedir sua entrada, um terceiro chegou, viu Blay e Qhuinn e deixou todo mundo entrar.

Meio metro dentro da boate, John percebeu que não tinha nada a ver com aquele lugar. Havia pessoas por todos os lados, mostrando tanto o corpo que podiam muito bem estar na praia. E havia um casal logo ali... caramba, a mão do cara estava dentro da saia da moça.

Não, era a mão do cara atrás dela.

Techno tocava sem parar, enchendo a atmosfera do lugar, que recendia a suor e perfume e algo mais adocicado que ele suspeitava ser sexo. Raios *laser* iluminavam a escuridão, evidentemente mirando nos olhos dele, porque seja lá onde olhava, os malditos raios acertavam bem no meio das suas retinas.

Pena que ele não tinha tampões de ouvido e óculos escuros.

Olhou de novo para o casal... ou trio. Não tinha certeza, mas parecia que a mulher estava com as mãos dentro da calça dos dois.

Pena que eu não trouxe uma venda para os olhos também, ele pensou.

Com Qhuinn na frente, os cinco entraram por uma área fechada com cordas que estava sendo protegida por seguranças enormes. Do outro lado daquele local, separado por uma parede com cascata, havia pessoas com roupas modernas sentadas em sofás de couro, o tipo de gente que vestia roupa de marca e tomava bebidas cujos nomes John não conseguiria pronunciar.

Qhuinn caminhou para os fundos da boate como um pombo correio voltando para o ninho, escolhendo um local contra a parede com boa vista para a pista e fácil acesso ao bar. Anotou os pedidos de bebidas das moças e de Blay, mas John apenas negou com um movimento de cabeça. Aquele não era um ambiente bom para beber, nem mesmo um pouco.

Tudo ali o fazia lembrar da época antes de viver com a Irmandade. Quando estava solto no mundo, costumava ser sempre o menor, e cara, aquilo era verdade também naquela boate. Todo mundo era mais alto do que ele, até mesmo as mulheres. E isso trazia à tona seus instintos. Quando se tem poucos recursos com os quais se proteger, é preciso contar com os sentidos. Dois pés e rapidez eram sua estratégia que sempre o salvou.

Bem, sempre funcionou, menos uma vez.

– Nossa, você é tão forte. – Na ausência de Qhuinn, as meninas estavam em cima de Blay, principalmente a Betty, que parecia fascinada.

Blay não reagiu, não soube o que dizer, mas deixou Betty correr as mãos por onde quisesse.

Qhuinn voltou do bar ao som daquele irritante bate-estaca. Caramba, ele era o dono da situação, segurando duas cervejas Coronas em cada mão, com os olhos fixos nas garotas. Ele se movimentava como se já estivesse fazendo sexo, com o quadril remexendo com seus passos, os ombros erguidos de um cara cujo corpo estava em perfeito estado e pronto para ser usado.

Cara, as garotas o secavam com os olhos brilhando ao vê-lo se aproximar entre a multidão.

– Garotas, preciso de uma recompensa por meu esforço. – Ele entregou a Blay uma das cervejas, pegou outra e passou as outras duas por cima da cabeça. – Dê-me um pouco do que quero.

Betty reagiu, apoiando as duas mãos em seu peito e se esticando. Qhuinn abaixou um pouco a cabeça, mas não adiantou muito. Ela precisou se esforçar mais. Quando se beijaram, Qhuinn sorriu... e puxou a outra moça para perto. Betty não pareceu se importar nem um pouco e o ajudou a puxar a amiga.

– Vamos ao banheiro – Betty sussurrou.

Qhuinn se inclinou sobre Betty e deu um beijo de língua na amiga dela.

– Blay, quer ir conosco?

Blay bebeu a cerveja, engolindo de modo decidido.

– Não... vou ficar aqui. Só quero curtir.

Ele olhou rapidamente para John.

John ficou irritado. *Não preciso de babá.*

– Eu sei, amigo.

As meninas franziram a testa enquanto ficavam penduradas nos ombros de Qhuinn, como se John estivesse sendo um dramático estraga-prazer. E se mostraram irritadas quando Qhuinn começou a se afastar delas.

John olhou para o amigo. *Nem pense em desistir. Nunca mais falo com você.*

Betty inclinou a cabeça, com seus cabelos louros caindo sobre o braço de Qhuinn.

– O que foi?

John suspirou. *Diga a ela que está tudo bem e vá transar. Estou falando muito sério, Qhuinn.*

Qhuinn fez um gesto em resposta: *não acho certo deixar você.*

– Tem alguma coisa errada? – Betty perguntou.

Se você não for, vou embora, Qhuinn. É sério.

Qhuinn fechou os olhos brevemente. E então, antes que Betty pudesse perguntar de novo se havia algo errado, ele disse:

– Vamos, garotas. Voltamos logo.

Quando Qhuinn se virou e as moças o acompanharam, John fez gestos: *Blay, vá transar. Eu espero aqui.* O amigo não respondeu e ele insistiu: *Blay? Vá agora!*

Houve um momento de hesitação.

– Não posso.

– *Por quê?*

– Porque... porque prometi que não ia deixar você.

John ficou surpreso. *Prometeu para quem?*

O rosto de Blaylock ficou vermelho como um pimentão.

– Zsadist. Logo depois que passei pela transição, ele me chamou de canto depois da aula e disse que se eu saísse com você... você sabe.

A raiva tomou conta de John, fazendo sua cabeça latejar.

– Só até a sua transição, John.

John balançou a cabeça, porque era o que uma pessoa que queria gritar e não tinha voz fazia. Rapidamente, a dor de cabeça voltou e ficou.

Vou falar uma coisa, ele gesticulou. *Se está preocupado comigo, me dê a sua arma.*

Naquele momento, uma morena estonteante passou vestindo um top e uma calça que pareciam ter encolhido em seu corpo. Blay olhou para ela e ficou maluco, seu corpo emanava calor.

Blay, o que vai acontecer comigo aqui? Mesmo que Lash venha...

– Ele foi proibido de entrar aqui. Por isso achei melhor virmos ao ZeroSum.

Como você... deixe-me adivinhar... Zsadist. Ele disse que nós só poderíamos vir aqui?

– Talvez.

Dê-me a arma. E saia.

A morena parou no bar e olhou para trás. Para Blay.

Você não está me abandonando. Estamos aqui dentro. E estou ficando realmente irritado.

Fez-se uma pausa. E então a arma mudou de mãos e Blay engoliu a cerveja como se estivesse muito nervoso.

Boa sorte, John fez um gesto.

– Droga, não sei o que estou fazendo. Nem sei se quero fazer isso.

Você quer, sim. E vai descobrir logo. Agora vá, antes que ela encontre outra pessoa.

Quando John finalmente ficou sozinho, ele se recostou na parede e cruzou os finos tornozelos. Observando a multidão, invejou todo mundo. Logo depois, ficou em alerta, como se alguém o tivesse chamado. Ele olhou ao redor, tentando descobrir se Blay ou Qhuinn haviam chamado. Não. Qhuinn e as louras não estavam à vista e Blay estava conversando com a morena no bar.

Mas ele tinha certeza de que alguém o estava chamando.

John continuou procurando, concentrando-se nas pessoas à sua frente. Havia pessoas por todos os lados, mas ninguém em especial, e estava prestes a concluir que estava maluco quando viu uma desconhecida que ele conhecia totalmente.

A fêmea estava em pé nas sombras no fim do bar, com o brilho azul e rosa das garrafas de bebida iluminando-a. Ela era alta e forte como um homem, com cabelos pretos bem curtos e uma atitude de quem não aceita brincadeiras, deixando claro que não levava desaforo para casa. Seus olhos eram muito atentos, sérios como se estivesse prestes a brigar e... voltados para ele.

Seu corpo reagiu no mesmo instante, como se alguém o estivesse atacando com golpes: ficou sem fôlego, tonto e corado, mas pelo menos se esqueceu da dor de cabeça.

Jesus, ela estava se aproximando.

Caminhava com força e confiança, como se estivesse caçando, e homens maiores do que ela saíam de sua frente como ratos em fuga. Quando se aproximou, John estava mexendo em sua jaqueta, tentando parecer mais másculo. Que *piada*. A voz dela era grave:

– Sou segurança nesta boate e terei de pedir a você para me acompanhar.

Ela segurou o braço dele sem esperar uma resposta e o levou a um corredor escuro. Quando ele se deu conta do que estava acontecendo, ela o empurrou para dentro do que obviamente era uma sala de interrogatório e o encostou na parede. Quando ela levou o braço ao seu pescoço, John engasgou e ela o revistou. Sua mão foi rápida e impessoal ao descer por seu peito e quadril.

John fechou os olhos. Caramba, aquilo era excitante. Se fosse capaz de ter uma ereção, tinha certeza de que estaria rígido naquele momento.

E então se lembrou que a arma raspada de Blay estava dentro do grande bolso traseiro da calça que havia pegado emprestada.

Droga.

Na sala de equipamentos no complexo, Jane se sentou no banco que permitia a ela ver o cara que tinha operado. Estava esperando V. terminar sua cigarrilha, e o odor do tabaco exótico irritou seu nariz.

Deus, aquele sonho com ele. A maneira com que sua mão se mexia no corpo dela... quando sentiu uma aflição, cruzou as pernas e as uniu.

– Jane?

Ela limpou a garganta.

– Sim?

A voz dele saiu baixa pela porta aberta, lenta e sensual.

– Em que estava pensando, Jane?

Oh, sim, como se ela fosse contar a ele que estava fantasiando...

Espere aí.

– Você já sabe, não é? – Ele ficou em silêncio e ela franziu a testa. – Aquilo foi um sonho ou você...

Nenhuma resposta.

Ela se inclinou até conseguir vê-lo pela porta. Estava soltando a fumaça enquanto enfiava a bituca dentro de um garrafa de água.

– O que você fez comigo? – Ela quis saber.

Ele apertou a tampa, com os músculos de seus braços flexionando-se.

– Nada que você não quisesse que eu fizesse.

Apesar de V. não estar olhando para ela, Jane apontou o dedo indicador para ele como se fosse uma arma.

– Eu já disse, fique longe da minha mente.

Seus olhos se voltaram para os dela. Oh... Deus... eles brilhavam como estrelas, quente como o sol. Assim que pousaram em seu rosto, sentiu seu sexo florescer para ele, uma boca se abrindo, pronta para ser alimentada.

– Não – ela disse, ainda que não soubesse por que se preocupou em dizer aquilo. Seu corpo falava por ela, e ele sabia muito bem disso.

V. esboçou um sorriso e respirou profundamente.

– Adoro o seu perfume neste momento. Faz eu sentir vontade de fazer mais do que apenas entrar em sua mente.

Ceeeerto, então ele gostava de mulheres além de homens.

De repente, V. ficou sério.

– Mas não se preocupe, não vou fazer nada.

– Por que não? – Ao fazer a pergunta, Jane ficou irritada consigo mesma. Quando uma mulher dizia a um homem que não o desejava e ele respondia que não queria fazer sexo com ela, a reação geralmente *não* poderia ser de protesto.

V. se inclinou na porta e jogou a garrafa de água para o outro lado do quarto. O objeto caiu dentro de um cesto de lixo, como se estivesse voltando para casa depois de uma viagem de negócios, muito aliviado por estar de volta ao lar.

– Você não ia querer fazer comigo. Não mesmo.

Ele estava muito enganado.

Cale-se.

– Por quê?

Droga, pelo amor de Deus, o que ela estava fazendo?

– Você não iria gostar de fazer comigo de verdade. Mas fiquei feliz com o que aconteceu enquanto você estava dormindo. Você foi perfeita, Jane.

Ela queria que V. parasse de dizer seu nome. Sempre que ele dizia, era como se estivesse sendo atraída a ele, sendo puxada por águas que não compreendia para dentro de uma rede na qual se debateria e apenas se machucaria.

– Por que eu não ia gostar?

Ao inspirar, ela percebeu que ele estava sentindo o cheiro de sua excitação.

– Porque eu gosto de controlar, Jane. Entende o que estou dizendo?

– Não, não entendo.

Ele caminhou na direção dela, parando na porta, e Jane olhou para seu quadril, olhos traidores. Caramba, ele estava tendo uma ereção. Totalmente excitado.

Ela conseguiu vê-la contra o tecido de flanela da calça de pijama que ele vestia. Jane perdeu um pouco o equilíbrio, apesar de estar sentada.

– Sabe o que é um Dom? – Ele perguntou em voz baixa.

– Dom... – *Uau*. – Dominante sexual?

Ele assentiu.

– É assim que faço sexo.

Jane entreabriu os lábios e precisou desviar o olhar. Se não fizesse isso, poderia entrar em combustão. Ela não tinha experiência com aquele tipo de estilo de vida alternativo. Caramba, ela não tinha muito tempo para sexo comum, muito menos para as variações.

Jane não acreditava em si mesma, mas sexo selvagem e perigoso com ele parecia muito atraente naquele momento. Talvez porque aquilo não fosse a vida real, ainda que ela estivesse acordada.

– O que você faz? – Ela perguntou. – Você as amarra?

– Sim.

Ela esperou que ele continuasse. Ele não continuou e então ela sussurrou:

– Mais alguma coisa?

– Sim.

– Pode me contar.

– Não.

Então havia dor envolvida naquilo, ela pensou. Ele machucava suas parceiras antes de transar com elas. Provavelmente durante o ato também. Mas ainda assim... ela se lembrou dele segurando o cara do boné nos braços com carinho. Talvez com homens fosse diferente.

Ótimo. Um vampiro bissexual dominante especialista em sequestros. Cara, ela não devia sentir o que sentia por ele por diversos motivos.

Jane cobriu o rosto com as mãos, mas infelizmente aquilo apenas impediu que ela olhasse para ele, afinal, não tinha como fugir do que estava ocorrendo em sua mente. Ela... o desejava.

– Droga – ela murmurou.

– O que foi?

– Nada. – Deus, ela mentia muito bem.

– Mentirosa.

Certo, talvez nem tanto.

– Não *quero* sentir o que sinto agora, certo?

Fez-se uma longa pausa.

– E como você se sente, Jane? – Ela não disse nada e ele murmurou: – Não gosta de me desejar, certo? É porque sou um pervertido?

– Sim.

A palavra simplesmente saiu de sua boca, ainda que não fosse verdade. Se ela fosse honesta consigo mesma, admitiria que o problema era mais do que aquilo... ela sempre sentiu orgulho da própria inteligência. A razão mais forte do que a emoção, e a tomada de decisões era uma coisa que ela sempre acertava. Mas, ainda assim, ali estava ela, desejando algo que sua intuição lhe desaconselhava fortemente a ter.

Com a longa pausa, ela abaixou um dos braços e olhou para a porta. Ele não estava mais ali, mas ela sentiu que V. não estava longe. Ela se inclinou de novo e olhou para ele. Estava encostado na parede, olhando para os colchonetes azuis da academia como se estivesse vendo o mar.

– Sinto muito – ela disse. – Não quis dizer dessa maneira.

– Quis, sim. Mas tudo bem. Sou o que sou. – Seu braço com a luva se flexionou e ela teve a sensação de que tinha sido inconsciente.

– A verdade é que... – Quando ela disse isso, ele ergueu uma das sobrancelhas, apesar de não olhar para ela. Jane suspirou. – A verdade é que a autopreservação é algo bom e deve comandar minhas reações.

– E não comanda?

– Nem... sempre. Com você, nem sempre.

Ele esboçou um sorriso.

– Então, pela primeira vez na vida, fico feliz por ser diferente.

– Estou com medo.

Ele ficou sério no mesmo instante, com os olhos brilhantes olhando para os dela.

– Não fique. Não vou machucar você. E não permitirei que nada a machuque.

Por um instante, ela ficou sem defesas.

– Promete? – Ela perguntou com a voz rouca.

Ele colocou a mão com luva em cima do coração e disse uma sequência bonita de palavras que ela não compreendeu. E então traduziu:

– Com minha honra e com meu sangue nas veias, eu me comprometo.

Ela desviou o olhar e infelizmente olhou para uma fileira de nunchakus. As armas estavam penduradas em pregos, com os cabos pretos como braços soltos dos ombros, prontas para causar danos mortais.

– Nunca senti tanto medo na vida.

– Droga... sinto muito, Jane. Sinto muito por tudo isso. E vou deixar você partir. Na verdade, está livre para ir embora a qualquer momento agora. É só dizer e vou levá-la para casa.

Ela olhou para seu rosto. Sua barba havia crescido ao redor do cavanhaque, escondendo o queixo e as bochechas, fazendo com que ele parecesse ainda mais sinistro. Com as tatuagens no rosto e seu tamanho, se ela o tivesse encontrado em uma rua, teria corrido de medo mesmo sem saber que ele era um vampiro.

E, ainda assim, ela estava ali, confiando que ele a manteria em segurança.

Os sentimentos dela eram reais? Ou estaria apenas afundada na Síndrome de Estocolmo?

Ela olhou para o peito largo, para as coxas rígidas e pernas compridas. Caramba, o que quer que ele fosse, ela o desejava como nunca desejou nada.

Ele gemeu.

– Jane...

– Droga.

Ele também disse um palavrão e acendeu mais uma cigarrilha. Ao soltar a fumaça, disse:

– Existe outro motivo pelo qual não posso ficar com você.

– E qual é?

– Eu mordo, Jane. E não conseguiria me controlar. Não com você.

Ela se lembrou do sonho, quando as presas dele subiam por seu pescoço com um leve resvalar. Ela sentiu o calor invadindo seu corpo, pensando sobre como podia querer uma coisa daquelas.

V. voltou para a porta, com a cigarrilha na mão com a luva. A fumaça dançava no ar, elegante e graciosa como os cabelos de uma mulher.

Olhando fixamente nos olhos dela, V. passou a mão livre por seu peito, barriga e desceu até a ereção na calça fina do pijama. Ao segurar seu órgão, Jane hesitou, sentindo desejo, de uma forma tão forte que quase se desequilibrou de novo.

– Se quiser – ele disse –, posso encontrá-la de novo em seu sonho. Vou encontrá-la e terminar o que comecei. Você quer, Jane? Quer que eu vá até você?

De repente, um gemido foi ouvido vindo do quarto.

Jane titubeou ao se erguer do banco e entrou para ver seu mais novo paciente. A fuga foi óbvia, mas não importava... ela já havia perdido a cabeça, por isso não se preocupava com o orgulho naquele momento.

Na cama, Phury estava se retorcendo de dor, tentando tirar o curativo de seu rosto.

– Ei... calma. – Ela colocou a mão no braço dele, para que parasse. – Calma, você está bem.

Ela acariciou seu ombro e falou com ele até que se acalmasse.

– Bella – ele disse.

Sabendo que V. estava em pé no canto, ela perguntou:

– É a esposa dele?

– A esposa do irmão gêmeo dele.

– Oh.

– Pois é.

Jane pegou o estetoscópio e o medidor de pressão arterial e rapidamente examinou o paciente.

– A sua espécie costuma ter pressão baixa?

– Sim, frequência cardíaca também.

Ela colocou a mão na testa de Phury.

– Ele está quente. Mas a temperatura de vocês é mais alta do que a nossa, certo?

– Sim.

Ela passou os dedos pelos cabelos coloridos de Phury, nas ondas grossas, alisando-o. Havia um tipo de substância preta e oleosa nele...

– Não toque nisso – V. disse.

Ela afastou o braço.

– Por quê? O que é?

– O sangue de meus inimigos. Não quero isso em você. – Ele se aproximou, segurou-a pelo braço e a levou até a pia.

Apesar de ser algo contra a sua natureza, ela ficou parada e obediente como uma criança enquanto ele ensaboava suas mãos e as lavava. A sensação de sua mão nua e da luva passando por seus dedos... e o sabão lubrificando a fricção... e seu calor tomando conta dela e passando por seu braço fez com que Jane se sentisse tomada.

– Sim – ela disse ao olhar para o que ele fazia.

– Sim, o quê?

– Venha para mim em meu sonho.

Capítulo 20

Como chefe da segurança no ZeroSum, Xhex não gostava de ver armas de nenhum tipo na casa, mas principalmente não gostava de ver garotos fracotes metidos à besta com fetiche por metal zanzando armados por ali.

Era por causa desse tipo de coisa que as pessoas chamavam a polícia na boate. E ela detestava ter de lidar com a polícia de Caldwell.

Assim, ela não titubeou ao revistar aquele pirralho e encontrar a arma que ele havia pegado com o ruivo perto de onde estava. Tirando a nove milímetros da calça do garoto, ela abriu a arma e jogou as balas da Glock sobre a mesa. Colocara a munição no bolso e procurou pela identidade dele. Ao revistá-lo, percebeu que ele era um de sua espécie, e de certa forma isso a irritou ainda mais.

Mas nem deveria, no entanto. Assim como os seres humanos, sua espécie também não tinha limites para a sua estupidez.

Ela o virou e o empurrou para uma cadeira, segurando-o ali pelo ombro enquanto abria sua carteira. A carteira de motorista indicava que seu nome era John Matthew, e a data de nascimento ali dava a ele vinte e três anos. O endereço era uma parte comum e residencial da cidade onde ela apostava que ele nunca estivera.

– Estou lendo o que diz sua identidade, mas quem é você, na verdade? Quem é sua família?

Ele abriu a boca algumas vezes, mas nada saiu porque ele estava, claramente, muito assustado. O que fazia sentido. Sem sua arma, ele não era nada além de um projeto de macho em pré-transição, com os brilhantes olhos azuis arregalados como bolas de basquete em seu rosto pálido.

Puxa, ele era durão, olha só. Garoto branquelo posando de *rapper*. Deus, ela estava cansada de pegar bobos como ele.

Talvez fosse o momento de voltar a ser autônoma e retomar as atividades nas quais ela era tão boa. Afinal, assassinos sempre eram necessários nos círculos corretos. E por ser meio *sympatho*, a satisfação no trabalho era certa.

– Fale – ela disse ao jogar a carteira em cima da mesa. – Sei o que você é. Quem são seus pais?

Ele pareceu bastante surpreso, mas não mudou nada na sua disposição para falar. Depois de superar o choque, a única coisa que fez foi gesticular com as mãos na frente do peito.

– Não brinque comigo. Se você é homem suficiente para andar armado, não há motivos para ser um covarde agora. Ou você é mesmo um covarde e esta arma é só para torná-lo homem?

Em um movimento lento, ele fechou a boca e soltou as mãos no colo. Como se estivesse murchando, ele olhou para baixo e curvou os ombros. Silêncio se fez, e ela cruzou os braços na frente do peito.

– Olha, cara, eu tenho a noite toda e muita capacidade de manter a atenção. Então, pode brincar de não falar o quanto quiser. Não vou a lugar algum, nem você.

Xhex ouviu algo em sua escuta e quando o segurança da área do bar parou de falar, ela disse:

– Ótimo, pode trazê-lo aqui.

Um segundo depois, ouviu-se uma batida na porta; quando ela abriu, seu subordinado estava ali com o vampiro ruivo que havia entregado a arma ao rapaz calado.

– Obrigada, Mac.

– Sem problema, chefe. Vou voltar ao bar.

Ela fechou a porta e olhou o ruivo. Ele já havia passado pela transição, mas não tinha muito tempo: caminhava sem ter muita noção de seu tamanho ainda.

Quando ele colocou a mão no bolso de dentro de seu blazer, ela disse:

– Se tirar daí qualquer coisa que não seja uma identidade, vai se ver comigo.

Ele parou.

– É a identidade dele.

– Ele já me mostrou.

– Não é a verdadeira. – O cara esticou o braço. – Esta é a verdadeira.

Xhex pegou o cartão e viu os caracteres do Antigo Idioma que estavam embaixo de uma foto recente. E então olhou para o rapaz. Ele não olhou em seus olhos; apenas ficou sentado e calado, parecendo querer ser engolido pela cadeira na qual estava.

– Droga. Pediram que eu mostrasse isto também – o ruivo disse. Ele entregou um pedaço grosso de papel que estava dobrado formando um quadrado e fechado com cera preta. Quando ela viu a insígnia, ficou irritada de novo.

O símbolo real.

Ela leu a maldita carta. Duas vezes.

– Você se importa se eu ficar com isto, Ruivo?

– Não. Por favor, pode ficar.

Ela dobrou o papel de novo e perguntou:

– Você tem identidade?

– Sim. – Ela recebeu mais um cartão.

Analisou, e entregou os dois cartões.

– Quando vierem aqui de novo, não esperem na fila. Pode ir ao segurança e dizer meu nome. Vou buscar vocês. – Ela pegou a arma. – Isto é seu ou dele?

– Minha. Mas acho que posso deixá-la com ele, que atira melhor.

Ela colocou o clipe de volta dentro da Glock e a entregou ao rapaz calado, com o cano para baixo. A mão dele não tremeu ao pegar a arma dela, mas parecia pequeno demais para um revolver daquele tamanho.

– Não a use aqui a menos que tenha de se defender, entendido?

O rapaz assentiu uma vez, levantou-se e enfiou a arma no bolso de onde a havia tirado.

Droga... inferno. Ele não era um simples macho em pré-transição. De acordo com sua identidade, ele era Tehrror, filho do guerreiro da

Adaga Negra Darius. E significava que ela precisava cuidar para que nada acontecesse com ele enquanto estivesse por perto. A última coisa de que ela e Rehv precisavam era que o garoto aparecesse ferido dentro da propriedade do ZeroSum.

Ótimo. Era como ter um vaso de cristal dentro de um vestiário cheio de jogadores de rúgbi.

E, para piorar, ele era mudo.

Ela balançou a cabeça.

– Bem, Blaylock, filho de Rocke, cuide dele e cuidaremos também.

Quando o ruivo assentiu, o rapaz finalmente olhou para ela, e por algum motivo, seus olhos azuis brilhantes a deixaram desconfortável. Jesus... ele era velho. Em seus olhos, ele era um idoso, e ela ficou momentaneamente surpresa.

Após limpar a garganta, ela se virou para a porta. Ao abri-la, o ruivo disse:

– Espere, qual é o seu nome?

– Xhex. É só dizê-lo em qualquer local da boate e vou encontrar vocês em um piscar de olhos. É o meu trabalho.

Quando a porta se fechou, John pensou que a humilhação era como sorvete: havia diversos sabores, dava arrepios e vontade de tossir.

Que gelada. Ele estava coberto de humilhação.

Covarde. Cara, será que era tão óbvio? Ela nem sequer o conhecia e percebeu. Ele era um covarde, mesmo. Um covarde fraco cujos mortos não tinha vingado, que não tinha voz e cujo corpo não seria invejado nem mesmo por um menino de dez anos.

Blay se remexeu, com as botas fazendo um barulho que parecia alto como os gritos de alguém.

– John? Quer ir para casa?

Oh, ótimo. Como se ele fosse um menino de cinco anos que havia adormecido em uma festa de adultos.

A raiva ressoava como um trovão e John sentiu o peso familiar ao redor dele, energizando-o. Oh, cara, ele conhecia bem aquilo. Era o tipo de raiva que havia derrubado Lash no chão. Era o tipo de ira que fizera John socar o cara até encher o chão de sangue.

Por conta de algum milagre, os dois neurônios na mente de John que ainda funcionavam de modo racional mostraram que a melhor coisa que ele podia fazer era ir para casa. Se permanecesse ali, naquela boate, apenas pensaria no que aquela mulher havia dito, sem parar, até que ficasse maluco de raiva e fizesse algo muito estúpido.

– John? Vamos para casa.

Droga. Aquela era para ser a grande noite de Blay. Em vez de se divertir e transar, ele estava tendo que cuidar de John. *Vou ligar para o Fritz. Você fica com o Qhuinn.*

– Não. Vamos juntos,

De repente, John sentiu vontade de chorar. *O que havia naquele papel que você entregou a ela?*

Blay corou.

– Zsadist me deu. Disse que se tivéssemos problemas, eu deveria mostrá-lo.

O que era?

– Z. disse que era uma carta de Wrath se identificando como rei. Algo sobre ele ser seu *tuhtor*.

Por que não me disse?

– Zsadist disse que eu deveria mostrar apenas se precisasse. Inclusive para você.

John levantou-se da cadeira e alisou as roupas que tinha pegado emprestado.

Olha, quero que você fique, transe e se divirta...

– Viemos juntos. Vamos embora juntos.

John olhou para o amigo. *Só porque Zsadist disse que você tinha que ser minha babá...*

Pela primeira vez na história, Blay ficou sério.

– Vá se danar... vou fazer isso mesmo assim. E antes de você ficar todo irritadinho, entenda que se a situação fosse o inverso, você faria a mesma coisa. Admita. Faria, sim. Somos amigos. Nós nos apoiamos. E já falamos o bastante. Agora chega.

John sentiu vontade de chutar a cadeira em que estava sentado. E quase chutou.

Em vez disso, ele usou as mãos para sinalizar. *Droga.*

Blay pegou seu BlackBerry e teclou.

– Só vou dizer ao Qhuinn que volto para pegá-lo quando ele quiser.

John esperou e imaginou rapidamente o que Qhuinn estaria fazendo em um local escuro e privado com uma ou as duas mulheres. Pelo menos ele estava se divertindo.

– Ei, Qhuinn? Eu e o John estamos indo para casa. O quê? Não, está tudo bem. Só tivemos um contratempo com a segurança... não, você não precisa... não, está tudo bem. Não, de verdade. Qhuinn, você não precisa parar... alô? – Blay olhou para o telefone. – Ele vai nos encontrar na porta da saída.

Os dois saíram da sala e caminharam entre os seres humanos suados, até John se sentir preso ali dentro... como se tivesse sido queimado vivo e estivesse respirando terra.

Quando finalmente chegaram à porta da frente, Qhuinn estava em pé encostado na parede preta. Seu cabelo estava bagunçado, com a camisa para fora da calça, os lábios vermelhos e um pouco inchados. De perto, dava para sentir o cheiro do perfume.

Dois perfumes diferentes.

– Você está bem? – Ele perguntou a John.

John não respondeu. Não conseguia tolerar o fato de ter acabado com a noite de todos e continuou caminhando na direção da porta. Até que sentiu o chamado esquisito de novo.

Ele parou com as mãos na barra da porta e olhou para trás. A chefe de segurança estava ali olhando para ele com seus olhos atentos. Ela estava, mais uma vez, nas sombras, local que ele desconfiava que era de sua preferência.

Um local que ele acreditava que ela sempre usava para sua vantagem.

Sentindo um arrepio da cabeça aos pés, quis dar um murro na parede, na porta, na boca de alguém. Mas sabia que aquilo não lhe daria a satisfação de que precisava. Duvidava que se sentiria bem fazendo aquilo.

Saber disso, naturalmente, o deixou mais irritado ainda.

Ele deu as costas para ela e saiu na noite fria. Assim que Blay e Qhuinn se uniram a ele na calçada, John sinalizou: *vou andar por aí. Podem vir comigo se quiserem, mas não vão me convencer a não ir. De jeito nenhum vou entrar em um carro e ir para casa agora. Entenderam?*

Os amigos concordaram e permitiram que ele fosse na frente, ficando alguns metros para trás. Claramente, eles sabiam que John estava prestes a enlouquecer e precisava de espaço.

Enquanto desciam a Rua Dez, ele os escutou falando baixo, sussurrando, mas não ligou. Estava com muita raiva. Nada mais.

Com sua natureza fraca, sua marcha da independência não durou muito tempo. Rapidamente, o vento de março soprou as roupas que Blay havia emprestado, e a dor de cabeça estava tão forte que ele rangeu os dentes.

Ele pensou que levaria seus amigos para a ponte de Caldwell e além, que sua raiva era tão grande que eles ficariam cansados e implorando para que ele parasse de caminhar um pouco antes do amanhecer.

Mas seu desempenho foi muito abaixo da expectativa.

Ele parou. *Vamos voltar.*

– O que você quiser, John. – Os olhos de cores diferentes de Qhuinn pareciam gentis demais. – O que você quiser fazer.

Eles voltaram para o carro, que estava estacionado em um estacionamento aberto a cerca de dois quarteirões da boate. Quando deram a volta, ele percebeu que havia uma construção ao lado do lote onde estavam, que havia sido interrompida à noite, com o vento batendo nos equipamentos pesados e parados. Para John, pareceu um local abandonado.

Mas ele podia estar num campo repleto de flores e sol e ainda assim teria se sentido mal. A noite não tinha como ser pior. De jeito nenhum.

Eles estavam a cerca de cinquenta metros do carro quando o perfume adocicado de talco de bebê tomou conta do ar. E um *redutor* saiu de trás de um trator.

Capítulo 21

Phury acordou, mas não se moveu. O que fazia sentido, uma vez que um lado de seu rosto parecia ter sido queimado. Depois de respirar profundamente algumas vezes, ele levou à mão ao local que latejava. As faixas o cobriam da testa ao queixo. Ele provavelmente devia estar parecido com um figurante de *Plantão Médico*.

Sentou-se lentamente e sua cabeça toda latejava, como se alguém tivesse enfiado uma bomba de encher pneu de bicicleta em seu nariz e estivesse inflando a cabeça.

Era bom.

Remexendo os pés na maca, ele pensou na lei da gravidade e tentou adivinhar se teria força para lidar com ela. Decidiu tentar, e conseguiu chegar até a porta.

Dois pares de olhos se voltaram para ele, um brilhante, outro verde-escuro.

– Oi – ele disse.

A mulher de V. se aproximou e fez uma avaliação atenta.

– Deus, não acredito na rapidez com que vocês se curam. Você não deveria nem estar consciente, muito menos em pé.

– Quer checar seu trabalho?

Quando ela concordou, Phury se sentou num banco enquanto a doutora retirava suas bandagens. Ele fez uma careta e olhou para Vishous.

– Você contou sobre isso a Z.?

O Irmão balançou a cabeça.

– Ainda não o vi, e Rhage tentou telefonar, mas não conseguiu.

– Então não tem notícias de Havers?

– Não que eu saiba. Mas estamos a uma hora do amanhecer, então eles devem estar voltando.

A médica assoviou admirada.

– É como se eu conseguisse ver a pele se unindo de novo bem na minha frente. Você se importa se eu fizer um novo curativo?

– Fique à vontade.

Ela voltou para o quarto e V. disse:

– Preciso falar com você, meu amigo.

– Sobre?

– Acho que você sabe.

Droga. O *redutor.* E não tinha como enrolar um Irmão como V. Mas mentir continuava sendo uma opção.

– A briga ficou feia.

– Mentira. Você não se deixaria apanhar desse jeito.

Phury pensou em alguns meses atrás, quando havia tomado o lugar de seu irmão gêmeo por um tempo. Literalmente.

– Já fui torturado por um deles uma vez, V. Posso garantir que eles não se preocupam com o código de honra nas batalhas.

– Mas você se machucou esta noite porque estava brincando de açougueiro com um dos assassinos. Não é?

Jane voltou com o que precisava. *Graças a Deus.*

Quando ela terminou o curativo, ele se levantou.

– Vou para o meu quarto agora.

– Quer ajuda? – V. perguntou de modo seco. Como se estivesse guardando muito do que não queria revelar.

– Não. Eu sei o caminho.

– Bem, como temos de voltar mesmo, vamos fazer disso um passeio. Lento.

Que ótima ideia. Sua cabeça o estava matando.

Eles estavam na metade do túnel quando Phury percebeu que a médica não estava sendo vigiada nem estava presa. Mas ela não parecia querer fugir. Na verdade, ela e V. caminhavam lado a lado.

Ele se perguntou se algum deles percebia que pareciam um casal.

Quando Phury chegou à porta que levava à casa principal, se despediu sem olhar V. nos olhos e subiu os degraus baixos que levavam para fora do túnel e para dentro do vestíbulo da mansão. Parecia que seu quarto ficava do outro lado da cidade e não apenas no andar de cima, e com aquela exaustão, estava claro que precisava se alimentar. O que era ruim.

No quarto, ele tomou um banho e se esticou em sua majestosa cama. Sabia que precisava chamar uma das fêmeas que usava para se alimentar, mas não estava interessado. Em vez de pegar o telefone, ele fechou os olhos e soltou os braços, com a mão parando em cima do livro das armas, da aula que ele havia lecionado aquela noite. Aquele com os desenhos.

A porta se abriu com uma batida. Era Zsadist. Com notícias.

Phury sentou-se tão depressa que o cérebro deu um rodopio dentro da cabeça, ameaçando estourar seus ouvidos. Ele levou a mão ao curativo quando a dor fez sua cabeça latejar.

– O que aconteceu com Bella?

Os olhos escuros de Z. eram dois buracos em seu rosto irritado.

– *Que diabos* você estava pensando?

– Como assim?

– Apanhando porque... – Phury estremeceu e Z. diminuiu o volume da voz e fechou a porta. O silêncio não melhorou seu humor. Com a voz rouca, ele disse: – não acredito que você bancou o Jack, o estripador, e foi pego...

– Por favor, diga como Bella está.

Z. apontou o dedo para o peito de Phury.

– Você precisa passar menos tempo se preocupando com a minha *shellan* e um pouco mais se preocupando com você, sabe?

Tomado de dor, Phury fechou o olho bom. O irmão estava muito certo, claro.

– Droga. – Z. disse. – Que... *droga.*

– Você tem toda razão. – Phury percebeu que estava segurando com força o livro sobre armas de fogo, e forçou-se a largá-lo.

Quando escutou um clique, Phury olhou para cima. Z. estava teclando em seu telefone com o polegar.

– Você poderia ter sido morto.

– Não fui.

– Que bom consolo. Pelo menos para um de nós. Mas e seu olho? A médica de V. o salvou?

– Não sei.

Zsadist caminhou até uma das janelas. Empurrando a cortina pesada de veludo para o lado, ele olhou para a varanda e para a piscina. A raiva em seu rosto era clara, a mandíbula estava tensa, e as sobrancelhas mais baixas. Estranho... antes, era sempre Z. quem vivia à beira de um colapso. Agora, era Phury quem estava na corda bamba. Aquele que sempre se preocupou com os outros tinha se tornado o motivo de preocupação.

– Vou ficar bem – ele mentiu, inclinando-se para o lado onde estava sua bolsa de fumaça vermelha e os papeis de seda. Ele enrolou um com rapidez, acendeu e a calma falsa chegou na hora, como se seu corpo estivesse bem treinado. – Foi só uma noite ruim.

Z. riu, ainda que se sentisse mais irritado do que feliz.

– Eles tinham razão.

– Quem?

– A vingança é uma droga – Zsadist respirou profundamente. – Se você morrer, eu...

– Não vou morrer. – Ele inspirou de novo, sem querer levar a promessa ao fim. – Agora me conte sobre Bella, por favor.

– Ela está de repouso.

– Oh. Deus.

– Não, está tudo bem. – Z. passou a mão na cabeça. – Ela não perdeu a criança e, se ficar em repouso, pode ser que não perca.

– Ela está no seu quarto?

– Sim, vou levar alguma coisa para ela comer. Bella pode ficar em pé durante uma hora por dia, mas não quero dar desculpas para ficar andando.

– Fico feliz por ela...

– Droga, meu irmão. Então é assim que você se sentia?

Phury franziu a testa e bateu a bituca no cinzeiro.

– Como?

– Fico confuso o tempo todo. É como se tudo o que estou fazendo em todos os momentos fosse apenas meio real, por causa de toda a porcaria com a qual estou preocupado.

– Bella...

– Não tem a ver apenas com ela. – Os olhos de Z., agora mais amarelos porque não estava tão irritado, atravessaram o quarto. – É você.

Phury demorou para levar o fumo à boca e inalar. Ao soltar a fumaça, ele pensou no que podia dizer para acalmar seu irmão gêmeo.

Não conseguiu pensar em muita coisa.

– Wrath quer nos encontrar ao anoitecer – Z. disse, olhando pela janela, como se soubesse que não haveria consolo. – Com todos nós.

– Tudo bem.

Quando Z. partiu, Phury abriu o livro sobre armas e tirou o desenho que tinha feito de Bella. Ele passou o polegar de um lado sobre sua face, olhando para ela com seu olho bom. O silêncio pesou sobre ele, apertando seu peito.

Pensando em todos os acontecimentos, era possível que ele já tivesse perdido a estribeira, era possível que já tivesse calcado o caminho de sua destruição, tropeçando em obstáculos e árvores, desviando e chocando-se com galhos, com um golpe final à sua espera.

Phury deu outra tragada. Estar arruinado é um pouco como estar apaixonado: nas duas situações, você fica desprovido de qualquer recurso, deixado despido, em sua essência.

E com sua experiência limitada, os dois resultados eram igualmente dolorosos.

Quando John olhou para o *redutor* que havia aparecido do nada, não conseguiu se mexer. Nunca havia sofrido um acidente de carro, mas tinha a sensação de que seria como aquilo. Você estaria na estrada e de repente tudo em que estava pensando antes do cruzamento ficaria de lado, substituído por uma batida que se tornaria sua única prioridade.

Caramba, eles tinham mesmo cheiro de talco de bebê. E por sorte aquele não tinha cabelos claros, então era um novo recruta. E por aquela razão ele e seus amigos podiam sair vivos.

Qhuinn e Blay entraram na frente de John, bloqueando o caminho. Mas então um segundo *redutor* saiu das sombras, uma peça de xadrez movida por uma mão invisível. Ele também tinha cabelos pretos.

Deus, eles eram grandes.

O primeiro olhou para John.

– Melhor sair daqui, filho. Isto não é lugar para você.

Caramba, eles não sabiam que ele era um macho em pré-transição. Pensavam que ele era apenas um ser humano.

– Isso. – Qhuinn disse, empurrando John. – Você já pegou sua mercadoria. Agora saia daqui.

Mas ele não podia deixar seus...

– Eu disse para sair daqui. – Qhuinn o empurrou com força, e John bateu em uma pilha de papelão grande como um sofá.

Droga, se ele corresse, seria um covarde. Mas se ficasse, seria pior do que inútil. Odiando a si mesmo, ele correu, indo direto para o ZeroSum. Como um tolo, ele havia deixado sua mochila na casa de Blay, por isso não poderia telefonar para casa. E ele não podia perder tempo procurando por um de seus Irmãos para o *acaso* de eles estarem caçando por perto. Havia apenas uma pessoa que ele acreditava que poderia ajudá-los.

Na porta da boate, ele foi direto ao segurança na ponta da fila de espera.

Xhex. Preciso ver Xhex. Chame...

– O que está fazendo, menino? – O segurança perguntou.

John disse o nome *Xhex* diversas vezes enquanto gesticulava.

– Certo, você está me irritando. – O segurança disse a John. – Saia daqui agora mesmo ou vou ter de ligar para seus pais.

As pessoas da fila fizeram John se sentir mais ansioso. *Por favor, preciso falar com Xhex...*

John escutou um som distante que podia ser um carro cantando os pneus e ao se virar na direção do som, sentiu o peso da arma de Blay em sua coxa.

Não havia telefone do qual mandar mensagem. Não havia como se comunicar.

Mas ele tinha seis balas de chumbo numa nove milímetros no bolso de trás.

John correu de volta para o estacionamento, caminhando ao redor de carros estacionados paralelamente, ofegante, correndo o máximo que conseguia. Sua cabeça latejava, o cansaço tornava a dor tão forte que ele ficou nauseado. Deu a volta na esquina, escorregando na terra.

Droga! Blay estava no chão com o *redutor* sobre o peito, e os dois estavam lutando pelo que parecia ser uma faca. Qhuinn estava conseguindo dominar o outro assassino, mas a luta parecia equilibrada demais para o gosto de John. Mais cedo ou mais tarde um deles ia...

Qhuinn levou um soco de direita no rosto e caiu para o lado, levando seu corpo a dar uma pirueta.

Naquele momento, algo aconteceu com John, vindo de dentro, como se um fantasma tivesse tomado sua pele. Conhecimento antigo, do tipo que vinha com a experiência que ele ainda não tinha tido tempo suficiente para conquistar. Colocou a mão no bolso de trás. Sentiu a Glock, tirou-a do bolso e segurou-a com as duas mãos.

Com um piscar de olhos, mirou a arma. Com mais um, apontou para o *redutor* que lutava com Blay pela faca. Mais um piscar de olhos e John apertou o gatilho... e acertou em cheio a cabeça daquele *redutor*. Mais um segundo e virou-se para o assassino em cima de Qhuinn e reposicionou os dedos.

Um estrondo.

John derrubou aquele *redutor* com um tiro na têmpora, e o sangue preto se espalhou em uma nuvem fina. A coisa caiu de joelhos e depois de cara em cima de Qhuinn... que estava tonto demais para fazer qualquer coisa que não fosse empurrar o corpo de cima dele.

John olhou para Blay. O cara estava em choque.

– Jesus Cristo... John.

O *redutor* perto de Qhuinn soltou um suspiro que pareceu um gargarejo, como uma cafeteira que acabou de passar o café.

Metal, John pensou. Precisava de algo metálico. A faca pela qual Blay estava brigando não estava em nenhum lugar. Onde poderia encontrar...

Havia uma caixa aberta de brocas de britadeira ali.

John se aproximou, pegou uma do monte e se aproximou do *redutor* mais próximo de Qhuinn. Erguendo as mãos, John lançou todo o seu peso e sua raiva para baixo e de repente a realidade ruiu como areia: ele estava segurando uma adaga, não um pedaço qualquer de metal... e ele era grande, maior do que Blay e Qhuinn... e havia feito isso muitas, muitas vezes.

A broca entrou no peito do *redutor*, e o *flash* de luz foi mais forte do que John esperava, tomando seus olhos e percorrendo seu corpo em uma onda de calor. Mas seu trabalho não havia terminado. Ele se aproximou de Qhuinn, movendo-se pelo asfalto sem sentir o chão sob os pés.

Blay observou, sem se mover, sem falar, enquanto John erguia a broca de novo. Dessa vez, ao levá-la para baixo, John abriu a boca e gritou sem emitir som, um grito de guerra não menos poderoso pelo fato de não ter sido ouvido.

Depois da explosão de luz, ele tomou consciência das sirenes. Sem dúvida, um humano havia telefonado para a polícia ao escutar os tiros.

John abaixou o braço, com a broca caindo de sua mão e se quebrando na calçada.

Não sou um covarde. Sou um guerreiro.

A convulsão veio com força e depressa, levando-o ao chão, derrubando-o com seus braços invisíveis, fazendo-o se remexer até apagar, com o rugido do esquecimento tomando conta de seu ser.

Capítulo 22

Quando Jane e V. voltaram para o quarto, ela se sentou no que estava pensando já ser sua cadeira e V. se esticou na cama. Cara, aquela seria uma longa noite... ou melhor dia. Ela estava cansada e inquieta, e isso não era uma boa combinação.

– Precisa de comida? – Ele perguntou.

– Quer saber o que eu queria? – Ela bocejou. – Chocolate quente.

V. pegou o telefone, apertou três teclas e esperou.

– Está pedindo um pouco para mim? – Ela perguntou.

– Sim. Além de... ei, Fritz, anote o que eu quero...

Quando V. desligou, ela disse.

– No capricho.

– Você não come desde... – Ele parou, como se não quisesse falar do sequestro.

– Tudo bem – ela disse, sentindo-se triste sem motivo.

Não, havia um bom motivo. Ela partiria em breve.

– Não se preocupe, não vai se lembrar de mim – ele disse. – Então não vai sentir nada quando for embora.

Ela corou.

– Ah... como exatamente você lê mentes?

– É mais ou menos como captar uma radiofrequência. Costumava acontecer o tempo todo, independente da minha vontade.

– Costumava?

– Acho que a antena quebrou. – Uma expressão amarga apareceu em seu rosto, e ele apertou os olhos. – Mas fiquei sabendo, por uma fonte confiável, que tudo vai ser consertado sozinho.

– Por que parou?

– "Por que" é sua pergunta favorita, não é?

– Sou uma cientista.

– Eu sei. – As palavras foram ditas de modo arrastado, como se ela tivesse acabado de dizer que estava vestindo uma lingerie sexy. – Adoro sua mente.

Jane sentiu uma onda de prazer e então ficou confusa.

Como se sentisse a confusão que tomava conta dela, V. disse:

– Eu também previa o futuro.

Ela se surpreendeu.

– É mesmo? Como?

– Por meio de sonhos, na maior parte das vezes. Não uma linha do tempo, apenas acontecimentos sem ordem certa. Eu me especializei em mortes.

Mortes?

– Mortes?

– Sim, eu sei como todos os meus Irmãos irão morrer. Só não sei quando.

– Jesus... Cristo. Deve ser...

– Tenho outros truques também. – V. ergueu a mão com luva. – Este é um deles.

– Queria perguntar isso. Ela derrubou uma de minhas enfermeiras quando você deu entrada na emergência do hospital. Ela estava tirando a sua luva, e parecia que foi atingida por um raio.

– Eu não estava consciente quando aconteceu, certo?

– Você estava desmaiado.

– Então esse é provavelmente o motivo pelo qual ela sobreviveu. Esse pequeno legado de minha mãe é mortal. – Ele cerrou o punho e sua voz ficou mais grossa, com as palavras bem pronunciadas. – E ela é dona do meu futuro também.

– Como? – Ele não respondeu, e ela intuiu, perguntando: – deixe-me adivinhar, ela arranjou um casamento para você?

– Casamentos. No plural.

Jane fez uma careta. Ainda que o futuro dele nada representasse em sua vida, de alguma forma, imaginá-lo tornando-se o marido de alguém – ou de várias pessoas – fez seu estômago virar.

– Hum... quantas esposas?

– Não quero falar sobre isso, certo?

– Certo.

Cerca de dez minutos depois, um homem idoso vestindo um uniforme de mordomo inglês entrou empurrando um carrinho cheio de comida. Serviço de quarto de hotel cinco estrelas: havia bolinhos com morangos, *croissants*, ovos mexidos, chocolate quente, frutas frescas.

Sua entrada foi realmente algo impressionante.

O estômago de Jane roncou e quando se deu conta, começou a atacar a comida como se não comesse havia uma semana. Quando já estava repetindo a comida e tomando seu terceiro chocolate quente, ela parou com o garfo na boca. Caramba, o que V. devia estar pensando dela? Estava comendo feitou uma porca...

– Adoro ver isso – ele disse.

– Adora? Você acha bonito me ver atacando a comida como se eu fosse uma maluca?

Ele assentiu, com os olhos brilhando.

– Adoro ver você comer. Me deixa em êxtase. Quero que continue comendo até se sentir tão cheia a ponto de dormir na cadeira.

Cativada por seus olhos brilhantes, ela disse:

– E depois, o que aconteceria?

– Eu carregaria você para a cama sem acordá-la e velaria seu sono com uma adaga na mão.

Certo, aquela coisa de homem das cavernas não deveria ser tão atraente. Afinal, ela sabia cuidar de si mesma. Mas pensar que alguém cuidaria dela... era muito bom.

– Termine de comer – ele disse, apontando para o prato. – E tome mais chocolate quente, tem mais na garrafa térmica.

Ela fez o que ele disse. Incluindo tomar a quarta xícara de chocolate.

Recostando-se na cadeira com a xícara nas mãos, ela se sentiu deliciosamente satisfeita.

Sem motivo em especial, Jane disse:

– Sei bem como é essa coisa de legado. Meu pai era cirurgião.

– Ah. Ele deve adorar você, então. É uma cirurgiã maravilhosa.

Jane abaixou o rosto.

– Acho que ele teria achado minha carreira satisfatória. Principalmente se eu acabasse lecionando na Universidade de Columbia.

– Teria?

– Ele e minha mãe morreram. – Ela continuou, porque achou que devia. – Foi num acidente com um avião pequeno, cerca de dez anos atrás. Estavam indo a uma conferência sobre medicina.

– Droga... sinto muito. Você sente falta deles?

– Vai parecer terrível o que vou dizer... mas não. Eles eram desconhecidos com quem eu tinha de viver quando não estava na escola. Mas sempre senti falta da minha irmã.

– Meu Deus, ela também morreu?

– Um defeito congênito no coração não diagnosticado. Ela se foi rapidamente numa noite. Meu pai sempre pensou que eu tinha escolhido a medicina por ter me inspirado nele, mas eu fiz isso porque era maluca por Hannah. Ainda sou. – Ela bebeu um gole de chocolate. – Bem, meu pai sempre pensou que a medicina era a melhor e mais suprema maneira de viver a vida. Eu me lembro de ele ter olhado para mim quando eu tinha quinze anos e dizer que eu era muito inteligente.

– Então ele sabia que você podia fazer a diferença.

– Não exatamente o que ele pensava. Ele dizia que, pela minha aparência, eu não conseguiria me casar bem. – V. respirou fundo e ela sorriu. – Meu pai era um vitoriano vivendo nos anos 1970 e 1980. Talvez fosse seu sangue inglês, como saber? Mas ele achava que as mulheres tinham de se casar e cuidar de casas grandes.

– Foi uma coisa bem idiota de se dizer para uma menina.

– Ele diria que estava sendo sincero. Ele acreditava na sinceridade. Sempre dizia que a Hannah era a filha bonita. É claro, ele achava que ela era também irresponsável. – Deus, por que ela estava dizendo tudo aquilo? – Enfim, os pais podem ser um problema.

– Sim, eu sei bem, sei muito bem.

Os dois ficaram quietos, e ela teve a sensação de que ele estava pensando em sua família também.

Depois de um tempo, V. fez um movimento de cabeça para a TV de tela plana na parede.

– Quer assistir a um filme?

Ela se virou na cadeira e começou a sorrir.

– Sim, claro. Não me lembro da última vez em que fiz isso. O que você tem aí?

– Tenho TV a cabo, então tem de tudo. – Meio sem jeito, ele mostrou os travesseiros ao seu lado. – Por que não se senta aqui? Não vai conseguir ver de onde está.

Caramba. Ela queria ficar do lado dele. Queria estar... perto.

Apesar de se sentir confusa naquela situação, Jane se aproximou da cama e sentou-se ao seu lado, cruzando os braços e as pernas. Deus, estava nervosa como se estivesse em um encontro. Frio na barriga. Mãos suando.

Olá, glândulas sudoríparas.

– O que você gosta de assistir? – Ela perguntou ao pegar um controle remoto que tinha muitos botões, mais parecendo o controle de uma nave espacial.

– Hoje estou interessado em ver algo entediante.

– É mesmo? Por quê?

Seus olhos brilhantes se viraram para ela, as pálpebras estavam tão baixas que ficou difícil decifrar aquele olhar.

– Oh, nenhum motivo. Você me parece cansada, só isso.

Do Outro Lado, Cormia estava sentada em sua cama. Esperando. De novo.

Ela descruzou as mãos do colo. Voltou a cruzá-las. Queria ter um livro ali para se distrair. Sentada no silêncio, rapidamente tentou imaginar como seria ter um livro só seu. Talvez escrevesse seu nome na capa para que todos soubessem quem era dela. Sim, gostaria de fazer aquilo. *Cormia*. Ou, melhor ainda, *O Livro de Cormia*.

Claro que emprestaria se suas irmãs quisessem ler. Mas saberia, quando estivesse nas mãos de outras, sendo lido por seus olhos, que as páginas, capas e histórias ali dentro eram dela. E o livro também saberia disso.

Pensou na biblioteca das Escolhidas, com suas diversas estantes e odor adorável de couro e luxúria de palavras. O tempo que passava ali era seu porto seguro e reclusão feliz. Havia tantas histórias para conhecer, tantos locais que seus olhos nunca pensariam em pousar, e ela adorava aprender. Sempre ansiava por mais. Desejava mais.

Normalmente.

Mas era diferente naquele momento. Sentada em sua cama, esperando, ela não queria os ensinamentos que lhe seriam passados: as coisas que estava prestes a saber não eram coisas que queria aprender.

– Olá, irmã.

Cormia olhou para frente. A Escolhida que estava segurando o véu branco da porta era um modelo de altruísmo e dedicação, uma fêmea de muito valor. E a expressão de contentamento calmo e de paz interna de Layla deixaram Cormia com inveja. Mas isso não era permitido. A inveja significava que você estava separada do todo, que era um indivíduo, e mesquinha por isso.

– Olá – Cormia ficou em pé, com os joelhos trêmulos de medo. Apesar de muitas vezes ter desejado ver o que havia dentro do templo do Primaz, desejava agora nunca ter de colocar os pés em seu mármore.

As duas fizeram uma reverência e mantiveram a posição.

– É uma honra ter serventia.

Com a voz baixa, Cormia respondeu:

– Estou... agradecida por sua orientação. Estou pronta para ir.

Quando a cabeça de Layla voltou à posição normal, seus olhos claros e verdes demonstraram conhecimento.

– Pensei que podíamos conversar um pouco antes de irmos para o templo.

Cormia hesitou.

– Sim, é claro.

– Posso me sentar, irmã? – Cormia assentiu, e Layla foi para a cama e se sentou, com a túnica branca se abrindo até a coxa. – Sente-se também.

Cormia se sentou naquele colchão duro como pedra.

Não conseguia respirar, nem se mover, quase não piscava.

– Minha irmã, gostaria de afugentar seus medos – Layla disse. – Digo a verdade: você pode gostar de seu tempo com o Primaz.

– Sim – Cormia uniu as pontas de sua túnica. – Mas ele visitará outras, não é?

– Mas você será sua prioridade. Como sua primeira companheira, você terá um tratamento especial por parte dele. Para o Primaz, existe uma extraordinária hierarquia dentro do todo, e você será a primeira dentre todas nós.

– Mas quanto tempo se passará até que ele comece a procurar as outras?

Layla franziu a testa.

– Isso ele decidirá, mas você pode dar sua opinião. Se ele gostar de você, pode ser que fique apenas com você por um tempo. Sabemos que isso já ocorreu antes.

– Mas posso pedir a ele que procure outras?

Layla inclinou a cabeça de contornos perfeitos.

– Saiba, minha irmã, que você vai gostar do que ocorrer entre vocês dois.

–Você sabe quem ele é, certo? Conhece a identidade do Primaz?

– Na verdade, eu já o vi.

– É mesmo?

– Sim. – Layla levou a mão aos cabelos louros, e Cormia viu o gesto como um sinal de que a fêmea estava escolhendo as palavras com cuidado. – Ele é... como um guerreiro deve ser. Forte. Inteligente.

Cormia apertou os olhos.

– Você está tentando diminuir meus medos. Não é?

Antes que Layla pudesse responder, a Directrix abriu a cortina. Sem dizer uma palavra a Cormia, ela se aproximou de Layla e sussurrou alguma coisa.

Layla ficou em pé, corando.

– Preciso ir agora mesmo. – Ela se virou para Cormia, com uma animação estranha no olhar. – Irmã, espero que fique bem até meu retorno.

Como de costume, Cormia ficou em pé e fez uma reverência, aliviada por conseguir um adiamento das lições que receberia.

– Fique bem.

A Directrix, no entanto, não partiu com Layla.

– Levarei você ao templo e continuarei as orientações.

Cormia cruzou os braços.

– Não devo esperar por Layla?...

– Está me questionando? – a Directrix perguntou. – Sem dúvida, você está. Talvez então, você deseje marcar um horário para a aula também, uma vez que sabe tanto sobre a história e a importância da posição para a qual foi escolhida. Na verdade, talvez *você* devesse me ensinar.

– Perdoe-me, Directrix – Cormia respondeu com vergonha.

– O que quer que eu perdoe? Como a primeira companheira do Primaz, você pode me dar ordens, de modo que eu devo me acostumar com sua liderança a partir de agora. Diga-me, prefere que eu caminhe atrás de você quando entrarmos no templo?

Os olhos de Cormia ficaram marejados.

– Por favor, não, Directrix.

– Por favor, não o quê?

– Eu sigo a senhora – Cormia sussurrou fazendo uma reverência. – Não irei guiá-la.

Ishtar foi a melhor opção, V. pensou. Chato demais. Longo demais. Interessante como um saleiro.

– Esta é a maior droga que já vi – Jane disse enquanto bocejava de novo.

Caramba, ela tinha um belo pescoço.

Ao sentir suas presas crescendo e imaginando uma cena típica de um filme de Drácula na qual ele pulava em cima dela, V. se forçou a olhar para Dustin Hoffman e Warren Beatty na areia. Havia escolhido aquele filme com esperança de que ela dormisse – para que ele pudesse entrar em sua mente e fazer o que quisesse.

Pensava em fazê-la atingir o orgasmo em sua boca, mesmo que fosse apenas em um sonho.

Enquanto esperava que ela adormecesse, olhou para a cena do deserto e pensou no inverno... No inverno e em sua transição.

Poucas semanas depois da queda e morte daquele macho no rio, V. passou por sua transição. Já estava ciente das mudanças em seu corpo bastante tempo antes de ela ocorrer: sentia enxaquecas. Sentia-se fa-

minto o tempo todo, mas, quando se alimentava, tinha náuseas. Não conseguia dormir, apesar de estar exausto. A única coisa que continuava igual era sua agressividade. O acampamento exigia que você estivesse pronto para a luta, por isso seu temperamento não foi visto como nenhuma grande mudança.

Foi nas profundezas de uma nevasca que ele se tornou um macho.

Pela queda de temperatura, as paredes de pedra da caverna estavam geladas, com o chão frio o bastante para fazer congelar os pés dentro das botas, com o ar tão frio que a respiração saía pela boca como uma nuvem sem céu. Naquela situação, os soldados e as fêmeas da cozinha dormiam todos juntos, não para fazer sexo, mas para se aquecerem.

V. sabia que a transição estava prestes a acontecer, porque acordou com calor. A princípio, sentir o calor foi bom, mas então seu corpo começou a arder em febre e uma forte fome tomou conta dele. V. se remexeu no chão, esperando obter alívio, sem sucesso.

Depois de muito tempo, a voz de Bloodletter aumentou sua dor:

– As fêmeas não vão alimentá-lo.

Em meio a seu estupor, V. abriu os olhos.

Bloodletter se ajoelhou.

– Você certamente sabe o motivo.

V. engoliu em seco com dificuldade.

– Não sei.

– Elas dizem que as pinturas da parede o possuíram. Que sua mão foi tomada pelos espíritos presos dentro delas. Que seu olho não mais lhe pertence.

V. não respondeu e Bloodletter disse:

– Você não vai negar?

Em meio à confusão de sua mente, V. tentou calcular o efeito de duas respostas possíveis. Ele escolheu a verdade, não pela veracidade em si, mas pela autoproteção.

– Eu... nego.

– Você nega a outra coisa que elas dizem?

– O que mais... elas... dizem?

– Que você matou seu companheiro no rio com a palma da mão.

Era mentira, e os outros caras que estavam ali sabiam disso, pois viram o macho cair sozinho. As fêmeas deviam pensar aquilo porque uma morte havia ocorrido e por V. estar por perto. Afinal, por que os outros machos desejariam espalhar boatos da força de V.?

Ou talvez fosse pelo bem deles? Se V. não tivesse fêmea de quem se alimentar, ele morreria. O que não seria um resultado ruim para os outros machos em pré-transição.

– O que diz? – Seu pai exigiu saber.

Como V. precisava de força, murmurou:

– Eu o matei.

O sorriso de Bloodletter apareceu entre sua barba.

– Suspeitei disso. E por seu esforço, vou lhe trazer uma fêmea.

Sim, uma fêmea foi levada a ele e V. se alimentou. A transição foi intensa, longa e cansativa, e quando terminou, ele ficou deitado, com as pernas e braços esfriando no chão frio da caverna como pedaços de carne de um boi recém-abatido.

Apesar de seu sexo ter se destacado depois, a fêmea que foi forçada a alimentá-lo não queria nada com ele. Deu apenas sangue suficiente para que passasse pela transição; depois disso, ela o deixou sozinho com os ossos estalando e os músculos se esticando, até chegarem no lugar certo. Ninguém o ajudou e, enquanto ele sofria, chamava em sua mente pela mãe que lhe dera à luz. Ele a imaginou aproximando-se com amor e acariciando seus cabelos, dizendo que tudo estava bem. Em sua visão patética, ela o chamava de querido lewlhen.

Presente.

Ele teria gostado de ser um presente para alguém. Presentes eram valorizados, cuidados e protegidos. O diário do guerreiro Darius tinha sido um presente a V., apesar de quem o deu provavelmente não sabia que, ao deixá-lo ali, havia feito uma bondade.

Presente.

Quando o corpo de V. terminou sua transição, ele dormiu e então acordou com fome de carne. Suas roupas tinham sido rasgadas durante a transição, por isso ele se enrolou em um pedaço de pano e caminhou descalço para a área da cozinha. Havia pouco a comer: ele mordeu um osso de coxa de animal, encontrou algumas migalhas de pão, comeu um pouco de farinha.

Ele estava lambendo o resíduo branco da palma quando seu pai disse, atrás dele:

– Hora de lutar.

– Em que está pensando? – Jane perguntou. – Está todo tenso.

V. foi levado ao presente. E não mentiu.

– Eu estava pensando nas minhas tatuagens.

– Quando você as fez?

– Há quase trezentos anos.

Ela assoviou.

– Caramba, vocês vivem tudo isso?

– Até mais. Se eu não morrer em uma luta e vocês, tolos seres humanos, não acabarem com o planeta, posso viver mais setecentos anos.

– Uau. O "feliz para sempre" ganha um novo sentido. – Ela se inclinou para frente. – Vire a cabeça, quero ver suas tatuagens.

Atormentado por suas lembranças, ele obedeceu, porque não estava sendo coerente o bastante para pensar em um motivo para não assentir. Mas, quando ela levantou a mão, ele fez uma careta.

Jane abaixou o braço sem tocá-lo.

– Fizeram isto com você, não é? Provavelmente na mesma época da castração, certo?

V. estremeceu por dentro, mas não se afastou dela. Não se sentia nem um pouco à vontade com a simpatia de fêmea dela, mas a voz de Jane era firme. Direta. De modo que ele também podia responder de modo direto.

– Sim. Ao mesmo tempo.

– Acredito que elas são avisos, já que você tem na mão, na cabeça, nas coxas e na genitália. Acredito que tenham a ver com a energia de sua mão, a segunda visão e a questão da procriação.

Não surpreendia o fato de ela deduzir tudo.

– Isso mesmo.

Ela falou mais baixo.

– Por isso entrou em pânico quando eu disse que prenderia você na cama. Lá no hospital. Eles te amarraram, certo?

Limpou a garganta.

– Não é, V.?

Então ele pegou o controle remoto.

– Quer ver outra coisa?

Quando começou a mudar os canais, fez-se silêncio.

– Eu vomitei no enterro de minha irmã.

O polegar de V. ficou parado sobre o controle remoto, parando no filme *O Silêncio dos Inocentes*.

– É mesmo?

– Foi o momento mais embaraçoso da minha vida. E não apenas pelo local, mas, sim, por ter vomitado em cima do meu pai.

Com a detetive Clarice Starling sentada em uma cadeira na frente da cela do canibal Lechter, V. desejou ter mais informações sobre Jane. Ele queria saber sobre sua vida toda, desde o nascimento até aquele momento, queria saber tudo.

– Conte o que aconteceu.

Jane limpou a garganta como se estivesse se preparando, e ele não deixou de perceber a ligação com o filme, vendo a si mesmo como o monstro enjaulado e a Jane como a fonte do bem, dando pedaços de si mesma para a fera.

Mas precisava daquelas informações como quem precisa de ar para respirar.

– O que aconteceu, Jane?

– Olha, meu pai acreditava muito em mingau de aveia.

– Aveia? – Ela não respondeu e ele pediu que continuasse.

Jane cruzou os braços e olhou para os próprios pés. E então olhou para ele.

– Quero que saiba que só estou contando isto porque quero que você me conte o que aconteceu com você. Uma troca. Sabe como é, é como compartilhar as cicatrizes depois das férias, como se você tivesse se cortado em uma cerca, caído da cama ou batido a cabeça em um... – ela franziu a testa. – Certo, talvez nada disso faça sentido para você, por causa da rapidez com que seus ferimentos se cicatrizam, mas enfim.

V. sorriu.

– Entendi.

– Mas acho que justo é justo. Não acha?

– Droga... – mas ele queria saber sobre ela. – Acho.

– Certo. Meu pai e a aveia. Ele...

– Jane?

– O quê?

– Eu gosto de você. Muito. Precisava dizer.

Ela piscou algumas vezes. E então limpou a garganta de novo. Caramba, aquele rubor ficava bonito no rosto dela.

– Você estava falando sobre aveia.

– Certo... então, como eu disse, meu pai acreditava muito no poder do mingau de aveia. Ele nos fazia comer aveia de manhã, mesmo no verão. Minha mãe, minha irmã e eu tínhamos de engolir aquela porcaria por ele, e queria que comêssemos tudo de dentro da tigela. Ele nos observava comendo, como se estivéssemos jogando e correndo o risco de errar uma tacada. Juro que ele media o ângulo de minha coluna e minha mão na colher. Na hora do jantar, ele... – Jane fez uma pausa. – Estou falando demais...

– E eu poderia ficar escutando você falar por horas, por isso não se importe comigo.

Ela sorriu.

– Voltemos à aveia. Minha irmã morreu no dia do meu aniversário, uma sexta à noite. O enterrou foi providenciado rapidamente, porque meu pai estava de viagem marcada para apresentar um trabalho no Canadá na quarta-feira seguinte. Mais tarde descobri que ele havia agendado aquela apresentação no dia em que Hannah foi encontrada morta em sua cama, sem dúvida porque ele queria que as coisas não parassem. Mas enfim... no dia do enterro, eu acordei me sentindo péssima. Arrasada. Estava nauseada. Hannah... Hannah era a única pessoa naquela casa repleta de alegria e beleza. Ela fazia bagunça, barulho, era feliz e... eu a amava, e não conseguia lidar com o fato de que a enterraríamos. Ela detestaria ficar presa daquela maneira. Enfim... para o enterro, minha mãe comprou para mim um sobretudo preto. O problema era que, na manhã do enterro, quando fui vesti-lo, não serviu. Era pequeno demais e eu não conseguia respirar direito.

– Naturalmente piorou a dor de estômago.

– Sim, mas me dirigi à mesa do café da manhã sentindo só um pouco de náusea. Caramba, ainda consigo me lembrar da cara dos dois sentados à mesa, cada um de um lado, sem trocar olhares. Minha mãe parecia uma bonequinha de porcelana com problemas de controle de qualidade – a maquiagem estava feita, o cabelo estava arrumado, mas tudo estava um pouco esquisito. O batom era da cor errada, ela não havia passado blush, seu coque mostrava os grampos. Meu pai lia o jornal, e o som daquelas folhas sendo viradas era alto como tiros. Nenhum dos dois me disse nada. Então, eu me sentei em minha cadeira e não conseguia parar de olhar para a cadeira vazia do outro lado da mesa. E veio a tigela de mingau de aveia. Marie, nossa empregada, apoiou a mão em meu ombro ao colocar a tigela na minha frente, e por um momento quase comecei a chorar. Mas meu pai fechou o jornal como se eu fosse um cãozinho que tinha feito sujeira no tapete, então peguei minha colher e comecei a comer. Forcei-me a engolir o mingau de aveia até quase vomitar. E então fomos ao enterro.

V. sentiu vontade de tocá-la e quase segurou sua mão. Mas decidiu perguntar:

– Quantos anos você tinha?

– Treze. Chegamos na igreja, que estava lotada, porque todo mundo em Greenwich conhecia meus pais. Minha mãe estava sendo desesperadamente graciosa, e meu pai, todo estóico, como se fosse um negócio como qualquer outro. Eu me lembro de ter pensado que eles estavam agindo como sempre, exceto pela maquiagem ruim de minha mãe e o fato de que meu pai não parava de brincar com as moedas no bolso, o que era muito esquisito. Ele detestava barulhos de qualquer tipo, e eu fiquei surpresa ao ver que o tilintar das moedas não o incomodava. Acho que ele não se importava porque estava no controle do barulho. Afinal, ele podia parar quando quisesse.

Quando ela parou e olhou para o outro lado da sala, V. quis tentar entrar em sua mente e saber exatamente o que ela estava revivendo. Não fez isso... mas não porque acreditasse que não fosse conseguir. As revelações que ela decidia contar a ele eram mais preciosas do que qualquer coisa que ele conseguisse tirar dela.

– Fileira da frente – ela disse. – Na igreja, ficamos sentados na fileira da frente, bem diante do altar. Caixão fechado, felizmente, mas acredito que Hannah estava perfeitamente linda. Ela tinha cabelos ruivos, daquele tipo lindo e ondulado como os das bonecas Barbie. Os meus eram lisos. Mas enfim...

V. pensou rapidamente que ela dizia "enfim" muitas vezes. Ela dizia aquilo sempre que precisava apagar as coisas que havia acabado de contar para abrir mais espaço para outras.

– Pois então. Fileira da frente. A cerimônia começou. Órgão tocando... e o som vibrava pelo chão. Você já esteve em uma igreja? Provavelmente não. Mas enfim, dá para sentir a vibração da música quando começa. Naturalmente, a missa foi em um local grande e formal com um órgão bem grande. Caramba, quando aquela coisa tocou, era como se estivéssemos em um avião prestes a decolar.

Quando ela parou e respirou profundamente, V. percebeu que a história a estava deixando exausta enquanto relembrava coisas muito dolorosas. Sua voz ficou rouca ao continuar.

– E então estávamos no meio da missa, com minha roupa me apertando e meu estômago doendo e aquela droga de mingau de aveia do meu pai estava criando raízes dentro de mim e subindo pela garganta. Até que o padre se aproximou do caixão para o louvor. Ele estava bem no meio da igreja, com os cabelos brancos, a voz grave e usando roupas douradas e brancas. Era o bispo episcopal de toda a Connecticut, acho. Mas enfim... ele começou a falar sobre o estado de graça que nos espera no céu e toda aquela papagaiada sobre Deus, Jesus e a Igreja. Parecia mais uma propaganda do cristianismo do que algo a ver com Hannah.

– Eu estava sentada, sem acompanhar direito, quando olhei para frente e vi as mãos de minha mãe. Elas estavam unidas em seu colo, com os dedos brancos de tanto pressionar... como se estivesse em uma montanha-russa, apesar de não estar se movimentando. Eu me virei para a esquerda e olhei para meu pai. Ele apoiava as mãos nos joelhos e todos os dedos estavam afundados, exceto pelo mindinho na mão direita. Ele tamborilava na malha fina da sua calça como se tivesse mal de Parkinson.

V. sabia o que ia acontecer.

– E as suas? – Ele perguntou delicadamente. – E as suas mãos?

Jane suspirou.

– As minhas... as minhas estavam paradas, totalmente relaxadas. Eu não sentia nada além daquele mingau de aveia em meu estômago. Oh... Deus, minha irmã estava morta e meus pais, sem qualquer emoção, estavam entediados. Eu? Nada. Eu me lembro de ter pensado que

Hannah teria chorado se eu estivesse deitada em um caixão com cetim dentro. Ela teria chorado por mim. Mas e eu? Eu não.

Ela continuou:

– Então, quando o padre terminou sua propaganda a respeito de como Deus era bom, e de como Hannah tinha sorte por estar com Ele e blá, blá, blá, o órgão começou a tocar. A vibração da música subiu do chão, passando pelo meu assento e chegou à frequência correta. Ou errada, creio eu. Vomitei a aveia em cima do meu pai.

V. segurou sua mão.

– Caramba...

– Sim. E minha mãe se levantou para me tirar dali, mas meu pai disse que ela deveria ficar parada. Ele me levou a uma funcionária da igreja, pediu a ela que me levasse ao banheiro e então entrou no banheiro dos homens. Fui deixada sozinha em um dos banheiros por cerca de dez minutos, até que a moça da igreja voltou, me colocou dentro de seu carro e me levou para casa. Não assisti ao enterro.

Jane respirou profundamente.

– Quando meus pais voltaram para casa, nenhum dos dois foi me ver. Consegui escutá-los caminhando pela casa até tudo ficar em silêncio. Por fim, eu desci, peguei alguma coisa da geladeira e comi em pé diante da pia, porque não podíamos levar comida para o quarto. E também não chorei naquele momento, apesar de ser uma noite com muito vento, o que sempre me assustava, além da casa estar escura e eu ter a sensação de que havia arruinado o velório de minha irmã.

– Com certeza você estava em choque.

– Sim, engraçado... eu fiquei preocupada pensando que ela poderia ficar com frio, afinal, era uma noite fria de outono. Chão frio. – Jane balançou a mão. – Mas enfim, no dia seguinte meu pai foi viajar antes de eu me levantar, e só voltou duas semanas depois. Ele telefonou várias vezes e disse à minha mãe que participaria de reuniões em outra parte do país. Enquanto isso, minha mãe acordava todos os dias, vestia-se e me levava para a escola, mas não estava realmente presente. Ela se tornou um tipo de noticiário. Ela só conseguia falar do tempo ou do que havia ocorrido de errado com os funcionários enquanto eu estava na escola.

– Meu pai voltou, e quer saber como eu sabia que a chegada dele estava para acontecer? O quarto de Hannah. Todas as noites eu entrava no quarto dela e ficava ali com as coisas dela. Eu não entendia como todas as roupas, livros e desenhos dela continuavam ali, mas ela, não. Não fazia sentido. O quarto dela era como um carro sem motor, tudo onde deveria estar, menos o mais importante. Nada daquilo seria usado de novo. Mas na noite anterior à chegada de meu pai, eu abri a porta do quarto e... não havia mais nada ali. Minha mãe havia limpado tudo, trocando até a colcha e as cortinas. O quarto de Hannah passou a ser um quarto de hóspedes. Por isso eu soube que meu pai estava voltando.

V. esfregou o polegar nas costas da mão dela.

– Jesus... Jane...

– Então esta é minha revelação. Vomitei aveia em vez de chorar.

Ele percebeu que ela estava ansiosa e desejando poder voltar no tempo, e sabia como ela se sentia, porque era o que ele mesmo fazia nas poucas ocasiões em que contava algo pessoal. Ele continuou acariciando sua mão até ela olhar para ele. Após um longo silêncio, ele sabia o que Jane estava esperando.

– Sim – ele disse. – Eles me amarraram.

– E você estava acordado durante todo o tempo, não é?

Ele ficou rouco.

– Sim.

Ela tocou seu rosto, passando a palma da mão por sua barba.

– Você os matou por isso?

Ele ergueu a mão com a luva.

– Isto tomou conta de mim. O brilho surgiu no meu corpo. Os dois me seguravam, por isso caíram como pedras.

– Ainda bem.

Caramba... ele a amava.

– Você teria sido uma grande guerreira, sabia?

– Eu sou... a morte é minha inimiga.

– Sim, eu sei. – Deus, fazia muito sentido o fato de ele ter se aproximado dela. Jane era uma guerreira... como ele. – Seu bisturi é a sua adaga.

– Sim.

Eles ficaram daquela maneira, de mãos dadas e olhos unidos. Até que, de repente, ela passou o polegar no lábio inferior dele.

V. inspirou e ela sussurrou:

– Não preciso estar dormindo, sabia?

Capítulo 23

Quando John recobrou a consciência, ele ardia em febre: sua pele parecia envolvida em chamas, seu corpo, um vulcão, sua medula a fornalha que alimentava todo aquele calor. Desesperado para esfriar, ele rolou no chão e tentou tirar as roupas, mas estava sem camisa, sem calça. Estava nu.

– Aceite meu pulso. – A voz da fêmea surgiu de cima e à esquerda, e ele virou a cabeça na direção do som, suando, com gotas escorrendo por seu rosto. Ou estaria chorando?

Dói, ele mexeu a boca.

– Meu amo, aceite meu pulso. O processo está feito.

Algo foi pressionado contra seus lábios e o molhou como um vinho denso. O instinto surgiu animalesco. O calor era, na verdade, uma fome, e o que estava sendo oferecido era o sustento de que ele precisava. John segurou um braço e engoliu com sofreguidão.

Deus... o gosto era de terra e de vida, vivo, potente e viciante. O mundo começou a girar como uma festa, um redemoinho sem fim. Em meio aos giros, ele engoliu desesperado, sabendo que aquilo que descia por sua garganta era o único antídoto para a morte.

A alimentação durou dias e noites, semanas inteiras se passaram. Ou tinha sido apenas um piscar de olhos? Ele ficou surpreso ao ver que houve fim para aquilo – não teria ficado chocado ao saber que toda sua vida tinha se passado ao sabor daquele pulso.

John parou de sugar e abriu os olhos.

Layla, a Escolhida de cabelos louros, estava sentada ao seu lado na cama, com a túnica branca parecendo a luz do sol queimando seus olhos sensíveis. No canto, Wrath estava em pé com Beth, os dois abraçados, parecendo preocupados.

A transição. *Dele.*

John ergueu as mãos e fez um sinal como se estivesse embriagado. *Já acabou?*

Wrath balançou a cabeça.

– Ainda não. Está vindo.

Vindo?

– Respire profundamente – o rei disse. – Você vai precisar disso. E, escute, estamos bem aqui, certo? Não vamos deixá-lo.

Droga, era isso mesmo. A transição era feita em duas partes. E a parte difícil ainda começaria. Para combater o medo, ele lembrou a si mesmo que Blay havia passado por aquilo. Assim como Qhuinn.

Assim como todos os Irmãos.

E sua irmã.

Ele olhou para os olhos azul-escuros de Beth e do nada teve uma visão. Estava em uma boate... uma boate gótica com... Tohrment. Não, estava observando Tohr com alguém, um macho grande, um macho do tamanho dos Irmãos, cujo rosto John não conseguia ver.

Ele franziu a testa, tentando entender por que seu cérebro estaria captando algo daquele tipo. E então escutou o estranho falar:

Ela é minha filha, *Tohr.*

Ela é mestiça, D. E você sabe o que ele pensa dos seres humanos. Tohrment balançou a cabeça. *Minha tataravó era uma, e você não me vê falando isso perto dele.*

Eles estavam falando sobre Beth... o que significava que o estranho nas sombras era o pai de John. *Darius.*

John se esforçou para focar a visão para ver o rosto de seu pai, torcendo para que houvesse clareza quando Darius ergueu a mão para chamar a atenção de uma garçonete antes de apontar para a garrafa vazia de cerveja e para o copo quase vazio de Tohrment.

Não permitirei que mais um de meus filhos morra, ele disse. *Não se existir a possibilidade de salvá-la. Não é possível saber se ela vai passar pela mudança. Ela pode acabar levando uma vida feliz, sem nunca saber sobre o meu lado. Já aconteceu antes.*

Será que seu pai sabia sobre ele também, John pensou. Provavelmente não, uma vez que ele havia nascido no banheiro de uma rodoviária e tinha sido abandonado para morrer: um macho que se importava tanto com uma filha também teria se importado com um filho.

Sua visão começou a desaparecer, e quanto mais John tentou mantê-la, mais rapidamente ela se desintegrou. Um pouco antes de desaparecer, ele olhou para o rosto de Tohr. O corte de cabelo estilo militar, os ossos fortes e os olhos espertos fizeram John sentir um aperto no peito. Assim como a maneira como Tohr olhava para o macho que estava sentado a sua frente. Eles eram próximos. Melhores amigos, aparentemente.

Como teria sido maravilhoso, John pensou, ter tido os dois em sua vida...

A dor que o tomou foi enorme, um baque forte que abalou John e fez suas moléculas explodir. Toda a razão se foi e ele não teve escolha senão se submeter. Abrindo a boca, ele gritou sem emitir som.

Jane não acreditava estar olhando para o rosto de um vampiro e torcendo para que fizesse sexo com ela. Mas, ao mesmo tempo, nunca se sentiu tão segura de algo em sua vida.

– Feche os olhos – V. disse.

– Você vai me beijar de verdade? – *Por favor, Deus, permita que sim.*

V. esticou o braço e passou a mão sem luva pelo rosto dela. A palma era quente, grande e tinha um cheiro apimentado.

– Durma, Jane.

Ela franziu a testa.

– Quero estar acordada.

– Não.

– Por quê?

– É mais seguro se estiver dormindo.

– Espere, está dizendo que poderia me engravidar? – E doenças sexualmente transmissíveis?

– Já vimos casos que seres humanos engravidaram de vampiros em certas ocasiões, mas você não está ovulando. Eu sentiria o cheiro.

Quanto às doenças transmissíveis, não tenho nenhuma, e você não poderia me passar nada, mas não importa. É mais seguro se eu estiver com você quando não estiver acordada.

– Quem disse?

Ele se remexeu na cama, impaciente, inquieto. Excitado.

– Só pode acontecer durante o sono.

Caramba, aquilo era hora de ele ser um cavalheiro? Droga.

Jane se retraiu e ficou em pé.

– Fantasias não me interessam. Se não quer ficar comigo de verdade, então não faremos nada.

Ele puxou parte dos cobertores para cima de seu quadril cobrindo uma ereção que se mostrava contra a roupa.

– Não quero machucar você.

Ela olhou para ele com um olhar frustrado.

– Sou mais forte do que você pensa. E, para dizer a verdade, detesto essa história de homens que dizem "estou tentando fazer o que é melhor para você".

Ela se virou com o queixo erguido, mas então percebeu que não havia para onde ir. *Que bela retirada.* Sem alternativas, Jane foi para o banheiro. Enquanto caminhava entre o chuveiro e a pia, sentiu-se como um cavalo em uma baia de estábulo...

Sem qualquer aviso, ela foi pega por trás, empurrada para ficar de rosto grudado na parede, sendo segurada por um corpo duas vezes maior que o dela. Primeiro ela se assustou, depois sentiu desejo quando V. segurou seu traseiro.

– Eu tentei dizer não – ele rosnou ao enfiar a mão em seus cabelos e segurá-los, puxando a cabeça dela para trás. Enquanto Jane gemia, sentiu que ficava úmida entre as pernas. – Eu tentei ser gentil.

– Oh... *Deus...*

– Rezar não vai ajudar. Tarde demais para isso, Jane. – Havia arrependimento e também um tom irônico em sua voz. – Eu dei a você a chance de fazer as coisas do seu jeito. Agora, elas serão do meu jeito.

Ela queria aquilo. Ela o desejava.

– Por favor...

– Shh. – Ele virou sua cabeça para o lado com um movimento do braço, expondo seu pescoço. – Quando eu quiser que você implore, vou dizer. – A língua dele era quente e molhada e percorreu o pescoço dela. – Agora, pergunte o que vou fazer com você.

Ela abriu a boca, mas apenas ficou ofegante.

Ele a segurou pelo cabelo.

– *Pergunte*. Quero que me pergunte "o que vai fazer comigo?".

Ela hesitou.

– O que... o que vai fazer comigo?

Ele a puxou para um lado, mantendo o quadril preso ao traseiro dela.

– Está vendo a pia, Jane?

– Sim... – Caramba, ela ia atingir um orgasmo...

– Vou curvá-la diante daquela pia e fazê-la segurar nas laterais. E então vou tirar sua calça...

Oh, Jesus...

– Pergunte-me o que vou fazer depois, Jane. – Ele voltou a lamber seu pescoço, e passou o que ela percebeu ser uma presa em sua orelha. Sentiu uma onda deliciosa de dor, seguida por mais uma onda de calor entre as pernas.

– O que... vai acontecer em seguida? – Ela perguntou.

– Vou ficar de joelhos. – Ele abaixou a cabeça e mordiscou seu ombro. – Diga: "e depois o quê, V.?".

Ela quase soluçou, e suas pernas ficaram bambas de tanta excitação que sentia.

– ... e depois o quê?...

Ele puxou seus cabelos:

– Você esqueceu a última parte.

Qual era a última parte?... Qual era a última parte?...

– V.

– Não, comece de novo. Desde o começo. – Ele empurrou o pênis contra ela, um movimento que deixou claro que queria penetrá-la *naquele momento*. – Comece de novo e faça tudo certo dessa vez.

De repente, um orgasmo começou a se anunciar em seu corpo, com a sensação intensificada pela voz dele...

– Oh, não, não agora! – Ele se afastou de seu corpo. – Não goze agora. Apenas quando eu permitir. Não antes.

Desorientada, ela relaxou quando a vontade diminuiu.

– Agora diga as palavras que quero escutar.

Quais são?

– E depois o que, V.?

– Vou ajoelhar, passar as mãos pela parte de trás de suas pernas e abrir você para a minha língua.

Aquele orgasmo ameaçou voltar, fazendo suas pernas tremerem.

– Não – ele disse com a voz rouca. – Agora não. Só quando eu permitir.

Ele a levou para a pia e fez exatamente o que disse que faria. Se inclinou sobre ela, colocou suas mãos uma de cada lado na pia e deu a ordem:

– Segure-se.

Ela se segurou com força.

Ele usou a duas mãos nela, correndo-as para dentro de sua blusa, segurando seus seios. E então pousou as mãos sobre sua barriga ao redor de seu quadril.

V. puxou a calcinha para baixo com um único movimento.

– Oh!... É isso o que eu quero. – Sua mão com a luva de couro segurou seu traseiro e o massageou. – Levante essa perna.

Ela obedeceu e sua calça de ioga desapareceu sob seus pés. Suas coxas foram separadas e... sim, as mãos dele, uma com a luva, a outra sem, subiram. Ela sentiu que estava úmida e cheia de desejo enquanto esperava por ele.

– Jane... – ele sussurrou como numa reverência.

Não houve prelúdio, não houve delicadeza no que ele fez com ela. Foram os lábios dele. O corpo dela. Dois pares de lábios se encontrando. Ele apertou o traseiro dela e a manteve parada enquanto agia, e Jane perdeu totalmente a noção do que era a língua, o queixo ou a boca. Ela conseguia se sentir sendo penetrada, escutava o som da pele contra a pele, conheceu o controle que ele tinha sobre ela.

– Goze para mim – ele disse contra seu corpo. – Agora mesmo.

O orgasmo chegou numa explosão repentina que a fez se segurar na pia até que uma de suas mãos escorregou. Ele a segurou, ajudando-a a manter-se em pé. Afastou a boca do corpo dela, a beijou e escorregou a mão por suas costas.

– Agora eu vou penetrá-la.

O som do pijama dele sendo tirado foi mais alto do que a respiração dela e ao sentir a ereção contra o corpo quase perdeu o rumo de novo.

– Eu quero – ele disse com a voz rouca. – Deus, eu quero...

Ele a penetrou com apenas um movimento que fez seu quadril encostar no traseiro dela, e apesar de ser ela quem absorvia o impacto do movimento, foi ele quem gemeu. Mas sem parar, ele começou os movimentos dentro dela, fazendo-a dobrar o corpo, empurrando-a e puxando-a para recebê-lo. Com a boca e olhos abertos e os ouvidos prestando atenção aos deliciosos sons do sexo, ela se segurou na pia e mais um orgasmo tomou conta de seu corpo. Quando sentiu as ondas de novo, seus cabelos voavam por seu rosto, sua cabeça balançava, os corpos batiam um contra o outro.

Era diferente de tudo que ela conhecia. Era sexo elevado à milésima potência.

E então ela sentiu a mão com a luva em seu ombro. Quando ele a puxou para que ficasse de pé, continuou com movimentos certeiros, dentro e fora, dentro e fora. Levou a mão ao pescoço dela, segurou seu queixo e puxou a cabeça para trás.

– *Minha* – ele rosnou, penetrando-a.

E então a mordeu.

Capítulo 24

Quando John acordou, o primeiro pensamento que lhe ocorreu foi de que ele queria um *sundae* de chocolate com pedacinhos de bacon em cima. Bem nojento, na verdade.

Mas... droga, chocolate e bacon seriam o paraíso agora.

Ele abriu os olhos e ficou aliviado por estar olhando para o teto familiar do quarto onde dormia, mas não sabia ao certo o que havia ocorrido. Foi algo traumático. Algo gigantesco. Mas o quê?

Ele ergueu a mão para coçar os olhos... e parou.

O membro preso a seu braço era *enorme*. A mão de um gigante.

Ele ergueu a cabeça e olhou para o próprio corpo... ou o corpo de outra pessoa. Onde estava com a cabeça para não ter percebido aquela mudança antes?

A transição.

– Como você se sente, John?

Ele olhou na direção da voz de Wrath. O rei e Beth estavam perto da cama, com a aparência de exaustos. Ele precisou se concentrar para fazer as mãos se mexerem para que ele perguntasse: *eu passei por ela?*

– Sim, filho, passou. – Wrath limpou a garganta e Beth acariciou seu braço tatuado, como se soubesse que ele estava lutando contra a emoção. – Parabéns.

John hesitou um pouco, prendendo a respiração.

– Ainda sou... eu mesmo?

– Sim, sempre.

– Devo ir embora? – Perguntou uma fêmea.

John virou a cabeça. Layla estava em pé em um canto escuro, com o rosto lindo e seu corpo perfeito nas sombras.

Ereção instantânea. Como se alguém tivesse injetado aço em seu pênis.

Ele se remexeu para ver se estava coberto e sentiu alívio ao perceber que já havia um cobertor sobre ele. Quando se ajeitou de novo, Wrath estava falando, mas John só conseguia se concentrar no pênis latejante entre as pernas... e na fêmea do outro lado da sala.

– Seria uma honra poder ficar – Layla disse com uma reverência.

Ficar seria bom, John pensou. Se ela ficasse...

Espere, *não* seria bom... ele não podia fazer sexo com ela, pelo amor de Deus.

Layla deu um passo adiante, bloqueando a luz lançada pelo abajur que ficava no criado-mudo. Sua pele era branca como a luz da lua, suave como um lençol de cetim. Devia ser macia também... entre seus braços, sob seus lábios... sob seu corpo. De repente, John abriu a boca, e sentiu algo surgir na parte de cima, dos dois lados. Passando a língua, rapidamente ele sentiu que eram suas presas.

O sexo tomou conta de seu corpo a ponto de ele ter de desviar o olhar.

Wrath riu, como se soubesse o que John pretendia fazer.

– Deixaremos vocês a sós, John. Se precisar, estaremos do outro lado do corredor.

Beth se inclinou e tocou sua mão de leve, como se soubesse quão sensível ele estava.

– Estou muito orgulhosa de você.

Quando eles se entreolharam, o que lhe ocorreu foi dizer "*e eu de você*".

O que não fazia nenhum sentido. Então, ele gesticulou de modo desajeitado: *obrigado*.

Os dois saíram um instante depois, fechando a porta e deixando Layla e John sozinhos. Oh, aquilo não daria certo. Ele sentiu que lutava para ter controle sobre seu corpo.

Como não era seguro olhar para a Escolhida, ele olhou para o banheiro. Pela porta entreaberta, e viu o chão de mármore.

– Quer tomar um banho, meu amo? – Layla perguntou. – Devo preparar a água?

Ele assentiu para que ela se ocupasse com alguma coisa enquanto ele pensava no que fazer consigo mesmo.

Pegue-a. Transe com ela. Domine-a de várias maneiras diferentes.

Certo, até parece, não devia fazer aquilo.

O chuveiro foi aberto e Layla voltou, e quando ele se deu conta do que estava acontecendo, já estava sem as cobertas. Ele levou as mãos na direção da genitália para se cobrir, mas os olhos dela chegaram à ereção primeiro.

– Posso ajudá-lo a ir até o chuveiro? – A voz dela estava rouca, e olhou para o quadril dele como se aprovasse. E isso fez o peso enorme sob suas mãos aumentar ainda mais.

– Meu amo?

Como ele podia se comunicar naquela situação?

Não importava. Ela não entenderia de qualquer maneira.

John balançou a cabeça e então se sentou, deixando uma mão sobre o corpo e apoiando a outra no colchão para se estabilizar. Droga, ele se sentia como uma mesa cujos parafusos tinham sido afrouxados sem que as partes se encaixassem direito. E a ida ao banheiro mais pareceu uma corrida com obstáculos, ainda que não houvesse nada em seu caminho.

Pelo menos não estava mais concentrado apenas em Layla.

Mantendo a mão sobre o pênis, ele cambaleou para dentro do banheiro, tentando não pensar que Layla estava vendo tudo. Enquanto caminhava, pensou em bezerros recém-nascidos com dificuldade para ficar em pé. Ele conseguia se identificar muito com eles naquele momento, pois seus joelhos tremiam e anunciavam uma queda a qualquer momento.

Certo. Ele estava dentro do banheiro. *Bom trabalho.*

Bem que poderia conseguir tomar um banho sem cair. Mas, caramba, limpar-se seria tão bom que valia a pena enfrentar uns hematomas. Mas o problema era que mesmo o banho que ele tanto desejava era um problema. Entrar sob o jato de água morna era como receber chicotadas, e ele se afastou – e viu Layla despindo-se pelo canto do olho.

Caramba... era linda.

Quando ela entrou ali com ele, John ficou sem palavras, e não por causa de suas cordas vocais. Os seios dela eram cheios, com os mamilos rosados bem no meio. Sua cintura era fina o suficiente para que ele a envolvesse com as mãos. Seu quadril estava em harmonia com os ombros estreitos. E seu sexo... seu sexo estava úmido para ele, com a pele macia e sem pelos, com um vinco separando os dois lábios que despertou nele um desejo forte de abrir.

John cobriu ainda mais a si mesmo com as mãos, como se seu pênis quisesse pular para fora do corpo.

– Posso lavá-lo, meu amo? – Ela perguntou quando o vapor entre eles ficou fino como uma brisa suave.

Sua ereção pulsou.

– Meu amo?

Ele assentiu. O corpo latejou. Ele pensou em Qhuinn contando o que havia feito com a fêmea que possuiu. *Oh Jesus...* e agora era a vez de John.

Ela pegou o sabonete e o passou entre as mãos, rolando o objeto de um lado a outro, formando uma espuma branca que escorria pelo piso. Ele imaginou seu pênis entre as mãos dela e precisou abrir a boca para respirar.

Veja os seios dela em movimento, ele pensou passando a língua pelos lábios. Tentou imaginar se ela permitiria que ele a beijasse ali. Qual seria seu sabor? Será que deixaria que ele entrasse...

Sua ereção pulsou e ele não conseguiu controlar um gemido.

Layla colocou o sabão de volta no pratinho da parede de mármore.

– Serei delicada, pois você está sensível agora.

Ele hesitou e torceu para não perder o controle quando as mãos ensaboadas dela partiram em sua direção e pousaram em seu ombro. Infelizmente a expectativa tinha sido melhor do que a realidade. Seu toque suave parecia uma lixa sobre uma pele queimada de sol... mas, ainda assim, ele desejava aquele contato. Desejava a fêmea. Com o perfume de sabonete francês no vapor quente, ela desceu as mãos pelos braços dele, subindo de novo e descendo por seu peito grande. A espuma escorria por sua barriga até as mãos, passando entre os dedos e depois caindo de seu sexo em montes suaves.

Ele olhou para ela enquanto Layla se demorava em seu peito, excitado ao ver que seus olhos verdes analisavam seu corpo novo e grande.

Ela estava faminta, ele pensou. Faminta pelo que ele segurava. Faminta por aquilo que ele queria dar a ela.

Layla pegou o sabonete do pratinho de novo e se ajoelhou diante dele, com os joelhos no mármore. Seu cabelo continuava preso, e ele queria soltá-lo, queria vê-lo molhado e grudado nos seios dela.

Quando ela colocou as mãos em seus tornozelos e começou a subir, Layla olhou para cima. De repente ele a imaginou fazendo sexo oral, com seu pênis abrindo sua boca, e ela sugando-o sem parar.

John gemeu e se remexeu, batendo o ombro.

– Solte os braços, meu amo.

Apesar de estar assustado com o que estava prestes a acontecer, quis obedecê-la. Mas e se fizesse alguma bobagem? E se tivesse um orgasmo diante do rosto dela por ser incapaz de se controlar? E se...

– Meu amo, solte os braços.

Lentamente, ele soltou os braços, e sua ereção apareceu bem diante dos seus quadris, mais do que desafiando a gravidade, ficando totalmente fora de seu alcance.

Oh Jesus. Oh Jesus... a mão dela estava indo na direção do...

Assim que ela tocou seu pênis, a ereção murchou. De repente, ele se viu detido. Mantido sob ameaça. Violentado enquanto chorava em silêncio.

John se afastou dela e saiu do chuveiro com dificuldade, com os pés molhados e os joelhos trêmulos fazendo-o escorregar no piso. Para não cair, ele se sentou no vaso.

Que vergonha. Que falta de masculinidade. Algo que já era esperado. Finalmente tinha um corpo grande, mas continuava sendo como era antes.

O chuveiro foi fechado e ele escutou Layla cobrindo-se com uma toalha.

Ela perguntou:

– Gostaria que eu vá embora?

Ele assentiu, envergonhado demais para sequer olhar para ela.

Quando olhou para cima, muito tempo depois, estava sozinho no banheiro. Sozinho e com frio, tendo perdido o calor do banho, todo o vapor desaparecido, juntamente com seu *glamour*.

Sua primeira vez com uma fêmea... e ele havia perdido a ereção. Droga, ele sentiu vontade de vomitar.

V. rasgou a pele de Jane com as presas, penetrando seu pescoço, encontrado sua veia, acariciando-a com os lábios. Como ela era um ser humano, a onda de prazer pelo poder de beber seu sangue vinha não exatamente do sangue em si, mas do fato de ela ser a dona do líquido. Ele queria aquele sabor. O sabor dela... e poder consumi-la.

Quando ela gemeu, V. percebeu que não tinha sido de dor. Seu corpo estava tomado de excitação, e aquele odor ficou ainda mais forte quando ele pegou o que queria dela, quando possuiu seu sexo ao mesmo tempo que sugava seu sangue.

– Atinja o orgasmo comigo – ele disse com a voz rouca, soltando seu pescoço e permitindo que ela se apoiasse na pia de novo. – Goze... comigo.

– Oh... Deus...

V. ficou tenso ao começar a atingir o orgasmo e ela o acompanhou, com seu corpo sugando seu sexo como ele havia sugado seu pescoço. A troca parecia justa e satisfatória; ela agora estava dentro dele e ele dentro dela. Era certo. Era bom.

Minha.

Quando terminou, os dois respiravam com dificuldade.

– Você está bem? – Perguntou, ciente de que aquela pergunta nunca tinha sido feita por ele depois do sexo.

Jane não respondeu e ele se afastou um pouco. Em sua pele pálida, ele pôde ver as marcas que havia deixado ali, marcas vermelhas pela forma agressiva da posse. Quase todas as pessoas com quem V. havia transado tinham terminado com aquelas marcas, porque ele gostava da intensidade, precisava dela. E nunca se importou com o que deixava no corpo das pessoas.

Mas as marcas o perturbavam agora. Elas o perturbaram ainda mais quando ele passou a mão pelos lábios e viu uma mancha do sangue dela.

– *Oh... Deus...* – ele a havia usado com muita força. Tinha sido muito forte. – Jane, sinto muito...

– Maravilhoso. – Ela balançou a cabeça, com as mechas louras sobre a face. – Foi... Maravilhoso.

– Tem certeza de que eu não...

– Simplesmente maravilhoso. Ainda que eu esteja com medo de me soltar desta pia, pois minhas pernas ainda estão bambas.

Ele sentiu um alívio, uma onda de estupor.

– Não quis machucá-la.

– Você acabou comigo, mas no bom sentido. Se eu tivesse uma melhor amiga agora, telefonaria para ela para dizer que tive a melhor transa da minha vida...

– Ótimo... isso é ótimo. – Ele não queria deixar seu corpo, especialmente depois de escutar aquilo. Mas ele afastou o quadril e tirou o pênis para que ela pudesse descansar.

De costas, ela era linda. De se admirar. Totalmente desejável. A ereção dele pulsou como um coração enquanto ele vestia a calça do pijama.

V. endireitou Jane lentamente e olhou para seu rosto no espelho. Os olhos dela brilhavam, seu sexo estava entreaberta, o rosto corado. Em seu pescoço, a marca de mordida estava exatamente onde ele queria: onde todos podiam vê-la.

Ele a virou e passou o dedo da mão com a luva por seu pescoço, passando pela fina mancha de sangue dos furos. Lambeu a luva preta, saboreando seu sabor, querendo mais.

– Vou fechar essa marca, tudo bem?

Ela assentiu e ele abaixou a cabeça. Ao passar a língua delicadamente pelos furos, fechou os olhos e se distraiu acariciando-a. Da próxima vez, ele queria ir entre as pernas dela e sugar a veia que descia por seu quadril, penetrá-la para que pudesse revezar-se sugando seu sangue e lambendo seu sexo.

Ele virou para o lado e abriu o chuveiro, e então abriu a camisa de botões que ela vestia. Seus seios estavam cobertos com renda branca, com as pontas visíveis através do belo tecido. Abaixando-se, ele sugou um dos mamilos e foi recompensando com a mão dela acariciando seus cabelos e um gemido preso em sua garganta.

Ele gemeu e escorregou a mão entre suas pernas.

O que ele havia expelido escorria por ali e V. queria que continuasse assim. Queria deixar aquilo onde estava e colocar mais lá dentro.

Ah, sim, os instintos de um macho vinculado. Vishous queria que Jane o usasse como se fosse sua pele: no corpo todo.

Ele tirou seu sutiã e entrou no chuveiro com ela, segurando-a pelos ombros, colocando-a embaixo da água. Ele entrou, molhando a calça do pijama, com os pés sentindo o mármore liso do chão.

Passando as mãos por seus cabelos e afastando as ondas louras de seu rosto, ele olhou dentro de seus olhos.

Minha.

– Eu ainda não a beijei – ele disse.

Ela se arqueou contra ele e usou seu peito para se equilibrar, como ele queria que ela fizesse.

– Na boca, não.

– Posso?

– Claro.

Caramba, ele ficou nervoso ao olhar para seus lábios, o que era muito estranho. Ele havia feito muito sexo ao longo de sua vida, de todos os tipos e combinações, mas pensar em beijá-la corretamente apagava todo o resto: voltou a ser virgem sem saber o que fazer.

– Vai me beijar? – Ela perguntou.

Oh... caramba.

Com um sorriso de Monalisa, ela levou as mãos ao rosto dele.

– Venha aqui.

Ela o puxou na direção do rosto, inclinou a cabeça e raspou os lábios contra os dele. O corpo de V. estremeceu. Ele havia sentido poder antes... o de seus músculos, o poder de sua mãe em seu destino, o poder do rei em sua vida, o poder de seus Irmãos em seu trabalho... mas nunca permitira ser derrubado por nada.

Mas agora Jane o derrubou. Apenas segurando seu rosto delicadamente.

Ele a aproximou e pressionou os lábios contra os dela, fazendo com que a comunhão trouxesse uma doçura que ele não pensou que fosse desejar, muito menos valorizar. Quando se separaram, ele ensaboou seu corpo e enxaguou. Lavou seus cabelos com xampu. Limpou entre suas pernas.

Cuidar dela era como respirar... uma função automática de seu corpo e cérebro na qual ele não tinha de pensar.

V. fechou o chuveiro, enxugou o corpo dela, pegou Jane no colo e a levou de volta para a cama. Ela se estendeu sobre o cobertor preto, com os braços acima da cabeça, e as pernas levemente separadas, nada além da pele corada e dos músculos relaxados.

Ela olhou para ele com os olhos entreabertos.

– Seu pijama está molhado.

– Sim.

– Você está rígido.

– Estou.

Ela se arqueou na cama, com as ondas tomando conta de seu corpo, de seu quadril até os seios e disse:

– Vai fazer alguma coisa a esse respeito?

Ele mostrou as presas e respondeu:

– Se você permitir.

Ela abriu as pernas. Brilhava de umidade, e não tinha sido causada pelo banho.

– Acha que isto é um não? – Ela perguntou.

Ele tirou a calça e colocou-se em cima dela no mesmo instante, beijando-a de modo profundo e demorado, erguendo o quadril, posicionando-se, entrando. Ela era muito melhor daquela maneira, de verdade, e não num sonho. Ela atingiu o orgasmo uma, duas... muitas vezes, e ele ficou emocionado.

Pela primeira vez estava fazendo sexo com alguém que amava. Sentiu-se momentaneamente assustado com a exposição. Como aquilo havia acontecido?

Mas aquela era a sua última tentativa – bem, a única – de amar, certo? E ela não se lembraria de nada, o que era seguro: ela não se magoaria no final.

Além disso... a falta de lembrança o fazia ficar seguro também, certo? Mais ou menos como na noite em que ele e Wrath se embriagaram e V. falou sobre a própria mãe.

Quanto menos pessoas soubessem sobre ele, melhor;

Mas por que pensar em apagar a mente de Jane lhe dava um aperto no coração?

Droga, ela partiria em breve.

Capítulo 25

No Outro Lado, Cormia saiu do templo do Primaz e esperou enquanto a Directrix fechava as enormes portas douradas. O templo ficava no topo de uma montanha, era uma coroa brilhante em cima de uma pequena colina, e, dali, todo o complexo das Escolhidas podia ser visto: as construções brancas e os templos, o anfiteatro, os caminhos cobertos. Os trechos entre os pontos principais eram cobertos por grama clara que nunca crescia, nunca mudava, e, como sempre, a vista oferecia pouco a ser observado no horizonte, apenas um borrão difuso dos limites da floresta. A única cor conferida à paisagem era o azul-claro do céu, e mesmo isso se desvanecia ao redor dos cantos.

– E assim termina nossa lição – a Directrix disse ao pegar de seu pescoço a bela corrente de chaves e trancar as portas. – De acordo com a tradição, você deve se apresentar para os primeiros rituais de purificação quando a chamarmos. Até lá, você deve ponderar sobre a graça que recebeu e o serviço que prestará para todas nós.

As palavras foram ditas no mesmo tom duro que a Directrix usou para descrever o que o Primaz faria com o corpo de Cormia. Muitas vezes. Sempre que desejasse. Os olhos da Directrix brilharam quando ela colocou o colar de novo, com as chaves tilintando ao se aquietarem entre seus seios.

– Cuide-se, irmã.

Quando a Directrix desceu a colina, sua túnica branca não se distinguia do chão nem das construções, sendo apenas mais um borrão que apenas se diferenciava por estar em movimento.

Cormia levou as mãos ao rosto. A Directrix havia dito a ela – não, havia jurado – que aquilo que se passaria entre ela e o Primaz seria doloroso. E Cormia acreditou. Os detalhes eram chocantes, e ela temeu não ser capaz de aguentar a cerimônia de acasalamento – o que seria uma desgraça para todas as Escolhidas. Como representante de todas elas, Cormia precisava agir conforme o esperado e com dignidade, ou ela iria manchar a tradição admirável na qual servia, contaminando-a totalmente.

Ela olhou para trás no templo e colocou a mão na parte baixa da barriga. No Outro Lado, Cormia era fértil, assim como todas as Escolhidas. Poderia conceber um filho do Primaz na primeira vez em que estivesse com ele.

Santa Virgem do Fade, por que ela tinha sido escolhida?

Quando se virou, a Directrix estava aos pés da colina, pequena em comparação às edificações altas, tão imponentes. Porém, mais do que qualquer pessoa ou qualquer coisa, era ela quem definia a paisagem: a Virgem Escriba era a quem todas serviam, mas era a Directrix quem comandava a vidas delas. Pelo menos até a chegada do Primaz.

A Directrix não queria aquele macho em seu mundo, Cormia pensou. E por isso Cormia tinha sido a escolhida. Dentre todas as fêmeas que poderiam ter sido escolhidas e que se sentiriam felizes, ela era a menos receptiva, a menos agradável. Uma declaração passivo-agressiva contra a mudança na supremacia.

Cormia começou a descer a pequena colina, com a grama branca sem temperatura sob seus pés descalços. Nada além de alimentos e bebidas possuía calor ou frio no Outro Lado.

Por um momento, ela pensou em escapar. Era melhor estar distante de tudo o que conhecia do que enfrentar o que a Directrix havia descrito. Mas ela não sabia como atravessar para o outro lado. Sabia que era preciso passar pelo espaço particular da Virgem Escriba, mas e depois? E se ela fosse flagrada pela sua Santidade?

Impensável. Mais assustador do que estar com o Primaz.

Em seus pensamentos privados e pecaminosos, Cormia caminhou sem propósito pela paisagem que conhecia desde sempre. Era fácil se perder no complexo, porque tudo parecia a mesma coisa e tinha o mesmo odor. Sem contraste, as bordas da realidade eram fugazes demais para serem agarradas, mental ou fisicamente. Nunca se tinha os pés no chão. Você apenas flutuava.

Ao passar pela Casa de Valores, ela parou nos degraus e pensou em todas as joias que havia ali dentro, as únicas cores que ela já tinha visto. Atrás das portas trancadas, havia cestos cheios de pedras preciosas, e ela acreditava tê-las visto uma ou duas vezes na vida, mas mesmo assim se lembrava bem das cores. Seus olhos ficaram chocados com o azul-claro das safiras e o verde-escuro das esmeraldas e da forte cor de sangue dos rubis. A água-marinha era da cor do céu, por isso causou menos fascinação nela.

Sua favorita tinha sido a citrina, a linda pedra amarela. Até conseguiu tocá-la. Foi apenas um rápido toque dentro do cesto quando ninguém olhava, mas como tinha sido glorioso ver o brilho naquelas faces. Sentir aquelas pedras brilhando em sua mão tinha sido uma experiência maravilhosa, ainda mais por ter sido algo proibido. Aquelas pedras passaram calor a ela, ainda que não fossem mais quentes do que mais nada ali.

E as pedras preciosas não eram o único atrativo da Casa de Valores. Havia objetos do outro lado que eram mantidos ali em caixas de vidro, coisas que tinham sido reunidas por terem um papel importante na história da raça ou porque eram objetos mantidos pelas Escolhidas. Ainda que Cormia não soubesse exatamente o que eram aqueles objetos, eles foram uma grande revelação. Cores. Texturas. Coisas desconhecidas de locais desconhecidos.

Ironicamente, o objeto que mais a atraiu foi um livro antigo. Na capa puída, em letras já apagadas, estava escrito: DARIUS FILHO DE MARKLON.

Cormia franziu a testa e percebeu já ter visto aquele nome antes... na biblioteca da Irmandade da Adaga Negra.

O diário de um Irmão. Por isso tinha sido preservado.

Ao olhar para as portas trancadas, desejou ter vivido em épocas passadas, quando aquele prédio era mantido aberto e todos podiam andar ali livremente, como se fosse uma biblioteca. Mas isso foi antes do ataque.

O ataque mudou tudo. Parecia inconcebível que membros traidores da raça tivessem vindo com armas para saquear o Outro Lado.

Mas haviam entrado pelo portal que agora estava fechado e corrido para a Casa de Valores. O Primaz antigo havia morrido protegendo suas fêmeas, impedindo os três civis, mas terminando morto.

Ela acreditava que tinha sido seu pai.

Depois daquele acontecimento terrível, a Virgem Escriba decidiu fechar aquele portal de entrada e passou a direcionar por seu pátio particular quem quisesse entrar. E, por precaução, a Casa de Valores sempre foi mantida trancada, exceto quando as joias fossem necessárias para a reclusão da Virgem Escriba e para determinadas cerimônias. A Directrix era quem guardava a chave.

Ela escutou um barulho e olhou na direção de uma passagem. Uma figura totalmente coberta caminhava com dificuldade por ali, com uma das pernas sendo arrastada dentro de uma túnica preta, com as mãos cobertas segurando uma pilha de toalhas pequenas.

Cormia desviou o olhar rapidamente e correu, querendo distância daquela fêmea em especial e também do Templo do Primaz. Acabou o mais distante de ambos que conseguiu, chegando ao lago artificial.

A água estava límpida e totalmente parada, um espelho que mostrava o céu.

Sentiu vontade de enfiar o pé ali, mas não era permitido...

Ela escutou um barulho.

A princípio, não tinha certeza do que havia escutado, se é que havia escutado alguma coisa. Não conseguiu ver ninguém por perto, nada além do Túmulo dos Bebês e as matas de árvores claras que pontuavam o santuário. Esperou. O som não foi ouvido de novo, por isso ela pensou se tratar apenas de sua imaginação e prosseguiu.

Apesar do receio, ela pareceu atraída na direção do túmulo onde bebês que não sobreviviam ao nascimento eram deixados para adoração.

Ansiedade subia por sua espinha. Aquele era o único lugar que nunca visitava, assim como as outras Escolhidas. Todas evitavam aquela construção solitária com suas cercas. A tristeza tomava conta da atmosfera, pesada como os laços de cetim preto amarrados nas maçanetas da porta.

Santa Virgem do Fade, ela pensou, seu destino logo estaria enterrado ali, uma vez que mesmo as Escolhidas tinham um índice alto de morte de bebês. De fato, parte dela descansaria ali, pequenos pedaços de seu ser depositados até não sobrar nada além de uma casca. O fato de não poder escolher a gravidez, de não poder dizer *não*, de nem mesmo ter direito a seus pensamentos, de ver seus filhos presos no mesmo papel que ela, a fez se ver dentro daquele túmulo solitário, trancada entre os pequenos mortos.

Ela fechou a túnica até o pescoço e estremeceu ao olhar pelos portões. Antes daquele momento, achava aquele local desconcertante, pensando que os pequenos se sentiam sozinhos apesar de estarem no Fade e provavelmente felizes e em paz.

Agora, o templo era um horror.

O som que havia escutado surgiu de novo, e ela deu um salto, pronta para sair correndo dos espíritos aflitos que viviam ali. Mas não viu espectro nenhum, mas, sim, alívio. Nada fantasmagórico, mas muito real. Ela deu a volta em silêncio.

Layla estava sentada na grama com os joelhos flexionados contra o peito e os braços envolvendo as pernas. A cabeça estava baixa, os ombros tremiam, sua túnica e seu cabelo estavam molhados.

– Minha irmã? – Cormia sussurrou. – Como está?

Layla levantou a cabeça e rapidamente esfregou o rosto para secar as lágrimas.

– Saia, por favor.

Cormia se aproximou e se ajoelhou.

– Conte-me. O que houve?

– Nada com que precise se...

– Layla, converse comigo. – Sentiu vontade de tocar a irmã, mas elas não podiam fazer aquilo e não queria aumentar a chateação da outra. Em vez do toque, usou um tom e palavras gentis.

– Minha irmã, gostaria de ajudá-la. Por favor, converse comigo. Por favor.

A Escolhida balançou a cabeça de cabelos louros, desarrumando ainda mais seu coque.

– Eu falhei.

– Como?

– Eu... falhei. Esta noite, não consegui agradar. Fui recusada.

– Por quem?

– Pelo macho cuja transição auxiliei. Ele estava pronto para acasalar e eu o toquei e ele perdeu o desejo. – Layla continuou soluçando. – E eu... preciso contar ao rei o que houve, de acordo com a tradição. Devia ter feito isso antes de partir, mas estava muito assustada. Como contarei à Majestade? E à Directrix? – Ela abaixou a cabeça de novo, como se não tivesse forças para voltar a erguê-la. – Fui treinada para agradar. E eu fracassei.

Cormia aproveitou a deixa e pousou a mão no ombro de Layla, pensando que as coisas eram sempre daquele jeito. O peso de todas as Escolhidas recaía em uma única fêmea sempre que ela participava de algum ritual. Assim, não havia problemas particulares ou pessoas, apenas o grande peso de um enorme fracasso.

– Minha irmã...

– Devo entrar em reflexão depois de conversar com o rei e com a Directrix.

Oh não... Reflexão eram sete ciclos sem comida, sem luz e sem contato com os outros para reparação de infrações graves. O pior disso, pelo que Cormia sabia, era a escuridão, uma vez que as Escolhidas ansiavam por luz.

– Irmã, tem certeza de que ele não a desejou?

– O corpo dos machos não mente a esse respeito. Minha santa Virgem... talvez tenha sido melhor. Pode ser que eu não o tenha agradado. – Seus olhos verde-claros se ergueram. – Que bom que não fui sua instrutora. Sou treinada na teoria, não na prática, por isso não teria como passar conhecimento real a você.

– Eu teria preferido que fosse você.

– Então você não é sábia. – A expressão da Escolhida ficou fria de repente. – E aprendi a lição. Vou sair do grupo das *ehros*, pois claramente sou incapaz de levar adiante a tradição da sensualidade.

Cormia não gostou de ver a tristeza nos olhos de Layla.

– Talvez a culpa tenha sido dele.

– Não havia nada de errado com ele. Simplesmente não gostou de mim. É minha culpa, não dele. – Ela secou uma lágrima. – Posso dizer que não há fracasso tão ruim quanto o sexual. Não existe nada que machuque mais do que ser rejeitada, nua, desejosa de unir-se a alguém... ser rejeitada em uma situação tão vulnerável é o pior tipo de recusa. Deixarei o *ehros* não apenas pela tradição, mas por mim. Não conseguiria passar por isso de novo. Nunca mais. Agora, por favor, vá, e não diga nada. Vou me controlar.

Cormia queria continuar a conversa, mas não havia nada a ser dito naquele momento. Ela ficou em pé e tirou uma parte de sua túnica, colocando-a sobre o corpo da irmã.

Layla olhou para cima, surpresa.

– Não estou com frio.

Ela disse isso enrolando o pano até o pescoço.

– Fique bem, minha irmã. – Cormia se virou e passou pelo lago.

Ao olhar para o céu azul-pastoso, sentiu vontade de gritar.

Vishous saiu de cima do corpo de Jane e a posicionou deitada em seu peito. Ele gostava de senti-la ali, em seu lado esquerdo, com uma das mãos livre para lutar e matar por ela se fosse preciso. Deitado ali, naquele momento, nunca tinha se sentido tão concentrado, nunca seu propósito de vida tinha estado tão claro: sua única prioridade na vida era mantê-la viva, sã e salva, e a força com que mantinha aquele desejo o fazia se sentir completo.

Ele era quem era por causa dela.

No pouco tempo que se conheciam, Jane havia conseguido entrar em seu peito, naquele local secreto, tirando Butch do caminho, fixando residência ali. E era bom. A situação parecia a mais correta.

Ela ronronou e se aconchegou ainda mais a ele. Enquanto V. acariciava suas costas, começou a pensar, sem motivo, na primeira luta que travou, um enfrentamento seguido pela primeira vez em que fez sexo.

No acampamento de guerreiros, os machos recém-saídos da transição tinham um certo tempo para encontrar sua força. Mas quando o pai de Vishous se colocou diante dele e anunciou que ele tinha de lutar, V. ficou surpreso. Com certeza ele deveria ter recebido pelo menos um dia para se recuperar.

Bloodletter sorriu, mostrando presas que estavam sempre alongadas.

– E seu adversário será Grodht.

O soldado de quem V. havia roubado comida. O gordo cuja arma favorita era um martelo.

Com a exaustão tomando conta de seu corpo e o orgulho sendo a única coisa que o mantinha em pé, V. caminhou até o ringue de luta montado onde os soldados dormiam. Era uma área circular afundada no chão da caverna, como se um gigante tivesse batido o punho na terra frustrado. Com o fundo e lateral do espaço marrons pelo sangue que havia escorrido dos lutadores, era preciso lutar até não mais conseguir ficar em pé. Nenhuma conduta era proibida, e a única regra era que o guerreiro fizesse o que fosse preciso para não ser vencido.

Vishous sabia que não estava pronto para lutar. Virgem do Fade, mal conseguia ficar em pé no ringue. Mas aquele era o propósito, certo? Seu pai havia planejado tudo perfeitamente. Havia apenas uma maneira com que V. poderia ganhar, e se ele usasse a mão, todos no acampamento veriam com os próprios olhos o que até então eram rumores. Mas, e se ele perdesse? Se isso acontecesse, não seria visto como uma ameaça ao domínio do pai. Então, de qualquer maneira, a supremacia de Bloodletter continuaria intacta e sem ser desafiada pela nova maturidade do filho.

Quando o soldado gordo chegou com sua força e um martelo, Bloodletter disse, na beirada do ringue:

– Que arma devo dar a meu filho? – Ele perguntou à multidão. – Acho que talvez... – Olhou para uma das fêmeas da cozinha, que estava segurando uma vassoura. – Dê-me.

A fêmea correu para obedecer e derrubou a vassoura diante de Bloodletter. Quando se curvou para pegá-la, ele a chutou dali como se ela fosse uma pedra no caminho.

– Pegue isto, meu filho. E peça à Virgem para que não seja usado em você em caso de derrota.

As testemunhas riram. V. segurou a vassoura pelo cabo.

– Comecem! – Bloodletter disse.

A multidão gritou e alguém jogou o resto de seu vinho em Vishous, fazendo o líquido acertar suas costas nuas e escorregar por seu traseiro exposto. O soldado gordo diante dele sorriu, revelando presas que haviam se alongado na mandíbula superior. Quando o macho começou a andar em volta de V., o martelo girava na ponta de uma corrente, com um assovio cada vez mais alto.

V. estava atrapalhado enquanto acompanhava o adversário, com dificuldade para controlar as pernas. Ele se concentrou no ombro direito do macho, aquele que ficaria tenso antes de o martelo ser lançado, enquanto, com a visão periférica, continuava de olho na multidão. Vinho seria o mínimo que eles lançariam nele.

Mas a luta se tornou uma caça, com V. se defendendo e seu oponente atacando com agressão exibida. Enquanto o soldado ostentava sua proficiência com a arma na mão, V. observou pontos previsíveis das ações do macho, além do ritmo do martelo. Por mais forte que o soldado fosse, ele tinha de fixar os pés no chão antes de a cabeça de espinhos de seu martelo ser lançada para frente. V. esperou por uma dessas pausas e então atacou, girando a vassoura e acertando o cabo diretamente na virilha do soldado gordo.

O macho gritou, soltou o martelo e uniu os joelhos, levando as mãos à genitália. V. não perdeu um segundo. Ergueu a vassoura e atacou de novo com força, acertando o adversário na têmpora e derrubando-o desacordado.

Os gritos foram interrompidos, até que só se ouviu murmúrios e o som da respiração sofrida de V. Ele soltou a vassoura e ficou em pé em cima de seu oponente, pronto para sair dali.

O pai pisou com suas botas na beirada do círculo, bloqueando seu caminho. Os olhos de Bloodletter estavam apertados, finos como lâminas.

– Você não terminou.

– Ele não vai levantar.

– Isso não é suficiente. – Bloodletter fez um aceno de cabeça ao soldado no chão. – Acabe com ele.

Quando o oponente gemeu, V. analisou o pai. Se dissesse não, o jogo que seu pai estava fazendo seria completo, mas não da maneira como o macho esperava: V. se tornaria um alvo pelo simples fato de que seria visto como fraco por não ter punido seu oponente. Se o matasse, no entanto, sua posição no acampamento ficaria estável... apenas até o próximo teste.

A exaustão tomou conta dele. Será que sua vida sempre seria baseada em atitudes tão cruéis e imperdoáveis?

Bloodletter sorriu.

– Este bastardo que se diz meu filho não tem coragem, pelo que parece. Talvez a semente no ventre de sua mãe tenha sido de outro?

O riso tomou conta do ambiente e alguém gritou:

– Nenhum de seus filhos hesitaria em tal momento!

– E durante uma luta, nenhum filho meu seria tão covarde a ponto de atacar uma região tão vulnerável para o macho. – Bloodletter olhou para os soldados. – Os fracos devem ser punidos por causa de sua fraqueza!

A sensação de ser oprimido sufocou Vishous, como se as mãos de seu pai estivessem apertando seu pescoço. Ele começou a ficar ofegante, sentindo a raiva encher seu peito e seu coração acelerou. Olhou para o soldado gordo no chão que havia batido nele... e então lembrou dos livros que seu pai fez com que queimasse... e do cara que havia ido atrás dele... e das milhares de humilhações e crueldades sofridas ao longo de sua vida.

O corpo de V. se encheu de raiva pela fome que ardia dentro dele e, quando percebeu, estava colocando o soldado gordo de barriga para baixo.

Então, ele possuiu o macho. Diante de seu pai. Diante de todos no acampamento.

E foi brutal.

Quando terminou, ele se desencaixou e deu um passo para trás. O soldado estava coberto com o sangue e suor de V. e os restos de sua ira.

Cambaleando, ele saiu do ringue e sem saber que horas eram, correu pelo acampamento para a principal saída da caverna. Ao se libertar, a noite fria estava apenas começando, e o brilho suave a leste queimou seu rosto.

V. se curvou e vomitou. Várias vezes.

– Tão fraco você é – a voz de Bloodletter parecia entediada... mas apenas por fora. Havia satisfação em suas palavras, pela missão cumprida: apesar de Vishous ter feito o que fez com o soldado, sua retirada foi o tipo de covardia da qual seu pai se aproveitava.

Bloodletter apertou os olhos.

– Você nunca será melhor do que eu, garoto. Assim como nunca ficará livre de mim. Comandarei sua vida...

Em um ímpeto de ódio, V. partiu para cima do pai, com a mão brilhante na frente. Bloodletter ficou rígido ao sentir a descarga em seu corpo, e os dois caíram no chão, com Vishous por cima. Por instinto, V. apertou a palma da mão no pescoço grosso do pai. Quando o rosto de Bloodletter ficou vermelho, uma visão apareceu na frente de V.

Ele viu a morte do pai. Clara como se estivesse acontecendo diante dele.

V. disse algo, mesmo sem ter consciência do que dizia:

– Você terá seu fim em uma parede de fogo causada por uma dor que você conhece. Vai arder até não ser nada além de fumaça, e será carregado pelo vento.

No rosto do pai, ele viu horror.

V. foi arrancado dali por outro soldado, sendo segurado pelas axilas, com os pés sem encostar na neve. Quando Bloodletter ficou em pé, com uma linha de suor escorrendo acima de seu lábio superior, respirava como um cavalo após uma corrida, com nuvens de ar branco saindo de sua boca e narinas.

V. esperava apanhar até morrer.

– Traga a minha adaga – o pai ordenou.

Vishous esfregou o rosto. Para evitar pensar no que havia ocorrido em seguida, pensou como aquela primeira vez com o soldado não tinha sido ainda bem absorvida por ele. Trezentos anos depois, ainda parecia uma violação ao outro macho, ainda que as coisas fossem daquele jeito no acampamento.

Ele olhou para Jane encolhida ao seu lado e decidiu que, até onde sabia, havia perdido a virgindade naquela noite, com ela.

Apesar de seu corpo ter feito o ato de diversas maneiras diferentes e com muitas pessoas diferentes, o sexo sempre tinha sido uma troca de poder... poder que fluía em sua direção, poder do qual ele se alimentava para se afirmar, para garantir que ninguém pudesse prendê-lo e impedi-lo de lutar enquanto coisas terríveis eram feitas a ele.

Aquela noite tinha sido difícil. Com Jane, havia uma troca: ela havia dado algo, e ele havia entregado um pedaço de si em troca.

V. franziu a testa. Um pedaço, mas não tudo.

Para fazer isso, eles teriam de ir ao outro apartamento dele. E... cara, eles iam lá. Ainda que sentisse medo de pensar nisso, jurou que, antes de ela ir embora, V. daria a ela a única coisa que nunca havia dado a ninguém.

E que nunca daria a mais ninguém.

Queria retribuir a confiança que ela havia depositado nele. Jane era uma pessoa tão forte, como mulher, mas ainda assim se submetia aos cuidados dele... apesar de saber que V. tinha tendências de dominador e que ela não era páreo para ele fisicamente.

A confiança dela era algo que o fazia entregar-se. E ele precisava devolver a fé antes de sua partida.

Ela abriu os olhos e viu os dele, e os dois disseram ao mesmo tempo:

– Não quero que você vá.

– Não quero deixar você.

Capítulo 26

Quando John acordou na tarde seguinte, ficou com medo de se mexer. Estava com medo de abrir os olhos. E se tudo tivesse sido um sonho? Preparando-se, ele levantou o braço, abriu as pálpebras e... oh, sim, ali estava. A palma da mão estava grande como sua cabeça, o braço mais comprido do que sua perna era antes e o pulso da largura de seu tornozelo de antigamente.

Ele havia conseguido.

Pegou o telefone celular e mandou uma mensagem de texto para Qhuinn e Blay, que responderam no mesmo instante. Ficaram totalmente felizes por ele, e John sorriu como um tolo... até que percebeu que precisava usar o banheiro, e olhou para a porta aberta. Viu o chuveiro.

Oh, Deus. Ele tinha mesmo falhado com Layla, na noite anterior?

Jogou o telefone em cima do edredom, apesar de o aparelho continuar apitando, avisando que havia mensagens a sua espera. Esfregando o peito estranhamente largo com sua mão de jogador de basquete, ele se sentiu terrível. Precisava se desculpar com Layla, mas pelo quê? Por ser um idiota que havia broxado? Certo, essa era uma conversa que ele não queria ter, já que Layla devia estar totalmente desapontada com seu desempenho.

Seria melhor esquecer tudo aquilo? Provavelmente. Ela era tão linda, sensual e perfeita de todas as maneiras, não havia como pensar que tinha sido sua culpa. Ele só conseguiria ficar mais envergonhado, enquanto escrevia o que diria se tivesse cordas vocais.

Mas continuava se sentindo muito mal.

O despertador tocou, e foi muito esquisito apenas esticar o braço de homem e silenciar o objeto. Quando ficou em pé, foi ainda mais esquisito. Seu ponto de vista estava totalmente diferente, e tudo parecia menor: os móveis, as portas, o quarto. Até mesmo o teto estava mais baixo. Qual era sua altura?

Quando tentou dar alguns passos, parecia que caminhava com pernas de pau: grandalhão, incerto, com medo de cair... sim, um artista de circo com pernas de pau que havia sofrido um derrame, porque os comandos dados pelo cérebro não eram recebidos adequadamente por seus músculos e ossos. A caminho do banheiro, ele bateu em vários lugares, segurando-se em cortinas, no parapeito da janela, na cômoda, na maçaneta da porta.

Sem qualquer motivo, ele lembrou de suas travessias do rio quando caminhava com Zsadist. Naquele momento, os objetos que ele usava como muletas eram como as pedras que ele saltava de uma a uma para se manter fora da água corrente, pequenas ajudas de grande importância.

O banheiro estava muito escuro, as cortinas continuavam fechadas e ele havia apagado as luzes após a partida de Layla. Com as mãos no interruptor, respirou profundamente e acendeu as luzes.

Piscou algumas vezes, pois seus olhos estavam muito sensíveis e muito mais aguçados do que antes. Depois de um tempo, ele viu seu reflexo como uma aparição, surgindo como um fantasma de si mesmo, após o brilho inicial se desvanecer. Ele estava...

Não queria saber. Ainda não.

John apagou as luzes e foi para o chuveiro. Enquanto esperava pela água quente, recostou-se contra a parede de mármore frio, envolvendo o corpo com as mãos. Sentiu uma necessidade absurda de ser abraçado naquele momento, por isso foi bom estar sozinho. Apesar de saber que a transição o tornaria mais forte, parecia que tinha ganhado mais do que esperava.

Lembrou de quando matou aqueles *redutores*. Logo depois de esfaqueá-los, foi atingido por uma imensa clareza a respeito de quem era e do tipo de poder que possuía. Mas tudo aquilo havia desaparecido, tanto que ele não estava certo de que iria se sentir daquela maneira novamente.

John abriu a porta do boxe e entrou.

Cristo. O jato fino de água parecia espetar agulhas em sua pele, e quando ele tentou ensaboar o braço, aquele sabonete o raspou como uma lixa. Precisou esforçar-se para lavar o rosto, e ainda que fosse legal ter barba pela primeira vez na história de sua vida, a ideia de raspar uma gilete em seu rosto era totalmente detestável. Seria como passar um ralador de queijo no rosto.

Ele estava se lavando, sendo o mais delicado que conseguia, quando chegou nas partes íntimas. Sem pensar muito, fez o que havia feito a vida toda, uma lavada rápida por baixo... mas dessa vez o efeito foi diferente. Ele ficou ereto. Seu... pênis ficou ereto.

Caramba, aquela palavra era estranha de usar, mas... bem, aquela coisa era realmente um pênis agora, algo que um homem tinha, algo que um homem usava... A ereção parou. Simplesmente parou de aumentar e de se esticar.

A dor na parte inferior de sua barriga também desapareceu.

Ele enxaguou o sabonete de seu corpo, determinado a não pensar em todas as lembranças relacionadas a ele e a sexo. Já tinha problemas suficientes: seu corpo era um carro de controle remoto com a antena quebrada; ele ia para a aula, onde todos olhariam sem parar; e pensou que Wrath já devia saber sobre a arma que ele havia usado no centro da cidade. Afinal, ele havia sido levado de volta para lá de alguma forma, e Blay e Qhuinn teriam de explicar o que havia ocorrido. Conhecendo Blay, sabia que o cara tentaria protegê-lo até a morte, mas e se ele acabasse expulso do programa? Ninguém podia carregar armas em seus momentos de lazer. Ninguém.

Quando John saiu do chuveiro, não conseguiu se secar com a toalha. Apesar de estar muito frio, ele deixou seu corpo secar sozinho enquanto escovava os dentes e cortava as unhas. Seus olhos estavam muito apurados no escuro, por isso não teve problemas para encontrar o que queria dentro das gavetas. Mas ele queria evitar o espelho, por isso entrou no quarto.

Abrindo seu armário, tirou uma bolsa da Abercrombie & Fitch. Fritz havia aparecido ali com a bolsa semanas antes, e quando John olhou as roupas, pensou que o mordomo havia enlouquecido. Ali dentro havia uma calça jeans nova em folha, uma blusa do tamanho de um saco de dormir, uma camiseta GG e um par de Nike Air Shox tamanho 42 em uma caixa nova em folha.

Mas Fritz, como sempre, estava certo. Tudo serviu. Até mesmo os tênis enormes.

Quando John olhou para seus pés, pensou, *caramba*, esses Nikes tinham de vir com âncoras, de tão grandes que eram. Ele saiu do quarto, com as pernas ainda desajeitadas e os braços soltos, sem equilíbrio.

Ao chegar ao topo da grande escadaria, olhou para o teto, com as gravuras de grandes guerreiros. Rezou para se tornar um deles. Mas não conseguia imaginar como conseguiria.

Phury acordou e viu a fêmea de seus sonhos. Ou talvez estivesse ainda sonhando?

– Olá – Bella disse.

Ele limpou a garganta e sua voz ainda estava rouca quando respondeu:

– Você está aqui mesmo?

– Sim. – Ela apertou a mão dele e se sentou na beirada da cama. – Bem aqui. Como está se sentindo?

Droga, ele a havia preocupado, e não era bom para o bebê.

Com o pouco de energia que lhe restava, fez uma limpeza mental, uma limpeza do cérebro, afastando a fumaça vermelha que havia consumido, além da letargia da dor e do sono.

– Estou bem – ele disse, levantando a mão para poder esfregar o olho bom.

Não foi uma ideia muito boa. Sob seu braço, estava o desenho dela, amassado como se tivesse dormido abraçado com ele. Enfiou as folhas de papel embaixo das cobertas antes que ela pudesse perguntar o que era aquilo.

– Você deveria estar na cama.

– Posso me levantar um pouco por dia.

– Mesmo assim, você deveria...

– Quando vai tirar as faixas?

– Ah, agora, acho.

– Quer ajuda?

– Não. Mas obrigado.

– Quer alguma coisa para comer?

A gentileza por parte dela era mais dolorosa do que uma barra de ferro contra suas costelas.

– Obrigado, mas vou chamar o Fritz daqui a pouco. Você deve voltar e descansar.

– Ainda tenho quarenta e cinco minutos. – Ela olhou para o relógio. – Quarenta e três.

Ele se apoiou nos braços, levantando os lençóis para esconder ainda mais o peito.

– Como está se sentindo?

– Estou bem. Assustada, mas bem.

A porta se abriu sem que ninguém batesse. Quando Zsadist entrou, ele olhou para Bella como se tentasse analisar seus sinais vitais apenas pelo rosto.

– Achei que iria encontrá-la aqui. – Ele se inclinou e beijou seus lábios, depois beijou os dois lados do pescoço, sobre as veias.

Phury desviou o olhar enquanto eles se cumprimentavam... e percebeu que sua mão havia entrado sob as cobertas e encontrado o desenho. Ele se forçou a soltá-lo.

Z. parecia muito mais relaxado.

– Como você está, meu irmão?

– Bem. – Mas pensou que se escutasse aquela pergunta mais uma vez, começaria a se sentir mal, porque sua cabeça explodiria. – Bem o suficiente para sair esta noite.

Seu irmão gêmeo franziu a testa.

– Recebeu alta da médica de V.?

– Só depende de mim.

– Pode ser que Wrath tenha uma opinião diferente.

– Certo, mas se ele discordar, vai ter de me acorrentar para me manter aqui. – Phury recuou, sem querer deixar a situação tensa na presença de Bella. – Você vai dar aula hoje?

– Sim, acho que vou avançar um pouco a matéria sobre armas de fogo – Z. passou as mãos pelos cabelos escuros de Bella, acariciando suas costas ao mesmo tempo. Fez isso sem perceber, e ela aceitou o toque com a mesma atitude carinhosa.

O peito de Phury doeu a ponto de ter de abrir a boca para respirar.

– Encontrarei vocês na primeira refeição, certo? Vou tomar um banho, tirar as faixas, me vestir.

Bella ficou em pé e a mão de Z. moveu-se para a sua cintura e a puxou para perto. Que droga, eles pareciam mesmo uma família, não é? Os dois juntos com o bebê na barriga. E em pouco mais de um ano, se a Virgem Escriba permitisse, estariam daquela mesma maneira com um bebê nos braços. Mais tarde, anos mais tarde, o filho deles estaria ao lado dos dois. E então o filho ou filha se acasalaria, e outra geração de seu sangue levaria a raça adiante: uma família, não uma fantasia.

Para apressá-los, Phury se remexeu como se estivesse prestes a se levantar.

– Vejo você na sala de jantar – Zsadist disse, com a mão escorregando pela barriga de sua *shellan*. – Bella vai voltar para a cama, não é, minha *nalla*?

Ela olhou para seu relógio.

– Vinte e dois minutos. É melhor que eu vá tomar meu banho.

Muitas palavras de despedida foram ditas, mas Phury não prestou atenção porque estava louco de vontade de sair. Quando a porta finalmente se fechou, ele pegou o cajado, saiu da cama e foi diretamente até o espelho de sua cômoda. Tirou o adesivo da faixa, e desenrolou as camadas de gaze. Por baixo, seus cílios estavam tão unidos que ele entrou no banheiro, abriu a torneira e lavou o rosto várias vezes até conseguir separá-los.

Abriu os olhos. E enxergou perfeitamente.

Sua total falta de alívio com sua visão boa o deixou assustado. Ele deveria ter se importado. *Precisava* se importar. Com seu corpo e com ele mesmo. Mas não se importava.

Irritado, tomou um banho e se barbeou, colocou a prótese e se vestiu com as roupas de couro. Estava saindo com sua adaga e coldres na mão quando parou perto da cama, o desenho que havia feito ainda continuava entre os lençóis. Conseguiu ver os contornos brancos nas dobras do cetim azul.

Pensou na mão do irmão gêmeo no cabelo de Bella. E no filho em sua barriga.

Phury caminhou, pegou o desenho e o alisou sobre o criado-mudo. Olhou para ele mais uma vez, e então o rasgou em pedacinhos, colocou a pilha em um cinzeiro, riscou um fósforo e, com a chama pronta, inclinou o papel.

Quando não havia mais nada ali além de cinzas, ele ficou em pé e saiu do quarto.

Estava na hora de esquecer e ele sabia como fazer isso.

Capítulo 27

V. estava muito feliz. Totalmente. Sentia-se um quebra-cabeça que havia sido resolvido. Ele envolvia sua fêmea com os braços, pressionava seu corpo contra o dela, sentia seu cheiro nas narinas. Apesar de ser noite, era como se o sol estivesse brilhando sobre ele.

E então escutou um tiro.

Ele estava no sonho. Dormia e sonhava.

O horror do pesadelo se desdobrou como sempre ocorria, mas era fresco como na primeira vez em que o tivera: sangue em sua camisa. Dor lancinante no peito. Uma queda até ficar de joelhos, com a vida arrasada...

V. acordou assustado, gritando.

Jane se lançou a ele para acalmá-lo no mesmo instante em que a porta se abriu e Butch entrou correndo com uma arma na mão. As vozes dos dois se misturaram, uma confusão de palavras ditas de repente.

– O que foi?

– Você está bem?

V. remexeu nos lençóis, afastando-os do peito para poder ver seu corpo. A pele não tinha marcas, mas ele passou a mão por ali mesmo assim.

– Jesus Cristo...

– Você sonhou com o aquele tiroteio? – Jane perguntou ao fazê-lo deitar em seus braços.

– Sim, droga...

Butch abaixou a arma e a colocou no elástico de seu *short*.

– Você quase matou a mim e a Marissa de susto. Quer um pouco de vodca para se acalmar?

– Quero.

– Jane? Quer alguma coisa?

Ela estava balançando a cabeça para negar quando V. interrompeu.

– Chocolate quente. Ela quer chocolate quente. Pedi a Fritz que trouxesse um pouco. Está na cozinha.

Quando Butch saiu, V. esfregou o rosto.

– Sinto muito por isso.

– Não precisa pedir desculpas. – Ela passou a mão por seu peito. – Você está bem?

Ele assentiu. E então, como um bobo apaixonado, ele a beijou e disse:

– Estou feliz por você estar aqui.

– Eu também. – Ela o abraçou como se ele fosse um bem precioso.

Eles estavam em silêncio quando Butch voltou um pouco depois com um copo em uma mão e uma caneca na outra.

– Quero uma gorjeta gorda. Queimei o dedo no fogão.

– Quer que eu dê uma olhada? – Jane prendeu o lençol embaixo do braço e esticou-o para pegar a caneca.

– Acho que sobreviverei, mas obrigado, Dra. Jane. – Butch entregou a bebida a V. – E quanto a você, cara? Está bem agora?

Não mesmo. Não depois daquele sonho. Não com a partida de Jane. Mas tudo que ele conseguiu dizer foi "sim".

Butch balançou a cabeça.

– Você mente mal.

– Vá se ferrar. – Não havia agressividade nas palavras de V. E nenhuma convicção quando completou: – estou bem.

O tira foi até a porta.

– Por falar em estar bem, Phury apareceu para a primeira refeição, todo pronto para a briga hoje. Z. passou por aqui há meia hora, a caminho da aula, para agradecer a você, doutora, por tudo o que fez. O rosto de Phury está bom e o olho do Irmão está funcionando normalmente.

Jane assoprou o leite.

– Eu ficaria mais tranquila se ele fosse fazer um exame no oftalmologista.

– Z. disse que tentou convencer Phury, mas foi ignorado. Até mesmo Wrath tentou.

– Fico feliz por nosso amigo ter se safado dessa – V. disse com sinceridade. O problema era que a única desculpa de Jane para ficar havia acabado de desaparecer.

– É, eu também. Vou deixá-los a sós. Até mais tarde.

Quando a porta se fechou, V. se concentrou no som que Jane fazia ao assoprar o chocolate quente.

– Vou levá-la para casa hoje à noite.

Ela parou de soprar. Fez-se uma longa pausa e então ela tomou um gole do chocolate.

– Sim, está na hora.

Ele engoliu metade da vodca do copo.

– Mas antes de fazer isso, gostaria de levá-la a um lugar primeiro.

– Onde?

Ele não sabia muito bem como dizer a ela o que queria que acontecesse antes de sua partida. Não queria assustá-la, principalmente quando pensou nos anos e anos à frente dele e todo o sexo desonesto e desinteressado que ele faria dali em diante.

V. terminou de beber a vodca.

– A um local privado.

Enquanto ela bebia o leite, franziu a testa.

– Então vai realmente me libertar, não é?

Ele olhou para seu perfil e desejou que os dois tivessem se encontrado em circunstâncias diferentes. Mesmo sabendo que aquilo nunca teria acontecido.

– Sim – ele disse em voz baixa. – Vou.

Em pé diante de seu armário, três horas depois, John queria que Qhuinn se calasse. Apesar de o vestiário estar tomado pelo barulho das portas de metal sendo fechadas, dos caras trocando de roupa e derrubando sapatos, parecia que seu amigo havia engolido uma vitrola.

– Você está grande pra caramba, J. M. é sério, cara... gigantão.

Essa palavra não existe. John colocou a mochila dentro do armário como sempre fazia e percebeu que nenhuma das roupas que estava enfiando ali lhe serviria.

– Lógico que existe. Blay, o que acha?

Blay concordou enquanto se vestia.

– Com certeza. Você vai ficar do tamanho dos Irmãos.

– Gigantaço.

Está bem, mais uma palavra que não existe, idiota.

– Certo: bem, bem, bem grande. Melhorou?

John balançou a cabeça enquanto colocava os livros no chão e jogava algumas coisas na lixeira mais próxima. Quando voltou, olhou para os amigos e percebeu que estava maior do que os dois, cerca de dez centímetros. Caramba, estava tão alto quanto Zsadist.

Olhou para Lash. Sim, estava mais alto do que ele também.

O imbecil olhou de volta enquanto tirava a camisa, como se tivesse notado o olhar de John. Em um movimento simples, ele flexionou os ombros, com os músculos aparecendo sob a pele. Tinha uma tatuagem no abdômen que não existia dois dias antes, uma palavra no Antigo Idioma que John não reconheceu.

– John, vá para o corredor um pouco.

O local todo ficou em silêncio e John olhou para o lado. Zsadist estava em pé na porta do vestiário, todo sério.

– Droga – Qhuinn sussurrou.

John guardou a mochila, fechou a porta do armário e ajeitou a camisa. Caminhou até o Irmão o mais rápido que conseguiu, passando pelos outros caras enquanto eles fingiam que continuavam fazendo suas coisas.

Z. manteve a porta aberta para John sair no corredor. Depois de fechá-la, ele disse:

– Esta noite, vamos nos encontrar antes do amanhecer, como sempre. Mas não vamos caminhar. Vá à sala de musculação enquanto eu estiver lá. Precisamos conversar.

Droga. John sinalizou: *no mesmo horário?*

– Às quatro. Quanto ao treinamento de hoje, quero que você não faça nada na academia, mas que participe da aula de tiros. Entendeu?

John inclinou a cabeça, e então segurou o braço de Z. quando este se virou.

Tem a ver com ontem à noite?

– Sim.

O Irmão se afastou, abrindo as portas duplas da academia. Quando as duas portas se fecharam, fizeram um barulho alto.

Blaylock e Qhuinn se aproximaram por trás de John.

– O que está acontecendo? – Blay quis saber.

Vou ter que aguentar sermão por ter acertado aquele redutor, John sinalizou.

Blay colocou a mão nos cabelos ruivos.

– Eu deveria ter te dado mais proteção.

Qhuinn balançou a cabeça.

– John, vamos defendê-lo, cara. Afinal, foi ideia minha irmos à boate.

– E a arma era minha.

John cruzou os braços sobre o peito. *Vai ficar tudo bem.*

Ou pelo menos esperava que ficasse. Ele estava prestes a ser expulso do programa, pelo visto.

– A propósito... – Qhuinn colocou a mão no ombro de John. – Não tive a chance de dizer obrigado.

Blay concordou.

– Nem eu. Você foi certeiro ontem à noite. Totalmente certeiro. Você nos salvou.

– Caramba, você sabia bem o que estava fazendo.

John sentiu-se corar.

– Bom, olha que legal – Lash disse. – Me diz uma coisa: vocês três tiram no palitinho para saber quem fica por baixo? Ou é sempre o John?

Qhuinn sorriu, mostrando as presas.

– Alguém já mostrou a você a diferença entre delicadeza e força? Porque eu adoraria demonstrar. Poderíamos começar agora mesmo.

John ficou na frente do amigo, cara a cara com Lash. Não disse nada, apenas olhou para o cara.

Lash sorriu.

– Tem alguma coisa para me dizer? Não? Espere. Continua sem voz? Hum... que pena.

John percebeu que Qhuinn se preparava para o ataque, sentiu o ímpeto de seu amigo. Para impedir que o confronto ocorresse, John colocou a mão para trás, apoiando-a no peito do amigo para mantê-lo ali.

Se alguém fosse pegar Lash, tinha de ser ele.

Lash riu e apertou a faixa de seu quimono.

– Não me enfrente como se pudesse vencer-me, garotão. A transição não muda ninguém por dentro nem conserta defeitos físicos. Não é, Qhuinn? – Quando ele se virou, disse baixinho: – filho da mãe de olhos diferentes.

Antes de Qhuinn atacar o cara, John se virou e o segurou pela cintura, enquanto Blay agarrava um de seus braços. Mesmo com aquele peso, foi difícil conter o amigo.

– Fica frio – Blay disse. – *Relaxa*.

– Vou acabar com ele um dia desses – Qhuinn disse. – Juro por Deus.

John olhou para Lash, que entrava na academia. Fazendo uma promessa a si mesmo, disse que pegaria aquele cara, mesmo que fosse expulso do programa para sempre. Ele não permitiria que ninguém mexesse com seus amigos. E fim de papo.

E a diferença era que, agora, ele tinha os recursos para se defender.

Capítulo 28

Perto da meia-noite, Jane estava no banco de trás de uma Mercedes preta, indo para casa. Na parte da frente, do outro lado da divisória, o motorista uniformizado era aquele mordomo velho e simpático. Ao seu lado, V. estava vestido com as roupas de couro, calado e sério como uma pedra.

Não havia dito muita coisa. Mas não soltava da mão dela.

Os vidros do carro eram tão escurecidos que ela se sentia dentro de um túnel e, num esforço para se localizar, apertou um botão na porta. O vidro se abriu e o vento muito gelado entrou e substituiu o calor, como um valentão perturbando criancinhas no parquinho.

Ela colocou a cabeça para fora e olhou para a luz lançada pelos postes. A paisagem estava borrada, como uma foto sem foco. Pelo ângulo da estrada, percebeu que eles subiam uma montanha. Mas o mais estranho era que ela não conseguia ter noção de onde eles estavam ou para onde estavam indo.

De uma maneira esquisita, a desorientação até que era adequada. Aquele era o interlúdio entre o mundo em que ela esteve e aquele ao qual voltava, e algumas partes aqui e ali podiam estar borradas.

– Não consigo ver onde estamos – ela murmurou ao subir o vidro de novo.

– É por causa de uma técnica chamada *mhis* – V. disse. – É como se fosse uma ilusão protetora.

– Um truque seu?

– Sim. Você se incomoda se eu fumar e deixar entrar um pouco de ar fresco?

– Tudo bem. – Ela não ficaria perto dele por muito tempo, mesmo. *Droga.*

V. apertou a mão dela e então desceu o vidro um pouquinho, cerca de um centímetro, e o assovio do vento ficou em contraste com o murmúrio baixo do carro. Ela escutou o resvalar na jaqueta de couro enquanto ele pegava uma cigarrilha e um isqueiro dourado. A chama foi acesa e então ela sentiu o leve cheiro de tabaco turco.

– Este cheiro vai fazer com que... – Ela parou.

– O quê?

– Eu ia dizer "eu me lembre de você". Mas não vou, certo?

– Talvez em um sonho.

Ela colocou os dedos na janela. O vidro estava frio. Assim como seu coração. Sem conseguir tolerar o silêncio, ela disse:

– Esses seus inimigos... o que eles são, exatamente?

– Eles começam a vida como seres humanos. Depois, se transformam em outra coisa.

Enquanto ele inalava, ela viu seu rosto iluminado pela luz laranja. Ele havia feito a barba antes de sair, usando a navalha que ela tentou usar contra ele, e seu rosto era extremamente bonito e arrogante, masculino, sério como sua atitude. As tatuagens em suas têmporas continuavam lindas, mas agora ela as odiava, conhecendo a história por trás.

Jane limpou a garganta.

– Pode me contar mais?

– A Sociedade Redutora, nossa inimiga, escolhe seus membros por meio de um processo cuidadoso de avaliação. Eles procuram por sociopatas, assassinos, tipos fora da lei. E então o Ômega entra...

– Ômega?

Vishous olhou para a ponta de sua cigarrilha.

– Acredito que seria o equivalente ao diabo, entre os cristãos. Bem, o Ômega coloca as mãos neles... e em outras coisas... e então, *shazam*, eles se tornam mortos-vivos. São fortes, praticamente indestrutíveis e só podem ser mortos com uma facada no coração com algo feito de aço.

– Por que eles são inimigos?

V. deu uma tragada, mais uma vez franzindo a testa.

– Acredito que deve ter algo a ver com minha mãe.

– Sua mãe?

Ele esboçou um sorriso.

– Sou filho do que você provavelmente chamaria de um tipo de deusa. – Ele ergueu a mão com a luva. – Isto é dela. Pessoalmente, eu teria preferido ganhar um chocalho de presente na infância, ou talvez alguma coisa gostosa para comer. Mas não escolhemos o que nossos pais querem nos dar.

Jane olhou para o couro preto de sua mão.

– Jesus...

– Não, não. Não sou um salvador.

Ele colocou a cigarrilha entre os lábios e tirou a luva. No escuro do banco de trás, sua mão brilhou com a beleza da luz da lua refletindo na neve. Ele tragou uma última vez, e então pegou a cigarrilha e pressionou a ponta acesa no centro de sua mão.

– Não – ela disse. – Espere...

A ponta estava acesa, e ele soprou o resíduo, e a cinza se dispersou no ar.

– Eu faria qualquer coisa para me livrar desta porcaria. Mas posso dizer que ela ajuda muito quando não há cinzeiro por perto.

Jane se sentiu zonza por diversos motivos, principalmente quando pensou no futuro dele.

– Sua mãe está forçando você a se casar?

– Sim, pois eu com certeza não me casaria voluntariamente – V. olhou para ela e por um momento Jane poderia ter jurado que ele diria que ela seria a única exceção. Mas Vishous desviou o olhar.

Caramba, pensar nele com outra pessoa, mesmo que ela não se lembrasse depois, era um chute na boca do estômago.

– Quantas?

– Você não quer saber.

– Pode me contar.

– Não pense nisso. Eu com certeza tento não pensar. – V. olhou em seus olhos. – Elas não significarão nada para mim. Quero que saiba disso. Ainda que você e eu não possamos... bem, de qualquer maneira, elas não representarão nada.

Jane se sentiu muito mal por ter ficado contente com aquele comentário.

Ele voltou a vestir a luva e os dois ficaram em silêncio enquanto o carro atravessava a noite. Por fim, pararam. E começaram a andar de novo. Pararam. E andaram de novo.

– Estamos no centro da cidade, não é? – Ela perguntou. – Porque parece que estamos atravessando ruas com muitos semáforos.

– Sim. – Ele se inclinou para frente, apertou um botão e a divisória desceu, de modo que ela conseguiu ver o para-brisa.

Sim, era o centro de Caldwell. Ela estava de volta. Lágrimas encheram seus olhos, mas ela as afastou e olhou para as mãos.

Um pouco depois, o motorista parou a Mercedes diante do que parecia uma entrada de serviço de um prédio de tijolos aparentes: havia uma forte porta de metal na qual se lia PRIVADO em branco, e uma rampa de concreto que levava a uma área de descarga. O local era limpo como eram limpos locais bem preservados na cidade. Normal, mas sem lixo ao redor.

V. abriu a porta.

– Não saia ainda.

Ela colocou a mão na bolsa com as roupas dentro. Talvez ele tivesse decidido levá-la de volta ao hospital? Mas aquela não era uma entrada para o hospital, até onde ela sabia.

Momentos depois, ele abriu a porta e estendeu o braço sem luva.

– Deixe suas coisas. Fritz, voltaremos logo.

– Esperarei com prazer – o idoso disse sorrindo.

Jane saiu do carro e seguiu V. por um lance de degraus de concreto ao lado da rampa. O tempo todo ele ficou atrás dela como um guarda-costas, protegendo-a. Conseguiu abrir as portas de metal sem chaves. Simplesmente colocou a mão na barra e olhou para ela.

Mas o estranho foi que, ali dentro, ele não relaxou. Ele a guiou rapidamente por um corredor até um elevador de cargas, olhando para a esquerda e para a direita enquanto caminhavam. Ela não tinha a menor ideia de que eles estavam dentro do luxuoso Edifício Commodore até ler um aviso deixado pelos donos da propriedade em uma parede de concreto.

– Você tem um apartamento aqui? – Ela perguntou, apesar de ser evidente.

– A cobertura é minha. Bem, metade dela. – Eles entraram no elevador de serviço e ficaram em pé em cima do piso de linóleo, sob as luzes do elevador. – Gostaria de poder entrar com você pela porta da frente, mas é muito exposta.

O elevador deu um tranco ao começar a subir, e ela esticou o braço para se estabilizar apoiando-se na parede. V. segurou seu braço primeiro, deixando-a equilibrada e não soltou. E ela não queria que soltasse.

V. continuou tenso quando eles pararam em um piso e o elevador se abriu. O *hall* simples não tinha nada de especial, com apenas duas portas e uma escada de emergência. O teto era alto, mas não decorado, e o carpete era do tipo fino, uma variedade multicolorida que ela reconheceu como sendo o mesmo das salas de espera do hospital.

– Estou aqui.

Ela o seguiu até o fim do corredor e ficou surpresa ao vê-lo pegar uma chave dourada para abrir a porta.

Seja lá o que havia ali dentro, ela não conseguia enxergar por causa da escuridão, mas Jane entrou sem medo. Ela tinha a sensação de que conseguiria passar com V. no meio de um incêndio e não sentir medo algum. Além disso, o local tinha um cheiro bom, de limão, como se tivesse sido limpo recentemente.

Ele não acendeu as luzes. Apenas pegou a mão dela e a levou para frente com um puxão.

– Não consigo ver nada.

– Não se preocupe. Nada vai feri-la, e eu conheço o caminho.

Ela apertou a mão e o punho dele e o seguiu até ele parar. Da maneira com que os passos dos dois ecoavam, ela percebeu que o espaço era grande, mas não tinha ideia dos limites da cobertura.

Ele a virou para que olhasse para a direita e então se afastou.

– Aonde você vai? – Ela hesitou.

Uma vela queimava num canto, a alguns metros dela. Mas não iluminava muito. As paredes... as paredes e o teto... o chão... tudo preto. Tudo. Assim como a vela.

V. surgiu na luz, nada além de uma grande sombra. O coração de Jane se acelerou.

– Você perguntou sobre as cicatrizes entre minhas pernas – ele disse. – Como elas aconteceram.

– Sim... – ela sussurrou. Então era para isso que ele queria que tudo ficasse preto como a noite. Não queria que ela visse seu rosto.

Outra vela se acendeu, dessa vez do outro lado, no que ela percebeu ser uma grande sala.

– Meu pai fez isso comigo. Logo depois de eu quase matá-lo.

Jane respirou profundamente.

– Oh... Meu Deus.

Vishous olhou para Jane, mas viu apenas o passado e o que havia ocorrido depois de derrubar seu pai no chão.

– Traga a minha adaga – Bloodletter disse.

V. lutou para se soltar do soldado que segurava seus braços, e não conseguiu. Enquanto se esforçava, outros dois machos apareceram. E então mais dois. E outros três.

Bloodletter cuspiu no chão quando alguém colocou uma adaga negra em sua mão, e V. se preparou para o golpe que estava prestes a acontecer... mas Bloodletter apenas passou a lâmina pela mão e a guardou no cinto. Ele uniu as mãos e esfregou uma na outra e bateu a direita no meio do peito de V.

Vishous olhou para a marca em sua pele. Expulsão. Não morte. Mas por quê?

A voz de Bloodletter ecoou forte:

– Você será sempre desconhecido a todos que vivem aqui. E morrerá aquele que quiser ajudar você.

Os soldados começaram a soltar V.

– Ainda não. Tragam-no para o acampamento – Bloodletter se virou. – E tragam o ferreiro. É nosso dever alertar outros sobre a natureza maligna desse macho.

V. se debateu enquanto outro soldado segurava suas pernas para levá-lo para dentro da caverna como se fosse um animal.

– Atrás da tela – Bloodletter disse ao ferreiro. – Faremos isso diante da parede pintada.

O macho se assustou, mas levou sua bandeja de ferramentas. Enquanto isso, V. foi deitado de barriga para cima com um soldado segurando cada um de seus membros e outro mantendo seu quadril abaixado.

Bloodletter ficou diante de V., com as mãos vermelhas.

– Marque-o.

O ferreiro olhou para cima.

– Como, senhor?

Bloodletter deu as instruções no Antigo Idioma e os soldados seguraram V. enquanto suas têmporas, coxas e genitália eram tatuadas. Lutou o tempo todo, mas a tinta entrou em sua pele, com as letras marcadas permanentemente. Quando terminaram, ele estava totalmente arrasado, mais fraco do que quando havia saído da transição.

– A mão dele. Marque a mão dele também. – O ferreiro começou a balançar a cabeça. – Faça isso ou terei de encontrar outro ferreiro para o acampamento, pois você estará morto.

O ferreiro tremeu o tempo todo, mas teve o cuidado de não tocar a pele de V. de modo que a marca foi completada sem incidentes.

Quando terminou, Bloodletter olhou para V.

– Há mais uma tarefa que precisa ser feita, creio eu. Abram as pernas dele. Farei um favor à raça garantindo que nunca consiga procriar.

V. arregalou os olhos quando seus tornozelos e coxas foram separados. Seu pai, mais uma vez, desembainhou a adaga do cinto, mas parou.

– Não, é preciso algo a mais.

Ele mandou o ferreiro executar o trabalho com uma pinça em brasa.

Vishous gritou ao sentir o metal atingir sua pele mais fina.

Sentiu uma dor forte, um rasgo e então...

– Santo *Deus* – Jane disse.

V. voltou ao presente. Tentou imaginar quanto havia dito em voz alta e concluiu que, pelo olhar de horror no rosto de Jane, havia contado quase tudo. Ele observou a luz da vela em seus olhos verdes.

– Não conseguiram terminar.

– Não por causa de clemência – ela disse.

Ele balançou a cabeça e ergueu a mão com luva.

– Apesar de eu estar prestes a desmaiar, meu corpo todo se acendeu. Os soldados que estavam me segurando foram mortos no mesmo instante. Assim como o ferreiro... ele estava usando uma ferramenta de metal, que conduziu a energia diretamente para seu corpo.

Jane fechou os olhos rapidamente.

– E então, o que aconteceu?

– Eu rolei para o lado, vomitei mais um pouco e me arrastei para a saída. O acampamento inteiro me observou em silêncio enquanto eu deixava o local. Nem mesmo meu pai me atrapalhou, e nem disse nada. – V. levou as mãos à genitália sem perceber, lembrando da imensa dor. – O... chão da caverna era forrado com terra, com diversos minerais ali... entre eles havia sal. A ferida se fechou de modo que eu não sangrei, mas foi assim que fiquei com as cicatrizes.

– Eu... sinto muito. – Ela ergueu a mão como se quisesse tocá-lo, mas a abaixou de novo. – É de surpreender que tenha sobrevivido.

– Quase morri naquela primeira noite. Senti muito frio. Acabei usando um galho para me ajudar a andar, e fui o mais longe que consegui, sem direção determinada. Por fim, caí. Eu tinha vontade de continuar, mas meu corpo não conseguia. Eu havia perdido sangue e a dor era exaustiva.

– Alguns civis de minha raça me encontraram um pouco antes do amanhecer. Eles me levaram para dentro da casa deles, mas apenas por um dia. Estavam avisados... – Ele levou a mão à têmpora. – Viram os avisos em meu rosto, em meu corpo e entenderam a intenção do meu pai. Queria me tornar uma aberração a ser temida. Quando a noite veio, eu parti. Por anos vaguei sozinho, sempre nas sombras, sempre longe das pessoas. Eu me alimentei de seres humanos por um tempo, mas aquilo não me sustentava o suficiente. Um século depois, acabei indo parar na Itália, trabalhando como matador profissional para um mercador que lidava com seres humanos. Em Veneza, conheci prostitutas da minha raça que permitiam que eu me alimentasse delas, e eu as usei.

– Tão solitário. – Jane levou a mão ao pescoço. – Você deve ter se sentido tão solitário.

– Não. Eu não queria estar com ninguém. Trabalhei para o mercador por uma década e, certa noite, em Roma, eu encontrei um *redutor* que estava prestes a matar uma vampira fêmea. Eu acabei com o cara, não porque eu me importasse com a fêmea. Mas é que... sabe, foi por causa do filho dela. O filho estava observando nas sombras da rua escura, agachado ao lado de um carrinho. Ele era... droga, um macho em pré-transição, muito pequeno. Eu o vi primeiro, na verdade, e depois vi sua mãe. Pensei em minha própria mãe, ou pelo menos na imagem que eu havia criado dela, e pensei... caramba, não posso deixar esse garoto ver a fêmea que deu-lhe à luz morrer.

– A mãe sobreviveu?

Ele fez uma careta.

– Já estava morta quando consegui chegar até ela. Sangrou em decorrência de uma ferida na garganta. Mas eu juro que aquele *redutor* pagou o preço. Depois, eu não soube o que fazer com o menino. Acabei indo com ele até o mercador para quem eu trabalhava, e ele me colocou em contato com pessoas que ficaram com ele. – V. riu de repente. – Sabe a mãe que morreu? Acontece que ela era uma Escolhida. E seu filho? Bem, ele acabou sendo o pai de meu Irmão Tohrment. Mundo pequeno, não é?

– Então, porque eu salvei um filho de um guerreiro de sangue, os rumores se espalharam, e meu Irmão Darius acabou me encontrando e me apresentando a Wrath. D... D. e eu tínhamos uma certa conexão, e ele provavelmente era a única pessoa capaz de chamar minha atenção naquele momento. Quando conheci Wrath, ele não queria ser rei, e não estava interessado em compromissos mais do que eu. E, por causa disso, nós dois nos entendemos. Por fim, fui aceito na Irmandade. E bom... o resto você sabe.

No silêncio que se seguiu, V. tentou imaginar o que ela estava pensando, e a ideia de que Jane sentia pena dele o fez sentir vontade de fazer algo para provar que ela estava errada.

Mas em vez de tratá-lo com piedade e fazê-lo se sentir ainda pior, Jane olhou ao redor, apesar de saber que ela não podia ver nada além das duas velas acesas.

– E este local... o que significa a você?

– Nada. Não significa nada, assim como os outros.

– Então por que está aqui?

O coração de V. se acelerou.

Droga... estando ali com ela, depois de contar tudo, ele não sabia mais se conseguiria fazer o que havia planejado.

Capítulo 29

Enquanto Jane esperava V. falar, sentiu vontade de abraçá-lo. Queria dizer muitas coisas sinceras e tolas para ele. Queria saber se seu pai havia, realmente, morrido queimado, torcendo para que sim.

O silêncio se estendeu e ela disse:

– Não sei se vai ajudar... provavelmente não, mas preciso dizer algo. Não tolero mingau de aveia. Até hoje, sinto nojo. – Torceu para não dizer a coisa errada: – é normal que você ainda tenha dificuldade para lidar com todas as coisas que lhe fizeram. Qualquer pessoa acharia difícil. Isso não o torna um fraco. Você foi completamente agredido por alguém que deveria ter cuidado de você, dado proteção. O fato de ainda estar vivo é um milagre. Eu o respeito por isso.

V. corou.

– Eu... bem, não vejo as coisas dessa maneira.

– Certo, mas eu vejo. – Para deixá-lo mais à vontade, ela limpou a garganta e disse: – vai me dizer por que estamos aqui?

Ele esfregou o rosto como se tentasse limpar a mente.

– Droga... quero ficar com você. Aqui.

Ela respirou aliviada e com tristeza. Queria um adeus dele, também. Um adeus com sexo e privacidade que não fosse dentro do quarto no qual estavam trancados.

– Também quero ficar com você.

Outra vela se acendeu perto de algumas cortinas. E uma quarta perto do bar. Uma quinta ao lado de uma cama grande com lençóis de cetim preto.

Ela começou a sorrir... até que a sexta se acendeu. Havia algo pendurado na parede... algo parecido com... correntes?

Mais velas brilharam. Máscaras. Chicotes. Amarras. Uma mesa preta com algemas penduradas. Jane envolveu o corpo com os braços, combatendo um calafrio.

– Então é aqui que você pratica a dominação...

– É.

Oh, *Jesus*... Ela não queria esse tipo de adeus. Tentando manter-se calma, ela disse:

– Olha, faz sentido, levando em conta o que aconteceu com você. Que você goste disso. – Droga, ela não sabia lidar com aquilo. – Então... participam homens ou mulheres? Ou os dois?

Ela escutou o barulho do couro e virou-se para ele. Vishous estava tirando a jaqueta, e um conjunto de armas que ela não havia visto foi tirado também. Seguido de duas facas pretas que também estavam escondidas. Caramba, ele estava totalmente armado.

Jane ficou tensa. Queria ficar com ele, mas não amarrada, com máscara, enquanto ele fazia uma versão de *9 semanas e meia de amor* e atingia seu corpo todo com o chicote.

– Olha, V., acho que não...

Ele tirou a camisa, com os músculos das costas flexionados e seu peito grande se esticando, para depois voltarem ao normal. Tirou as botas.

Oh... droga, ela pensou, quando percebeu o que ia acontecer.

V. tirou as meias e a calça de couro e, como se tivesse planejado, estava sem cueca. Em silêncio total, ele caminhou pelo chão de mármore lustroso e subiu na mesa de modo coordenado. Esticando-se, ele estava lindo, com o corpo coberto de músculos, e seus movimentos eram elegantes e masculinos. Ele respirou profundamente, com o tórax aumentando e diminuindo.

Leves tremores percorriam sua pele... ou talvez fosse a luz da vela? Ele engoliu em seco.

Não, era o medo que o estava fazendo tremer.

– Escolha uma máscara para mim – ele disse com a voz baixa.

– V... não.

– Uma máscara e uma mordaça de bola. – E então ele virou a cabeça na direção dela. – Faça isso e depois coloque as algemas em mim. – Ela não se mexeu e ele indicou o que estava pendurado na parede. – Por favor.

– Por quê? – ela perguntou, observando o suor em seu corpo.

Ele fechou os olhos e quase sem mexer os lábios, disse:

– Você me deu tanto... e não apenas um fim de semana de sua vida. Tentei pensar no que poderia lhe dar para retribuir... sabe como é, uma troca justa, igual a história da aveia e eu com minhas cicatrizes. A única coisa que tenho sou eu mesmo e isto tudo... – Ele bateu na madeira com os dedos. – Aqui, estou mais exposto do que nunca e é o que eu quero lhe dar.

– Não quero machucar você.

– Eu sei. – Ele abriu os olhos. – Mas quero que me tenha como ninguém teve ou terá. Então, escolha a máscara.

Ele engoliu em seco de novo e observou seu pomo de adão descer e subir em seu pescoço grosso.

– Não é esse tipo de presente que quero. Nem esse tipo de adeus.

Fez-se um longo silêncio. E então ele disse:

– Você se lembra de quando lhe contei sobre o casamento arranjado?

– Sim.

– Vai acontecer dentro de alguns dias.

Oh, ela não quis mais nada. Só de pensar que estava com o noivo de outra...

– Eu não conheci a fêmea. Ela não me conheceu. – Vishous olhou para Jane. – E ela é a primeira de cerca de quarenta.

– *Quarenta?*

– Devo ser o pai dos filhos de todas elas.

– Oh. *Deus.*

– Então saiba. Sexo, a partir de agora, será apenas uma função biológica. E olha, nunca me entreguei de verdade para ninguém. Quero fazer isto com você porque... bem, porque eu quero.

Jane olhou para Vishous. O preço de estar deitado ali ficava claro nos olhos arregalados e no rosto pálido, além do suor em seu peito. Dizer não seria humilhar sua coragem.

– O que... – *Droga.* – O que exatamente você quer que eu faça?

Quando V. terminou de explicar, ele se virou e olhou para o teto.

A luz da vela se espalhou pela escuridão, fazendo-a parecer uma poça de óleo. Enquanto ele esperava pela resposta de Jane, sentiu vertigem, com a sensação de que o quarto havia virado de cabeça para baixo e ele estava saindo do chão, prestes a ser derrubado.

Jane nada disse.

Jesus... nada pior que se oferecer totalmente e ser recusado.

Ou então talvez ela não gostasse de *sushi* de vampiro.

Ele deu um salto quando ela colocou a mão em seu pé. E então escutou o som do metal de um peso que estava sendo erguido. Olhou para seu tornozelo e viu uma faixa de couro ser fechada ao redor dele. Ao ver as mãos pálidas dela trabalhando para prendê-lo, seu pênis pulsou em uma ereção. O rosto de Jane mostrava toda a sua concentração enquanto colocava a faixa de couro pelo cinto e puxava para a esquerda.

– Está bom assim?

– Mais forte.

Sem olhar para cima, ela puxou com firmeza. Quando sentiu a faixa apertada, V. jogou a cabeça para trás e gemeu.

– Demais? – ela perguntou.

– Não... – ele tremeu enquanto ela prendia sua outra perna, assustada e excitada ao mesmo tempo. As sensações aumentaram enquanto ela prendia um pulso e depois o outro.

– Agora a mordaça e a máscara. – Sua voz estava rouca porque seu sangue estava frio e quente ao mesmo tempo, e sua garganta estava tão apertada quanto as faixas de couro que o prendiam. Jane o observou.

– Tem certeza?

– Sim. Uma das máscaras é do tipo que fica apenas em cima dos olhos, e vai servir.

Quando ela voltou, segurava uma mordaça com uma bola vermelha e a máscara.

– A mordaça primeiro – ele disse, abrindo bem a boca. Ela fechou os olhos por um momento, e ele tentou imaginar se ela pararia, mas então se inclinou para frente. A bola tinha gosto de látex, sentiu um sabor amargo em sua língua. Quando ele levantou a cabeça para que ela pudesse prender a mordaça, ele respirou pelo nariz.

Jane balançou a cabeça.

– Não vou colocar a máscara. Preciso ver seus olhos. Não consigo... não farei nada sem contato visual. Certo?

Provavelmente era uma boa ideia. A mordaça estava fazendo seu trabalho, sufocando-o... e as faixas de couro também estavam funcionando... ele se sentia preso. Se não conseguisse enxergar e saber que era ela, provavelmente perderia o controle.

Quando ele concordou, Jane derrubou a máscara no chão e tirou o casaco. Então, pegou uma das velas pretas.

Os pulmões de V. arderam quando ela se aproximou.

Jane respirou profundamente.

– Tem certeza?

Ele concordou de novo, com as coxas inquietas e os olhos arregalados. Com receio e excitação, V. observou quando ela esticou o braço acima de seu peito... e inclinou a vela.

A cera escura caiu em seu mamilo, e ele apertou os dentes na bola da mordaça, puxando as tiras que o mantinha preso ali até o couro ficar esticado. Sua ereção saltou e ele teve de controlar o orgasmo.

Jane fez exatamente do jeito que ele havia explicado, indo cada vez mais baixo em seu peito, saltando sua genitália para recomeçar nos joelhos e subir. A dor tinha um efeito acumulativo, sendo pouco mais do que picadas de abelha no começo, aumentando depois. O suor escorria por suas têmporas e costelas, e ele respirou cada vez mais intensamente pelo nariz, até seu corpo todo estar arqueado na mesa.

Vishous teve o primeiro orgasmo quando ela soltou a vela, pegou um chicote e... tocou a cabeça de seu pênis com a ponta. Ele gemeu com a mordaça abafando os sons e ejaculou sobre toda a cera preta endurecida em seu abdômen.

Jane ficou parada, como se a reação a surpreendesse. Então, ela passou o chicote sobre a sujeira que ele havia feito, espalhando em seu peito o que havia saído dele. O odor de vinculação tomou conta da cobertura, assim como seus gemidos de submissão enquanto ela passava o chicote por seu peito e depois por seu quadril.

Ele atingiu um orgasmo pela segunda vez quando ela escorregou o chicote entre suas pernas e acariciou a parte interna de suas coxas. Medo, sexo e amor preenchiam sua pele por dentro, tornando-se em músculos e ossos que o formavam; ele não era nada além de emoção e desejo, sendo ela a motivadora.

E então Jane levou o chicote para as coxas dele, resvalando seu braço.

Jane não acreditava que estava ficando excitada, levando em conta o que estava fazendo. Mas com V. deitado, entregue e alcançando o orgasmo para ela, era difícil não se excitar.

Ela usou o chicote apenas de leve, sem dúvida menos do que ele desejava, mas com força suficiente para deixar marcas em suas coxas, barriga e peito. Não acreditava que ele gostava daquilo, considerando as coisas pelas quais havia passado, mas ele estava adorando. Olhava para ela e seus olhos brilhavam como lâmpadas, se destacando contra a luz pálida das velas. Quando ele atingiu o orgasmo pela terceira vez, aquele odor apimentado que ela associava a ele ficou ainda mais forte.

Deus, ela se sentia fascinada e envergonhada por querer ir além com o que tinha disponível... e a caixa de clipes de metal e chicotes na parede deixaram de parecer uma aberração, pois agora representavam uma série de possibilidades eróticas. Ela não queria feri-lo. Apenas queria que ele sentisse prazer, como estava sentindo naquele momento. O objetivo era levá-lo ao limite de seu desejo.

Por fim, ela ficou tão excitada que tirou a calça e a calcinha.

– Vou acabar com você – ela disse.

Ele gemeu desesperadamente, remexendo o quadril, empurrando-o para cima. Sua ereção continuava firme apesar das várias vezes em que havia atingido o orgasmo e pulsava como se ele estivesse prestes a alcançar mais um.

Quando ela se segurou na mesa e abriu as pernas sobre seu quadril, V. respirou pelo nariz com tanta força que ela se assustou. Respirando e inspirando, ela esticou o braço para retirar a mordaça, mas ele remexeu a cabeça.

– Tem certeza?

Ele concordou com força, e ela abaixou-se em cima de seu quadril repleto de sêmen e encaixou-se em seu membro, com o corpo se abrindo sobre ele, segurando-o. Vishous rolou e apertou os olhos como se estivesse prestes a desmaiar enquanto se remexia. Jane tirou a camisa e puxou o sutiã para o lado para expor os seios. V. puxou as tiras que o prendiam. Se ele estivesse livre, ela tinha certeza de que a teria colocado de costas embaixo dele.

– Fique olhando enquanto eu possuo você – ela disse, passando uma das mãos no próprio pescoço. Quando seus dedos passaram em cima das marcas da mordida dele, os lábios de V. se afastaram da bola da mordaça e suas presas se alongaram, afundando no látex vermelho enquanto gemia.

Ela continuou tocando o pescoço enquanto se agachava em seu pênis. Sentou-se nele com força e V. atingiu outro orgasmo assim que a penetrou, mantendo-se dentro dela, enchendo seu interior.

Ele continuou totalmente ereto depois.

Jane nunca havia sentido tanto desejo em sua vida quando começou a estremecer em cima dele. Ela adorava o fato de estar coberta pela mistura de vela derretida e do resultado dos orgasmos dele, o fato de a pele de V. estar brilhando de suor e ardendo em alguns pontos, o fato de que teriam de limpar tudo depois. Ela havia feito aquilo para ele, e V. a adorava pelo que havia acontecido e por isso parecia correto.

Quando sentiu a aproximação do próprio orgasmo, ela olhou dentro dos olhos dele.

E desejou não ter de deixá-lo.

Capítulo 30

Quando Fritz parou a Mercedes em frente a uma casa, V. olhou pelo vidro da frente.

– Bela casa – ele disse a Jane.

– Obrigada.

Ele ficou em silêncio, lembrando do que havia ocorrido na cobertura nas duas últimas horas. As coisas que ela havia feito com ele...

Caramba, nada tinha sido tão erótico. E nada tinha sido tão doce quanto o depois. Quando a sessão terminou, ela o soltou e levou para o chuveiro. Sob o jato de água, sua ejaculação foi levada pela água e a cera endureceu, mas a limpeza real aconteceu em seu interior. Desejava que as marcas que havia deixado no corpo dela continuassem ali. Queria aquelas marcas em sua pele para sempre.

Deus, não conseguiria tolerar sua partida.

– Há quanto tempo você mora aqui? – ele perguntou.

– Desde a minha residência. Então, são dez anos.

– Uma região boa para você. Perto do hospital. Como é a vizinhança?

Uma conversa sobre amenidades. Enquanto isso, a casa dentro dele ruía.

– Metade das pessoas são jovens profissionais e a outra metade são idosos. A piada é que as pessoas se mudam daqui quando casam ou quando vão para o asilo. – Ela fez um movimento de cabeça mostrando seu vizinho da esquerda. – O Sr. Hanock se mudou para uma casa de repouso há duas semanas. O novo vizinho, independente de quem seja, provavelmente será como ele, porque as casas térreas costumam ser alugadas para os idosos. Bem, já estou falando demais.

E ele prestava atenção.

– Eu já disse que adoro a sua voz, então fique à vontade.

– Eu só falo demais quando estou com você.

– E por isso sou sortudo. – Ele olhou para o relógio. Droga, o tempo estava passando depressa demais, deixando um gosto amargo. – Posso conhecer sua casa?

– É claro.

Ele saiu primeiro e analisou a área antes de se colocar para o lado e deixá-la passar. Pediu a Fritz que fosse embora, pois se desmaterializaria para voltar para casa, e enquanto o *doggen* se afastava, V. permitiu que ela o guiasse.

Jane abriu a porta com uma única chave e virou a maçaneta. Nada de sistema de segurança. Apenas uma trava. Apesar de ela não ter inimigos como ele, aquilo não era seguro. Ele iria... Não, não iria dar um jeito naquilo. Porque depois de mais alguns minutos, passaria a ser um desconhecido.

Para não perder o controle, ele olhou ao redor. A mobília não combinava. Contra as paredes cor de marfim da casa, os móveis de mogno e os quadros de tinta a óleo faziam a residência parecer um museu. Do tempo da Segunda Guerra Mundial.

– Sua mobília...

– Era dos meus pais – ela disse ao soltar o casaco e a bolsa. – Quando eles morreram, eu trouxe o que consegui da casa de Greenwich. Foi um erro... eu me sinto morando em um museu.

– Hum... consigo entender seu ponto de vista.

Ele caminhou pela sala de estar, analisando os objetos. Aquelas peças pesadas enchiam os espaços abafando quartos que poderiam ser mais arejados.

– Não sei por que estou mantendo tudo isso. Não gostava de nada disso quando era mais jovem. – Ela se virou e então se calou. Droga, ela também não sabia o que dizer.

Mas ele sabia o que tinha de fazer.

– Então... sua cozinha fica por ali, certo?

Ela deu um passo para a direita.

– Logo ali... é bem pequena.

Mas era um lugar agradável, V. pensou ao entrar. Assim como o restante da casa, a cozinha era branca e creme, mas pelo menos ali não havia a sensação de sufocamento: a mesa e as cadeiras da copa eram verdes-claras e do tamanho certo. A base de granito era fina. Os eletrodomésticos, de aço inoxidável.

– Eu reformei aqui no ano passado.

Trocaram mais comentários amenos enquanto ignoravam o fato de que tudo havia chegado ao fim.

V. se aproximou do fogão e abriu o armário de cima à esquerda. Bingo. O pó para chocolate quente estava bem ali. Ele o pegou, colocou sobre o balcão e se virou na direção da geladeira.

– O que está fazendo? – Ela perguntou.

– Tem uma caneca? – Ele pegou uma caixa de leite, tirou a tampa e cheirou.

Enquanto voltava para o fogão, ela explicou onde ficavam todas as coisas com a voz baixa, como se estivesse tendo dificuldade para controlar seus sentimentos. Ele se sentia envergonhado em admitir, mas estava feliz por ela estar triste. Fazia com que se sentisse menos patético e solitário no meio daquele adeus.

Cara, ele era um idiota.

Pegou uma pequena panela e uma xícara grande e acendeu uma chama baixa no fogão. Enquanto esquentava o leite, olhou para as coisas em cima do balcão e se distraiu um pouco: tudo aquilo parecia um comercial da Nestlé, daqueles em que a mãe cuidava dos afazeres domésticos enquanto os filhos brincavam na neve até ficarem com o nariz vermelho e as mãos geladas. Ele conseguiu imaginar: as crianças entrariam gritando quando a mãe servisse as xícaras de chocolate quente capazes de mandar o frio embora. Conseguiu até escutar a narração: *Nestlé faz bem.*

Bem, não havia crianças nem mãe ali. Nem um lar feliz, apesar de a casa ser agradável. Era o chocolate quente da vida real. Do tipo que você serviria a uma pessoa amada por não conseguir pensar em fazer mais nada e porque vocês dois estavam arrasados. Do tipo que você remexia enquanto sua garganta se fechava e a boca ficava seca, e você sentindo vontade de chorar, mas sendo macho demais para esse tipo de demonstração. Do tipo que você fazia com todo o amor que não tinha expressado e que talvez não tivesse como expressar.

– Não vou me lembrar de nada? – Ela perguntou.

Ele adicionou um pouco mais de pó e mexeu a colher, observando o chocolate ser absorvido no leite. Não conseguia responder, simplesmente não foi capaz.

– Nada? – Ela insistiu.

– Até onde sei, você pode ter sensações de vez em quando que sejam acionadas por um objeto ou cheiro, mas não será capaz de ligá-los às lembranças. – Ele colocou a ponta do indicador no leite para testar a temperatura, bebeu e continuou mexendo. – Pode ser que tenha sonhos vagos, porque sua mente é muito forte.

– Mas e o fim de semana em que fiquei fora?

– Você não vai ter a sensação de ter ficado fora.

– Como isso é possível?

– Porque vou lhe dar um fim de semana com o qual substituí-lo.

Ela não disse nada e ele olhou para trás. Ela estava em pé encostada na geladeira, com os braços ao redor do corpo.

Droga. Certo, ele mudou de ideia, não queria que ela se sentisse tão mal quanto ele. Faria o que pudesse para que ela não se sentisse triste daquela maneira. E podia resolver isso, não é?

Ele checou a temperatura mais uma vez e desligou o fogo. Ao encher a xícara, o som baixo prometia o relaxamento e a satisfação que ele queria para a sua fêmea. Levou a xícara até ela, que não pegou; ele segurou um de seus braços. Ela segurou a xícara apenas porque ele insistiu, e não bebeu. Jane levou a xícara até o peito, movendo-a de um lado a outro, observando o movimento do leite.

– Não quero que você vá – ela sussurrou, com lágrimas embargadas.

Ele colocou a mão sem luva no rosto dela e sentiu a maciez e o calor de sua pele. Sabia que quando saísse dali, deixaria seu coração com ela. Sim, algo bateria atrás de suas costelas para manter o sangue em circulação, mas seria apenas uma função mecânica a partir daquele momento.

Oh, espere. As coisas já tinham sido assim antes.

Ele a puxou para seus braços e repousou o queixo no topo de sua cabeça. Droga, ele nunca mais sentiria o cheiro de chocolate quente sem pensar nela.

Quando Vishous fechou os olhos, sentiu um arrepio nas costas, passando pela nuca e pelo queixo. O sol estava nascendo, e aquele era seu corpo indicando que o momento de partir não era depois, mas agora... algo urgente.

Ele se afastou e pressionou os lábios contra os delas.

– Eu te amo. E vou continuar amando mesmo depois de você não saber que eu existo.

Ela não piscou, segurando as lágrimas até não mais conseguir. Ele passou os polegares por seu rosto.

– V... eu...

Ele esperou um momento. Ela não concluiu, então ele segurou seu rosto na palma da mão e olhou em seus olhos.

– Oh, Deus... você vai fazer isso – ela disse. – Você vai...

CAPÍTULO 31

Jane piscou e olhou para o chocolate quente que estava segurando.

Havia alguma coisa caindo no leite.

Jesus... Lágrimas escorriam de seu rosto, caindo dentro da xícara, molhando sua camisa. Seu corpo todo tremia, seus joelhos estavam fracos, seu peito ardendo de dor. Por algum motivo maluco, ela queria deitar no chão e chorar.

Secando o rosto, ela olhou ao redor na cozinha. Havia leite e pó de chocolate sobre o balcão. A panela sobre o fogão ainda soltava um pouco de vapor. O armário à esquerda não estava totalmente fechado. Ela não se lembrava de ter tirado as coisas dali nem de ter feito o que estava dentro da xícara, mas isso acontece com as ações rotineiras de todos os dias.

O que estava acontecendo? Pela janela do outro lado da copa, ela viu alguém em pé diante de sua casa. Um homem. Um homem grande. Ele estava do lado de fora sob a luz dos postes, por isso ela não conseguia ver seu rosto, mas sabia que ele olhava para ela. Sem qualquer motivo, suas lágrimas aumentaram. E o choro piorou quando o desconhecido se virou e desceu a rua.

Jane colocou a xícara no balcão e saiu correndo da cozinha. Tinha de pegá-lo. Tinha de detê-lo. Assim que ela saiu pela porta da frente, uma dor de cabeça forte fez com que ela caísse no chão como se tivesse tropeçado nos próprios pés. Ela se espalhou pelo chão branco e frio, e então se virou para o lado, levando os dedos às têmporas, puxando o ar.

Jane ficou ali deitada por sabe Deus quanto tempo, apenas respirando e torcendo para que a dor passasse. Quando finalmente passou, ela se levantou do chão e inclinou-se contra a porta da frente. Tentou imaginar se havia sofrido um derrame, mas não sofreu interrupções cognitivas nem perturbações visuais. Apenas uma dor de cabeça de derrubar.

Devia ser resquícios da gripe que teve no fim de semana. O vírus que circulou no hospital por semanas a derrubou. E fazia sentido. Não ficava doente havia muito tempo, por isso se sentia tão mal.

Por falar nisso... *droga*... será que ela havia telefonado para remarcar a entrevista na Universidade Columbia? Ela não sabia... então provavelmente não havia telefonado... caramba, ela não se lembrava de ter saído do hospital na noite de quinta-feira.

Jane não sabia ao certo quanto tempo ficou parada na porta, mas em algum momento o relógio começou a tocar. Era um relógio que ficava no escritório de seu pai em Greenwich, um Hamilton antigo feito de bronze sólido. Ela sempre detestou aquilo, mas ele marcava bem as horas.

Seis da manhã. Hora de ir trabalhar.

Bom plano, mas quando ficou em pé, soube sem dúvida que não ia para o hospital. Sentia-se tonta, fraca, exausta. Não haveria como ir trabalhar naquelas condições: continuava muito mal.

Droga... ela tinha de avisar. Onde estavam seu *pager* e telefone...?

Ela franziu a testa. Seu casaco e a bolsa que havia preparado para ir a Manhattan ainda estavam perto do armário do corredor. Não encontrou o celular, no entanto. Nem o *pager*.

Ela subiu e olhou perto da cama, mas os dois não estavam lá. No andar térreo, procurou na cozinha. Nada. E sua bolsa, que ela sempre levava ao trabalho, também não estava ali. Talvez tivesse deixado no carro o final de semana todo?

Ela abriu a porta da garagem e a luz automática se acendeu. Esquisito. Seu carro estava estacionado de frente. Geralmente ela o colocava de costas. E isso provava como ela estava mal.

A bolsa estava no assento da frente, e xingou a si mesma ao voltar para dentro de casa enquanto teclava. Como podia ter esperado tanto tempo para telefonar? Apesar de estar sempre coberta por outros profissionais, nunca ficava sem contato por mais de cinco horas.

Tinha várias mensagens, mas por sorte nenhuma delas era urgente. As mais importantes a respeito dos pacientes tinham sido passadas a quem estava de plantão, portanto o restante eram coisas que ela podia resolver depois.

Jane estava saindo da cozinha, na direção do quarto, quando olhou para a xícara de chocolate. Não precisou colocar a mão para perceber que já tinha esfriado, por isso podia jogar o líquido fora. Ela se aproximou para pegar, mas parou perto da pia. Por algum motivo, não conseguiu jogar fora. Ela deixou a xícara como estava em cima do balcão, mas guardou o leite na geladeira.

No andar de cima, no quarto, largou as roupas, deixando-as caírem em qualquer lugar, e então vestiu uma camiseta e foi para a cama.

Estava se ajeitando entre os lençóis quando percebeu que seu corpo estava rígido, principalmente a parte interna das coxas e a parte inferior das costas. Em circunstâncias diferentes, ela teria dito que havia feito sexo intensamente... isso ou talvez escalado uma montanha. Mas, na verdade, era apenas a gripe. *Droga*. Columbia. A entrevista.

Ela telefonaria para Ken Falcheck mais tarde, pediria desculpas pelo que pensava ser a segunda vez, e remarcaria. Eles estavam ansiosos com a possibilidade de ela trabalhar ali, mas não aparecer para uma entrevista com o diretor do departamento era muito insultante. Mesmo estando doente.

Ajeitando-se nos travesseiros, não conseguiu ficar à vontade. Seu pescoço estava rígido, e ela esticou a mão para massageá-lo, mas sentiu algo estranho. Havia um ponto sensível no lado direito na frente... mas o que era aquilo? Havia duas marcas ali.

Não importava. Às vezes isso acontecia numa gripe. Ou talvez uma aranha tivesse feito aquilo.

Ela fechou os olhos e disse a si mesma que precisava descansar. Descansar era bom. O descanso a faria se livrar daquele mal-estar mais rapidamente. O descanso faria com que voltasse ao normal, seria bom para seu corpo.

Enquanto ela adormecia, pensou em uma coisa, viu a imagem de um homem com cavanhaque e olhos brilhantes. Ele movia os lábios olhando para ela, deixando claras as palavras... *Eu amo você.*

Jane se esforçou para reter o que viu, mas estava quase adormecendo. Esforçou-se para ficar com a imagem e perdeu a luta. A última coisa que percebeu foram as lágrimas escorrendo no travesseiro quando o sono a levou.

Bem, isso era constrangedor.

John se sentou no banco da sala de musculação e observou enquanto Zsadist trabalhava os bíceps do outro lado. As peças enormes de ferro faziam um barulho sutil subindo e descendo, e só havia aquele barulho. Não haviam conversado até então: era como uma das caminhadas que faziam, mas sem a mata. Mas a conversa estava se aproximando. John podia sentir.

Z. soltou os pesos sobre os colchonetes e secou o rosto. Seu peito nu brilhava com as argolas de seus mamilos subindo e descendo enquanto ele respirava. Seus olhos amarelos percorreram o local.

Vamos lá, John pensou.

– Então, a respeito da transição.

Certo... então eles não falariam sobre os *redutores. O que tem ela?*, ele sinalizou.

– Como está se sentindo?

Bem. Desajeitado. Diferente. Ele deu de ombros. *Sabe quando você corta as unhas e as pontas dos seus dedos ficam esquisitas por um dia, muito sensíveis? Estou me sentindo inteiro assim.*

Oh, que diabos ele estava falando? Z. já tinha passado pela transição. Sabia como era a sensação. Zsadist soltou a toalha e pegou os pesos para a segunda série de repetições.

– Você tem algum problema físico?

Não que eu saiba.

Os olhos de Zsadist ficaram fixos nos colchonetes enquanto ele alternava levantando o braço esquerdo, depois o direito. Esquerdo. Direito. Era interessante que aqueles pesos tão grandes fizessem aquele som sutil.

– Bem, Layla entrou em contato.

Oh... droga.

O que ela disse?

Por favor, não sobre o chuveiro...

– Ela disse que vocês dois não fizeram sexo, apesar de ter parecido, em determinado momento, que você queria.

John parou de pensar, apenas registrando os movimentos de Z. Direito. Esquerdo. Direito. Esquerdo. *Quem sabe disso?*

– Wrath e eu. E só. E não é da conta de mais ninguém. Mas estou falando sobre isso para o caso de haver algo físico acontecendo que precise ser examinado.

John ficou em pé e caminhou de maneira desajeitada, com os braços e pernas em desarmonia, como os de um bêbado sem equilíbrio.

– Por que você parou, John?

Ele olhou para o Irmão, prestes a dar uma desculpa, quando percebeu, horrorizado, que não conseguiria.

Os olhos amarelos de Z. brilharam. *Droga.* Havers havia contado, não é? Aquela sessão de terapia na clínica, quando John contou o que havia ocorrido com ele naquela escada.

Você sabe, John gesticulou furioso. *Você sabe de tudo, não é?*

– Sim, eu sei.

Aquele terapeuta desgraçado disse que era confidencial...

– Uma cópia de seus registros médicos foi enviada para cá quando você começou o programa. É um procedimento-padrão para todos os membros para o caso de algo acontecer na academia, ou para o caso de a transição começar enquanto vocês estiverem aqui.

Quem leu meus arquivos?

– Só eu. E ninguém mais, nem mesmo Wrath. Eu o guardei, e sou o único que sabe onde está.

John ficou mais tranquilo. Pelo menos havia um pouco de consolo nisso. *Quando você leu?*

– Cerca de uma semana atrás, quando percebi que sua transição aconteceria a qualquer momento.

O que... o que estava escrito?

– Praticamente tudo.

Droga.

– Por isso você não vai ao Havers, não é? – Z. soltou os pesos de novo. – Você acha que ele vai querer colocá-lo em mais uma sessão de terapia.

Não gosto de falar disso.

– Não culpo você. E não estou pedindo para fazer isso.

John sorriu. *Você não vai tentar me convencer de que é bom para mim e tal?*

– Não. Não sou muito de falar. Não posso recomendar terapia aos outros. – Z. colocou os cotovelos nos joelhos e se inclinou para a frente. – Olha só, John. Quero que você saiba que essa droga não vai vazar, entendeu? Se alguém quiser ver seus registros, não vou deixar, mesmo que precise queimar o arquivo.

John engoliu em seco. Com as mãos duras, ele sinalizou: *obrigado.*

– Wrath quis que eu conversasse com você a respeito de Layla porque ele ficou preocupado com a possibilidade de ter ocorrido algo de errado em seu corpo depois da transição. Vou dizer a ele que você estava nervoso e que por isso não fez, certo?

John concordou.

– Você já se masturbou?

John corou da cabeça aos pés e pensou que ia desmaiar. Ao calcular a distância até o chão, que parecia ter uns cem metros, ele concluiu que aquele não seria um lugar ruim. Afinal, havia muitos colchonetes sobre os quais cair.

– Já?

Ele balançou a cabeça lentamente, negando.

– Faça uma vez para ter certeza de que não há nada de errado – Z. ficou em pé, passou a toalha em seu peito e vestiu a camiseta. – Espero que você cuide disso nas próximas vinte e quatro horas. Não vou perguntar nada. Se você não disser nada, vou concluir que está tudo bem. Se não estiver, você deve me procurar e resolveremos isso, certo?

Hum, não. E se ele não conseguisse? *Acho que sim.*

– Mais uma coisa. A respeito da arma e dos *redutores.*

Droga, sua cabeça já estava rodando e agora tinha de lidar com aquela história? Ele ergueu as mãos para se desculpar...

– Não me importa que você estava armado. Na verdade, quero que você sempre carregue uma arma quando for ao ZeroSum.

John olhou para o Irmão, assustado. *Mas é contra as regras.*

– Tenho cara de quem se preocupa com essas drogas?

John esboçou um sorriso. *Não muito.*

– Se cruzar com um daqueles assassinos de novo, faça o que fez. Pelo que sei, você agiu de uma maneira impressionante, e sinto orgulho de você por ter defendido seus amigos.

John corou, com o coração aos pulos. Nada na face da Terra, exceto o retorno seguro de Tohrment, poderia tê-lo deixado mais feliz.

– Agora você já sabe sobre o que falei com Blay? Sobre seus documentos e identificação quando forem ao ZeroSum?

John assentiu.

– Quero que continue frequentando aquela boate quando for para o centro da cidade, pelo menos no próximo mês, até ficar forte. E apesar de concordar com o que você fez ontem à noite, não quero que você saia à caça de *redutores*. Se eu souber que isso está acontecendo, vou castigar você como se fosse um menino de doze anos. Você ainda precisa treinar muito e ainda não sabe como trabalhar esse seu corpo. Se você errar e for morto, vou ficar muito irritado. Quero que me dê sua palavra, John. Agora mesmo. Nada de ir atrás daqueles idiotas se eu não mandar. Entendeu?

John respirou profundamente e tentou pensar na promessa mais firme que pudesse oferecer. Tudo parecia tolo, então ele apenas sinalizou *Juro que não vou caçá-los.*

– Certo, muito bem, já terminamos por hoje. Vá dormir. – Quando Z. se virou, John assoviou para chamar a sua atenção. O Irmão olhou para trás. – Sim?

John precisou forçar as mãos para sinalizar o que estava em sua mente... porque não sabia se teria a coragem para fazer de novo.

Está decepcionado comigo? Por causa do que aconteceu antes... você sabe, na escada? E seja honesto.

Z. piscou uma vez. Duas. Três.

– De jeito nenhum. *Não* foi sua culpa e você *não* merecia. Entendeu? *Não* foi sua culpa.

John fez uma careta quando seus olhos ficaram marejados e precisou desviar o olhar. Por algum motivo, apesar de estar alto, ele se sentiu pequeno como nunca.

– John – Z. disse. – Você me escutou? Não foi sua culpa. Você não merecia.

John não soube o que responder, então apenas deu de ombros. E então gesticulou: *obrigado de novo por não contar. E por não me fazer falar sobre isso.*

Z. não disse nada e olhou para cima. E deu um passo para trás.

O rosto todo de Zsadist havia mudado, e não apenas porque seus olhos estavam pretos. Seus ossos pareciam mais proeminentes, a pele mais esticada, a cicatriz bem evidente. Uma onda de frio saiu de seu corpo, esfriando ao redor, tornando o vestiário uma geladeira.

– Ninguém merece ser estuprado. Mas e se acontecer? A pessoa pode escolher como lidar com isso, porque não é da conta de ninguém. Se nunca quiser dizer nada sobre esse assunto, não vai ouvir de mim.

Z. se afastou, e o frio diminuiu quando a porta se fechou.

John respirou profundamente. Nunca imaginou que Z. seria o Irmão de quem ele mais se aproximaria. Afinal, os dois não tinham nada em comum.

Mas John com certeza aceitaria os amigos onde estes aparecessem.

Capítulo 32

Algumas horas depois, Phury se recostou no sofá na sala de estudos de Wrath e cruzou as pernas. A reunião da Irmandade era a primeira que eles tiveram desde que Vishous havia levado um tiro, e até então tudo estava indo bem. Mas havia um problema pairando no ar que ainda não tinha sido abordado.

Ele olhou para Vishous. O Irmão estava encostado nas portas duplas e olhando para frente. A expressão vaga de seu rosto lembrava aquela das pessoas que assistem a filmes de faroeste na TV.

A aparência de morto-vivo foi fácil de reconhecer, porque já tinha sido testemunhada naquela sala antes. Rhage fizera a mesma cara de morto quando pensou que tinha perdido Mary para sempre. Assim como Z., quando estava determinado a deixar Bella.

É... os vampiros machos sem suas fêmeas eram como sacos vazios, nada além de músculos e ossos mantidos por uma pele fina. E ainda que aquilo por si só já fosse um sofrimento, ainda mais para Vishous, com toda aquela história do Primaz, a perda de Jane parecia especialmente cruel. Mas como as coisas poderiam ter dado certo para eles? Médica humana. Guerreiro vampiro. Não havia como.

Wrath disse em voz alta:

– V. Ei, Vishous.

V. ergueu a cabeça.

– O que foi?

– Você vai falar com a Virgem Escriba hoje, não é?

V. mal mexeu a boca.

– Sim.

– Você vai precisar de um representante da Irmandade para ir com você. Acredito que será Butch, certo?

V. olhou para o tira, que estava sentado em uma poltrona dupla azul-clara.

– Você se importa?

Butch, que claramente estava preocupado com V., ficou em alerta no mesmo instante.

– É claro que não. O que preciso fazer?

V. não disse nada, e Wrath continuou:

– Provavelmente será o equivalente dos seres humanos a padrinho de casamento. Vai inspecionar hoje e depois na cerimônia, que será amanhã.

– Inspecionar? Essa mulher é um quadro ou coisa assim? – Butch fez uma careta. – Não estou gostando muito desse papo de Escolhida, para dizer bem a verdade.

– Velhas regras. Velhas tradições. – Wrath esfregou os olhos por baixo dos óculos escuros. – Muita coisa precisa mudar, mas é o território da Virgem Escriba, não meu. Certo... então... sobre os turnos de luta. Phury, quero que você fique fora esta noite. Sim, eu sei que está ansioso para lutar depois de ter sido ferido, mas percebi que você perdeu suas duas últimas folgas.

Phury não respondeu e Wrath perguntou:

– Não se opõe?

– Não.

Na verdade, ele tinha algo a fazer. Por isso era perfeito.

Do Outro Lado, na sagrada sala de banho de mármore, Cormia desejou poder ser outra pessoa. O que era irônico, pois aquilo tinha sido cuidadosamente preparado para o Primaz. Seria de se esperar que ela quisesse ficar ali dentro, uma vez que estava tão purificada. Ela havia participado de dezenas de rituais de banho diferentes... seu cabelo havia sido lavado e relavado... em seu rosto havia sido aplicado bálsamos de rosas, de lavanda, e mais outros de salva e jacinto. Em seu corpo, um óleo havia sido esfregado, enquanto incenso queimava em homenagem ao Primaz e orações eram entoadas. O processo havia feito com que ela se sentisse o prato principal de um banquete. Um pedaço de carne, temperado e preparado para consumo.

– Ele estará aqui na hora certa – a Directrix disse. – Não perca tempo.

O coração de Cormia bateu acelerado. O estado de relaxamento induzido por todo o vapor e a água quente sumiu, deixando-a dolorosa e terrivelmente consciente de que os últimos momentos de sua vida como tinha sido até agora estavam prestes a acabar.

– Ah, a roupa chegou – uma das Escolhidas disse com animação.

Cormia olhou para trás. No vasto chão de mármore, duas Escolhidas passaram pelas portas douradas com uma túnica de capuz branco pendurada entre elas. A roupa era bordada com diamantes e ouro, e brilhava à luz das velas. Atrás delas, outra Escolhida segurava um tecido transparente nos braços.

– Tragam o véu – a Directrix disse. – E coloquem nela.

O tecido foi colocado em cima da cabeça de Cormia e caiu sobre ela com o peso de mil pedras. Ao pousar diante de seus olhos, seu mundo ficou sem foco.

– Fique em pé – ela recebeu a ordem.

Cormia ficou em pé e precisou se equilibrar. Seu coração batia com força atrás das costelas, as palmas das mãos suavam. O pânico aumentou quando a roupa pesada foi trazida pelas duas Escolhidas. Quando o manto cerimonial foi vestido nela por trás, foi apoiado sobre seus ombros. Ela teve a impressão de que havia um gigante sobre suas costas, com seu peso e mãos pressionando-a para baixo.

O capuz foi erguido sobre sua cabeça e tudo ficou preto.

A parte da frente da vestimenta foi abotoada à ponta do capuz, e Cormia tentou não pensar quando e de que maneira aqueles prendedores seriam soltos de novo. Tentou respirar lenta e profundamente. O ar fresco entrava por algumas aberturas em seu pescoço, mas não bastava.

Sob a roupa, todos os sons eram abafados e seria difícil alguém escutá-la falando. Mas na verdade ela não tinha um papel pessoal na cerimônia de apresentação nem no ritual de acasalamento que estavam por vir. Ela era apenas um símbolo, não uma fêmea, por isso sua reação individual não era necessária nem incentivada. As tradições reinavam supremas.

– Perfeita – uma das irmãs disse.

– Resplandecente.

– Digna de nós.

Cormia abriu a boca e sussurrou para si.

– Eu sou eu. Eu sou eu. Eu sou eu...

Seus olhos marejaram e as lágrimas caíram, mas ela não conseguia levar a mão ao rosto para secá-las, por isso elas corriam por sua face e pescoço, parando na roupa.

De repente, seu pânico ficou maior, se tornando um animal selvagem libertado. Ela se virou, atrapalhada pela roupa pesada, mas levada por uma necessidade que não conseguia controlar. Partiu na direção do que pensou ser a porta, arrastando o peso consigo.

Escutou gritos de surpresa ecoando na câmara de banho, juntamente com o barulho de garrafas e jarros caindo no chão.

Remexeu-se, tentando tirar a roupa, desesperadamente em busca de alívio.

Desesperada para se livrar de seu destino.

Capítulo 33

No centro de Caldwell, no lado nordeste do complexo do Hospital St. Francis, o doutor Manuel Manello desligou o telefone sobre sua mesa sem ter teclado nada ou mesmo recebido um telefonema. Olhou para o aparelho, repleto de botões, muito moderno e sentiu vontade de lançá-lo na parede.

Queria, mas se conteve. Ele já não podia mais se comportar como um funcionário qualquer desde que decidiu se tornar o mais jovem chefe de cirurgia da história do Hospital St. Francis. Desde então, seus momentos de ira envolviam apenas o lançamento de garrafas vazias e de embalagens de salgadinhos dentro de cestos de lixo. Mas só para não perder o costume.

Recostando-se na cadeira de couro, ele girou e olhou pela janela de seu escritório. Era um belo escritório. Grande, moderno, com painéis de mogno e tapetes orientais: a Sala do Trono, como era conhecida, era a sala do chefe de cirurgia havia cinquenta anos. Ele ocupava aquela sala havia três anos, e assim que conseguisse, planejava fazer uma reforma no local. O ar austero do local o fazia se irritar.

Pensou no maldito telefone e sabia que faria um telefonema que não deveria fazer. Era um fraco, e passaria essa impressão, apesar de toda a sua arrogância de macho de sempre. Mas seus dedos agiriam por conta própria.

Para adiar o inevitável, ele passou um tempo olhando pela janela.

De onde estava, conseguiu ver a fachada do St. Francis, e a cidade que se estendia diante dele. Sem dúvida aquela era a melhor vista em todo o complexo. Na primavera, as cerejeiras e tulipas floresciam na entrada. E no verão, nos dois lados da rua, os bordos ficavam cheios de folhas verdes como esmeraldas até se tornarem amarelas como pêssegos no outono.

Geralmente, ele não passava muito tempo aproveitando a paisagem, mas gostava de saber que estava ali. Às vezes um homem precisava desviar os pensamentos.

Estava tendo um desses momentos agora.

Na noite passada, ele havia telefonado para o celular de Jane, acreditando que ela estaria de volta da maldita entrevista. Não obteve resposta. Telefonou de novo aquela manhã. Nada.

Certo. Se ela não queria contar sobre a maldita entrevista em Columbia, ele iria direto à fonte. Telefonaria para o chefe de cirurgia de lá. Egocêntrico como era, seu ex-mentor não hesitaria em contar alguns detalhes, mas, cara, seria um esforço.

Manny se remexeu, teclou dez vezes e esperou, batendo uma caneta Montblanc no bloco de anotações. Quando atenderam, ele não esperou pelo alô.

– Falcheck, seu idiota.

Ken Falcheck riu.

– Manello, você tem um palavreado tão bonito. E por ser mais velho do que você, estou chocado.

– Como está a vida mansa, velho?

– Tudo bem. Mas e você, garoto? Já lhe estão dando alimentos sólidos ou ainda está comendo só papinha?

– Estou comendo aveia, o que quer dizer que estarei forte para fazer o implante em seu quadril quando você cansar do andador.

Tudo aquilo era brincadeira, claro. Aos sessenta e dois anos, Ken Falcheck estava em ótima forma. Os dois se davam bem desde que Manny havia realizado o treinamento cerca de quinze anos atrás.

– Bem, com todo o respeito aos idosos – Manny disse –, por que está de olho em minha cirurgiã de trauma? E o que achou dela?

Fez-se uma breve pausa.

– Do que está falando? Recebi uma mensagem na quinta-feira de um cara dizendo que ela precisava remarcar. Pensei que você estivesse ligando por causa disso. Para se gabar de que ela havia desistido de nós e que você continuaria com ela.

Manello sentiu um arrepio esquisito no pescoço, como se alguém tivesse acertado uma toalha úmida nele. Manteve o mesmo tom de voz.

– Ah, você acha que eu faria isso?

– Sim, faria. Eu treinei você, lembra? Todos os seus hábitos ruins são meus.

– Só os profissionais. Ei, o cara que telefonou... você pegou o nome?

– Não. Pensei que fosse o assistente dela ou algo assim. Certamente não foi você. Conheço sua voz, e o cara era educado.

Manny hesitou. Certo, ele precisava acabar aquele telefonema agora mesmo. Jesus Cristo, onde diabos estaria Jane?

– E então, Manello, você vai mantê-la?

– Encaremos os fatos. Tenho muito a oferecer a Jane. – Ele era uma delas.

– Mas não a diretoria do departamento.

Caramba, naquele momento, aquela bobagem sobre política médica não importava. Jane estava desaparecida, e ele precisava encontrá-la. Naquele instante, sua assistente espiou dentro da sala.

– Oh, sinto muito...

– Não, espere. Ei, Falcheck, preciso ir. – Ele desligou enquanto Ken ainda estava dizendo adeus e imediatamente teclou os números da casa de Jane.

– Olha, eu preciso fazer um telefonema...

– A Dra. Whitcomb acabou de telefonar dizendo que está doente.

Manny olhou para a assistente.

– Você conversou com ela? Foi ela quem telefonou?

A assistente olhou para ele com uma cara engraçada.

– Claro, ela passou o fim de semana todo com gripe. Goldberg vai atender os pacientes dela hoje. Você está bem?

Manny desligou o telefone e assentiu apesar de se sentir zonzo. Droga, pensar que alguma coisa poderia ter acontecido a Jane fez seu sangue gelar.

– Tem certeza, Dr. Manello?

– Sim, estou bem. Obrigado pela informação a respeito de Whitcomb. – Ele ficou em pé, com o chão um pouco incerto sob seus passos. – Preciso fazer uma operação em uma hora, então vou me alimentar. Tem mais alguma coisa para mim?

A assistente abordou alguns outros assuntos e partiu.

Quando a porta se fechou, Manny se recostou na cadeira. Cara, ele precisava retomar as rédeas. Jane Whitcomb sempre tinha sido uma distração, mas aquela sensação de alívio ao saber que ela estava bem o surpreendeu. Certo. Precisava comer.

Repreendendo a si mesmo, ficou em pé de novo e pegou uma pilha de relatórios de residentes para ler. Ao pegá-los, algo escorregou da mesa. Ele se inclinou e pegou, e franziu a testa. Era a impressão de uma foto de um coração... que tinha seis câmaras.

Algo surgiu na mente de Manny, um tipo de sombra que se movia, um pensamento prestes a se concretizar, uma lembrança prestes a se cristalizar. Mas sentiu uma dor aguda nas têmporas. Xingando, tentou pensar de onde a foto havia saído e conferiu a data e o horário na parte de baixo. Ela havia sido tirada na sala de operações, e a impressão havia ocorrido dentro de seu escritório. Sua impressora tinha um defeito que deixava um ponto de tinta no canto esquerdo inferior, e a marca estava ali.

Ele se voltou ao computador e fez uma busca em seus arquivos. Não existia tal fotografia. *Que diabos?*

Checou o relógio. Não tinha tempo para continuar procurando, porque precisava mesmo se alimentar antes de realizar a operação.

Ao sair de seu escritório, ele decidiu que seria um médico à moda antiga naquela noite. Telefonaria para um paciente, o primeiro telefonema do tipo em sua carreira profissional.

Vishous vestiu uma calça de seda preta e uma blusa também preta que parecia um blazer dos anos 1940. Após colocar o medalhão do Primaz ao redor do pescoço, saiu da sala. Ao descer o corredor, escutou Butch exercitando todo seu conhecimento na matéria de palavrões na sala de estar.

V. encontrou o amigo no sofá, diante do laptop de Marissa.

– E aí, tira?

– Acho que este computador está empacando – Butch olhou para V. – Caramba, você está todo arrumadinho.

– Isso não tem graça.

Butch fez uma careta.

– Sinto muito. Droga... V., eu...

– Cala a boca e deixe-me dar uma olhada no PC. – V. pegou o aparelho do colo de Butch e fez uma avaliação rápida. – Morreu.

– Eu devia saber. O Abrigo está cheio de computadores velhos. O servidor deles está fora do ar. E agora isso. Enquanto isso, Marissa está na mansão com Mary tentando ver como contratar mais funcionários. Cara, ela não precisa disso.

– Coloquei quatro Dells novos no armário que fica perto da sala de Wrath. Diga a ela para pegar um deles, certo? Eu poderia consertar este, mas preciso ir.

– Ok, cara. Sim, vou me arrumar para ir com você.

– Você não precisa estar lá.

Butch franziu a testa.

– Para com isso. Você precisa de mim.

– Outra pessoa pode ir.

– Não vou abandonar você...

– Não seria abandono. – V. caminhou até a mesa de pebolim e girou as alças. Quando a fileira de homenzinhos girou, ele expirou. – É mais ou menos como... não sei, se você estiver lá, tudo vai ser real demais.

– Então quer que outra pessoa o acompanhe?

V. girou a alça de novo. Ele havia escolhido Butch num ato sem pensar, mas na verdade o cara seria uma complicação. V. era tão próximo dele que teria dificuldade para enfrentar a apresentação e o ritual. Olhou para o outro lado da sala de estar.

– Sim, sim, eu quero outra pessoa, acho.

No curto silêncio que se seguiu, Butch parecia estar segurando um prato de comida muito quente: mostrou-se intranquilo e inseguro.

– Bem... desde que saiba que eu estaria ao seu lado, não importa o que ocorresse.

– Sei que você é firmeza. – V. se aproximou do telefone, analisando suas opções.

– Tem certeza de que...

– Sim – ele disse, discando. Quando Phury atendeu o telefonema, V. disse: – Você pode ir comigo hoje? Butch vai ficar aqui. Sim. É. Obrigado, cara. – Ele desligou. Pode ter sido uma escolha esquisita, porque os dois nunca tinham sido muito próximos. Mas era exatamente por isso. – Phury vai comigo, sem problema. Vou até o quarto dele agora.

– V...

– Fica quieto, tira. Volto em algumas horas.

– Gostaria muito que você não tivesse que...

– Não importa. Isso não vai mudar as coisas. – Afinal, Jane continuaria distante e ele continuaria sendo um macho sem sua fêmea. Então, nada de diferente, nada importava.

– Tem certeza absoluta de que não quer que eu vá?

– Só esteja aqui com a vodca quando eu voltar. Vou precisar de um drinque depois.

V. deixou o Buraco pelo túnel subterrâneo, e enquanto caminhava até a mansão, tentou pensar com clareza. Aquela Escolhida com quem acasalaria seria apenas um corpo. E ele também. Os dois fariam o que precisava ser feito, quando fosse necessário. Seria apenas um macho se envolvendo com uma fêmea, com os movimentos necessários até que o macho ejaculasse. E se ele não se excitasse? Sem problema. A Escolhida tinha misturas para garantir uma ereção e incenso que fazia um macho atingir o orgasmo. Então, apesar de ele não ter nenhum interesse em sexo, seu corpo faria o que nasceu para fazer: garantir que as melhores linhagens da espécie sobrevivessem.

Droga, ele queria poder fazer inseminação artificial. Mas os vampiros já tinham tentado esse procedimento, sem sucesso. Os filhos tinham de ser concebidos da velha maneira de sempre.

Cara, ele não queria pensar no número de fêmeas com quem teria de estar. Não podia nem começar a pensar nisso. Se começasse, ia...

Vishous parou no meio do túnel.

Abriu a boca.

E gritou até perder a voz.

Capítulo 34

Quando Vishous e Phury atravessaram para o Outro Lado juntos, materializaram-se em um pátio branco cercado por uma arcada de colunas coríntias. No centro, havia uma fonte de mármore branco por onde jorrava um jato de água límpida dentro de um reservatório branco e profundo. No canto mais distante, em uma árvore branca com flores brancas, um bando de pássaros coloridos se reunia como se tivessem sido salpicados em cima de um bolo. O som tranquilo dos pássaros se harmonizava com o som calmo da fonte, como se as duas cadências estivessem no mesmo ritmo de alegria.

– Guerreiros. – A voz da Virgem Escriba veio de trás e fez a pele de Vishous se estender como plástico em seus ossos. – Ajoelhem-se e irei recebê-los.

V. forçou os joelhos a se flexionarem e depois de um momento eles gemeram como pernas enferrujadas de uma mesa de baralho. Phury, por outro lado, não teve dificuldades para se ajoelhar, e o fez rapidamente. Mas ele não estava se submetendo diante de uma mãe que o desprezava.

– Phury, filho de Ahgony, como estás?

Com a voz perfeitamente eloquente, o Irmão respondeu no Antigo Idioma:

– Estou bem, pois me ajoelho diante de ti com pureza de devoção e bondade no coração.

A Virgem Escriba riu.

– Um cumprimento adequado da maneira adequada. Que adorável. E certamente mais do que receberei de meu filho.

V. sentiu, mas não viu a cabeça de Phury virar-se com espanto em sua direção. *Oh, desculpe*, V. pensou. *Acho que esqueci de mencionar esse pequeno fato, meu Irmão.*

A Virgem Escriba se aproximou ainda mais.

– Ah, então meu filho não contou sobre a linhagem materna? Talvez por decoro? Preocupado em macular a ideia de que tenho uma existência dita virginal? Sim, é por isso, não é, Vishous, filho de Bloodletter?

V. olhou para cima, ainda que não tivesse recebido essa ordem.

– Ou talvez eu tenha apenas me recusado a reconhecê-la.

Isso era exatamente o que ela esperava que ele dissesse e conseguiu perceber não lendo seus pensamentos, mas porque, em algum nível, os dois eram um só, apesar do ar e espaço entre eles.

Ótimo.

– Sua reticência em aceitar minha maternidade não muda nada – ela disse com um tom grave de voz. – Um livro fechado não altera a tinta em suas páginas. O que é, é.

Sem permissão, V. ficou em pé e olhou no rosto da mãe, olho por olho, força por força.

Phury, sem dúvida, estava branco como uma folha de papel, mas dane-se. Daquela maneira, combinaria com a decoração. Além disso, a Virgem Escriba não acabaria com o Primaz, seu menininho precioso. De jeito nenhum. Então ele não se importava nem um pouco.

– Vamos acabar com isto, *Mamãe*. Quero voltar logo para minha verdadeira vida...

V. logo se viu de costas no chão e sem respirar. Apesar de não haver nada em cima dele e seu corpo não estar pressionado por nada, parecia que havia um piano enorme em seu peito.

Enquanto estava com os olhos arregalados e tentando puxar um pouco de ar para dentro dos pulmões, a Virgem Escriba se aproximou dele. O capuz foi erguido de seu rosto sozinho e ela olhou para ele com uma expressão de tédio no rosto fantasmagórico e brilhante.

– Quero sua palavra de que vai se comportar com respeito a mim enquanto estiver diante de minha Escolhida. Compreendo que você tem direito a certas liberdades, mas prometo piorar seu futuro se resolver mostrá-las em público. Estamos de acordo?

Acordo? *Acordo?* Pois é, uma droga de um acordo é feito com livre-arbítrio, e por tudo que ele havia aprendido ao longo de sua vida, estava claro que não tinha livre-arbítrio.

Maldita.

Vishous expirou lentamente. Relaxou os músculos. E aceitou o sufocamento.

Manteve o olhar firme... ao começar a morrer.

Depois de cerca de um minuto sem respirar por vontade própria, seu sistema nervoso automático entrou em ação, com os pulmões pulsando contra as paredes do peito, tentando puxar um pouco de oxigênio. Ele enrijeceu a mandíbula, pressionou os lábios e controlou a garganta para não dar vazão ao reflexo de puxar o ar.

– Oh Jesus – Phury disse com a voz trêmula.

A ardência nos pulmões de V. se estendeu por seu peito quando sua visão começou a escurecer e seu corpo tremia na luta entre o desejo mental e a necessidade biológica de respirar. Por fim, a guerra se tornou menos uma provocação à mãe e mais uma luta para conseguir o que ele queria: paz. Sem Jane em sua vida, a morte era a única opção que restava.

Começou a perder a visão.

De repente, o peso inexistente desapareceu; e então o ar entrou por seu nariz e pulmões como se fosse uma mão sólida, porém invisível, que o fizesse respirar.

Seu corpo assumiu o controle, retomando as rédeas. Contra sua vontade, ele puxou oxigênio como se fosse água, encolhendo-se para o lado, respirando profundamente, com a visão voltando aos poucos, até conseguir voltar os olhos para o manto da mãe.

Quando finalmente virou o rosto do chão branco e olhou para cima, ela não era mais a figura clara que costumava ser. Parecia opaca, como se seu brilho tivesse sido apagado. Mas seu rosto continuava igual. Translúcido, belo e firme como um diamante.

– Podemos prosseguir para a apresentação? – ela perguntou. – Ou talvez você queira receber sua parceira deitado em meu mármore?

V. sentou-se, zonzo, mas sem se preocupar com a possibilidade de desmaiar. Acreditava que devia sentir um tipo de triunfo por vencer a batalha contra ela, mas não sentiu.

Olhou para Phury. O cara estava assustado, com os olhos amarelos arregalados como duas uvas, e a pele pálida. Parecia que ele estava dentro de um rio cheio de jacarés famintos.

Cara, pela maneira com que o Irmão estava lidando com aquela crise familiar, V. pensou que a Escolhida não lidaria com aquilo de uma maneira melhor. E ainda que não tivesse qualquer afinidade com as fêmeas daquele grupo, não havia a necessidade de assustá-las.

Ele ficou em pé e Phury se aproximou no momento certo. Quando V. tombou para o lado, o Irmão o segurou pelo braço e o estabilizou.

– Você vai me seguir agora. – A Virgem Escriba liderou o caminho para a arcada, flutuando acima do mármore, sem qualquer som nem movimento brusco, uma pequena aparição de forma sólida.

Os três passaram pelo caminho até duas portas douradas que V. nunca tinha visto. Elas eram enormes e marcadas com uma versão arcaica do Antigo Idioma que tinha relação com a simbologia atual, de modo que V. conseguiu traduzir:

Eis o santuário das Escolhidas, domínio sagrado do passado, do presente e do futuro da raça.

As portas se abriram sem qualquer ajuda, revelando um esplendor pastoral que, em outras circunstâncias, podia ter acalmado até mesmo V. Exceto pelo fato de tudo ser branco, podia ser o campus de qualquer universidade de prestígio, com as construções georgianas formais espalhadas de modo sábio pela grama extensa e os carvalhos e elmos claros.

Um caminho de seda branca havia sido estendido, e ele e Phury seguiram por ali enquanto a Virgem Escriba flutuava sobre o tecido cerca de trinta centímetros do chão. O ar estava numa temperatura perfeita e totalmente calmo, sem a sensação de que passava pela pele exposta. Apesar de a gravidade ainda manter V. no chão, ele se sentia mais leve e um pouco flutuante... como se, correndo, ele conseguisse sobrevoar o gramado igual aos homens na lua.

Ou, droga, talvez aquela sensação de caminhar na lua se devesse a algo dentro de sua cabeça.

Quando chegaram no topo de uma colina, viram um anfiteatro lá embaixo. E também as Escolhidas.

Oh, Jesus... as cerca de quarenta fêmeas vestiam mantos brancos idênticos com os cabelos presos e luvas nas mãos. Havia louras, morenas e ruivas, mas ainda assim pareciam ser todas a mesma pessoa por causa do corpo alto e esguio e das roupas iguais.

Separadas em dois grupos, elas se alinhavam dos dois lados do anfiteatro, apresentando-se levemente viradas para frente, com o pé direito um pouco mais adiantado. Elas pareciam as cariátides da arquitetura romana, aquelas esculturas de fêmeas que suportavam tetos com a cabeça.

Olhando para elas ali, Vishous tentou imaginar se tinham coração e pulmão como qualquer outro ser. Porque estavam imóveis.

Era esse o problema com o Outro Lado, ele pensou. Nada se movia ali. Havia vida... sem vida.

– Venham – a Virgem Escriba ordenou. – A apresentação espera.

Oh... Deus... Mais uma vez não conseguia respirar.

Phury apoiou a mão em seu ombro.

– Você precisa de um minuto?

Um minuto era pouco. Ele precisava de séculos – ainda que, mesmo se tivesse todo esse tempo, o resultado não mudaria. Pensando no futuro, ele se lembrou do vampiro civil que havia encontrado na rua, aquele que havia aparecido na noite em que levou o tiro, aquele por quem havia matado o *redutor* em vingança.

Eles precisavam de mais pessoas na Irmandade, pensou ao caminhar de novo. E não seria a cegonha que faria o trabalho.

Havia apenas um assento na parte da frente, um trono dourado que estava bem perto da beira do palco do anfiteatro. Pelo que via, percebeu que o que pensou ser uma parede branca e vazia era, na verdade, uma cortina branca de veludo parada como se tivesse sido pintada em um muro.

– Você. Sente-se – a Virgem Escriba disse a ele, obviamente irritada.

Era engraçado, mas ele se sentia da mesma maneira em relação a ela.

V. se sentou enquanto Phury assumiu seu local atrás do trono, como uma árvore. A Virgem Escriba flutuou para a direita, assumindo uma posição ao lado do palco, como uma diretora shakespeariana que conduzia todo o drama.

Cara, ele queria ter uma víbora naquele momento.

– Continue – ela disse de modo sério.

A cortina se abriu no meio e se retraiu, revelando uma fêmea coberta com roupas e joias da cabeça aos pés. Amparada por duas Escolhidas, sua pretendida parecia estar em pé de modo esquisito. Ou talvez não estivesse em pé. Jesus, parecia que ela estava sendo segura. Como uma borboleta empalhada.

Quando foi levada para frente, ficou claro que ela estava presa em algo. Havia cordas ao redor de seus braços, que estavam camufladas com joias para combinar com sua roupa, que parecia estar segurando-a.

Devia fazer parte da cerimônia. Porque quem estava por baixo daquele manto não apenas estava preparada para aquela apresentação e para o ritual de acasalamento que viria depois, mas sem dúvida estava treinada demais por ser a primeira fêmea. A primeira Escolhida do Primaz tinha direitos especiais, e V. imaginava que ela devia estar adorando a ideia.

Apesar de não ser justo, ele se ressentia de quem estava por baixo daquele manto esplendoroso.

A Virgem Escriba acenou e as Escolhidas da direita e da esquerda começaram a abrir a roupa. Enquanto faziam isso, uma onda de energia tomou conta do anfiteatro, seria o fim de décadas espera pelas Escolhidas para que as coisas voltassem a ser como antes.

V. observou sem se preocupar muito conforme o manto era puxado e revelou uma fêmea extremamente bonita envolvida em uma túnica fina e transparente. O rosto de sua pretendida continuou coberto, seguindo a tradição, pois não era ela quem estava sendo dada, mas todas as Escolhidas.

– Ela é de seu agrado? – a Virgem Escriba perguntou de modo seco, como se soubesse que a fêmea era totalmente perfeita.

– Não importa.

Um murmúrio de descontentamento tomou conta das Escolhidas, como uma fria brisa em meio a tudo aquilo.

– Talvez você devesse escolher outras palavras – a Virgem Escriba disse.

– Ela serve.

Depois de uma pausa constrangedora, uma Escolhida deu um passo à frente com um queimador de incenso e uma pena branca. Enquanto ela entoava um cântico, passou fumaça sobre a fêmea, da cabeça coberta aos pés descalços, passando uma vez por seu passado, uma vez por seu presente e uma vez por seu futuro.

Conforme o ritual foi progredindo, V. franzia a testa e se inclinava para frente. A parte da frente da túnica fina de sua pretendida estava molhada.

Provavelmente era por causa dos óleos preparatórios.

Ele se recostou no trono. Droga, detestava as maneiras antigas. Detestava tudo aquilo.

Por baixo do capuz, Cormia estava em um estado de desespero. O ar que ela respirava estava quente e abafado, piorado pelo fato de não ter nada para respirar. Seus joelhos estavam fracos como folhas; e as palmas, molhadas. Se não fosse pelas amarras, ela teria caído.

Depois de sua fuga em pânico e de sua captura, uma bebida amarga havia sido enfiada goela abaixo, por ordem da Directrix. Aquilo a deixou calma por um tempo, mas o efeito do elixir estava passando, e o medo dela aumentava de novo.

Assim como a degradação. Quando sentiu mãos na frente do manto para abrir os botões dourados, chorou pela violação de ser vista por um desconhecido. Então, as duas metades do manto foram tiradas de seu corpo e ela sentiu frio na pele, algo que não foi, nem de longe, um alívio para o peso que a sufocava.

O Primaz olhava para seu corpo quando a voz da Virgem Escriba foi ouvida:

– Ela é de seu agrado?

Cormia esperou pela resposta do Irmão, torcendo para sentir um pouco de ternura.

Mas não havia nenhuma:

– Não importa.

– Talvez você devesse escolher outras palavras.

– Ela serve.

Ao escutar aquilo, o coração de Cormia acelerou, com o medo sendo substituído pelo terror. Vishous, filho de Bloodletter, tinha a voz fria, que sugeria monstruosidades piores do que aquelas pelas quais seu pai era conhecido.

Como ela conseguiria sobreviver ao acasalamento e ainda representar bem as Escolhidas ao lado dele? No ritual do banho, a Directrix havia sido muito clara ao relatar tudo pelo que Cormia passaria se não se comportasse com dignidade. Se não cumprisse sua responsabilidade. Se não fosse a representante adequada do todo.

Como ela poderia lidar com tudo aquilo?

Cormia escutou a Virgem Escriba falar de novo:

– Vishous, o seu escudeiro não fez sua análise ainda. Phury, filho de Ahgony, você deve inspecionar a Escolhida que é oferecida como testemunha do Primaz.

Cormia tremeu, com medo de ter outro par de olhos de macho sobre seu corpo. Sentiu-se suja, ainda que tivesse sido limpa cuidadosamente. Sob o capuz desejou ser pequena, tão pequena que conseguiria passar pela cabeça de um alfinete. Se ela fosse pequena, os olhos deles não a veriam. Se fosse pequena, poderia se esconder entre coisas maiores... desaparecer de tudo aquilo.

Os olhos de Phury estavam grudados na parte de trás do trono dourado, e ele não queria desviá-lo para outro lugar. Aquilo tudo estava errado.

Tudo errado.

– Phury, filho de Ahgony? – A Virgem Escriba pronunciou o nome dele como se o peso da linhagem toda da família repousasse no fato de Phury cumprir o pedido.

Ele ergueu os olhos para a fêmea...

Todos os seus processos mentais pararam.

Seu corpo reagiu. Instantaneamente. Ele enrijeceu em sua calça de seda, com uma ereção forte, tão forte quanto a vergonha de si mesmo. Como podia ser tão *cruel*? Ele fechou os olhos, cruzou os braços e tentou pensar se conseguiria bater em si mesmo e continuar em pé.

– O que acha dela, guerreiro?

– Resplandecente – a palavra saiu de seus lábios de repente. E então disse: – Digna da maior tradição das Escolhidas.

– Ah, sim, essa resposta é a mais adequada. Já que ela foi aceita, eu anuncio esta fêmea como a escolhida do Primaz. Completem o banho de incenso.

Pelo canto dos olhos, Phury percebeu as duas Escolhidas com defumadores que soltavam fumaça branca. Quando começaram a cantar com vozes altas e claras, ele respirou profundamente, sentindo o odor das fêmeas.

Encontrou o odor da Escolhida. Tinha de ser o dela, porque era o único dali que emanava terror puro...

– Parem a cerimônia – V. disse com a voz áspera.

A Virgem Escriba se virou para ele.

– Elas devem terminar.

– Não vão, não. – O Irmão saiu de seu trono e marchou até o palco, sentindo o odor também, obviamente. Quando ele se aproximou, a Escolhida deu gritos de medo e começou a chorar. Enquanto as fêmeas se espalhavam arrastando suas roupas brancas, Phury pensou em muitos guardanapos de papel em um piquenique, sendo soprados pela grama.

Mas aquilo não era um dia de diversão no parque.

Vishous arrancou o manto de joias da pretendida, soltando os fechos. Quando ela se remexeu, ele a segurou pelo braço e a levantou.

– Phury, encontro você em casa.

O vento começou a soprar, emanando da Virgem Escriba, mas V. se manteve onde estava, encarando sua mãe.

Mãe, meu Deus, nunca imaginaria.

V. segurou a pobre fêmea e parecia muito irritado quando olhou para a Virgem Escriba e disse:

– Phury, saia já daqui.

Apesar de Phury ser um cara tranquilo, sabia que não devia se meter nesse tipo de briga de família. O melhor que podia fazer era torcer para que seu Irmão não voltasse morto. Antes de partir, olhou para o corpo com capuz da fêmea. V. a segurava com as duas mãos, pois ela parecia estar desmaiada. *Jesus Cristo*, que bagunça.

Phury se virou e voltou pelo caminho de seda branco na direção do pátio da Virgem Escriba. Primeira parada? O quarto de Wrath. O rei precisava saber o que estava acontecendo. Ainda que, claramente, a maior parte da história ainda tivesse de ser revelada.

Capítulo 35

Quando Cormia recobrou a consciência, estava deitada de costas, ainda vestida, com o capuz no lugar. Não achava que estava presa à tábua a qual havia sido atada. Não... não podia estar no...

Ela se lembrou de tudo: do Primaz interrompendo a cerimônia e libertando-a. Um vento forte soprando pelo anfiteatro. O Irmão e a Virgem Escriba começando a discutir.

Cormia havia desmaiado naquele momento, perdendo o que havia ocorrido. O que aconteceu ao Primaz? Certamente ele não havia sobrevivido, pois ninguém desafia a Virgem Escriba.

– Quer tirar alguma coisa? – Ela escutou a voz de um macho.

O medo a tomou. Santa Virgem, ele continuava ali. Instintivamente, ela se encolheu para se proteger.

– Pode relaxar. Não vou fazer nada com você.

Pelo seu tom de voz, ela não conseguiu confiar no que ele disse: a raiva marcava suas palavras, transformando as sílabas em lâminas verbais, e apesar de não conseguir vê-lo, podia perceber seu poder. Ele era de fato o guerreiro filho de Bloodletter.

– Olha, vou tirar o capuz para você poder respirar, certo?

Ela tentou escapar, tentou rastejar para longe de onde estava, mas a roupa a prendia.

– Espere, fêmea. Só estou tentando ajudá-la aqui.

Ela ficou parada ao sentir as mãos dele, certa de que seria agredida. Mas ele apenas soltou os dois prendedores e levantou o capuz. O ar fresco e limpo bateu em seu rosto através do fino véu, um alívio, mas mesmo assim não conseguiu respirar direito. Sentia-se toda tensa, com os olhos fechados, a boca torta em uma careta enquanto se preparava para o que quer que fosse ocorrer.

Mas nada aconteceu. Ele continuou ali... Cormia podia sentir seu odor forte... mas mesmo assim ele não a tocou, não disse nada. Ela escutou um som de aspiração e respiração profunda. E então sentiu o cheiro de uma espécie de tabaco picante. Como incenso.

– Abra os olhos. – Aquilo era uma ordem.

Ela abriu os olhos e piscou algumas vezes. Estava sobre o palco do anfiteatro, diante de um trono dourado e vazio e um tapete branco de ceda que levava ao topo da colina. Passos pesados se aproximaram. E ali estava ele. Em pé, maior do que qualquer ser que já tinha visto. Ele levou um rolo fino e branco aos lábios e inalou. Enquanto falava, a fumaça saía de sua boca.

– Eu já disse. Não vou machucá-la. Qual seu nome?

Com a garganta seca, ela respondeu:

– Escolhida.

– Isso é o que você é – ele respondeu. – Quero o seu nome. Quero saber qual é o *seu* nome.

Ele podia fazer aquela pergunta? Podia... o que ela estava pensando? Ele podia fazer o que quisesse. Era o Primaz.

– C-Cormia.

– Cormia. – Ele tragou a coisa branca de novo, com a ponta alaranjada. – Escute bem. Não fique assustada, Cormia, certo?

– Você... – sua voz falhou. Não tinha certeza de que podia perguntar a ele, mas precisava saber. – Você é um deus?

Ele franziu a testa.

– Claro que não.

– Mas como você...

– Fale mais alto. Não consigo escutar...

Ela tentou deixar a voz mais forte.

– Então como intercedeu com a Virgem Escriba? – Ele olhou em seus olhos e se apressou a pedir desculpas. – Por favor, eu não quis ofender...

– Não importa. Olha, Cormia, você não está interessada nessa coisa de ser minha parceira, não é? – Ela não disse nada e ele demonstrou impaciência. – Vamos, fale comigo.

Ela abriu a boca. Nada saiu.

– Oh, pelo amor de Deus. – Ele passou a mão com a luva pelos cabelos escuros e começou a caminhar de um lado a outro. Com certeza ele era uma divindade de algum tipo. Era tão imponente que ela não se surpreenderia se ele fizesse cair raios do céu.

O Primaz parou e ficou diante dela.

– Já disse, não vou machucar você. Droga, o que acha que eu sou? Um monstro?

– Nunca vi um macho antes – ela disse. – Não sei o que você é.

Ao ouvir isso, o Primaz congelou.

Jane só acordou porque escutou um portão de garagem se abrindo, com o barulho alto vindo da casa à esquerda da dela. Virando, olhou para o relógio. Cinco da tarde. Dormiu a maior parte do dia.

Bem, mais ou menos. Na maior parte do tempo, ficou presa em um sonho, no qual imagens mal formadas e obscuras a atormentavam. Havia um homem envolvido, um homem que ao mesmo tempo parecia fazer parte dela e também era desconhecido. Não conseguia ver seu rosto, mas sentia seu cheiro: apimentado, próximo, em suas narinas, perto dela, por todos os lados...

Aquela enxaqueca voltou, e ela parou de pensar naquilo como quem solta uma panela quente. Felizmente, a dor atrás de seus olhos diminuiu.

Ao escutar o motor de um carro, ela tirou a cabeça do travesseiro. Pela janela ao lado da cama, viu uma minivan dar a ré na garagem da casa ao lado. Alguém havia se mudado para ali e, Deus, ela esperava que não fosse uma família. As paredes entre as unidades não eram tão finas quanto as de um apartamento, mas não eram fortes quanto as de um banco, de jeito nenhum. E ela não queria crianças gritando por perto.

Sentando-se, ela se sentiu mais do que cansada. Seu peito doía e não acreditava ser um problema muscular. Remexendo-se de um lado a outro, teve a sensação de que já havia se sentido assim antes, mas não se lembrava quando ou onde.

Tomar banho foi difícil. Caramba, simplesmente entrar no banheiro já tinha sido quase impossível. O lado bom foi que o banho a fez se sentir um pouco mais disposta, e até sentiu vontade de comer alguma coisa.

Deixando o cabelo secar sozinho, ela desceu as escadas e preparou um pouco de café. O plano era entrar em ação, e então retornar alguns telefonemas. Ela iria trabalhar de qualquer maneira no dia seguinte, por isso, queria deixar o máximo de coisas resolvidas antes de voltar ao hospital.

Com a caneca na mão, Jane entrou na sala de estar e se sentou no sofá, segurando o café entre as mãos, esperando que a Supercafeína a ajudasse a se sentir gente de novo. Ao olhar para as almofadas macias, fez uma careta. Eram aquelas as almofadas que a mãe arrumava constantemente, aquelas que serviam como termômetro para mostrar se as coisas estavam bem, e Jane tentou se lembrar de quando havia sentado nelas pela última vez. Nossa, ela não conseguia se lembrar. Acreditava que o último traseiro a se encostar ali tinha sido o de seus pais.

Não, provavelmente o de algum hóspede. Os pais se sentavam apenas nas poltronas da biblioteca, o pai na da direita, com o cachimbo e o jornal, e a mãe na da esquerda, com o bordado no colo. Os dois pareciam bonecos do museu de cera Madame Tussauds, como se fossem peças de uma exposição a respeito de maridos e esposas que nunca conversavam um com o outro.

Jane pensou nas festas que eles realizavam, em todas as pessoas que caminhavam pela grande casa colonial com garçons uniformizados passando crepes e outros canapés com pasta de cogumelo. Eram sempre as mesmas pessoas, os mesmos assuntos e as mesmas roupas pretas de festa todas as vezes. A única diferença era a estação do ano, e a única mudança nessa rotina ocorreu depois da morte de Hannah. Após seu enterro, as festas pararam por cerca de seis meses a pedido de seu pai, mas depois voltaram. De qualquer maneira, as festas recomeçaram, e ainda que a mãe tivesse hesitado um pouco, ela aplicava a maquiagem e vestia o vestido preto e ficava na porta da frente, fingindo um sorriso feliz.

Deus, Hannah adorava aquelas festas.

Jane franziu a testa e colocou a mão sobre o coração, lembrando de quando sentiu aquela dor antes. Sem Hannah por perto, ela sentia a mesma pressão dolorosa. Era estranho acordar sofrendo de novo de repente. Não havia perdido ninguém. Tomando um gole do café, pensou que deveria ter preparado um chocolate quente...

Uma imagem borrada de um homem segurando uma caneca surgiu em sua mente. Havia pó de chocolate ali e ele havia feito aquilo para ela porque... ele a estava deixando. Oh... Deus, ele a estava deixando...

Jane sentiu uma forte dor de cabeça cortando a visão... e naquele momento a campainha tocou. Ao passar a mão no nariz, ela olhou pelo corredor. *Não* estava a fim de se socializar agora.

A campainha tocou de novo.

Forçando-se a ficar em pé, ela caminhou até a porta da frente. Ao abrir a trava, pensou que se fosse algum evangélico fazendo pregação, ela pediria a ele que fosse para...

– Manello?

Seu chefe estava na porta da frente com sua pose de sempre, como se pudesse ficar ali apenas porque queria. Com a roupa de cirurgia, ele também vestia um casaco leve marrom, da mesma cor de seus olhos. Seu Porsche tomava metade da frente da casa.

– Vim ver se você estava morta.

Jane sorriu.

– Caramba, Manello, não seja tão romântico.

– Você está péssima.

– E agora me elogia. Pode parar. Assim vou ficar corada.

– Vou entrar.

– Claro que vai – ela disse, dando um passo para o lado.

Ele olhou ao redor enquanto tirava o casaco.

– Sabe, sempre que entro aqui, penso que este local não tem nada a ver com você.

– Queria ver algo rosa e cheio de fru-fru? – Ela fechou a porta. E a trancou.

– Não, quando eu entrei pela primeira vez, pensei que fosse vazio. Como a minha casa.

Manello vivia no Commodore, aquele arranha-céu luxuoso, mas seu lar não passava de um armário caro com decoração da Nike. Ali havia equipamentos esportivos, uma cama e uma cafeteira.

– Verdade – ela disse. – Sua casa não seria capa de nenhuma revista de decoração.

– Quero que me diga como está, Whitcomb. – Quando Manello olhou para ela, seu rosto não demonstrou emoção, mas seus olhos estavam intensos, e Jane se lembrou da última conversa que teve com ele, quando Manello lhe contou o que sentia por ela. Os detalhes do que havia sido dito estavam meio embaçados e ela tinha a vaga impressão de que a conversa havia ocorrido em uma sala de operação com um paciente...

Sua cabeça começou a doer de novo. E quando ela fez uma careta, Manello disse:

– Sente-se. Agora.

Talvez fosse uma boa ideia. Ela foi até o sofá.

– Quer café?

– Está na cozinha?

– Vou pegar...

– Posso me servir. Treinei isso durante anos. Fique sentada.

Jane se sentou no sofá e fechou o roupão enquanto esfregava as têmporas. Deus, será que ela voltaria a se sentir bem de novo?

Manello entrou enquanto ela estava inclinada com a cabeça apoiada nas mãos. E isso fez seu lado médico assumir o controle. Ele colocou a caneca sobre um dos livros da mãe de Jane sobre arquitetura e se ajoelhou no tapete oriental.

– Converse comigo. O que está havendo?

– Minha cabeça – Jane resmungou.

– Deixe-me ver seus olhos.

Ela tentou se sentar de novo.

– Está sumindo...

– Fique calada. – Manello segurou seus pulsos e afastou o braço dela do rosto. – Vou checar suas pupilas. Coloque a cabeça para trás.

Jane desistiu, apenas desistiu e se recostou no sofá.

– Há anos não me sinto tão mal.

O polegar e o dedo indicador de Manny abriram o olho direito dela enquanto o examinava com uma caneta de luz. Ele ficou tão próximo que ela conseguia ver seus cílios compridos e a barba que surgia em sua pele. Seu cheiro era bom. Perfume. De qual marca?

– Que bom que vim preparado – ele disse, acendendo a luz.

– Sim, você é um escoteiro. Ei, cuidado com essa coisa.

Ela tentou piscar enquanto direcionava a luz para seus olhos, mas ele não permitiu.

– Sua cabeça piora assim? – Ele perguntou, passando para o lado esquerdo.

– Não. É uma delícia. Mal posso esperar para que você... droga, que claridade.

Ele desligou a luz e colocou a caneta de novo dentro do bolso.

– As pupilas estão dilatando bem.

– Que bom. Quer dizer que se eu quiser ler agora, eu posso, certo?

Ele tomou o pulso dela com o indicador enquanto olhava no Rolex.

– Haverá reembolso do convênio para este exame? – Ela perguntou.

– Shh.

– Porque acho que estou sem dinheiro.

– *Shh*.

Era esquisito ser tratada como um paciente, e ficar calada piorava as coisas ainda mais. Caramba, ela precisava esconder seu desconforto enquanto falava.

Uma sala escura. Um homem na cama. Ela falava... sobre... o enterro de Hannah.

Jane sentiu mais uma pontada na cabeça e respirou profundamente.

– Droga.

Manello soltou seu punho e colocou a mão em sua testa.

– Você não está quente. – Ele colocou as mãos nas laterais do pescoço dela, bem embaixo do queixo. Enquanto franzia a testa e examinava, ela disse:

– Minha garganta não está inflamada.

– Bem, suas glândulas não estão inchadas. – Ele desceu os dedos pelo pescoço até Jane fazer uma careta. Manny inclinou a cabeça dela para o lado.

– Caramba... o que é isso?

– O quê?

– Há uma ferida aqui. Ou alguma coisa. *Caramba*, o que mordeu você?

Ela levou a mão ao pescoço.

– Ah, sim. Não sei o que é. Nem quando aconteceu.

– Parece estar cicatrizando bem. – Ele apalpou a base do pescoço dela acima do osso dos ombros. – Sim, não tem inchaço também. Jane, detesto dizer isso, mas você não está com gripe.

– Claro que estou.

– Não está.

– Você é ortopedista, não um especialista em doenças infecciosas.

– Você não está tendo uma reação imunológica, Whitcomb.

Ela colocou a mão na garganta. Pensou no fato de que não estava espirrando, tossindo nem vomitando. Mas o que restava?

– Quero fazer uma ressonância em sua cabeça.

– Aposto que você diz isso a todas as garotas.

– Sim, para aquelas que apresentam os mesmos sintomas que você.

– E eu pensando que era especial. – Ela sorriu e fechou os olhos. – Vou ficar bem, Manello. Só preciso voltar a trabalhar.

Fez-se um longo silêncio, durante o qual ela notou que ele se apoiava em seus joelhos. E continuava perto, inclinado sobre ela.

Jane abriu os olhos. Manuel Manello olhava para ela não como um médico, mas como um homem que se importava com ela. Droga, ele era atraente, ainda mais assim... mas havia alguma coisa errada. Não com ele... mas com ela.

Bem, claro. Estava com dor de cabeça.

Ele se inclinou e afastou os cabelos.

– Jane...

– O quê?

– Permite que eu faça a ressonância? – Quando ela começou a interromper, ele disse: – Pense nisso como sendo um favor para mim. Não conseguiria me perdoar se alguma coisa de errado acontecesse e eu não fizesse isso.

Droga.

– Ok, tudo bem. Mas não preciso...

– Obrigado. – Fez-se uma pausa. E então ele se inclinou e beijou-lhe os lábios.

Capítulo 36

No Outro Lado, Vishous olhou para Cormia e sentiu vontade de se bater. Depois da revelação surpreendente de que ela nunca tinha visto um macho antes, ele se sentiu péssimo. Nunca havia dado conta de que ela só tinha visto fêmeas, mas tendo nascido depois do último Primaz, as coisas não poderiam ter sido diferentes.

É claro que ela havia sentido muito medo dele.

– Jesus Cristo – ele disse, fumando sua cigarrilha. Jogava a cinza no chão de mármore do anfiteatro, mas não estava preocupado com isso. – Não imaginei como isso seria difícil para você. Pensei...

Ele pensou que ela estaria muito a fim de ficar com ele ou algo assim. Mas ela se sentia como ele.

– Olha, eu sinto muito.

Cormia arregalou os olhos e seus olhos verdes brilharam.

Num tom de voz que parecia gentil, ele disse:

– Você quer isso...? – Esticou a mão com que segurava a cigarrilha. – Esse acasalamento? – Ela ficou calada e ele disse: – Olha só, estou vendo nos seus olhos. Você quer fugir de mim e não apenas porque está com medo. Quer fugir do que teremos que fazer, certo?

Ela levou as mãos ao rosto, com as dobras pesadas do manto sobre seus braços magros, mostrando os cotovelos. Com a voz baixa, ela disse:

– Eu não posso decepcionar as Escolhidas. Eu... eu farei o que for preciso para o bem de todas.

Bem, aquilo era o que esperavam dos dois.

– Eu também – ele murmurou.

Nenhum dos dois disse mais nada e ele não sabia o que fazer. Em primeiro lugar, nunca soube lidar direito com fêmeas e estava pior agora por ter deixado Jane.

De repente V. virou a cabeça, percebendo que eles não estavam sozinhos.

– Você, atrás da coluna. Saia. *Agora.*

Uma Escolhida apareceu, fez uma reverência com o corpo rígido sobre sua roupa branca tradicional.

– Senhor.

– O que está fazendo aqui?

Quando a Escolhida olhou timidamente para o chão, ele pensou, *Deus, como cansa essa coisa de submissão.* Era engraçado que, durante o sexo, ele exigia isso. Mas agora, aquilo o irritava muito.

– É melhor que tenha vindo para confortá-la – ele disse. – Se veio para qualquer outra coisa, precisa sair daqui.

– É para confortá-la – a Escolhida disse suavemente. – Eu me preocupei com ela.

– Qual é seu nome?

– Escolhida.

– Pelo amor de Deus! – As duas se retraíram, ele se forçou a se controlar. – Qual é o *seu* nome?

– Amalya.

– Certo, Amalya, quero que cuide dela até eu voltar. É uma ordem.

Quando a Escolhida fez uma reverência, ele tragou uma última vez sua cigarrilha, lambeu dois dedos e os apertou contra a ponta. Ao colocar a bituca dentro do bolso, perguntou a si mesmo, sem razão forte, por que todo mundo do Outro Lado tinha de vestir pijama.

Olhou para Cormia.

– Vejo você daqui a dois dias.

V. partiu sem olhar para trás, subindo a colina, evitando o caminho de seda branca que havia sido estendido. Quando voltou para o pátio da Virgem Escriba, torceu para não encontrá-la e agradeceu por ela não estar por perto. A última coisa de que precisava era enfrentá-la naquele momento.

Sob os olhos atentos dos pássaros, ele se lançou de volta ao mundo real, mas não chegou à mansão.

Foi exatamente para onde não precisava ir: materializou-se na frente da casa de Jane, do outro lado da rua. Não era a melhor ideia, mas ele estava tomado de pesar, sem pensar direito e, além disso, não se importava com nada. Nem mesmo com os limites que não podiam ser atravessados entre seres humanos e seres de sua espécie.

A noite estava fria, e ele estava vestindo as roupas da cerimônia, mas não se importou. Estava tão abalado que poderia estar nu sob uma tempestade de granizo e não notar...

O que era aquilo?

Havia um carro na garagem dela. Um Porsche Carrera 4S. O mesmo que Z. tinha, mas o de Z. era cinza-chumbo e aquele era prateado.

V. não pretendia se aproximar mais do que aquilo, mas seu plano foi por água abaixo quando ele sentiu no ar o odor de um macho emanando do conversível. Era aquele médico, aquele que estava com ela no quarto do hospital.

V. se materializou no jardim da frente e olhou pela janela da cozinha. A cafeteira estava ligada. O açúcar estava ali. Havia duas colheres sobre o balcão.

Oh, não. Diabos, não. Aquele filho da mãe não!

V. não conseguiu ver o resto da casa, por isso, deu a volta com os pés descalços no caminho de gelo. Quando uma senhora da casa ao lado espiou da janela como se o tivesse visto, ele lançou um pouco de *mhis* por ali por precaução – e porque acreditava que devia fazer algo que provasse que ele tinha um cérebro.

Aquela atitude de perseguidor certamente não lhe traria nada de bom.

Enquanto caminhava até a janela de trás para olhar a sala de estar, ele viu a morte do outro tão claramente como se tivesse cometido o crime na vida real: aquele macho humano, aquele médico, estava de joelhos e perto de Jane, que estava sentada no sofá. O cara estava com uma das mãos no rosto dela, a outra no pescoço e se concentrava em seus lábios.

V. perdeu a concentração, parou de usar o *mhis* sem perceber, e se mexeu sem pensar. Sem raciocinar. Sem hesitação. Reagiu no instinto e partiu na direção da porta, preparado para matar...

Do nada, Butch apareceu na frente dele, impedindo o ataque, segurando o amigo pela cintura e tirando-o dali. Foi um movimento perigoso, mesmo entre melhores amigos.

A menos que você fosse gigante, não devia entrar no meio de um macho para ser o alvo daquele tipo de agressão: o instinto de ataque de V. mudou de foco totalmente. Ele mostrou as presas, atacou e acertou o amigo na lateral da cabeça.

O irlandês derrubou V. no chão, segurou seu pulso e acertou um golpe embaixo do queixo de V. Quando acertou o soco e escutou os dentes batendo, caiu em si.

– *Mhis*, idiota – Butch disse. – Espalhe *mhis* por aqui antes de fazermos isso.

V. não se conteve e os dois começaram a se atracar, com nariz e boca sangrando enquanto se agrediam. No meio da luta, V. percebeu que aquilo não tinha a ver apenas com o fato de ter perdido Jane. Mas, sim, com o fato de se sentir totalmente solitário. Mesmo com Butch por perto, não seria a mesma coisa sem ela, por isso parecia que V. não tinha mais nada.

Quando tudo terminou, ele e o tira estavam deitados de costas, lado a lado, respirando profundamente, com o suor gelado no corpo.

Droga, V. já conseguia sentir o inchaço. Suas falanges e seu rosto já o deixavam parecido com um boneco inflável.

Ele tossiu.

– Preciso de uma cigarrilha.

– Preciso de uma bolsa de gelo e de um analgésico.

V. rolou para o lado, cuspiu um pouco de sangue e voltou para a posição inicial. Limpou a boca com as costas da mão.

– Obrigado, eu precisava disso.

– Sem problema... – Butch disse. – Sem problema... caramba, você tinha que acertar meu fígado desse jeito? Como se o uísque já não se encarregasse disso.

– Como você sabia onde eu estava?

– Onde mais estaria? Phury voltou sozinho e disse que as coisas tinham dado errado, por isso pensei que você fosse acabar vindo pra cá. – Butch remexeu os ombros e disse um palavrão. – Você sabe que o meu lado policial é como um radar para idiotas. E, não se ofenda, mas você não vai ganhar nenhum prêmio por esperteza.

– Acho que eu teria matado aquele homem.

– Eu sei que teria.

V. ergueu a cabeça. Não conseguiu ver através das janelas de Jane, então se apoiou nos cotovelos para ter uma visão mais clara. O sofá estava vazio.

Ele se deixou cair no chão de novo. Os dois estariam fazendo amor no andar de cima, na cama? Naquele momento? Enquanto ele estava arrasado no gramado dela?

– Droga, não sei lidar com isso.

– Sinto muito, V., muito mesmo. – Butch pigarreou. – Olha... pode ser uma boa ideia não voltar mais aqui.

– E quem diz isso é o idiota que ficou vigiando Marissa por quantos meses?

– É perigoso, V. Para ela.

V. olhou para o melhor amigo.

– Se você continuar insistindo em ser razoável, vou parar de sair com você.

Butch sorriu um sorriso torto – apesar do corte em seu lábio superior.

– Desculpa, amigo, mas você não conseguiria ficar longe de mim mesmo se quisesse.

V. piscou algumas vezes, aterrorizado com o que estava prestes a dizer.

– Cara, você vai virar santo, sabia? Sempre esteve do meu lado. Sempre. Mesmo quando eu...

– Mesmo quando você o quê?

– Você sabe.

– O quê?

– Droga. Mesmo quando eu estava apaixonado por você, ou algo assim.

Butch levou as mãos ao peito.

– Estava? *Estava?* Meu Deus, não acredito que você não me quer mais! – Ele jogou um braço diante dos olhos, fazendo drama. – Meus sonhos para o nosso futuro acabam de ser arruinados...

– Para com isso, tira.

Butch olhou por cima do braço.

– Está brincando? O *reality show* que planejei seria fantástico. *Duas mordidas são melhores do que uma.* Íamos ganhar milhões.

– Caramba, cala a boca...

Butch virou para o lado e ficou sério.

– Olha só, V., eu e você estamos juntos nesta vida, e não apenas por causa de minha maldição. Não sei se estou dentro desse lance de providência divina e tal, mas existe um motivo pelo qual nos encontramos. E quanto ao lance de você ter sido apaixonado por mim? Provavelmente foi mais carinho do que qualquer outra coisa.

– Olha, pode parar. Estou com nojo dessa história de "carinho" já.

– Você sabe que estou certo.

– Chega dessa sua psicologia barata.

– Mas nossa seção ainda não terminou – Butch franziu a testa. – Talvez eu deva me tornar apresentador de um programa de psicologia, já que você não vai mais ser minha noiva. Podia se chamar *A Hora de O'Neal*. Não fica um nome bonito?

– Em primeiro lugar, *você* seria a noiva...

– De jeito nenhum. Eu não gosto de ficar por baixo.

– Tanto faz. E em segundo lugar, não acho que existe muito espaço no mercado para sua linha de psicologia.

– Não é verdade.

– Butch, você e eu acabamos de lutar.

– Você que começou. E, na verdade, seria um programa de televisão perfeito. *Psicólogo* versus *paciente. Combate real sem limites. Peça já no* pay per view*!*

– Continue pensando assim.

O riso de Butch foi interrompido quando uma rajada de vento soprou pelo quintal.

– Certo, cara, por mais que eu esteja gostando dessa conversa, não acho que meu bronzeado esteja melhorando muito, levando em conta que já escureceu.

– Você não está bronzeado,

– Viu? Isto não está me levando a lugar algum. O que acha de irmos para casa?

Fez-se uma longa pausa.

– Droga... você não vem comigo, não é?

– Não quero matar mais ninguém.

– Oh, Deus. A ideia de que você pode só aleijar o cara me deixa bem melhor pra sair daqui. – Butch se sentou reclamando. – Você se importa se eu for ver pelo menos se ele já foi?

– Deus, eu quero mesmo saber?

– Volto já. – Butch ficou em pé como se estivesse em um acidente, todo duro. – Cara, isto vai doer por um tempo.

– Você é um vampiro agora. Seu corpo vai ficar bacana quando você menos se der conta.

– Não é isso. Marissa vai matar nós dois por termos brigado.

V. fez uma careta.

– Droga, isso vai queimar o filme, não é?

– Sim – Butch disse. – Ela vai arrancar a nossa cabeça.

V. olhou no andar de cima e não sabia se era um sinal bom ou ruim o fato de as luzes estarem acesas. Fechando os olhos, ele torceu para que o Porsche tivesse partido... ainda que não tivesse expectativas de que isso aconteceria. Cara, Butch estava certo. Aquela precisava ser a última vez...

– Ele se foi – Butch disse.

V. suspirou como se fosse um pneu murchando, e então percebeu que daria um tempo, pelo menos naquela noite. Mais cedo ou mais tarde ela estaria com outro cara. Mais cedo ou mais tarde ela provavelmente ficaria com aquele médico.

V. ergueu a cabeça e então a bateu de volta no chão.

– Acho que não consigo fazer isso. Não acho que consigo viver sem ela.

– Você tem escolha?

Não, ele pensou. *Escolha nenhuma.*

Pensando bem, aquela palavra não devia ser aplicada ao falar sobre o destino de ninguém. Nunca. *Escolha* devia ser uma palavra aplicada à televisão e às refeições. Você podia escolher entre um canal e outro ou entre carne de boi e de frango. Mas nada além disso, porque a palavra simplesmente não serviria.

– Vá para casa, Butch. Não vou fazer nada idiota.

– Mais idiota, quer dizer.

– Semântica é uma bobagem.

– Como alguém que fala dezesseis idiomas, você sabe que isso não é verdade. – Butch respirou profundamente e esperou. – Então acho que vou encontrá-lo no Buraco.

– Ok. – V. ficou em pé. – Volto logo.

Jane rolou na cama, com sua intuição acordando-a.

Havia alguém em seu quarto. Ela se sentou, com o coração aos pulos, e não viu nada. Mas as sombras detectadas pela luz do corredor mostravam vários esconderijos atrás dos armários, da porta entreaberta e da cadeira perto da janela.

– Quem está aí?

Não obteve resposta, mas não estava sozinha.

Ela se arrependeu por ter ido dormir nua.

– *Quem está aí?*

Nada. Apenas o som de sua respiração.

Ela segurou o cobertor e respirou profundamente. Deus... havia um cheiro delicioso no ar... rico, sexual e possessivo. Ela sentiu de novo, e seu cérebro entrou em alerta, reconhecendo-o. Era o odor de um homem. Não... era mais do que um homem.

– Eu conheço você. – Seu corpo se aqueceu no mesmo instante, se abrindo... mas então sentiu uma tristeza, uma dor grande demais para suportar. – Oh, Deus, você...

A dor de cabeça voltou, pressionando seu crânio, fazendo-a jurar que fará uma ressonância assim que possível. Gemendo, ela segurou a cabeça, preparando-se para o que provavelmente seriam horas de sofrimento. Mas, quase imediatamente, a dor foi embora... e a levou com ela. Jane sentiu muito sono, que a tranquilizou.

Ali onde estava deitada, sentiu a mão de um homem tocá-la. Tocou seu rosto. Sua boca.

O calor e o amor dele curaram o vazio que ela sentia no peito. Era como se sua vida tivesse sofrido um acidente de carro, mas agora suas partes tinham sido reencaixadas, o motor refeito, seu para-brisa trocado.

Mas o toque se afastou.

No sonho, ela esticava o braço e dizia:

– Fique comigo, por favor, fique comigo.

Uma palma grande envolveu sua mão, mas a resposta seria não. Apesar de o homem não dizer nada, ela sabia que ele diria não.

– Por favor... – as lágrimas se acumularam. – Não vá.

Quando abaixou o braço, chorou e tentou alcançar...

Os cobertores foram arrastados e o ar frio soprou. Desesperada, ela procurou o calor e afundou o rosto em um pescoço que tinha cheiro apimentado. Braços grandes a abraçaram com força.

Quando ela se aconchegou... sentiu um falo ereto.

No sonho, Jane se movimentou com rapidez e decisão, como se tivesse todas as noites do mundo para fazer o que fez. Ela colocou a mão entre os dois e pegou aquele membro forte.

Quando o corpo grande se remexeu, ela disse:

– Dê-me o que eu quero.

Caramba, ele deu.

Ela foi deitada de costas, suas pernas foram abertas e o centro de seu corpo coberto por uma mão pesada. Ela gozou imediatamente, remexendo-se no colchão, gemendo. Antes de as sensações desaparecerem, os lençóis foram tirados da cama e uma boca tocou-lhe entre as coxas. Ela segurou o cabelo grosso e se entregou para o que ele quisesse fazer.

Enquanto ela atingia o orgasmo pela segunda vez, ele se afastou. Escutou-se o resvalar de roupas sendo arrancadas e então...

Jane soltou um palavrão ao se sentir sendo preenchida quase a ponto de sentir dor, mas adorou o que estava acontecendo, principalmente quando sentiu um beijo e o membro dentro dela começou a se movimentar. Ela se segurou naquele corpo e seguiu o ritmo do sexo.

No meio do sonho, Jane pensou que vinha sofrendo por aquilo. Aquele homem era a causa da dor em seu peito.

Ou perdê-lo havia feito aquilo.

Vishous sabia que o que estava fazendo era errado. O sexo era como roubar, naquele caso, porque Jane não sabia quem ele era. Mas não conseguiu parar.

Ele a beijou com mais força, mexeu-se dentro dela com mais intensidade. O orgasmo dele aconteceu forte, envolvendo-o em uma onda de calor, consumindo-o em uma chama que só foi aliviada quando ejaculou dentro dela. Jane atingiu o orgasmo com ele, apertando-o, causando sensações até ele estremecer e cair em cima dela.

Ele se afastou e olhou para seus olhos fechados, fazendo-a adormecer ainda mais profundamente. Ela pensaria que o acontecido não tinha sido nada além de um sonho erótico, de uma fantasia. Não saberia quem ele era. Não teria como. Sua mente era forte e ela poderia acabar enlouquecendo entre as lembranças que ele havia escondido e o que ela sentira quando ele estava perto dela.

V. saiu do corpo dela e levantou da cama. Enquanto organizava as cobertas, sentiu como se estivesse arrancando a própria pele.

Abaixando-se, beijou a testa dela.

– Amo você. Para sempre.

Antes de sair, olhou ao redor do quarto e então entrou no banheiro. Não conseguiu se controlar. Não tinha a menor intenção de voltar ali de novo e precisava de imagens da privacidade de sua casa.

Ele subiu as escadas para ver mais. Era tudo simples e organizado, as paredes estavam sem quadros. Mas havia uma única extravagância, que ele adorou, pois também a tinha em seu quarto: livros. Havia livros por todos os lados. No quarto dela, a estante ia do chão ao teto, cada uma delas repleta com livros sobre ciência, psicologia e matemática. No corredor, havia outros dentro de um armário alto com porta de vidro, com obras de Shelley e Keats, Dickens, Hemingway, Marchand, Fitzgerald. Até mesmo no banheiro havia uma estante deles perto da pia, como se ela quisesse alguns favoritos sempre por perto.

Jane também gostava de Shakespeare, evidentemente. Que ele aprovava.

Aquele era o tipo de decoração de que ele gostava. Uma mente ativa não precisa de distrações no ambiente físico. Precisa de uma coleção de livros ótimos e uma boa luminária. Talvez um pouco de biscoitos e queijo.

V. se virou para sair do banheiro e viu o espelho sobre as pias duplas. Ele a viu em pé diante dele, penteando os cabelos. Passando o fio dental. Escovando os dentes. Cortando as unhas.

Coisas tão normais, que as pessoas faziam todos os dias pelo mundo, vampiros e seres humanos da mesma maneira: prova de que em certas atividades comuns, as duas espécies não eram tão diferentes.

Ele adoraria vê-la fazendo tudo aquilo uma vez. Melhor ainda seria fazê-las com ela. A pia dela. A pia dele. Talvez eles brigassem porque ele derrubava o fio dental fora do cesto do lixo.

Vida. Juntos.

Vishous se esticou, colocou o dedo no espelho e o passou pelo vidro. Então, forçou-se a se desmaterializar sem passar pela cama dela de novo.

Ao desaparecer, desta vez para sempre, ele sabia que se fosse um macho que chorava, estaria em prantos agora. Mas, em vez disso, pensou na vodca Grey Goose que esperava por ele no Buraco. Vishous tinha a intenção de se embebedar pelos próximos dois dias.

Teriam de amarrá-lo para que ele passasse por aquela cerimônia idiota do Primaz.

Capítulo 37

À meia-noite, John estava deitado na cama, olhando para o teto acima dele. Era um belo teto, com gesso e decorações nos cantos, por isso havia muito o que se ver. Na verdade, fazia com que ele se lembrasse de um bolo de aniversário. Não... um bolo de casamento. Principalmente porque no meio havia um lustre com diversas decorações, e só parecia faltar os bonequinhos do noivo e da noiva.

Por algum motivo, ele gostava de como tudo se combinava. Não sabia nada sobre arquitetura, mas gostava de luxo, de simetria, do equilíbrio entre o decorado e o liso...

Certo, agora ele estava forçando a barra.

Droga.

Havia acordado cerca de meia hora antes, foi ao banheiro e então voltou para a cama. Não haveria aula naquela noite, e ele deveria fazer seu trabalho antes de sair, mas não estava a fim de ficar estudando.

Precisava cuidar de algumas coisas. E uma das coisas no momento estava bem rígida sobre sua barriga.

Ficou deitado na cama durante horas pensando se poderia fazer aquilo. Como seria. Se ele chegaria a gostar. E se perdesse a ereção? Caramba, aquela conversa com Zsadist continuava em sua mente. Porque se ele não fosse... bem-sucedido, poderia haver algo de errado com ele.

Oh, por favor, já estava na hora de encarar aquilo de vez.

John pegou a mão e a colocou sobre o peito, sentindo os pulmões se expandindo e contraindo e o coração batendo forte. Estremecendo, ele desceu a mão, levando-a na direção do pênis que, literalmente, falava com ele. Caramba, seu órgão queria ter sensações, estava desesperado para ferver. E por baixo? Suas bolas estavam tão rígidas que pareciam prestes a explodir com a pressão. Ele precisava fazer aquilo e não apenas ver se tudo estava bem. A necessidade de liberar já passava do estágio do incômodo, transformando-se em dor.

Sua mão chegou à barriga e ele a empurrou mais para baixo. Sua pele estava quente, macia, sem pelos e esticada sobre os músculos duros e os ossos pesados. Não conseguia entender seu tamanho. Sua barriga parecia ter o tamanho de um campo de futebol.

Ele parou um pouco antes de se tocar. E então, com um palavrão, pegou a coisa e o puxou.

Um gemido saiu de seu peito através de seus lábios quando sentiu o pênis na sua mão. Uau, aquilo era bom. Ele repetiu o lento movimento, com o suor no peito. Sentia-se como se alguém o tivesse colocado sob um holofote... parecia que o calor irradiava de dentro dele.

John se arqueou enquanto se tocava, sentindo-se culpado, envergonhado e pecaminosamente excitado. *Oh... tão bom...* estabelecendo um ritmo, ele afastou os lençóis com o pé e olhou para seu corpo. Com orgulho ilícito, ele observou a si mesmo, apreciando a cabeça grande, o tamanho absurdo, a maneira com que sua mão apertava com força.

Oh... droga. Mais depressa. Mais depressa. Um clique foi ouvido, o resultado da gota lubrificante e transparente que saía da ponta em contato com a mão. A gota desceu pela extensão do pênis, fazendo-a brilhar.

Oh... caramba.

De repente, ele pensou em uma fêmea... droga, era aquela segurança casca-grossa do ZeroSum, e ele se lembrou do corte de cabelo masculino, dos ombros fortes, do rosto sério e da presença imponente. Num momento de coragem, ele imaginou os dois na boate. Ela o pressionava contra a parede, com a mão dentro de sua calça e o beijava com intensidade, com a língua dentro de sua boca.

Jesus... Deus do céu... ele mexeu a mão com rapidez, seu pênis estava duro como pedra, e a mente tomada com a ideia de penetrar aquela fêmea. Ele ficou ainda mais excitado quando a imaginou parando de beijá-lo para ficar de joelhos. Imaginou-a abrindo sua calça, pegando seu membro e o colocando dentro da boca.

Caramba!

John se colocou de lado, derrubando o travesseiro no chão, levantando os joelhos. Ele gritou sem fazer som e continuou se tocando enquanto jatos quentes se espalhavam por todos os lados, sobre seu peito e em cima das coxas e mãos. Ele continuou as carícias, com os olhos fechados, as veias em destaque em seu pescoço, os pulmões ardendo.

Quando não havia mais nada ali dentro, John engoliu em seco, prendeu a respiração e abriu os olhos. Não tinha certeza, mas acreditava ter alcançado dois orgasmos. Talvez três.

Droga. Os lençóis. Ele havia feito muita sujeira.

Cara, mas tinha valido a pena. Foi ótimo. Aquela coisa era... *ótima*. Mas se sentia culpado pelo que havia imaginado. Ele morreria se ela descobrisse...

Seu celular tocou. Secando as mãos nos lençóis, ele pegou o aparelho. Era uma mensagem de texto de Qhuinn, pedindo a ele que fosse à casa de Blay dentro de meia hora para que pudessem ir ao ZeroSum antes de o movimento diminuir.

John voltou a ficar excitado ao pensar na segurança.

Certo, aquilo podia acabar sendo um problema, pensou ao olhar para o próprio membro. Principalmente se ele fosse à boate, visse a fêmea e... sim, ficasse duro. Mas precisava ver o lado bom das coisas: pelo menos estava tudo em ordem com ele.

John ficou calmo. Sim, tudo estava funcionando e ele havia gostado... pelo menos sozinho. Mas e a ideia de fazer aquilo com outra pessoa?

Ainda o assustava.

Quando Phury entrou no ZeroSum à uma da manhã, ficou feliz por não estar com seus Irmãos. Ele precisava de um pouco de privacidade para o que ia fazer.

Decidido, se dirigiu à seção VIP, sentou-se à mesa da Irmandade e pediu um martini, esperando que ninguém da Irmandade resolvesse aparecer ali. Preferia ter ido a outro lugar, mas o ZeroSum era o único local da cidade que oferecia aquilo pelo que ele procurava. Por isso estava ali.

O primeiro martini estava bom. O segundo, melhor.

Enquanto ele bebia, mulheres se aproximaram da mesa. A primeira foi uma morena, e ele disse a si mesmo "nem pensar". Muito parecida com Bella. A outra foi uma loura... o que era bom, mas ela era a moça de cabelos curtos de quem Z. havia se alimentado certa vez, então não, aquilo não parecia correto. Também apareceu outra loura, que parecia tão drogada que ele sentiu arrepios, seguida por uma morena que parecia a Xena, a princesa-guerreira, e ele ficou um tanto assustado.

Mas então... uma ruiva parou diante da mesa.

Ela era pequena, pouco mais do que um metro e sessenta, vestindo roupas de *stripper*, mas seu cabelo era enorme. Usando um *top* rosa-chiclete e uma microminissaia, ela parecia uma personagem de desenho animado.

– Está à procura de diversão, querido?

Ele se remexeu no assento e disse a si mesmo que deveria parar de ser fresco e acabar logo com aquilo. Era só sexo, pelo amor de Deus.

– Talvez. Quanto custaria um passeio na montanha-russa?

Ela ergueu a mão e tocou os lábios com dois dedos.

– Passeio completo.

Duzentos contos para acabar com a virgindade dele. No fim, dava menos de um dólar por ano. Que roubo.

Phury parecia desanimado quando ficou em pé.

– Gostei.

Enquanto seguia a prostituta para a parte de trás da área VIP, pensou vagamente que, em um universo paralelo, estaria fazendo aquilo pela primeira vez com alguém a quem amasse. Ou com quem se importasse. Ou pelo menos conhecesse. Não em um banheiro público.

Infelizmente, assim era sua vida.

A mulher abriu uma porta preta lustrosa e ele entrou com ela. Quando fechou os dois ali, a música *techno* ficou abafada.

Phury estava muito nervoso ao entregar o dinheiro. Ela sorriu ao pegar as notas.

– Não vou achar nem um pouco ruim fazer isso com você. Cara, esses cabelos. É aplique?

Ele negou com um movimento de cabeça. Quando ela levou as mãos ao cinto dele, Phury deu um passo para trás e bateu na maldita porta.

– Sinto muito – ele disse.

Ela olhou de modo estranho.

– Esta é sua primeira vez com alguém como eu?

Com qualquer pessoa.

– Sim.

– Bem, vou cuidar direitinho de você. – Ela se aproximou, pressionando os seios contra a barriga dele. Ele observou seus cabelos. Ela tinha raízes escuras expostas em cima.

– Você é grande – ela murmurou, enfiando a mão na cintura da calça dele, puxando-o para frente.

Ele a acompanhou como um robô, sem sentir nada e sem conseguir acreditar que faria aquilo. Mas, pensando bem, de que outra maneira poderia acontecer? Ela se encostou na pia e de maneira rápida, já com prática, subiu no balcão. Ao abrir as pernas, a saia subiu. Suas meias tinham renda nas bordas. Não usava calcinha.

– Sem beijo, claro – ela disse, descendo o zíper da braguilha dele. – Na boca, quero dizer.

Ele sentiu o ar frio entrar e então ela levou a mão para dentro do *short* dele. Ele fez uma careta quando ela segurou seu membro. Era para isso que estava ali, lembrou a si mesmo. Era para isso que havia pagado. Conseguiria fazer o que precisava. Estava na hora de passar por aquilo. De esquecer Bella. De esquecer o celibato.

– Relaxe, amor – a mulher disse com a voz rouca. – Sua esposa nunca vai saber. Meu batom não sai, e não uso perfume. Então você pode se divertir.

Phury engoliu em seco. *Eu vou conseguir.*

Quando John saiu da BMW azul-escura, vestia uma calça preta nova, uma camisa de seda preta e uma jaqueta cor de creme que parecia um blazer. Não eram roupas dele. Assim como não era dele o carro que ele e Qhuinn usaram para chegar ao centro da cidade. Eram de Blay.

– Estamos muito prontos para isso. – Qhuinn disse quando eles atravessaram o estacionamento.

John olhou para trás para o local onde havia derrubado os *redutores*. Ele se lembrava da força que havia sentido, da convicção de que era um guerreiro, um lutador... um Irmão. Tudo aquilo já era passado, como se outra coisa estivesse em ação dentro dele, como se estivesse possuído ou algo assim. Enquanto caminhava com seus amigos, ele não sentiu nada de especial nas roupas bacanas de seu amigo, sentia seu corpo parecido com um colchão de água, remexendo-se a cada passo dado.

Quando se aproximaram do ZeroSum, John foi para o fundo da fila de espera, mas Qhuinn chamou sua atenção.

– Podemos entrar direto, lembra?

Claro que se lembrava. Assim que Qhuinn disse o nome Xhex, a montanha na porta prestou atenção e disse algo num microfone. Um segundo depois, ele se colocou para o lado.

– Ela quer que vocês se dirijam para o fundo. Para a seção VIP. Conhecem o caminho?

– Sim. Claro. – Qhuinn disse ao apertar a mão do cara.

O segurança colocou algo dentro de seu bolso.

– Se vocês vierem aqui de novo, permitirei que entrem na hora.

– Obrigado, cara. – Qhuinn deu um tapinha no ombro do homem e foi para dentro da boate, tranquilamente.

John seguiu. Ao passar pela porta, tropeçou no degrau, perdeu o equilíbrio, mas tombou para trás ao tentar se endireitar, chocando-se com um cara na fila de espera. O rapaz, que estava de costas para a porta porque conversava com uma moça, virou-se irritado.

– O que... – O cara parou ao olhar para John, arregalando os olhos. – Ah sim... sinto muito.

John se assustou com a reação até sentir a mão de Blay em sua nuca.

– Venha, John, vamos.

John foi guiado para dentro, analisando a atmosfera da boate, pronto para se perder no meio das pessoas. Mas foi engraçado. Ao olhar ao redor, tudo parecia menor. Afinal, agora ele estava vendo tudo aquilo do ponto de vista de um cara de quase dois metros.

Qhuinn olhou ao redor.

– No fundo. Onde é o fundo?

– Pensei que você soubesse – Blay disse.

– Que nada. Só não quis dar uma de burro. Espere. Acho que temos um vencedor. – Ele fez um gesto de cabeça mostrando uma área com proteção onde havia dois caras enormes. – Isto parece bem VIP. Vamos?

Qhuinn caminhou como se soubesse exatamente o que estava fazendo, disse duas palavras ao segurança, a corda foi aberta e os três caminharam numa boa.

Bem, Blay e Qhuinn caminharam numa boa. John estava tentando não se chocar com ninguém. Concluiu que o cara com quem trombou na porta era tranquilo. Da próxima vez, podia acabar se metendo com um briguento.

Armado.

A seção VIP tinha um bar e bartenders próprios, com garçonetes vestidas como *strippers* de primeira linha, mostrando muito o corpo enquanto caminhavam de salto alto. Os clientes machos usavam terno, as mulheres peças caras. Eram pessoas que chamavam a atenção... fazendo John se sentir mal.

Havia mesas dos dois lados do ambiente, três delas livres, e Qhuinn escolheu a mais distante, no canto.

– Esta é a melhor – ele disse. – Perto da saída de emergência. Na sombra.

Havia dois copos de martini em cima, mas eles sentaram ali mesmo assim, e uma garçonete se aproximou para limpar. Blay e Qhuinn pediram cervejas e John não quis, pensando que precisava se manter sóbrio.

Estavam ali havia menos de cinco minutos, com Blay e Qhuinn começando a tomar suas Coronas, quando escutaram uma fêmea dizer:

– Ei, rapazes.

Os três olharam para a loura tipo Mulher Maravilha em pé diante deles. Ela era sensual, parecida com a Pamela Anderson, mais peitos do que qualquer outra coisa.

– Oi, linda – Qhuinn disse. – Qual é o seu nome?

– Sou a Doce Bondade. – Ela apoiou as duas mãos na mesa e se inclinou para frente, mostrando os peitos perfeitos, a pele bronzeada artificialmente e os dentes brancos e brilhantes. – Quer saber por quê?

– Assim como quero continuar respirando.

Ela se inclinou um pouco mais.

– Porque sou gostosa e adoro fazer caridades.

O sorriso de Qhuinn foi bem malicioso.

– Então venha aqui, sente-se perto de mim...

– Rapazes... – alguém de voz grave chamou.

Oh Jesus. Um cara gigante havia se aproximado da mesa, e John não teve uma sensação muito boa. Com um bonito terno preto e olhos verde-escuros e um moicano bem-feito, ele parecia um valentão e também um cavalheiro.

Certo, ele era um vampiro, John pensou. Não sabia exatamente como sabia, mas tinha certeza e não apenas pelo tamanho dele. O cara simplesmente tinha a mesma vibração dos Irmãos: poderoso.

– Docinho, é melhor você fazer caridades em outra freguesia, entendeu? – O macho disse.

A loura se mostrou um pouco chateada ao se afastar de Qhuinn, que parecia irritado. Mas ela se afastou e... droga, fez a mesma coisa duas mesas depois.

Quando a expressão de Qhuinn ficou mais confusa, o macho do moicano se inclinou e disse:

– Pois é, ela não estava apenas interessada no prazer de sua companhia, cara. Ela é profissional. A maioria das mulheres que vocês veem caminhando nesta área são profissionais. Então, a menos que estejam interessados em pagar, saiam para a área de acesso irrestrito, peguem alguém e voltem para cá, certo?

O cara sorriu, mostrando um grande conjunto de presas.

– A propósito, eu sou dono deste local, então, enquanto estiverem aqui, sou responsável por vocês. Tornem meu trabalho mais fácil e sejam corretos. – Antes de se virar, ele olhou para John. – Zsadist pediu para mandar um oi.

Ele saiu depois de dizer isso, olhando para tudo e todos no caminho até a porta lisa do fundo.

John se perguntou como aquele cara podia conhecer Z., e concluiu que independentemente da relação, aquele macho de moicano era alguém a quem se devia querer como aliado.

Caso contrário, seria preciso arranjar um colete à prova de balas. Ou, melhor ainda, sair do país.

– Bem – Qhuinn disse –, foi uma dica importante. Droga.

– Hum... é. – Blay se remexeu no assento quando outra loura passou. – E então... quer ir para a pista?

– Blay, seu sem-vergonha. – Qhuinn saiu da mesa. – É claro que sim. John...

Vou ficar aqui, ele sinalizou. *Para guardar a mesa.*

Qhuinn deu-lhe um tapinha no ombro.

– Beleza. Vamos trazer alguma coisa para você comer.

John balançou a cabeça, mas seus amigos simplesmente se afastaram. *Oh Deus*, ele devia ter ficado em casa. Não devia estar ali.

Quando uma morena passou desfilando, ele olhou rapidamente, mas ela não parou, assim como nenhuma das outras – pois o proprietário havia pedido a todas as mulheres que o deixassem em paz. O que era um alívio. Porque aquela morena parecia capaz de comer um homem vivo, não necessariamente no bom sentido.

Cruzando os braços diante do peito, John recostou-se no sofá de couro e manteve os olhos nas cervejas. Percebeu que as pessoas olhavam para ele... e sem dúvida queriam saber o que ele estava fazendo ali. E isso fazia sentido. Não era como Blay e Qhuinn e não tinha como fingir ser. A música, a bebida e o sexo não o deixavam animado; tudo aquilo fazia com que ele sentisse vontade de desaparecer.

Estava pensando seriamente em sair quando uma onda de calor o tomou, do nada. John olhou para cima, tentando descobrir se estava sentado sob uma saída de ar.

Não.

Olhou ao redor...

Oh, droga. A chefe da segurança estava passando pela corda de veludo da seção VIP.

Quando a luz fraca de cima a tomou, John engoliu em seco. Ela usava a mesma roupa de antes, uma camisa justa que deixava aparentes seus braços fortes e uma calça de couro que ficava justa em seu quadril e coxas compridas. Ela havia cortado o cabelo desde a última vez em que ele a vira.

Quando ela olhou em seus olhos, ele desviou o olhar, corando. Em pânico, teve a certeza de que ela descobriria o que John havia feito pensando nela mais cedo. Saberia que ele... havia atingido o orgasmo enquanto pensava nela.

Droga, queria ter uma bebida com a qual se distrair. E uma bolsa de gelo para seu rosto.

Ele pegou a cerveja de Blay e tomou um gole quando percebeu que ela estava se aproximando. Cara, não sabia se seria pior se ela parasse. Ou se não parasse.

– Está de volta, mas diferente – ela disse em voz baixa, como um incêndio controlado. John ficou ainda mais corado. – Parabéns.

Ele limpou a garganta. O que foi tolo de sua parte. O que diria? Sentindo-se mal, ele disse, mesmo sem som: *obrigado*.

– Seus amigos foram passear?

Ele assentiu e tomou mais um gole de Corona.

– Você não? Ou eles trarão alguma coisa a você? – Aquela voz maravilhosa que ela tinha era sexo puro, o que fazia seu corpo arder... e seu pênis endurecer. – Bem, se por acaso você não sabe, os banheiros ali atrás têm salas extras e mais privacidade. – Ela riu um pouco, como se soubesse que ele estava excitado. – Divirta-se com as meninas, mas cuide-se. Para não ter que lidar comigo.

Ela se afastou e, enquanto caminhava, as pessoas abriam caminho para sua passagem, com homens grandes como jogadores de futebol saindo da frente. Enquanto John a observava se afastar, sentiu algo na parte da frente da calça e olhou para baixo. Estava rígido como pedra. Grosso como seu braço. E ao se remexer na cadeira, a fricção da calça o fez morder o lábio inferior.

Colocou a mão por baixo da mesa com a intenção de remexer as coisas ali para conseguir mais espaço atrás do zíper... mas assim que entrou em contato com seu membro, pensou naquela segurança e quase se descontrolou.

Tirou a mão dali tão rápido que chegou a bater na parte de baixo da mesa.

John remexeu o quadril, procurando por alívio, mas apenas piorando a sensação. Sentiu-se inquieto e insatisfeito, irritando-se. Pensou no alívio que havia dado a si mesmo na cama e concluiu que poderia muito bem tentar de novo. Agora mesmo.

Agora mesmo, antes de atingir um orgasmo naquela mesa.

Droga, talvez ele devesse resolver aquilo ali mesmo. Franzindo a testa, olhou para o corredor que levava ao fundo com portas dos dois lados.

E uma delas estava aberta.

Uma ruiva pequena que parecia uma profissional saiu arrumando o cabelo e ajeitando o *top* rosa apertado. Atrás dela estava... *Phury*?

Sim, era ele mesmo, enfiando a camisa dentro da calça. Os dois não trocaram uma palavra sequer. A mulher foi para a esquerda e começou a conversar com um grupo de homens; o Irmão continuou em frente, como se estivesse de saída.

Quando Phury olhou para frente, John olhou em seus olhos. Depois de um momento de indecisão, o guerreiro ergueu a mão num cumprimento, e então partiu para a saída, desaparecendo. John bebeu mais cerveja, totalmente surpreso. Com certeza aquela mulher não estava no banheiro com o cara para lhe fazer uma massagem nas costas. Caramba, ele era um celiba...

– E este é John.

John levantou a cabeça. *Uau*. Blay e Qhuinn haviam encontrado ouro. As três mulheres humanas eram bonitas e seminuas. Qhuinn apontou para cada uma delas.

– Estas são Brianna, Cici e Liz. Meninas, este é nosso amigo John. Ele usa a língua de sinais para falar, por isso seremos os tradutores.

John terminou de beber a cerveja de Blay, sentindo-se um idiota com a barreira da comunicação. Estava pensando como diria que ia dar uma volta quando uma das garotas se sentou ao lado dele, prendendo-o na mesa.

Uma garçonete passou e pegou os pedidos e, quando ela partiu, as conversas e risadas surgiram, com o tom estridente das meninas misturando-se com a voz grave de Qhuinn e o riso contido e tímido de Blay. John continuou olhando para baixo.

– Caramba, você é tão bonito – uma das garotas disse. – É modelo?

A conversa parou de repente. Qhuinn bateu a mão na mesa na frente de John.

– Ei, J. Ela está falando com você.

John levantou a cabeça confuso, olhando nos olhos de cores diferentes do amigo. Qhuinn apontou para a menina ao lado de John e arregalou os olhos, como quem dissesse: *Cara, dá para acordar?*

John respirou profundamente e olhou para a esquerda. A garota olhava para ele... caramba, toda interessada.

–... porque você é muito bonito – ela disse.

Jesus Cristo, o que devia responder?

Ao corar e ficar tenso, gesticulou rapidamente a Qhuinn: *Vou pedir ao Fritz que me busque. Preciso ir.*

John saiu da mesa, quase tropeçando na moça que havia se sentado ao seu lado. Mal podia esperar para chegar em casa.

Capítulo 38

Quando o despertador de Jane tocou às cinco da manhã, ela precisou apertar o botão para interrompê-lo. Duas vezes. Geralmente, ela saía da cama e entrava no banho rapidamente, como se o toque do despertador a arrancasse da cama como uma torrada sendo lançada para cima numa torradeira. Mas não naquele dia.

Naquele dia ela ficou deitada de barriga para cima olhando para o teto.

Caramba, os sonhos durante a noite... sonhos com aquele amante fantasmagórico se aproximando, tomando-a, penetrando-a. Ela ainda conseguia senti-lo sobre o corpo, dentro dela.

Mas já bastava. Quanto mais pensava naquilo, mais seu peito doía, então, com um esforço hercúleo, ela voltou a cabeça para o trabalho. O que, claro, só fez com que se lembrasse de Manello. Não podia acreditar que ele a havia beijado, mas era verdade... havia beijado seus lábios. E por sempre ter tentado imaginar como seria, não se afastou. E então ele a beijou de novo.

Ele era bom, o que não surpreendia. O estranho naquilo é que tinha parecido algo errado. Como se ela estivesse traindo alguém.

O maldito despertador tocou de novo, e ela xingou ao desligá-lo. Droga, estava cansada, apesar de acreditar ter ido cedo para a cama. Pelo menos pensava ter sido cedo, ainda que não se lembrasse da hora em que Manello havia partido. Ela se lembrava que ele a ajudou a subir as escadas e a se deitar, mas sua cabeça estava tão confusa que não conseguia se lembrar do horário nem de quanto tempo demorou para dormir.

Não importava.

Afastando as cobertas, ela caminhou para dentro do banheiro e começou a tomar banho. Conforme o vapor aumentava e tomava o ambiente, ela fechou a porta do banheiro, tirou a camiseta e...

Jane franziu a testa ao sentir algo úmido entre as pernas. Fazendo uma conta dos dias, concluiu que sua menstruação devia...

Não era sua menstruação. Ela havia feito sexo.

O choque deixou o vapor gelado. Oh, Deus... o que ela havia feito? *O quê?*

Jane se virou, ainda que não tivesse aonde ir... e levou a mão à boca. No espelho, revelada pelo vapor, estavam as palavras *Eu te amo, Jane*.

Ela deu um passo para trás até bater na porta.

Droga. Ela havia dormido com Manny Manello. Mas não se lembrava de nada.

Phury se sentou no escritório de Wrath, dessa vez na cadeira delicada azul-clara perto da lareira. Seus cabelos ainda estavam úmidos por causa do banho e ele segurava uma xícara de café.

Ele precisava fumar.

Quando o restante da Irmandade entrou, ele olhou para Wrath:

– Você se importa se eu fumar?

O rei balançou a cabeça.

– Eu consideraria isso um serviço público. Poderíamos todos fumar hoje.

Caramba, era verdade. Todo mundo estava distraído. Zsadist estava analisando as estantes. Butch se distraía com o computador em seu colo. Wrath parecia exausto atrás de uma pilha de trabalho. Rhage caminhava de um lado a outro, sem conseguir se acalmar – sinal claro de que não havia brigado durante a noite.

E Vishous... V. era o pior deles. Estava em pé na porta, com o olhar perdido. Se já era frio antes, agora estava congelante, um buraco na sala. Droga, ele estava ainda mais sério do que na noite anterior.

Quando Phury acendeu a cigarrilha, pensou em Jane e V. e distraidamente se perguntou como tinha sido o sexo entre eles. Imaginava que, apesar de terem tido momentos de puro desejo, também deviam ter vivido momentos de união amorosa.

Sim, nada como aquilo que ele havia feito dentro do banheiro. Com aquela prostituta.

Ele passou a mão pelos cabelos. Um cara podia ainda ser virgem se tivesse estado com uma fêmea, mas sem ir até o fim? Não sabia ao certo. De qualquer maneira, não perguntaria a ninguém. Tudo era muito delicado.

Caramba, ele achava que estar com alguém o ajudaria a esquecer tudo o que havia para ser esquecido, mas não tinha ajudado. Sentia-se ainda mais preso, principalmente porque a primeira coisa que fez ao entrar na mansão foi pensar em Bella. Esperava que ela não sentisse nele o cheiro daquela mulher humana.

A distância exigiria outra coisa, evidentemente.

A menos que... droga, talvez devesse se mudar dali.

– Vamos lá – Wrath disse, dando início à reunião. Rapidamente, ele repassou alguns assuntos sobre a *glymera*; e então Rhage, Butch e Z. contaram as novidades do campo. Não havia muitas. Os assassinos andavam calmos ultimamente, provavelmente porque o *Redutor Principal* havia sido morto duas semanas antes pelo tira. Era normal. Qualquer mudança na liderança dos *redutores* geralmente resultava em um intervalo na guerra, ainda que não durasse muito.

Quando Phury acendeu a segunda cigarrilha, Wrath pigarreou.

– Agora... falemos sobre a cerimônia do Primaz.

Phury tragou de modo intenso quando V. olhou para ele. Caramba, o macho parecia ter envelhecido cento e cinquenta anos na última semana. Sua pele estava amarelada, as sobrancelhas abaixadas, os lábios tensos. Nunca tinha sido muito animado, mas naquele momento estava quase morto.

– O que tem? – V. perguntou.

– Estarei lá – Wrath olhou para o lado. – Phury, você também. Vamos à meia-noite, certo?

Phury assentiu e então se preparou, porque parecia que Vishous queria dizer alguma coisa. O corpo do Irmão ficou tenso, os olhos se remexiam, assim como o queixo... mas nada foi dito.

Phury tragou e bateu a cinza no cinzeiro. Era difícil ver seu Irmão sofrer, saber que ele estava passando por um momento de dor sem poder fazer nada a respeito...

Ele parou, com uma grande calma tomando conta de seu corpo, que nada tinha a ver com a fumaça vermelha.

– Santo Deus – Wrath disse, esfregando os olhos. – Saiam daqui, todos vocês. Relaxem. Estamos todos tensos demais...

Phury falou:

– Vishous, se não fosse pela droga do Primaz, você estaria com a Jane, certo?

Os olhos brilhantes de V. ficaram apertados.

– Que merda isso tem a ver com qualquer coisa?

– Você estaria com ela – Phury olhou para Wrath. – E você permitiria, não é? Eu sei que ela é um ser humano, mas você permitiu que Mary entrasse...

V. o interrompeu, com a voz tão intensa quanto seu olhar, como se não pudesse acreditar que Phury estivesse sendo tão indelicado.

– Não tem como dar certo. Então esqueça isso.

– Mas... tem.

Os olhos de Vishous brilharam ainda mais de raiva.

– Não quero ofendê-lo, mas estou no limite de minha paciência. Seria bem legal se você parasse com isso agora mesmo.

Rhage disfarçadamente se aproximou de V. enquanto Zsadist se colocou ao lado de Phury.

Wrath ficou em pé.

– O que acham de parar com isso?

– Não, eu quero falar – Phury ficou em pé. – A Virgem Escriba quer um macho da Irmandade, não é? Para a reprodução, não é? Por que tem que ser você?

– E quem mais seria? – V. resmungou ao se posicionar como se fosse partir para o ataque.

– Por que não... eu?

No silêncio que se seguiu, uma granada podia ter estourado embaixo da mesa de Wrath e ninguém teria notado: a Irmandade olhou para ele como se tivesse se transformado em um ser de outra espécie.

– Por que não posso? Ela só precisa de DNA, não é? Então qualquer Irmão pode fazer isso. Minha linhagem é forte. Meu sangue é bom. Por que não pode ser eu?

Zsadist respirou fundo.

– Jesus... Cristo.

– Não haveria motivos para eu *não* ser o Primaz.

A agressividade de V. fugiu de seu controle, deixando-o com a expressão parecida com a de alguém que o havia acertado na cabeça com uma frigideira.

– Por que faria isso?

– Você é meu Irmão. Posso arrumar o que está errado, por que não faria isso? Não existe nenhuma fêmea que eu desejo. – Ele levou a mão à garganta ao senti-la seca. – Você é filho da Virgem Escriba, não é? Então poderia sugerir a mudança. Ela poderia matar quem fizesse isso, mas não mataria você. Droga, você podia simplesmente dizer. – Ele abaixou a mão. – E você pode garantir a ela que serei melhor nisso, porque não estou apaixonado por ninguém.

Os olhos de V. não se desviaram do rosto de Phury.

– Isso está errado.

– Tudo está errado. Mas isso não importa, não é? – Phury olhou para a mesa delicada, e ele e o rei se entreolharam.

– Wrath, o que diz?

– Droga – foi a resposta.

– Boa escolha de palavras, meu rei, mas não foi uma resposta.

A voz de Wrath ficou mais baixa, muito baixa.

– Vocês não podem estar falando sério...

– Tenho dois séculos de celibato para compensar. Não seria uma chance de recuperar o tempo perdido? – Era para ser uma piada, mas ninguém riu. – Vamos, quem mais poderia fazer isso? Todos vocês são comprometidos. O único outro candidato seria John Matthew, pela linhagem de Darius, mas John não é membro da Irmandade, e não sabemos se um dia ele será.

– Não – Zsadist balançou a cabeça. – Isso pode matar você.

– Só se eu transar até morrer. Mas, fora isso, tudo vai ficar bem.

– Você nunca terá uma vida se fizer isso.

– Claro que vou. – Phury sabia exatamente onde Zsadist estava tentando chegar, por isso voltou sua atenção a Wrath. – Você permitirá que V. fique com Jane, certo? Se eu fizer isso, você pode deixar os dois juntos.

Aquilo não era simples, claro. Porque não se devia dar uma ordem ao rei, nem por costume nem pela lei – e também porque ele podia acabar com você. Mas, naquele momento, Phury não estava muito preocupado com as regras.

Wrath escorregou a mão por baixo dos óculos e coçou os olhos. E então soltou o ar demoradamente.

– Se alguém pode lidar com os riscos à segurança inerentes em um relacionamento com um ser humano, seria V. Então... sim, eu permitiria.

– Então permitirá que eu o substitua. E ele deve conversar com a Virgem Escriba.

O relógio antigo no canto da sala começou a tocar, com o som parecido com as batidas de um coração. Quando parou, todos olharam para Wrath.

Depois de um instante, o rei disse:

– Que seja.

Zsadist disse um palavrão. Butch assoviou. Rhage comeu um chocolate.

– Tudo bem, então – Phury disse.

Caramba, o que acabei de fazer?

Aparentemente, todos pensaram a mesma coisa, porque ninguém se mexeu nem disse nada.

Vishous resolveu interromper o silêncio... e atravessou o escritório de repente. Phury não sabia o que havia ocorrido. Em um momento, ele estava prestes a brigar; no outro, V. se lançou a ele, abraçando-o com força.

– Obrigado – Vishous disse com a voz rouca. – Obrigado. Mesmo que ela não permita, obrigado, meu Irmão.

Capítulo 39

– Você está me evitando, Jane.

Jane olhou para frente. Manello estava plantado na frente de sua mesa como uma árvore, mãos no quadril, olhos apertados, irredutível. Caramba, o escritório dela era razoavelmente grande, mas ele fazia com que parecesse um cubículo.

– Não estou evitando você, estou tentando colocar tudo em dia depois de passar um fim de semana fora.

– Mentira. – Ele cruzou os braços. – São quatro da tarde e até aqui geralmente já teríamos feito duas refeições juntos. O que está acontecendo?

Ela se recostou na cadeira. Jane nunca tinha sido boa em contar mentiras, mas era uma habilidade que estava muito disposta a aprender.

– Ainda me sinto péssima, Manello, e estou cheia de coisas para fazer. – Certo, nada daquilo era mentira, mas ela estava usando apenas como desculpa.

Ele fez uma pausa longa.

– Tem a ver com ontem à noite?

Fazendo uma careta, ela decidiu abrir o jogo.

– Hum, olha só... Manny... sinto muito, mas não posso mais fazer nada daquilo com você de novo. Acho você ótimo, de verdade. Mas eu... – ela não disse mais nada. Sentiu vontade de dizer algo a respeito de estar apaixonada por alguém, mas seria um absurdo. Ela não tinha ninguém.

– É por causa do departamento? – Ele perguntou.

Não, era apenas que não *parecia* o mais correto.

– Você sabe que isso não é adequado, ainda que guardássemos segredo.

– E se você partir? O que podemos fazer?

Ela balançou a cabeça.

– Não. Eu não... posso. Não devia ter dormido com você ontem à noite.

Ele ergueu as sobrancelhas.

– Como?

– Acho que não...

– Espere aí. De onde tirou a ideia de que dormimos juntos?

– Eu... pensei que tivéssemos...

– Eu beijei você. Foi esquisito. Fui embora. Nada de sexo. Por que acha que houve?

Jesus Cristo... Jane ergueu a mão, trêmula, afastando o assunto.

– Acho que sonhei. Um sonho bem vívido. Bem... pode me dar licença?

– Jane, o que está acontecendo? – Ele deu a volta na mesa. – Você me parece aterrorizada.

Jane olhou para ele, sabendo que seus olhos estavam desesperados, sem conseguir disfarçar.

– Acho... acho que é bem possível que eu esteja enlouquecendo. Sério, Manny. Estamos falando sobre esquizofrenia. Alucinações, realidade distorcida e... lapsos de memória.

Mas o fato de que ela havia feito sexo durante a noite *não* tinha sido fruto de sua imaginação. Droga... ou tinha?

Manny se inclinou e colocou as mãos nos ombros dela. Com a voz baixa, disse:

– Vamos procurar alguém. Vamos cuidar disso.

– Estou com medo.

Manny segurou suas mãos, puxou-a para que ficasse em pé e a abraçou com força.

– Estou aqui com você.

Quando ela o abraçou forte também, disse:

– Você seria um bom homem para amar, Manello. Seria, sim.

– Eu sei.

Ela deu uma risadinha, abafando o som contra o pescoço dele.

– Que arrogante.

– Mas estou certo.

Ele se afastou e colocou a mão no rosto dela, com os olhos castanhos sérios.

– Estou morrendo por dizer isto... mas não quero você na sala de operação, Jane. Você não pode fazer isso com a cabeça atrapalhada desse jeito.

Sua primeira reação foi relutar, mas desistiu.

– O que você vai dizer às pessoas?

– Depende de quanto tempo durar. Por enquanto? Que você está gripada. – Ele colocou uma mecha de cabelo atrás de sua orelha. – O plano é: você vai conversar com um amigo meu que é psiquiatra. Ele está na Califórnia, por isso ninguém vai saber, e vou telefonar para ele agora. Também marcarei uma ressonância. Vamos realizá-la depois do expediente. Ninguém vai saber.

Quando Manello se virou para sair, ela percebeu a dor em seus olhos, e enquanto pensava na situação, teve o pensamento mais esquisito.

Três ou quatro anos antes, ela havia saído do hospital certa noite, tarde, sentindo-se um pouco incomodada. Alguma coisa, um tipo de intuição, deu-lhe a sensação de que seria melhor não ir para casa, passando a noite no sofá de seu escritório, mas ela pensou que fosse apenas o clima frio que a estava deixando daquele jeito. Graças a uma chuva chata e fria que caía havia horas, Caldwell toda estava escorregadia. Por que alguém sairia na rua com um tempo daquele?

Mas a sensação ruim não se afastava. Durante todo o caminho até o estacionamento, ela estava lutando contra a voz em sua cabeça até que finalmente, quando colocou a chave na ignição, teve uma visão. Foi tudo tão claro, como se já tivesse acontecido e aquilo fosse apenas uma lembrança: ela viu as próprias mãos segurando o volante com força quando um par de lanternas apareceu adiante.

Sentiu a dor do impacto, o carro girando, os pulmões arderem com o grito que deu.

Assustada, porém determinada, ela dirigiu lentamente na chuva. Com muito cuidado. Via todos os carros como acidentes em potencial, e teria utilizado as calçadas em vez das ruas se pudesse.

No meio do caminho, parou em um semáforo, torcendo para que ninguém batesse em seu carro.

Como se já estivesse determinado, no entanto, um carro veio por trás, perdeu a tração e começou a patinar. Ela segurou o volante com força e olhou pelo espelho retrovisor... e observou o veículo em sua direção.

O carro passou por ela.

Quando teve a certeza de que ninguém havia se ferido, Jane riu sozinha, respirou profundamente e foi para casa. No caminho, pensou sobre como o cérebro saía de seu ambiente e chegava a conclusões, como os pensamentos e os medos fortes apareciam como um tipo de habilidade de previsão, como as notícias sobre estradas ruins podiam se espalhar e levar a...

Um caminhão bateu em seu carro de frente a cerca de cinco quilômetros de sua casa. Quando dobrou a esquina e viu as lanternas a sua frente, só conseguiu pensar que, sim, ela tinha razão, afinal. Ela fraturou o osso do pescoço e o veículo sofreu perda total. O motorista do caminhão e o caminhão ficaram bem, felizmente, mas ela passou semanas afastada do trabalho.

Então... enquanto observava Manello sair de seu escritório, sabia o que ia acontecer, e a clareza de tudo foi igual à clareza do acidente que havia previsto: tão imutável quanto a cor de seus olhos. Tão inegável quanto a passagem do tempo. Tão impossível de deter quanto o caminhão escorregando no gelo sujo.

– Minha carreira terminou – ela sussurrou com voz baixa. – Acabou.

Vishous se ajoelhou ao lado da cama, colocou um colar de pérolas negras no pescoço e fechou os olhos. Enquanto se concentrava no Outro Lado, pensou em Jane. A Virgem Escriba deveria saber do que aquilo se tratava desde o começo.

Demorou um pouco até obter uma resposta de sua mãe, pois ele estava atravessando a antimatéria para o plano não temporal, assumindo forma no pátio branco.

A Virgem Escriba estava em pé diante de sua árvore com aves, e uma delas, uma espécie cor de pêssego, estava em sua mão. O capuz de seu manto preto estava abaixado, de modo que V. conseguiu ver seu rosto fantasmagórico e ficou surpreso com a adoração expressada em seu rosto ao pequeno pássaro em sua mão brilhante. Que amor, ele pensou.

Nunca imaginou que ela tivesse aquele tipo de sentimento dentro dela.

A Virgem Escriba falou primeiro.

– É claro que amo minhas aves. Elas são meu consolo quando estou com problemas, minha maior alegria quando estou bem. O doce canto delas me deixa mais feliz do que qualquer outra coisa. – Ela olhou para trás. – É sobre aquela cirurgiã humana, não é?

– Sim – ele respondeu, preparando-se.

Droga, ela estava quieta demais. Ele esperava uma reação raivosa. Estava preparado para uma briga. Mas ela estava calma.

Mas a calmaria antecede a tempestade, certo?

A Virgem Escriba soprou na direção da ave, que respondeu cantando e abrindo as asas.

– Por que tenho a impressão de que se eu não aceitar a troca, você não realizará a cerimônia?

Ele quase morreu ao responder. Quase.

– Eu dei minha palavra. Então cumprirei.

– É mesmo? Isso me surpreende.

A Virgem Escriba devolveu a ave, assoviando ao fazer isso. Ele imaginou que se aquele som pudesse ser traduzido, seria algo parecido com *Eu amo você*. A ave reagiu da mesma maneira.

– Estas aves – a mãe disse de modo estranho e distante –, são a minha alegria. Quer saber por quê?

– Quero.

– Elas não me pedem nada e me dão muito.

Ela se virou para V. e com a voz grave disse:

– É o dia do seu nascimento, Vishous, filho de Bloodletter. O tempo foi bem calculado.

Na verdade, não. Caramba, ele havia se esquecido de que dia era.

– E como no dia de hoje, há trezentos e três anos, eu coloquei você neste mundo, eu quero concordar com o que você pede, além de concordar com o que ainda não foi pedido, mas que está evidente como a lua no céu.

Os olhos de V. brilharam. A esperança, uma emoção perigosa sempre, apareceu em seu peito como uma faísca de calor. Ao fundo, as aves gorjeavam de modo alegre, como se previssem sua felicidade.

– Vishous, filho de Bloodletter, dou a você as duas coisas que mais deseja: permito a substituição por seu Irmão, Phury, na cerimônia. Ele deve ser um Primaz bom, gentil e cortês com as Escolhidas e será a fonte de uma boa linhagem para a espécie.

V. fechou os olhos, sentindo o alívio tomar conta de seu corpo de modo forte.

– Obrigado... – Ele disse, ciente de que estava pensando mais na mudança do próprio destino do que nela, ainda que fosse a condutora.

– Sua gratidão é adequada. – A voz de sua mãe estava totalmente calma. – E também curiosa para mim. Mas os presentes são como a beleza. É nos olhos de quem o recebe que encontram abrigo, e não na mão de quem os oferece. Aprendi isso.

V. olhou para ela, tentando manter a calma.

– Ele vai querer lutar. Meu Irmão... vai querer lutar e viver no outro lado. – Porque de jeito nenhum Phury seria capaz de ficar sem ver Bella.

– E eu permitirei isso. Pelo menos até que a linhagem aumente.

A Virgem Escriba levou as mãos brilhantes ao capuz do manto e cobriu o rosto com ele. E então, sem emitir qualquer som, flutuou sobre o mármore até uma pequena porta branca que ele sempre pensou ser a entrada de seus aposentos secretos.

– Não quero ofender – ele disse –, mas gostaria de saber qual é o segundo favor.

Ela parou no pequeno portal. Sem olhar para ele, disse:

– Renunciarei a você como meu filho. Você está livre de mim e eu de você. Viva bem, guerreiro.

Ela entrou pela porta e o deixou do lado de fora, trancando a proteção. Com sua saída, as aves se calaram, como se a presença dela fosse o que motivasse a cantoria.

V. ficou em pé no pátio escutando a queda d'água.

Teve uma mãe por seis dias completos.

Não podia dizer que sentia falta dela. Ou que se sentia grato por ela ter devolvido sua vida a ele. Afinal, ela mesma havia tentado tirar tudo dele.

Quando V. se desmaterializou de volta para a mansão para contar a novidade, pensou que mesmo que a mãe tivesse dito não, ainda assim ele teria escolhido Jane e não a Virgem Escriba. Independentemente do preço que tivesse de pagar.

E a Virgem Escriba sempre soube disso, não é? Por isso havia concedido permissão.

Não importava. Ele só pensava em buscar Jane. As coisas estavam melhorando, mas não estavam resolvidas ainda. Ela podia, afinal, dizer não. Podia muito bem escolher a vida que já conhecia, e não uma meia existência perigosa com um vampiro.

Mas que droga, Vishous desejava muito que ela escolhesse ficar com ele.

V. estava tomando forma em seu quarto e pensando em como as coisas tinham ocorrido com Jane na noite anterior... quando percebeu que havia feito algo imperdoável: terminado dentro dela. *Caramba.* Ele estava tão distraído que se esqueceu que havia deixado restos dele ali. Ela devia estar enlouquecendo naquele momento por causa disso.

Ele era um idiota. Um idiota egoísta e inconsequente.

Como podia pensar que tinha algo a oferecer a ela?

Capítulo 40

Quando a noite veio, Phury vestiu o manto branco para a cerimônia do Primaz. Ele não sentiu o pano na pele, porque o manto era feito com um tecido muito delicado. Estava fumando por duas horas sem parar, por isso já estava sem sensibilidade.

Mas não a ponto de não saber quem estava do outro lado da porta quando escutou baterem.

– Entre – disse sem dar as costas para o espelho da penteadeira. – E o que você está fazendo fora da cama?

Bella riu. Ou talvez tenha sido um soluço.

– Uma hora por dia, lembra? Tenho cinquenta e dois minutos ainda.

Ele pegou o medalhão de ouro do Primaz e o colocou no pescoço. O peso pressionou seu peito como se alguém tivesse colocado a palma da mão ali e estivesse se apoiando. Com força.

– Tem certeza disso? – Ela perguntou de modo delicado.

– Sim.

– Pelo visto Zsadist está indo com você?

– Ele é minha testemunha. – Phury bateu as cinzas de sua cigarrilha. Pegou mais uma. Acendeu.

– Quando vai voltar?

Ele balançou a cabeça ao soltar o ar.

– O Primaz vive no Outro Lado.

– Vishous não ia morar lá.

– Um acordo especial. Vou continuar lutando, mas quero ficar lá.

Quando ela se mostrou surpresa, ele olhou para seu reflexo no espelho antigo.

Seu cabelo estava úmido e embaraçado nas pontas, por isso ele pegou uma escova e começou a passá-la pelos fios.

– Phury, o que você... não pode ir para a cerimônia careca... pare. Meu Deus, você está arrancando os cabelos. – Ela se colocou atrás dele, pegou a escova de sua mão e apontou para o sofá perto da janela.

– Sente-se ali. Deixe-me fazer isso.

– Não, obrigado. Eu posso...

– Você é muito violento. Vamos. – Ela o empurrou delicadamente. – Deixe-me fazer isso.

Sem um motivo bom e por muitos motivos ruins, ele se sentou, cruzando os braços e se preparando. Bella começou pela parte de baixo de sua juba, tirando os nós das pontas primeiro, subindo até ele sentir os fios se desembaraçando, chegando até o topo e conseguindo escorregar a escova. Sua mão livre seguia as escovadas, alisando, cuidando. O som das escovadas pelo cabelo dele e o puxão em sua testa e o odor dela em suas narinas foram prazeres que o deixaram sem defesa.

Os olhos de Phury ficaram marejados. Parecia tão cruel tê-la conhecido, ver o que queria, mas não poder tê-la. Mas era sempre assim, certo? Ele sempre vivia querendo coisas que estavam fora de seu alcance. Em primeiro lugar, ele havia passado décadas procurando por seu irmão gêmeo, sentindo que Zsadist estava vivo no mundo, mas incapaz de salvá-lo. E então havia libertado o irmão, e descobriu que o macho ainda estava longe do alcance. O século que havia ocorrido depois da fuga tinha sido um tipo diferente de inferno, no qual ele sempre esperava que Zsadist perdesse o controle, intercedendo quando isso ocorria, tentando imaginar quando ocorreria o problema seguinte.

E então Bella chegou e os dois se apaixonaram por ela.

Bella era como a velha tortura, disfarçada de mulher. Porque o destino dele era estar sempre desejando, sempre por fora, sempre vendo o fogo, mas não conseguindo se aproximar para se esquentar.

– Você vai voltar? – Ela perguntou.

– Não sei.

A escova parou.

– Pode ser que você goste dela.

– Pode ser. Por favor, não pare... não ainda.

Phury esfregou os olhos e a escova parou. Aquele momento de silêncio era o adeus deles, e ela sabia. Ela também estava chorando. Ele sentia o odor fresco no ar.

Mas ela não chorou pelo mesmo motivo que ele. Chorou porque tinha pena dele e de seu futuro, não porque o amava e porque sentia dor no peito por saber que nunca mais o veria. Sentiria falta dele, sim. Ficaria preocupada, com certeza. Mas não sofreria por ele. Nunca havia sofrido.

E tudo aquilo deveria ter servido para que ele interrompesse aquela situação, mas não conseguiu. Estava tomado por sua tristeza.

Claro que ele veria Zsadist do Outro Lado. Mas ela... não conseguia imaginá-la indo visitá-lo. E não seria adequado, pois ele seria o Primaz, e não ficaria muito bem se ele tivesse encontros secretos com uma fêmea de fora – ainda que ela fosse a *shellan* de seu irmão. A monogamia em relação às Escolhidas em ato, pensamento e aparência era essencial a um Primaz.

E então percebeu. O bebê. Ele nunca conseguiria ver Bella e o filho de Z. Talvez apenas em fotografias.

A escova passou por baixo de seu cabelo e da nuca acima. Fechando os olhos, ele se entregou ao prender e soltar de sua cabeça.

– Quero que você se apaixone – ela disse.

Eu estou apaixonado.

– Tudo bem.

Ela parou e ficou diante dele.

– Quero que você ame alguém de verdade. Não como pensa que me ama.

Ele franziu a testa.

– Não quero ofender. Mas você não tem como saber o que eu...

– Phury, você não me ama de verdade...

Ele olhou dentro dos olhos dela.

– Por favor, respeite-me e não diga que conhece meus sentimentos melhor do que eu mesmo.

– Você nunca esteve com uma fêmea.

– Estive ontem à noite.

Aquilo fez com que ela se calasse por um momento. E então disse:

– Não na boate... por favor, não na boate.

– Em um banheiro dos fundos. Foi bom. E ela era uma profissional. – Certo, ele estava sendo um idiota.

– Phury... não.

– Pode me dar a escova? Acho que meu cabelo já está bom.

– Phury...

– A escova, por favor...

Depois de um momento que durou um século, ela esticou o braço com a escova na direção dele. Quando Phury esticou o braço para pegá-la, eles ficaram ligados pelo cabo de madeira por um instante, e então ela abaixou a mão.

– Você merece mais do que isso – ela disse. – Você é melhor do que isso.

– Não, não sou. – Oh, cara, ele precisava se afastar da expressão de tristeza dela. – Não permita que sua piedade fique grande demais, Bella.

– Você está entrando num caminho de autodestruição.

– Não é verdade. – Ele foi até a penteadeira, pegou a cigarrilha e tragou. – Eu quero isso.

– Quer mesmo? Por isso está fumando a tarde toda? A mansão inteira está com cheiro da fumaça.

– Fumo porque é meu vício. Sou um viciado sem vontade de parar, Bella, que esteve com uma prostituta ontem à noite em um local público. Você devia me condenar, não ter pena de mim.

Ela balançou a cabeça.

– Não tente parecer um valentão para mim. Não vai funcionar. Eu sei que você é um macho de valor...

– Pelo amor de Deus...

–... que se sacrificou muito pelos Irmãos. Provavelmente até demais.

– Bella, pare.

– Um macho que perdeu a perna para salvar seu irmão. Que lutou com bravura por sua raça. Que está abrindo mão de seu futuro pela felicidade do Irmão. Não teria como você ser mais nobre do que isso.

– Os olhos dela estavam intensos enquanto olhava para ele. – Não me diga quem você é. Eu sei melhor do que você.

Ele caminhou pela sala até se colocar atrás da penteadeira. Esperava que não existissem espelhos do Outro Lado. Detestava seu reflexo. Desde sempre.

– Phury...

– Vá – ele disse com a voz rouca. – Por favor, vá. – Ela não se foi e ele se virou. – Por favor, não me faça chorar na sua frente. Preciso de meu orgulho neste momento, é a única coisa que está me mantendo em pé.

Ela levou a mão à boca e piscou rapidamente. Então, ela se recompôs e disse no Antigo Idioma:

– *Tenha boa sorte, Phury, filho de Ahgony. Que seus pés sigam o caminho do bem e que a noite repouse gentil em seus ombros.*

Ele se inclinou.

– *Desejo o mesmo a você, amada* nalla *de meu irmão de sangue, Zsadist.*

Quando ela saiu e fechou a porta, Phury se sentou na cama e tragou de novo. Ao olhar para o quarto que ocupava desde a mudança da Irmandade para o complexo, percebeu que ali ele não se sentia em casa. Era apenas um quarto de hóspedes... um quarto de hóspedes luxuoso e anônimo... quatro paredes com belos quadros a óleo, bonitos tapetes e cortinas que pareciam vestidos femininos de festa.

Seria bom ter um lar.

Nunca tivera um. Depois de Zsadist ser sequestrado ainda na infância, sua *mahmen* se enclausurou no subterrâneo, e o pai saiu à caça da enfermeira que havia levado seu filho. A infância de Phury se passou entre as sombras sempre em movimento dos criados da casa. Todos, até mesmo os *doggen* apenas cumpriam a rotina da vida. Não havia risos. Não havia alegria. Nenhuma cerimônia.

Não havia abraços.

Phury aprendeu a ficar calado, sem atrapalhar ninguém. Afinal, era a coisa mais gentil que ele poderia fazer. Ele era a réplica do que foi perdido, a lembrança da dor que todos sentiam. Passou a usar chapéus para esconder o rosto e caminhava encolhido, curvando-se para parecer menor, menos perceptível.

Assim que passou pela transição, partiu em busca do irmão gêmeo.

Ninguém o impediu. Não houve despedida. O desaparecimento de Zsadist havia tomado toda a capacidade da casa de sentir falta de alguém, não havia mais nada para Phury.

O que tinha sido bom, na verdade. Tornou tudo mais fácil.

Cerca de dez anos depois, ele soube, por meio de um primo distante, que sua mãe havia morrido dormindo. Ele voltou para casa imediatamente, mas o enterro já tinha ocorrido sem sua presença. Seu pai morreu em batalha cerca de oito anos depois. Phury conseguiu ir ao enterro e passou a última noite na casa da família. Depois que a propriedade foi vendida, os *doggen* foram dispensados, e era como se seus pais nunca tivessem existido.

Sua falta de raízes já não era coisa nova. Ele sentia aquela falta de ligação desde o primeiro momento em que se entendeu como gente. Phury sempre foi o nômade, e o Outro Lado não lhe daria uma base. Não conseguiria ter um lar ali porque não poderia ter um lar sem seu irmão. Ou sem seus Irmãos da Irmandade. Ou...

Ele parou. Não queria pensar em Bella.

Quando ficou em pé e sentiu a prótese aguentar seu peso, pensou que era irônico que um nômade como ele não tivesse um dos membros.

Apagou o fumo, colocou alguns deles dentro do bolso e estava quase saindo quando parou e se virou. Quatro passos o levaram para dentro de seu *closet*, três cliques de uma trava abriram uma porta de metal e ele enfiou duas mãos ali. E pegou uma adaga negra.

Segurou a arma, sentindo o equilíbrio perfeito e a precisão do objeto. Vishous a fizera para ele... quanto tempo antes? Setenta e cinco anos... sim, naquele verão, ele completaria setenta e cinco anos de Irmandade.

Analisou a lâmina sob a luz. Setenta e cinco anos derrubando *redutores*, sem nenhum arranhão na lâmina. Pegou a outra que usava. Mesma coisa. V. era um artesão de domínio, com certeza.

Olhando para as armas, sentindo seu peso, ele imaginou Vishous em pé na porta do quarto mais cedo, explicando que a Virgem Escriba havia permitido a substituição do Primaz.

Aquele sujeito frio demonstrou vida no olhar. Vida e esperança, juntamente com um senso de propósito.

Phury enfiou uma das adagas dentro do cinto de cetim que envolvia sua cintura e colocou a outra dentro do cofre. E então caminhou para a porta de modo rígido. O amor valia o sacrifício, ele pensou ao deixar o quarto. Mesmo que não fosse seu amor.

Naquele momento, Vishous se materializou do outro lado da rua, na frente da casa de Jane. As luzes da casa não estavam acesas, e ele sentiu vontade de entrar, mas ficou escondido nas sombras.

Droga, ele estava confuso. Sentia-se culpado por Phury. Morrendo de medo do que Jane diria. Preocupado em como viver com um ser humano. Caramba, estava preocupado até mesmo com a pobre Escolhida que teria de se unir a um homem pelo resto de sua espécie.

Olhou para o relógio. Oito da noite. Imaginava que Jane chegaria logo...

O portão da garagem ao lado da casa de Jane abriu com um som estridente e uma *minivan* saiu de ré. Os freios fizeram um som agudo quando chegou ao fim da garagem, e então o motorista engatou a primeira marcha do veículo.

V. franziu a testa, com seus instintos entrando em estado de alerta sem motivo aparente. Farejou o ar, mas o vento estava batendo de baixo para cima, por isso não sentiu nenhum odor.

Ótimo, então ele também era paranoico, o que, juntamente com sua ansiedade comum e o comportamento narcisista que vinha apresentando ultimamente, significava que oficialmente tinha se tornado um obsessivo compulsivo.

Olhou para o relógio de novo. Dois minutos haviam se passado.

Ótimo.

Quando o telefone celular tocou, ele atendeu com alívio, porque queria uma maneira de passar o tempo.

– Que bom que é você, tira.

Butch perguntou:

– Você está na casa dela?

– Estou, mas ela não está. O que foi?

– Tem alguma coisa acontecendo com seus computadores.

– Por quê?

– Um dos rastreadores que você colocou no hospital foi acionado. Alguém entrou no arquivo médico de Michael Klosnick.

– Nada demais.

– Foi o chefe da cirurgia, Manello.

Cara, ele detestava aquele nome.

– E daí?

– Ele procurou no computador dele para encontrar as fotos do seu coração. Sem dúvida estava procurando pelo arquivo que Phury corrompeu quando tiramos você de lá.

– Interessante – V. tentou imaginar o que havia despertado o interesse do cara... talvez uma impressão das fotos que tinha uma data ou horário? Mesmo que não existisse observação sobre o paciente, aquele tal de Manello provavelmente era esperto o bastante para relacioná-la à sala de operação e descobrir quem esteve na maca de Jane. Até certo ponto, tudo bem, porque o registro médico mostrava que Michael Klosnick havia tido alta depois da cirurgia. Mas, ainda assim...

– Acho que precisamos fazer uma visita ao médico camarada – disse V.

– Hum, sim, pode ser que sim. Por que não me deixa cuidar disso?

– Porque você não sabe apagar memórias, sabe?

Fez-se uma pausa.

– Vá se ferrar. Mas foi bem lembrado.

– O cara está conectado agora?

– Sim, ele está no escritório.

Seria complicado fazer um confronto em um local público, mesmo que fosse tarde da noite, mas era preciso evitar que o médico descobrisse outras coisas.

Droga, V. pensou. O que tinha a oferecer a Jane eram segredos e mentiras. Perigo. Ele era um idiota egoísta, e, pior ainda, estava acabando com a vida de Phury para poder arruinar a dela.

Um carro entrou na rua, e sob a luz de um poste ele viu que era o Audi de Jane.

– Droga – ele disse.

– Ela voltou para casa, não é?

– Cuido de Manello. Depois.

Quando desligou, não sabia se podia fazer aquilo com ela. Se ele partisse naquele instante, ainda teria tempo de chegar ao Outro Lado antes de Phury se tornar o Primaz.

Droga.

Capítulo 41

Jane entrou de ré na garagem, colocou o Audi em ponto morto e ficou sentada ali dentro, com o motor ligado. No banco do passageiro ao lado dela estavam os resultados da ressonância. Tudo normal. Nenhum sinal de tumor, aneurisma ou qualquer outra coisa fora do comum.

Ela deveria se sentir aliviada, mas a falta de explicação a incomodava, porque continuava atrapalhada e lenta. Era mais ou menos como se seus nervos precisassem desviar de algum tipo de obstáculo em sua cabeça. E seu peito ainda doía muito...

Um homem apareceu diante da luz de seus faróis... um homem enorme de cabelos pretos, cavanhaque e roupas de couro. Atrás dele, a paisagem estava borrada, como se tivesse acabado de sair de uma névoa.

Jane começou a chorar no mesmo instante.

Aquele homem, aquela aparição... era a sombra dela, que vivia em sua mente, a presença assombrosa que ela conhecia, mas não reconhecia, de quem sentia falta, mas não sabia de onde. Tudo fazia sentido...

Quando respirou de novo, a dor nas têmporas voltou, um peso terrível.

Mas em vez de continuar ali, a dor desapareceu, simplesmente sumiu, sem deixar qualquer sinal. Surgiram imagens, imagens de Jane operando aquele homem, de ter sido sequestrada e mantida em um quarto com ele... dos dois juntos... dela... da paixão que ocorreu... e do abandono.

V.

As lembranças vieram a toda em sua mente e ela se esforçou para situá-las naquela realidade incerta. Aquilo não podia estar acontecendo. Ele não podia estar de volta. Ele não ia voltar.

Ela devia estar sonhando.

– Jane – a aparição de seu amante lhe disse. *Oh Deus...* a voz dele continuava a mesma, grave e adorável, passando por seus ouvidos como seda. – Jane...

Desligando o motor, ela apagou os faróis e saiu do Audi.

O ar estava frio em suas faces molhadas, e o coração bateu apressado quando ela perguntou:

– Você é de verdade?

– Sim.

– Como posso saber? – Ela perguntou e levou as mãos às têmporas. – Não sei de mais nada... não consigo mais pensar direito.

– Jane... – ele disse. – Sinto muito.

– Minha cabeça não está muito boa.

– É minha culpa. É tudo minha culpa. – A dor e o pesar em seu rosto orgulhoso diminuíram sua confusão mental, oferecendo uma base com a qual trabalhar.

Ela respirou profundamente e pensou em Russell Crowe no final de *Uma Mente Brilhante*. Preparando-se, ela caminhou até o homem que parecia ser V., colocou dois dedos em seu ombro e empurrou.

Ele era firme como uma rocha. E o cheiro era o mesmo... apimentado. E os olhos – aqueles olhos brilhantes – continuavam com o mesmo brilho.

– Pensei que você tivesse partido para sempre – ela sussurrou. – Por quê?...

Naquele momento, ela só queria entender o que estava acontecendo e por que ele havia voltado.

– Não vou mais me casar.

Ela parou de respirar.

– Não vai?

Ele balançou a cabeça.

– Não consegui. Não consigo estar com outra pessoa que não seja você. Não sei se você me quer...

Antes que ela pudesse pensar, lançou-se a ele, sem se preocupar com as barreiras da espécie e das circunstâncias. Só precisava dele. O resto eram coisas que seriam discutidas depois.

– É claro que eu quero você – ela disse no ouvido dele. – Eu amo você.

Ele disse algo que ela não compreendeu, e a envolveu com os braços. Quando ela percebeu que não conseguia respirar porque ele a estava apertando forte demais, pensou que sim, era ele mesmo. E que não a abandonaria dessa vez.

Obrigada. Deus.

Enquanto segurava Jane acima do chão, Vishous se sentiu totalmente feliz. Mais completo do que nunca. Com um grito de triunfo, ele a levou para dentro da casa, parando apenas para fechar o portão da garagem.

– Pensei que estivesse enlouquecendo – ela disse quando ele a colocou no balcão. – Pensei mesmo.

Como um bom macho vinculado, Vishous estava louco para penetrá-la, mas se controlou. Afinal, precisava dar um tempo para que eles conversassem antes.

Mas, droga, ele a desejava.

– Sinto muito... droga, Jane, sinto muito por ter tido de apagar tudo aquilo, de verdade. Posso imaginar que você se sentiu desorientada. E assustada também.

Ela levou as mãos ao rosto dele como se ainda estivesse tentando entender toda a situação.

– Como você conseguiu escapar dos casamentos?

– Um de meus Irmãos pegou meu lugar. – V. fechou os olhos enquanto ela passava os dedos por seu rosto e nariz, queixo e têmporas.

– Ele fez isso?

– Phury, aquele de quem você cuidou, foi ele quem fez isso. Não sei como vou poder retribuir. – De repente, o macho vinculado dentro dele tomou conta da situação, ignorando as boas maneiras e o bom senso. – Olha, Jane, quero que você viva comigo. Quero você comigo.

Ela sorriu.

– Provavelmente eu o deixaria maluco.

– Não seria possível. – Os lábios dele se abriram quando ela tocou seu lábio inferior.

– Bem, podemos tentar.

Ele olhou em seus olhos.

– Mas a questão é que se você ficasse comigo, teria de abrir mão deste mundo. Teria de abrir mão de seu trabalho. Teria de... Bem, é tudo ou nada.

– Oh... – Ela franziu a testa. – Eu... não tenho certeza...

– Eu sei. Não posso pedir isso de você e a verdade é que não quero que você interrompa sua vida. – E aquilo era verdade. Mesmo com todo seu desejo. – Vamos ver o que acontece dia a dia. Posso vir até você, ou podemos comprar outra casa, algum lugar afastado onde poderemos passar alguns dias. Vamos dar um jeito. – Ele olhou na cozinha. – Mas vou cuidar deste lugar também. Torná-lo seguro. Monitorá-lo.

– Certo. – Ela tirou o casaco. – Faça o que tiver que fazer.

Hum. Por falar em fazer... ele olhou para o avental dela. Só conseguiu vê-la nua.

– V. – ela perguntou com a voz baixa. – O que está olhando?

– A minha fêmea.

Ela riu.

– Está querendo fazer alguma coisa?

– Talvez.

– O que seria? – Ele sentiu o odor de excitação vindo dela, acionando sua vontade de deixá-la nua e deitada diante dele.

Vishous pegou a mão de Jane e colocou entre as pernas.

– Adivinha.

– Oh... sim... isso de novo.

– Sempre.

De repente, ele mostrou as presas, mordeu a gola do avental dela e o abriu no meio. O sutiã era branco de algodão e, felizmente, tinha um fecho na frente. Ele o abriu, expôs um de seus mamilos e a tirou do balcão.

Subir até o quarto foi interessante, com muitas pausas que fizeram com que ela estivesse nua quando foi deitada no colchão. Rapidamente eles tiraram as roupas de couro e a camisa dele, e quando V. se encaixou nela, seus lábios estavam entreabertos, com as presas alongadas.

Ela sorriu.

– Com sede?

– *Sim.*

Levantando a cabeça de maneira elegante, ela deu acesso a seu pescoço, e com um gemido ele a penetrou de duas maneiras, entre as pernas e no pescoço. Enquanto a possuía com força, ela cravou as unhas curtas nas costas dele e o envolveu com as pernas em seu quadril.

O sexo demorou duas horas e, quando ele ficou deitado no escuro ao lado dela, saciado e em paz, pensou nas coisas boas de sua vida. E riu.

– O que foi? – Ela perguntou.

– Mesmo podendo ver o futuro, eu nunca teria previsto isto.

– Não?

– Isto... seria esperar demais. – Ele a beijou na têmpora e fechou os olhos, começando a relaxar mais, como se fosse dormir.

Mas não dormiu. Uma sombra negra passou sobre ele, acionando suas reações psíquicas, uma invasão de medo e pânico. V. disse a si mesmo que se sentia daquela maneira porque quando alguém quase perdia a chance de estar com o ser amado, demorava um pouco para acreditar que tudo estava bem.

A explicação não o tranquilizou. Sabia que havia alguma outra coisa... algo terrível demais para entender, uma bomba prestes a explodir. Teve a sensação de que o destino ainda não estava definido para eles.

– Você está bem? – Jane perguntou. – Você está tremendo.

– Estou bem. – Ele a aproximou ainda mais. – Enquanto você estiver comigo, eu estarei bem.

Capítulo 42

Do Outro Lado, Phury desceu a rampa para o anfiteatro com Zsadist e Wrath ao seu lado. A Virgem Escriba e a Directrix esperavam no centro do palco, as duas estavam de preto. A Directrix parecia irritada, com os olhos concentrados, os lábios tensos, e as mãos segurando um medalhão no pescoço. Não era possível definir a expressão da Virgem Escriba. Seu rosto estava escondido atrás do manto, mas ainda que estivesse à mostra, Phury duvidava que seria possível saber o que ela estava pensando.

Ele parou na frente do trono dourado, mas não se sentou. Provavelmente teria sido uma boa ideia se tivesse se sentado, pois sentia-se sem firmeza, com o corpo flutuando, não caminhando, e com a cabeça em outro lugar, mas não sobre os ombros. Talvez fosse culpa da fumaça vermelha que havia fumado, pensou. Ou o fato de estar se casando com mais de três dúzias de fêmeas. *Oh Deus.*

– Wrath, filho de Wrath – a Virgem Escriba disse. – Venha me cumprimentar.

Wrath caminhou até a beira do palco e se ajoelhou.

– Senhora.

– Você tem algo a me perguntar. Pode perguntar e cuide para formular a pergunta adequadamente.

– Sem querer ofender, gostaria de solicitar que Phury fosse sujeito ao mesmo acordo de Vishous a respeito das lutas. Precisamos de guerreiros.

– Estou disposta a permitir essa condição por enquanto. Ele pode viver lá...

Phury interrompeu.

– Não. – Todos se viraram para ele, que disse: – Ficarei aqui. Lutarei, mas ficarei aqui. – Ele fez uma leve reverência para se desculpar pela falta de modos. – Sem querer ofender.

Zsadist abriu a boca, pronto para lançar vários palavrões... mas o riso curto da Virgem Escriba o calou.

– Que assim seja. As Escolhidas preferem assim, e eu também. Agora, Wrath, filho de Wrath, permita que comecemos.

Quando o rei se ergueu, a Virgem Escriba levantou o capuz.

– Phury, filho de Ahgony, peço que aceite o papel de Primaz. Tenho sua aceitação?

– Sim.

– Venha e ajoelhe-se diante de mim.

Ele não sentiu seus pés ao caminhar e descer alguns degraus, não sentiu o mármore nos joelhos ao abaixar-se diante da Virgem Escriba. Quando ela colocou a mão na cabeça dele, Phury não tremeu, não pensou, não hesitou. Era como se estivesse no banco do passageiro de um carro, sujeito às vontades do motorista em relação à velocidade e ao destino. Era preciso se entregar.

Estranho, pois ele havia escolhido aquilo, não é? Tinha sido voluntário.

Sim, mas só Deus sabia aonde aquela decisão o levaria.

A Virgem Escriba recitou algumas palavras no Antigo Idioma, mas ele não conseguiu acompanhar tudo o que ela dizia.

– Fique em pé e olhe para frente – a Virgem Escriba disse no fim. – Conheça suas parceiras, sobre quem você tem domínio. O corpo delas agora lhe pertence, tanto para comandar quanto para servir.

Quando ficou em pé, viu que a cortina havia sido aberta e que todas as Escolhidas estavam em pé, em fila, com mantos vermelhos, brilhando como rubis em meio a todo aquele branco. Como se fossem uma só, elas fizeram uma reverência a ele.

Caramba... tudo estava terminado.

De repente, Z. saltou no palco e segurou o braço dele. *O que?...*

Oh, sim, ele estava tombando para o lado. Provavelmente cairia de joelhos. E não teria sido ruim.

A voz da Virgem Escriba ecoou, ressoando com força.

– Pronto. – Ela ergueu a mão pálida e apontou para um templo no alto de uma colina. – Encaminhe-se à câmara e possua a primeira de todas, como faz um macho.

Zsadist apertou o braço de Phury.

– Jesus Cristo... meu irmão...

– Pare com isso – Phury disse. – Vai ficar tudo bem.

Ele se soltou do irmão gêmeo, fez uma reverência à Virgem Escriba e a Wrath, desceu os degraus e começou a subir a colina. A grama estava macia sob seus pés, e a luz estranha do Outro Lado o cercou. Ele não se sentiu aliviado com aquilo. Conseguia sentir o olhar das Escolhidas em suas costas, e a fome delas o fez se sentir frio, apesar de ter tragado a fumaça vermelha.

O templo no topo da colina tinha estilo romano, com colunas brancas e um aposento no alto. Em suas grandes portas duplas, havia dois nós dourados como maçanetas. Ele virou o da direita, empurrou e entrou.

Seu corpo ficou rígido instantaneamente pelo odor no ar, a mistura de jasmim e incenso adocicado o envolvia, excitando-o. Como deveria ser. No topo, havia uma cortina branca pendurada e a forte luz vazava pelas dobras, com o brilho inconstante saindo do que pareciam ser centenas de velas.

Ele puxou a cortina para o lado. E se retraiu, perdendo um pouco da ereção. A Escolhida com quem ele devia se acasalar estava esticada em uma plataforma de mármore com almofadas sobre ela e uma cortina pendente do teto e pousada em seu pescoço, escondendo seu rosto. Suas pernas estavam abertas e amarradas com laços de cetim branco, assim como os braços. Uma camisola muito fina e transparente cobria seu corpo nu.

A base do ritual era clara. Ela era o sacrifício, uma representante anônima das outras. Ele era o detentor do vinho, aquele que preencheria o corpo dela. E ainda que fosse totalmente imperdoável de sua parte, por um instante ele só conseguiu pensar em possuí-la.

Minha, ele pensou. Pela lei, pelo costume e por tudo que se manifestava, ela era dele, assim como suas adagas, assim como os cabelos que cresciam em sua cabeça. E queria entrar nela. Queria atingir um orgasmo dentro dela.

Mas aquilo não ia acontecer. Seu lado decente tomou o controle de seus instintos, acalmando-os. Ela estava totalmente aterrorizada, chorando baixo, como se estivesse tentando esconder o som mordendo os lábios, tremendo tanto que seus membros demonstravam todo o seu medo.

– Fique tranquila – ele disse com voz baixa.

Ela se remexeu. E então os tremores ficaram piores do que antes.

De repente, ele ficou irritado. Era assustador o fato de que aquela pobre fêmea foi colocada li para que ele a usasse como um animal, e ainda que Phury estivesse sendo usado de modo parecido, tinha sido sua escolha estar ali. Ele duvidava muito que ela também tivesse escolhido, uma vez que tinha sido amarrada duas vezes.

Phury esticou o braço, pegou a cortina que escondia o rosto dela e a arrancou...

Droga. Os soluços da fêmea não estavam sendo contidos pelo morder dos lábios; ela estava amordaçada e presa pela testa à cama. As lágrimas escorriam por seu rosto inchado e vermelho, e os músculos de seu pescoço estavam tensos – e ela gritava, ainda que não conseguisse emitir som, com os olhos arregalados de medo.

Ele levou as mãos ao que estava em sua boca, soltando a amarra, retirando-a.

– Fique tranquila.

Ela estava ofegante, aparentemente incapaz de falar, e seguindo a teoria de que as ações falavam mais alto do que as palavras, ele procurou soltar a amarra em sua testa e a tirou dos cabelos louros e compridos da moça.

Quando ele soltou os braços finos, ela cobriu os seios e as partes íntimas, e por impulso ele pegou a cortina que havia arrancado e a cobriu antes de soltar as amarras de seus pés. E então se afastou dela, atravessando o templo e reclinando-se contra a parede mais distante. Acreditava que ela devia se sentir mais segura daquela maneira.

Olhando para o chão, ele só via a ela: a Escolhida era pálida e loura, com os olhos verdes. Seus traços eram delicados e o faziam lembrar de bonecas de porcelana, e o odor dela era de jasmim. Caramba, ela era delicada demais para ser torturada daquela forma. Valiosa demais para enfrentar um desconhecido.

Cristo. Que bagunça.

Phury permitiu que o silêncio continuasse, esperando que ela se acostumasse com sua presença enquanto ele próprio pensava no que fazer a seguir.

Sexo não seria o próximo passo, com certeza.

Jane sentiu-se apaixonada ao observar, deitada na cama, V. tentando encontrar suas roupas. Caramba, o amor realmente faz com que as pessoas queiram abrir os braços e girar sob os raios de sol com um sorriso bobo no rosto. Era assim que se sentia.

Só havia um problema.

– Diga que não vai feri-lo – ela disse quando V. vestiu a calça de couro. – Diga que meu chefe não vai acabar com as duas pernas quebradas.

– De jeito nenhum. – V. vestiu a camiseta preta que marcava seus músculos do peito. – Só vou cuidar para que ele não se lembre de nada e que minha foto desapareça.

– Depois você me conta como foi?

V. olhou para ela com os olhos apertados e um sorrisinho malvado no rosto.

– Não confia em mim com o seu queridinho?

– Não, porque conheço você.

– Mulher esperta. – V. se aproximou e se sentou na beira da cama, com os olhos ainda brilhantes depois do sexo. – Quando se trata de você, é melhor aquele cirurgião se cuidar.

Jane segurou a mão dele sem a luva, sabendo que V. detestava quando ela se aproximava da outra.

– Manny sabe bem dos limites comigo.

– Sabe?

– Eu disse a ele. Logo depois do fim de semana. Apesar de eu não conseguir lembrar de você, tudo aquilo parecia... errado.

V. se inclinou para beijá-la.

– Vou voltar quando sair de lá, ok? Assim você pode olhar nos meus olhos e saber que o cara continua vivo. E, olha, quero mesmo cuidar daqui. Gostaria de mandar Fritz vir aqui esta tarde com alguns equipamentos para que eu possa proteger esta casa. Você tem um controle extra para o portão da garagem?

– Tenho, na cozinha. Na gaveta embaixo do telefone.

– Ótimo, vou pegar. – Ele passou o dedo pelo pescoço dela e circulou a marca da mordida. – Todas as noites, quando você chegar em casa, estarei aqui. Toda manhã, antes de voltar ao complexo, estarei aqui. Todas as noites em que estiver livre, estarei aqui. Vamos encontrar tempo quando pudermos e vamos manter contato por telefone quando não estivermos juntos.

Assim como qualquer relacionamento normal, ela pensou, e a ideia de que havia um lado comum nas coisas era bom. Assim, eles saíam da esfera paranormal e caíam na realidade: eram duas pessoas num compromisso e prontas para cuidar de um relacionamento. O que era tudo o que se podia querer da pessoa amada.

– Qual é o seu nome inteiro? – Ela perguntou. – Acabei de me dar conta de que só conheço você como V.

– Vishous.

Jane apertou a mão dele.

– Como?

– Vishous. Sim, eu sei que é esquisito para você...

– Espere, espere... como escreve?

– V-i-s-h-o-u-s.

– Meu... Deus.

– O que foi?

Jane limpou a garganta.

– Ah, há muito, muito tempo... uma vida atrás... eu estava no meu quarto com a minha irmã. Havia um tabuleiro Ouija entre nós e estávamos fazendo perguntas para os espíritos. – Ela olhou em seus olhos. – Seu nome foi a resposta.

– Para qual pergunta?

– Para... meu Deus... com quem eu me casaria.

V. sorriu de modo simpático e lento, da maneira com que um homem sorria quando está se sentindo satisfeito.

– Então quer se casar comigo?

Ela riu.

– Sim, claro. Vamos procurar um vestido branco e me levar para o altar...

Ele parou de sorrir.

– Estou falando sério.

– Oh... meu Deus...

– Isso não é um sim, certo?

Jane ficou em pé.

– Eu... nunca pensei que fosse me casar.

Ele fez uma careta.

– Sim, certo, essa não é exatamente a resposta que eu esperava...

– Não... é que quero dizer que estou surpresa como a resposta parece... fácil.

– Fácil?

– A ideia de ser sua esposa.

Ele começou a sorrir, mas então perdeu a expressão.

– Podemos realizar a cerimônia na minha tradição, mas não será oficial.

– Porque não sou da sua espécie?

– Porque a Virgem Escriba me odeia, por isso não pode haver uma apresentação a ela. Mas podemos fazer o restante. – E sorriu. – Principalmente o entalhe.

– Entalhe?

– Seu nome. Minhas costas. Mal posso esperar.

Jane se surpreendeu.

– Eu faço o entalhe?

Ele riu.

– Não!

– Poxa, eu sou cirurgiã, lido bem com facas.

– Meus Irmãos farão... bem, na verdade, acho que você pode fazer uma letra também. Hum, só de pensar fico excitado. – Ele a beijou. – Nossa, você é meu tipo de mulher.

– Preciso me cortar também?

– Não! É feito nos machos para que todos saibam a quem pertencemos.

– Pertencer?

– Sim, serei seu. Você me dominará. Vai fazer o que quiser comigo. Acha que pode fazer isso?

– Já fiz, não se lembra?

V. apertou os olhos e gemeu.

– Sim, o tempo todo. Quando poderemos voltar para minha cobertura?

– É só dizer, estarei lá. – E da próxima vez, ela poderia até vestir alguma peça de couro. – Ei, você vai me dar uma aliança?

– Se quiser, vou comprar um diamante enorme.

– Ah, sim, como se eu ligasse para isso. Mas como as pessoas saberão que somos casados?

Ele se inclinou e passou o nariz em seu pescoço.

– Consegue sentir meu cheiro?

– Sim, e adoro.

Ele passou os lábios em seu queixo.

– Meu cheiro está em você. Está dentro de você. É assim que as pessoas saberão quem é seu parceiro. É também um alerta.

– Um alerta? – Ela se surpreendeu.

– A outros machos. Mostra quem vai atrás deles com uma adaga se alguém se aproximar de você.

Aquilo não devia ser muito sensual. Mas era.

– Vocês levam essa coisa de união a sério, não é?

– Os machos vinculados são perigosos. – A voz dele pareceu um ronronado em seu ouvido. – Matamos para proteger nossas fêmeas. É assim que as coisas são. – Ele tirou o cobertor dela, abriu a calça e separou suas coxas. – Também marcamos o que é nosso. E como passarei doze horas sem vê-la, acho que vou fazer isso mais um pouco.

Ele remexeu o quadril e Jane gemeu. Ela o recebera muitas vezes, mas o tamanho dele era sempre um choque. Ele puxou a cabeça dela para trás, pelos cabelos, enfiando a língua em sua boca enquanto se movimentava sobre ela.

Mas parou.

– Esta noite, vamos nos unir. Wrath conduzirá a cerimônia. Butch e Marissa serão as testemunhas. Você quer na igreja também?

Ela riu. Os dois eram muito controladores, não eram? Felizmente ela não quis brigar com ele sobre aquela questão.

– Tudo bem se não houver cerimônia. Não acredito muito em Deus.

– Mas deveria.

Ela cravou as unhas no quadril dele e se arqueou.

– Agora não é hora para um debate teológico.

– Você deveria acreditar, Jane.

– O mundo não precisa de mais uma religiosa maluca.

Ele afastou os cabelos dela para trás. Com o falo tocando seu interior, ele disse:

– Não precisa ser religiosa para acreditar.

– E dá para viver a vida muito bem como ateu. Pode acreditar. – Ela passou as mãos pela camisa dele, sentindo suas costas fortes. – Você acha que minha irmã está no céu, comendo seu doce preferido em uma nuvem? Não. O corpo dela foi enterrado anos atrás e agora não sobrou muita coisa. Já vi a morte. Sei o que acontece depois que morremos e não existe um Deus para nos salvar, Vishous. Não sei quem ou o que é sua Virgem Escriba, mas tenho certeza de que ela não é Deus.

Ele esboçou um sorriso.

– Vou adorar provar o contrário.

– E como vai fazer isso? Vai me apresentar ao Criador?

– Vou amar você tanto e por tanto tempo, que você vai ter certeza de que nada da Terra poderia ter nos unido.

Ela tocou o rosto dele, imaginou o futuro e disse um palavrão.

– Vou envelhecer.

– Eu também.

– Não com a mesma rapidez. Oh, Jesus. Eu vou...

Ele a beijou.

– Você não vai pensar nisso. Além disso, existe uma maneira de deixar esse processo mais lento. Mas não sei se você vai querer.

– Oh, deixe-me pensar. Hum, eu quero.

– Você não sabe como é.

– Não me importa. Se prolongar a minha vida com você, eu faria qualquer coisa.

Ele remexeu o quadril para frente e para trás.

– É contra a lei de minha raça.

– É algo pervertido? – Ela se arqueou de novo.

– Para a sua raça? Sim.

Jane compreendeu antes mesmo de V. levar o pulso à boca. Quando ele parou, ela disse:

– Faça.

Ele mordeu e colocou os furos nos lábios dela. Jane fechou os olhos, abriu a boca e...

Caramba.

Ele tinha gosto de vinho e a afetou como dez garrafas da bebida, pois ficou zonza depois de tomar o primeiro gole. Ela não parou. Bebeu como se o sangue dele fosse mantê-los juntos, vagamente consciente de que V. bombeava dentro dela e emitia sons de rosnados.

Agora Vishous estava dentro dela de todas as maneiras possíveis: na mente, com as palavras, no corpo, com seu sexo, em sua boca, com o sangue, além da narina, com seu odor. Ela estava completamente tomada.

E ele estava certo. Era divino.

Capítulo 43

Com a cortina branca cobrindo os seios, Cormia olhou ao redor do templo do Primaz, surpresa. Mesmo sem saber quem era aquele macho, sabia que não era Vishous, filho de Bloodletter. Mas certamente era um guerreiro. Era muito grande e estava encostado na parede de mármore, um gigante, com ombros que pareciam tão grandes quanto a cama sobre a qual ela estava. O tamanho dele a deixava aterrorizada... até que ela viu suas mãos. Ele tinha mãos elegantes. Dedos compridos, palmas grandes. Fortes, porém graciosas. Aquelas mãos elegantes a libertaram. E não haviam feito mais nada com ela.

Ainda assim, esperou que ele gritasse com ela. E então esperou que ele dissesse alguma coisa. Por fim, esperou que olhasse para ela.

Ele tinha cabelos bonitos, ela pensou. Até os ombros e cheios de cores, com ondas louras, vermelhas e castanhas. De que cor seriam seus olhos?

Mais silêncio.

Ela não soube ao certo a rapidez com que o tempo estava passando. Sabia apenas que estava, pois até mesmo no Outro Lado o tempo passava. Mas havia quanto tempo que eles estavam daquela maneira? Santa Virgem, Cormia queria que ele dissesse alguma coisa, mas talvez estivesse esperando que ela falasse algo.

– Você não é quem... – sua voz sumiu quando ele olhou para ela.

Os olhos dele eram amarelos, um amarelo resplandecente e quente que a lembraram de suas pedras preciosas favoritas, as citrinas. De fato, ela conseguia sentir uma ternura que emanava de seu corpo quando ele olhou em seu rosto.

– Não sou quem você esperava? – Oh... a voz dele. Suave, baixa e... gentil. – Não contaram a você?

Ela balançou a cabeça, abruptamente sem voz. E não porque estivesse com medo.

– As circunstâncias mudaram, e eu peguei o lugar de meu Irmão. – Ele colocou a mão sobre o peito largo. – Meu nome é Phury.

– Phury. O nome de um guerreiro.

– Sim.

– Você parece um guerreiro.

Ele estendeu as duas palmas para ela.

– Mas não vou machucar você. Nunca vou machucar você.

Ela inclinou a cabeça. Não, ele não a machucaria. Ele era um total desconhecido e três vezes maior do que ela, mas ainda assim ela sabia, sem a menor dúvida, que ele não a machucaria.

Mas ele ainda teria que acasalar-se com ela. Aquele era o motivo de os dois estarem juntos, e ela havia percebido a excitação dele quando entrou ali. Mas ele não estava mais excitado.

Cormia esticou o braço e tocou o rosto. Talvez agora que ele a tivesse visto, não quisesse continuar. Talvez ela não o agradasse.

Santa Virgem, com o que ela estava se preocupando? Ela não queria acasalar-se com ele. Nem com ninguém. Doeria; a Directrix havia dito isso. E por mais belo que aquele Irmão fosse, ele era totalmente desconhecido.

– Não se preocupe – ele disse de repente, como se tivesse sido capaz de ler sua mente. – Não vamos...

Ela puxou a cortina para mais perto.

– Não vamos?

– Não.

Cormia abaixou o rosto.

– Mas então todos saberão que eu fracassei.

– Você... meu Deus, você não fracassou. – Ele passou a mão pelos cabelos, com as ondas grossas brilhando sob a luz. – Eu só não vou... é, isso não parece correto.

– Mas esse é o meu propósito. Acasalar-me com você e ligar as Escolhidas a você. – Ela piscou rapidamente. – Se não fizermos isso, a cerimônia estará incompleta.

– E daí?

– Eu... não compreendo.

– E daí se a cerimônia não for completada hoje? Temos tempo. – Ele franziu a testa e olhou ao redor. – Ei... quer sair daqui?

Ela ergueu as sobrancelhas.

– E ir aonde?

– Não sei. Podemos caminhar. Ou outra coisa.

– Disseram que eu não posso sair a menos que...

– Olha só: eu sou o Primaz, certo? Então o que eu digo é obedecido. – Ele olhou para ela. – Afinal, você sabe melhor do que eu. Estou errado?

– Não, você tem o controle aqui. Apenas a Virgem Escriba é superior a você.

Ele se afastou da parede.

– Então vamos caminhar. O mínimo que podemos fazer é nos conhecer, levando em conta a situação na qual estamos.

– Eu... não tenho um manto.

– Use a cortina. Vou me virar enquanto você se arruma.

Ele ficou de costas e depois de um momento ela ficou em pé e enrolou a cortina no corpo. Cormia nunca teria previsto aquilo, ela pensou, nem a substituição, nem a gentileza, nem... a beleza dele. Porque era realmente belo.

– Eu... estou pronta.

Ele caminhou até a porta e ela o seguiu. Ele era ainda maior visto de perto... mas tinha um cheiro ótimo, apimentado, que tomava suas narinas.

Quando ele abriu as portas e ela viu a vista alva diante deles, Cormia hesitou.

– O que foi?

Foi difícil explicar sua vergonha. Ela se sentiu egoísta por estar aliviada. E preocupada com o fato de suas deficiências serem passadas a todas as Escolhidas.

Ela sentiu o estômago revirar.

– Não cumpri minha tarefa.

– Você não fracassou. Nós apenas adiamos esse... acasalamento. Acontecerá em outro momento.

Mas ela não conseguia afastar as vozes de sua mente. Nem os medos.

– Talvez você devesse fazer o que precisa fazer.

Ele franziu a testa.

– Deus... você está mesmo com medo de decepcioná-las.

– Elas são tudo o que eu tenho. Tudo o que eu conheço. – E a Directrix havia ameaçado expulsá-la se não cumprisse a tradição. – Sou sozinha sem elas.

Phury olhou para ela por muito tempo.

– Qual é o seu nome?

– Cormia.

– Bem... Cormia, você não mais estará sozinha sem elas. Agora você tem a mim. E quer saber de uma coisa? Esqueça a caminhada. Tenho outra ideia.

Abrir coisas era uma das especialidades de V. Ele lidava bem com cofres, carros, fechaduras, casas... escritórios. Igualmente habilidoso com propriedades residenciais e comerciais. *Tudo*. Então, abrir a porta do escritório do Departamento de Cirurgia do Hospital St. Francis não tinha sido nada difícil.

Ao entrar, ele espalhou o *mhis* que embaçava as câmeras de segurança e tomou o cuidado de se esconder dos funcionários que ainda estavam na seção administrativa do complexo.

Caramba... aquele lugar era bem legal. Área grande de recepção, organizada e tal, com painéis de madeira e quadros nas paredes. Alguns escritórios nos quais se lia...

O escritório de Jane estava bem ali.

V. se aproximou e passou o dedo na placa de bronze na porta. Gravado na superfície polida estava escrito: DRA. JANE WHITCOMB, CHEFE DA DIVISÃO DE TRAUMATOLOGIA.

Ele espiou pela porta. O odor dela continuava no ar e havia um daqueles jalecos brancos dobrados em cima de uma mesa de conferência.

Sua mesa estava coberta com pilhas de papéis, arquivos e lembretes, com a cadeira para trás como se ela tivesse partido com pressa para alguma emergência. Na parede havia vários diplomas e certificados, prova de seu comprometimento com a excelência.

Ele passou a mão pelo peito. Caramba, como as coisas seriam entre eles? Ela trabalhava muito. Ele só podia visitá-la à noite. E se isso não bastasse?

Mas precisava bastar. Ele não podia pedir que ela abandonasse uma vida inteira de trabalho, disciplina e sucesso, por ele. Seria como se Jane quisesse que ele saísse da Irmandade.

Quando alguém murmurou algo, V. olhou para o outro lado da recepção, onde uma luz brilhava num escritório.

Hora de cuidar das coisas com o Dr. Manello.

Não o mate, V. disse a si mesmo ao caminhar na direção de uma porta entreaberta. *Seria muito chato ter de telefonar para Jane e contar que seu chefe havia virado pó.*

V. parou e olhou ao redor para dentro do enorme escritório na sua frente. O homem estava sentado atrás de uma mesa que parecia presidencial, analisando muitos papéis, apesar de ser duas horas da madrugada.

O cara franziu a testa e olhou para frente.

– Quem está aí?

Não o mate. Isso irritaria Jane.

Oh, mas V. queria. Ele só conseguia ver aquele cara de joelhos segurando o rosto de Jane, e pensar naquilo não melhorou seu humor. Quando o assunto era alguém mexendo com suas fêmeas, os machos vinculados gostavam de acabar com essa história. Com caixão incluído.

Vishous abriu a porta, entrou na mente do médico e o congelou ali como um pedaço de carne no *freezer*.

– Você tem fotos do meu coração, doutor, e eu preciso reavê-las. Onde estão? – Ele lançou uma sugestão na mente do homem.

O cara piscou.

– Aqui... na minha mesa. Quem... é você?

A pergunta foi uma surpresa. Na maior parte dos casos, os seres humanos não tinham capacidade de raciocinar quando eram colocados naquele estado.

V. se aproximou e olhou para o mar de papéis.

– Em que lugar da mesa?

O homem olhou para o lado esquerdo.

– Pasta. Ali. Quem... é você?

O macho de Jane, idiota, V. quis dizer. Droga, ele sentiu vontade de arrebentar a cara dele para que Manello nunca se esquecesse de que ela tinha dono.

V. encontrou a pasta e a abriu.

– Arquivos de computador. Onde eles estão?

– Apagados. Quem é...

– Não importa quem eu sou. – Caramba, o cara era teimoso. Mas é claro que uma pessoa não conseguia ser chefe de cirurgia se fosse um folgado qualquer. – Quem mais sabe a respeito desta foto?

– Jane.

Escutar o nome de sua fêmea na boca daquele idiota não deixou V. muito feliz, mas ele deixou passar.

– Quem mais?

– Ninguém que eu saiba... tentei enviá-la a Columbia. Não... consegui. Quem é você?...

– O bicho-papão. – V. procurou na mente do cirurgião, só para ter certeza. Não havia nada ali mesmo. Hora de partir.

Mas ele precisava saber mais uma coisa.

– Diga-me uma coisa, doutor. Se uma mulher fosse casada, você daria em cima dela?

O chefe de Jane franziu a testa e então balançou a cabeça lentamente.

– Não.

– Olha só. Resposta certa.

Quando V. saiu pela porta, sentiu vontade de armar um campo minado no cérebro do cara, de modo que todos os caminhos neurológicos se confundissem e ele, quando pensasse em Jane com desejo, sentisse medo, náusea ou talvez chorasse como um maricas. Afinal, a formação de impulsos negativos era uma dádiva quando se quer fazer alguém esquecer de algo importante. Mas V. não era um *sympatho*, por isso seria difícil fazer aquilo sem levar muito tempo e, além disso, aquele tipo de coisa podia levar uma pessoa à loucura. Principalmente alguém de mente tão firme como Manello.

V. olhou para o rival pela última vez. O cirurgião estava olhando para ele sem entender, mas também sem medo, com os olhos castanhos agressivos e inteligentes. Era difícil de admitir, mas na ausência de V. o cara provavelmente seria um bom parceiro para Jane.

Idiota.

V. estava prestes a se virar quando teve uma visão tão clara que parecia aquelas que tinha antes de suas premonições pararem.

Na verdade, não era uma visão. Era uma palavra. Que não fazia qualquer sentido.

Irmão.

Esquisito.

V. cuidou da mente do médico e se desmaterializou.

Manny Manello apoiou os cotovelos na mesa, esfregou as têmporas e gemeu. A dor em sua cabeça tinha uma batida própria, e seu crânio parecia ter se transformado em uma câmara de eco. Sua cabeça rodava. Pensamentos aleatórios surgiam o tempo todo, uma salada de coisas sem importância: ele tinha de levar o carro para a oficina, precisava terminar de ler aqueles relatórios dos residentes, estava sem cerveja em casa, o jogo de futebol de segunda à noite tinha sido passado para a quarta-feira.

Era engraçado, mas enquanto analisava aquelas ideias, teve a sensação de que toda aquela atenção estava... escondendo alguma coisa.

Sem qualquer motivo especial, ele pensou na manta de crochê de sua mãe, que ficava em cima do sofá na sala de estar de sua casa. Aquela peça nunca era usada para esquentar, e era um Deus nos acuda quando alguém tentava tirá-la. O único propósito da manta era esconder uma mancha de quando seu pai havia derrubado um prato de espaguete com molho de tomate ali. Afinal, os removedores de manchas não removiam todas as manchas. E aquela marca não era agradável de se ver.

Assim como aquela manta, os pensamentos aleatórios escondiam um tipo de mancha em seu cérebro, ainda que não soubesse o que era. Ele esfregou os olhos e olhou para o relógio. Já passava das duas da madrugada. Hora de ir para casa.

Enquanto arrumava as coisas, teve a sensação de que havia esquecido algo importante, enquanto continuava olhando para o lado esquerdo da mesa. Havia um espaço sem papéis ali, mostrando a madeira da mesa que geralmente ficava coberta de trabalho.

O espaço vazio era do tamanho de uma pasta.

Algo havia sido tirado dali. Ele sabia. Só não sabia o que era, e quanto mais tentava pensar, mais sua cabeça doía. Ele caminhou até a porta. Passando pelo banheiro, espiou dentro, encontrou seu frasco de analgésicos e tomou dois comprimidos.

Precisava muito de férias.

Capítulo 44

Talvez aquela não fosse uma boa ideia afinal, Phury pensou ao ficar em pé na porta do quarto ao lado do dele na mansão da Irmandade. Pelo menos a casa estava vazia, e ele não havia encontrado ninguém até então. Mas, cara, as coisas estavam meio agitadas.

Droga.

Do outro lado do quarto, Cormia estava sentada na beira da cama, com a cortina envolvendo os seios, e os olhos pareciam com duas bolinhas de gude dentro de um jarro de vidro. Ela estava tão agitada que Phury sentiu vontade de levá-la de volta para o Outro Lado, mas o que aguardava por ela ali não era nada melhor. Ele não queria que ela fosse obrigada a enfrentar a Directrix.

Não permitiria nada daquilo.

– Se você precisar de alguma coisa, estou no quarto ao lado. – Ele se inclinou para fora e apontou para a esquerda. – Acredito que você possa ficar aqui um dia ou dois e descansar um pouco. Ter um pouco de tempo para si mesma. Acha bom?

Ela concordou e seus cabelos louros caíram sobre os ombros.

Sem qualquer motivo em especial, ele percebeu que a cor era bonita, ainda mais embaixo da luz fraca do abajur. Fazia ele se lembrar de flores de ipês, de um amarelo forte e brilhante.

– Quer comer alguma coisa? – Ele perguntou. Ela balançou a cabeça, então ele caminhou até o telefone e colocou a mão sobre o aparelho. – Se sentir fome, apenas tecle estrela e quatro e a cozinha vai atender. Eles trarão o que você quiser.

Ela olhou ao redor e depois para ele.

– Você está segura aqui, Cormia. Nada de ruim pode lhe acontecer...

– Phury? Você voltou? – Da porta, a voz de Bella era uma mistura de surpresa e alívio.

Ele prendeu a respiração. *Flagrado*. E pela pessoa a quem mais temia ter de explicar tudo aquilo. Era pior lidar com ela do que com Wrath, pelo amor de Deus.

Phury se recompôs antes de olhar para Bella.

– Sim, voltei por um tempo curto.

– Pensei que você... Oh, olá. – Bella olhou nos olhos dele antes de sorrir para Cormia. – Ah, meu nome é Bella. E você é...?

Ela não respondeu e Phury disse:

– Esta é Cormia. Ela é a Escolhida com quem eu... me uni. Cormia, esta é Bella.

Cormia ficou em pé e fez uma reverência, com os cabelos quase se arrastando no chão.

– Minha senhora.

Bella levou a mão ao baixo ventre.

– Cormia, é um prazer conhecer você. E por favor, não temos formalidades nesta casa.

Cormia se endireitou e concordou uma vez.

Fez-se então um silêncio longo.

Phury limpou a garganta. Aquilo era esquisito.

Enquanto Cormia olhava para a outra fêmea, soube toda a história sem escutar uma palavra. Então foi por aquele motivo que o Primaz não quis se acasalar. Aquela era a fêmea a quem ele realmente desejava: seu desejo se mostrava na maneira com que olhava para ela, na maneira com que sua voz ficou mais grave, na maneira com que seu corpo se aqueceu.

E ela estava grávida. Cormia olhou para o Primaz. Grávida, mas não esperava um filho seu. A expressão dele ao olhar para o outro lado da sala era de desejo, não de posse.

Ah sim. Por aquele motivo ele havia interferido quando o filho de Bloodletter mudou de ideia.

O Primaz queria se afastar daquela fêmea porque ele a desejava e não podia tê-la.

Ele mudou o peso do corpo de um pé para o outro enquanto olhava para o outro lado da sala. E então esboçou um sorriso.

– Quantos minutos você tem ainda?

A fêmea... Bella... respondeu.

– Onze.

– É um baita trajeto pelo corredor de estátuas. É melhor começar.

– Não vou demorar tanto.

Os dois se entreolharam. O carinho e a tristeza deixaram os olhos dela brilhantes.

E o corar suave de Phury sugeria que ele considerava aquilo muito mais do que adorável.

Cormia puxou a borda da cortina mais para perto do queixo, cobrindo seu pescoço.

– O que acha de eu levá-la de volta ao quarto? – Phury perguntou, aproximando-se e oferecendo o braço. – Quero ver Z., de qualquer maneira.

A fêmea rolou os olhos.

– Só está usando isso como desculpa para me colocar na cama.

Cormia estremeceu quando o Primaz riu e murmurou:

– Sim, isso mesmo. Está dando certo?

A fêmea riu e entrelaçou o braço no dele. Com a voz levemente rouca, ela disse:

– Está dando muito certo. Como sempre com você... está dando muito certo. Estou muito feliz por você estar aqui, mesmo que seja por pouco tempo.

O tom corado de seu rosto ficou um pouco mais forte. E então ele olhou para Cormia.

– Vou levá-la até lá e estarei em meu quarto se você precisar de alguma coisa, tudo bem?

Cormia assentiu e observou os dois saindo do quarto. Sozinha, ela se sentou na cama de novo.

Santa Virgem... ela se sentia muito pequena. Pequena naquele grande colchão. Pequena naquela sala enorme. Pequena contra o grande impacto de todas as cores e de todas as texturas ao seu redor.

E era do que ela precisava, certo? Durante a cerimônia de apresentação, tinha sido exatamente o que ela desejou.

Mas não pensou que seria invisível.

Olhando ao redor, não conseguiu compreender onde estava, e sentiu saudades de seu espaço pequeno e branco do Outro Lado.

Quando eles vieram do além, haviam se materializado no quarto do lado, que ele dizia ser o dele. A primeira coisa em que pensou foi que havia adorado o cheiro. Um pouco esfumaçado, com odor de pimenta que ela reconheceu como sendo dele. O segundo pensamento tinha sido que as cores, as texturas e as formas eram surpreendentes.

E isso tinha sido antes de levá-la para o corredor, quando ela se sentiu totalmente surpresa. Na verdade, ele vivia em um palácio, com a sala tão grande quanto os maiores templos do Outro Lado. O teto era alto como o céu, com os quadros de guerreiros em batalhas tão claros quanto as pedras preciosas que seus olhos adoravam. Quando colocou as mãos no parapeito e olhou para baixo, a vista do chão de mosaico foi estonteante, emocionante.

Cormia estava estarrecida quando ele a levou para dentro do quarto em que estava agora.

Mas não sentiu mais a surpresa. Agora estava em choque por tanta carga sensorial. O ar era esquisito daquele lado, era muito seco e repleto de odores desconhecidos. Também se movia constantemente. Ali havia correntes de ar que passavam em seu rosto, cabelo e na cortina na qual havia se enrolado.

Ela olhou na direção da porta. Havia sons estranhos ali também.

A mansão ao redor dela rangia, e Cormia escutava vozes de vez em quando.

Retraindo-se, ela encolheu os pés sob o corpo e olhou para a mesa à direita da cama. Não estava com fome, mas não saberia o que pedir para comer se estivesse. E não fazia ideia de como usar o objeto que ele chamou de telefone.

Do lado de fora, ela escutou um rosnado e espiou. Haveria dragões daquele lado? Ela já tinha lido sobre eles, e apesar de acreditar quando Phury dizia que ela estava segura, estava preocupada com os perigos do que não conseguia ver.

Talvez fosse apenas o vento? Já tinha lido sobre ele uma vez, mas não tinha certeza.

Esticando a mão, ela pegou um travesseiro de seda que tinha franjas nos quatro lados. Segurando-o contra o peito, ela passou a mão nas franjas, tentando se acalmar com a sensação do tecido nas mãos.

Aquele era seu castigo, ela pensou ao sentir a pressão da sala nos olhos. Era o resultado de seu desejo de sair do Outro Lado e viver de modo independente.

Estava agora onde rezou para estar.

E tudo que Cormia queria era voltar para casa.

Capítulo 45

Jane estava sentada à mesa da cozinha com uma caneca fria diante de si. Do outro lado da rua, o sol estava nascendo, com os raios brilhando entre os galhos das árvores. Vishous havia partido cerca de vinte minutos atrás, e antes de ir embora, ele preparou o chocolate que tinha acabado de beber.

Ela sentia falta dele com uma dor que não fazia sentido, levando em conta quanto tempo os dois tinham passado juntos naquela noite. Depois que V. havia conversado com Manny, ele voltou e garantiu que seu chefe continuava respirando e com todos os membros no lugar. Depois disso, ele a abraçou e... fez amor com ela. Duas vezes.

E agora ele já havia partido, e o sol teria de se pôr de novo para que ela o visse mais uma vez.

Sim, havia telefone, e-mail e mensagem de texto, e os dois se encontrariam à noite. Mas não parecia suficiente. Ela queria dormir ao lado dele, e não apenas por algumas horas antes de ter de ir lutar ou voltar para sua casa.

E por falar em logística, o que ela deveria fazer a respeito da oportunidade na Universidade de Columbia? Era ainda mais longe dele, mas isso teria importância? Ele podia viajar para qualquer lugar quando quisesse. Ainda assim, parecia uma ideia ruim estar longe. Afinal, ele já havia levado dois tiros. E se precisasse dela? Jane não tinha como se materializar ao lado dele.

Mas então como se manteria no trabalho? A necessidade de liderar fazia parte de sua natureza, e ir para Columbia continuava sendo sua melhor opção, ainda que demorasse cinco anos até que ela conseguisse ser diretora.

Isso se eles ainda quisessem entrevistá-la. Isso se ela conseguisse o trabalho.

Jane olhou para a caneca fria com as manchas de chocolate por dentro. A ideia que lhe ocorreu foi maluca. Totalmente maluca. E ela a afastou como prova de que sua mente ainda não estava completamente recuperada.

Levantando-se da mesa, colocou a caneca dentro da lava-louças e foi tomar banho e se trocar. Meia hora depois, ela saiu da garagem e, ao partir, uma *minivan* estava entrando na garagem da casa ao lado. Uma família. *Ótimo*.

Felizmente, o trajeto até o centro da cidade foi tranquilo. Havia pouco trânsito quando ela desceu a Rua Trade, e ela conseguiu passar por todos os semáforos abertos até chegar àquele que ficava do outro lado dos escritórios do jornal de Caldwell.

Quando parou, seu telefone celular tocou. Sabia quem era.

– Whitcomb.

– Olá, doutora. Aqui é o seu homem.

Ela sorriu. Um sorriso bem grande.

– Oi.

– Oi. – Ela escutou quando ele se remexeu nos lençóis, como se estivesse se virando na cama. – Onde você está?

– A caminho do trabalho. E você?

– Na cama.

Oh, Jesus, ela conseguiu imaginá-lo lindo entre os lençóis pretos.

– Então... Jane?

– Sim.

Ele falou mais baixo.

– O que está vestindo?

– Avental.

– Hum, que sensual.

Ela riu.

– Quase tão sexy quanto vestir um saco de estopa.

– Não em seu corpo.

– O que você está vestindo?

– Nada... e adivinhe onde estou com a mão, doutora.

O semáforo ficou verde e Jane precisou se lembrar de como dirigir. Ofegante, ela perguntou:

– Onde?

– Entre as minhas pernas. Consegue imaginar o que está acontecendo?

Oh... meu... Deus... Ao acelerar, perguntou:

– O quê?

Ele respondeu e ela quase bateu em outro carro.

– *Vishous...*

– Diga-me o que devo fazer, doutora. Diga-me o que devo fazer com a minha mão.

Jane engoliu em seco, encostou o carro... e deu a ele instruções detalhadas.

Phury enrolou um pouco de fumaça vermelha, lambeu o papel e girou o cigarro para fechá-lo. Acendeu e se recostou nos travesseiros. Estava sem sua prótese, encostada no criado-mudo, e vestia um roupão azul-royal e vermelho-vivo. Seu favorito.

Fazer as pazes com Bella o acalmou. Estar de volta o acalmou. Mais fumaça vermelha o acalmou.

Irritar a Directrix, não.

A fêmea havia aparecido na mansão cerca de meia hora depois da chegada de Phury e de Cormia vindos do Outro Lado e estava totalmente descontrolada com o desaparecimento de uma de suas Escolhidas. Phury a chamou para dentro da biblioteca e, diante de Wrath, explicou que tudo estava bem. Ele só havia mudado de ideia e quis voltar para lá por pouco tempo.

A Directrix não ficou contente. Com a voz seca, informou a ele que, como representante das Escolhidas, exigia conversar com Cormia a respeito do que havia ocorrido dentro do templo – para determinar se a cerimônia do Primaz estava concluída ou não.

Foi naquele momento que Phury decidiu que não gostava dela. Pelos olhos apertados da Directrix, ele percebeu que ela sabia que não havia acontecido sexo, e teve a nítida impressão de que ela estava inventando desculpas apenas porque queria repreender Cormia.

Como se ele fosse permitir que aquilo acontecesse. Sorrindo, Phury disse a ela que, por ser o Primaz, ele não devia satisfações e que ele e Cormia voltariam para o Outro Lado quando bem quisessem. E nem um segundo antes.

Ela ficou irritada, claro, mas ele soube controlá-la e ela reconheceu que havia perdido a discussão. Seus olhos ardiam de ódio quando fez uma reverência e se desmaterializou.

Phury não queria nem saber dela e já pensava sobre como tirá-la do cargo. Não fazia ideia de como fazer aquilo, mas não queria uma pessoa como aquela no controle. Ela era simplesmente má.

Phury inalou e segurou a fumaça vermelha. Não sabia por quanto tempo manteria Cormia ali. Caramba, até onde sabia, ela já queria voltar. A única coisa de que sabia era que quando ela fosse, seria por livre escolha, não por ter sido forçada por aquela bruxa das Escolhidas.

E quanto a ele? Bem, uma parte dele ainda queria sair da mansão, mas precisava esperar por Cormia. Além disso, eles voltariam para o Outro Lado e ficariam por lá em algum momento.

Ele expirou e distraidamente colocou a perna direita, onde ela terminava, logo abaixo do joelho. Estava dolorida, mas geralmente era o que acontecia no fim da noite.

A batida na porta o surpreendeu.

– Pode entrar.

Ele sabia quem era pela maneira com que a porta foi aberta: lentamente e apenas por uma fresta.

– Cormia? É você? – Ele se sentou, puxando o cobertor para cima das pernas.

A loura espiou, mas manteve o corpo do lado de fora.

– Você está bem? – Ele perguntou.

Ela balançou a cabeça. No Antigo Idioma, disse:

– Sem querer ofender, posso entrar em seu quarto, meu amo?

– Claro. E nada de formalidades.

Ela entrou e fechou a porta. Parecia tão frágil envolvida naquele tecido branco, mais parecida com uma criança e não com uma fêmea que havia passado por sua transição.

– O que houve?

Em vez de responder, ela se manteve em silêncio, com os olhos abaixados, e os braços envolvendo o próprio corpo.

– Cormia, converse comigo. Diga-me o que está acontecendo.

Ela fez uma reverência e começou a falar naquela posição.

– *Senhor, eu estou...*

– Sem formalidades. Por favor. – Ele começou a sair da cama, mas percebeu que estava sem a perna. Ele se sentou de novo, sem saber como ela se sentiria sabendo que ele não tinha uma parte do corpo. – Converse comigo. De que precisa?

Ela limpou a garganta.

– Sou sua parceira, não sou?

– Hum... sim.

– Sendo assim, não deveria ficar com você em sua câmara?

Ele ergueu as sobrancelhas.

– Pensei que seria melhor para você ter seu próprio quarto.

– Oh.

Ele franziu a testa. Certamente ela não queria ficar com ele.

Quando o silêncio se estendeu, ele pensou que era evidente que ela queria, sim.

Phury se sentiu muito esquisito ao dizer:

– Bom, acho que se você quiser... pode ficar aqui. Podemos conseguir outra cama.

– O que há de errado com a sua?

Ela queria *dormir* com ele? Por quê? *Oh, certo.*

– Cormia, você não tem que se preocupar com a Directrix ou com qualquer outra pessoa acreditando que não está cumprindo seu dever. Ninguém vai saber o que você faz aqui.

Ou o que não fazia, como era o caso.

– Não é isso. O vento... pelo menos acredito ser o vento... ele bate na casa, não é?

– Sim, anda meio forte ultimamente. Mas estamos cercados por muitas pedras.

Enquanto ele esperava que ela continuasse, ele percebeu. Cara, ele era muito bobo, não era? Phury a tirou do único ambiente que ela conhecia e a levou para um mundo totalmente novo. Ela temia as coisas que ele considerava normais. Como ela poderia se sentir segura sem saber quais sons eram perigosos e quais não eram?

– Olha, quer ficar aqui? Por mim, tudo bem. – Ele olhou ao redor, tentando ver onde poderia colocar uma cama. – Temos bastante espaço para uma cama extra.

– A cama me parece boa.

– Sim, então eu durmo na cama extra.

– Por quê?

– Porque prefiro não dormir no chão.

Havia um espaço entre as duas janelas. Podia pedir a Fritz que...

– Mas na cama há espaço para nós dois.

Lentamente, Phury virou a cabeça na direção dela. E hesitou.

– Ah... sim.

– Podemos dividi-la. – Ela ainda mantinha os olhos baixos, mas havia um toque de força em sua voz. – Assim, pelo menos poderei dizer a elas que me deitei ao seu lado.

Oh, então era isso.

– Tudo bem.

Ela concordou e foi para o outro lado. Depois de se aconchegar entre os lençóis, encolheu-se e olhou para ele. O que foi uma surpresa. Assim como surpreendeu o fato de ela não ter fechado os olhos para fingir que dormia.

Phury jogou fora seu cigarro e pensou que seria melhor para os dois se ele dormisse em cima das cobertas. Mas precisava ir ao banheiro antes de se deitar.

Droga.

Bem, ela teria de saber a respeito da perna dele mais cedo ou mais tarde.

Ele afastou o cobertor, procurou por seu cajado e ficou em pé. Quando escutou a respiração dela e seu olhar sobre ele, pensou, *ca-*

ramba, ela deve estar aterrorizada. Como Escolhida, estava acostumada à perfeição.

– Eu não tenho a parte inferior da perna. – *Pois é.* – Mas não é um problema.

Desde que sua prótese estivesse bem posicionada e funcionando bem.

– Volto já. – Foi um alívio fechar a porta do banheiro, e ele passou mais tempo do que o normal passando o fio dental e escovando os dentes. Quando começou a organizar os cotonetes no armário do banheiro, percebeu que estava na hora de voltar.

Abriu a porta.

Ela estava no mesmo lugar de antes, no canto da cama, de frente para ele com os olhos abertos.

Quando ele atravessou o quarto, torceu para que ela parasse de olhar para ele.

Principalmente quando ele se esticou em cima do cobertor e o roupão não cobriu sua perna. Mexendo na ponta do cobertor para esconder-se, tentou se ajeitar.

Aquilo não ia dar certo. Sentia frio cobrindo apenas a parte de baixo do corpo.

Rapidamente, ele analisou o espaço no colchão entre eles. Grande como um campo de futebol. Tanto espaço que era como se ela estivesse em um quarto diferente.

– Vou apagar as luzes.

Ela concordou e ele apagou o abajur... e escorregou para debaixo das cobertas.

No escuro, ele se deitou sem se mexer ao lado dela. *Jesus...* ele nunca havia dormido com alguém antes. Bem, apenas uma vez com V. e Butch, mas porque eles tinham desmaiado. Além disso, eles eram todos machos... bem, Cormia não era um macho de jeito nenhum.

Ele respirou profundamente. É, o odor de jasmim dela dava dicas. Fechando os olhos, ele podia apostar que ela estava tão tensa e se sentindo tão desconfortável quanto ele. Caramba, aquele seria um dia longo. Ele devia ter colocado a ideia da cama extra em prática.

Capítulo 46

– Vishous, pode parar de sorrir desse jeito? Está começando a me assustar.

V. mostrou o dedo do meio para Butch do outro lado da mesa da cozinha da mansão e voltou a beber seu café. A noite estava chegando, o que queria dizer que... em vinte e oito minutos, ele estaria livre.

Assim que ele saísse, iria para a casa de Jane e faria coisas românticas. Ainda não sabia o quê, talvez levasse flores ou qualquer outra coisa. Bem, as flores e a instalação do sistema de segurança. Afinal, nada demonstrava mais amor do que uma parafernália de detectores de movimento.

Deus, ele estava apaixonado. De verdade.

Jane havia dito a ele que estaria em casa perto das nove da noite, por isso V. decidiu que cuidaria do quarto dela um pouco e depois ficaria com ela até meia-noite.

Mas isso só lhe deixava cinco horas para caçar.

Butch olhou a seção de esportes rapidamente, inclinou-se para beijar Marissa no ombro e voltou a ler o jornal. Em resposta, ela desviou os olhos da papelada do Abrigo, passou a mão no braço dele e voltou ao que estava fazendo. Ela tinha uma marca fresca de mordida no pescoço e o brilho de uma fêmea muito satisfeita no rosto.

V. fez uma careta e olhou para seu café, mexendo no cavanhaque. Ele e Jane nunca teriam aquilo, pensou, porque eles não iriam viver juntos para sempre. Ainda que saísse da Irmandade, não poderia ir para a casa dela durante o dia, por causa do sol, e ela não poderia ficar na mansão por diferentes questões de exposição: havia riscos por ela saber da existência da raça. Mais contato, mais detalhes, ou seja, mais tempo com a Irmandade não era seguro nem inteligente.

Enquanto V. segurava a caneca e se recostava na cadeira, preocupou-se com o futuro. Ele e Jane se davam bem, mas as separações forçadas acabariam por desgastar o relacionamento. Ele já se sentia chateado ao pensar no adeus daquela noite. Vishous queria que ela ficasse grudada nele todos os dias, o dia todo. Sua voz ao telefone, ainda que fosse melhor do que nada, não era o suficiente para satisfazê-lo. Mas quais seriam as outras opções?

Butch continuou remexendo o jornal.

Caramba, ele tinha péssimos modos na hora de ler o jornal, sempre amassando as folhas. A mesma coisa com as revistas. Butch não apenas as lia, mas as amassava com as mãos.

Enquanto lia um artigo sobre treinamento na primavera, Butch olhou para Marissa de novo, e V. percebeu que os dois sairiam dali logo – mas não porque tinham terminado de tomar o café.

Era engraçado, ele sabia o que ia acontecer, não por analisar ou porque conseguia ler a mente deles: Butch estava deixando claro seu odor de acasalamento, e Marissa adorava estar com seu macho. V. não precisava ter uma visão dos dois fechados na sala de depósito ou na cama no Buraco.

Os pensamentos de Jane eram os únicos que ele conseguia ler e apenas algumas vezes.

Ele esfregou o centro do peito e pensou no que a Virgem Escriba havia dito... que suas visões e habilidade de prever o futuro estavam obscuras em decorrência de um obstáculo em sua vida, e quando ele ultrapassasse esse obstáculo, tudo voltaria ao normal. Mas ele já tinha Jane, então será que já não havia passado pelo obstáculo? Havia encontrado sua fêmea. Estava com ela.

Fim de papo.

V. tomou mais café. Continuou esfregando o peito.

O pesadelo havia voltado naquela manhã.

Por não poder mais relacioná-lo à lembrança do tiro, decidiu que era apenas um incômodo, seu subconsciente lidando com o fato de que ele se sentia sem o controle de sua vida. Porque apaixonar-se podia causar aquilo.

Tinha de ser esse o motivo. Tinha de ser.

– Dez minutos – Butch sussurrou no ouvido de Marissa. – Podemos passar dez minutos juntos antes de você partir? Por favor, querida...

V. rolou os olhos e se sentiu aliviado por se irritar com aquela demonstração de carinho. Pelo menos a testosterona dentro dele não havia secado.

– Querida... por favor?

V. bebeu de sua caneca.

– Marissa, jogue um osso a esse cachorro. Esse choramingo está me irritando.

– Bem, não podemos deixar um cachorro esperando – Marissa juntou os papéis rindo e olhou para Butch. – Dez minutos. E faça valer a pena.

Butch saiu da cadeira como se estivesse pegando fogo.

– Sempre faço.

– Hum... é verdade.

Quando os dois se beijaram, V. resmungou.

– Divirtam-se, crianças, mas em outro lugar.

Eles saíram enquanto Zsadist entrava correndo.

– Droga, droga, droga...

– O que foi, meu Irmão?

– Tenho que dar aula e estou atrasado. – Zsadist pegou um pedaço de pão, uma coxa de peru do refrigerador e um pote pequeno de sorvete do congelador.

– Droga.

– Esse é o seu café da manhã?

– Fique quieto. É quase um sanduíche de peru.

– Sorvete não é maionese, Irmão.

– Não importa. – Ele voltou para a porta. – Oh, a propósito, Phury está aqui de novo, e trouxe aquela Escolhida com ele. Imaginei que seria melhor avisar para o caso de você vir uma fêmea desconhecida passando por aqui.

Uau. Isso era uma surpresa.

– Como ele está?

Zsadist parou.

– Não sei. Ele é muito sério. Não fala muito.

– Bom, você também sempre foi de guardar segredos, não é mesmo?

– Olha só quem fala.

– *Touché*. – V. balançou a cabeça. – Cara, devo uma a ele.

– Sim, deve. Todos nós devemos.

– Espere aí, Z. – V. jogou a colher que havia usado para adoçar seu café. – Você vai querer isto.

Z. pegou o objeto no ar.

– Ah, sim, já ia me esquecendo da colher. Obrigado. Cara, não tiro a Bella da cabeça.

A porta se fechou quando Z. saiu.

No silêncio da cozinha, Vishous tomou mais um gole de sua caneca. O café não estava mais quente, já havia esfriado. Mais quinze minutos e estaria gelado.

Impossível de beber.

É... ele sabia a dificuldade de se pensar em sua fêmea o tempo todo. Sabia por experiência própria.

Cormia sentiu a cama se mexendo enquanto o Primaz se virava. Mais uma vez.

Aquilo se repetia há horas. Ela não havia dormido o dia todo, e tinha certeza de que ele também não. A menos que ele se remexesse muito dormindo.

Ele gemeu e se remexeu. Era como se não conseguisse encontrar uma posição confortável, e ela estava preocupada com a possibilidade de perturbá-lo... ainda que não soubesse como poderia estar fazendo aquilo. Ela permaneceu em silêncio desde que chegou.

Mas era esquisito. Ela se sentia à vontade com a presença dele apesar dos movimentos. Havia algo de reconfortante em saber que ele estava do outro lado da cama. Ela se sentia segura com ele, apesar de não conhecê-lo.

O Primaz se remexeu de novo, gemeu e...

Cormia deu um pulo quando a mão dele encostou em seu braço.

E ele também. Com um gemido baixo, o Primaz emitiu um som parecido com uma pergunta, e então correu a mão para cima e para baixo, como se tentasse descobrir quem estava na cama com ele.

Ela achou que ele iria se afastar.

Mas continuou segurando.

Cormia entreabriu os lábios em choque quando ele emitiu um som grave e procurou entre os lençóis, com a mão descendo do braço dela para a cintura. Como se ela tivesse passado em um tipo de teste, sentiu uma coxa grossa contra ela, assim como algo rígido contra seu quadril. A mão dele começou a se mexer e quando ela percebeu, os lençóis haviam sido afastados e estavam longe de seu corpo.

O Primaz gemeu mais alto e se acomodou contra ela de modo que a parte mais rígida de seu corpo ficasse sobre a coxa dela. Cormia se assustou, mas não teve tempo de reagir nem pensar. Os lábios dele encontraram seu pescoço, sugando e fazendo seu corpo esquentar. E então o corpo dele começou a se mexer. Os movimentos de ida e volta fizeram com que algo no meio das pernas dela esquentasse, algo forte e cheio de desejo fazendo sua barriga se arrepiar.

Sem que ela esperasse, ele a envolveu com os dois braços, virando-a de costas e subindo em cima dela, com seus cabelos se espalhando sobre seu rosto. Com a coxa grossa entre as delas, o Primaz começou com os movimentos novamente, e Cormia sabia que se tratava de seu sexo contra ela. Ele era enorme em cima dela, mas ela não se sentiu presa nem assustada. Seja lá o que estava acontecendo entre eles era algo que ela queria. Algo que... desejava.

Ela colocou as mãos em suas costas. Os músculos ao longo de sua espinha eram enormes, e eles se remexiam de acordo com os movimentos sob seu roupão. Ele gemeu de novo quando ela o tocou, como se gostasse de sentir o toque dela, e quando Cormia começou a se perguntar como seria sentir sua pele, ele se ergueu e se despiu.

E então ele se inclinou para um dos lados, segurou a palma da mão dela, e a colocou entre o corpo deles. Sobre seu membro.

Os dois perderam o fôlego quando a conexão foi feita e ela teve um instante de puro prazer ao sentir o calor, a rigidez e o tamanho dele... além da maciez de sua pele... e a força que parecia existir dentro dele. Ela o segurou em um reflexo ao sentir uma onda de calor nas coxas.

Mas então ele gemeu e seu quadril começou a ir para frente e o que estava na mão dela começou a saltar. Jatos mornos surgiram de algum lugar e cobriram a barriga de Cormia.

Oh, santa Virgem, teria ela o ferido?

Phury acordou em cima de Cormia, com a mão dela em seu pênis e um orgasmo acontecendo. Ele tentou controlar o corpo, esforçou-se para controlar as ondas eróticas que percorriam seu corpo, mas não conseguiu controlar a reação, ainda que estivesse ciente de que o orgasmo estava ocorrendo em cima dela.

Assim que as sensações passaram, ele se afastou. E então as coisas ficaram piores.

– Sinto muito – ela disse, olhando para ele assustada.

– Pelo quê? – A voz dele estava rouca. E ele deveria pedir desculpas, não ela.

– Eu machuquei você... até sangrar.

Oh Meu Deus.

– Isso não é sangue.

Ele puxou os cobertores para o lado para poder levantar, percebeu que estava totalmente nu e teve de remexer nos lençóis para encontrar seu roupão. Vestiu a peça, pegou o cajado e se levantou da cama, indo para o banheiro à procura de uma toalha.

Quando ele voltou, imaginava que ela queria tirar aquilo de seu corpo. Havia feito uma grande sujeira.

– Deixe-me ajudar... – Ele olhou para os tecidos no chão. Oh, ótimo, ela também estava nua. *Fantástico.* – Na verdade, talvez você devesse se limpar.

Ele afastou o olhar e segurou a toalha.

– Pegue isto. Use-a.

Do canto dos olhos, ele a observou limpar-se embaixo do cobertor, tomado por um grande ódio por si mesmo. *Jesus Cristo...* ele era um miserável. Assustando a pobre fêmea.

Quando ela devolveu a tolha, ele disse:

– Você não pode ficar comigo. Não é certo. Enquanto estivermos aqui, você vai ficar no outro quarto.

Fez-se uma leve pausa. E então ela disse:

– Sim, meu amo.

Capítulo 47

Quando anoiteceu, John estava na academia, enfileirado com os outros aprendizes, uma adaga na mão direita, os pés na posição de ataque. Quando Zsadist sinalizou, John e todos os outros começaram a se movimentar para cumprir o exercício: passando a arma diante do peito, golpeando no ângulo correto, dando um passo adiante e acertando uma apunhalada sob as costelas.

– John, atenção!

Droga, ele estava estragando tudo. De novo. Sentindo-se totalmente cego e inútil, ele tentou encontrar o ritmo nas posições, mas seu equilíbrio estava ruim e seus membros não respondiam como deveriam.

– John... pode parar. – Zsadist se aproximou por trás dele e moveu os braços. De novo. – Vamos fazer isso de novo. Meninas, na posição de início.

John se ajeitou, esperou pelo sinal... e estragou tudo. Mais uma vez.

Mas agora, quando Zsadist se aproximou, John não conseguiu olhar para o Irmão.

– Vamos tentar algo. – Zsadist pegou a adaga e a colocou na mão esquerda de John.

Ele balançou a cabeça, pois era destro.

– Apenas tente. Meninas? Vamos lá.

Mais uma posição de início. Mais um sinal. Mais um movimento errad...

Espere, não dessa vez. Milagrosamente, o corpo de John se encaixou na série de posições como uma partitura correta no piano. Tudo estava em sincronia, com braços e pernas fazendo o que tinham de fazer, a adaga perfeitamente controlada na mão dele, os músculos trabalhando juntos.

Quando o exercício foi finalizado, ele sorriu. Até conseguiu olhar nos olhos de Z. O Irmão olhava para ele de maneira esquisita, mas se recompôs.

– Melhor, John, bem melhor.

John olhou para a adaga em sua mão. Ele teve uma lembrança rápida e dolorosa de quando caminhou com Sarelle alguns dias antes de seu assassinato. Por estar ao lado dela, desejou ter tido uma adaga, sentia que a palma de sua mão estava leve demais sem uma. Aquela tinha sido sua mão direita. Por que a mudança depois da transição?

– De novo, moças! – Zsadist comandou.

Eles fizeram a sequência outras vinte e três vezes. E então fizeram outra na qual ficavam apoiados em um dos joelhos e saltavam. Zsadist organizava a fila, ajeitando as posições, gritando ordens. Ele não precisou falar com John nenhuma vez. Tudo parecia certo dessa vez.

Quando a aula terminou, John caminhou até o vestiário, mas Zsadist o chamou de volta e o levou para a sala de equipamentos, para o armário trancado onde eram mantidas as adagas de treino.

– A partir de agora, você usará esta – Z. entregou uma adaga com cabo azul. – Especial para a mão esquerda.

John a experimentou e se sentiu ainda mais forte. Estava prestes a agradecer o Irmão quando franziu a testa. Z. olhava para ele com a mesma expressão estranha de antes.

John enfiou a adaga no cinto de seu quimono e fez um sinal. *O que foi? Não é uma boa posição?*

Z. esfregou a mão em sua cabeça.

– Pergunte-me quantos guerreiros são canhotos.

John prendeu a respiração, com uma sensação esquisita tomando conta do corpo. *Quantos?*

– Apenas um conhecido. Pergunte-me quem.

Quem?

– Darius. D. era canhoto.

John olhou para a mão esquerda. Seu pai.

– E você se move como ele – Z. murmurou. – É muito esquisito, para ser honesto. Parece que estou olhando para ele.

É mesmo?

– Sim, ele era bom. Como você. Bom. Não importa. – Z. deu-lhe um tapa nos ombros. – Canhoto. Vai entender.

John observou o Irmão partir e voltou a olhar para a palma da mão.

Mais uma vez, tentou imaginar como era seu pai. Como era a sua voz. Suas atitudes. Caramba, ele faria qualquer coisa para obter mais informações a respeito do macho. Talvez um dia ele pudesse perguntar a Zsadist. Mas tinha receio de ficar emocionado.

Se pelo menos existisse outra maneira.

Um macho deveria manter as aparências. Especialmente em frente a outro Irmão.

Jane entrou de ré com o carro na garagem e xingou ao ver a hora quando desligou o motor. Onze e trinta e quatro. Estava duas horas e meia atrasada para encontrar V. em sua casa.

Na verdade, se atrasou quando estava indo embora. Estava vestida e com a bolsa na mão, mas, na saída, todos os tipos de assuntos médicos surgiram com pedidos que ela teve de atender. E então uma das pacientes havia piorado no quarto, e ela teve de examiná-la e conversar com a família.

Havia mandado uma mensagem de texto para V. avisando que teve contratempos. E mandou outra quando teve de ficar mais tempo do que achava. E tentou telefonar de novo ao ficar presa no trânsito causado por um acidente no caminho de volta, mas sua ligação havia caído na caixa postal.

Ela saiu do carro enquanto o portão da garagem se fechava. Estava ansiosa para encontrar V., mas também exausta. A noite passada, eles haviam passado acordados boa parte do tempo, e seu dia tinha sido longo.

Ao entrar pela cozinha, ela disse:

– Sinto muito por estar atrasada.

– Tudo bem – ele respondeu na sala de estar.

Ela entrou na sala... e parou. Vishous estava sentado no sofá, no escuro, com as pernas cruzadas. Sua jaqueta de couro estava ao lado dele, assim como um buquê de lírios. Ele estava imóvel.

Droga.

– Oi – Ela disse ao largar o casaco e a bolsa sobre a mesa da sala de jantar.

– Oi. – Ele descruzou as pernas e apoiou os cotovelos nos joelhos. – Tudo bem no hospital?

– Sim, apenas muita coisa para fazer. – Ela se sentou ao lado das flores. – Que lindas.

– Eu as trouxe para você.

– Sinto muito...

Ele ergueu a mão para interrompê-la.

– Não precisa desculpar-se. Eu consigo imaginar como as coisas são.

Ela olhou para ele e sabia que Vishous não estava tentando culpá-la ou qualquer coisa do tipo; ele estava apenas desapontado. O que, de certa forma, fez com que ela se sentisse pior. Se ele não tivesse sido compreensivo, seria uma coisa, mas ver a resignação silenciosa de um homem tão forte quanto ele era difícil.

– Você parece cansada – ele disse. – Acredito que a coisa mais gentil que posso fazer é colocá-la na cama.

Ela se recostou no sofá e, delicadamente, tirou uma das flores com o indicador. Gostou do fato de ele não ter escolhido o mais comum, as rosas, nem mesmo lírios brancos. Aquelas eram cor de pêssego. Incomuns. Lindas.

– Pensei em você hoje. Muito.

– Pensou? – Apesar de não estar olhando para ele, Jane percebeu que V. sorria. – Em que pensou?

– Em tudo. Em nada. Em quanto gostaria de dormir ao seu lado todas as noites.

Ela não disse que havia recusado a oferta em Columbia. Abrir mão daquela chance não parecia correto, mas tentar uma vaga na cidade de Nova York, onde teria ainda mais responsabilidades, não parecia a coisa mais esperta a se fazer se o objetivo era passar mais, e não menos, tempo com V. Ela ainda queria estar no controle, mas era preciso abrir mão de certas coisas para conseguir o que queria. A ideia de que é possível ter tudo na vida é uma ilusão.

Ela não conseguiu controlar um bocejo. Droga, estava cansada.

V. ficou em pé e estendeu o braço.

– Vamos subir. Você pode dormir ao meu lado por um tempo.

Ela se deixou guiar para o andar de cima, tirou a roupa e entrou no banho. Jane queria que V. se unisse a ela, mas ele balançou a cabeça.

– Se eu começar vou mantê-la acordada pelas próximas duas horas. – Ele olhou para os seios dela e os olhos brilharam. – Oh... Cristo... vou... vou esperar do lado de fora.

Ela sorriu ao fechar a porta de vidro do chuveiro e observou quando ele foi para o quarto. Dez minutos depois, Jane estava com ele, de banho tomado, com os dentes limpos e escovados, usando uma de suas camisetas de dormir.

Vishous havia arrumado os cobertores, os travesseiros e afastado os lençóis.

– Cama – ele deu a ordem.

– Odeio receber ordens – ela disse.

– Mas vai recebê-las de mim. De vez em quando. – Ele deu um tapinha em seu traseiro quando ela se deitou. – Ajeite-se.

Ela organizou tudo como queria que ficasse enquanto ele dava a volta e se deitava em cima dos cobertores. Quando V. empurrou o braço embaixo da cabeça dela e a aconchegou contra o peito, ela pensou, *Deus, ele tem um cheiro ótimo*. E aquela mão gentil acariciando sua cintura era divina.

Depois de um tempo, ela disse:

– Perdemos uma paciente hoje.

– Droga, sinto muito.

– É, não tivemos como salvá-la. Às vezes, nós simplesmente sabemos o que vai acontecer. Eu sabia. Fizemos tudo o que podíamos, mas o tempo todo... o tempo todo eu sabia que não conseguiríamos salvá-la.

– Isso deve ser difícil.

– Terrível. Eu tive de contar à família que ela estava partindo, mas pelo menos eles conseguiram estar por perto quando ela faleceu, o que é bom. Minha irmã, por exemplo, morreu sozinha. Odeio isso. – Jane pensou na jovem cujo coração havia parado de funcionar. – A morte é esquisita. A maioria das pessoas pensa ser uma coisa repentina, mas geralmente é um processo, mais ou menos como fechar uma loja no fim do dia. Na maior parte do tempo, as coisas fracassam de modo previsível, até que finalmente a última luz do local é apagada e a porta é fechada e trancada. Como médica, consigo intervir e interromper a progressão fechando feridas ou dando mais sangue ou forçando o corpo a regular suas funções com remédios. Mas às vezes... às vezes o dono da loja se vai e não temos como impedi-lo. – Ela riu de modo estranho. – Desculpe, não quero parecer mórbida.

Ele passou a mão no rosto dela.

– Você não é. É maravilhosa.

– Você é suspeito para dizer isso – ela disse, antes de bocejar a ponto de fazer a mandíbula estralar.

– Eu tenho razão. – Ele deu um beijo na testa dela. – Agora durma.

Ela deve ter obedecido, porque um tempo depois sentiu que ele se mexia.

– Não vá.

– Preciso ir. Vou cuidar do centro da cidade.

Ele ficou em pé, um homem gigante, ou melhor, um macho, com cabelos pretos, cobrindo a luz fraca dos postes da rua na frente da casa.

Uma onda de tristeza tomou conta dela, que fechou os olhos.

– Ei – ele disse, sentando-se ao lado dela. – Nada disso. Não somos tristes. Você e eu? Não somos tristes. Não ficamos tristes.

Ela riu, disfarçando a tristeza.

– Como você sabia o que eu estava sentindo? Ou pareço tão patética assim?

Ele bateu com o dedo no nariz.

– Consigo sentir o cheiro. Tem cheiro de chuva de primavera.

– Odeio a hora da despedida.

– Eu também. – Ele se inclinou e raspou os lábios na testa dela.

– Aqui. – Ele tirou a camiseta de manga comprida, enrolou e colocou embaixo do rosto dela. – Finja que sou eu.

Ela respirou profundamente, sentiu o odor dele e se acalmou um pouco. Quando ele ficou em pé, parecia muito forte apenas com uma regata. Invencível, como um super-herói. Mas respirava, mesmo assim.

– Por favor, tome cuidado.

– Sempre. – Ele se inclinou e voltou a beijá-la. – Amo você.

Quando ele se afastou, ela esticou a mão e segurou o braço dele. Não soube o que dizer, mas o silêncio bastou.

– Também detesto ir embora – ele disse. – Mas vou voltar, eu prometo.

Ele a beijou de novo e partiu em direção à porta. Enquanto Jane o escutava descer as escadas e pegar seu casaco, ajeitou a camisa perto do rosto e fechou os olhos.

No momento mais errado possível, o portão da garagem da casa ao lado começou a ranger. No meio, emperrou, com o motor fazendo barulho suficiente para fazer a cabeceira da cama vibrar.

Ela ajeitou o travesseiro e se virou, pronta para gritar.

Vishous não estava muito feliz quando prendeu o coldre da adaga. Estava distraído, um pouco irritado, chateado, precisando desesperadamente fumar e se concentrar antes de partir para o centro da cidade. Sentia-se totalmente desequilibrado, como se tivesse um peso nas costas tirando sua estabilidade.

– Vishous! Espere! – ele escutou a voz de Jane no andar de cima quando já estava quase se desmaterializando. – Espere!

Ela desceu pela escada e saiu pela porta, com a camiseta envolvendo o corpo até a altura dos joelhos.

– O que...

– Eu tive uma ideia. É maluca, mas também é muito boa. – Corada e com os olhos brilhando de ansiedade, ela era a coisa mais linda que ele já tinha visto. – E se eu me mudasse com você?

Ele balançou a cabeça.

– Quero que se mude, mas...

– E atuasse como a cirurgiã particular da Irmandade?

Caramba...

– O quê?

– Vocês deveriam ter alguém como eu por lá. Você disse que existem complicações com aquele tal de Havers. Pois bem, eu poderia resolvê-las. Poderia contratar uma enfermeira para me ajudar, melhorar o local e cuidar das coisas. Você disse que ocorrem pelo menos três ou quatro ferimentos por semana na Irmandade, não é? Além disso, Bella está grávida e, provavelmente, teremos mais bebês no futuro.

– Jesus... você abriria mão do seu trabalho no hospital?

– Sim, mas eu receberia algo em troca.

Ele corou.

– Eu?

Ela riu.

– Sim, claro. Mas também há outra coisa.

– O quê?

– A chance de estudar sua raça. Minha outra grande paixão é a genética. Se eu conseguisse passar as próximas duas décadas curando você e catalogando as diferenças entre seres humanos e vampiros, diria que minha vida teve um bom propósito. Quero saber de onde vocês vieram e como o corpo de vocês funciona e também porque não desenvolvem câncer. Há coisas importantes a aprender, Vishous. Coisas que poderiam beneficiar as duas raças. Não estou falando de vocês como cobaias... bem, acho que estou. Mas não de modo cruel. Não da maneira distante com que pensava antes. Amo você e quero aprender com você.

Ele olhou para Jane e praticamente perdeu a respiração.

Ela fez uma careta e disse:

– Por favor, diga que você...

Ele a apertou contra o peito.

– Sim. Bem... se Wrath concordar e você estiver confortável também... *sim*.

Jane envolveu Vishous pela cintura e o abraçou com força.

Caramba, ele se sentiu nas nuvens. Estava completo, feliz, firme na mente, no coração e no corpo, tudo no lugar, tudo encaixado, uma situação perfeita.

V. estava prestes a dizer coisas apaixonadas quando o telefone tocou. Soltando um palavrão, ele tirou o aparelho do bolso e atendeu.

– Alô? Na Jane. Quer me encontrar aqui? Agora? Ok. Droga. Está certo, até já, Hollywood.

Desligou o celular.

– Rhage.

– Acha que conseguiremos permissão para mim?

– Sim, acho que sim. Na verdade, Wrath ficaria muito mais à vontade se você estivesse em nosso mundo. – Ele passou as costas da mão pelo rosto dela. – E eu também. Mas nunca pensei que você fosse abrir mão de sua vida.

– Não estou abrindo mão. Só estou vivendo minha vida de uma maneira um pouco diferente, mas não estou abrindo mão de nada. Sabe... eu não tenho muitos amigos. – *Exceto Manello*. – E não há nada que me prenda... e eu estava preparada para deixar Caldwell e ir para Manhattan. Além disso... serei mais feliz com você.

V. olhou no rosto dela, adorando os traços fortes e o cabelo curto, além dos olhos verdes.

– Eu nunca teria pedido isso, sabe... para largar tudo o que tem por mim.

– É um dos motivos pelos quais amo você.

– E quais são os outros? Vai me contar?

– Talvez. – Ela levou a mão ao membro dele, deixando-o chocado, dando-lhe um susto. – Posso mostrar também.

Ele cobriu os lábios dela com os deles e enfiou a língua em sua boca, enquanto a pressionava contra uma parede. Não se importou se Rhage podia estar do lado de fora...

O telefone tocou. E continuou tocando.

V. ergueu a cabeça e olhou pela janela perto da porta da frente. Rhage estava no gramado, com o telefone ao ouvido, olhando para ele. O Irmão olhou para o relógio e mostrou o dedo do meio a V.

Vishous bateu a mão na parede e se afastou de Jane.

– Volto no fim da noite. Esteja nua.

– Não prefere me despir?

– Não, porque eu rasgaria essa camiseta, e quero que você durma com ela todas as noites até estar em minha cama comigo. Esteja. Nua.

– Veremos.

O corpo todo dele tremeu pela desobediência. E ela percebeu, com o olhar sério e sensual.

– Eu te amo tanto – ele disse.

– Eu sei, agora vá e mate alguma coisa. Estarei esperando por você.

Ele sorriu para ela.

– Não poderia amá-la mais nem se tentasse.

– Idem.

Ele a beijou e se desmaterializou para o lado de Rhage, conferindo se o *mhis* estava no lugar. *Oh, ótimo*. Chovia. Cara, ele preferiria muito mais estar abraçado na cama com Jane do que com seu Irmão, e olhou com cara de poucos amigos a Rhage.

– Você morreria se esperasse mais cinco minutos?

– Pare com isso. Se você começasse a prolongar seu tempo com sua fêmea, eu teria de esperar aqui até o verão.

– Você...

V. franziu a testa e olhou para a casa ao lado. O portão da garagem estava aberto pela metade, com o brilho das luzes de freio à vista. Escutou uma porta de carro sendo batida e, na brisa, sentiu um odor fraco e adocicado, como se açúcar cristal tivesse sido espalhado no vento frio.

– Oh... Deus, *não*.

Naquele momento, Jane abriu a porta da frente e saiu correndo, com a jaqueta de couro na mão, a camisa esvoaçando atrás dela.

– Você se esqueceu disto!

Foi um momento tenebroso de revelação, apenas fragmentos: o sonho havia se tornado realidade.

– Não! – Ele gritou.

A sequência ocorreu em uma série de segundos que duraram séculos: Rhage olhava para ele como se estivesse louco. Jane correndo pela grama. Ele próprio soltando o *mhis* quando o medo tomou conta de seu corpo.

Um *redutor* saindo debaixo do portão da garagem com a arma em punho.

O tiro não fez nenhum som por causa do silenciador preso a ele.

V. pulou na direção de Jane, tentando proteger o corpo dela com o dele. Não conseguiu. Ela foi atingida nas costas, e a bala saiu do outro lado, passando pelo peito dela, entrando no braço dele. V. a segurou quando ela caiu, sentindo o próprio peito tomado de dor.

Quando eles caíram no chão, Rhage partiu atrás do assassino, mas V. nem percebeu. Só prestou atenção ao seu pesadelo: sangue em sua camisa. Seu coração tomado de dor. A morte vindo... mas não para ele. *Para Jane*.

– Dois minutos – ela disse enquanto tentava respirar e levava a mão ao peito. – Tenho menos de dois... minutos.

O tiro devia ter acertado sua artéria e ela sabia.

– Eu vou...

Ela balançou a cabeça e segurou o braço dele.

– Fique... Droga... não vou...

Conseguir era a palavra que ela ia dizer.

– Droga!

– Vishous... – Os olhos dela ficaram marejados, e ela perdeu a cor depressa. – Segure minha mão. Não me deixe. Você não pode... não me deixe partir sozinha.

– Você vai ficar bem! – ele começou a pegá-la no colo. – Vou levar você ao Havers.

– *Vishous*. Não tem como consertar isso. Segure a minha mão. Estou partindo... droga... – Ela começou a perder a consciência. – Eu amo você.

– *Não!*

– Eu amo...

– *Não!*

Capítulo 48

A Virgem Escriba desviou o olhar do pássaro em sua mão, assustando-se com um temor repentino.

Oh... acaso infeliz. Oh, destino cruel.

Havia acontecido.

A coisa que ela pressentira e temera muito tempo antes, a ruptura da estrutura de sua realidade havia chegado. Seu castigo agora estava claro.

Aquela humana... aquela mulher humana que seu filho amava estava morrendo naquele momento. Estava em seus braços, sangrando e morrendo.

Com o braço trêmulo, a Virgem Escriba colocou o pássaro de volta na árvore de flores brancas e caminhou até a fonte. Sentando-se na beirada de mármore, ela sentiu o peso de seu manto como se fossem correntes prendendo-a.

A culpa pela perda do filho era dela. De fato, foi ela quem trouxe a ruína para ele: havia quebrado as regras. Trezentos anos atrás, ela havia quebrado as regras.

No início dos tempos, havia sido concedido a ela um ato de criação, e, sendo assim, após seu amadurecimento, um ato de criação foi realizado por ela. Mas depois, ela o fez mais uma vez. Havia suportado o que não deveria suportar, e, ao fazer isso, amaldiçoou seu filho. O destino de seu filho – todo ele, desde o tratamento recebido pelo pai até o macho duro e frio no qual Vishous havia se tornado, e agora, sua agonia final – era, na verdade, seu castigo. Porque enquanto ele sentisse dor, ela também sentiria mil vezes mais.

Ela sentiu vontade de gritar a seu Pai, mas sabia que não podia. As escolhas tomadas por ela não tinham nada a ver com Ele, e as consequências eram apenas dela.

Ao avistar pelas dimensões e ver o que ocorria com seu filho, percebeu que a dor de Vishous era a dela, sentiu o impacto do choque que o acometia, a força de sua surpresa, o peso de seu horror. Também sentiu a morte de sua amada, o frio gradual que tomava conta do corpo dos seres humanos conforme o sangue entrava em sua cavidade peitoral e seu coração começava a falhar. E então, sim, ela escutou as palavras de amor de seu filho e sentiu o cheiro do medo intenso que tomava conta dele.

Não havia nada que pudesse fazer. Ela, que tinha poder sem tamanho sobre tantos, estava impotente naquele momento porque o destino e a consequência do livre-arbítrio eram apenas de domínio de seu Pai. Apenas Ele conhecia o mapa da eternidade, o compêndio de todas as decisões tomadas ou não, dos caminhos conhecidos ou desconhecidos. Ele era o Livro, a Página e a Tinta que não se apagava.

Ela, não.

E Ele não a escutaria agora por esse motivo. Aquele era o destino dela: sofrer porque um inocente nascido de um corpo que ela nunca deveria ter assumido sempre estaria sofrendo, seu filho caminharia na Terra como um macho morto pelas escolhas feitas por ela.

Gemendo, a Virgem Escriba permitiu-se perder a forma e saiu das roupas que vestia, com o tecido escuro caindo no chão de mármore. Ela entrou na água da fonte como uma onda leve, passando entre as moléculas de hidrogênio e de oxigênio com sua tristeza, fazendo com que fossem energizadas, fazendo-as ferver e evaporar. Conforme a transferência de energia continuava, o líquido subiu como uma nuvem, tomando o céu do pátio e caiu como lágrimas que ela não era capaz de chorar.

Na árvore branca, os pássaros viraram o pescoço para as gotas de água que caiam como se pensassem nessa nova ocorrência. E então, como um bando, deixaram seu local de repouso pela primeira vez e voaram para a fonte. Enfileirando-se na borda, eles olharam além da água que ela habitava.

Eles a protegeram em sua dor e em seus arrependimentos, cuidaram dela como se cada um deles fosse grande como uma águia e tão corajosos quanto.

Eles eram, como sempre, seu único conforto e amizade.

Jane tinha consciência de que estava morta.

Sabia, porque estava no meio de uma névoa, e alguém parecido com sua irmã estava em pé diante dela.

Assim, teve certeza de que havia partido. Mas... não deveria estar triste? Não deveria estar preocupada com Vishous? Não deveria estar feliz por se reunir de novo com a irmã?

– Hannah? – Ela chamou, porque queria ter certeza de que sabia para o que estava olhando. – É você?

– Mais ou menos. – A imagem de sua irmã deu de ombros, e seus belos cabelos ruivos se mexeram junto com o movimento. – Sou apenas uma mensageira.

– Bem, você se parece com ela.

– É claro que sim. O que você vê agora é o que está em sua mente quando você pensa nela.

– Certo... isso é meio esquisito. Estou apenas sonhando?

Porque, nesse caso, seria uma ótima notícia, levando em conta o que acreditava que havia acabado de acontecer.

– Não, você realmente faleceu. Está no meio agora.

– No meio de onde?

– No meio. Nem aqui, nem lá.

– Pode ser um pouco mais específica?

– Não muito. – A visão de Hannah sorriu para ela aquele sorriso bonito, angelical, que derretia até mesmo Richard, o cozinheiro mal-humorado.

– Mas tenho uma mensagem. Você vai ter de abrir mão dele, Jane. Se quiser encontrar paz, vai ter de abrir mão dele.

Se *ele* era Vishous, não aconteceria.

– Não posso fazer isso.

– Você tem que fazer. Caso contrário, vai ficar perdida aqui. Você tem pouco tempo para ficar nesse meio.

– E depois, o que acontece?

– Você se perde para sempre. – A imagem de Hannah ficou séria. – Abra mão dele, Jane.

– Como?

– Você sabe como. E se abrir mão dele, poderá ver a mim, real, do outro lado. Deixe-o partir. – A mensageira, ou o que quer que fosse, desapareceu.

Sozinha, Jane olhou ao redor. A névoa persistia, densa como uma nuvem de chuva e tão infinita quanto o horizonte.

Ela sentiu medo. Aquilo não fazia sentido. Não queria estar ali.

De repente, teve uma sensação de urgência, como se o tempo estivesse acabando, ainda que não soubesse como sabia disso. Mas então pensou em Vishous. Se abrir mão dele significa abrir mão do amor por ele, não seria possível.

Capítulo 49

Vishous estava dirigindo o Audi de Jane como um louco pela chuva, e, no meio do caminho até Havers, percebeu que ela não estava dentro do carro com ele.

Seu corpo estava.

Seu pânico era a única energia naquele espaço fechado, com seu coração sendo o único que batia, os olhos os únicos que piscavam.

O macho vinculado dentro dele confirmou o que seu cérebro estava negando: em seu sangue, ele sabia que ela havia partido.

V. parou de pressionar o acelerador e o Audi desacelerou até parar totalmente. A Rota 22 estava vazia, provavelmente por causa da tempestade de início de primavera que se aproximava, mas ele teria ficado no meio da estrada mesmo se o trânsito estivesse carregado.

Jane estava no banco do passageiro. O cinto de segurança pressionava seu peito, onde V. havia colocado sua camiseta como um torniquete improvisado.

Ele não virou a cabeça.

Não conseguia olhar para ela.

Olhou para frente, para as faixas amarelas de mão dupla da estrada. Na frente dele, os limpadores de para-brisa iam de um lado a outro, com os movimentos rítmicos como o som de um relógio antigo, *tique... taque... tique... taque...*

A passagem do tempo não era mais relevante. Nem sua pressa.

Tique... taque... tique...

Sentiu que também deveria estar morto, considerando a dor no peito. Não fazia a menor ideia de como continuava em pé sendo que doía tanto.

Taque... tique...

Mais à frente havia uma curva na estrada, com a floresta se encontrando com o asfalto. Sem um motivo especial, ele percebeu que as árvores estavam todas unidas, com os galhos sem folhas se entrelaçando, criando a impressão de uma renda preta.

Taque...

A visão que ele teve surgiu discretamente, e, a princípio, não soube que o que seus olhos estavam registrando havia mudado. Mas então ele viu um muro, um muro sutilmente texturizado... iluminado por uma luz forte. E ele tentou descobrir de onde vinha a iluminação...

Percebeu que eram os faróis do carro.

Uma buzina o fez voltar a prestar atenção, e pisou no acelerador enquanto virava o volante para a direita. O outro veículo derrapou no asfalto molhado, e então continuou seu trajeto, desaparecendo estrada abaixo.

Vishous voltou a se concentrar na floresta e na sequência recebeu o restante da visão, como um filme. Com desprezo entorpecido, ele viu a si mesmo tomar atitudes impensáveis, testemunhando o futuro conforme ocorria, fazendo anotações. Quando nada mais foi revelado, V. partiu desesperado, saindo de Caldwell com o dobro da velocidade permitida.

Quando o celular tocou, ele procurou no banco de trás, onde havia jogado a jaqueta de couro, e pegou o aparelho. Ele o desligou, então foi para o acostamento da estrada e abriu a parte de trás do celular. Tirando o chip do GPS, ele o colocou no painel do Audi e o esmagou com o punho.

– Onde *diabos* ele está?

Phury recuou enquanto Wrath caminhava pelo escritório e os outros machos se mantinham afastados também. Quando o rei ficava irado daquela maneira, a melhor coisa era sair da frente para não ser atropelado.

Mas, aparentemente, ele estava procurando por reações.

– Estou falando sozinho aqui? Onde diabos está V.?

Phury limpou a garganta.

– Não sabemos ao certo. O GPS foi arrancado cerca de dez minutos atrás.

– Arrancado?

– Parou de estabelecer conexão. Geralmente ele funciona quando V. está com o telefone, mas... não estamos recebendo sinal nenhum.

– Ótimo. Maravilhoso. – Wrath remexeu em suas roupas e esfregou os olhos fazendo uma careta. Ele vinha tendo dores de cabeça ultimamente, provavelmente por tentar ler demais, e, obviamente, um Irmão desaparecido não estava ajudando a melhorar a situação.

Do outro lado, Rhage disse um palavrão e desligou seu telefone.

– Ele ainda não apareceu no Havers. Olha, pode ser que ele tenha ido a algum lugar para enterrá-la. O chão está congelado, mas com a mão dele não seria difícil.

– Você acha mesmo que ela morreu? – Wrath perguntou.

– Pelo que vi, acertaram-na no peito. Quando eu voltei depois de matar aquele *redutor*, os dois já tinham sumido, assim como o carro dela. Mas... é, não acho que ela sobreviveu.

Wrath olhou para Butch, que se manteve totalmente calado desde que entrou ali.

– Você sabe como encontrar alguma das fêmeas que ele usava para sexo e para se alimentar?

O tira balançou a cabeça.

– Não. Ele mantinha essa parte de sua vida em segredo.

– Então não podemos encontrá-lo dessa maneira. Mais boas notícias. Existe motivo para pensarmos que ele iria para a cobertura?

– Eu passei por lá enquanto voltava – Butch disse. – Ele não estava e eu sinceramente não acho que iria para lá. Não se levarmos em conta para que ele usava o local.

– E só restam duas horas de luz do dia. – Wrath se sentou, mas deixou os braços apoiados na cadeira, como se fosse se levantar de repente a qualquer momento.

O telefone de Butch tocou e ele atendeu.

– V.? Oh... oi, querida. Não... ainda nada. Sim, prometo. Amo você.

Quando o tira desligou, Wrath se virou na direção do fogo da lareira e ficou em silêncio por um tempo, com certeza pensando nas opções que ainda tinham, assim como todos os outros. Mas não havia nenhuma. Vishous poderia estar em qualquer local naquele momento, por isso, se os Irmãos se espalhassem para procurar, seria como procurar uma agulha num palheiro. Além disso, estava bem claro que V. havia tirado o *chip* do GPS. Não queria ser encontrado.

Por fim, Wrath disse:

– O pino da granada foi arrancado, rapazes. Agora, é só uma questão do que irá explodir.

V. escolheu o local para o acidente de carro com cuidado. Ele queria estar perto de seu destino, mas ainda longe o suficiente para manter a discrição, e quando ele se aproximou do local, uma curva na estrada apareceu para ser usada. Perfeita. Colocando o cinto de segurança, ele pisou no acelerador e se preparou. O motor do Audi roncou, e seus pneus giraram cada vez mais rápidos na estrada escorregadia. Logo, aquilo deixaria de ser um carro, transformando-se em nada além de um monte de energia cinética.

Em vez de acompanhar a curva fechada da Rota 22 à esquerda, V. foi em linha reta na direção da árvore. Como um menino bem comportado sem instinto de sobrevivência, o carro saiu da estrada e manteve-se no ar por um milésimo de segundo.

A aterrissagem fez com que V. saltasse do banco do motorista, batendo a cabeça no teto do carro, sendo jogado para frente. *Air bags* explodiram no volante, no painel e nas portas enquanto o veículo passava por galhos, árvores e...

A árvore de carvalho era imensa. Grande como uma casa. E resistente também.

A cabine de proteção contra batidas do Audi foi o que salvou V. de ser esmagado, uma vez que a frente do carro ficou amassada como uma sanfona de metal e motor. A força do impacto fez com que a cabeça de V. fosse para frente, e ele bateu o rosto no *air bag* de novo quando um galho entrou pelo para-brisa.

Depois, seus ouvidos ressoaram como se houvesse alarmes de incêndio tocando dentro deles, e seu corpo fez uma autoavaliação em busca de membros feridos e partes quebradas. Atordoado, sangrando por cortes feitos pelo galho, ele soltou o cinto de segurança, forçou a porta para que se abrisse e saiu do carro. Ao respirar profundamente, escutou o som do motor e o ar saindo dos *air bags*. A chuva caía com desinteresse constante e gracioso, soltando-se das árvores e formando poças fundas no chão da floresta.

Assim que conseguiu, deu a volta no carro para pegar Jane.

O impacto fez com que ela fosse para frente, e seu sangue agora marcava o para-brisa, o painel e o banco. E era isso o que ele queria.

V. se inclinou e soltou o cinto dela, pegando-a no colo com cuidado, como se ela ainda estivesse viva, ajeitando-a em seus braços para que ela ficasse confortável. Antes de se embrenhar pela mata, ele pegou a jaqueta e a colocou sobre ela para protegê-la do frio.

Vishous começou a caminhar como todas as caminhadas começam. Colocou um pé na frente do outro. E repetiu. E repetiu.

Caminhou pela floresta, ficando cada vez mais molhado até ficar tão encharcado quanto as árvores, apenas outro objeto sobre o qual a água podia cair.

Caminhou na direção do destino deles, até seus braços e costas doerem por carregá-la.

Por fim, chegou à entrada da Tumba. Não precisou olhar para ver se estava sendo seguido. Sabia que estava sozinho.

Caminhou para dentro da caverna, com o som da chuva caindo enquanto ele continuava pelo chão de terra. Pela memória, acionou a abertura de uma rocha que tampava a entrada. Quando uma peça de quase três metros se moveu, entrou no corredor que foi revelado e se aproximou de uma série de portões de ferro. Soltou o mecanismo de trava com a mente, e a barreira se abriu sem qualquer som enquanto a rocha atrás dele era substituída.

Ali dentro, estava mais do que escuro, com o ar mais denso naquele local subterrâneo, como se estivesse cheio. Pensando rapidamente, acendeu algumas das tochas das paredes com sua mente e então desceu na direção do ponto de adoração e ritual da Tumba. Dos dois lados do corredor, em estantes que chegavam a seis metros de altura, havia milhares de jarros de cerâmica com corações de *redutores* mortos pela Irmandade. Não olhou para eles, como geralmente fazia. Olhou diretamente para frente enquanto carregava sua amada, com as botas molhadas deixando marcas no chão de mármore preto e brilhante.

Pouco tempo depois, entrou no ventre da Tumba, a área vasta e subterrânea que abria um buraco na terra. De acordo com sua vontade, velas pretas e grossas em candelabros se acenderam, iluminando as estalactites parecidas com adagas que pendiam do teto, além das colunas grandes de mármore preto que formavam o fundo do altar.

As colunas tinham sido vistas por ele na visão. Quando olhou na Rota 22 para as árvores, visualizou a parede do memorial: nos galhos entrelaçados das árvores viu as inscrições no mármore, todos os nomes daqueles guerreiros que haviam servido à Irmandade por gerações formavam um padrão sutil e delicado, parecido com renda quando visto de longe.

Na frente da parede, o altar era simples, mas poderoso: um enorme bloco de pedra apoiado em duas robustas colunas. No centro, havia o antigo crânio do primeiro membro da Irmandade da Adaga Negra, a relíquia mais sagrada que os Irmãos possuíam.

Ele a colocou de lado e deitou Jane ali. Ela estava pálida, e sua mão branca e mole caiu para o lado e fez com que ele tremesse todo. Cuidadosamente a pegou, colocando-a sobre o peito dela.

V. deu passos para trás até se encostar na parede. À luz das velas, e com sua jaqueta sobre o corpo, ele quase conseguiu imaginar que ela dormia.

Quase.

Cercada pela vista subterrânea, ele pensou na caverna do acampamento de guerreiros. E então viu a si mesmo usando sua mão especial naquele macho em pré-transição, e depois em seu próprio pai.

Ele tirou a luva e deixou à mostra a palma brilhante.

O que viu naquele momento ia contra as leis da natureza e de sua espécie.

A ressurreição dos mortos não era uma medida apropriada nem permitida em nenhuma circunstância. E não apenas por ser o reinado de Ômega. As Crônicas da raça, aqueles vários volumes de história, traziam apenas dois exemplos, e nenhum deles resultou em nada menos do que tragédia.

Mas ele era diferente. Aquilo era diferente. Jane era diferente. V. estava fazendo aquilo por amor, ao passo que os exemplos sobre os quais leu envolviam ódio: houve o caso de um assassino que alguém havia trazido de volta para usar como arma, e uma fêmea que voltou à vida como um ato de vingança.

E havia mais a seu favor. Ele curava Butch com frequência, tirando o mal do corpo do tira quando ele se envolvia com os *redutores*. Ele poderia fazer a mesma coisa com Jane. Certamente poderia.

Com sua determinação, V. tirou da mente os resultados daqueles que se aventuraram nas artes obscuras de Ômega. E concentrou-se no amor que sentia por sua fêmea.

O fato de Jane ser um ser humano não era um problema, pois o ato de ressurreição era o ato de trazer de volta à vida aqueles que estavam mortos, e o limite era o mesmo independentemente da espécie. E ele tinha o que precisava. O ritual exigia três coisas: algo do Ômega, um pouco de sangue fresco e uma fonte de energia elétrica, como um raio.

Ou, em seu caso, sua maldição.

V. voltou pelo corredor de jarros e não perdeu tempo escolhendo. Pegou qualquer um da estante, com sua cerâmica marcada por finas fissuras e sua cor marrom, que indicava ser um jarro antigo.

Quando voltou ao altar, colocou o objeto com força na pedra, despedaçando-o, revelando o que havia ali dentro. O coração estava coberto por um brilho oleoso e escuro, preservado pelo que fluía nas veias de Ômega. Ainda que a natureza daquilo na Sociedade Redutora fosse desconhecida, estava claro que o "sangue" de Ômega havia entrado antes de o coração ser removido.

Então Vishous tinha o que precisava de seus inimigos.

Olhou para o crânio do primeiro Irmão e não pensou duas vezes antes de usar a relíquia sagrada para um objetivo fora da lei. Pegou uma de suas adagas, cortou o pulso e sangrou dentro do cálice prateado que estava montado em cima do crânio. Então, pegou o coração do *redutor* e o apertou com a mão.

Gotas negras de maldade caíram, misturando-se ao vermelho de seu sangue. O líquido pecaminoso tinha magia, do tipo que ia contra as regras dos justos, do tipo que transformava tortura em esporte, do tipo que causava dor a inocentes... mas havia eternidade ali também.

E era isso que ele precisava para Jane.

– Não!

Ele se virou.

A Virgem Escriba havia aparecido atrás dele, sem o capuz, seu rosto transparente era uma máscara de horror.

– Você *não deve* fazer isso.

Ele se virou e colocou o crânio ao lado da cabeça de Jane. Num pensamento rápido, ele encontrou um paralelo estranho e reconfortante de que ela sabia como era o interior de seu peito e ele estava prestes a saber o mesmo sobre ela.

– Não existe equilíbrio nisso! Não existe um preço!

V. tirou a jaqueta de sua fêmea. A mancha de sangue por baixo, em sua camisa, era como um alvo bem no meio de seu peito, entre os seios.

– Ela voltará não como você a conhece – a mãe sussurrou. – Ela voltará má. É isso o que pode ocorrer.

– Eu a amo. Posso cuidar dela, assim como eu cuido de Butch.

– Seu amor não vai mudar o resultado, nem sua habilidade com os restos de Ômega. Isso é proibido!

Ele se virou para a mãe, detestando-a por aquelas palavras.

– Quer equilíbrio? Uma troca? Quer um acordo antes de eu fazer isso? Certo. O que vai me custar? Você amaldiçoou Rhage para o resto de sua vida, o que fará então comigo?

– A igualdade não é a minha lei!

– Então de quem é? E quanto eu devo?

A Virgem Escriba pareceu reservar um minuto para se recompor.

– Isso está além do que posso dar ou não. Ela se foi. Não existe retorno quando o corpo foi deixado, como o dela.

– Mentira! – Ele voltou-se a Jane, preparado para abrir seu peito.

– Você pode condená-la para sempre. Ela não terá para onde ir a não ser ao Ômega, e você terá de mandá-la para lá. Ela se tornará malévola e você terá de destruí-la.

V. olhou para o rosto sem vida de Jane. Lembrou de seu sorriso. Tentou encontrá-lo na pele clara.

Não conseguiu.

– Equilíbrio... – ele sussurrou.

Esticou o braço e tocou o rosto frio dela com a mão boa e tentou pensar em tudo o que podia dar, tudo que podia trocar.

– Isso não tem a ver apenas com equilíbrio – a Virgem Escriba disse. – Algumas coisas são proibidas.

Quando a solução ficou clara para ele, Vishous não escutou mais nada do que a mãe disse.

Ergueu sua mão normal e preciosa, aquela com a qual podia tocar nas pessoas e nas coisas, aquela que era como deveria ser, não algo amaldiçoado com a destruição.

Sua mão boa.

Ele a abaixou no altar, esticando os dedos e o pulso. Então, pegou a lâmina de sua adaga e a colocou sobre a pele. Ao forçar, a lâmina afiada o cortou através do osso.

– Não! – A Virgem Escriba gritou.

Capítulo 50

Jane não tinha tempo. E ela sabia disso da mesma maneira que sabia quando um paciente estava piorando. Seu relógio interno tocou, seu alarme começou a apitar.

– Não quero abrir mão dele – ela disse a ninguém.

Sua voz não foi muito longe, e ela percebeu que a névoa parecia mais densa... tão densa que havia começado a escurecer até mesmo seus pés. E então ela se deu conta. Não estavam escuros. Com medo, ela percebeu que, a menos que fizesse alguma coisa, ia dissolver e se perder no nada. Para sempre estaria sozinha e solitária, desejando o amor que já tinha sentido.

Um fantasma triste e em movimento.

E finalmente foi tomada por emoção, que marejou seus olhos. A única maneira de salvar a si mesma era deixar que o desejo por Vishous passasse: era a chave para a porta. Mas se fizesse isso, parecia que o estava abandonando, deixando-o sozinho para enfrentar um futuro frio e amargo. Afinal de contas, ela conseguia imaginar como as coisas seriam para ela se ele morresse.

De repente, a névoa ficou ainda mais densa e a temperatura caiu. Jane olhou para baixo. Suas pernas estavam desaparecendo... primeiro até os tornozelos, depois até as canelas. Ela se entregava ao nada, dispersando.

Jane começou a chorar ao se decidir e chorou pelo egoísmo do que tinha de fazer.

Mas como abrir mão dele?

Quando a névoa subiu para as suas coxas, ela entrou em pânico. Não sabia como fazer o que tinha de fazer...

A resposta, quando surgiu, foi dolorosa e simples.

Oh... Deus... Abrir mão era aceitar o que não podia ser mudado. Você não pode se segurar na esperança de que algo mudará os acontecimentos... também não deve lutar contra as forças superiores do destino para tentar moldá-las ao seu desejo... e nem implorar por salvação por achar que sabe como as coisas podem ficar melhores. Abrir mão significa olhar o que está na sua frente com olhos lúcidos, reconhecendo que a livre escolha é a exceção, e o destino, a regra.

Sem acordo. Sem tentar controlar. Você abre mão e vê que o ser amado não era na verdade o seu futuro, e que não havia nada a se fazer a respeito.

Lágrimas caíam de seus olhos naquela névoa enquanto Jane abria mão de toda a sua força e de sua luta para manter o elo com Vishous vivo. Ao fazer isso, ficando sem fé nem otimismo, ela ficou vazia como a névoa ao seu redor: uma ateísta na vida, descobriu que na morte ela era igual. Por não acreditar em nada, agora ela era nada

E foi então que o milagre aconteceu.

Uma luz veio de cima, protegendo-a, esquentando-a, tomando-a com algo que era como o amor que ela sentira por Vishous: uma benção.

Ao ser puxada para cima como uma flor retirada do solo por uma mão gentil, Jane percebeu que ainda podia amar quem amava, ainda que não estivesse com ele. De fato, seus caminhos divergentes não secaram nem destruíram o que ela sentia. Encobria suas emoções com uma capa de saudade amarga e doce, mas não mudava o que existia em seu coração. Podia amá-lo e esperar por ele do outro lado da vida.

Porque o amor, afinal, era eterno e não sujeito aos caprichos da morte.

Jane estava livre... e para cima voou.

Phury estava prestes a perder o controle.

Mas teria de esperar a sua vez se quisesse perder o controle, porque todos os Irmãos estavam com problemas. Principalmente Butch, que caminhava pelo escritório como um prisioneiro na solitária.

Nenhum sinal de Vishous. Nenhum telefonema. Nada. E a manhã se aproximava como um trem-bala.

Butch parou.

– Onde você faria o enterro de uma *shellan*?

Wrath franziu a testa.

– Na Tumba.

– Você acha que ele a levaria para lá?

– Ele nunca foi muito afeito aos rituais e ainda mais com a história de sua mãe... – Wrath balançou a cabeça. – Ele não iria para lá. Além disso, saberia que esse seria um dos lugares onde nós o procuraríamos, e ele é bem reservado. Se realmente quiser enterrá-la, não vai querer plateia.

– É.

Butch começou a caminhar de novo quando o relógio marcou quatro e meia da manhã.

– Sabe de uma coisa? – O tira disse. – Eu vou checar, se vocês concordarem. Não aguento ficar aqui nem mais um segundo.

Wrath deu de ombros.

– Tudo bem. Não temos mais aonde ir.

Phury ficou em pé, sem conseguir suportar aqueles passos de um lado a outro.

– Vou com você. Vai precisar de alguém que saiba onde fica a entrada.

Como Butch não podia se desmaterializar, os dois entraram no Escalade e Phury atravessou o gramado com o veículo e foi para dentro da floresta. Com o sol prestes a nascer, ele não fez o trajeto mais comum, pegou um atalho para a Tumba.

Os dois ficaram em silêncio até Phury encostar na entrada da caverna. Saíram do veículo.

– Sinto o cheiro de sangue – Butch disse. – Acho que o encontramos.

Sim, sentia-se o cheiro de sangue humano no ar... sem dúvida por V. ter carregado Jane para dentro.

Droga. Correndo para dentro da caverna, eles se dirigiram para a parte de trás, passando pela entrada disfarçada e descendo até os portões de ferro. Um dos lados estava aberto, e havia uma trilha de passos úmidos que levava ao centro do corredor de jarros.

– Ele está ali! – Butch disse, aliviado, algo que demonstrava nas palavras.

Sim, mas por que V., que detestava a mãe, enterraria a fêmea que amava de acordo com as tradições da Virgem Escriba?

Não enterraria.

Quando começaram a descer o corredor, a sensação de problemas aumentou para Phury... principalmente quando eles chegaram no fim e viram um espaço vazio na estante, onde faltava um jarro de *redutor*. *Oh não.* Oh... Deus, não. Eles deveriam ter levado mais armas. Se V. tivesse feito o que Phury temia que tivesse, eles teriam de estar armados até os dentes.

– Espere! – Ele parou, pegou uma tocha da parede e a entregou a Butch. Depois de pegar uma para si, segurou seu braço. – Prepare-se para lutar.

– Por quê? V. pode estar irritado por estarmos aqui, mas ele não será violento.

– Você deve tomar cuidado com Jane.

– De que diabos está...

– Acho que ele pode ter tentado trazê-la de volta à vida...

Uma luz brilhante explodiu mais à frente, transformando a noite em dia.

– Droga! – O tira disse depois. – Não me diga que ele faria isso.

– Se Marissa morresse e você pudesse fazer isso, não faria?

Os dois correram e entraram na caverna. E pararam.

– O que é isso? – Butch perguntou.

– Não... não tenho a menor ideia.

Caminhando lentamente e em silêncio, eles desceram para o altar, transfigurados pela visão. No meio do bloco de pedra havia uma escultura... um busto... dos ombros e da cabeça de Jane. A composição era de pedra escura, tão bem trabalhada que parecia uma foto. Ou talvez um holograma. A luz da vela iluminava os traços com um brilho que parecia deixar o objeto com vida. Na ponta mais distante da coluna havia um jarro de cerâmica quebrado, o crânio sagrado da Irmandade e também o que parecia um coração coberto por óleo.

Do outro lado do altar, V. estava recostado na parede dos nomes, com os olhos fechados, as mãos no colo. Um de seus pulsos estava amarrado com uma faixa de tecido preto, e uma de suas adagas não estava ali. O local tinha cheiro de fumaça, mas não havia nada no ar.

– V.? – Butch se aproximou e se ajoelhou ao lado do amigo.

Phury deixou Butch cuidar de V. e se dirigiu ao altar. A escultura era muito parecida com Jane, tão real que podia ser ela enquanto viva. Ele esticou o braço, querendo tocar o rosto, mas no instante em que seu dedo entrou em contato, o busto perdeu toda a sua forma.

Droga. Não era feito de pedra, mas, sim, de cinzas, e não era nada além de um monte do que deviam ser os restos de Jane.

Phury olhou para Butch.

– V. está vivo?

– Bem, ele está respirando.

– Vamos levá-lo para casa. – Phury olhou para as cinzas. – Vamos levar os dois para casa.

Ele precisava de algo para carregar Jane, e com certeza não usaria um jarro de *redutor*. Olhou ao redor. Não havia nada.

Phury pegou sua camisa de seda e a abriu sobre o altar. Era o melhor que poderia fazer, e eles não tinham tempo.

O dia estava chegando. E não tinha como atrasá-lo.

Capítulo 51

Dois dias depois, Phury decidiu ir ao Outro Lado. A Directrix vinha pressionando para que uma reunião acontecesse, e ele não queria adiar mais. Além disso, ele precisava sair da casa.

A morte de Jane havia sido um choque no complexo, afetando todos os machos. A perda de uma *shellan*, como ela era vista ainda que o casal não tivesse se unido formalmente, era sempre o maior medo. Mas o fato de ela ter sido morta pelo inimigo era quase insuportável.

Pior: o fato de aquilo ter acontecido menos de um ano depois de Wellsie ter sido assassinada da mesma forma – era um lembrete terrível do que eles sabiam: os machos da Irmandade enfrentavam uma grande ameaça por parte dos *redutores*.

Tohrment sabia disso muito bem. E agora, Vishous.

Caramba, era difícil saber se V. continuaria por perto. Tohr havia partido logo depois de Wellsie ter sido morta por um assassino, e desde então ninguém teve notícias dele. Apesar de Wrath dizer que podia sentir que o Irmão ainda estava vivo, todos já tinham desistido da ideia de que ele reapareceria. Ou talvez fosse morrer em algum lugar do mundo, sozinho. Mas eles não o veriam de novo em breve e, provavelmente, só o encontrariam no Fade. *Droga...* pobre Vishous.

Naquele momento, V. estava em seu quarto no Buraco, deitado ao lado da urna de bronze na qual Phury havia colocado as cinzas de Jane. O irmão não havia falado nem comido nada, de acordo com Butch, ainda que os olhos do cara estivessem abertos, aparentemente.

Estava claro que ele não tinha qualquer intenção de explicar o que havia ocorrido na Tumba. Sobre Jane ou sobre seu punho.

Dizendo um palavrão, Phury se ajoelhou ao lado da cama e colocou o medalhão do Primaz no pescoço. Fechando os olhos, atravessou diretamente o santuário das Escolhidas, pensando em Cormia pelo caminho. Ela também permaneceu em seu quarto, comendo pouco e falando menos. Ele a visitava com frequência para saber se estava bem, o que ela parecia gostar. Ela gostava muito de Jane Austen, ainda que não compreendesse o que era "ficção" ou, como ela dizia, uma mentira construída.

Phury apareceu no anfiteatro porque não conhecia o espaço muito bem e acreditava que ali seria um bom ponto de partida. Caramba, era esquisito estar no meio de todo aquele branco. Mais estranho ainda dar a volta na parte de trás do palco e olhar os diversos templos brancos. Nossa! Aquele local parecia um anúncio de alvejante para lavar roupas. Não havia cor em lugar algum. E era muito silencioso. Assustadoramente silencioso.

Quando ele escolheu uma direção e começou a andar, ficou preocupado com a possibilidade de enfrentar um monte de Escolhidas e não estava exatamente com pressa de ficar frente a frente com a Directrix. Para passar o tempo, decidiu ver o que havia dentro de um dos templos. Escolhendo de maneira aleatória, subiu os degraus baixos de mármore, mas descobriu que as portas duplas estavam muito bem trancadas.

Franzindo a testa, ele se inclinou e olhou para o buraco da fechadura, que era grande e tinha uma forma estranha. Num impulso, pegou o medalhão do Primaz e o colocou na porta.

Olha só. Aquela peça era uma chave.

As portas duplas se abriram sem qualquer barulho e ele ficou surpreso ao ver o que havia ali dentro. Pontuando os dois lados da construção, havia cestos e cestos de pedras preciosas. Ele caminhou por entre os tesouros, parando de vez em quando e colocando as mãos nas preciosidades brilhantes.

Mas não era só o que havia ali dentro. Nos fundos, na parte mais distante, havia uma série de caixas de vidro, como aquelas que são encontradas em museus. Ele se aproximou e analisou todas elas. Naturalmente, não estavam empoeiradas, mas ele sabia que não era porque tinham sido limpas. O fato é que não existiam poluentes no ar ali, nem mesmo os microscópicos.

Do lado de dentro das caixas, os objetos eram fascinantes e claramente do mundo real. Havia óculos antigos, uma tigela de porcelana de origem oriental, uma garrafa de uísque com um rótulo dos anos 1930, uma piteira de ébano, um leque de mulher feito com penas brancas.

Phury tentou imaginar como aquilo tudo havia chegado ali. Alguns dos objetos eram bem antigos, apesar de estarem em perfeitas condições e, claro, tudo estar muito limpo.

Ele parou perto do que parecia um livro antigo.

– Meu... Deus.

A capa de couro estava danificada, mas o título ainda era claro: DARIUS, FILHO DE MARKLON.

Phury se abaixou, surpreso. Era o livro de D... provavelmente um diário. Ele abriu a capa e então franziu a testa com o cheiro do lado de dentro. Pólvora?

Olhou para os objetos. No canto mais distante, havia um revólver antigo, e ele reconheceu a marca e o modelo do livro de armas que vinha usando para ensinar os caras do treinamento. Era uma Colt Navy de 1890, calibre 36, de seis cilindros. Tinha sido usado recentemente.

Ele pegou o objeto, abriu a câmara e pegou uma das balas. Elas eram esféricas... e irregulares, como se tivessem sido feitas à mão.

Phury já tinha visto essa forma antes. Quando estava apagando os resultados dos exames de V. do computador do Hospital St. Francis, havia visto os raios X que tinham sido feitos... e viu uma forma esférica e levemente irregular feita de aço dentro do pulmão de seu Irmão.

– Você veio me ver?

Phury olhou para trás e viu a Directrix. A fêmea estava em pé diante das portas duplas, vestida com aquela túnica branca que todas elas usavam. Ao redor do pescoço, com uma corrente, havia um medalhão como o dele.

– Boa coleção de artefatos você tem aqui – ele disse, virando-se.

A fêmea apertou os olhos.

– Pensei que as pedras preciosas pudessem deixá-lo mais interessado.

– Não muito. – Ele a observou com atenção ao segurar o livro nas mãos. – Este parece o diário de meu Irmão.

Ela ergueu os ombros levemente e ele sentiu vontade de matá-la.

– Sim, é o diário de Darius.

Phury deu um tapinha na capa do livro e então apontou para as pedras preciosas.

– Diga-me uma coisa... este local fica trancado o tempo todo?

– Sim. Desde o ataque.

– Você e eu somos os únicos que têm as chaves, certo? Eu não ia gostar nem um pouco se algo acontecesse às coisas aqui dentro.

– Sim, só nós dois. Ninguém pode entrar aqui sem meu conhecimento ou sem minha presença.

– Ninguém.

Ela demonstrou irritação no olhar.

– A ordem deve ser mantida. Passei anos treinando as Escolhidas em suas tarefas, para que tudo fique adequado.

– É... então a chegada de um Primaz deve ser bem ruim para você. Porque agora eu estou no controle, não é?

Ela diminuiu o tom da voz.

– Você pode e deve reinar aqui.

– Desculpa, mas pode repetir? Não escutei muito bem.

Ela pareceu irada por um milésimo de segundo... o que confirmou para ele suas ações e seu propósito: a Directrix havia atirado em Vishous. Com a arma da caixa. Ela queria continuar no controle e sabia bem que se um Primaz chegasse, ela, na melhor das hipóteses, teria de ser a segunda no comando, submetendo-se a um macho. Na pior das hipóteses, poderia perder todo o poder simplesmente porque o macho não ia com sua cara.

Sem sucesso ao tentar matar V., ela se afastou... até poder tentar de novo. Sem dúvida ela era esperta o suficiente e maldosa o suficiente para defender seu território até que todos os Irmãos morressem ou que o papel do Primaz passasse a parecer amaldiçoado.

– Você ia dizer alguma coisa, não é? – Ele perguntou.

A Directrix ajeitou o medalhão em seu pescoço.

– Você é o Primaz. É quem comanda aqui.

– Ótimo. Que bom que concordamos com isso. – Ele deu um tapinha no diário de Darius de novo. – Levarei isto comigo.

– Não faremos a reunião?

Ele se aproximou dela, pensando que se ela fosse um macho, Phury seria capaz de quebrar seu pescoço.

– Não agora. Tenho algo para tratar com a Virgem Escriba. – Ele se inclinou, aproximando os lábios da orelha dela.

– Mas voltaremos a conversar.

Capítulo 52

Vishous nunca havia chorado antes. Ao longo de sua vida, nunca havia chorado. Depois de todas as coisas horríveis de sua vida, ele havia chegado ao ponto em que decidiu que havia nascido sem dutos lacrimais.

Os acontecimentos até aquele momento não tinham mudado as cosias. Quando Jane morreu em seus braços, ele não chorou. Quando tentou cortar a mão na Tumba como um sacrifício e a dor tinha sido terrível, ele não havia chorado. Quando sua odiada mãe o impediu de fazer o que estava prestes a fazer, seu rosto continuou seco.

Mesmo quando a Virgem Escriba colocou a mão sobre o corpo de Jane e ele, assustado, assistiu à cremação de sua amada, não chorou.

Mas agora chorava.

Pela primeira vez desde seu nascimento, lágrimas rolavam pelas faces e encharcavam o travesseiro.

A vontade de chorar havia começado quando ele teve uma visão de Butch e Marissa no sofá da sala de estar do Buraco. Vívida... tão vívida. V. não só conseguia escutar o que eles pensavam, mas também sabia que Butch estava imaginando Marissa na cama dos dois, com um sutiã preto e calça jeans. E Marissa estava imaginando Butch tirando sua calça e colocando a cabeça entre suas pernas.

V. sabia que em seis minutos Butch pegaria o suco de laranja que Marissa segurava e o colocaria sobre a mesa de canto. Ia derrubar o suco, porque o copo pousaria na borda de uma revista de esportes, e o suco molharia a calça de Marissa.

O tira usaria aquilo como desculpa para levá-la e despi-la. Mas no caminho eles passariam pela porta do quarto de V. e perderiam o desejo sexual. Com olhos tristes, eles iriam para a cama e ficariam ali abraçados.

V. levou um braço ao rosto. E chorou sem se controlar. As visões haviam voltado, estava mais uma vez amaldiçoado com previsões do futuro.

A encruzilhada de sua vida havia chegado ao fim.

O que significava que aquela seria a sua existência a partir de então: V. seria nada além de uma concha vazia ao lado das cinzas de sua amada.

E, claro, no meio do choro, ele escutou Butch e Marissa atravessando o corredor, escutou quando eles pararam diante de seu quarto e escutou quando eles fecharam a porta do quarto deles. Nenhum som de sexo foi abafado pela parede entre os cômodos, nenhum barulho de batidas da cabeceira na parede, nenhum grito sufocado.

Assim como havia previsto. No silêncio que se fez em seguida, V. secou o rosto, e então olhou para as mãos. A esquerda ainda doía um pouco pelo dano que ele havia causado. A direita brilhava como sempre... e as lágrimas ficaram brancas contra seu brilho interior, brancas como as íris de seus olhos.

Inspirou profundamente e olhou para o relógio.

A única coisa que o mantinha respirando era a chegada da noite. Certamente ele já teria se matado... teria pegado sua Glock e colocado dentro da boca, arrasando a parte de trás de sua cabeça... não fosse pelo anoitecer.

Destruir a Sociedade Redutora era uma questão pessoal agora. Demoraria o resto de sua vida, mas que se dane, porque não existia mais nada de valor para ele. Preferia ter deixado a Irmandade para fazer aquilo, mas Butch morreria sem ele, por isso decidiu permanecer ali.

De repente, ele franziu a testa e olhou na direção da porta. Depois de um momento, secou o rosto e disse:

– Estou surpreso por você não ter simplesmente entrado de uma vez.

A porta se abriu sem que uma mão a empurrasse. Do outro lado, a Virgem Escriba estava em pé no corredor, com as roupas pretas cobrindo-a da cabeça aos pés.

– Eu não tinha certeza de que seria bem-vinda – ela disse com a voz baixa ao entrar no quarto.

Vishous não ergueu a cabeça do travesseiro. Não tinha interesse em honrá-la de maneira alguma.

– Você sabe que não é bem-vinda.

– Sim. Então irei diretamente ao propósito de minha visita. Tenho um presente para você.

– Eu não quero.

– Quer, sim.

– Vá se ferrar. – Por baixo das roupas, ela pareceu abaixar a cabeça. Não que ele se importasse com o fato de seus sentimentos serem feridos. – Saia.

– Você *vai* querer...

Ele ficou em pé.

– Você *tirou* o que eu queria...

Uma forma entrou pela porta, uma forma fantasmagórica.

– V...?

– E eu a devolvo a você – a Virgem Escriba disse. – De certa maneira.

Vishous não escutou nem uma palavra do que foi dito, porque não conseguia compreender aquilo que estava olhando. Era Jane... ou algo parecido. Era o rosto de Jane e o corpo de Jane, mas ela era... uma aparição transparente.

– Jane?

A Virgem Escriba disse ao se desmaterializar:

– Não precisa me agradecer. Só saiba que sua maldição é a maneira com a qual você consegue tocá-la. Adeus.

Certo, por mais romântico que aquilo fosse, era bizarro e desconfortável.

E não só porque Jane acreditava poder ser classificada como um fantasma.

Vishous parecia prestes a desmaiar. E isso a deixava chateada. Era totalmente possível que ele não gostasse dela daquela maneira e, se isso acontecesse, o que seria dela? Quando a Virgem Escriba a visitou no céu, ou seja lá o que fosse aquele lugar, dando a opção de retornar, sua resposta não foi difícil. Mas agora, diante de um cara totalmente chocado, não tinha tanta certeza de que havia feito a escolha certa. Talvez ela...

V. se levantou da cama, atravessou o quarto e encostou a mão brilhante em seu rosto com hesitação. Suspirando, ela se recostou na mão dele e no calor de sua carne.

– É você? – Ele perguntou com a voz rouca.

Ela assentiu e levou a mão ao rosto dele, que estava um pouco vermelho.

– Você estava chorando.

Ele segurou a mão dela.

– Eu posso sentir você.

– Eu também.

Ele tocou seu pescoço, seu ombro, seu peito. Esticou o braço dela e olhou... bem, através dele.

– Hum... eu posso me sentar nas coisas – ela disse sem motivo especial. – Quero dizer... enquanto esperava do lado de fora, no corredor, eu me sentei no sofá. Também mexi num quadro da parede, coloquei uma moeda de volta na tigela e peguei uma revista. É um pouco esquisito, mas só preciso me concentrar. – *Droga.* Ela não fazia ideia do que estava dizendo. – A... a Virgem Escriba disse que eu poderia comer, mas não precisaria. Ela disse... que posso beber também. Não sei muito bem como tudo funciona, mas ela parece saber. Sim. Pois é. Acho que vou demorar um pouco para aprender, mas...

V. levou a mão aos seus cabelos e Jane sentiu-os como antes. Seu corpo não existente registrava as sensações exatamente como antes.

Ele franziu a testa, e então se mostrou muito irritado.

– Ela disse que era preciso um sacrifício. Para trazer alguém de volta. O que você deu a ela? Qual foi a troca?

– Do que está falando?

– Ela não dá as coisas sem exigir outras em troca. O que ela tirou de você?

– Nada, ela não me pediu nada.

Ele balançou a cabeça e pareceu querer falar. Mas então a abraçou e a segurou contra seu corpo trêmulo e brilhante. Diferentemente das outras vezes em que ela teve de se concentrar para conseguir tocar as coisas, com V. acontecia sem problemas. No corpo dele, ela conseguia tocar sem se esforçar.

Jane percebeu que ele estava chorando pela maneira com que respirava e pelo fato de ter se recostado nela, mas sabia que se comentasse sobre aquilo, ou se tentasse acalmá-lo com palavras, ele pararia. Por isso apenas o abraçou e permitiu que ele desabafasse.

Afinal, ela também estava tentando segurar as lágrimas.

– Pensei que nunca mais conseguiria fazer isto – ele disse com a voz embargada.

Jane fechou os olhos e o abraçou, pensando naquele momento na névoa em que abriu mão dele. Se não tivesse feito aquilo, eles não estariam ali, não é?

Dane-se o livre arbítrio, ela pensou. Contaria com o destino, por mais que machucasse a curto prazo. Porque o amor, em suas muitas formas, sempre durava. Era infinito. O eterno. O que sustentava. Ela não fazia ideia de quem ou o que era a Virgem Escriba. Não fazia ideia de onde esteve ou de como voltou. Mas tinha certeza de uma coisa.

– Você estava certo – ela disse abraçada a V.

– A respeito do quê?

– Eu acredito sim em Deus.

CAPÍTULO 53

Na noite seguinte, John não teve aula, por isso se sentou para a primeira refeição com os Irmãos e as fêmeas. O clima na casa estava ligeiramente mais leve do que nas últimas semanas. Mas ele não se sentia mais leve.

– E então – Phury explicava –, fui até a Virgem Escriba e contei a ela sobre a bala.

– Jesus Cristo. A Directrix – Vishous inclinou para frente, segurando a mão de Jane. – Pensei que tivesse sido um *redutor*.

V. não havia largado de sua médica desde que eles se sentaram juntos, como se tivesse medo de ela desaparecer. O que era um tanto compreensível. John tentou não olhar diretamente para ela, mas foi difícil evitar. Estava usando uma das camisas de V. e uma calça jeans e preenchendo-as com seu "corpo" normalmente. Mas o que estava entre eles era... bem, um fantasma, ele acreditava.

– É claro que sim – Phury disse ao se virar para Bella e oferecer uma bandeja. – Todos nós pensamos a mesma coisa. Mas aquela fêmea tinha um baita motivo. Ela queria se manter no controle, e com um Primaz em cena isso não ia acontecer. Um cenário clássico de luta por poder.

John olhou para a fêmea loura que estava sentada ao lado de Phury. Caramba, a Escolhida era bonita... bonita na maneira etérea dos anjos, com um brilho fora do normal emanando dela. Mas ela não estava feliz. Comia em silêncio e mantinha o olhar baixo.

Bem, menos quando olhava para Phury. E isso ocorria geralmente quando ele falava ou olhava para Bella.

A voz de Wrath soou grave na ponta da mesa.

– A Directrix deve morrer.

Phury limpou a garganta ao pegar de volta a bandeja de Bella.

– Você pode considerar que isso está sendo resolvido, meu senhor.

Caramba. Será que Phury...

– Ótimo. – Wrath assentiu como se compreendesse e aprovasse perfeitamente.

– Quem vai substituí-la?

– A Virgem Escriba perguntou quem eu queria no papel. Mas eu não conheço ninguém...

– Amalya – a Escolhida loura disse.

Todos olharam para ela.

– Como? – Phury perguntou. – O que você disse?

Enquanto ela falava, sua voz era tranquila como uma brisa, doce e melódica.

– Sem querer ofender, posso sugerir a Escolhida Amalya? Ela é doce e gentil e muito adequada.

Phury voltou os olhos amarelos para a fêmea, mas seu rosto continuava reservado, como se ele não soubesse direito o que dizer ou fazer com ela.

– Então é quem eu quero. Obrigado.

Ela olhou para ele por um momento, corando. Phury desviou o olhar e então ela também.

– Todos nós vamos tirar a noite de folga – Wrath disse abruptamente. – Precisamos nos reunir.

Rhage resmungou do outro lado da mesa.

– Não vai fazer com que joguemos Banco Imobiliário de novo, certo?

– Sim. – Todos resmungaram, e Wrath ignorou a reação. – Depois do jantar.

– Preciso fazer uma coisa – V. disse. – Vou voltar assim que puder.

– Tudo bem, mas não vai poder escolher no jogo.

– Vou sobreviver com isso.

Fritz entrou com uma tigela grande de sorvete.

– Sobremesa, aceitam? – O *doggen* perguntou sorrindo.

Todos responderam “Sim, por favor”. John dobrou seu guardanapo e pediu licença. Beth assentiu e ele partiu, em direção ao túnel por baixo da grande escadaria. A caminhada até o centro de treinamento não demorou muito, principalmente porque já estava se acostumando com seu novo corpo.

Quando entrou no escritório de Tohr, preparou-se ao olhar ao redor. O local não havia mudado muito desde o desaparecimento do Irmão. Exceto o fato de a poltrona verde e feia estar agora no escritório de Wrath, tudo continuava igual.

John foi para trás da mesa e se sentou. Em cima dela havia papéis e arquivos, alguns marcados com anotações em *Post-it* nos quais Z. havia escrito coisas à sua própria maneira.

Ele detestava o jeito com que se sentia naquele momento.

Detestava o fato de estar irritado porque Vishous ganhou a Jane de volta, sendo que Tohr havia perdido Wellsie para sempre. Aquilo não era justo. E não apenas a Tohr.

John também gostaria de ter o fantasma de Wellsie em sua vida. Gostaria de ter a única mãe que conheceu por perto.

Mas Vishous tinha sido o único privilegiado.

Além de Rhage, com Mary.

O que os tornavam tão especiais?

Ele apoiou a cabeça nas mãos, sentindo-se a pior pessoa. Irritar-se com a felicidade e a sorte de uma pessoa era terrível, principalmente quando eram pessoas amadas. Mas era tão difícil sentir saudade de Tohr e sofrer por Wellsie e...

– Ei.

John olhou para frente. Zsadist estava dentro de escritório, mas só Deus sabia como ele havia conseguido entrar sem fazer barulho.

– Em que está pensando, John?

Nada.

– Quer tentar de novo?

John balançou a cabeça e olhou para baixo. Distraidamente, percebeu que a pasta de Lash estava em cima de uma pilha e pensou no rapaz. Cara, os dois estavam para se enfrentar. Só não sabia quando.

– Sabe... – Z. disse. – Eu me perguntava por que eu e não Phury.

John olhou para frente e franziu a testa.

– Sim, eu tentava entender por que *eu* tinha sido raptado e acabado onde acabei. E não sou o único. Phury ainda se tortura por ter sido eu e não ele. – Z. cruzou os braços. – O problema é que tentar entender por que uma coisa acontece com uma pessoa e não com outra não leva a lugar algum.

Quero que Wellsie volte.

– Logo percebi que você saiu de lá por isso. – O Irmão passou a mão em sua cabeça raspada. – Mas olha só. Acredito que exista uma mão que nos guia. Nem sempre é uma mão delicada. Ou que pareça justa. Mas não sei. Eu procuro confiar nela agora. Quando enlouqueço, eu tento... droga, acho que confio nela. Porque no fim das contas, o que mais se pode fazer? Escolhas têm limites. Raciocínio e planejamento também. O resto... depende de outra pessoa. Onde terminamos, quem conhecemos, o que acontece com as pessoas que amamos. Não temos muito controle sobre essas coisas.

Sinto saudade do Tohr.

– Todos sentimos.

Sim, John não era o único a sofrer. Ele precisava se lembrar disso.

– Então tenho algo para você – Z. se aproximou de um armário e o abriu. – Phury me deu isso ontem. Íamos guardar para o seu aniversário, mas que se dane. Você precisa disto hoje.

Z. voltou para a mesa com um livro velho de capa de couro nas mãos. Colocou-o em cima das pilhas de papel, com a mão por cima, escondendo o título.

– Feliz aniversário, John.

Z. ergueu o braço e John olhou para a capa.

De repente, seu coração parou de bater.

Com a mão trêmula, passou os dedos em cima do couro velho no qual leu: DARIUS, FILHO DE MARKLON. Abriu a capa devagar... em letras belas e formais, havia palavras e símbolos, os reflexos de uma vida vivida muito tempo antes. Eram os escritos de seu pai no Antigo Idioma.

John tirou a mão e cobriu a boca, com medo de começar a chorar. Mas quando olhou para cima, com vergonha, viu que estava sozinho.

Z., com sua simpatia de sempre, havia permitido que ele mantivesse seu orgulho. E agora... após entregar o diário de seu pai... deu também alegria.

Logo depois da primeira refeição, Vishous materializou-se no pátio da Virgem Escriba. Ficou um pouco surpreso por ter recebido permissão, levando em conta a maneira com que as coisas estavam, mas ficou feliz.

Depois de assumir forma, ele franziu a testa e olhou ao redor para a montanha de mármore branco, as colunas e o portal para a área das Escolhidas. Havia algo diferente. Ele não tinha certeza do que era, mas algo...

– Olá, senhor.

Ele se virou. Uma Escolhida estava em pé diante do que ele sempre havia pensado ser a porta dos aposentos privados da Virgem Escriba. Vestida com túnica branca e com o cabelo preso no topo da cabeça, ele a reconheceu como aquela que havia ido conversar com Cormia depois da cerimônia de apresentação.

– Amalya – ele disse.

Ela pareceu surpresa por ele se lembrar de seu nome.

– Meu amo.

Então aquela era a moça que Cormia havia recomendado para ser a Directrix. Fazia sentido. A fêmea parecia gentil.

– Estou aqui para ver a Virgem Escriba. – Apesar de achar que ela sabia disso.

– Com o devido respeito, senhor, ela não vai atendê-lo hoje.

– Não vai receber só a mim ou a ninguém?

– A ninguém. Quer passar alguma mensagem?

– Voltarei amanhã.

A Escolhida se abaixou.

– Com todo o respeito, senhor, acredito que ela continuará indisposta.

– Por quê?

– Não perguntei o motivo. – Seu tom era de leve reprovação. Como se ele não devesse perguntar.

Droga. O que, exatamente, ele queria dizer?

– Pode dizer a ela... que Vishous veio...

Vishous não soube o que dizer, e os olhos da Escolhida demonstraram compaixão.

– Se posso me atrever, talvez eu deva dizer a ela que seu filho veio agradecer por seu generoso presente e por seu sacrifício pela felicidade dele.

Filho.

Não, ele não podia permitir tanto. Mesmo com Jane de volta, o título não parecia adequado.

– Apenas Vishous. Diga a ela que Vishous veio para dizer obrigado.

Quando a Escolhida se curvou de novo, seu rosto ficou entristecido.

– Como desejar.

Ele observou a fêmea se virar e desaparecer atrás da porta pequena e decorada.

Espere um minuto. Ela havia dito *sacrifício*?

Ele olhou ao redor de novo, concentrando-se na fonte. De repente, o som da água o assustou. Quando havia chegado antes...

V. virou a cabeça lentamente.

A árvore branca com as flores brancas estava vazia. Todos os pássaros haviam partido.

Então era aquilo que estava faltando. As aves da Virgem Escriba não estavam mais ali, os galhos das árvores estavam sem cor, o ar parado sem a alegria.

Naquele relativo silêncio, a solidão do local tomou conta dele, o som da água ampliando o vazio.

Oh, deus. Aquele era o sacrifício, certo?

Ela abriu mão de sua paixão pela paixão dele.

Em seus aposentos, a Virgem Escriba soube quando V. partiu. Ela conseguia sentir a forma dele voltar para o mundo externo.

A Escolhida Amalya se aproximou em silêncio.

– Sem querer ofender, gostaria de falar...

– Não é preciso, tenho ciência do que ele disse. Deixe-me aqui agora e volte ao santuário.

– Sim, minha senhora.

– Obrigada.

A Virgem Escriba esperou a Escolhida se retirar e então se virou e olhou para a vastidão clara de seu aposento. Os quartos eram grandes. Como ela não dormia nem comia, o quarto e a área de jantar eram apenas um espaço no qual andar.

Tudo estava muito silencioso.

Ela flutuou de cômodo a cômodo, inquieta. Havia fracassado com seu filho de diversas maneiras, mas não podia culpá-lo por negar seu nome. Mas a mágoa continuava ali. Unindo-se a outra.

Com medo, olhou para o outro lado do quarto, para o local onde ela nunca ia. Ou, pelo menos, ao lugar a qual não ia havia dois séculos.

Ela havia fracassado de novo, não é?

Com peso no coração, ela caminhou até o canto e abriu a porta de trava dupla. Com um zunido, o selo se desfez, com uma fina névoa surgindo por causa da mudança de umidade. Será que realmente fazia tanto tempo?

A Virgem Escriba entrou e analisou a forma escura que flutuava em animação suspensa acima do chão.

Sua filha. A irmã gêmea e fraterna de Vishous. Payne.

A Virgem Escriba havia decidido, muito tempo antes, que era melhor e mais seguro que sua filha descansasse. Mas agora não tinha certeza. As escolhas que ela havia tentado fazer a seu filho não tinham dado certo. Talvez ocorresse a mesma coisa com sua filha.

A Virgem Escriba olhou para o rosto da filha. Payne não era como as outras fêmeas, desde o nascimento. Ela tinha o instinto de guerra de seu pai e o desejo de lutar e não se contentava em lidar com as Escolhidas, assim como um leão não aceitaria ficar em uma jaula com ratos.

Talvez fosse o momento de libertar a filha, como havia libertado seu filho. Parecia justo. A proteção, de fato, mostrou-se uma qualidade dúbia. Ainda assim, ela detestava abrir mão. Principalmente porque não havia motivos para esperar que sua filha a amasse mais do que o filho a amava. Por isso, libertaria os dois.

Ao lutar contra seus pensamentos, seu impulso foi sair no pátio e se acalmar com as aves. Mas não havia consolo ali à sua espera. Não havia cantoria para tranquilizá-la.

E assim a Virgem Escriba permaneceu em seus aposentos, flutuando pelo ar parado e silencioso em uma caminhada infinita pelos quartos vazios. Ao passar o tempo, a natureza infinita de sua não existência foi como um manto de agulhas sobre ela, com mil pontos de dor e tristeza.

Não havia escapatória nem alívio para ela, não havia paz, gentileza nem conforto. Ela estava como sempre estivera: sozinha no meio do mundo que criara.

Capítulo 54

Jane já havia ido ao apartamento de Manny Manello uma ou duas vezes. Mas com pouca frequência. Quando estavam juntos, era sempre no hospital.

Caramba, era uma moradia típica de homem. *Muito de homem.* Se houvesse mais equipamentos esportivos ali, a coisa poderia ser confundida com uma academia. Lembrava o Buraco.

Ela caminhou pela sala de estar olhando para os DVDs, CDs e revistas. Sim, ele se entenderia muito bem com Butch e Vishous – evidentemente, tinha o equivalente a uma vida inteira de edições da *Sports Illustrated*, assim como eles.

E Manny guardava edições antigas, assim como os outros dois. E gostava de beber, apesar de tomar uísque Jack Daniels, nada de Lag ou vodca Grey Goose.

Quando ela se abaixou, concentrou a energia de modo que pudesse pegar a edição mais recente da *SI* e percebeu que estava completando um dia como fantasma. Fazia vinte e quatro horas que ela havia aparecido no quarto de V. com a Virgem Escriba.

As coisas estavam dando certo. Sexo como membro dos mortos-vivos era tão bom quanto antes, em vida. Na verdade, ela e V. se encontrariam na cobertura no fim da noite. Ele queria ser "exercitado", como disse, com os olhos brilhando de ansiedade... e ela estava mais do que disposta a agradar a seu homem.

Sem a menor dúvida.

Jane soltou a revista e caminhou por ali um pouco mais, e então esperou ao lado de uma das janelas.

Aquilo seria difícil. Dizer adeus era difícil.

Ela e V. haviam conversado sobre como lidar com sua partida do mundo dos seres humanos. O acidente de carro que ele havia encenado ofereceria um pouco de explicação para o desaparecimento. Certo, o corpo dela nunca seria encontrado, mas a área onde o Audi havia sido deixado era repleta de árvores e montanhas. Esperavam que a polícia simplesmente desse o caso por encerrado depois que uma busca fosse realizada, mas as consequências não eram materiais. Ela nunca voltaria. Então não importava.

Quanto a ela, a única coisa de valor em sua casa era uma foto dela com Hannah. V. havia voltado e pegado a foto para ela.

O restante de suas coisas seriam vendidas pelo advogado que ela havia nomeado procurador dois anos atrás em seu testamento. Os bens iriam para o Hospital St. Francis.

Sentiria falta de seus livros, mas V. prometeu comprar novos. E ainda que não fosse a mesma coisa, tinha esperança de que, com o tempo, se afeiçoaria aos novos.

Manny era o único assunto sem conclusão...

Ela escutou o som das chaves na fechadura e então a porta se abriu. Jane se colocou nas sombras quando Manny entrou, deixou uma bolsa preta da Nike no chão e caminhou até a cozinha. Parecia exausto. E desolado.

Seu primeiro impulso foi se aproximar dele, mas sabia que a melhor maneira seria esperar até que fosse dormir... e por isso havia ido tarde, esperando que ele já estivesse deitado. Mas ficou claro que Manny estava trabalhando até não conseguir mais ficar em pé.

Quando atravessou o corredor, segurava um copo com um pouco de água. Parou e olhou na direção dela com a testa franzida... mas continuou andando. Ela escutou o barulho do chuveiro. Passos. E então um palavrão, como se ele estivesse se esticando na cama, mas sem conforto.

Ela esperou bastante... e finalmente atravessou o corredor.

Manny estava na cama, com uma toalha envolvendo seu quadril, os olhos fixos no teto. O cara não ia dormir logo.

Ela ficou diante da luz do abajur.

– Oi.

Ele olhou para ela, e então ficou em pé.

– O que...

– Você está sonhando.

– Estou?

– Sim. Fantasmas não existem.

Ele esfregou o rosto.

– Mas isto parece real.

– É claro que sim. Sonhos existem. – Ela envolveu o corpo com os braços. – Queria que você soubesse que estou bem. De verdade. Estou bem e feliz onde fui parar.

Não era preciso dizer que ela continuava em Caldwell.

– Jane... – a voz dele ficou rouca.

– Eu sei... eu me sentiria da mesma maneira se você tivesse... sido levado.

– Não acredito que você morreu. Não acredito que você... – Ele começou a piscar rapidamente.

– Olha, eu estou bem. Eu juro. A vida... termina bem, de verdade. Eu vi minha irmã. Meus pais. Alguns dos pacientes que perdemos. Todos ainda estão por aí, mas não onde podemos vê-los... bom, onde *você* não pode. Mas está tudo bem, Manny. Você não deve temer a morte. É só uma transição, na verdade.

– Sim, mas você não está mais aqui. Eu tenho que viver sem você.

Ela sentiu uma dor no peito pelo tom de voz dele e pelo fato de que não havia nada que pudesse fazer para aliviar seu sofrimento. Também doía porque ela o havia perdido também.

– Vou sentir muito a sua falta – ela disse.

– Eu também. – Ele esfregou o rosto de novo. – Eu... eu já sinto a sua falta. E já não aguento mais. Acho que lá no fundo... bem, pensei que nós dois acabaríamos juntos, você e eu. Parecia que estava tudo certo. Droga, você era a única mulher que conheci que era tão forte quanto eu... mas acho que não era para ser. Planos não concluídos, coisa e tal.

– Provavelmente há alguém à sua espera até melhor do que eu.

– É mesmo? Pode me passar o telefone dela antes de voltar ao céu?

Jane sorriu e ficou séria em seguida.

– Você não vai fazer nada estúpido, não é?

– Tipo me matar? Nada disso. Mas não vou prometer não me embriagar até cair nos próximos meses.

– Mas faça isso sozinho. Você tem uma reputação a zelar.

Ele esboçou um sorriso.

– O que o departamento pensaria?

– Exatamente. – Fez-se silêncio. – Preciso ir.

Ele olhou para o outro lado do quarto.

– Caramba, parece que você está aqui de verdade.

– Não estou. É só um sonho. – Ela começou a desaparecer quando lágrimas rolaram em seu rosto. – Adeus, Manny, meu amigo querido.

Ele levantou a mão e falou com a voz embargada.

– Venha me ver quando puder.

– Talvez.

– Por favor.

– Veremos.

Mas o mais engraçado foi que, ao desaparecer, ela teve a estranha sensação de que o veria de novo.

Sim, aquilo era esquisito. Assim como aquela visão do acidente de carro e também a sensação que teve de que não mais trabalharia no Hospital St. Francis, Jane sabia que ela e Manny Manello voltariam a se encontrar.

Essa ideia fez com que se sentisse mais tranquila. Detestava deixá-lo. De verdade.

EPÍLOGO

Uma semana depois...

Vishous pegou o chocolate quente do fogão e o desligou. Enquanto despejava o chocolate em uma caneca, escutou um grito e um "Oh, meu Deus!".

Do outro lado da mansão, ele viu Rhage com o corpo pela metade dentro de Jane, como se ela fosse uma piscina na qual ele tivesse mergulhado.

Os dois deram um salto para se separar quando Vishous mostrou os dentes e rosnou para o Irmão.

Rhage levantou as mãos.

– Eu não a vi! É sério!

Jane riu.

– Não é culpa dele. Eu não estava me concentrando, por isso desapareci...

V. a interrompeu.

– Rhage vai ter de começar a ser mais cuidadoso, não é, Irmão?

E com aquilo ele queria dizer que o macho devia fazer isso ou acabaria em apuros.

– Sim, sem dúvida... Caramba.

– Que bom que você concorda. – Vishous pegou a caneca e a entregou a Jane. Quando ela soprou na superfície, ele a beijou no pescoço. E fez um pouco de carinho.

Para ele, Jane estava como sempre, mas para os outros ela estava meio diferente. Vestia roupas, mas se não estivesse concentrada em materializar-se e alguém se chocasse contra ela os tecidos se comprimiam como se não houvesse nada dentro, e a pessoa que estava em seu caminho basicamente passava por dentro dela.

Era um pouco estranho. Além disso, se acontecesse a um dos Irmãos, o senso de posse de V. era demonstrado com intensidade. A questão era que aquela era a nova realidade, por isso todos tinham de lidar com ela. Vishous e Jane estavam realizando a transição para a nova situação dela, e não era sempre fácil.

Mas quem se importava? Eles tinham um ao outro.

– Então você vai ao Abrigo hoje? – Ele perguntou a ela.

– Sim, meu primeiro dia no emprego novo. Mal posso esperar! – Os olhos de Jane brilharam. – Depois voltarei aqui para fazer os pedidos de equipamento para a minha clínica. Decidi escolher duas *doggens* e treiná-las para que sejam enfermeiras. Acredito que isso seja o melhor a ser feito para a segurança...

Enquanto Jane falava sobre seus planos para a clínica da Irmandade e o que faria para o Abrigo, V. esboçou um sorriso.

– O que foi? – Ela perguntou. Olhou para si mesma, passou a mão no avental branco e olhou para trás.

– Venha aqui, fêmea. – Ele a puxou para perto e abaixou a cabeça. – Já disse ultimamente como sua mente é sensual?

– Você estava interessado em outra coisa essa tarde, então não disse. – Ele riu com o sorriso dela.

– Eu estava um pouco ocupado, não é mesmo?

– Hum, sim.

– Vou ao Abrigo mais tarde, tudo bem?

– Ótimo. Acredito que Marissa tenha um problema de rede sobre o qual ela queria falar com você.

Sem perceber o que fazia, ele a puxou para perto e a abraçou. Aquilo era exatamente o que ele queria, o entrelaçamento das vidas, a proximidade, aquele propósito em comum.

Os dois, juntos.

– Você está bem? – Ela perguntou baixinho para ninguém escutar.

– Sim, sim, estou bem. – Ele encostou a boca perto do ouvido dela. – É só que... não estou acostumado com isso.

– Acostumado com o quê?

– A sentir... droga, não sei. – Ele se afastou, sentindo-se estranho por estar tão envolvido. – Não importa...

– Não consegue se acostumar a sentir que as coisas estão bem?

Ele concordou com a cabeça porque achava que sua voz iria falhar.

Ela colocou a mão em seu rosto.

– Você vai se acostumar, como eu me acostumarei.

– Senhor? Com licença?

V. olhou para Fritz.

– Ei, cara, como está?

O *doggen* fez uma reverência.

– Trouxe o que o senhor pediu. Deixei no saguão.

– Excelente. Obrigado. – Ele beijou Jane. – Vejo você mais tarde?

– Sem dúvida.

Ele sentiu o olhar de Jane ao se afastar, e gostou daquilo. Gostava de tudo. Ele...

Droga. Vishous estava todo feliz, não estava?

Ao aparecer no saguão, viu o que Fritz havia deixado para ele sobre a mesa aos pés da grande escada. A princípio não soube muito como lidar com aquilo... não queria feri-lo. Por fim, segurou com cuidado nas mãos e entrou na biblioteca. Fechou as portas duplas com a mente e mandou um pedido para o Outro Lado.

Sim, ele não seguiria as regras de vestimenta, mas estava um tanto apreensivo com o que havia em suas mãos.

Quando recebeu permissão, desmaterializou-se até o pátio da Virgem Escriba e foi recebido pela mesma Escolhida da última vez. Amalya começou a fazer uma reverência, mas olhou para cima quando um som de piado foi ouvido vindo das mãos dele.

– O que trouxe? – Ela perguntou.

– Um presentinho. Nada demais. – Ele caminhou até a árvore branca com as flores brancas e abriu as mãos. O periquito soltou-se e pousou em um galho como se soubesse que ali seria seu lar agora.

A ave de cor amarelo-brilhante se remexeu para cima e para baixo no galho, com seus pezinhos segurando e soltando. Foi até uma flor, piou... ergueu uma patinha e coçou o pescoço.

V. colocou as mãos no quadril e analisou quanto espaço havia entre todas as flores de todos os galhos. Teria de trazer um monte de aves.

A voz da Escolhida estava tomada de emoção.

– Ela abriu mão deles por você.

– Sim, e trarei outros.

– Mas o sacrifício...

– Foi feito. O que está nesta árvore é um presente. – Olhou para trás. – Vou encher este lugar de aves independentemente de ela gostar ou não. Ela decidirá o que fazer com elas.

Os olhos da Escolhida brilharam de gratidão.

– Ela vai mantê-los. E eles a tirarão da solidão.

V. respirou profundamente.

– Sim. Bom. Porque...

Ele deixou as palavras se prolongarem e a Escolhida disse:

– Não precisa dizer.

Ele limpou a garganta.

– Você pode dizer que eu o trouxe?

– Não vou precisar. Quem mais, além do filho dela, faria tal gentileza?

Vishous olhou para a ave amarela no meio das folhagens brancas. Imaginou os galhos repletos de novo.

– Verdade – ele disse.

Sem dizer mais nada, ele se desmaterializou para voltar à vida que recebera, a vida que estava vivendo... a vida da qual, agora, pela primeira vez, ele se orgulhava de ter.

A SEGUIR, UMA PRÉVIA DO SEXTO ROMANCE DA IRMANDADE DA ADAGA NEGRA, *AMANTE CONSAGRADO.*

Phury sentiu mãos tocarem sua pele, mãos pequenas, de dedos leves, percorrendo sua barriga. Estavam indo na direção das coxas, graças aos céus. O membro dele estava túrgido, quente e faminto por aquilo. Estava faminto para ser liberado, e quanto mais as mãos se aproximavam, mais o quadril dele se lançava para a frente e se recolhia, seu traseiro se contraía e relaxava, cedendo aos movimentos que estava louco para fazer.

Seu membro respingou – ele podia sentir a umidade em sua barriga. Ou talvez já tivesse gozado, uma vez?

Oh, aquelas mãos, fazendo cócegas em sua pele. Aquele toque delicado como uma pluma fez seu falo doer ainda mais, como se pudesse avançar e ficar no caminho se realmente tentasse. Mãos pequenas, a caminho do…

Phury acordou com um sobressalto que fez seu travesseiro voar da cama.

– Droga.

Embaixo do monte de cobertas, seu pênis latejava, e não com a necessidade típica que geralmente acordava os machos à noite. Não… aquilo era específico. O corpo dele queria algo muito específico de uma fêmea em especial.

Cormia.

Ela está na porta ao lado, ele disse a si mesmo.

E que belo prêmio você é, o mago devolveu. *Por que você não vai até ela, parceiro? Tenho certeza de que ela vai ficar muito feliz em vê-lo de-*

pois da maneira como você a deixou na noite passada. Nem uma palavra para ela. Nem uma demonstração de reconhecimento da gratidão dela por você.

Sem conseguir contra argumentar, Phury olhou para o sofá.

Foi a primeira vez que ele alimentou uma fêmea.

Quando foi procurar a marca da mordida em seu pescoço, percebeu que tinha desaparecido, estava curada.

Um dos grandes marcos da vida tinha sido atingido... e isso o entristeceu. Não que ele se arrependesse de ter sido com ela. Nem um pouco. Mas desejou ter dito a ela na ocasião que tinha sido a primeira.

Tirando o cabelo dos olhos, Phury olhou para o relógio. Meia-noite. *Meia-noite*? Caramba, ele tinha dormido umas oito horas, obviamente por tê-la alimentado. Mas não se sentia descansado. Sua barriga se revirava, e sua cabeça doía.

Quando foi pegar o cigarro matutino que havia preparado antes de dormir, Phury parou. Sua mão tremia tanto que ele duvidou que conseguiria segurar o cigarro. Olhou para a mão tentando fazê-la parar, mas nada mudou.

Foram necessárias três tentativas para pegar a cigarrilha no criado mudo, e ele ficou vendo a confusão de longe, como se fosse a mão de outra pessoa, o cigarro de outra pessoa. Quando o pequeno rolo de folhas e papel estava entre seus lábios, tentou colocar o isqueiro na posição e acendê-lo.

Duas tragadas e a tremedeira parou. A dor de cabeça evaporou. O estômago se acalmou.

Infelizmente, outra coisa tremeu do outro lado do quarto e os três incômodos voltaram: o medalhão do Primaz começou sua dança na cômoda de novo.

Ele deixou a coisa onde estava e fumou seu cigarro, pensando em Cormia. Duvidou que ela teria dito que precisava se alimentar. O que aconteceu durante o dia naquele quarto havia sido uma explosão repentina gerada pela sede de sangue dela, e Phury não podia tomar o ocorrido como uma evidência de que Cormia o desejava sexualmente. Uma necessidade não era a mesma coisa que uma escolha. Ela precisava do sangue dele. Ele precisava do corpo dela.

As Escolhidas precisavam de ambos para sobreviver.

Apagando o que havia sobrado do cigarro, olhou para a cômoda do outro lado do quarto. O medalhão tinha finalmente parado.

Phury demorou menos de dez minutos para tomar banho, vestir-se com seda branca e colocou a tira de couro do medalhão do Primaz sobre a cabeça. Quando a peça dourada parou no seu peito, ela estava morna, provavelmente por causa do esforço.

Phury viajou diretamente para o Outro Lado, com uma dispensa especial de Primaz para evitar passar pelo pátio da Virgem Escriba. Adquirindo forma diante do anfiteatro do Santuário, onde tudo havia começado cinco meses atrás, ele achou difícil acreditar que realmente tinha tomado o lugar de Vishous como Primaz.

Era como olhar para a mão trêmula: não era ele.

Sim, mas era, totalmente.

Lá na frente, o palco branco com sua pesada cortina brilhava na estranha luz inclemente do Outro Lado. Ali não havia sombras, uma vez que não havia sol no céu pálido e, ainda assim, havia muita iluminação, porque tudo era sua própria fonte de luz, a temperatura era amena, nem quente demais nem fria demais, e não havia brisa para tocar sua pele ou levantar suas roupas. Tudo era branco, leve e reconfortante.

O local era equivalente à música ambiente em forma de paisagem.

Andando pelos campos de grama branca, ele passou pelo fundo do teatro greco-romano até os diversos templos e dormitórios. Nas áreas periféricas, em toda parte, havia uma floresta branca que cercava a propriedade e impedia que se visse ao longe. Ele se perguntou o que havia na distância. Provavelmente nada. O Santuário transmitia uma sensação de um modelo arquitetônico de um trem de brinquedo, como se, se alguém fosse até a borda, tudo o que encontraria seria um precipício que dá para o chão totalmente acarpetado de um gigante.

Ele andou sem ter certeza de como chamar a atenção da Directrix, mas não estava com pressa de fazer aquilo acontecer. Para atrasar o processo, Phury entrou no templo do Primaz e usou seu medalhão de ouro para destrancar as portas duplas. Depois de entrar no *hall* de mármore branco, foi até a sala única e imponente do templo e ficou olhando para a cama suspensa, com seus lençóis de cetim branco.

Ele se lembrou de Cormia amarrada e nua, com um lençol branco pendurado e caído sobre a garganta, cobrindo o rosto. Depois de rasgar o lençol, ele ficou horrorizado ao encontrá-la com os olhos cheios de lágrimas, apavorada.

Ela tinha sido amordaçada.

Olhou para o teto, de onde pendia o tecido que cobriu o rosto dela. Havia dois pequenos ganchos dourados presos no mármore. Ele queria arrancá-los com uma britadeira.

Quando olhou para cima, lembrou por acaso de uma conversa que teve com Vishous pouco antes de tudo dar errado com a história de Primaz. Os dois estavam na sala de jantar da mansão, e V. tinha dito algo sobre uma visão que tivera de Phury.

Phury não queria detalhes, mas eles vieram mesmo assim, e as palavras que o Irmão proferiu estavam estranhamente claras para ele agora, como um disco que toca de novo: *eu vi você parado em uma encruzilhada num campo branco. Era um dia de tempestade... sim, uma grande tempestade. Mas quando você pegou uma nuvem do céu e a enrolou em volta da fonte, a chuva parou.*

Ele apertou os olhos na direção daqueles dois ganchos. Naquele dia, ele arrancou o lençol e usou-o para cobrir Cormia. E ela parou de chorar.

Ela era a fonte... a fonte que ele deveria preencher. Ela era o futuro da raça, a origem dos novos Irmãos e das Escolhidas. A nascente da fonte.

Assim como todas as suas irmãs.

Sobre a autora

J. R. Ward vive no Sul dos Estados Unidos com o marido incrivelmente solidário e o seu amado golden retriever. Depois de se formar em Direito, começou sua vida profissional na área da saúde, em Boston, e passou muitos anos como chefe de gabinete de um dos mais importantes centros médicos acadêmicos do país. Conheça mais sobre a autora e a Irmandade da Adaga Negra no site *www.jrward.com.*

FALLEN ANGELS
COBIÇA

Sete pecados capitais. Sete almas afetadas por esses pecados. Sete pessoas em uma encruzilhada, com uma escolha que deve ser feita. E somente um homem para salvá-las metade anjo, metade demônio.

Redenção não é uma palavra que Jim Heron conheça muito bem. Sua especialidade é a vingança e o pecado é seu amigo mais próximo. Mas tudo muda quando ele se torna um Anjo Caído e é encarregado de salvar a alma de sete pessoas de sete pecados mortais. E o fracasso não é permitido.

Vin diPietro há muito tempo vendeu sua alma para os negócios, e é o melhor em sua profissão – até que o destino interfere na figura de um durão que pilota uma moto Harley e se autoproclama seu salvador. Então ele conhece uma mulher com olhos azuis e um passado sombrio que o faz questionar seu destino, sua prudência e seus sentimentos. Com um antigo demônio pronto para possuí-lo, Vin tem que se unir com um Anjo Caído não apenas para conquistar sua amada... mas, também, para redimir sua alma.

ANJOS COMO VOCÊ NUNCA VIU...

HR Gráfica e Editora
Rua Serra de Paracaina, 716 – Moóca - São Paulo – SP – CEP 03107-020
Fone/Fax: (11) 3341-6444 - Email: vendas@hrgrafica.com.br
www.hrgrafica.com.br